T0013929

Las siete hermanas

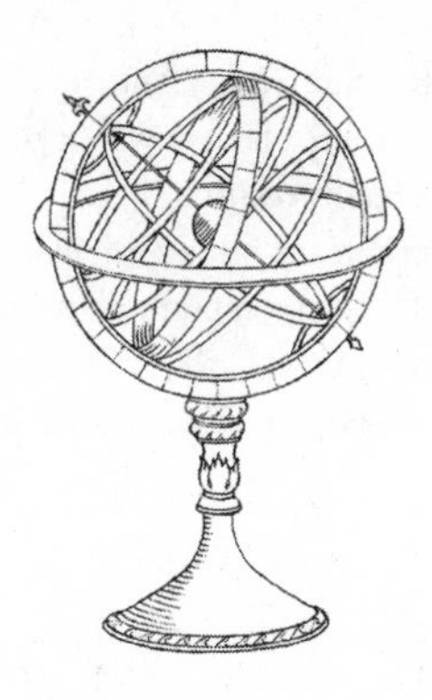

Lucinda Riley (1965-2021) fue actriz de cine y teatro durante su juventud y escribió su primer libro a los veinticuatro años. Sus novelas han sido traducidas a treinta y siete idiomas y se han vendido más de cuarenta millones de ejemplares en todo el mundo. La saga Las Siete Hermanas, que cuenta la historia de varias hermanas adoptadas y está inspirada en los mitos en torno a la famosa constelación del mismo nombre, se ha convertido en un fenómeno global y actualmente está en proceso de adaptación por una importante productora de televisión. Sus libros han sido nominados a numerosos galardones, incluido el Premio Bancarella, en Italia; el Premio Lovely Books, en Alemania, y el Premio a la Novela Romántica del Año, en el Reino Unido. En colaboración con su hijo Harry Whittaker, también creó y escribió una serie de libros infantiles titulada The Guardian Angels. Aunque crio a sus hijos principalmente en Norfolk, Inglaterra, en 2015 Lucinda cumplió su sueño de comprar una remota granja en West Cork, Irlanda, el lugar que siempre consideró su hogar espiritual y donde escribió sus últimos cinco libros.

Biblioteca

LUCINDA RILEY

Las siete hermanas

La historia de Maia

Traducción de

Sheila Espinosa Arribas y
Matuca Fernández de Villavicencio

DEBOLS!LLO

Papel certificado por el Forest Stewardship Council®

Título original: *The Seven Sisters*

Primera edición en Debolsillo: marzo de 2017
Decimoctava reimpresión: diciembre de 2022

Printed in Spain – Impreso en España

ISBN: 978-84-663-3902-5
Depósito legal: B-462-2017

Compuesto en Revertext, S. L.

Impreso en BlackPrint CPI Ibérica
Sant Andreu de la Barca (Barcelona)

P 3 3 9 0 2 F

Para mi hija, Isabella Rose

Todos estamos en el fango,
pero algunos miramos las estrellas.

Oscar Wilde

Listado de personajes

Atlantis

Pa Salt – padre adoptivo de las hermanas (fallecido)
Marina (Ma) – tutora de las hermanas
Claudia – ama de llaves de Atlantis
Georg Hoffman – abogado de Pa Salt
Christian – patrón del yate

Las hermanas D'Aplièse

Maia
Ally (Alción)
Star (Astérope)
CeCe (Celeno)
Tiggy (Taygeta)
Electra
Mérope (ausente)

Maia

Junio de 2007

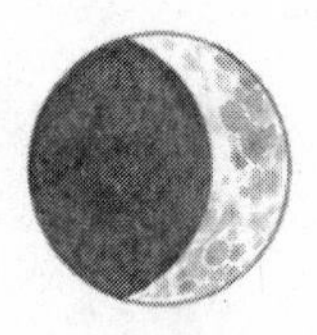

Cuarto creciente

13; 16; 21

1

Siempre recordaré con exactitud dónde me encontraba y qué estaba haciendo cuando me enteré de que mi padre había muerto.

Estaba en Londres, sentada en el hermoso jardín de la casa de mi vieja amiga del colegio, con un ejemplar de *Penélope y las doce criadas* abierto pero sin leer sobre el regazo y disfrutando del sol de junio mientras Jenny recogía a su pequeño de la guardería.

Me sentía tranquila y agradecida por la excelente idea que había sido disfrutar de unas vacaciones.

Estaba observando las clemátides en flor, alentadas por su soleada comadrona a dar a luz un torrente de color, cuando me sonó el móvil. Miré la pantalla y vi que era Marina.

—Hola, Ma, ¿cómo estás? —dije con la esperanza de que también ella pudiera percibir el calor en mi voz.

—Maia...

Se quedó callada y enseguida supe que algo iba terriblemente mal.

—¿Qué ocurre?

—Maia, no hay una manera fácil de decirte esto. Ayer por la tarde tu padre sufrió un ataque al corazón en casa y... ha fallecido esta madrugada.

Guardé silencio mientras un millón de pensamientos absurdos me daban vueltas en la cabeza. El primero fue que Marina, por la razón que fuera, había decidido gastarme una broma de mal gusto.

—Eres la primera de las hermanas a la que se lo digo, Maia, porque eres la mayor. Quería preguntarte si prefieres contárselo tú a las demás o que lo haga yo.

—Yo...

Continuaba sin poder articular palabras coherentes, ya que empezaba a comprender que Marina, mi querida y amada Marina, la mujer que había sido lo más parecido que había tenido a una madre, jamás me diría algo como aquello si no fuera verdad. De modo que tenía que ser cierto. Y de repente todo mi mundo se tambaleó.

—Maia, por favor, dime que estás bien. Es la llamada más difícil que he tenido que hacer en toda mi vida, pero ¿qué otra opción tenía? No quiero ni imaginarme cómo van a tomárselo las demás chicas.

Fue entonces cuando oí el sufrimiento en su voz y comprendí que Marina había necesitado contármelo no solo por mí, sino también por ella. Así que volví a mi papel de siempre, que consistía en consolar a los demás.

—Por supuesto que yo misma se lo diré a mis hermanas si así lo prefieres, Ma, aunque no estoy segura de saber dónde están todas. ¿No está Ally entrenando para una regata?

Mientras hablábamos del paradero de cada una de mis hermanas pequeñas, como si necesitáramos reunirlas para una fiesta de cumpleaños y no para llorar la muerte de nuestro padre, la conversación se tornó un tanto surrealista.

—¿Para cuándo crees que deberíamos programar el funeral? Con Electra en Los Ángeles y Ally en alta mar, lo más seguro es que no podamos celebrarlo hasta la próxima semana como muy pronto —dije.

—Bueno... —La voz de Marina era vacilante—. Creo que lo mejor será que lo hablemos cuando llegues a casa. En realidad ya no hay prisa, Maia. Si prefieres pasar los dos días de vacaciones que te quedan en Londres, adelante. Aquí ya no podemos hacer nada más por él...

La tristeza le apagó la voz.

—Ma, tomaré el primer vuelo disponible a Ginebra. Voy a

llamar a la compañía aérea ahora mismo y luego intentaré hablar con mis hermanas.

—Lo siento muchísimo, *chérie* —dijo Marina con pesar—. Sé lo mucho que lo querías.

—Sí —dije, y la extraña serenidad que había experimentado mientras discutíamos los preparativos me abandonó bruscamente, como la calma antes de la tormenta—. Te llamaré más tarde, cuando sepa a qué hora llego.

—Cuídate mucho, Maia, por favor. Has sufrido un golpe terrible.

Pulsé el botón para terminar la llamada y, antes de que los nubarrones de mi corazón se abrieran y me ahogaran, subí a mi cuarto para buscar mi billete de avión y telefonear a la compañía aérea. Me pusieron en espera y, entretanto, miré la cama donde aquella misma mañana había despertado para disfrutar de otro día tranquilo. Y agradecí a Dios que los seres humanos no tuviéramos el poder de predecir el futuro.

La mujer que al cabo de un rato me atendió no destacaba por su amabilidad y, mientras me hablaba de vuelos llenos, recargos y detalles de la tarjeta de crédito, supe que mi dique emocional estaba a punto de romperse. Cuando al fin me asignó de mala gana un asiento en el vuelo de las cuatro a Ginebra, lo cual significaba hacer la maleta de inmediato y tomar un taxi a Heathrow, me senté en la cama y me quedé mirando el papel de ramitas de la pared durante tanto rato que el dibujo empezó a bailar ante mis ojos.

—Se ha ido —susurré—. Se ha ido para siempre. Nunca volveré a verlo.

Esperaba que pronunciar aquellas palabras desatara un torrente de lágrimas, así que me sorprendió que en realidad no ocurriera nada. Me quedé allí sentada, aturdida, con la cabeza todavía llena de detalles prácticos. La idea de darles la noticia a mis hermanas —a las cinco— me espantaba, y repasé mi archivo emocional para decidir a cuál de ellas llamaría primero. Inevitablemente, a Tiggy, la penúltima de las seis chicas y a la que siempre me había sentido más unida.

Con dedos temblorosos, busqué su número en el móvil y lo marqué. Cuando me salió el buzón de voz no supe qué decir, salvo algunas palabras embrolladas pidiéndole que me llamara de inmediato. En aquel momento se hallaba en algún lugar de las Highlands de Escocia trabajando en un centro para ciervos salvajes huérfanos y enfermos.

En cuanto al resto de mis hermanas… sabía que sus reacciones irían, al menos en apariencia, desde la indiferencia hasta el melodrama más espectacular.

Dado que en aquel instante no estaba segura del grado que alcanzaría mi propia pena cuando hablara con ellas, opté por la vía cobarde y les envié un mensaje de texto en el que les pedía que me telefonearan lo antes posible. Después hice la maleta a toda prisa y bajé por la angosta escalera hasta la cocina para escribirle a Jenny una nota explicándole el motivo por el que había tenido que marcharme así.

Decidida a correr el riesgo de intentar parar un taxi en las calles de Londres, salí de la casa y eché a andar a buen ritmo por la arbolada calle curva de Chelsea, tal como haría una persona normal en un día normal. Creo que hasta saludé a alguien que paseaba a su perro cuando me lo crucé en la acera y que alcancé a esbozar una sonrisa.

«Nadie podría imaginar lo que acaba de sucederme», pensé mientras conseguía un taxi en la concurrida King's Road y, tras subirme, le pedía al conductor que me llevase a Heathrow.

Nadie podría imaginarlo.

Cinco horas después, cuando el sol descendía lentamente sobre el lago de Ginebra, llegué a nuestro muelle privado, donde emprendería la última etapa de mi regreso a casa.

Christian ya estaba esperándome en nuestra elegante lancha Riva. Y por la expresión de su cara, supe que estaba al tanto de lo sucedido.

—¿Cómo está, señorita Maia? —preguntó con una empática mirada azul al tiempo que me ayudaba a subir.

—Bueno... contenta de estar aquí —respondí en tono neutro mientras me dirigía al fondo de la lancha y tomaba asiento en el acolchado banco tapizado en piel de color crema que seguía la forma curva de la popa.

Normalmente me habría acomodado con Christian en el sitio del copiloto para surcar a gran velocidad las tranquilas aguas durante el trayecto de veinte minutos hasta casa. Pero aquel día necesitaba intimidad. Cuando encendió el potente motor, el sol ya se reflejaba en los ventanales de las magníficas casas que bordeaban las orillas del lago de Ginebra. Muchas veces, al realizar aquel trayecto había sentido que era la puerta de entrada a un mundo etéreo desconectado de la realidad.

El mundo de Pa Salt.

Sentí el primer escozor de las lágrimas en los ojos al pensar en el apodo de niña que había puesto a mi padre. Siempre le había encantado navegar, y cuando después de hacerlo regresaba a nuestra casa del lago, olía a aire fresco y a mar. El sobrenombre, por algún motivo, se le quedó, y mis hermanas también lo adoptaron a medida que fueron llegando.

Cuando la lancha aceleró y el viento cálido me acarició el pelo, pensé en los cientos de trayectos que había hecho hasta entonces a Atlantis, el castillo de cuento de hadas de Pa Salt. Inaccesible por tierra debido a que estaba ubicado sobre un promontorio privado con un escarpado terreno montañoso detrás, solo se podía llegar hasta él en barco. Los vecinos más cercanos se hallaban a varios kilómetros de distancia a lo largo del lago, de modo que Atlantis era nuestro reino privado, separado del resto del mundo. Todo cuanto contenía era mágico... como si Pa Salt y nosotras —sus hijas— hubiéramos vivido allí bajo un encantamiento.

Pa Salt nos había escogido y adoptado de bebés, procedentes de todos los rincones del planeta, y nos había llevado a casa para vivir bajo su protección. Y cada una de nosotras, como le gustaba decir a Pa, era especial, diferente... éramos sus niñas. Nos había puesto los nombres de Las Siete Hermanas, su cúmulo de estrellas favorito, de las que Maia era la primera y la más antigua.

De niña Pa Salt me llevaba a su observatorio de cristal, construido en lo alto de la casa, me aupaba con sus manos grandes y fuertes y me hacía mirar el cielo nocturno a través de su telescopio.

—Ahí está —decía al tiempo que ajustaba el objetivo—. Mira, Maia, tú llevas el nombre de esa estrella tan bonita y brillante.

Y yo la veía. Mientras él explicaba las leyendas que constituían el origen de mi nombre y los de mis hermanas, apenas le prestaba atención, me limitaba a disfrutar de la fuerza con que me estrechaban sus brazos, plenamente consciente de ese momento raro y especial en que lo tenía para mí sola.

Yo al fin había comprendido que Marina, a quien durante mi infancia había tomado por mi madre —incluso le había reducido el nombre a «Ma»—, era una niñera contratada por Pa para que cuidara de mí durante sus largas ausencias. Pero, sin duda, Marina era mucho más que una niñera para todas nosotras. Era la persona que nos había secado las lágrimas, reprendido por descuidar nuestros modales a la mesa y dirigido con serenidad en la difícil transición de la infancia a la adultez.

Siempre había estado ahí, y no podría haberla querido más si me hubiese traído a este mundo.

Durante los tres primeros años de mi niñez, Marina y yo vivimos solas en nuestro castillo mágico a orillas del lago de Ginebra mientras Pa Salt viajaba por los siete mares gestionando su negocio. Luego, una a una, empezaron a llegar mis hermanas.

Normalmente, Pa me llevaba un detalle cuando regresaba a casa. Yo oía que la lancha se acercaba y echaba a correr por el césped, entre los árboles, para recibirlo en el muelle. Como cualquier niño, quería ver lo que escondía en sus bolsillos mágicos para mi deleite. En una ocasión en particular, no obstante, después de regalarme un reno tallado en madera con exquisitez, que me aseguró provenía del taller del mismísimo Papá Noel en el Polo Norte, detrás de él asomó una mujer uniformada que llevaba en los brazos un bulto envuelto en un chal. Y el bulto se movía.

—Esta vez, Maia, te he traído un regalo muy especial. Tienes una hermana. —Pa Salt me sonrió y me cogió en brazos—. A partir de ahora ya no estarás sola cuando tenga que ausentarme.

A partir de ese día mi vida cambió. La enfermera que había acompañado a Pa desapareció al cabo de unas semanas y Marina asumió el cuidado de mi hermana. Yo no conseguía entender que aquella cosa pelirroja y berreona que a menudo apestaba y me robaba protagonismo fuera un regalo. Hasta una mañana en que Alción —llamada como la segunda estrella de Las Siete Hermanas— me sonrió desde lo alto de su trona en el desayuno.

—Sabe quién soy —le dije maravillada a Marina, que le estaba dando de comer.

—Pues claro, mi querida Maia. Eres su hermana mayor, la persona a la que tomará como ejemplo. Tendrás la responsabilidad de enseñarle muchas cosas que tú sabes y ella no.

Y cuando creció se convirtió en mi sombra. Me seguía a todas partes, algo que me gustaba e irritaba en igual medida.

—¡Maia, espera! —gritaba mientras trataba de alcanzarme con pasitos tambaleantes.

A pesar de que al principio Ally —que fue como la apodé— había sido una incorporación indeseada a mi existencia de ensueño en Atlantis, no podría haber pedido una compañera más dulce y adorable. Raras veces lloraba, y tampoco tenía los berrinches propios de los niños de su edad. Con sus alborotados rizos pelirrojos y sus grandes ojos azules, Ally poseía un encanto natural que atraía a la gente, incluido nuestro padre. Cuando Pa Salt estaba en casa entre un viaje y otro, me daba cuenta de que al verla los ojos se le iluminaban con un brillo que yo no despertaba. Y mientras que yo era tímida y reservada con los desconocidos, Ally era tan extravertida y confiada que enseguida se ganaba el cariño de la gente.

También era una de esas niñas que destacaban en todo, especialmente en la música y en cualquier deporte relacionado con el agua. Recuerdo a Pa enseñándole a nadar en nuestra enorme piscina y, mientras que a mí me había costado ser capaz de permanecer a flote y superar el miedo a bucear, mi hermana pequeña parecía una sirena. Yo era incapaz de mantener el equilibrio incluso en el *Titán*, el enorme y precioso yate de Pa, pero Ally siempre le suplicaba que la llevara en el pequeño Laser que tenía amarrado en nuestro embarcadero privado. Yo me acuclillaba en la estrecha popa mientras Pa y Ally tomaban las riendas de la embarcación y surcábamos las aguas cristalinas a toda velocidad. La pasión de ambos por la navegación los unía de una manera que yo sabía que nunca podría igualar.

A pesar de que Ally había estudiado música en el Conservatoire de Musique de Genève y era una talentosa flautista que habría podido forjarse una carrera en una orquesta profesional, tras dejar la escuela de música eligió dedicarse por completo a la navegación. Ahora competía regularmente en regatas y había representado a Suiza en varias ocasiones.

Cuando Ally tenía casi tres años, Pa llegó a casa con nuestra siguiente hermana, a la que llamó Astérope, como la tercera de Las Siete Hermanas.

—Pero la llamaremos Star —dijo sonriéndonos a Marina, a Ally y a mí mientras examinábamos a la nueva incorporación a la familia, que descansaba en el moisés.

Para entonces yo ya asistía todas las mañanas a clases con un profesor particular, de modo que la llegada de la nueva hermana me afectó menos de lo que lo había hecho la de Ally. Transcurridos apenas seis meses, otro bebé se sumó a nosotras, una niña de doce semanas llamada Celeno, nombre que Ally enseguida redujo a CeCe.

Solo había tres meses de diferencia entre Star y CeCe y, desde donde me alcanza la memoria, siempre estuvieron muy unidas. Parecían casi gemelas y compartían un particular lenguaje de bebés que, en parte, todavía empleaban hoy día para comunicarse. Vivían en un mundo privado que excluía a las demás hermanas. E incluso ahora, a sus veintitantos años, todo seguía igual. CeCe, la menor de las dos, era la que mandaba, y su cuerpo moreno y robusto contrastaba sobremanera con la figura blanca y delgada de Star.

Al año siguiente llegó otro bebé, Taygeta, a quien apodé «Tiggy», porque su pelo corto y oscuro salía disparado en todas direcciones desde su diminuta cabeza y me recordaba al erizo del célebre cuento de Beatrix Potter.

Para entonces yo tenía siete años, y sentí una conexión especial con Tiggy en cuanto la vi. Era la más delicada de todas nosotras y contraía una enfermedad infantil tras otra, pero incluso de bebé era estoica y poco exigente. Cuando unos meses después Pa llevó a casa a otra niña, llamada Electra, Marina, exhausta, empezó a pedirme que hiciera compañía a Tiggy, que siempre tenía fiebre o anginas. Al final le diagnosticaron asma y raras veces la sacaban de casa para pasear en el cochecito por miedo a que el aire frío y la espesa niebla del invierno de Ginebra le afectasen al pecho.

Electra era la menor de mis hermanas y el nombre le iba que ni pintado. Para entonces yo ya estaba acostumbrada a los bebés y sus exigencias, pero mi hermana menor era, sin la menor duda, la más difícil de todas. En ella todo era eléctrico; su habilidad innata para pasar en un segundo de la oscuridad a la luz y viceversa hizo que nuestra casa, tranquila hasta ese momento, temblara cada día con sus agudos chillidos. Las rabietas de Electra resonaron a lo largo de mi infancia, y con los años su fuerte temperamento no se aplacó.

En privado, Ally, Tiggy y yo teníamos un apodo para ella: las tres la conocíamos como «Polvorín». Todas andábamos con pies de plomo en su presencia por temor a hacer algo que pudiera provocar un repentino cambio de humor. Reconozco que había momentos en que la detestaba por alterar la vida en Atlantis.

Y sin embargo, si Electra sabía que alguna de las hermanas estaba en apuros, era la primera en ofrecer su ayuda y apoyo. Igual que era capaz de mostrar un gran egoísmo, en otras ocasiones su generosidad no le iba a la zaga.

Después de Electra, todo Atlantis esperaba la llegada de la Séptima Hermana. A fin de cuentas, llevábamos los nombres del cúmulo de estrellas favorito de Pa Salt y no estaríamos completas sin ella. Hasta conocíamos su nombre —Mérope— y nos preguntábamos cómo sería. Pero pasó un año, y luego otro, y otro, y ningún bebé más llegó a casa con nuestro padre.

Recuerdo como si fuera hoy un día que estaba con él en su observatorio. Yo tenía catorce años y me faltaba poco para convertirme en mujer. Estábamos esperando un eclipse, los cuales, según Pa, eran momentos trascendentales para la humanidad y normalmente producían cambios.

—Pa —dije—, ¿traerás algún día a casa a nuestra séptima hermana?

Su cuerpo, fuerte y protector, pareció quedarse petrificado unos segundos. De repente dio la sensación de cargar con todo el peso del mundo sobre los hombros. Aunque no me miró, pues seguía concentrado en ajustar el telescopio para el inminente eclipse, supe al instante que lo que había dicho le había afectado.

—No, Maia, no la traeré. Porque no la he encontrado.

Cuando el familiar seto de píceas que protegía nuestra casa del lago de las miradas ajenas asomó a lo lejos, divisé a Marina esperando en el embarcadero y al fin empecé a asumir la terrible verdad de la pérdida de Pa.

Y comprendí que el hombre que había creado el reino en el que todas habíamos sido sus princesas ya no estaba para mantener vivo el encantamiento.

2

Marina me dio un abrazo reconfortante cuando bajé de la lancha. Sin pronunciar palabra, echamos a andar entre los árboles hacia la vasta e inclinada extensión de césped que conducía a la casa. Atlantis alcanzaba su máximo esplendor en junio. Los cuidados jardines estaban en flor e instaban a los ocupantes de la casa a explorar los senderos ocultos y las grutas secretas.

La casa propiamente dicha, construida a finales del siglo XIX y de estilo Luis XV, destacaba por su elegante grandiosidad. Tenía tres plantas, y los muros macizos, de un rosa pálido, estaban tachonados de altas ventanas de estilo inglés y coronados por un pronunciado tejado rojo con una torrecilla en cada esquina. El interior estaba decorado de forma exquisita y con todos los lujos modernos; las alfombras gruesas y los sofás mullidos arropaban y reconfortaban a todos los que vivían en ella. Nosotras, las hermanas, dormíamos en la última planta, que ofrecía unas vistas espectaculares del lago por encima de las copas de los árboles. Marina también ocupaba un conjunto de estancias en aquel piso, con nosotras.

Observé su rostro y pensé que parecía exhausta. Sus amables ojos castaños estaban rodeados de sombras de cansancio, y sus labios, por lo general sonrientes, estaban tensos y arrugados. Debía de tener unos sesenta y cinco años, pero aparentaba menos. Alta y de marcadas facciones aguileñas, era una mujer guapa y elegante, siempre impecablemente vestida, con un refinamiento natural que revelaba su ascendencia francesa. Cuando era niña, llevaba suelto el cabello oscuro y sedoso, pero ahora se lo recogía en un moño bajo.

Miles de preguntas se disputaban mi atención en mi cabeza, pero solo una exigía ser formulada de inmediato.

—¿Por qué no me llamaste en cuanto Pa sufrió el ataque? —dije mientras entrábamos en la casa y nos dirigíamos al salón de techos altos. La estancia daba a una amplia terraza de piedra rodeada de jarrones repletos de capuchinas rojas y amarillas.

—Maia, créeme, le supliqué que me dejara contártelo, contároslo a todas, pero se puso tan nervioso que tuve que hacer lo que me pedía.

Y comprendí que si Pa le había dicho que no nos llamara, ella no había tenido más remedio que obedecer. Él era el rey y Marina, en el mejor de los casos, su cortesano más leal y, en el peor, un sirviente que ha de hacer exactamente lo que se le ordena.

—¿Dónde está? —le pregunté—. ¿Sigue en su dormitorio? ¿Debería subir a verlo?

—No, *chérie*, no está en su dormitorio. ¿Quieres una taza de té antes de que sigamos hablando? —propuso.

—La verdad, creo que no me iría mal un gin-tonic bien cargado —reconocí dejándome caer en uno de los enormes sofás.

—Le pediré a Claudia que te lo prepare. Y me parece que, por esta vez, te acompañaré.

Salió del salón en busca de Claudia, nuestra ama de llaves, que llevaba en Atlantis el mismo tiempo que ella. Era alemana, y su hosquedad aparente ocultaba un corazón de oro. Como todas nosotras, había sentido adoración por mi padre. De pronto me pregunté qué sería de ella y de Marina. Y, de hecho, qué pasaría con Atlantis ahora que Pa ya no estaba.

Aquellas palabras aún me resultaban absurdas en aquel contexto. Pa casi nunca «estaba», siempre se hallaba en otro lugar haciendo algo, aunque ni su familia ni ningún miembro de su personal tenían una idea clara de cómo se ganaba la vida. Yo se lo había preguntado en una ocasión, cuando mi amiga Jenny vino a pasar unos días con nosotros durante las vacaciones escolares y se quedó asombrada por la opulencia con que vivíamos.

—Tu padre debe de ser increíblemente rico —me había susurrado al bajar del avión privado de Pa, que acababa de aterrizar en el aeropuerto de La Môle, cerca de St. Tropez. El chófer nos esperaba en la pista para llevarnos al puerto, donde embarcaríamos en nuestro magnífico yate de diez camarotes, el *Titán*, y emprenderíamos nuestro crucero anual por el Mediterráneo hasta el destino que Pa Salt hubiera elegido.

Como cualquier niño, rico o pobre, como había crecido sin conocer otra cosa, la forma en que vivíamos nunca me había parecido inusual. De pequeñas, mis hermanas y yo habíamos estudiado en casa con profesores particulares, así que hasta los trece años, cuando ingresé en el internado, no me percaté de lo diferente que era nuestra vida de la de la mayor parte de la gente.

Cuando un día le pregunté a Pa qué hacía exactamente para proporcionarle a nuestra familia todos los lujos imaginables, me dedicó una de sus miradas enigmáticas y sonrió.

—Soy una especie de mago.

Respuesta que, como era su intención, no me desveló nada.

Con los años empecé a darme cuenta de que Pa Salt era un maestro del ilusionismo y que nada era lo que parecía.

Cuando Marina volvió al salón con dos gin-tonics en una bandeja, me dije que, después de treinta y tres años, no tenía ni idea de quién había sido mi padre fuera de Atlantis. Y me pregunté si finalmente empezaría a descubrirlo ahora.

—Toma —me dijo dejando el vaso delante de mí—. Por tu padre. —Levantó su copa—. Descanse en paz.

—Sí, por Pa Salt. Descanse en paz.

Marina bebió un largo sorbo antes de devolver el gin-tonic a la mesa y tomar mis manos entre las suyas.

—Maia, antes de que hablemos de lo demás, hay algo que debes saber.

—¿Qué? —inquirí contemplando su cejo fruncido por la preocupación.

—Antes me has preguntado si tu padre seguía en casa. La respuesta es que ya ha recibido sepultura. Su deseo era ser enterrado enseguida y que ninguna de sus hijas estuviera presente.

La miré como si se hubiera vuelto loca.

—Pero, Ma, hace solo unas horas me has dicho que Pa ha muerto esta madrugada. ¿Cómo ha podido organizarse un funeral tan deprisa? ¿Y por qué?

—Maia, tu padre me dejó muy claro que, en cuanto muriera, su cuerpo debía ser trasladado de inmediato hasta su yate en su avión privado. Una vez a bordo, debía ser introducido en un ataúd de plomo que al parecer llevaba años en la bodega del *Titán* a la espera de este momento. Después debía ser conducido a alta mar. Obviamente, dado su amor por el agua, deseaba que sus restos descansaran en el mar. Y no quería que sus hijas pasaran por el mal trago de... presenciar el acontecimiento.

—Dios —susurré. Las palabras de Marina me provocaron escalofríos de terror—. Pero él tenía que saber que nosotras habríamos querido despedirnos de él como es debido. ¿Cómo ha podido hacer algo así? ¿Qué les diré a las demás? No...

—*Chérie*, tú y yo somos las que más tiempo hemos vivido en esta casa y ambas sabemos que las decisiones de tu padre no debían cuestionarse. Quiero creer —dijo en voz baja— que deseaba ser enterrado de la misma manera que vivió: discretamente.

—Y controlándolo todo —añadí en un arrebato de rabia—. Por lo visto ni siquiera podía confiar en que la gente que lo quería hiciera las cosas a su gusto.

—Fueran cuales fuesen sus razones —dijo Marina—, solo espero que con el tiempo podáis recordarlo como el padre cariñoso que fue. Lo único que sé es que vosotras lo erais todo para él.

—Pero ¿quién de nosotras lo conocía? —pregunté con lágrimas de frustración en los ojos—. ¿Ha venido un médico para confirmar su muerte? Debes de tener un certificado de defunción. ¿Puedo verlo?

—El médico me ha pedido los datos personales de tu padre, como el año y el lugar de nacimiento. Le he dicho que yo solo soy una empleada y no conozco esos detalles a ciencia cierta. Lo he puesto en contacto con Georg Hoffman, el abogado que lleva sus asuntos.

—¿Por qué era tan reservado, Ma? En el avión venía pensando

que no recuerdo que trajera amigos a Atlantis ni una sola vez. En algunas ocasiones, cuando estábamos en el yate, embarcaba algún socio para celebrar una reunión y se encerraban abajo, en su despacho, pero no hacía vida social.

—Quería mantener a su familia separada del trabajo para que cuando estuviera en casa pudiera dedicar toda su atención a sus hijas.

—Las hijas que adoptó y trajo aquí desde todos los rincones del mundo. ¿Por qué, Ma, por qué?

Marina me miró en silencio y sus ojos sabios y serenos no me dieron una sola pista sobre si conocía o no la respuesta.

—Cuando eres pequeña —continué—, creces aceptando la vida que tienes. Pero las dos sabemos que es bastante inusual, por no decir extrañísimo, que un hombre soltero de mediana edad adopte a seis niñas y se las traiga a Suiza para que crezcan bajo el mismo techo.

—Es que tu padre era un hombre inusual —convino Marina—. Pero no creo que ofrecer a unas niñas huérfanas la oportunidad de una vida mejor bajo su protección pueda verse como algo malo —dijo con ambigüedad—. Muchas personas ricas que no tienen hijos propios adoptan niños.

—Pero, por lo general, están casadas —repuse bruscamente—. Ma, ¿sabes si Pa tuvo alguna novia? ¿Alguien a quien amar? Lo conozco desde hace treinta y tres años y jamás lo he visto con una mujer.

—*Chérie*, soy consciente de que tu padre se ha ido y de que de repente te das cuenta de que muchas preguntas que querías hacerle ya nunca obtendrán respuesta, pero yo no puedo ayudarte. Además, tampoco es el momento —añadió Marina con dulzura—. Por ahora, debemos celebrar lo que fue para todas y cada una de nosotras y recordarlo como el ser amable y cariñoso que conocimos dentro de las paredes de Atlantis. No olvides que tu padre tenía más de ochenta años. Ha gozado de una vida larga y plena.

—Pero hace solo tres semanas estaba navegando con el Laser por el lago y desenvolviéndose en la embarcación como un hombre de cuarenta —dije haciendo memoria—. Es difícil conciliar esa imagen con la de un hombre moribundo.

—Lo sé, y gracias a Dios no siguió a muchos otros de su edad y no sufrió una muerte lenta y prolongada. Es maravilloso que tú y las demás vayáis a recordarlo como un hombre sano, feliz y en forma —me alentó Marina—. No hay duda de que es lo que él habría deseado.

—No sufrió cuando le llegó el final, ¿verdad? —pregunté vacilante pese a saber, en el fondo, que aunque así hubiera sido Marina no me lo diría.

—No. Sabía lo que le esperaba, Maia, y creo que había hecho las paces con Dios. En serio, creo que se alegraba de pasar a mejor vida.

—¿Cómo diantres les digo a mis hermanas que su padre ha muerto? —me lamenté—. ¿Y que ni siquiera tienen un cuerpo que enterrar? Se sentirán igual que yo, como si simplemente se lo hubiera llevado el viento.

—Tu padre pensó en eso antes de morir y Georg Hoffman, su abogado, me ha llamado esta mañana. Te prometo que todas tendréis la oportunidad de despediros de él.

—Incluso muerto, Pa lo tiene todo bajo control —suspiré desalentada—. Por cierto, les he dejado mensajes a todas mis hermanas, pero de momento ninguna me ha contestado.

—Bueno, Georg Hoffman vendrá en cuanto estéis todas aquí. Y por favor, Maia, no me preguntes de qué quiere hablaros, porque no tengo ni idea. Le he pedido a Claudia que te prepare una sopa. Seguro que no has probado bocado en todo el día. ¿Quieres que te la lleve al Pabellón o prefieres dormir esta noche en la casa?

—Me tomaré la sopa aquí y luego, si no te importa, me iré a mi casa. Creo que necesito estar sola.

—Claro. —Marina se acercó y me dio un abrazo—. Sé que ha sido un golpe terrible para ti. Y lamento que, una vez más, te toque cargar con la responsabilidad para con tus hermanas, pero tu padre me pidió que te lo contara a ti primero. No sé si eso te servirá de consuelo. Y ahora, ¿quieres que le pida a Claudia que caliente la sopa? Creo que a las dos nos sentaría bien un poco de comida casera.

Después de cenar le dije a Marina que se acostara y le di un beso de buenas noches, pues era evidente que ella también estaba agotada. Antes de marcharme subí los incontables escalones hasta el último piso y entré en las habitaciones de mis hermanas. Todo estaba igual que el día en que sus ocupantes se marcharon de casa para emprender los caminos que habían elegido, así que cada uno de los dormitorios seguía mostrando sus muy distintas personalidades. Cada vez que volvían, como pájaros a su nido, ninguna de ellas mostraba el menor interés en cambiarlos. Tampoco yo.

Abrí la puerta de mi antigua habitación y me acerqué al estante donde aún guardaba mis más preciadas posesiones de la infancia. Cogí una vieja muñeca de porcelana que Pa me había regalado cuando era muy pequeña. Como siempre, mi padre había tejido para ella una historia mágica, según la cual la muñeca había pertenecido a una joven condesa rusa y se había sentido muy sola en su palacio nevado de Moscú cuando su dueña creció y se olvidó de ella. Me dijo que se llamaba Leonora y que necesitaba un nuevo par de brazos que la quisieran.

Devolví la muñeca al estante y alcancé la caja que contenía el regalo que Pa me había hecho al cumplir los dieciséis; la abrí y saqué el collar.

—Es una piedra lunar, Maia —me había explicado mientras yo contemplaba la peculiar piedra opalescente, que brillaba con un tono azulado y estaba rodeada de diamantes diminutos—. Es más vieja que yo y encierra una historia muy interesante. —Recordaba que en aquel momento Pa Salt había vacilado un poco, como si estuviera sopesando algo—. Puede que algún día te la cuente —prosiguió—. El collar es un poco serio para tu edad, pero llegará el día en que sea perfecto para ti.

Pa había acertado en su valoración. Por aquel entonces, yo llevaba el cuerpo adornado —al igual que todas mis amigas del colegio— con pulseras de plata barata y enormes cruces ensartadas en cordoncillos de cuero colgadas del cuello. Nunca me había puesto la piedra lunar, que había permanecido olvidada en el estante desde entonces.

Pero ahora me la pondría.

Caminé hasta el espejo, me abroché el diminuto cierre de la delicada cadena de oro en la nuca y estudié la piedra. Tal vez fueran imaginaciones mías, pero tuve la sensación de que por un momento brillaba con intensidad sobre mi piel. Instintivamente, acaricié la piedra con los dedos mientras me acercaba a la ventana y contemplaba las luces titilantes del lago de Ginebra.

—Descansa en paz, querido Pa Salt —susurré.

Y antes de que me engulleran los recuerdos, abandoné a toda prisa mi cuarto de la infancia, salí de la casa y tomé el estrecho sendero que conducía hasta mi hogar actual, situado a unos doscientos metros de allí.

Nunca cerraba con llave la puerta del Pabellón; teniendo en cuenta el sofisticado sistema de alarma que funcionaba en todo el perímetro de nuestra propiedad, era poco probable que alguien pudiera huir con mis escasas pertenencias.

Cuando entré vi que Claudia ya había estado allí para encender las lámparas de la sala. Me dejé caer en el sofá, presa del desconsuelo.

Yo era la hermana que nunca se había ido.

3

Cuando mi móvil sonó a las dos de la madrugada, estaba tumbada en la cama sin poder conciliar el sueño, preguntándome por qué era incapaz de bajar la guardia y llorar la muerte de Pa. El corazón me dio un vuelco de ciento ochenta grados en cuanto vi en la pantalla que era Tiggy.

—¿Sí?

—Maia, siento llamarte tan tarde, pero no he podido escuchar tu mensaje hasta ahora. Tenemos muy mala cobertura aquí arriba. Tu voz me ha hecho pensar que algo va mal. ¿Estás bien?

La voz dulce y alegre de Tiggy derritió las aristas de la roca helada que parecía haber ocupado el lugar de mi corazón.

—Sí, pero...

—¿Es Pa Salt?

—Sí. —Tragué saliva, agobiada por la tensión—. ¿Cómo lo has sabido?

—No lo sabía... es decir, no sé... pero esta mañana he tenido una sensación muy extraña mientras buscaba en los páramos a una de las gamas que marcamos hace unas semanas. La he encontrado muerta y, por alguna razón, he pensado en Pa. Le he restado importancia diciéndome que solo era que estaba apenada por la gama. ¿Está Pa...?

—Tiggy, lo siento mucho, pero... Pa ha muerto esta madrugada. O, mejor dicho, la madrugada de ayer —me corregí.

—¡Oh, Maia, no! No puedo creerlo. ¿Qué ha ocurrido? ¿Ha

sido un accidente con el barco? La última vez que lo vi le dije que ya no debería salir solo con el Laser.

—No, murió en casa. De un ataque al corazón.

—¿Estabas con él? ¿Sufrió? No... —La voz le temblaba—. No soportaría que hubiese sufrido.

—No estaba con él, Tiggy. Me había ido unos días a Londres para ver a mi amiga Jenny. De hecho —cogí una gran bocanada de aire mientras hacía memoria—, fue Pa quien me convenció de que fuera. Dijo que me sentaría bien alejarme unos días de Atlantis y descansar.

—Cuánto lo siento por ti, Maia. Casi nunca viajas, y para una vez que lo haces...

—Lo sé.

—¿Crees que Pa lo sabía y que quería ahorrarte el mal trago?

Su hermana acababa de decir en voz alta lo que me había estado rondando la cabeza las últimas dos horas.

—No. Creo que lo llaman la ley de Murphy. Pero no te preocupes por mí. Me siento mucho más angustiada por ti y la terrible noticia que acabo de darte. ¿Estás bien? Ojalá estuviera ahí contigo para poder abrazarte.

—Si te soy sincera, ahora mismo no puedo decirte cómo me encuentro, porque no me parece real. Y puede que no me lo parezca hasta que llegue a casa. Intentaré coger un avión mañana mismo. ¿Se lo has dicho ya a las demás?

—Les he dejado miles de mensajes pidiéndoles que me llamen de inmediato.

—Volveré lo antes posible para echarte una mano, cariño. Estoy segura de que habrá muchas cosas que organizar para el funeral.

No tuve el valor de explicarle que ya estaba todo hecho.

—Será estupendo tenerte aquí. Ahora, si puedes, intenta dormir, Tiggy, y si necesitas hablar llámame, sea la hora que sea.

—Gracias. —Su voz trémula me dijo que se hallaba al borde de las lágrimas y que empezaba a asimilar la noticia—. Maia, sabes que no se ha ido, ¿verdad? Ningún espíritu muere, simplemente pasa a otro plano.

—Espero que tengas razón. Buenas noches, querida Tiggy.

—Sé fuerte, Maia. Hasta mañana.

Pulsé el botón para finalizar la llamada y me recosté en la cama, agotada y deseando compartir las fervientes creencias espirituales de Tiggy sobre la otra vida. Pero en aquellos momentos no se me ocurría una sola razón kármica por la que Pa Salt hubiera abandonado este mundo.

Puede que en otros tiempos hubiera creído que existía un dios, o por lo menos un poder que escapaba al entendimiento humano. Pero, en algún momento, aquel consuelo se había desvanecido.

Y, siendo sincera conmigo misma, sabía exactamente cuándo había ocurrido.

Ojalá pudiera aprender a sentir de nuevo y a dejar de ser una autómata que por fuera parecía un ser humano sereno y eficiente. El hecho de verme incapaz de reaccionar a la muerte de Pa con la emotividad que merecía demostraba de una forma clara la gravedad de mi problema.

Y aun así, cavilé, se me daba bien consolar a los demás. Sabía que todas mis hermanas me veían como el pilar de la familia, la persona a la que siempre podían acudir cuando tenían un problema. Maia, la práctica, la sensata y, como había dicho Marina, se suponía que era la «fuerte».

En realidad estaba más asustada que cualquiera de ellas. Mientras que todas mis hermanas habían abandonado el nido, yo me había quedado en Atlantis, escondiéndome tras la necesidad de que hubiera alguien allí ahora que Pa estaba envejeciendo. Y utilizando la excusa añadida de que encajaba a la perfección con la profesión que había elegido, que era muy solitaria.

Paradójicamente, teniendo en cuenta la vacuidad de mi vida personal, me pasaba los días inmersa en un mundo ficticio y con frecuencia romántico, traduciendo novelas del ruso y el portugués al francés, mi primera lengua.

Pa había sido el primero en reparar en mi don para imitar como un loro cualquier idioma en el que me hablara. Él era políglota, y le gustaba saltar de un idioma a otro y comprobar si yo podía hacer lo mismo. Cuando cumplí trece años, hablaba perfectamente francés, alemán e inglés —todas ellas lenguas de uso común en Suiza— y dominaba el italiano, el latín, el griego, el ruso y el portugués.

Sentía pasión por los idiomas, un reto inagotable, porque por muy buena que fuera, siempre podía ser mejor. Las palabras y el uso correcto de las mismas me absorbían, de ahí que cuando me llegó la hora de pensar qué quería estudiar en la universidad, la elección fuera obvia.

Había pedido consejo a Pa sobre los idiomas en los que debería centrarme.

Me miró pensativo.

—En realidad, Maia, te corresponde a ti decidirlo, pero quizá no deberías escoger el idioma que más domines actualmente, así aprovecharás tres o cuatro años en la universidad para perfeccionarlo.

—No sé, Pa —suspiré—. Me gustan todos. Por eso te lo pregunto.

—En ese caso, te hablaré desde un punto de vista práctico y te diré que a lo largo de los próximos treinta años el poder económico mundial experimentará un cambio radical. De modo que, si yo fuera tú, dado que ya hablas tres de los principales idiomas de Occidente, buscaría en otra parte.

—¿Te refieres a países como China y Rusia? —inquirí.

—Sí, y a la India y Brasil, por supuesto. Son naciones que tienen vastos recursos sin explotar y culturas fascinantes.

—La verdad es que el ruso me gusta mucho, y también el portugués. Es un idioma muy… —Recuerdo que busqué la palabra adecuada— expresivo.

—Pues ya lo tienes. —Pa sonrió y me di cuenta de que estaba satisfecho con mi respuesta—. ¿Por qué no estudias ambos? Con tu don natural para los idiomas, no te supondría un gran esfuerzo. Y te prometo, Maia, que con una o ambas de esas lenguas en tu haber, te comerás el mundo. Hoy día hay poca gente capaz de comprender lo que nos espera en el futuro. El mundo está cambiando y tú siempre estarás en la vanguardia.

Tenía la garganta seca. Me levanté de la cama y fui a la cocina para servirme un vaso de agua. Pensé en las esperanzas que Pa había depositado en que yo, armada con mis singulares aptitudes, saliera con aplomo al nuevo amanecer que él vaticinaba. Y en aquel entonces también yo pensaba que, casi con total seguridad, eso sería lo que haría. Lo que más deseaba en el mundo era que Pa estuviera orgulloso de mí.

Pero, como les sucede a muchas personas, la vida me había desviado de mi trayectoria inicial. Y en lugar de proporcionarme un trampolín al mundo, mis dones me habían permitido esconderme en mi hogar de la infancia.

Cada vez que mis hermanas venían a pasar unos días de descanso de sus variadas existencias a lo largo y ancho del planeta, se metían con mi vida ermitaña. Decían que corría el riesgo de convertirme en una solterona, porque ¿cómo esperaba conocer a alguien si me negaba a poner un pie fuera de Atlantis?

—Eres preciosa, Maia. Todo el mundo lo comenta cuando te conoce, pero prefieres estar aquí sola y desperdiciar tu belleza —me había reprendido Ally la última vez que la vi.

Y probablemente tuviera razón en lo de que era mi envoltorio lo que me hacía destacar. Venía de una familia de seis hermanas, así que a todas nos habían puesto etiquetas de pequeñas, el rasgo fundamental que nos hacía especiales:

Maia, la guapa; Ally, la líder; Star, la conciliadora; CeCe, la pragmática; Tiggy, la cuidadora; y Electra, la bola de fuego.

La pregunta era: ¿esos dones nos habían proporcionado éxito y felicidad?

Algunas de mis hermanas eran aún muy jóvenes y no habían vivido lo suficiente para saberlo o para que yo pudiera juzgarlo. En cuanto a mí, sabía que el «don» de la belleza había ayudado a provocar el momento más doloroso de mi vida, simplemente porque yo era entonces demasiado ingenua para comprender el poder que este ejercía. De modo que ahora lo ocultaba, y eso implicaba que yo también me escondiera.

Últimamente, cuando Pa venía a verme al Pabellón me preguntaba a menudo si era feliz.

—Claro que sí, Pa —respondía yo siempre.

Al fin y al cabo, daba la impresión de que tenía pocas razones para no serlo. Vivía rodeada de comodidades y con dos pares de brazos afectuosos a un tiro de piedra. Y, técnicamente, tenía el mundo a mis pies. No tenía ataduras, ni responsabilidades... Sin embargo, cuánto anhelaba tenerlas.

Sonreí al recordar a Pa animándome, hacía solo dos semanas, a que fuera a Londres a ver a mi vieja amiga del colegio. Y como quien me lo propuso fue él, y yo me había pasado mi vida adulta sintiendo que lo había decepcionado, acepté. Aunque no pudiera ser «normal», confié en que él pensaría que lo era si iba.

Así que me había ido a Londres... y había descubierto a mi regreso que él también se había ido. Para siempre.

Ya eran las cuatro de la madrugada. Regresé a mi cuarto y me tumbé, desesperada por conciliar el sueño. Pero era imposible. El corazón empezó a aporrearme el pecho cuando comprendí que, ahora que Pa había muerto, ya no podía utilizarlo de excusa para seguir escondiéndome allí. Tal vez incluso se vendiera Atlantis. Por supuesto, Pa jamás me había contado qué sucedería tras su muerte. Y que yo supiera, tampoco había les dicho nada a mis hermanas.

Hasta hacía unas horas, Pa Salt había sido omnipotente, omnipresente. Una fuerza de la naturaleza que nos había mantenido a todas a flote.

Pa solía llamarnos sus manzanas doradas. Maduras y perfectamente moldeadas, a la espera de ser arrancadas. Ahora habían zarandeado la rama y todas habíamos caído de forma brusca al suelo, sin una mano firme que detuviera nuestro descenso.

Oí que llamaban a la puerta y me levanté medio atontada para ir a abrir. Presa de la desesperación, unas horas antes, cuando empezaba a amanecer, había buscado los somníferos que me habían recetado hacía años y me había tomado uno. Al ver que el reloj del recibidor marcaba más de las once, lamenté haber sucumbido a la tentación.

Cuando abrí la puerta, el rostro preocupado de Marina apareció tras ella.

—Buenos días, Maia. Te he llamado al fijo y al móvil, pero como no contestabas he venido para asegurarme de que estás bien.

—Lo siento, me he tomado una pastilla y me ha dejado fuera de juego —confesé avergonzada—. Pasa.

—No, dejaré que te espabiles sin prisa. Cuando te hayas duchado y vestido, ¿te importaría venir a la casa? Tiggy ha llamado para decir que llegará a las cinco. Ha conseguido hablar con Star, CeCe y Electra, así que también ellas están en camino. ¿Sabes algo de Ally?

—Miraré el móvil y si no hay nada, volveré a llamarla.

—¿Estás bien, Maia? Tienes mala cara.

—Lo estaré, Ma, no te preocupes. Luego nos vemos.

Cerré la puerta y me dirigí al cuarto de baño para echarme agua fría en la cara y terminar de despertarme. Cuando me miré en el espejo comprendí por qué Marina me había preguntado si me encontraba bien. Durante la noche me habían aparecido arrugas alrededor de los ojos, debajo de los cuales tenía unas inmensas ojeras azuladas. El cabello oscuro, por lo general brillante, me colgaba lacio y grasiento a ambos lados de la cara. Y la piel, por lo habitual de un color miel tostada impecable y que apenas precisaba maquillaje, estaba hinchada y pálida.

—No creo que esta mañana sea precisamente la guapa de la familia —farfullé a mi reflejo antes de buscar el móvil entre las sábanas enredadas.

Tras desenterrarlo de debajo del edredón, vi que tenía ocho llamadas perdidas. Escuché las voces de mis hermanas, sus distintos mensajes de conmoción e incredulidad. La única que no había respondido aún a mi llamada era Ally. Hablé de nuevo con su buzón de voz y le pedí que me telefoneara lo antes posible.

En la casa encontré a Marina y a Claudia en el piso de arriba, cambiando las sábanas y ventilando las habitaciones de mis hermanas. Me fijé en que Marina, pese al dolor, se alegraba de que todas sus chicas regresaran al nido. Últimamente era muy difícil que las seis coincidiéramos bajo un mismo techo. La última vez había sido once meses antes, en julio, cuando hicimos un crucero por las islas griegas en el yate de Pa. En Navidad solo cuatro de nosotras estuvimos en casa, porque Star y CeCe estaban viajando por Extremo Oriente.

—He enviado a Christian con la lancha para que recoja la comida y las provisiones que he encargado —me informó Marina mientras bajaba la escalera tras ella—. Tus hermanas se han vuelto unas maniáticas. Tiggy es vegana, y a saber qué dieta de moda está siguiendo ahora Electra —rezongó, aunque parte de ella estaba disfrutando cada segundo de aquel inesperado caos que, sin duda, le recordaba los tiempos en que todas estábamos bajo su cuidado—. Claudia lleva en la cocina desde el alba, pero he pensado que esta noche haremos algo sencillo, como pasta y ensalada.

—¿Sabes a qué hora llega Electra? —le pregunté al llegar a la cocina, donde el delicioso olor del pan que estaba horneando Claudia me llevó de vuelta a la infancia.

—Probablemente después de medianoche. Ha conseguido un vuelo de Los Ángeles a París, y desde allí volará a Ginebra.

—¿Cómo estaba?

—Llorando —dijo Marina—. No podía controlarse.

—¿Y Star y CeCe?

—CeCe, como de costumbre, está encargándose de todo por las dos. No he hablado con Star. CeCe parecía conmocionada, la pobre, como si le hubieran cortado las alas. Hace solo diez días que regresaron de Vietnam. Come un poco de pan recién hecho, Maia. Estoy segura de que todavía no has dado ni un bocado esta mañana.

Marina me puso delante una rebanada generosamente untada de mantequilla y mermelada.

—Tiemblo al pensar en cómo van a tomárselo —murmuré antes de darle un bocado.

—Estarán como siempre y cada una se lo tomará a su manera —respondió ella con sabiduría.

—Y, claro, todas creen que vienen a casa para el funeral de Pa —dije con un suspiro—. Aunque habría sido un acontecimiento muy triste, por lo menos habría sido un rito de paso, una oportunidad para celebrar su vida, despedirnos y, con suerte, empezar a pasar página. Ahora llegarán a casa únicamente para descubrir que su padre ya no está.

—Lo sé, Maia, pero lo hecho hecho está —terció Marina con pesar.

—Imagino que, por lo menos, habrá amigos o socios a quienes debamos avisar.

—Georg Hoffman dijo que él se encargaría de todo. Esta mañana ha vuelto a telefonearme para saber cuándo estaríais todas aquí y venir a veros. Le he dicho que le informaría en cuanto habláramos con Ally. Tal vez él pueda arrojar algo de luz sobre el misterioso funcionamiento de la mente de vuestro padre.

—Bueno, espero que alguien pueda hacerlo —murmuré con gravedad.

—Y ahora, ¿te importa si te dejo sola? Tengo un millón de cosas que hacer antes de la llegada de tus hermanas.

—En absoluto, Ma —dije—. Y gracias. No sé qué haríamos sin ti.

—O yo sin vosotras.

Me dio unas palmaditas en el hombro y salió de la cocina.

4

Pasadas las cinco, después de dedicar la tarde a deambular por los jardines y luego a intentar traducir alguna página para dejar de pensar en Pa, oí el motor de la lancha en el embarcadero. Aliviada por que Tiggy hubiera llegado al fin y por no tener que seguir estando a solas con mis pensamientos, abrí la puerta del Pabellón y eché a correr por el césped para recibirla.

La observé bajar de la embarcación con elegancia. Cuando era pequeña, Pa le había sugerido en varias ocasiones que estudiara ballet, porque Tiggy no caminaba, flotaba. Su cuerpo alto y delgado se movía con tal ligereza que parecía que sus pies no tocaran el suelo. Poseía una presencia casi etérea, unos ojos grandes y cristalinos rodeados de espesas pestañas que dominaban un rostro con forma de corazón. Mientras la miraba, me sorprendió el parecido que guardaba con la frágil gama que con tanto celo había cuidado.

—Maia, cariño —dijo tendiendo los brazos hacia mí.

Nos fundimos en un abrazo silencioso. Cuando se apartó, vi que tenía los ojos inundados de lágrimas.

—¿Cómo estás? —me preguntó.

—Conmocionada, paralizada... ¿Tú?

—Igual. Todavía no me lo creo.

Echamos a andar hacia la casa cogidas de los hombros. Al llegar a la terraza, Tiggy se detuvo en seco y se volvió hacia mí.

—¿Está Pa en...? —Clavó la vista en la casa—. Si está, necesito un minuto para prepararme.

—No, Tiggy, ya no está aquí.

—Oh, supongo que se lo habrán llevado a... —La voz se le quebró.

—Entremos en casa. Te lo explicaré todo frente a una taza de té.

—He intentado sentirlo, ¿sabes?... Me refiero a su espíritu —dijo Tiggy con un suspiro—. Pero solo siento un vacío. Dentro no hay nada.

—Puede que sea demasiado pronto para sentir algo —la consolé. Estaba acostumbrada a las ideas extrañas de Tiggy y no quería echarlas por tierra con mi busco pragmatismo—. Yo, desde luego, no puedo —añadí mientras entrábamos en la cocina.

Claudia estaba ante el fregadero y cuando se volvió hacia Tiggy —que yo siempre había sospechado que era su favorita— vi compasión en sus ojos.

—¿No es terrible? —dijo Tiggy estrechándola con fuerza.

Era la única de nosotras que se sentía lo bastante cómoda con Claudia para abrazarla.

—Lo es —convino ella—. Id al salón. Enseguida os llevo una taza de té.

—¿Dónde está Ma? —preguntó Tiggy mientras recorríamos la casa.

—Arriba, dando los últimos retoques a vuestras habitaciones. Imagino, además, que querrá dejarnos un rato a solas —respondí cuando nos sentábamos.

—¿Estaba aquí? ¿Estuvo con Pa hasta el final?

—Sí.

—Pero ¿por qué no nos llamó enseguida? —preguntó mi hermana, igual que lo había hecho yo.

Pasé la siguiente media hora dando respuesta a las mismas preguntas con las que yo había bombardeado a Marina el día anterior. También le conté que el cuerpo de Pa ya reposaba en el mar, en un ataúd de plomo, convencida de que se indignaría tanto como yo. Tiggy, sin embargo, se limitó a encogerse de hombros, comprensiva.

—Quería regresar al lugar que amaba y que su cuerpo descansara allí para siempre. En cierto modo, Maia, me alegro de no haberlo visto… sin vida, porque ahora siempre podré recordarlo tal como era.

La miré asombrada. Teniendo en cuenta que era la más sensible de las seis hermanas, era evidente que la noticia de la muerte de Pa no la había afectado —al menos en apariencia— tanto como yo esperaba. Su melena, castaña y abundante, brillaba alrededor de su rostro, y sus enormes ojos marrones, con su habitual expresión inocente, casi asustada, chispeaban. El enfoque sereno de Tiggy me hizo confiar en que tal vez el resto de mis hermanas reaccionaran con igual optimismo, aunque yo no pudiera.

—Es curioso, pero tienes un aspecto fantástico, Tiggy —dije, dando voz a mis pensamientos—. Por lo visto el aire puro de Escocia te sienta bien.

—Y que lo digas —convino—. Después de toda una infancia sin poder salir de casa, tengo la sensación de que me han soltado en plena selva. Adoro mi trabajo, aunque es duro, y la casita donde vivo es increíblemente básica. Ni siquiera tiene el retrete dentro.

—Uau. —Admiraba su capacidad de renunciar a las comodidades con tal de perseguir su sueño—. Entonces, ¿te gusta más que trabajar en el laboratorio del zoo de Servion?

—Desde luego. —Tiggy enarcó una ceja—. Para serte franca, aunque era un buen empleo, lo detestaba, porque no trataba directamente con los animales, solo analizaba su estructura genética. Supongo que crees que estoy loca por renunciar a una carrera prometedora para patearme las Highlands día y noche por un sueldo ridículo, pero me resulta mucho más gratificante.

Levantó la vista y sonrió cuando Claudia entró en el salón con una bandeja y la dejó en la mesita de centro antes de retirarse.

—No creo que estés loca, Tiggy. En serio, lo entiendo muy bien.

—De hecho, hasta que anoche hablamos por teléfono, era más feliz de lo que lo he sido nunca.

—Eso es porque has encontrado tu vocación, estoy segura. —Sonreí.

—Por eso y… por otras cosas —reconoció al tiempo que un leve rubor aparecía en sus delicadas mejillas—. Pero ya te lo contaré en otro momento. ¿A qué hora llegan las demás?

—CeCe y Star estarán aquí en torno a las siete, y Electra llegará de madrugada —contesté sirviendo dos tazas de té.

—¿Cómo reaccionó Electra cuando se lo dijiste? —preguntó Tiggy—. Aunque no hace falta que me lo digas, puedo imaginármelo.

—En realidad fue Ma quien habló con ella. Creo que se puso a llorar a gritos.

—Típico de ella. —Tiggy bebió un sorbo de té. De pronto soltó un suspiro y su mirada se apagó—. Qué extraño es todo esto. Tengo la sensación de que Pa va a entrar en cualquier momento, pero está claro que ya nunca lo hará.

—No —convine con tristeza.

—¿Hay algo que debamos hacer? —preguntó, y se levantó bruscamente del sofá para acercarse a la ventana—. Siento que deberíamos estar haciendo… algo.

—Al parecer el abogado de Pa vendrá cuando estemos las seis y nos lo explicará todo, pero de momento… —Me encogí de hombros, impotente—. Lo único que podemos hacer es esperar a las demás.

—Supongo que tienes razón.

Tiggy apoyó la frente en el cristal.

—Ninguna de nosotras lo conocía de verdad, ¿no es así? —dijo en voz baja.

—No —admití.

—Maia, ¿puedo preguntarte algo?

—Claro.

—¿Alguna vez has querido saber de dónde vienes? ¿Quiénes eran tus verdaderos padres?

—Desde luego que se me ha pasado por la cabeza, Tiggy, pero Pa lo ha sido todo para mí. Él era mi padre. Supongo que por eso nunca he necesitado, o deseado, ir más allá.

—¿Crees que te sentirías culpable si tuvieras la necesidad de averiguarlo?

—Puede —contesté—. Pero yo siempre he tenido suficiente con Pa, y no puedo imaginar un padre más cariñoso o atento.

—Te entiendo. Entre vosotros siempre hubo un vínculo especial. Quizá sea algo que siempre ocurre con el primogénito.

—Las seis teníamos una relación especial con él. Pa nos quería a todas.

—Sí, sé que Pa me quería —dijo Tiggy con calma—, pero eso no me ha impedido querer conocer mis orígenes. Alguna vez pensé en preguntárselo, pero no deseaba disgustarlo, así que no lo hice. Y ahora ya es demasiado tarde. —Ahogó un bostezo—. ¿Te importa si subo a mi cuarto a descansar un rato? No sé si será el impacto retardado o que hace semanas que no tengo un día libre, pero estoy agotada.

—Claro que no. Sube a tumbarte, Tiggy.

La observé flotar por el salón hasta la puerta.

—Hasta luego.

—Que duermas bien —dije.

Me quedé sola de nuevo. Y extrañamente irritada. Quizá el problema fuera mío, pero el caso es que, de repente, la naturaleza etérea de Tiggy, ese aire de estar un poco alejada de todo lo que sucedía a su alrededor, me parecía más pronunciada. No sabía muy bien qué quería de ella; al fin y al cabo, había estado temiéndome la reacción de mis hermanas ante la noticia. Debería alegrarme de que, en apariencia, Tiggy lo llevara tan bien.

¿O acaso el verdadero motivo de mi malestar era que todas mis hermanas se habían forjado una vida más allá de Pa Salt y de su hogar de la infancia, mientras que Atlantis y él habían sido todo mi mundo?

Star y CeCe bajaron de la lancha justo después de las siete, y yo ya estaba en el embarcadero para recibirlas. Poco dada a las muestras de afecto, CeCe dejó que la abrazara un breve instante antes de apartarse.

—Qué noticia tan horrible, Maia —dijo—. Star está muy afectada.

—Lo imagino. —Me fijé en Star, que esperaba detrás de su hermana aún más pálida de lo habitual—. ¿Cómo estás, cariño? —le pregunté tendiéndole los brazos.

—Destrozada —susurró y, durante unos segundos, apoyó la cabeza, con su maravillosa melena del color de la luna llena, sobre mi hombro.

—Por lo menos estamos juntas —dije mientras Star se apartaba de mí y volvía junto a CeCe, que de inmediato la rodeó una vez más con su brazo fuerte y protector.

—¿Qué hay que hacer? —preguntó esta cuando las tres echamos a andar hacia la casa.

De nuevo, las llevé hasta el salón y las senté. Y de nuevo, repetí las circunstancias de la muerte de Pa y su deseo de tener un funeral íntimo, sin la presencia de ninguna de nosotras.

—Entonces, ¿quién se encargó de tirar a Pa por la borda? —preguntó CeCe, fría y lógica como solo mi cuarta hermana podía serlo.

Yo sabía que no pretendía ser insensible. Simplemente, necesitaba información.

—La verdad, no se me ocurrió preguntarlo, pero estoy convencida de que podemos averiguarlo. Seguro que fue un miembro de la tripulación del *Titán*.

—¿Y dónde lo hicieron? —continuó CeCe—. ¿Cerca de St. Tropez, donde estaba amarrado el yate, o mar adentro? Imagino que mar adentro.

Su necesidad de conocer los detalles hizo que tanto Star como yo nos estremeciéramos.

—Ma dice que lo metieron en un ataúd de plomo que ya estaba en el *Titán*. Pero ignoro dónde ocurrió —dije con la esperanza de que el interrogatorio de CeCe terminara ahí.

—Imagino que ese abogado nos dirá exactamente qué hay en el testamento —insistió.

—Sí, supongo.

—Por lo que sabemos, ahora mismo podríamos estar en la indigencia —dijo encogiéndose de hombros—. ¿Recuerdas lo obsesionado que estaba Pa Salt con que todas nos ganáramos la vida por nosotras mismas? No me extrañaría que se lo hubiera dejado todo a una asociación benéfica —añadió.

Aunque entendía que la innata falta de tacto de CeCe era más acentuada en ese momento porque seguramente la ayudaba a sobrellevar su propio dolor, había llegado a mi límite. En lugar de responder a su comentario, me volví hacia Star, que permanecía sentada en el sofá junto a su hermana sin abrir la boca.

—¿Cómo te sientes? —le pregunté con dulzura.

—Estoy...

—Conmocionada, como todas nosotras —la interrumpió CeCe—. Pero lo superaremos juntas, ¿verdad? —Su mano fuerte y morena estrechó los dedos delgados y pálidos de Star—. Es una verdadera pena, porque estaba a punto de darle a Pa una buena noticia.

—¿Qué noticia? —pregunté.

—Me han ofrecido una plaza en un curso preparatorio de un año en el Royal College of Art de Londres. Empiezo en septiembre.

—Es fantástico, CeCe —dije.

Aunque en realidad yo nunca había entendido sus extrañas «instalaciones», como CeCe las llamaba, porque prefería un estilo de arte más clásico, sabía que eran su pasión y me alegraba por ella.

—Estamos encantadas, ¿verdad?

—Sí —asintió Star obedientemente pese a que no parecía muy entusiasmada. Advertí que le temblaba el labio inferior.

—Nos mudaremos a Londres. Eso si quedan fondos disponibles después de que nos reunamos con ese abogado de Pa.

—En serio, CeCe —dije, agotada al final mi paciencia—, no me parece el momento de pensar en esas cosas.

—Lo siento, Maia, ya me conoces. Quería mucho a Pa. Era un hombre brillante y siempre me animó en mi trabajo.

Durante unos segundos, vi vulnerabilidad y puede que cierto temor en los ojos de color avellana de CeCe.

—Sí, era un ser único —convine.

—Bien, ¿subimos a deshacer el equipaje, Star? —propuso

CeCe—. ¿A qué hora es la cena, Maia? A las dos nos vendría bien comer algo pronto.

—Le diré a Claudia que la tenga lista lo antes posible. Electra todavía tardará unas cuantas horas en llegar y sigo sin saber nada de Ally.

—Hasta luego, entonces. —CeCe se levantó y Star la imitó—. Y si hay algo que pueda hacer, ya sabes que solo tienes que pedírmelo.

Me sonrió con tristeza. Pese a su insensibilidad, sabía que se ofrecía de corazón.

Cuando se marcharon, reflexioné sobre el enigma que constituía la relación entre mi tercera y mi cuarta hermana. Marina y yo habíamos hablado de ello a menudo, pues nos preocupaba que Star creciera escondiéndose tras la fuerte personalidad de CeCe.

—Star parece no tener opinión propia —había dicho yo repetidas veces—. No tengo ni idea de lo que piensa acerca de nada. Eso no puede ser bueno.

Marina se había mostrado de acuerdo conmigo, pero cuando se lo mencioné a Pa Salt, sonrió y me dijo que no tenía de qué preocuparme.

—Un día Star desplegará sus alas y volará como el maravilloso ángel que es. Espera y verás.

Sus palabras no me tranquilizaron, porque, si bien Star vivía a la sombra de CeCe, era evidente que, pese a la seguridad aparente de esta última, la dependencia era mutua. Y si algún día Star hacía lo que Pa Salt había vaticinado, sabía que CeCe se sentiría totalmente perdida.

La cena transcurrió en un ambiente lúgubre, pues mis hermanas empezaban a acostumbrarse a estar en casa, donde todo nos recordaba la enormidad de lo que habíamos perdido. Marina hacía lo posible por animarnos, pero parecía dudar de cuál era la mejor manera de conseguirlo. Hacía preguntas a sus adoradas chicas sobre lo que cada una de ellas estaba haciendo en aquel momento de su vida, pero los recuerdos callados de Pa Salt hacían que se nos llenaran los ojos de lágrimas. Finalmente, los amagos de conversación dieron paso al silencio.

—Estoy desando que localicemos a Ally y podamos escuchar lo que sea que Pa Salt quería decirnos —dijo Tiggy con un largo suspiro—. Perdonadme, pero voy a subir a acostarme.

Nos besó y se marchó a su habitación, seguida poco después de CeCe y Star.

—Señor —suspiró Marina cuando nos quedamos solas a la mesa—, están destrozadas. Y estoy de acuerdo con Tiggy: cuanto antes localicemos a Ally y la tengamos aquí, antes podremos pasar página.

—Está claro que se encuentra en un lugar sin cobertura —dije—. Debes de estar completamente agotada, Ma. Vete a la cama. Yo me quedaré a esperar a Electra.

—¿Estás segura, *chérie*?

—Sí, por supuesto —contesté. Era consciente de lo mucho que le había costado siempre a Marina lidiar con la menor de mis hermanas.

—Gracias, Maia —aceptó sin rechistar.

Se levantó de la mesa, me dio un beso en la coronilla y salió de la cocina.

Durante la siguiente media hora, insistí en ayudar a Claudia a recoger la mesa, agradecida de tener algo que hacer mientras esperaba a Electra. Acostumbrada al habitual silencio de Claudia, aquella noche su presencia grave y callada me resultó muy reconfortante.

—¿Quiere que cierre, señorita Maia? —me preguntó.

—No, usted también ha tenido un día largo. Váyase a la cama, yo me ocupo.

—Como quiera. *Gute Nacht* —dijo antes de abandonar la cocina.

Sabía que Electra tardaría aún más de dos horas largas en llegar y estaba desvelada a causa de mi inusitadamente tardío despertar de aquella mañana, así que deambulé por la casa y me detuve delante del estudio de Pa Salt. Tenía la necesidad de sentirlo cerca, de modo que giré el pomo de la puerta solo para descubrir que estaba cerrado con llave.

Aquello me sorprendió e inquietó; a lo largo de las incontables horas que él había pasado en aquella estancia trabajando, la puerta siempre había estado abierta para nosotras. Nunca había estado demasiado ocupado para ofrecerme una sonrisa de bienvenida cuando llamaba a su puerta con timidez, y me encantaba sentarme en su estudio, que contenía su esencia física y material. Aunque había varios ordenadores en la mesa y de la pared colgaba una gran pantalla preparada para las videoconferencias, mis ojos siempre viajaban hasta los tesoros personales dispuestos al azar en los estantes que se hallaban detrás de la mesa.

Eran objetos sencillos que, según me contaba Pa, había ido reuniendo a lo largo de sus constantes viajes por todo el mundo, y entre los que se encontraban una delicada miniatura de la Virgen con un marco dorado que me cabía en la palma de la mano, un violín viejo, una bolsa de cuero gastado y un ajado libro de un poeta inglés del que yo nunca había oído hablar.

Nada singular, nada especialmente valioso, que yo supiera, solo objetos que significaban algo para él.

Aunque no me cabía duda de que, de haberlo querido, un hombre como Pa podría haber llenado nuestra casa de obras de arte costosas y exquisitas antigüedades, en realidad en Atlantis había pocas piezas de valor. De hecho, siempre me había parecido que sentía aversión por las posesiones materiales excesivamente caras. Se burlaba de sus coetáneos acaudalados cuando pagaban sumas exorbitantes por célebres obras de arte, diciéndome que la mayoría acababan encerradas en sus cámaras acorazadas por miedo a que se las robaran.

—El arte debería estar a la vista de todos —me decía—. Es un regalo para el alma por parte del pintor. Un cuadro que ha de ocultarse fuera de la vista carece de valor.

Cuando me atreví a mencionar que él poseía un avión privado y un yate de lujo, enarcó una ceja.

—Pero, Maia, ¿no te das cuenta de que ambas cosas son un mero medio de transporte? Ofrecen un servicio, son un medio para un fin. Y si mañana se incendiaran, podría sustituirlas fácilmente. A mí me basta con mis seis obras de arte humanas: mis hijas. Las únicas cosas del mundo que tienen verdadero valor, porque todas sois irreemplazables. Las personas a las que quieres son irreemplazables, Maia. Nunca lo olvides, ¿de acuerdo?

Eran palabras que me había dicho hacía muchos años y que habían permanecido conmigo. Deseé con todas mis fuerzas haberlas recordado cuando debí hacerlo.

Me alejé del estudio de Pa con las manos emocionalmente vacías y entré en el salón todavía preguntándome por qué habían cerrado con llave la puerta. «Mañana se lo preguntaré a Marina», me dije mientras me acercaba a una mesa auxiliar y cogía una fotografía. Había sido tomada a bordo del *Titán* unos años atrás, y en ella aparecía Pa apoyado en la barandilla de la cubierta del barco y rodeado de todas sus hijas. Mostraba una sonrisa de oreja a oreja, con las atractivas facciones relajadas, el abundante pelo entrecano echado hacia atrás por la brisa marina y el cuerpo, todavía tonificado y musculoso, bronceado por el sol.

—¿Quién eras? —le pregunté a la imagen frunciendo el cejo.

A falta de algo mejor que hacer, encendí el televisor y fui cambiando de canal hasta dar con un informativo. Como siempre, abundaban las noticias de guerra, dolor y destrucción. Me disponía a cambiar de canal una vez más cuando el presentador anunció que el cuerpo de Kreeg Eszu, famoso empresario que dirigía una vasta compañía internacional de comunicaciones, había sido encontrado en una cala de una isla griega.

Con el mando a distancia inmóvil en la mano, escuché atentamente mientras el hombre explicaba que la familia de Kreeg había declarado que hacía poco le habían diagnosticado un cáncer terminal. La conclusión era que, a causa del diagnóstico, había decidido quitarse la vida.

El corazón se me aceleró. No solo porque también mi padre había decidido recientemente pasar la eternidad bajo el mar, sino porque aquella historia tenía una conexión directa conmigo...

El presentador aseguró que su hijo Zed, que llevaba años trabajando junto a su padre, asumiría el cargo de director general de

Athenian Holdings con efecto inmediato. En la pantalla apareció una fotografía de Zed y cerré los ojos.

—Dios —gemí, preguntándome por qué el destino había decidido elegir aquel momento para recordarme a un hombre al que llevaba catorce años esforzándome por olvidar.

De modo que, irónicamente, en el transcurso de unas horas, los dos habíamos perdido a nuestros padres en el mar.

Me levanté y me puse a caminar de un lado a otro por el salón, tratando de apartar de mi mente la imagen de su rostro, que lo hacía parecer aún más atractivo de lo que lo recordaba.

«Piensa en el dolor que te causó, Maia —me dije—. Ha terminado, terminó hace años. Da igual lo que hagas, pero no vuelvas ahí.»

Sin embargo, mientras suspiraba y me desplomaba derrotada sobre el sofá, ya sabía que aquello nunca podría terminar del todo.

5

Un par de horas más tarde, oí el suave zumbido de la lancha anunciando la llegada de Electra. Respiré hondo y puse todo mi empeño en serenarme. Cuando salí de la casa hacia los jardines bañados por la luna, sentí el rocío cálido bajo mis pies descalzos y vi que Electra ya estaba cruzando la propiedad. Su preciosa piel de ébano parecía resplandecer a la luz de la luna mientras sus interminables piernas salvaban sin esfuerzo la distancia que nos separaba.

Con más de metro ochenta de estatura, Electra siempre me hacía sentir insignificante comparada con su escultural elegancia natural. Cuando llegó a mi lado, me abrazó con fuerza y apoyé la cabeza en su pecho.

—¡Oh, Maia! —gimió—. Por favor, dime que no es verdad. No es posible que se haya ido, no puede ser. Me...

Estalló en sollozos y decidí que, en lugar de molestar a las hermanas que dormían en la casa, me la llevaría al Pabellón. La conduje con delicadeza en esa dirección. Seguía llorando desconsoladamente cuando cerré la puerta a nuestras espaldas, la llevé hasta la sala y la senté en el sofá.

—Maia, ¿qué vamos a hacer sin él? —me preguntó, suplicando con sus brillantes ojos ambarinos que le diera una respuesta.

—No podemos hacer nada para aliviar el dolor de su pérdida, pero espero que el hecho de estar todas juntas aquí nos permita consolarnos las unas a las otras.

Me apresuré a coger una caja de pañuelos del estante y se la puse al lado, sobre el sofá. Sacó uno y se enjugó las lágrimas.

—No he dejado de llorar desde que Ma me lo dijo. No puedo soportarlo, Maia, soy sencillamente incapaz.

—Ninguna podemos —convine.

Y mientras la oía derramar su dolor, pensé en lo mucho que su impresionante y sensual presencia física contrastaba con la niña vulnerable que habitaba su alma. A veces veía en las revistas fotos suyas del brazo de algún actor de cine o de un playboy millonario, fabulosa y aparentando tenerlo todo bajo control, y me preguntaba si era posible que aquella mujer fuera la misma hermana emocionalmente volátil que yo conocía. Había llegado a creer que Electra necesitaba constantes muestras de amor y atención para aliviar una profunda inseguridad interior.

—¿Quieres beber algo? —le pregunté durante una pausa en sus sollozos—. ¿Un brandy? Quizá te ayude a tranquilizarte.

—Hace meses que no bebo. Mitch también lo ha dejado.

Mitch era el novio de turno de Electra. El resto del planeta lo conocía como Michael Duggan, un cantante estadounidense de fama mundial que en aquellos momentos se encontraba ofreciendo una gira internacional, actuando en estadios enormes y llenos hasta arriba de fans histéricas.

—¿Dónde está ahora? —le pregunté con la esperanza de que hablar de él evitara otro ataque de llanto.

—En Chicago, y la próxima semana tocará en el Madison Square Garden. Maia, cuéntame cómo murió Pa Salt. Necesito saberlo.

—¿Estás segura, Electra? Estás muy afectada y has tenido un vuelo muy largo. Puede que después de una buena noche de descanso te calmes.

—No, Maia. —Electra negó con la cabeza y realizó un visible esfuerzo por serenarse—. Cuéntamelo, por favor.

Así que, por tercera vez, repetí lo que Marina me había explicado, tratando de no dejarme nada. Electra permaneció callada, escuchando con atención todo lo que decía.

—¿Habéis decidido cuándo será el funeral? Mitch me ha dicho que si se celebraba la próxima semana quizá pudiera coger un vuelo para ayudarme a sobrellevarlo.

Por primera vez agradecí que Pa hubiera decidido hacerlo en la intimidad. Me daban escalofríos solo con pensar en el circo mediático que se habría montado si el famosísimo novio de Electra hubiera aparecido en su entierro.

—Electra, las dos estamos cansadas y…

—¿Qué ocurre, Maia? —preguntó captando de inmediato mi vacilación—. Dímelo, por favor.

—Está bien, pero procura no alterarte otra vez.

—Lo intentaré, te lo prometo.

Así que le conté que el funeral, por llamarlo de algún modo, ya se había celebrado. Y he de reconocer que Electra, pese a tener los nudillos blancos de tanto apretar los puños, no volvió a llorar.

—¿Por qué lo habrá hecho? —me preguntó—. Es una crueldad negarnos la oportunidad de despedirnos de él como es debido. En realidad —los ojos dorados de Electra se encendieron de rabia—, es típico de él. Me parece un acto de lo más egoísta.

—Bueno, tenemos que creer que él pensaba lo contrario y deseaba ahorrarnos el sufrimiento de la despedida.

—Pero ¿cómo voy a sentir que se ha ido? ¿Cómo vamos a sentirlo alguna? En Los Ángeles se habla constantemente de «pasar página» y de lo importante que es. ¿Cómo vamos a conseguirlo?

—Si quieres que te diga la verdad, Electra, no creo que nunca se llegue a pasar página cuando se pierde a un ser querido.

—Tal vez, pero, desde luego, esto no ayuda. —Electra me fulminó con la mirada—. Claro que Pa Salt y yo casi nunca estábamos de acuerdo en nada. Era evidente que no aprobaba cómo me gano la vida. Creo que es la única persona que alguna vez pensó que yo tenía cerebro. Acuérdate de lo furioso que se ponía cuando suspendía todos los exámenes del colegio.

Por supuesto que recordaba las violentas discusiones que retumbaban en el estudio de Pa por las desastrosas notas de Electra y por otros aspectos de su vida cuando era más pequeña. Mi hermana solo veía las normas como algo que había que quebrantar, y era la única de las seis que plantaba cara a Pa. Aun así, yo había visto el brillo de admiración en los ojos de nuestro padre cuando hablaba de su apasionada hija menor.

«Es pura energía —me había dicho en más de una ocasión—, y eso siempre la hará destacar sobre los demás.»

—Electra, Pa Salt te adoraba —la consolé—. Y sí, quería que utilizaras el cerebro, pero ¿qué padre no lo quiere para sus hijos? Y tú tienes más éxito y fama que cualquiera de las demás, las cosas como son. Compara tu vida con la mía. Lo tienes todo.

—No es cierto —suspiró de repente—. Es un mundo de apariencias, totalmente superficial, pero es lo que hay. Estoy cansada, Maia. ¿Te importaría que esta noche durmiera aquí contigo?

—En absoluto. La cama de invitados está hecha. Mañana levántate a la hora que quieras, porque hasta que localicemos a Ally no podemos hacer nada salvo esperar.

—Gracias. Y lamento haberme alterado tanto. Mitch me ha puesto en contacto con un terapeuta que está intentando ayudarme con mis cambios de humor —confesó—. ¿Me das un achuchón? —preguntó al ponerse en pie.

—Claro.

La retuve unos instantes entre mis brazos. Luego cogió su maleta de fin de semana y, cuando llegó a la puerta de la sala, se detuvo.

—Me duele mucho la cabeza —dijo—. ¿Tienes codeína, por casualidad?

—No, lo siento, pero creo que tengo paracetamol.

—No te preocupes. —Sonrió cansada—. Hasta mañana.

Cuando me dirigía a mi habitación tras apagar las luces del Pabellón, me dije que, del mismo modo en que me había sorprendido la tibia reacción de Tiggy, la de Electra también me había dado qué pensar. Aquella noche había percibido en ella un trasfondo de desesperación que me inquietaba.

Cuando me metí en la cama —perfectamente recompuesta por Claudia después de mi agitada noche— pensé que la muerte de Pa Salt bien podría acabar siendo un acontecimiento trascendental para todas nosotras.

A la mañana siguiente, ninguna de mis hermanas se había levantado aún cuando fui a ver a Marina para preguntarle si sabía algo de Ally.

—No —dijo con un gesto de impotencia.

—Pa habría sabido qué hacer. Él siempre sabía qué hacer.

—Cierto. ¿Cómo está Electra?

—Conmocionada, destrozada y muy enfadada por no poder despedirse de Pa como es debido, pero consiguió controlar sus emociones. Más o menos.

—Bien. Georg Hoffman ha vuelto a llamarme para preguntar si ya habíamos localizado a Ally y he tenido que decirle que no. ¿Qué podemos hacer?

—Nada, excepto procurar ser pacientes. Por cierto, Ma —dije mientras me preparaba un té—, cuando anoche intenté entrar en el estudio de Pa me encontré la puerta cerrada con llave. ¿Sabes por qué?

—Porque justo antes de morir tu padre me pidió que la cerrara. Y después insistió en que le diera la llave enseguida. No tengo ni idea de dónde la puso, y francamente, con lo… difícil que está siendo todo, se me había olvidado.

—Pues hay que encontrarla. Estoy segura de que Georg necesitará entrar en el estudio. Es muy probable que sea ahí donde Pa guardaba todos sus papeles.

—Desde luego. Bien, en vista de que ninguna de tus hermanas ha aparecido aún y ya son cerca de las doce, había pensado pedirle a Claudia que prepare un brunch —dijo Marina.

—Buena idea. Volveré al Pabellón para ver si Electra se ha levantado.

—Muy bien, *chérie*. —Marina me sonrió con dulzura—. Pronto terminará la espera.

—Lo sé.

Salí de la casa en dirección al Pabellón. Por el camino, divisé entre los árboles una figura solitaria sentada en el embarcadero contemplando el lago. Me acerqué a ella y le di unos golpecitos suaves en el hombro para evitar sobresaltarla.

—¿Estás bien, Star?

—Creo que sí —dijo encogiéndose de hombros.

—¿Puedo sentarme contigo?

Asintió de manera casi imperceptible. Cuando me senté dejando que las piernas me colgaran por el borde del embarcadero, la miré y vi que tenía el rostro surcado de lágrimas.

—¿Dónde está CeCe? —le pregunté.

—Durmiendo. Le gusta dormir siempre que está disgustada. Yo anoche no pude pegar ojo.

—A mí también me está costando dormir —reconocí.

—Maia, no me puedo creer que se haya ido.

Guardé silencio, consciente de lo excepcional que era para Star hablar abiertamente de sus sentimientos con alguien que no fuera CeCe. No quería decir nada que la hiciera encerrarse de nuevo en sí misma.

—Me siento... —dijo al fin— perdida. Siempre supe que Pa era la única persona que me entendía. Que me entendía de verdad.

Entonces se volvió hacia mí con sus facciones asombrosas, casi espectrales, transformadas en una máscara de desesperación.

—¿Sabes a qué me refiero, Maia?

—Sí —respondí despacio—, creo que sí. Por favor, Star, si alguna vez necesitas hablar con alguien, puedes contar conmigo. No lo olvides, ¿de acuerdo?

—No lo olvidaré.

—¡Aquí estáis!

Las dos pegamos un bote y, al volvernos, vimos a CeCe aproximarse a nosotras por el embarcadero con grandes zancadas. Quizá fueran imaginaciones mías, pero estoy segura de que un atisbo de irritación destelló en los ojos azul opalino de Star.

—He salido a que me diera el aire porque aún dormías —explicó Star, que se puso en pie.

—Pues ya estoy despierta. Y Tiggy también. ¿Llegó anoche Electra? Acabo de mirar en su habitación y no parece que haya dormido en ella.

—Sí. Se quedó conmigo en el Pabellón. Voy a ver si se ha levantado ya.

Me puse en pie y seguí a mis dos hermanas por el césped.

—Supongo que anoche lo pasaste fatal lidiando con el habitual histrionismo de Electra, ¿no, Maia? —me dijo CeCe.

—Pues la verdad es que, para tratarse de Electra, estuvo bastante tranquila —repuse, sabedora de que mi cuarta y mi sexta hermana no se tenían un cariño excesivo.

Eran totalmente antagónicas: CeCe práctica y reacia a mostrar sus emociones, y Electra muy volátil.

—Estoy segura de que no le durará mucho —replicó con desdén—. Hasta luego.

Regresé al Pabellón dándole vueltas a la angustia de Star. Aunque ella no había llegado a decirlo, por primera vez presentía que el dominio que CeCe ejercía sobre Star representaba un problema para la tercera de mis hermanas. Cuando entré en el Pabellón oí movimiento en la cocina.

Electra, deslumbrante con una bata de seda verde esmeralda, estaba llenando la tetera.

—¿Qué tal has dormido? —le pregunté.

—Como un bebé. Ya me conoces, siempre duermo bien. ¿Te apetece una taza de té?

Miré la bolsita con recelo.

—¿Qué es?

—Té verde virgen. En California lo toma todo el mundo. Mitch dice que es muy sano.

—Ya sabes que yo soy adicta al English Breakfast, bien cargado de teína. —Me senté y sonreí—. Así que paso.

—Todos somos adictos a algo, Maia. Si tu adicción es el té, yo no me preocuparía mucho. ¿Se sabe algo de Ally?

Le expliqué exactamente lo que me había contado Marina.

—Sé que la paciencia no es una de mis virtudes, como mi terapeuta no cesa de repetirme, pero ¿se supone que vamos a quedarnos aquí de brazos cruzados hasta que Ally aparezca? Si está en alta mar, podría tardar semanas.

—Espero que no —dije mientras la observaba pasearse con elegancia por la cocina.

Aunque yo era considerada la guapa de la familia, siempre

había pensado que el título debería haber recaído en Electra. Recién levantada, con la ensortijada melena suelta sobre los hombros, su rostro no necesitaba maquillaje para resaltar sus increíbles pómulos y sus labios carnosos. Si se sumaban a su cuerpo atlético pero femenino, me recordaba a una reina amazónica.

—¿Tienes algo que no esté lleno de aditivos? —inquirió tras abrir la nevera y estudiar el contenido.

—Lo siento. Los vulgares mortales como yo no leemos la letra pequeña de las etiquetas —repliqué con la esperanza de que aceptara la broma.

—En realidad, Maia, poco importa el aspecto que tengas si te pasas los días sin ver a otros seres humanos, ¿no?

—Tienes razón —respondí con calma. A fin de cuentas, era verdad.

Electra finalmente eligió de desayuno un plátano. Lo peló y le dio un bocado con expresión desconsolada.

—Dentro de tres días tengo una sesión de fotos con *Vogue*. Espero no tener que cancelarla.

—Y yo, pero no sabemos cuándo aparecerá Ally. Anoche busqué en internet regatas que se estén celebrando en estos momentos y no encontré ninguna, de modo que ni siquiera podemos enviar un mensaje a las autoridades marítimas para que se pongan en contacto con ella. En cualquier caso —propuse—, las demás ya se han levantado, así que, cuando te hayas vestido, ¿qué te parece si vamos a verlas?

—Si no hay más remedio —contestó con indiferencia.

—Venga, te veo luego.

Me levanté de la mesa, pues sabía que, cuando Electra estaba de ese humor, lo mejor era dejarla sola. Entré en el cuarto que utilizaba como estudio, me senté a mi mesa y encendí el ordenador. Vi que tenía un amable correo de un escritor brasileño, Floriano Quintelas, cuya preciosa novela, *La cascada silenciosa*, había traducido del portugués meses atrás. Durante el proceso de traducción había mantenido correspondencia con él cada vez que lidiaba con alguna frase en concreto —deseaba transmitir tan fielmente como pudiera la cualidad poética y etérea de sus palabras— y desde entonces nos enviábamos correos con cierta regularidad.

Me escribía para comunicarme que tenía previsto viajar a París en julio para el lanzamiento de su libro y que le encantaría que asistiera a la fiesta de presentación. También adjuntaba los primeros capítulos de su nueva novela y me pedía que los leyera si disponía de tiempo.

Su correo me reconfortó, pues a veces la traducción podía ser una labor anónima y, en consecuencia, ingrata. Apreciaba las raras ocasiones en que los autores se ponían directamente en contacto conmigo y sentía una conexión con ellos.

La visión de una silueta familiar que subía corriendo por el césped desde el embarcadero desvió mi atención del ordenador.

—¡Ally! —exclamé levantándome de un salto—. ¡Electra, ha llegado Ally! —grité al tiempo que salía a toda prisa del Pabellón.

Estaba claro que el resto de mis hermanas también la habían visto llegar, porque cuando alcancé la terraza de la casa principal CeCe, Star y Tiggy ya estaban apiñadas a su alrededor.

—Maia —dijo Ally al verme—, es espantoso.

—Sí, terrible. ¿Cómo te has enterado? Llevamos dos días intentando contactar contigo.

—¿Entramos en casa? —nos preguntó a todas—. Os lo explicaré dentro.

Me quedé ligeramente rezagada mientras mis hermanas entraban arremolinadas en torno a Ally. Aunque yo era la mayor y la hermana a la que acudían de manera individual cuando tenían un problema, como grupo siempre era Ally la que tomaba el mando. Y eso fue lo que la dejé hacer entonces.

Marina ya estaba esperándola con los brazos abiertos al pie de la escalera. Después de abrazarla, nos propuso que fuéramos a la cocina.

—Buena idea —dijo Ally—. Me muero por un café. Ha sido un viaje largo.

Mientras Claudia preparaba una cafetera grande, Electra entró y fue recibida con afecto por todas menos por CeCe, que se limitó a saludarla con un gesto de la cabeza.

—Bien, voy a contaros qué ha pasado porque, sinceramente, todavía estoy desconcertada —dijo Ally cuando tomamos asiento alrededor de la mesa—. Ma —le dijo a Marina, que seguía en pie—, tú también deberías escucharlo. Quizá puedas ayudar a explicarlo.

Marina se sentó a la mesa con nosotras.

—Resulta que estaba en el mar Egeo entrenando para la regata de las Cícladas de la semana que viene, cuando un amigo también navegante me preguntó si quería pasar unos días con él en su yate. Hacía un tiempo fantástico y me apetecía mucho relajarme en el mar por una vez —reconoció Ally con una sonrisa tímida.

—¿De quién era el barco? —preguntó Electra.

—Ya os lo he dicho, de un amigo —le espetó a la defensiva, y todas enarcamos las cejas con incredulidad—. El caso —prosiguió— es que allí estábamos hace un par de tardes cuando mi amigo me dijo que un compañero de navegación lo había llamado por radio para decirle que había visto el *Titán* anclado frente a las costas de Delos. Mi amigo, como es obvio, sabía que el barco era de Pa, y los dos pensamos que estaría bien ir y darle una sorpresa. Estábamos a solo una hora de travesía si apretábamos el acelerador, así que desanclamos y partimos.

Ally bebió un sorbo de café antes de continuar.

—Al rato vi el *Titán* por los prismáticos y llamé por radio a Hans, el patrón de Pa, para decirle que estábamos cerca. Aunque —Ally suspiró—, por razones que no alcancé a comprender en aquel momento, no me contestó. De hecho, vimos que el barco empezaba a alejarse de nosotros. Intentamos darle alcance pero, como ya sabéis, el barco de Pa corre mucho cuando quiere.

Observé los rostros atentos de mis hermanas, claramente atrapadas por el relato de Ally.

—No tenía cobertura y hasta ayer no pude escuchar vuestros mensajes pidiéndome que os llamara con urgencia. Y un mensaje tuyo, CeCe, contándome exactamente lo que había pasado.

—Lo siento, Ally. —Avergonzada, CeCe bajó la mirada—. Pensé que no tenía sentido andarse con rodeos. Necesitábamos que vinieras a casa cuanto antes.

—Y aquí estoy. Así que ahora, por favor —suplicó Ally—, ¿puede contarme alguien qué está pasando? ¿Y qué hacía el barco de Pa Salt en Grecia cuando él ya estaba… muerto?

Todas las miradas, incluida la de Ally, se clavaron en mí. Le conté a mi hermana lo que había ocurrido lo más concisamente que pude, volviéndome de vez en cuando hacia Marina en busca de confirmación. Ally palideció cuando le expliqué dónde y cómo había querido descansar para siempre nuestro padre.

—Dios mío —susurró—. Eso quiere decir que con toda probabilidad me topé con su funeral íntimo. Con razón el barco se alejó de mí a toda velocidad. No…

Ally se tapó la cara con las manos y las demás chicas se levantaron y la rodearon. Marina y yo, sentadas a extremos opuestos de la mesa, cruzamos una mirada de pesar. Finalmente Ally recuperó la compostura y pidió disculpas por las muestras de abatimiento

—Debe de ser muy duro para ti comprender qué estaba pasando en realidad —dijo Tiggy—. Lo sentimos mucho, Ally.

—Gracias —dijo asintiendo con la cabeza—. Pero, ahora que lo pienso, Pa me dijo un día que salimos a navegar juntos que su deseo era ser enterrado en el mar. Así que supongo que es lógico.

—Exceptuando el hecho de que ninguna de nosotras fue invitada a asistir —protestó Electra.

—Es cierto —suspiró Ally—. Sin embargo, por una increíble casualidad, allí estaba yo. Chicas, ¿os importaría que pasara un rato a solas?

Mis hermanas y yo estuvimos de acuerdo en que era lo mejor y Ally salió de la cocina envuelta en nuestros mensajes de apoyo.

—Pobrecilla —dijo Marina.

—Por lo menos ahora sabemos más o menos dónde eligió Pa Salt que lo enterraran —señaló CeCe.

—Por Dios, CeCe, ¿es eso lo único en lo que se te ocurre pensar? —espetó Electra.

—Lo siento, soy la práctica de la familia —respondió CeCe impasible.

—Pues yo me alegro de conocer su paradero —dijo Tiggy—. Todas sabemos que sentía debilidad por las islas griegas, y en particular por las Cícladas. Este verano podríamos salir en su yate y lanzar una corona de flores en el lugar donde Ally divisó el barco.

—Sí —se aventuró Star—. Me parece una idea preciosa, Tiggy.

—Y ahora, chicas, ¿os apetece un brunch? —preguntó Marina.

—A mí no —dijo Electra—. Prefiero una ensalada, si es que hay algo verde en esta casa.

—Seguro que encontramos algo que te guste —dijo pacientemente Marina, que le hizo un gesto a Claudia para que empezara a preparar la comida—. Ahora que ha llegado Ally, ¿llamo a Georg Hoffman para pedirle que venga tan pronto como le sea posible?

—Por supuesto —dijo CeCe antes de que yo pudiera contestar—. Cuanto antes escuchemos lo que Pa Salt quería que supiéramos, mejor.

—¿Creéis que Ally se sentirá con fuerzas? —preguntó Marina—. Acaba de sufrir un golpe terrible.

—En realidad creo que, como todas las demás, preferirá acabar con esto lo antes posible —dije—. De modo que adelante, Ma, llama a George.

6

Ally no bajó a comer y decidimos no molestarla, conscientes de que necesitaba tiempo para asimilar lo que había sucedido.

Marina entró en la cocina cuando Claudia estaba retirando los platos de la mesa.

—He hablado con Georg. Vendrá hoy, justo antes de que se ponga el sol. Por lo visto, vuestro padre fue muy preciso en sus instrucciones sobre la hora.

—Ya. En fin, no me iría mal que me diera el aire después de esta comilona —dijo CeCe—. ¿Quién se apunta a una excursión por el lago?

El resto de las hermanas, puede que ansiando escapar de la creciente tensión, se sumó al plan.

—Yo no voy, si no os importa —dije—. Alguien debe quedarse con Ally.

Cuando mis cuatro hermanas zarparon en la lancha con Christian, avisé a Marina de que regresaba al Pabellón y que allí podría encontrarme Ally si me necesitaba. Me acurruqué en el sofá con el portátil y empecé a leer los primeros capítulos de la nueva novela de Floriano Quintelas. Al igual que la primera, la prosa era exquisita y contaba exactamente la clase de relato que a mí me gustaba. Estaba ambientada hacía un siglo, cerca de las cataratas del Iguazú, y narraba la historia de un niño africano liberado de la tiranía de la esclavitud. Debí de relajarme tanto con la lectura que me dormí, pues lo siguiente que supe fue que el portátil se había caído suelo y alguien me estaba llamando.

Me incorporé sobresaltada y vi que era Ally.

—Lo siento, Maia. ¿Estabas dormida?

—Eso creo —confesé sintiéndome absurdamente culpable.

—Ma dice que el resto de las chicas están dando un paseo por el lago, así que he decidido venir a charlar contigo. ¿Te importa?

—En absoluto —dije, y traté de sacudirme el sopor de la improvisada siesta.

—¿Te apetece una taza de té? —preguntó Ally.

—Sí, gracias. English Breakfast para mí.

—Lo sé —repuso con una sonrisa y las cejas algo arqueadas antes de dirigirse a la cocina.

Cuando regresó con dos tazas humeantes y tomó asiento, me fijé en que, al llevarse la suya a los labios, le temblaban las manos.

—Maia, tengo que contarte algo.

—¿De qué se trata?

Ally devolvió bruscamente la taza al platillo.

—Al diablo con el té. ¿Tienes algo más fuerte?

—Hay algo de vino blanco en la nevera —respondí.

Fui a la cocina a por la botella y una copa. Dado que Ally casi nunca bebía, supe que fuera lo que fuese lo que quería compartir conmigo, debía de ser serio.

—Gracias —dijo tan pronto como le tendí la copa de vino—. Tal vez no signifique nada —continuó antes de darle un sorbo—, pero cuando nos acercamos al barco de Pa y lo vimos alejarse a toda velocidad, había otro barco grande anclado allí.

—Pero eso no tiene nada de extraño, ¿no? —repuse—. Las aguas del Mediterráneo se llenan de turistas a finales de junio.

—Lo sé, pero... se trataba de un barco que mi amigo y yo reconocimos enseguida. Era el *Olympus*.

Me estaba llevando la taza a los labios cuando Ally pronunció aquel nombre. La devolví al plato con brusquedad.

—E imagino que ya te has enterado de lo que sucedió en el *Olympus* —prosiguió—. Yo lo leí en el periódico durante el vuelo.

Ally se mordió el labio.

—Sí, lo vi en las noticias.

—¿No te parece extraño que Pa eligiera justo ese lugar para

descansar en paz? ¿Y que, probablemente en torno a la misma hora, Kreeg Eszu estuviera decidiendo quitarse la vida cerca de allí?

Por supuesto que me parecía —por más razones de las que jamás podría explicarle a Ally— una coincidencia asombrosa, casi obscena. Pero ¿en realidad había algo más? No podía ser.

—Es extraño, sí —contesté procurando ocultar mi agitación—, pero estoy segura de que no existe relación alguna entre ambos sucesos. Ni siquiera se conocían. ¿O sí?

—No que yo sepa —dijo Ally—. Aun así, ¿qué sabíamos nosotras de la vida de Pa fuera de esta casa y de su yate? Conocíamos a muy pocos amigos o socios suyos. Y no es descabellado pensar que Pa y Kreeg Eszu se hubieran cruzado alguna vez en el pasado. Al fin y al cabo, los dos eran hombres triunfadores y tremendamente ricos.

—Es cierto, Ally, pero estoy segura de que no es más que una coincidencia. A fin de cuentas, tú también estabas por allí. Delos es una isla preciosa que atrae muchos barcos.

—Lo sé, pero no puedo quitarme de la cabeza que Pa yace allí, solo, en el fondo del mar. Y que en aquel momento yo ni siquiera sabía que había muerto, y mucho menos que estaba enterrado bajo aquel inmenso mar azul. No…

Me acerqué a mi hermana y le pasé el brazo por los hombros.

—Ally, por favor, olvídate del otro barco. Carece de importancia. Pero el hecho de que estuvieras allí para ver dónde Pa quiso que lo enterraran me reconforta. Quizá este verano, tal como propuso Tiggy, podamos hacer un crucero todas juntas y lanzar una corona de flores al mar.

—Lo peor de todo… —Ally había empezado a llorar— es que me siento culpable.

—¿Por qué?

—Porque… los días que pasé en el barco fueron maravillosos. Era muy feliz, más de lo que lo he sido nunca. Y la verdad es que no quería que nadie me localizara, así que desconecté el móvil. ¡Y mientras yo tenía el móvil apagado, Pa estaba muriéndose! ¡No estuve a su lado cuando más me necesitaba!

—Ally, Ally... —Le aparté el pelo de la cara al tiempo que la mecía con suavidad—. Ninguna de nosotras estuvo con él. Y francamente, creo que ese era el deseo de Pa. Recuerda que incluso yo, que vivo aquí, estaba de viaje cuando sucedió. Además, según dice Ma, tampoco habríamos podido hacer nada. Y así debemos creerlo.

—Sí, ya lo sé. Pero tengo la sensación de que quería preguntarle y contarle muchas cosas, y ahora ya no está.

—Creo que todas nos sentimos igual —dije con pesar—. Pero al menos nos tenemos las unas a las otras.

—Es cierto. Gracias, Maia. ¿No es increíble el vuelco que puede dar una vida en cuestión de horas? —dijo con un suspiro.

—Sí, lo es —asentí con vehemencia—. Por cierto, en algún momento me gustaría conocer el motivo de tu felicidad.

—Y yo te prometo que en algún momento te lo contaré, pero ahora no. ¿Y tú cómo estás, Maia? —preguntó de repente, cambiando de tema.

—Bien. —Me encogí de hombros—. Todavía conmocionada, como todas.

—Claro, y además no ha debido de resultarte fácil decírselo a nuestras hermanas. Siento mucho no haber estado aquí para ayudarte.

—Por lo menos ahora que ya estás aquí podremos reunirnos con Georg Hoffman y pasar a otra cosa.

—Ah, me olvidaba de decirte que Ma nos ha pedido que estemos en la casa dentro de una hora. El abogado llegará de un momento a otro, pero al parecer primero quiere tener una conversación con ella. Así que, ¿me sirves otra copa de vino mientras esperamos?

A las siete en punto Ally y yo volvimos a la casa grande y encontramos a nuestras hermanas sentadas en la terraza bajo el sol del atardecer.

—¿Ha llegado Georg Hoffman? —les pregunté cuando también nosotras tomamos asiento.

—Sí, pero nos ha pedido que esperemos aquí. Ma y él han desaparecido. Típico de Pa Salt, misterioso hasta el final —comentó mordazmente Electra.

Aguardamos nerviosas en la terraza hasta que al fin Georg apareció acompañado de Marina.

—Disculpad la espera, chicas, pero tenía que organizar algunas cosas. Os acompaño en el sentimiento —dijo en un tono tenso, y después tendió la mano por encima de la mesa para estrechar cada una de las nuestras con la acostumbrada formalidad suiza—. ¿Puedo sentarme?

—Por supuesto —dije señalando la silla que había a mi lado.

Lo observé con detenimiento. Llevaba un impecable traje oscuro y, a juzgar por las arrugas de su rostro bronceado y las entradas en la cabellera gris, le eché unos sesenta y cinco años.

—Si me necesitáis, estaré dentro —dijo Marina antes de volverse hacia la casa.

—Bien, chicas, lamento mucho que nuestro primer encuentro se produzca en circunstancias tan trágicas —dijo Georg—. Aun así, tengo la sensación de que, a través de vuestro padre, he llegado a conoceros muy bien a todas. Lo primero que debo deciros es que os quería mucho. No solo eso, sino que estaba sumamente orgulloso de las personas en las que os habéis convertido. Hablé con él justo antes de... de que nos dejara y me pidió que os lo dijera.

Advertí, sorprendida, que el abogado tenía lágrimas en los ojos. Sabía lo inusitado que era que aquel tipo de hombres mostraran sus emociones, así que en cierto modo me conmovió.

—Lo primero que debo hacer es abordar el tema económico y aseguraros que estaréis cubiertas, hasta cierto punto, durante el resto de vuestras vidas. Sin embargo, vuestro padre insistía en que no quería que vivierais como princesas ociosas, de modo que todas recibiréis unos ingresos que os permitirán manteneros a flote, pero sin lujos. Vuestro padre me dejó muy claro que esa otra parte debéis ganárosla, como hizo él. No obstante, ha dejado su patrimonio en fideicomiso y me ha concedido el honor de administrarlo en su nombre. Me corresponderá a mí la decisión de proporcionaros una ayuda económica extraordinaria si acudís a mí con una propuesta o un problema.

Todas permanecimos calladas, escuchando con atención lo que Georg nos estaba diciendo.

—Esta casa también forma parte del fideicomiso, y Claudia y Marina han accedido encantadas a quedarse para cuidar de ella. El día en que fallezca la última hermana, el fideicomiso se disolverá, Atlantis podrá venderse y las ganancias se repartirán entre los hijos que hayáis tenido. En el caso de que no haya hijos, el dinero se destinará a una organización benéfica elegida por vuestro padre. Personalmente —continuó Georg—, creo que vuestro padre ha hecho algo muy inteligente: cerciorarse de que la casa siga aquí mientras viváis para que siempre podáis contar con un lugar seguro al que regresar. Aunque, por supuesto, el principal deseo de vuestro padre es que todas voléis y forjéis vuestro propio destino.

Vi que mis hermanas intercambiaban miradas, pero no me quedó claro si estaban o no contentas con la decisión de Pa. En mi caso, comprendí que a efectos prácticos y económicos la situación había cambiado poco. Seguía teniendo el Pabellón, por el que pagaba un alquiler simbólico a Pa, y los ingresos de mi trabajo cubrirían con holgura mis demás necesidades básicas.

—Y ahora, vuestro padre os ha dejado otra cosa. He de pediros a todas que me acompañéis. Por aquí, por favor.

Georg se levantó y, en lugar de dirigirse hacia la casa, la rodeó por un costado y nosotras lo seguimos, como corderitos, a través de los jardines. Al final llegamos a uno oculto tras un muro de tejos podados a la perfección. Daba directamente al lago y ofrecía unas vistas espectaculares de la puesta de sol y las montañas del otro lado de la orilla.

En medio del jardín había una terraza de la que surgían unos escalones que bajaban hasta una cala en cuyas aguas cristalinas y frescas mis hermanas y yo solíamos bañarnos en verano. Yo sabía que era el lugar favorito de Pa. Si no podía encontrarlo en casa, por lo general lo hallaba allí sentado, envuelto en el dulce aroma de la lavanda y el perfume que desprendían las rosas de los cuidados arriates.

—Ya hemos llegado —dijo Georg—. Y esto es lo que deseaba mostraros.

Señaló hacia la terraza y las seis clavamos la mirada en la bella pero extraña escultura que había aparecido en el centro.

Fascinadas, nos congregamos a su alrededor para examinarla. Consistía en un pedestal de piedra de menos de un metro de alto con una peculiar estructura circular encima. Cuando me acerqué, vi que la figura estaba formada por una intrincada serie de esbeltos anillos solapados que envolvían una pequeña bola dorada. Al observarla con detenimiento advertí que la bola era, de hecho, un globo terráqueo con el contorno de los continentes grabado en la superficie, y que estaba atravesada por una varilla con una flecha en un extremo. Alrededor de la circunferencia había otro anillo con el dibujo de los doce signos del zodíaco.

—¿Qué es? —preguntó CeCe hablando por todas nosotras.

—Una esfera armilar —dijo Georg.

Al reparar en nuestras caras de extrañeza, prosiguió:

—La esfera armilar existe desde hace miles de años. Los antiguos griegos la utilizaban para determinar la posición de las estrellas y la hora del día. Estos anillos —dijo señalando los aros dorados que rodeaban el globo— representan las líneas ecuatorial, latitudinal y longitudinal de la tierra. Y la línea meridiana, que rodea a todas las demás y tiene grabados los doce signos del zodíaco, va de norte a sur. La varilla del centro apunta directamente hacia Polaris, la Estrella del Norte.

—Es preciosa —musitó Star, que se inclinó para verla mejor.

—Muy bien, pero ¿qué tiene que ver con nosotras? —preguntó Electra.

—No me corresponde explicároslo —respondió Georg—. Aunque si os fijáis bien, veréis que en los anillos que acabo de señalaros aparecen vuestros nombres.

Nos inclinamos sobre la esfera y vimos que Georg tenía razón.

—Aquí está el tuyo, Maia —dijo Ally, señalándolo—. Y al lado hay unos números que parecen un conjunto de coordenadas. —Se acercó a los suyos y los estudió—. Sí, está claro que son coordenadas. En el mar las usamos constantemente para navegar.

—Y también tiene unas inscripciones, pero están grabadas en otro idioma —observó Electra.

—En griego —dije reconociendo las letras enseguida.

—¿Qué dicen? —preguntó Tiggy.

—Tendría que ir a buscar papel y boli y anotarlas primero —dije mientras leía la mía.

—Vale, es una escultura muy bonita y está en la terraza, pero ¿qué significa exactamente? —preguntó CeCe con impaciencia.

—Una vez más, no me corresponde a mí decíroslo —declaró Georg—. Y ahora, siguiendo las instrucciones de vuestro padre, Marina está sirviendo champán en la terraza principal. Él quería que todas brindarais por su partida. Después os daré a cada una un sobre de su parte, y espero que su contenido explique mucho más de lo que yo puedo contaros.

Lo seguimos de nuevo por los jardines, todas sumidas en un silencio desconcertado. Al llegar a la terraza encontramos dos botellas heladas de Armand de Brignac y una bandeja con copas de champán. Mientras nos acomodábamos, Marina fue sirviéndonos una a una.

Georg alzó su copa.

—Por favor, uníos a mí para celebrar la extraordinaria vida de vuestro padre. Solo puedo deciros que este era el funeral que él deseaba: todas sus hijas reunidas en Atlantis, el hogar que tuvo el honor de compartir con vosotras durante todos estos años.

Levantamos nuestras copas como robots.

—Por Pa Salt —dije.

—Por Pa Salt —repitieron el resto de mis hermanas.

Todos bebimos un sorbo incómodo. Levanté la vista al cielo y luego la desvié hacia el lago y las montañas, y le dije que le quería.

—¿Cuándo nos dará las cartas? —preguntó finalmente Ally.

—Iré a buscarlas ahora mismo.

Georg se levantó y abandonó la mesa.

—Este es sin duda el velatorio más extraño que he visto en mi vida —aseguró CeCe.

—Confía en Pa Salt —dijo Electra con una sonrisa lánguida.

—¿Puedo tomar un poco más de champán? —preguntó Ally.

Y Marina, percatándose de que todas habíamos apurado nuestras copas, procedió a llenarlas de nuevo.

—¿Tú entiendes algo, Ma? —le preguntó Star con nerviosismo.

—Sé lo mismo que vosotras, *chérie* —contestó, tan enigmática como siempre.

—Ojalá Pa Salt estuviera aquí —dijo Tiggy, cuyos ojos se llenaron repentinamente de lágrimas— para poder explicárnoslo en persona.

—Pero no está —le recordó Ally en voz queda—, y en cierto modo pienso que es lo mejor. Pa Salt ha hecho que una experiencia tan espantosa sea más llevadera. Y ahora debemos darnos fuerza unas a otras.

—Tienes razón —convino Electra.

Miré a Ally y lamenté no poder encontrar las palabras adecuadas —como siempre hacía ella— para animar a nuestras hermanas.

Para cuando Georg regresó, las seis estábamos algo más relajadas gracias al champán. Él se recostó en su silla y dejó sobre la mesa seis gruesos sobres de vitela de color crema.

—Estas cartas me fueron confiadas hace aproximadamente seis semanas. Tenía instrucciones de entregároslas en el caso de que vuestro padre falleciera.

Todas las contemplamos con la misma dosis de curiosidad que de desconfianza.

—¿Puedo tomar otra copa yo también? —preguntó Georg con la voz tensa.

Entonces caí en la cuenta de lo difícil que debía de resultar todo aquello también para él. Explicar a seis hijas abrumadas por la pena el extraño legado de su padre habría supuesto un reto incluso para la persona más pragmática.

—Desde luego, Georg —dijo Marina, que le sirvió otra copa.

—¿Y? —dijo Ally—. ¿Debemos abrirlos ahora o cuando estemos solas?

—Vuestro padre no dejó instrucciones a ese respecto —respondió Georg—. Únicamente dijo que cada una debía abrirlo cuando estuviera preparada y se sintiera cómoda haciéndolo.

Estudié mi sobre. Llevaba mi nombre escrito con la hermosa caligrafía que enseguida reconocí como la de mi padre. El mero hecho de verla hizo que me entraran ganas de llorar.

Nos miramos las unas a las otras, tratando de averiguar cómo se sentían las demás.

—Creo que preferiría leer la mía en privado —dijo Ally.

Hubo un murmullo general de aprobación. Comprendí que, como de costumbre, Ally había interpretado con toda corrección nuestro sentir general.

—Bien, mi trabajo aquí ha terminado. —Georg vació su copa, se llevó la mano al bolsillo de la americana y sacó seis tarjetas que distribuyó por la mesa—. No dudéis en llamarme si necesitáis mi ayuda. Y sabed que podéis recurrir a mí a cualquier hora del día y de la noche. Aunque, conociendo a vuestro padre, estoy seguro de que ya se habrá anticipado a lo que cada una de vosotras podría necesitar. En fin, ha llegado el momento de dejaros. Una vez más, chicas, os acompaño en el sentimiento.

—Gracias, Georg —dije—. Le agradecemos mucho su ayuda.

—Adiós. —Se levantó y se despidió con un gesto de la cabeza—. Ya sabéis dónde encontrarme si me necesitáis. No hace falta que me acompañéis.

Le observamos alejarse en silencio, y luego vi que Marina también se levantaba de la mesa.

—Creo que no nos iría mal comer algo. Le diré a Claudia que sirva la cena aquí —dijo antes de entrar en la casa.

—Casi me da miedo abrirlo —dijo Tiggy señalando su sobre—. No tengo ni idea de lo que contiene.

—Maia, ¿crees que podrías volver a la esfera armilar y traducir las citas? —preguntó Ally.

—Claro —dije mientras observaba a Marina y a Claudia acercarse a la mesa con fuentes de comida—. Lo haré después de cenar.

—Espero que no os importe, chicas, pero no tengo hambre —dijo Electra poniéndose de pie—. Os veré más tarde.

Cuando la vi marcharse, supe que cada una de nosotras habría deseado tener el valor de hacer lo mismo. Todas queríamos estar solas.

—¿Tienes hambre, Star? —preguntó CeCe.

—Creo que deberíamos comer algo —respondió ella en voz baja, aferrada a su sobre.

—Está bien —dijo CeCe.

Nos obligamos a cenar los platos que Claudia había preparado con tanto cariño y luego, una a una, mis hermanas empezaron a abandonar la mesa en silencio, hasta que solo quedamos Ally y yo.

—¿Te importa que me vaya también a la cama, Maia? Estoy hecha polvo.

—En absoluto —contesté—. Fuiste la última en enterarte y todavía estás asimilando el golpe.

—Creo que sí. —Se levantó—. Buenas noches, cariño.

—Buenas noches.

Mientras la veía abandonar la terraza, cerré los dedos sobre el sobre que llevaba una hora descansando junto a mi plato. Finalmente me levanté y volví al Pabellón. Ya en mi habitación, metí el sobre debajo de la almohada y entré en el estudio para coger papel y boli.

Armada con una linterna, regresé por los jardines hasta la esfera armilar para estudiarla. Caía la noche y en el cielo empezaban a brotar las primeras estrellas. Pa Salt me había enseñado Las Siete Hermanas muchas veces desde su observatorio, cuando flotaban directamente sobre el lago, entre noviembre y abril.

—Te echo de menos —susurré a los cielos—, y espero entenderlo algún día.

Entonces centré la atención en los anillos dorados que circunnavegaban el globo terráqueo. Con la linterna en la mano izquierda, copié las palabras en griego como mejor pude y, diciéndome que al día siguiente tendría que regresar para asegurarme de que las había transcrito correctamente, conté las inscripciones que tenía.

Seis.

Pero todavía me quedaba un anillo por mirar. Cuando dirigí el haz de luz de la linterna hacia el séptimo aro para buscar la inscripción, vi que estaba en blanco.

7

Estuve traduciendo las citas de la esfera armilar hasta la madrugada. No creía que me correspondiera a mí investigar si cada una de ellas tenía o no sentido para mis hermanas. Dejé la mía para el final, casi demasiado asustada para descubrir lo que decía. Cuando terminé de traducirla, respiré hondo y leí.

Nunca permitas que el miedo decida tu destino.

Me di cuenta de que las ocho palabras que Pa Salt me había dejado no podrían haberme descrito con mayor precisión.

Al día siguiente, tras prepararme mi imprescindible taza de té, regresé a mi dormitorio, saqué el sobre de debajo de la almohada, vacilante, y lo llevé a la sala. Lo examiné durante un rato mientras me bebía el té.

Luego, después de respirar hondo unas cuantas veces, lo abrí. Dentro había una carta, y algo más; introduje la mano para cogerlo y noté algo firme pero a la vez suave bajo los dedos. Cuando lo saqué, vi que era una tesela triangular de color crema con un matiz verdoso. Le di la vuelta y descubrí que en el dorso había una inscripción gastada e ilegible.

Incapaz de descifrarla, dejé el azulejo en la mesa y, con las manos temblorosas, desplegué la carta de Pa y empecé a leer.

Atlantis
Lago de Ginebra
Suiza

Mi queridísima Maia:

Estoy seguro de que cuando te sientes a leer esta carta estarás desconcertada y triste. Mi querida primogénita, no imaginas lo feliz que me has hecho siempre. Aunque no soy tu padre biológico, no dudes ni por un momento que te he querido como si lo fuera. Y he de decirte que fuiste tú quien me inspiró para seguir adoptando a tus preciosas hermanas, y que vosotras me habéis dado más satisfacciones que ninguna otra cosa en la vida.

Nunca me has pedido que te hable de tus verdaderos orígenes, de dónde te encontré y las circunstancias que condujeron a tu adopción. Ten por seguro que te lo habría contado si me lo hubieras pedido como una de tus hermanas hizo hace unos años. No obstante, ahora que me dispongo a abandonar este mundo, creo que es justo que te dé la libertad de descubrirlo en el futuro si así lo deseas.

Ninguna de vosotras llegó a mí con una partida de nacimiento y, como bien sabes, todas estáis oficialmente registradas como hijas mías. Nadie puede arrebataros eso. Sin embargo, lo menos que puedo hacer es orientarte en la dirección correcta. Después, la decisión de emprender el viaje a tu pasado será solo tuya.

En la esfera armilar, que ahora ya conoces, hay un conjunto de coordenadas que indica el punto exacto del planeta donde comenzó tu historia. Además, en el sobre hay una pequeña pista que también te ayudará.

Maia, no puedo decirte lo que encontrarás en el caso de que decidas regresar al país donde naciste, pero sí puedo explicarte que tu verdadera familia y su historia afectaron a mi vida.

Me apena que ya no me quede tiempo para contarte mi propia historia y que quizá a veces pienses que me guardaba demasiadas cosas. Lo que he hecho lo he hecho para protegeros. Pero ningún ser humano es una isla, y cuando os hicisteis mayores tuve que daros libertad para volar.

Todos guardamos secretos en nuestro interior, pero, por favor, créeme cuando te digo que la familia lo es todo. Y que el amor de unos padres por sus hijos es la fuerza más poderosa de la tierra.

Maia, como es natural, cuando miro atrás lamento muchas de las decisiones que he tomado en la vida. Cometer errores forma parte de la condición humana, pues así es como aprendemos y crecemos. Pero nada deseo más que, al menos, transmitir a mis queridas hijas cualquier saber que haya podido adquirir.

Creo que hay una parte de ti que, debido a tu experiencia vital hasta el momento, te ha llevado a perder la fe en la naturaleza humana. Mi queridísima Maia, has de saber que también yo he sufrido esa misma aflicción, y que en ocasiones eso me ha arruinado la vida. Sin embargo, durante los muchos años que he pasado en este mundo he aprendido que por cada manzana podrida hay miles cuyos corazones rebosan bondad. Debes confiar en la nobleza intrínseca que hay en cada uno de nosotros. Solo entonces podrás vivir y amar plenamente.

Ha llegado el momento de despedirme, querida Maia. Estoy seguro de que os he dado a ti y a tus hermanas mucho en que pensar.

Siempre estaré velando por ti desde el cielo.

Tu padre, que te quiere,

Pa Salt X

Me quedé sentada sujetando la carta, y vi que me temblaban las manos. Sabía que necesitaba leerla una segunda vez, y probablemente una tercera y una cuarta, pero en mi mente no cesaba de repetirse una pregunta.

¿Pa Salt lo sabía?

Llamé a Marina al móvil y le pedí que viniera a verme al Pabellón. Llegó a los cinco minutos y vio mi expresión de angustia. Me siguió hasta la sala y vio la carta abierta sobre la mesa.

—Oh, Maia —dijo tendiéndome los brazos—. Debe de haberte afectado mucho oír a tu padre hablarte desde la tumba.

No me acerqué para aceptar su abrazo.

—Ma, por favor, tienes que decirme si alguna vez le contaste a Pa Salt nuestro... secreto.

—¡Por supuesto que no! Créeme, Maia, ¡yo jamás te traicionaría!

Vi el dolor reflejado en sus ojos bondadosos.

—Entonces, ¿nunca lo supo?

—No. ¿Cómo podría haberse enterado?

—En la carta dice algo que me ha llevado a pensar que debía de saberlo.

—¿Puedo leerla?

—Claro. Toma.

Se la tendí y la observé con detenimiento mientras leía. Finalmente levantó la mirada, más serena ahora, y asintió.

—Entiendo que hayas reaccionado como lo has hecho, pero creo que tu padre solo estaba compartiendo contigo su verdad.

Me dejé caer en el sofá y enterré la cara entre las manos.

—Maia. —Marina negó con la cabeza y suspiró—. Como bien dice tu padre en estas líneas, todos cometemos errores. Solo hacemos lo que consideramos más acertado en un momento dado. Y de las seis chicas, tú eres la que se ha pasado la vida anteponiendo los sentimientos de los demás a los tuyos. Sobre todo los de tu padre.

—No quería defraudarlo.

—Lo sé, *chérie*, pero lo único que vuestro padre deseaba para vosotras era que fueseis felices y os sintierais seguras y amadas. Por favor, no lo olvides nunca, y menos aún en un día como hoy. Pero ahora que él ya no está, tal vez sea hora de que empieces a pensar en ti y en tus propios deseos. —Marina se recompuso rápidamente y se levantó—. Electra ha anunciado que se marcha, y también Tiggy. CeCe ha llamado a Georg Hoffman nada más levantarse y ha ido a verlo a su despacho de Ginebra con Star. Y Ally está con su portátil en la cocina.

—¿Sabes si alguna ha leído la carta? —pregunté tratando de serenarme.

—Si lo han hecho, no han compartido la información conmigo

—contestó Marina—. ¿Te gustaría almorzar con nosotras antes de que Electra y Tiggy se marchen?

—Por supuesto. Y siento haber dudado de ti, Ma.

—Es comprensible, dado el contenido de la carta. Ahora te dejaré sola para que te tranquilices. Te veré en la casa a la una.

—Gracias —susurré cuando Marina salía de la sala.

Antes de llegar a la puerta, se volvió hacia mí.

—Maia, tú eres la hija que me habría gustado tener. Y al igual que tu padre, te quiero como si lo fueras.

En cuanto se marchó, me senté en el sofá y lloré desconsoladamente. Era como si un torrente de emociones largo tiempo contenidas estuviera suplicándome que lo liberara y, para mi vergüenza, me perdí en una marea de autocompasión.

Sabía que estaba llorando por mí. No por Pa y su muerte inesperada, ni por el dolor que con toda probabilidad habría padecido durante su agonía, sino por el dolor que a mí me producía su pérdida y por lo terrible que me resultaba comprender que había demostrado ser indigna de Pa al no confiar en él lo bastante para contarle la verdad.

¿Qué clase de persona era yo? ¿Qué había hecho?

¿Y por qué estaba sintiendo todas esas cosas en aquel momento, cosas que en muchos sentidos no estaban relacionadas con la muerte de Pa?

«Me estoy comportando como Electra», me dije con la esperanza de que aquello me serenara de golpe. Pero no funcionó. No podía dejar de llorar. Perdí la noción del tiempo y, cuando finalmente levanté la vista, vi a Tiggy de pie frente a mí, con el rostro invadido por la preocupación.

—Oh, Maia, he venido para decirte que Electra y yo no tardaremos en irnos y queríamos despedirnos de ti, pero no puedo dejarte así...

—Lo siento, yo... —barboteé.

—No hay nada que sentir. —Se sentó a mi lado y me cogió las manos—. Tú también eres humana. Creo que a veces se te olvida.

Vi que reparaba en la carta de Pa, que seguía sobre la mesa, y la cogí con gesto protector.

—¿Te ha puesto muy triste? —me preguntó.

—Sí... y no...

Era consciente de que no podía explicárselo. Y de todas las hermanas que podrían haber estado allí en aquel momento, Tiggy era a la que más había cuidado, la que más había confiado en mí y la que siempre había podido contar conmigo. El intercambio de papeles no me pasó inadvertido.

—A todo esto, te has perdido el almuerzo —dijo.

—Lo siento.

—¿Quieres dejar de disculparte, por favor? Todas lo entendemos, y todas te queremos. Sabemos lo que significa para ti la muerte de Pa.

—¡Pero mírame! ¡Yo soy la «fuerte», la que ayuda a los demás! Y sin embargo me he venido abajo. ¿Has abierto tu carta?

—Todavía no. Creo, o por lo menos siento, que quiero llevármela a Escocia y leerla en los páramos, en un lugar privado y especial para mí.

—Este es mi hogar, el lugar al que pertenezco, así que yo he abierto la mía aquí. Pero me siento terriblemente culpable, Tiggy —confesé.

—¿Por qué?

—Porque... porque he estado llorando por mí. No por Pa, sino por mí.

—Maia, ¿realmente crees que la gente llora por alguna otra razón cuando pierde a un ser querido?

—Desde luego. Lloran por el fin de una vida, por el dolor que padeció la persona.

Tiggy esbozó una pequeña sonrisa.

—Sé que te cuesta creer lo que yo creo, que hay vida después de la muerte y que nuestras almas siguen viviendo. Pero yo imagino que Pa está ahora en algún lugar del universo, desembarazado de su molesto cuerpo físico, libre por primera vez. Porque a menudo veía en su mirada que debía de haber sufrido mucho en la vida. Y lo único que puedo decirte es que cuando uno de mis ciervos fallece y se libera del sufrimiento de la existencia, yo sé que lloro por mi propia pérdida, porque lo echaré mucho de menos. Maia, aunque no puedas creer que hay algo más allá de este mundo, intenta entender que la pena es para los que se quedan. Estamos tristes por nosotras, por lo que hemos perdido. Y, desde luego, no has de sentirte culpable por ello.

Miré a mi hermana y noté su aceptación serena. Y reconocí en silencio que había mantenido enterrada conscientemente durante muchos años aquella parte de mí que ella había llamado «alma».

—Gracias, Tiggy, y lamento no haber comido con vosotras.

—No te has perdido mucho. Al final solo hemos sido Ally y yo. Electra estaba haciendo el equipaje y, de todas maneras, dice que ya ha comido demasiada basura, y CeCe y Star siguen en Ginebra. Se han ido esta mañana a ver a Georg Hoffman.

—Me lo ha dicho Ma. Supongo que CeCe ha ido a pedirle dinero.

—Y yo. Seguro que ya sabes que ha conseguido plaza en un curso de arte en Londres. Necesitarán un lugar donde vivir, y eso cuesta dinero.

—Sí.

—Obviamente, la muerte de Pa afecta a tu situación mucho más que a la de cualquiera de nosotras. Todas sabemos que te quedaste aquí para hacerle compañía y cuidar de él.

—Eso no es cierto, Tiggy. Me quedé porque no tenía adónde ir —admití sin más.

—Creo que estás siendo demasiado dura contigo, como de costumbre. Pa era uno de los motivos por los que vivías aquí. Ahora que se ha ido, tienes el mundo a tus pies. Tienes un trabajo que puedes hacer en cualquier parte, podrías ir a donde quisieras. —Tiggy miró su reloj—. Tengo que irme a hacer la maleta. Adiós, Maia, cariño —dijo echándose sobre mí para darme un abrazo—. Cuídate mucho, por favor. Sabes que puedes llamarme siempre que lo necesites. ¿Por qué no vienes a verme a las Highlands? El paisaje es precioso y la atmósfera increíblemente tranquila.

—Tal vez lo haga, Tiggy. Gracias.

Poco después de que se marchara, me obligué a salir para despedirme de Electra. Pero cuando me dirigía al embarcadero, me di de bruces con ella.

—Me largo —dijo—. Mi agencia me ha dicho que me demandará si no estoy en la sesión mañana por la mañana.

—Claro.

—Oye —Electra ladeó la cabeza—, ¿estás bien?

—Sí.

—Ahora que ya no tienes que cuidar de Pa, ¿por qué no vienes a La-La Land y pasas una temporada con Mitch y conmigo? Tenemos una casita de invitados fantástica en el jardín. Puedes venir cuando quieras, en serio.

—Gracias, Electra. Llámame alguna vez, ¿vale?

—Dalo por hecho. Nos vemos pronto —dijo al llegar al embarcadero.

En aquel momento, CeCe y Star estaban bajando de la lancha.

—Hola, chicas —dijo CeCe, y por su sonrisa supe que su misión en Ginebra había sido un éxito.

—¿Te vas, Electra? —preguntó Star.

—Tengo que volver a Los Ángeles. Algunas de nosotras tenemos que trabajar para ganarnos la vida —dijo, y comprendí que la pulla iba dirigida a CeCe.

—Por lo menos algunas nos la ganamos utilizando el cerebro y no el cuerpo —replicó ella justo cuando Tiggy llegaba al embarcadero acompañada de Ally.

—Vamos, chicas —las reprendió esta última—, ahora deberíamos estar más unidas que nunca. Adiós, Electra. —Se acercó a su hermana y la besó en las mejillas—. Intentemos organizar pronto un encuentro familiar.

—Muy bien. —Electra besó a Star, pero ignoró a CeCe—. ¿Estás lista, Tiggy?

—Sí —contestó ella después de abrazar al resto de las hermanas.

Cuando estrechó a Star, vi que le susurraba algo al oído y que esta le respondía a su vez con otro susurro.

—En marcha —ordenó Electra—. No puedo permitirme perder el vuelo.

Las dos subieron a la lancha y, cuando el motor empezó a rugir, las otras cuatro les dijimos adiós con la mano mientras se alejaban. Después, regresamos a la casa.

—Creo que Star y yo tampoco tardaremos en marcharnos —comentó CeCe.

—¿En serio? ¿No podemos quedarnos un poco más? —preguntó, apenada, Star.

—¿Para qué? Pa ha muerto, ya hemos visto al abogado y tenemos que llegar a Londres cuanto antes para buscar apartamento.

—Tienes razón —concedió Star.

—¿Qué harás en Londres mientras CeCe va a la escuela de arte? —le preguntó Ally.

—Todavía no lo sé.

—Estás pensando en hacer un curso en el Cordon Bleu, ¿no es cierto? —intervino CeCe—. Star es una cocinera excelente —añadió dirigiéndose a mí—. Bien, me voy a mirar vuelos. Sé que hay uno directo a Heathrow a las ocho, sería perfecto para nosotras. Hasta luego.

Las chicas entraron en la casa y yo me quedé fuera con Ally.

—No lo digas —suspiré—. Lo sé.

—Cuando éramos pequeñas, siempre me pareció algo positivo que estuvieran tan unidas —comentó Ally—. Son las medianas, y era bueno que se tuvieran la una a la otra.

—Recuerdo que, cuando en su día Pa propuso que fueran a colegios diferentes, Star se puso a llorar como una Magdalena y le suplicó que la dejara ir con CeCe —expliqué.

—El problema es que nadie tiene nunca oportunidad de hablar a solas con Star. ¿Está bien? La he visto muy decaída desde que llegó.

—No tengo ni idea, Ally. De hecho, a veces tengo la sensación de que apenas la conozco.

—Bueno, si CeCe va a estar ocupada estudiando y Star decide hacer algo por su cuenta, puede que eso les dé a las dos la oportunidad de despegarse un poco. ¿Por qué no nos sentamos en la terraza? Le pediré a Claudia que te prepare unos sándwiches. Tienes mala cara, Maia, y te has saltado el almuerzo. Además, quiero hablarte de un asunto.

Obedientemente, me senté en la terraza y dejé que el calor del sol me acariciara la cara y me relajara. Ally reapareció al cabo de un rato y se sentó a mi lado.

—Claudia te traerá algo de comer —dijo—. Maia, no quiero entrometerme, pero ¿abriste anoche tu carta?

—Sí. Bueno, en realidad lo he hecho esta mañana —confesé.

—Y es evidente que te ha afectado.

—Al principio sí, pero ya estoy bien, de verdad, Ally —dije, pues no me sentía con ánimos de explayarme. El interés afectuoso de Tiggy me había reconfortado, pero sabía que la atención de Ally tal vez me resultara paternalista—. ¿Y tú?

—Yo también la he abierto —respondió Ally—. Es muy bonita y me ha hecho llorar, pero al mismo tiempo me ha animado. Me he pasado la mañana buscando las coordenadas en internet. Ahora ya sé exactamente de dónde venimos cada una de nosotras. Y hay más de una sorpresa, créeme —añadió.

Claudia llegó con un plato de sándwiches y lo dejó delante de mí.

—¿Sabes exactamente dónde nacimos? ¿Dónde nací? —especifiqué.

—Sí, o por lo menos dónde nos encontró Pa. ¿Quieres saberlo, Maia? Puedo decírtelo o dejar que lo busques tú misma.

—No... no estoy segura —dije sintiendo un hormigueo nervioso en el estómago.

—Lo único que puedo decirte es que Pa viajó mucho.

La miré y envidié su capacidad para conservar la serenidad ante una paradoja semejante: una muerte misteriosa y revelaciones de nacimiento.

—Entonces, ¿sabes de dónde eres? —le pregunté.

—Sí, aunque todavía no le encuentro mucho sentido.

—¿Y las demás? ¿Les has dicho que sabes dónde nacieron?

—No, pero les he explicado cómo introducir las coordenadas en Google Earth. ¿Te lo explico a ti también? ¿O prefieres que te lo diga sin más?

Ally clavó en mí sus bellos ojos azules.

—Todavía no estoy segura.

—De todos modos, ya te he dicho que es muy fácil buscarlo.

—Entonces, quizá lo haga cuando me sienta preparada.

Lo dije con firmeza, pero seguía sintiéndome un paso por detrás de mi hermana.

—Te anotaré los pasos que has de seguir para introducir las coordenadas por si algún día decides que quieres saberlo. ¿Has podido traducir alguna de las citas grabadas en la esfera armilar?

—Sí, las tengo todas.

—Me encantaría saber qué frase eligió Pa para mí —dijo Ally—. ¿Me la dices, por favor?

—No la recuerdo con exactitud, pero puedo ir al Pabellón y anotártela en un papel.

—Gracias.

Di un bocado a uno de los sándwiches que Claudia me había dejado delante y deseé por enésima vez parecerme a Ally, que se tomaba las cosas con filosofía, que no tenía miedo de las pruebas que le ponía la vida. La profesión que había elegido —llena de peligros y a menudo solitaria, enfrentándose a olas capaces de volcar en un segundo la frágil embarcación en la que navegaba— era una metáfora perfecta de su personalidad. De todas nosotras, Ally era, en mi opinión, la que más cómoda se sentía consigo misma. Nunca sucumbía al pesimismo; veía los contratiempos como lecciones vitales positivas de las que salía fortalecida.

—Según parece, entre tú y yo podemos proporcionar al resto de nuestras hermanas la información que necesitan si desean explorar su pasado —reflexionó Ally.

—Así es, aunque puede que aún sea pronto para plantearnos si queremos seguir las pistas que nos ha dado Pa.

—Es posible —suspiró Ally—. Además, la regata de las Cícladas está a punto de empezar y voy a tener que marcharme enseguida para unirme a la tripulación. Si te soy sincera, Maia, después de lo que vi hace un par de días en el mar, no me resultará fácil volver a navegar.

—Me lo imagino. —Después de todo lo que acababa de estar pensando acerca de Ally, me sorprendió su repentina vulnerabilidad—. Pero todo irá bien, estoy segura.

—Eso espero. Es la primera vez que siento miedo desde que empecé a competir.

—Llevas años dedicándote en cuerpo y alma a la navegación, Ally. No debes dejar que el miedo te pueda.

—Tienes razón. Haré cuanto esté en mi mano para que ganemos. Por él. Gracias, Maia. ¿Sabes? Hace un rato he estado dándole vueltas a que he permitido que la navegación domine por completo mi vida. ¿Recuerdas cuánto deseaba convertirme en flautista profesional cuando era pequeña? Pero cuando salí de la escuela de música, la fiebre de la navegación ya se había apoderado de mí.

—Lo recuerdo perfectamente —dije con una sonrisa—. Eres buena en muchas cosas, Ally, pero he de reconocer que echo de menos oírte tocar la flauta.

—Qué curioso, yo misma he empezado a darme cuenta de que también lo extraño. Cambiando de tema: ¿estarás bien aquí sola?

—Claro que sí. No te preocupes por mí, por favor. Tengo a Ma y tengo mi trabajo. Estaré bien.

—¿Te apetecería pasar unos días conmigo en el velero cuando avance un poco el verano? Podemos ir a donde quieras, quizá a la costa amalfitana. Es un lugar precioso, uno de mis preferidos. Y puede que me lleve la flauta —añadió con una sonrisa débil.

—Es una idea fantástica. Pero ya veremos. Ahora mismo tengo mucho trabajo.

—Hemos conseguido dos asientos en un vuelo a Heathrow —anunció CeCe, que irrumpió en la terraza por detrás de nosotras—. Christian nos llevará al aeropuerto dentro de una hora.

—En ese caso, voy a ver si consigo un vuelo de última hora a Niza y me marcho con vosotras. Maia, no olvides anotarme la cita, ¿vale?

Ally se levantó de la mesa y entró en la casa.

—¿Todo bien en el despacho de Georg? —pregunté a CeCe.

—Sí. —Asintió con la cabeza—. Entonces, ¿has traducido las citas? —preguntó mientras retiraba una silla y tomaba asiento.

—Sí.

—Ally me ha dicho que también tiene todas nuestras coordenadas.

—¿Has abierto ya tu carta? —le pregunté.

—No. Star y yo hemos decidido que buscaremos un momento tranquilo para abrirlas juntas. Pero estaría bien que nos anotaras nuestras citas en un papel, las metieras en un sobre y me lo dieras antes de que nos vayamos. Le he pedido a Ally que haga lo mismo con las coordenadas.

—Te daré tu cita, CeCe, por supuesto, pero Pa me ha dejado bien claro en su carta que solo debo entregar la cita traducida a la hermana en cuestión. De modo que la de Star se la daré directamente a ella —dije, sorprendida por lo fácil que me había resultado mentirle.

—Vale. —CeCe se encogió de hombros—. Pero es evidente que las compartiremos. —De pronto se me quedó mirando—. ¿Estarás bien aquí sola ahora que Pa se ha ido? ¿Qué harás?

—El trabajo me mantendrá ocupada —reiteré.

—Es posible, pero todas sabemos que vivías aquí por él. Sería genial que vinieras a vernos a Londres una vez que tengamos el apartamento. Ya he escrito a algunas inmobiliarias. Nos encantaría tenerte en casa.

—Te lo agradezco mucho, CeCe. Si decido ir, te lo diré.

—Bien. ¿Puedo preguntarte algo, Maia?

—Naturalmente, CeCe.

—¿Crees... crees que le caía bien a Pa?

—¡Qué pregunta tan extraña! Claro que sí. Pa nos quería a todas por igual.

—Lo digo porque...

Los dedos regordetes de CeCe se movieron como si tocara el piano sobre la superficie de la mesa.

—¿Qué ocurre?

—La verdad es que me asusta abrir la carta. Ya sabes que no soy una persona muy sensible que digamos, y nunca sentí que mi relación con Pa fuera demasiado estrecha. No soy tonta, sé que la gente me tiene por una persona dura y en exceso pragmática, menos Star, claro, pero por dentro lo siento todo. ¿Me explico?

Su inesperada revelación me impulsó a alargar el brazo para acariciarle la mano.

—Perfectamente. CeCe, recuerdo que cuando llegaste a casa siendo un bebé, Ma se agobió porque entre tu llegada y la de Star solo habían pasado unos meses. Cuando le pregunté a Pa por qué nos había traído otra hermana tan pronto, me contestó que porque eras tan especial que no había tenido más remedio que llevarte a casa con él. Y esa es la verdad.

—¿En serio?

—En serio.

Por primera vez desde que la conocía, mi cuarta hermana parecía estar al borde de las lágrimas.

—Gracias, Maia —dijo—. Ahora he de encontrar a Star para decirle que no tardaremos en irnos.

Mientras la veía levantarse y entrar en la casa, pensé en lo mucho que la muerte de Pa nos había cambiado ya a todas.

Una hora más tarde, tras haberle entregado a cada hermana una copia de la inscripción que había traducido para ella, me encontraba de nuevo en el embarcadero diciendo adiós. Me quedé mirando a Ally, a CeCe y a Star mientras se alejaban a bordo de la lancha, de regreso a sus propias vidas. Luego volví al Pabellón y me serví una copa de vino pensando en que todas mis hermanas me habían ofrecido un espacio en sus vidas; si quisiera, podría pasarme el siguiente año recorriendo el planeta y habitando en sus variados mundos.

Pero allí estaba, aún viviendo en el hogar de mi niñez. Y sin embargo, me dije, había tenido una vida en otro lugar antes que en aquella casa. Una vida que no recordaba y de la que no sabía nada.

Entré con paso decidido en mi estudio y encendí el portátil. Puede que hubiera llegado el momento de descubrir quién era. De dónde venía. Adónde pertenecía.

Me temblaban las manos ligeramente cuando accedí a Google Earth. Tecleé despacio las coordenadas siguiendo las instrucciones que Ally me había dado y contuve el aliento mientras el ordenador me indicaba dónde encontraría mis orígenes. Por fin, después de que el circulito girara en la pantalla durante una eternidad —como un globo terráqueo sobre su eje—, la información apareció ante mis ojos. Y mi lugar de nacimiento me fue revelado.

8

Inesperadamente, aquella noche disfruté de un sueño plácido y profundo del que desperté renovada. Me quedé un rato en la cama, con la mirada fija en el techo, asimilando lo que había averiguado el día anterior.

Sentía que la información que había descubierto no me sorprendía; era como si siempre lo hubiese sabido por algún detalle de mi ADN. Y de hecho, por pura casualidad, mi vida ya había abarcado una parte de ella. Apenas podía creerme que hubiese visto con mis propios ojos la casa donde tal vez naciera. En la vista aérea de Google Earth parecía enorme y señorial, y me preguntaba por qué, dado su aparente esplendor, Pa Salt me había sacado de ella siendo un bebé.

Cuando me estaba levantando de la cama, sonó el móvil y lo alcancé para contestar antes de que colgaran. Al ver que se trataba de un número desconocido, probablemente de alguien que quería venderme algo, lo devolví a la mesilla de noche y fui a la cocina para reactivarme con mi acostumbrada taza matutina de té English Breakfast.

Mientras le daba pequeños sorbos me dije que era increíble pensar que, si así lo deseaba, al día siguiente podría subirme a un avión y en menos de veinticuatro horas estar llamando a la puerta de mi pasado.

«A Casa das Orquídeas, Larenjeiras, Río de Janeiro, Brasil.»

Busqué en mi memoria todos los detalles de la conversación que había mantenido con Pa antes de decidir lo que iba a estudiar.

Él me había animado a elegir el portugués como uno de mis idiomas, de eso no había duda, y recordé que lo había aprendido con la misma facilidad que el francés, mi primera lengua. Fui a la sala en busca de la tesela triangular, la saqué del sobre y examiné la inscripción borrosa del dorso.

Al contemplarla entonces adquirió mucho más sentido, pues me di cuenta de que estaba escrita en portugués. Podía distinguir algunas letras y una fecha —1929—, pero fui incapaz de descifrar el resto.

Un repentino escalofrío de emoción me recorrió el cuerpo, aunque lo reprimí de inmediato. La idea de tomar un avión y plantarme en Brasil era ridícula.

¿O no?

La sopesé frente a una segunda taza de té. En cuanto me hube calmado decidí que sí, que quizá en el futuro realizara aquel viaje. Al fin y al cabo, tenía una buena razón para ir a Brasil, teniendo en cuenta que traducía al francés obras de autores de aquel país. Podría visitar a los editores de Floriano Quintelas —el escritor que me había mandado un correo hacía tan solo un par de días— para pedirles que me recomendaran a otros autores que pudieran precisar mis servicios.

El móvil sonó de nuevo. Me levanté para ir a buscarlo a la mesilla de noche y oí una voz que me avisaba de que tenía un mensaje de la última llamada perdida. Me llevé el teléfono a la oreja mientras regresaba a la cocina y entonces otra voz, esta vez muy conocida, empezó a hablarme.

«Hola, Maia, soy yo, Zed. Espero que te acuerdes de mí —decía con una risita despreocupada—. Oye, no sé si te habrás enterado de la terrible noticia de lo de mi padre. Una verdadera tragedia. Lo cierto es que todavía estamos intentando asimilarlo. No pensaba llamarte, pero ayer me enteré por un amigo con el que suelo navegar de que tu padre también acaba de fallecer. El caso es que un día de estos he de ir a Ginebra y pensé que sería genial que nos viéramos. Podríamos prestarnos el hombro para llorar juntos. La vida es extraña, ¿no crees? No tengo ni idea de si sigues viviendo en Ginebra, pero tengo el número de teléfono de tu casa en algún sitio, así que cuando llegue te daré un toque, o puede que incluso pruebe suerte y vaya directamente a la famosa Atlantis si no recibo respuesta tuya después de este mensaje. Siento mucho lo de tu padre. Cuídate.»

Un pitido me informó del final del mensaje. Me quedé donde estaba, paralizada por la conmoción de volver a oír su voz después de catorce años.

—Dios mío —musité cuando me imaginé a Zed presentándose en mi casa al cabo de un par de días.

Me invadió el pánico. Una parte de mí quería esconderse debajo de la cama por miedo a que Zed ya estuviera en Ginebra y apareciera en cualquier momento.

Caí en la cuenta de que era posible que Marina o Claudia contestaran cuando llamase y le dijeran con inocencia que, en efecto, estaba en casa. Empecé a temblar solo de pensarlo. Tenía que ir de inmediato a la casa grande y pedirles que no le contaran a nadie que telefoneara preguntando por mí que seguía allí.

Pero ¿y si Zed se presentaba sin más? Sabía perfectamente dónde estaba Atlantis. Yo misma se lo había explicado con todo detalle en una ocasión.

—Tengo que largarme de aquí —susurré para mí, y por fin mis piernas obedecieron la orden de llevarme a la sala, donde me puse a caminar de un lado a otro pensando en cuál de las ofertas de mis hermanas debería aceptar.

Ninguna de ellas me atraía, de modo que me pregunté si no debería volver a Londres y, sin más, refugiarme en casa de Jenny hasta que pasara el peligro.

Pero ¿cuánto tiempo sería eso? Quizá Zed se quedara en Ginebra durante una época larga. Habría apostado cualquier cosa a que la vasta fortuna de su padre se hallaba en las cámaras acorazadas de los bancos suizos.

—¿Por qué ahora? —aullé a los cielos.

Justo cuando necesitaba tiempo para recomponerme y recuperar la serenidad, me veía obligada a irme. Ver a Zed de nuevo me haría trizas, sobre todo teniendo en cuenta lo frágil que me sentía en aquellos momentos.

Me volví hacia la mesa de centro y acaricié instintivamente con los dedos la superficie suave de la tesela. La observé mientras mi cerebro procesaba la idea que acababa de pasárseme por la cabeza.

Si quería poner distancia entre él y yo y que nadie conociera mi paradero, Brasil era el lugar idóneo. Podía llevarme el portátil y trabajar desde allí en la traducción que me ocupaba. ¿Por qué no?

—Sí, Maia, ¿por qué no? —me pregunté en voz alta.

Una hora después entré en la cocina y le pregunté a Claudia dónde estaba Marina.

—Ha ido a Ginebra a hacer unos recados. ¿Quiere que le diga algo cuando la vea?

—Sí —dije buscando en mi interior el valor para continuar—. Dígale que me marcho esta noche y que estaré fuera dos semanas como mínimo. Y otra cosa, Claudia: si alguien llama preguntando por mí o viene a verme, díganle que estaré fuera una temporada.

El rostro por lo general imperturbable de Claudia adoptó una expresión de asombro.

—¿Adónde va, Maia?

—Por ahí —contesté en tono neutro.

—Vale —dijo.

Esperé a que añadiera algo más, pero no lo hizo.

—Bueno, me vuelvo al Pabellón a hacer la maleta. Por favor, cuando llegue Christian dígale que necesito que me lleve a Ginebra con la lancha alrededor de las tres.

—¿Le preparo algo para almorzar?

—No, gracias —respondí sabiendo que comer no sería lo más apropiado para el nudo que sentía en el estómago—. Vendré a despedirme antes de salir. Y recuerde, Claudia, si a partir de este momento alguien llama preguntando por mí, no estoy.

—Lo sé, Maia, ya me lo ha dicho.

Dos horas más tarde, después de haber reservado los vuelos

y una habitación de hotel y con una maleta hecha deprisa y corriendo en la mano, abandoné Atlantis. Mientras la lancha me trasladaba por las aguas tranquilas del lago hasta Ginebra, de repente comprendí que no tenía ni idea de si estaba huyendo de mi pasado o corriendo hacia él.

9

Debido a las cinco horas de diferencia horaria, aterricé en suelo brasileño a las seis de la mañana siguiente. Esperaba ser recibida por el cegador sol de Sudamérica, así que me decepcionó encontrar el cielo encapotado. Caí en la cuenta de que, obviamente, había llegado en su invierno, lo que explicaba —aunque la temperatura siguiera superando los veinte grados— la ausencia del intenso calor tropical que pensaba encontrarme. Cuando salí al vestíbulo de llegadas, vi a un hombre que sostenía un letrero con mi nombre.

—*Olá, eu sou Senhorita D'Aplièse. Como você está?* —dije en portugués cuando me acerqué al conductor, y su cara de asombro me hizo sonreír.

Me llevó hasta el coche y, mientras salíamos del aeropuerto en dirección a Río, miré por la ventanilla con gran interés. Aquella era la ciudad donde supuestamente había nacido. Aunque había viajado a Brasil durante mi segundo año de universidad, el programa de intercambio se realizaba con una universidad de São Paulo y mis excursiones me habían llevado a Salvador de Bahía, la antigua capital. Las historias sobre la criminalidad, la pobreza y la desenfrenada vida nocturna de Río me habían hecho desistir de visitarla, sobre todo porque era una mujer que viajaba sola. Sin embargo, allí estaba ahora, y si la información de Pa Salt era correcta, yo formaba parte del ADN de la ciudad y ella formaba parte del mío.

El conductor, encantado de llevar en su coche a una extranjera que hablaba el portugués con fluidez, me preguntó de dónde procedía.

—De aquí —contesté—. Nací en Río.

Me observó detenidamente por el retrovisor.

—¡Claro! Ahora me doy cuenta de que parece brasileña. Como se apellida D'Aplièse, he dado por hecho que era francesa. ¿Ha venido para visitar a algún familiar?

—Sí, supongo que sí —contesté, y la verdad de aquellas palabras me retumbó en el cerebro.

—Mire. —El conductor señaló una montaña sobre la que se alzaba una estatua blanca con los brazos abiertos del todo, como si abrazara la ciudad—. Es nuestro *Cristo Redentor*. Siempre sé que he vuelto a casa cuando lo veo por primera vez.

Contemplé la elegante escultura blanca, que parecía flotar entre las nubes como una aparición angelical. Aunque, como el resto de la gente, había visto aquella imagen en incontables ocasiones en los medios de comunicación, en directo me pareció imponente e increíblemente conmovedora.

—¿Ha subido a verlo? —me preguntó el conductor.

—No.

—Entonces es usted una auténtica nativa de Río, ¡una carioca! —exclamó con una sonrisa—. Aunque es una de las Siete Maravillas del Mundo modernas, los de Río no la valoramos lo suficiente. Solo los turistas la visitan.

—Tenga por seguro que subiré a verla —le prometí antes de que el coche se adentrara en el túnel y el *Cristo Redentor* desapareciera de nuestra vista.

Cuarenta minutos después, nos detuvimos frente al hotel Caesar Park. Al otro lado de la gran avenida, la playa de Ipanema, desierta por lo temprano de la hora pero sencillamente magnífica, se extendía hasta donde alcanzaba la vista.

—Aquí tiene mi tarjeta, señorita D'Aplièse. Me llamo Pietro y estaré a su disposición si decide dar una vuelta por la ciudad.

—*Obrigada* —dije, y le di unos reales de propina antes de seguir al botones hasta el vestíbulo del hotel para registrarme.

Minutos después, estaba instalada en una suite agradable y

espaciosa cuyos ventanales ofrecían una fantástica vista de la playa de Ipanema. La habitación era carísima, pero era la única que habían podido ofrecerme con tan poca antelación. Y dado que, por lo general, apenas gastaba, no me sentía culpable. Si, dependiendo de lo que sucediera a lo largo de los próximos días, decidía alargar mi estancia, alquilaría un apartamento.

¿Y qué sucedería a lo largo de los próximos días?

Las últimas veinticuatro horas habían sido un torbellino tal, únicamente provocado por mi pánico y mi deseo desesperado de largarme de Suiza, que no me había parado a pensar en qué iba a hacer cuando llegara a Río. Por el momento, dado lo poco que había dormido en el avión y lo agotada que me había dejado la traumática experiencia de los últimos días, decidí colgar el letrero de NO MOLESTAR en la puerta, me metí bajo las sábanas inmaculadas y fragantes y me dormí.

Me desperté unas horas más tarde y me di cuenta de que estaba hambrienta, pero también deseosa de ver la ciudad. Tomé el ascensor hasta el restaurante situado en la última planta, me instalé en la pequeña terraza con vistas al mar y las montañas y pedí una ensalada César y una copa de vino blanco. Las nubes se habían esfumado como un recuerdo y, a mis pies, la playa estaba ahora abarrotada de cuerpos bronceados tendidos al sol.

Después de comer, noté que mi cerebro empezaba a despejarse lo suficiente para permitirme pensar en la mejor forma de actuar. Volví a mirar la dirección marcada por las coordenadas, pues la había copiado en el móvil, y reconocí que no había garantías de que mi familia biológica siguiera viviendo allí. No conocía sus nombres, no sabía nada de ellos. Se me escapó una risita nerviosa al imaginarme apareciendo en la puerta y anunciando que estaba buscando a mi familia.

Pero entonces, intenté hacer honor a la cita que Pa Salt había grabado para mí en la esfera armilar y me dije que lo peor que podrían hacer era cerrarme la puerta en las narices. A lo mejor la copa de vino y el jet lag me estaban proporcionando una valentía insólita en mí. Regresé a la suite y, antes de que pudiera cambiar de parecer, llamé a recepción para ver si Pietro, el conductor que me había recogido en el aeropuerto, estaba disponible para llevarme a la dirección que quería.

—Por supuesto —dijo el conserje—. ¿Quiere el coche ya?

—Sí.

Diez minutos después, me encontraba de nuevo en el automóvil de Pietro, saliendo lentamente del centro de la ciudad.

—Creo que conozco ese lugar, A Casa das Orquídeas —comentó.

—Yo no —confesé.

—Si es la casa que pienso, es de lo más interesante. Es muy antigua y la habitaba una familia portuguesa de mucho dinero —explicó mientras llegábamos a otro de los numerosos atascos que, según me había contado, nunca cesaban.

—Puede que la casa haya cambiado de manos —musité.

—Cierto. —Me miró por el retrovisor y supe que había percibido mi tensión—. ¿Está buscando a un familiar?

—Sí —me sinceré.

Miré por la ventanilla y enseguida vi el *Cristo Redentor* cerniéndose sobre mí. Aunque nunca había sido una persona especialmente religiosa, por algún motivo en aquel momento sus brazos abiertos que parecían abarcarlo todo me transmitieron una extraordinaria sensación de consuelo.

—Pasaremos por la dirección que me ha dado dentro de un par de minutos —me informó Pietro un cuarto de hora después—. Dudo que pueda ver algo desde la calle, porque la casa está rodeada de un enorme seto para darle privacidad. Este barrio fue muy exclusivo en otros tiempos, pero, por desgracia, se ha construido mucho en él.

Advertí que, en efecto, la calle estaba flanqueada por una mezcla de edificios industriales y bloques de pisos.

—Ahí tiene la casa, señorita.

Miré en la dirección que indicaba el dedo de Pietro y divisé un seto largo y descuidado, con flores silvestres asomando sus bonitas pero destructivas cabezas entre el follaje. Comparado con nuestro inmaculado jardín de Ginebra, daba la impresión de llevar mucho tiempo sin recibir las atenciones de unas manos sensibles.

Por encima del seto solo atisbé un conjunto de chimeneas antiguas; el rojo original de sus ladrillos estaba cubierto por años de hollín y ennegrecido.

—Puede que esté deshabitada —comentó Pietro al reparar de inmediato, como yo, en el descuidado aspecto del exterior.

—Es posible —convine.

—¿Aparco aquí? —me preguntó, y redujo la velocidad para acercarse al bordillo unos metros más allá de la propiedad.

—Sí, por favor.

Detuvo el coche, apagó el motor y se volvió hacia mí.

—La esperaré aquí. Buena suerte, señorita D'Aplièse.

—Gracias.

Bajé y cerré la portezuela con más fuerza de la necesaria, preparándome para lo que pudiera encontrarme. Mientras caminaba por la acera me dije que, en realidad, lo que sucediese en los siguientes minutos de mi vida no importaba. Había tenido un padre cariñoso y una madre *de facto*, y había tenido a mis hermanas. Y, de todas formas, la razón por la que estaba allí no tenía tanto que ver con lo que pudiera encontrar detrás de aquel seto como con aquello de lo que había huido instintivamente.

Aquel pensamiento me otorgó el aplomo que necesitaba y crucé las verjas de hierro abiertas que daban al camino de entrada. Y por primera vez tuve frente a mí la casa donde, según las coordenadas, había comenzado mi historia.

Se trataba de una elegante mansión del siglo XVIII de forma cuadrada y muros de estuco blanco, con intrincadas ménsulas y molduras de yeso que hablaban del pasado colonial de Brasil. No obstante, al acercarme vi que el estuco aparecía deslucido y resquebrajado, y que la pintura de sus docenas de ventanales altos tenía numerosos desconchones que dejaban ver la madera.

Me armé de valor y caminé hacia ella dejando atrás una fuente de mármol labrado de la que en otros tiempos debieron de brotar chorros de agua. Me fijé en que casi todos los postigos estaban cerrados a cal y canto y empecé a pensar que quizá Pietro tuviera razón y la casa estuviera deshabitada.

Subí por la escalinata hasta la puerta principal y pulsé el timbre, pero este no emitió sonido alguno. Tras otros dos intentos, llamé con los nudillos con toda la firmeza que fui capaz reunir. Aguardé a que alguien me abriera, pero dentro no se oyeron pasos. Decidí llamar de nuevo, esta vez con más fuerza.

Cuando ya llevaba allí varios minutos, comprendí que estaba perdiendo el tiempo y que nadie iba a abrirme. Levanté la vista y, al reparar de nuevo en los postigos cerrados de las estancias superiores, llegué a la conclusión de que en la casa no vivía nadie.

Bajé por la escalinata debatiéndome entre regresar al coche de Pietro y olvidar todo el asunto o darme una vuelta para ver si por lo menos podía mirar por una rendija de alguna contraventana. Al final opté por lo segundo y rodeé la casa.

Me di cuenta de que era mucho más larga que ancha. La pared lateral del edificio se extendía hacia lo que en otros tiempos había sido a todas luces un hermoso jardín. Seguí avanzando junto a ella y me llevé una decepción al no dar con ningún resquicio por el que poder espiar. Cuando llegué al final de la pared, me encontré en una terraza cubierta de musgo.

Una escultura de piedra que descansaba al fondo, entre tiestos de terracota resquebrajados, me llamó la atención de inmediato. Representaba a una joven sentada en una silla mirando al frente. Y aunque cuando me acerqué vi que tenía la nariz desportillada, las líneas de su rostro, limpias y sencillas, eran increíblemente bellas.

Estaba a punto de volverme para inspeccionar la parte de atrás de la casa, cuando vislumbré una figura sentada bajo un árbol en el jardín que se extendía más allá de la terraza.

El corazón empezó a latirme con fuerza y me pegué a la pared para ocultarme. Después, asomé la cabeza para estudiar a la figura. Desde aquella distancia no podía hacerme una idea clara de su aspecto; solo alcanzaba a distinguir que era una mujer y, a juzgar por su postura en la silla, muy anciana.

Al verla, miles de pensamientos se me agolparon en la cabeza. Siempre se me había dado mal tomar decisiones apresuradas, de manera que permanecí allí agazapada, mirando de reojo a una anciana que podía o no ser pariente mía.

Levanté la vista al cielo e instintivamente supe que Pa jamás se había amedrentado en momentos así. Y por primera vez en mi vida adulta, yo tampoco iba a hacerlo.

Salí de mi escondrijo y me encaminé hacia la mujer. Ella no volvió la cabeza en mi dirección mientras me acercaba. Cuando la distancia que nos separaba me permitió al fin verla bien, me di cuenta de que tenía los ojos cerrados y parecía dormir.

Aquello me dio la oportunidad de observar su cara con más detenimiento. Me pregunté si debería reconocer en ella algún rasgo mío, pero sabía que era muy probable que fuese una completa extraña, alguien que había residido en la casa durante los treinta y tres años que yo había estado ausente.

—*Desculpe* señorita. ¿Puedo ayudarla en algo?

Me llevé un gran susto al oír una voz queda a mi espalda. Me di la vuelta. Una mujer africana de edad avanzada y flaca como un palo, con el pelo hirsuto y lleno de canas y un uniforme de criada anticuado, me miraba con recelo.

—Lo siento —me excusé de inmediato—. He llamado a la puerta, pero no me han respondido…

La mujer se llevó un dedo a los labios.

—Hable más bajo, está durmiendo. ¿Qué hace aquí?

—Quería… —¿Cómo resumir la verdad a aquella mujer en unas pocas palabras susurradas?—. Me han dicho que estoy relacionada con esta casa y me gustaría hablar con sus propietarios.

Noté que me escrutaba y vi un ligero brillo en sus ojos cuando posó la mirada en mi cuello.

—La señora Carvalho no recibe visitas. Está muy enferma y sufre muchos dolores.

—En ese caso, quizá pueda informarle de que he venido a verla. —Busqué una tarjeta en mi bolso y se la tendí a la criada—. Me hospedo en el hotel Caesar Park. ¿Puede decirle que me gustaría mucho hablar con ella?

—Puedo, pero no cambiará las cosas —replicó ella con brusquedad.

—¿Puedo preguntarle cuánto tiempo lleva la señora de la silla viviendo en esta casa?

—Toda su vida. Y ahora, la acompañaré hasta la salida.

Sus palabras me provocaron un escalofrío, y lancé una última mirada a la anciana. Si Pa Salt y sus coordenadas estaban en lo cierto, la mujer debía de estar emparentada conmigo. Me di la vuelta y crucé la terraza con la criada. Habíamos llegado a la esquina de la casa cuando una voz débil preguntó:

—¿Quién es?

Las dos nos volvimos, y vi un atisbo de temor en los ojos de la criada.

—Discúlpeme, señora Carvalho, no pretendía molestarla —dijo.

—No me molestas. Llevo cinco minutos observándoos. Tráemela. No podemos conversar a cien metros de distancia.

La criada hizo lo que su señora le pedía y me invitó de mala gana a recorrer de nuevo la terraza y bajar al jardín. Me colocó delante de la anciana y leyó la información de mi tarjeta.

—Es la señorita Maia D'Aplièse. Traductora.

Cuando la tuve delante, pude apreciar que estaba consumida, que tenía la piel macilenta, como si la vida se le estuviese evaporando lentamente. Pero cuando su mirada de ojos penetrantes me recorrió y asomó a ellos un fugaz destello de reconocimiento y conmoción, supe que en su mente se había disparado una alarma.

—¿Para qué ha venido? —preguntó.

—Es una larga historia.

—¿Qué quiere?

—Nada, yo…

—La señorita D'Aplièse me ha dicho que guarda relación con esta casa —explicó la criada en un tono, pensé, casi alentador.

—¿No me diga? ¿Y qué relación es esa?

—Me han dicho que esta es la casa donde nací —dije.

—Pues siento decepcionarla, señorita, pero en esta casa no ha habido bebés desde que yo tuve a mi hija, hace más de cincuenta y cinco años. ¿No es cierto, Yara? —preguntó a la criada.

—*Sim*, señora.

—¿Y quién le dio esa información? Alguien que desea establecer un vínculo conmigo para heredar esta casa cuando me muera, ¿no?

—No, señora —repliqué con firmeza—. Le prometo que esto no tiene nada que ver con el dinero. Esa no es la razón por la que he venido.

—Pues explique mejor por qué está aquí.

—Porque... me adoptaron cuando era un bebé. Mi padre adoptivo murió la semana pasada y me dejó una carta donde explica que una vez mi familia vivió en esta casa.

La miré con fijeza, confiando en que la sinceridad de mis palabras se reflejara en mis ojos.

—Entiendo. —Volvió a estudiarme con detenimiento y noté que vacilaba antes de volver a hablar—. Entonces debo decirle que su padre ha cometido un terrible error y que usted ha hecho el trayecto en vano. Lamento no poder ayudarla. Adiós.

Para cuando dejé que la criada me acompañara hasta la salida, ya estaba absolutamente segura de que la anciana mentía.

10

Aunque solo eran las ocho de la tarde cuando llegué al hotel, mi cuerpo me decía que era más de medianoche y cometí el error de dejarme vencer por un sueño profundo del que desperté a las cinco de la madrugada.

Me quedé en la cama meditando sobre lo que había visto y averiguado el día anterior. Pese a la vehemente negativa de la anciana, mi intuición me decía que Pa Salt no se había equivocado. Sin embargo, pensé apesadumbrada, no tenía ni idea de qué podía hacer al respecto. La anciana y la criada habían dejado bien claro que no tenían intención de compartir conmigo lo que quiera que supiesen.

Saqué la tesela del bolso y, una vez más, intenté descifrar la inscripción, pero desistí enseguida. ¿Para qué? Lo único que tenía eran unas pocas palabras ilegibles y una fecha. Un instante grabado en el dorso de una piedra triangular.

Para distraerme, encendí el ordenador y miré los correos. Tenía un mensaje de un editor brasileño para quien había trabajado y al que había escrito durante la larga espera de tres horas y media en el aeropuerto Charles de Gaulle de París.

Querida señora D'Aplièse:

Nos alegramos mucho de que haya decidido visitar Brasil. Nuestras oficinas se encuentran en São Paulo y quizá no le resulte posible venir hasta aquí, pero será un verdadero placer para nosotros conocerla personalmente en caso de que decida hacerlo. Aun así, le hemos reenviado su correo a Floriano Quintales, el escritor, dado que él sí vive en Río. Estoy seguro de que estará encantado de reunirse con usted y ayudarla en lo que precise durante su estancia en nuestro hermoso país. Por favor, si necesita algo, no dude en comunicárnoslo.

Atentamente,

LUCIANO BARACCHINI

El afectuoso correo me arrancó una sonrisa. Recordaba de mi última visita a Brasil lo diferente que era su cultura del estilo mucho más formal de los suizos. No me cabía duda de que si tenía cualquier tipo de problema, aquella gente que ni siquiera me conocía me recibiría con los brazos abiertos y haría todo lo que estuviera en sus manos para ayudarme.

Me recosté en la cama y miré por la ventana para ver cómo el sol se elevaba sobre el mar mientras la avenida empezaba a retumbar con el temprano tráfico de la mañana. La ciudad estaba despertándose.

La pregunta era: después de lo del día anterior, ¿debería seguir indagando para intentar descubrir los secretos que me ocultaba Río?

En vista de que la única alternativa era regresar a Ginebra —lo cual era impensable por el momento—, decidí quedarme unos días más y hacer turismo. Aunque me encontrara ya en un callejón sin salida en la búsqueda de mis orígenes, al menos podría conocer la ciudad en la que probablemente había nacido.

Me vestí, bajé en el ascensor y salí del hotel; crucé la calle y me encontré en la playa de Ipanema. Estaba desierta a aquella hora, y cuando alcancé las olas que rompían contra la arena blanda bajo mis pies, me volví y contemplé Río desde la perspectiva del mar.

Una masa de edificios —de todas las alturas y tamaños— se disputaba un hueco frente al mar, y las crestas de las montañas apenas asomaban por encima del horizonte urbano. A mi derecha, la larga curva arenosa de la bahía terminaba en un promontorio rocoso, en tanto que a mi izquierda se desplegaba una impresionante vista de los picos gemelos del Morro de los Hermanos.

Y mientras estaba ahí de pie, completamente sola, sentí que una poderosa energía corría por mis venas, así como una repentina sensación de ligereza y liberación.

«Esto es parte de mí, y yo soy parte de esto...»

De forma instintiva, empecé a correr por la playa, aferrándome a la arena resbaladiza con los dedos de los pies, y lancé los brazos al aire en un arrebato de pura euforia. Cuando al fin me detuve, jadeando, me doblé sobre mí misma y me reí de mi insólito comportamiento.

Dejé la playa, crucé la avenida y me interné en la ciudad fijándome en la mezcla de edificios coloniales y modernos que se veían obligados a convivir en las calles a consecuencia de las cambiantes modas arquitectónicas.

Doblé una esquina y desemboqué en una plaza donde los vendedores estaban montando un mercado de fruta y verdura. Me detuve en un puesto, cogí un melocotón y el joven dependiente me sonrió.

—Para usted, señorita.

—*Obrigada* —dije, y me alejé hundiendo los dientes en la pulpa tierna y jugosa.

Al mirar hacia arriba y dar con la imponente figura blanca del *Cristo Redentor*, detuve mis pasos.

—Eso haré hoy —me anuncié a mí misma.

De pronto me percaté de que no tenía ni idea de dónde estaba ni de cuánto me había alejado del hotel, así que seguí el sonido de las olas y, como una paloma mensajera que ya tuviera un mapa de la ciudad grabado en el cerebro, terminé por encontrar el camino.

Desayuné en la terraza del hotel y, por primera vez desde la muerte de Pa, disfruté de la comida. De regreso en mi habitación, vi que tenía varios mensajes en el móvil. Decidí ignorarlos, pues no quería que el contacto con la realidad estropease mi estado de euforia. Sí me fijé, no obstante, en un correo electrónico que tenía en la bandeja de entrada, pues el nombre del remitente atrajo mi atención. Era de Floriano Quintelas.

Querida señorita D'Aplièse:

Mi editor me ha sorprendido con la noticia de que se encuentra usted en Río. Sería un placer para mí que nos viéramos en persona y, si me lo permite, invitarla a comer o a cenar para agradecerle la traducción de mi libro. Mis editores franceses creen que se venderá muy bien. Puede que solo prefiera ver mi bella ciudad a través de unos ojos auténticamente cariocas. Al final de este correo encontrará mi número de móvil. Si le soy sincero, me sentiría muy ofendido si no me llamase durante su estancia en Río.

Quedo a su disposición.

Atentamente,

FLORIANO QUINTELAS

El correo me provocó una carcajada; gracias a nuestro intercambio de mensajes sobre *La cascada silenciosa* a lo largo del año anterior, me había dado cuenta de que Floriano Quintelas no era dado a gastar más palabras de las necesarias.

«¿Se pondría él en contacto conmigo si se encontrara en Ginebra y yo me hubiese ofrecido a enseñarle la ciudad?», pensé. «¿Y me ofendería en el caso de que no lo hiciera?»

La respuesta a ambas preguntas era sí.

Decidí que la manera más adecuada y neutra de ponerme en contacto con él era mediante un mensaje de texto. No sé muy bien cuántos minutos pasé redactando, corrigiendo y reescribiendo, pero finalmente el mensaje me satisfizo y pulsé «enviar».

En cuanto salió, volví a leerlo.

Estimado Floriano: estoy feliz de encontrarme en Río y sería agradable —había tachado «un placer»— verlo en algún momento. Ahora voy a subir al Corcovado como buena turista, pero puede llamarme a este número. Saludos, Maia D'Aplièse.

Satisfecha de haber conseguido transmitir cordialidad y distancia al mismo tiempo —a fin de cuentas, yo también era escritora—, bajé al vestíbulo del hotel para pedirle al conserje que me explicara cómo se llegaba al *Cristo Redentor*.

—Señorita, podemos ofrecerle la versión lujosa o la experiencia real. Personalmente, yo le aconsejaría esta última —me dijo—. Tome un taxi, dígale al conductor que quiere ver el *Cristo* y la dejará en Cosme Velho. Luego coja el tren que sube hasta lo alto del Cerro del Corcovado.

—Gracias.

—De nada.

Diez minutos después, estaba en un taxi camino de Cosme Velho y el *Cristo Redentor*. Me sonó el móvil y, al ver que era Floriano Quintelas, contesté.

—¿Diga?

—¿Señorita D'Aplièse?

—Sí.

—Soy Floriano. ¿Dónde está?

—En un taxi camino del *Cristo*. Estoy llegando a la estación de tren.

—¿Puedo acompañarla?

Titubeé, y él lo percibió.

—Si prefiere verlo sola, lo entenderé.

—No, en absoluto. Agradecería que me lo enseñara alguien de la ciudad.

—¿Qué le parece si toma el tren y me reúno con usted arriba, junto a las escaleras?

—Muy bien. ¿Cómo me reconocerá? Imagino que estará abarrotado de gente.

—No se preocupe, señorita D'Aplièse. He visto su foto en internet. *Adeus*.

Pagué al taxista y me apeé en la Estaçao de Corcovado, la minúscula estación situada al pie del cerro, preguntándome cómo sería Floriano Quintelas en persona. Al fin y al cabo, no lo había visto nunca, solo me había enamorado de su forma de escribir.

Después de comprar el billete, subí al tren de dos vagones, que me recordó a los frágiles ferrocarriles alpinos que serpenteaban por las montañas de Suiza. Tomé asiento y oí una cacofonía de idiomas diferentes... entre los que no estaba el portugués. El tren se puso al fin en marcha y por la ventanilla contemplé la frondosa ladera, asombrada de que pudiera haber una selva así tan cerca de una ciudad grande. En Ginebra jamás se permitiría.

Noté que la cabeza se me iba inclinando hacia atrás conforme ascendíamos y admiré la capacidad del hombre para crear un vehículo capaz de subirnos a mí y a los demás pasajeros por una ladera casi vertical. Las vistas eran cada vez más espectaculares, hasta que finalmente nos detuvimos en una estación diminuta y la gente se apeó.

Alcé la mirada y vi los talones del *Cristo Redentor* asentados sobre un amplio pedestal. La escultura era tan alta que mis ojos apenas podían abarcarla en su totalidad. Viendo que los demás pasajeros comenzaban a subir la escalera, me pregunté si Floriano había dicho que nos encontráramos al pie o en lo alto de la misma. Como no quería perder más tiempo, empecé a subir. Y a subir. Cien peldaños después, intenté recuperar el aliento, jadeando después de aquel esfuerzo en un día caluroso.

—*Olá*, señorita D'Aplièse. Es un placer conocerla al fin en persona.

Unos cálidos ojos de color castaño me sonrieron y, al reparar en mi sorpresa, se iluminaron con un destello de diversión.

—¿Es usted Floriano Quintelas?

—¡Sí! ¿No me reconoce por la foto del libro?

Paseé la mirada por el atractivo rostro bronceado y los labios carnosos separados por una amplia sonrisa que dejaba a la vista unos dientes uniformes y muy blancos.

—Sí, pero... —Señalé los escalones—. ¿Cómo ha conseguido llegar antes que yo?

—Porque yo ya estaba aquí, señorita.

Floriano esbozó una sonrisa de oreja a oreja.

—¿Ya estaba aquí? ¿Por qué? —pregunté desconcertada.

—Está claro que no ha leído mi biografía de la solapa con detenimiento. Si no, sabría que soy historiador de profesión, y que de vez en cuando algunas personas distinguidas me contratan como guía para poder compartir mis conocimientos superiores sobre Río.

—Entiendo.

—En realidad, lo cierto es que mi libro todavía no genera ingresos suficientes para mantenerme, así que compagino la escritura con el trabajo de guía —confesó—. Pero mostrarles a los visitantes mi maravillosa ciudad no es ninguna tortura. Esta mañana he tenido un grupo de estadounidenses ricos que querían subir al *Cristo* antes de que llegara la marabunta. Ahora ya hay muchísima gente, como puede ver.

—Sí.

—Por tanto, señorita D'Aplièse, estoy a su entera disposición.

Floriano hizo una reverencia cómica.

—Gracias —dije, todavía aturdida por su pronta e inesperada aparición.

—¿Lista para escuchar la historia del monumento más emblemático de Brasil? Le prometo que no tendrá que darme propina al final —bromeó al tiempo que nos abríamos paso entre el gentío y nos deteníamos en la terraza, de cara a la estatua—. Este es el punto desde donde mejor se le ve. ¿No es increíble?

Levanté la mirada hacia el rostro amable del *Cristo* mientras Floriano me hablaba de la construcción de la estatua. Estaba tan absorta en la imagen que a duras penas prestaba atención a lo que decía.

—El milagro es que nadie murió durante las obras... Otro dato interesante es que el director del proyecto empezó a trabajar en el *Cristo* siendo judío, pero antes de terminarlo se convirtió al cristianismo. El señor Levy escribió todos los nombres de su familia y los guardó en el corazón del *Cristo* antes de sellarlo con cemento.

—Qué historia tan bonita.

—Hay otras muchas historias conmovedoras. Por ejemplo —me hizo señas para que avanzara hasta la estatua—, todo el *Cristo* está cubierto por un mosaico de trocitos triangulares de esteatita. Mujeres de la alta sociedad pasaron muchos meses encajándolos en una malla para crear paneles grandes. De ese modo se consigue que la capa externa sea flexible y se evita que la estatua sufra grietas a gran escala. Una vieja dama que estuvo presente durante el proceso me contó que muchas de ellas escribían los nombres de sus seres queridos, junto con un mensaje o una oración, en el dorso de las teselas. Y ahí están, sellados para siempre en el *Cristo*.

Se me paró el corazón y miré a Floriano petrificada.

—Señorita Maia, ¿está bien? ¿He dicho algo que la haya molestado?

—Es una larga historia —acerté a contestar tras recuperar la voz.

—Como podrá imaginar, las historias largas son mis favoritas —repuso con una sonrisa pícara antes de buscar una respuesta equivalente en mi rostro. Pero al hacerlo, de repente pareció preocupado—. Está pálida, señorita. Demasiado sol, a lo mejor. Haremos una foto; como es costumbre, tendrá que colocarse delante del *Cristo* con los brazos abiertos como él. Pero después bajaremos a la cafetería para que pueda beber agua.

Así que, como cientos de miles de turistas antes que yo, posé como Floriano me había pedido, con los brazos extendidos, sintiéndome ridícula y obligándome a sonreír.

Hecho eso, bajamos por la escalera hasta una cafetería sombreada y Floriano me indicó que tomara asiento a una de las mesas. Regresó poco después, se acomodó frente a mí y sirvió un poco de agua de la botella que llevaba en dos vasos.

—Y ahora... ¿por qué no me cuenta su historia?

—Es realmente complicada —suspiré, incapaz de desvelar nada más.

—Y para usted yo soy un desconocido y no se siente cómoda contándomela. Lo entiendo. —Floriano asintió despacio—. Yo me sentiría igual. ¿Puedo hacerle únicamente un par de preguntas?

—Claro.

—La primera, ¿es su «historia complicada» la razón de que esté en Río?

—Sí.

—La segunda, ¿qué es lo que he dicho que la ha alterado tanto?

Sopesé la pregunta unos segundos mientras bebía agua. El problema era que si se lo decía, acabaría por tener que contárselo todo. Pero, teniendo en cuenta que Floriano era, probablemente, una de las pocas personas que podrían decirme si la tesela con la inscripción desvaída en el dorso había estado destinada a adherirse al *Cristo* en algún momento, no parecía tener mucha elección.

—Me gustaría que viera una cosa —dije al fin.

—Entonces, enséñemela —me animó.

—Está en la caja fuerte del hotel.

—¿Es algo valioso?

Floriano enarcó una ceja.

—Desde el punto de vista económico no, solo es importante para mí.

—Dado que llevo en el *Cristo* tres largas horas, ¿qué le parece si vamos en mi coche hasta su hotel, sube a buscar ese objeto y me lo enseña?

—De verdad, no quiero causarle molestias, Floriano.

—Señorita Maia —dijo levantándose de la mesa—, yo también tengo que bajar de la montaña. No es ninguna molestia que me acompañe. Vamos.

—Está bien. Gracias.

Me sorprendió que no se encaminara hacia el tren, sino hacia un minibús aparcado cerca de la cafetería. Subió y saludó al conductor con una palmada en el hombro. Ya había otros pasajeros a bordo. Tomamos asiento y al rato el autobús emprendió el descenso por una carretera de curvas bordeada de espesa vegetación. Minutos después llegamos a un aparcamiento y Floriano se acercó a un Fiat rojo y abrió la portezuela.

—A veces mis clientes no quieren hacer la ruta paisajística del tren y los llevo directamente en minibús —explicó—. ¿Cuál es nuestro destino, señorita Maia? —me preguntó.

—El hotel Caesar Park, en Ipanema.

—Perfecto, porque mi restaurante favorito está a la vuelta de la esquina y mi estómago me está diciendo que ya es la hora del almuerzo. Me gusta comer —declaró mientras salvábamos el último tramo de la tortuosa carretera selvática—. Debo reconocer que estoy impaciente por saber qué es lo que desea enseñarme —dijo cuando dejamos atrás el Corcovado y nos sumamos al incesante tráfico para cruzar Cosme Velho en dirección al centro de la ciudad.

—Seguro que no es importante —dije.

—Si es así, no habrá perdido nada por enseñármelo —respondió él con calma

Durante el trayecto en coche observé a mi nuevo amigo con discreción. Siempre me resultaba extraño conocer en persona a alguien con quien me había relacionado solo por correspondencia. Y, de hecho, Floriano se parecía mucho a la imagen que me había formado de él a partir de sus novelas y los correos electrónicos.

Era extraordinariamente guapo y, gracias a su encanto y energía naturales, mucho más atractivo en persona que en la foto de autor. Todos sus atributos —desde el pelo negro y abundante y la piel besada por el sol hasta su cuerpo fuerte y musculoso— hablaban de su ascendencia sudamericana.

Pero lo curioso es que no era mi tipo. Yo siempre me había sentido atraída por el polo opuesto, por hombres occidentales de pelo rubio y tez clara. Quizá, me dije pensando en mi piel morena y mi cabello oscuro, también por el polo opuesto a mí.

Floriano detuvo el coche ante la entrada del hotel.

—La esperaré aquí mientras sube a buscarlo.

Una vez en mi habitación, me cepillé el pelo y me di un toque de carmín en los labios. Cogí la tesela de la caja de seguridad y la guardé en el bolso.

—Y ahora nos vamos a comer —anunció Floriano cuando regresé al coche y arrancamos—. El restaurante está aquí al lado, pero puede que tardemos un poco en aparcar. —Al cabo de un par de minutos, señaló una casa blanca de estilo colonial con mesas dispuestas en una bonita terraza—. Es ahí. Si no le importa, baje y pida una mesa. Yo iré enseguida.

Hice lo que me pedía y una camarera me condujo hasta una

mesa sombreada. Me dediqué a observar a la gente mientras escuchaba los mensajes que tenía en el móvil. El corazón se me aceleró de nuevo al oír la voz de Zed diciendo que había telefoneado a Atlantis y que el ama de llaves le había dicho que me había marchado de viaje. Sentía mucho no poder verme, proseguía, porque se iba a Zúrich al día siguiente.

Lo cual significaba que ya podía volver a casa...

—*Meu Deus!* La dejo sola unos minutos y me la encuentro pálida de nuevo —exclamó Floriano al acercarse a la mesa con mirada burlona y tomando asiento frente a mí—. ¿Qué ocurre ahora?

Me sorprendió que hubiera reparado en mi nerviosismo por segunda vez. Y comprendí que iba al resultarme difícil ocultarle cosas a aquel hombre que parecía poseer una intuición natural tan penetrante como un rayo láser.

—Nada —dije devolviendo el móvil al bolso—. De hecho, me siento tremendamente aliviada.

—Bien. Voy a pedir una cerveza Bohemia. ¿Me acompañas? —preguntó tuteándome al fin.

—No soy muy aficionada a la cerveza.

—¡Estamos en Río, Maia! Tienes que tomarte una cerveza. La otra opción es una caipiriña, y te aseguro que es mucho más fuerte —añadió.

Acepté la cerveza y, cuando la camarera nos atendió, ambos pedimos el sándwich de ternera que recomendaba Floriano.

—La carne es argentina, y aunque odiamos a los argentinos por ganarnos al fútbol con demasiada frecuencia, nos encanta comernos sus vacas —dijo con una sonrisa—. Y ahora, no creo que pueda esperar más para ver ese objeto tan preciado.

—De acuerdo.

Saqué la tesela del bolso y la deposité con cuidado sobre la tosca mesa de caballete.

—¿Puedo? —preguntó él acercando las manos.

—Claro.

Lo observé mientras la cogía y la examinaba con cautela. Le dio la vuelta y estudió la inscripción borrada.

—Caray —susurró, y pude percibir su asombro—. Ahora entiendo tu conmoción. Y antes de que me lo preguntes, sí, tiene pinta de haberse utilizado para adornar el cuerpo del *Cristo*. Vaya, vaya. —Intimidado por la presencia de la tesela triangular, se le apagó la voz. Por fin añadió—: ¿Puedes contarme cómo ha acabado en tus manos?

Mientras llegaban las cervezas, seguidas de los sándwiches, le conté toda la historia. Floriano escuchó con atención, solo interrumpiéndome si necesitaba alguna aclaración. Cuando terminé de hablar, su plato estaba vacío y el mío prácticamente intacto.

—Ahora intercambiaremos los papeles. Tú comes y yo hablo. —Señaló mi plato y obedecí—. Hay algo con lo que sí puedo ayudarte: con el nombre de la familia que vive en A Casa das Orquídeas. Los Aires Cabral son una familia muy conocida de Río; aristocrática, de hecho. Descienden nada menos que de la antigua y ya cesante familia real portuguesa. Varios Aires Cabral han desempeñado papeles importantes en los últimos doscientos años de historia de Río.

—Pero no tengo nada que le demuestre a la anciana que estoy relacionada con su familia —le recordé.

—Bueno, aún no estamos seguros de eso. De hecho, no estaremos seguros de nada hasta que realicemos una investigación como es debido —advirtió Floriano— En primer lugar, me resultará muy fácil rastrear su historia a través de los certificados de nacimiento, matrimonio y defunción. Tratándose de una familia católica tan prominente, seguro que los registros se han conservado meticulosamente. Y luego hemos de intentar descifrar los nombres que aparecen en la tesela para ver si coinciden con los de algún Aires Cabral.

Después de la cerveza y el madrugón, empezaba a sentirme algo aturdida y aún afectada por el cambio horario.

—¿Merece la pena? —le pregunté—. Aunque los nombres coincidieran, dudo que la anciana estuviese dispuesta a reconocer nada.

—Todo a su tiempo, Maia. Y por favor, trata de no ser tan

derrotista. Has volado hasta Río para descubrir tu historia, así que no puedes rendirte el primer día. Por tanto, con tu permiso, mientras tú regresas al hotel y te echas una siesta yo jugaré a los detectives. ¿Qué me dices?

—No quiero causarte más molestias, en serio.

—¿Molestias? ¡Para un historiador como yo, esto es un regalo! Pero te lo advierto, tal vez parte de lo que descubra aparezca en mi próximo libro —dijo con una sonrisa—. ¿Puedo llevármela? —Señaló la tesela—. Quizá me pase por el Museu da República para ver si alguno de mis amigos está en el laboratorio con su mágico equipo de escaneo. Es muy probable que puedan ayudarme a descifrar la inscripción del dorso.

—Claro —dije, sintiendo que sería una grosería rechazar su ofrecimiento.

De repente, me fijé en dos veinteañeras que se detenían con timidez detrás de Floriano.

—Perdone, ¿es usted el señor Floriano Quintelas? —preguntó una de las chicas acercándose un poco más a la mesa.

—Sí, soy yo.

—Solo queríamos decirle lo mucho que nos ha gustado su libro. ¿Podría firmarnos un autógrafo?

La chica le tendió un pequeño diario y un bolígrafo.

—Claro —respondió él sonriendo.

Firmó el diario y charló distendidamente con las jóvenes, que se marcharon con un rubor de felicidad en las mejillas.

—Entonces, ¿eres famoso? —me burlé mientras nos levantábamos.

—En Río, sí. —Se encogió de hombros—. Mi libro fue un éxito de ventas aquí, pero solo porque pagué a la gente para que lo leyera —bromeó—. Lo han comprado en muchos países para traducirlo. Se publicará el año que viene, así que entonces veremos si puedo dejar la profesión de guía turístico y dedicarme de lleno a la escritura.

—A mí me pareció una historia muy bella y emotiva. Creo que se venderá muy bien.

—Gracias, Maia. Tu hotel está cerca de aquí —dijo indicándome la dirección—, y yo quiero ponerme en marcha antes de que cierren los departamentos del Museu da República que necesito. ¿Te apetece que nos veamos en el vestíbulo de tu hotel en torno a las siete? Puede que para entonces tenga algunas respuestas.

—Sí, si tienes tiempo.

—Lo tengo. *Tchau.*

Me dijo adiós con la mano y se alejó por la acera con paso resuelto. Cuando eché a andar en la dirección opuesta, caí en la cuenta de que aquel hombre —historiador, escritor, celebridad y guía turístico esporádico— era un ser humano lleno de sorpresas.

11

Bien...

Unas horas después, mientras subíamos en el ascensor al bar de la terraza de mi hotel, me di cuenta de que Floriano rebosaba entusiasmo.

—Tengo novedades. Y como son buenas, creo que es el momento idóneo para que te permitas tu primera caipiriña.

—Vale —acepté mientras ocupábamos una mesa en la parte delantera de la terraza.

El sol iba poniéndose sobre la playa, ocultándose poco a por tras el Morro de los Hermanos para dar paso a un ocaso templado y agradable.

—Toma. —Floriano sacó un folio de una funda de plástico—. Échale un vistazo. Es una lista de todos los nacimientos, matrimonios y defunciones de la familia Aires Cabral registrados desde 1850.

Estudié la lista de nombres, incapaz aún de creer que tuvieran algún tipo de relevancia para mí.

—Como puedes ver, Gustavo Aires Cabral se casó con Izabela Bonifacio en enero de 1929. En 1930 tuvieron una hija llamada Beatriz Luiza. No existe ningún certificado de defunción a su nombre, de modo que por el momento podemos suponer que se trata de la anciana que viste ayer en la casa.

—¿Tuvo hijos? —pregunté.

—Sí. Se casó con Evandro Carvalho en 1951 y en 1956 tuvieron una niña a la que llamaron Cristina Izabela.

—¡Carvalho es el apellido de la mujer! Se lo oí decir a la criada. ¿Y Cristina? ¿Qué fue de ella?

—El linaje parece terminar ahí, de acuerdo con los certificados de nacimiento y defunción que hay en Río —continuó Floriano—. No he encontrado ningún registro relativo a los hijos que Cristina hubiera podido tener. Claro que tampoco conocemos el apellido del padre o, de hecho, si llegó a casarse. Por desgracia, la oficina estaba cerrando y no me ha dado tiempo a cotejarlo todo.

—Entonces... si estoy emparentada con esa familia, y solo es un suponer, Cristina es la candidata obvia para ser mi madre —musité justo cuando llegaban las bebidas—. *Saúde* —dije brindando con Floriano antes de beber un largo sorbo de caipiriña.

Casi me atraganto cuando el líquido, potente y amargo, me resbaló por la garganta. Floriano sonrió.

—Lo siento, debería haberte recordado que es una bebida fuerte. —Él bebió de la suya como si fuera agua—. También he ido al Museu da República y le he pedido a mi amigo que eche un vistazo a la inscripción de la tesela con su máquina de ultravioleta especial. Lo único que ha podido decirme con certeza es que el primer nombre de la tesela es «Izabela». Quien, según los registros que he encontrado, técnicamente sería tu bisabuela.

—¿Y el otro nombre?

—Está muy borroso y mi amigo está haciendo más pruebas, pero ha descifrados las tres primeras letras.

—¿Y son las de mi posible bisabuelo, Gustavo Aires Cabral? —inquirí.

—No. Mira, te ha anotado lo que ha descifrado hasta el momento.

Floriano sacó otra hoja de la funda de plástico y me la tendió. Leí.

—¿*L a u...*?

Lo miré con extrañeza.

—Dale veinticuatro horas más a Stephano y seguro que descifra el resto. Es el mejor, te lo prometo. ¿Quieres otra? —preguntó señalando mi caipiriña.

—No, gracias. Creo que tomaré una copa de vino blanco.

Después de pedir otra ronda para los dos, Floriano clavó la mirada en mí.

—¿Qué pasa? —le pregunté.

—Tengo que enseñarte otra cosa, Maia. Y si esto no es una prueba definitiva de tu parentesco con los Aires Cabral, no sé qué podría serlo. ¿Estás preparada?

—No es malo, ¿verdad? —pregunté con aprensión.

—No. Creo que es algo muy bonito. Toma.

Me pasó otro folio, esta vez totalmente cubierto por la fotografía granulosa del rostro de una mujer.

—¿Quién es?

—Izabela Aires Cabral, cuyo nombre es el primero que aparece en el dorso de la tesela, la mujer que podría ser tu bisabuela. Vamos, Maia, no me digas que no ves el parecido —me alentó.

Estudié sus facciones. Y sí, hasta yo podía ver mi rostro reflejado en ellas.

—Tal vez —dije encogiéndome de hombros.

—Maia, es algo asombroso —aseguró con firmeza—. Y has de saber que hay muchas más en el lugar de donde la he sacado. Hay un archivo lleno de fotografías de Izabela aparecidas en periódicos antiguos. He accedido a ellos por microficha en la Biblioteca Nacional do Brasil. En aquellos tiempos era considerada una de las mujeres más bellas de Brasil. Se casó con Gustavo Aires Cabral en la catedral de Río en enero de 1929. Fue la boda social del año.

—Podría tratarse de una simple coincidencia —dije. Me sentía incómoda por la comparación implícita que Floriano había hecho entre la mujer más bella de la alta sociedad de la época y yo—. Pero...

—¿Sí? —dijo instándome a continuar.

—Cuando estuve en A Casa das Orquídeas, vi una escultura en un rincón de la terraza. Me fijé en ella porque era muy peculiar, no era la típica escultura que esperarías encontrar en un jardín. Representaba a una mujer sentada en una silla, y ahora que he visto esta fotografía, no me cabe duda de que se trata de la misma persona. Y sí, recuerdo que en aquel momento pensé que su cara me resultaba familiar.

—¡Porque se parece a ti! —exclamó Floriano mientras la camarera trasladaba las copas de su bandeja a la mesa—. Creo que ya hemos hecho grandes progresos.

—Y te lo agradezco mucho, Floriano, pero sigo pensando que la anciana que conocí ayer no desea contarme nada ni reconocer nuestro parentesco. ¿Por qué debería hacerlo? ¿No reaccionarías tú igual en sus circunstancias? —lo desafié.

—Reconozco que si una extraña se colara en mi jardín y me contara que le han dicho que pertenece a mi familia, la miraría con recelo aunque guardara un parecido asombroso con mi madre —razonó Floriano.

—¿Qué hacemos ahora? —le pregunté.

—Ir a verla de nuevo. Y creo que esta vez debería acompañarte. Cuando oiga mi nombre quizá se muestre más dispuesta a escucharte.

No pude evitar esbozar una sonrisa burlona ante la total convicción de Floriano de que la anciana sabría quién era. Me había dado cuenta de que los sudamericanos hablaban de sus propios logros y dones con una franqueza que me resultaba refrescante.

—Además, quiero ver la escultura de la que hablas —continuó Floriano—. ¿Te importa que vaya contigo?

—En absoluto. Me has ayudado mucho con este asunto.

—Te aseguro que ha sido un placer. Al fin y al cabo, eres el vivo retrato de una de las mujeres más bellas que Brasil ha tenido en toda su historia.

Me ruboricé, incómoda por el cumplido. Mi mente cínica se preguntó de inmediato si Floriano esperaría recibir favores a cambio de su ayuda. Sabía que el sexo sin compromiso era la norma de esos tiempos, pero no era algo que a mí se me pasara siquiera por la cabeza.

—Disculpa —dijo cuando le sonó el móvil.

Habló en un portugués rápido con alguien a quien llamó «querida».

—No te preocupes, llego en quince minutos. —Me miró y

soltó un suspiro—. Tengo que marcharme. Por desgracia, Petra, la chica con la que vivo, ha vuelto a perder la llave.

Puso los ojos en blanco e hizo señas a la camarera para que le llevara la cuenta.

—Ni hablar —dije con firmeza—. Invito yo, como agradecimiento por tu ayuda.

—En ese caso, te lo agradezco. —Asintió educadamente—. ¿A qué hora quieres que te recoja mañana?

—Cuando te vaya bien. No tengo planes.

—En ese caso, propongo las diez y media, antes de que la señora Beatriz Carvalho almuerce y se eche la siesta. No te levantes, por favor —dijo poniéndose en pie—. Quédate y termina tu copa. Hasta mañana, Maia. *Tchau*.

Se marchó y se despidió con un gesto de la cabeza de la camarera, que lo miraba con expresión de reconocimiento y admiración. Bebí un sorbo de vino sintiéndome ridícula por haber pensado, durante un instante, que Floriano querría acostarse conmigo.

Él, como el resto de la gente, tenía su propia vida. En fin, pensé mientras me llevaba la copa a los labios, quizá yo estuviera a punto de encontrar la mía.

12

Al día siguiente, Floriano se presentó puntualmente en el vestíbulo del hotel y nos marchamos en su Fiat rojo. Él sorteaba con habilidad el intenso tráfico y yo ahogaba un grito cada vez que parecía que íbamos a chocar.

—¿De dónde eres? —le pregunté para apartar mi mente de su aterradora conducción—. ¿Eres un brasileño auténtico?

—¿Qué es para ti «un brasileño auténtico»? —me preguntó a su vez—. Eso no existe. Somos una raza hecha de mestizajes, de nacionalidades, credos y colores diferentes. Los únicos brasileños «auténticos» eran los nativos originales a los que los portugueses empezaron a asesinar cuando llegaron aquí hace quinientos años para reclamar las riquezas de estas tierras. Y los que no sufrieron una muerte sangrienta sucumbieron a las enfermedades que los colonizadores trajeron con ellos. Para resumir una larga historia familiar, mi madre es de ascendencia portuguesa y mi padre italiano. Aquí en Brasil no existen los linajes puros.

Estaba aprendiendo muchas cosas del país en el que, quizá, había nacido.

—¿Qué me dices de los Aires Cabral?

—Curiosamente, ellos fueron portugueses puros hasta que Izabela, tu bisabuela en potencia, apareció en escena. Su padre era un hombre muy rico de origen italiano que, como muchos en aquella época, hizo fortuna con el café. Y leyendo entre líneas, deduzco que los Aires Cabral estaban pasando por un mal momento, como muchas familias aristocráticas poco dadas a trabajar.

Izabela era muy bella y de una familia acaudalada, así que es de suponer que el suyo fue un matrimonio concertado.

—¿Me equivocaría si dijera que, por el momento, tus conclusiones son más suposiciones que hechos? —pregunté.

—Suposiciones al cien por cien. Lo cual, exceptuando las fechas y alguna que otra carta o diario, es siempre el caso cuando empiezas a investigar un suceso histórico —matizó Floriano—. Nunca se puede estar seguro de nada, porque las voces que habría que escuchar para confirmar la historia ya no están con nosotros. Los historiadores han de aprender a encajar las piezas del rompecabezas para obtener la imagen completa.

—Supongo que tienes razón —concedí, comprendiendo lo que quería decir.

—Obviamente, ahora que tenemos internet y todo está registrado en la red, tanto la historia como la investigación sobre la misma cambiarán. Estamos entrando en una nueva era donde habrá menos secretos, menos misterios que desvelar. Menos mal que también soy novelista, porque el señor Wikipedia y sus amigos han usurpado mi lugar como historiador. Cuando sea viejo mis memorias carecerán de valor; mi vida estará en la red, a la vista de todos.

Pensé en ello mientras Floriano —sin pedirme siquiera que le diera la dirección exacta— doblaba hacia el camino de entrada de A Casa das Orquídeas.

—¿Cómo sabías dónde estaba? —le pregunté, atónita, cuando aparcó sin el menor titubeo delante de la casa.

—Mi querida Maia, tu familia potencial es muy famosa en Río. Todos los historiadores conocemos esta casa. Es una de las pocas reliquias aún en pie de una era ya olvidada —respondió tras apagar el motor y volverse hacia mí—. ¿Lista?

—Sí.

Con Floriano delante, ambos nos acercamos a la casa y subimos la escalinata.

—El timbre no funciona —le expliqué.

—Entonces llamaré con los nudillos.

Y así lo hizo. Con tanta fuerza que habría sido capaz de despertar a los muertos. Aguardó treinta segundos y, al no recibir respuesta, llamó de nuevo, con mayor determinación aún, lo cual provocó un sonido de pasos raudos sobre las losetas del interior. Oí cerrojos que se abrían y llaves que giraban. Finalmente, la puerta se abrió y ante nosotros apareció la criada africana de pelo cano con la que me había topado en mi anterior visita. En cuanto me vio, el reconocimiento y el pánico se reflejaron en su semblante.

—Lamento molestarla, señora. Me llamo Floriano Quintelas y soy amigo de la señorita D'Aplièse. Le aseguro que no es nuestra intención estorbar o disgustar a su señora. Sin embargo, disponemos de cierta información que creemos que podría ser de su interés. Soy un historiador respetado, además de novelista.

—Sé quién es, señor Quintelas —dijo la criada sin apartar la vista de mí—. La señora Carvalho está tomando café en la salita, pero, tal como ya informé a su amiga, es una mujer muy enferma.

La formalidad con la que hablaba hizo que me entraran ganas de reír. Era como si estuviera actuando en un melodrama victoriano de medio pelo.

—¿Qué le parece si entramos con usted y le explicamos a la señora Carvalho quiénes somos? —propuso él—. Luego, si decide que no quiere hablar con nosotros, le prometo que nos iremos.

Floriano ya tenía un pie en el umbral, lo que obligó a la aturdida mujer a dar un paso atrás y dejarnos pasar a un magnífico vestíbulo con suelo de cerámica y una amplia escalera curva que conducía a las plantas superiores. En el centro del recibidor descansaba una elegante mesa pedestal de caoba y, arrimado a la pared, había un imponente reloj de pie. Debajo de la curva de la escalera nacía un pasillo largo y angosto que sin duda conducía a la parte de atrás de la casa.

—Le ruego que tenga la amabilidad de mostrarnos el camino —invitó Floriano a la criada, adoptando su tono formal.

La mujer vaciló, como si estuviera sopesando algo. Finalmente asintió con la cabeza, puso rumbo al pasillo y los dos la seguimos. No obstante, cuando llegamos a una puerta situada hacia el final del oscuro corredor, se volvió hacia nosotros. Y aquella vez comprendí que estaba decidida a no dejarnos pasar hasta que hubiese hablado con su señora.

—Esperen aquí —dijo con firmeza.

La criada llamó con los nudillos y entró en la estancia cerrándonos la puerta en las narices. Entonces me volví hacia Floriano.

—No es más que una anciana enferma. ¿Crees que está bien molestarla?

—No, Maia, pero tampoco es justo que se niegue a desvelar los detalles de vuestro parentesco. La mujer que hay al otro lado de esta puerta podría ser tu abuela. Y su hija, tu madre. ¿De verdad te importa que perturbemos su rutina matutina durante unos minutos?

La criada salió de la habitación.

—Los recibirá cinco minutos, eso es todo.

Una vez más, noté que me observaba con atención mientras entrábamos en una estancia oscura que olía a moho. Estaba claro que la decoración había permanecido intacta durante décadas, y cuando mis ojos se acostumbraron a la penumbra, reparé en la gastada alfombra oriental que pisábamos y en las cortinas de damasco, mustias y apagadas, que pendían de la ventana. Aun así, aquel abandono se veía compensado por la belleza de los antiguos muebles de palisandro y nogal y la magnífica araña que colgaba sobre nuestras cabezas.

La señora Carvalho estaba sentada en una butaca de terciopelo de respaldo alto, con una manta sobre las rodillas. Una jarra de agua y numerosos frascos de pastillas invadían la mesita auxiliar que tenía al lado.

—Ha vuelto —me dijo.

—Le ruego que disculpe a la señorita D'Aplièse por molestarla de nuevo —comenzó Floriano—, pero, como podrá imaginar, encontrar a su familia es un asunto muy serio para ella y no está dispuesta a rendirse.

—Señor Quintelas —suspiró la anciana—, ya le dije ayer a su amiga que no puedo ayudarla.

—¿Está segura, señora Carvalho? No tiene más que mirar el retrato que hay sobre la chimenea para comprender que la señorita Maia no está aquí por ningún motivo oculto. No busca dinero, solo quiere encontrar a su familia. ¿Tan malo es eso? ¿Puede reprochárselo?

Miré en la dirección que Floriano había señalado y vi el cuadro de una mujer que ahora sabía era Izabela Aires Cabral. Ya no me quedó la menor duda. Hasta yo podía ver que era su viva imagen.

—Izabela Aires Cabral era su madre —continuó el novelista—. Y usted tuvo asimismo una hija, Cristina, en 1956.

La anciana permaneció callada, con los labios apretados.

—¿No está dispuesta siquiera a considerar la posibilidad de que quizá tenga una nieta? Debo decirle, señora, que ahora mismo hay una prueba de los orígenes de la señorita D'Aplièse en manos de un amigo mío que trabaja en el Museu da República. Volveremos con ella —prometió.

La anciana seguía sin hablar y sin mirar a Floriano. De repente esbozó una mueca de dolor.

—Váyanse, por favor —dijo, y vi sufrimiento en sus ojos.

—Basta —le susurré desesperada a Floriano—. Está enferma, no es justo.

Él cedió con un ligero asentimiento de cabeza.

—*Adeus*, señora Carvalho. Que tenga un buen día.

—Lo siento mucho, señora Carvalho —me disculpé—. No volveremos a molestarla, se lo prometo.

Floriano giró sobre sus talones y salió de la estancia con paso decidido. Lo seguí, avergonzada y al borde de las lágrimas.

Vimos que la criada merodeaba por el pasillo y fuimos a su encuentro.

—Gracias por dejarnos entrar, señora —dijo Floriano cuando ya cruzábamos el vestíbulo—. Dale conversación —me susurró al oído—, quiero ver una cosa.

Él salió a la escalinata y yo me volví hacia la criada con expresión contrita.

—Siento muchísimo haber disgustado a la señora Carvalho. Le prometo que no volveré sin su permiso.

—La señora Carvalho está muy enferma, señorita. Se está muriendo, le queda muy poco tiempo de vida.

La mujer se quedó a mi lado en el umbral, vacilante, e intuí que quería decirme algo más.

—Me gustaría preguntarle algo. —Señalé la fuente seca que ocupaba el centro del camino de entrada—. ¿Estaba usted aquí cuando la casa se hallaba en todo su esplendor?

—Sí, nací aquí.

Miró con tristeza la dilapidada estructura y comprendí que su mente estaba rememorando viejos tiempos. De pronto se volvió hacia mí al tiempo que, mirando con el rabillo del ojo, yo veía a Floriano desaparecer por el costado de la casa.

—Señorita —susurró—, tengo algo para usted.

—¿Perdone?

Me había distraído mirando a Floriano y no había oído lo que la mujer me había dicho.

—Tengo que darle algo. Pero, por favor, si se lo confío, debe jurarme que nunca se lo dirá a la señora Carvalho. Jamás me perdonaría semejante traición.

—Por supuesto —dije—. Me hago cargo.

La criada se sacó del bolsillo del delantal blanco un sobre marrón y me lo tendió.

—Se lo ruego, no le diga a nadie que se las he dado —suplicó con la voz ronca—. Las heredé de mi madre. Me dijo que eran parte de la historia de la familia Aires Cabral y me las dio antes de morir para que las guardara en un lugar seguro.

La miré atónita.

—Gracias —susurré, aliviada al comprobar que Floriano había reaparecido y me esperaba junto al coche—. Pero ¿por qué? —le pregunté.

Con un dedo largo y huesudo, señaló la piedra lunar y la fina cadena de oro que llevaba al cuello.

—Sé quién es usted. *Adeus.*

Entró en la casa a toda prisa y cerró la puerta.

Aturdida, me guardé el sobre en el bolso y bajé los escalones en dirección al coche.

Floriano ya estaba dentro y con el motor encendido. Subí e iniciamos la marcha a su acostumbrada velocidad.

—¿Has visto la escultura? —le pregunté.

—Sí —contestó mientras salíamos a la calzada y nos alejábamos de la casa—. Lamento que se niegue a reconocerte, Maia, pero mi taimado cerebro está empezando a encajar la pieza que faltaba en el rompecabezas. Y creo que puedo entender su reticencia. Te dejaré en el hotel y volveré al Museu da República y a la biblioteca. ¿Te llamo más tarde si descubro algo? —preguntó cuando llegamos a nuestro destino.

—Sí, por favor —dije antes de bajar del coche.

Tras despedirse con la mano, se alejó por la avenida y yo subí a mi habitación. Cerré la puerta y colgué el letrero de no molestar, me senté en la cama y saqué el paquete del bolso. Dentro había un puñado de cartas bien sujetas con un cordel. Lo puse a mi lado, deshice el nudo y cogí el primer sobre, que había sido meticulosamente abierto con un abrecartas. Me fijé en la caligrafía del anverso y comprobé que todas las cartas estaban dirigidas a una tal «Señorita Loen Fagundes».

Extraje la carta con sumo cuidado y noté entre los dedos la fragilidad del fino papel. Lo desplegué y vi que la dirección del remitente, que aparecía en el ángulo superior, era de París, y la fecha el 30 de marzo de 1928. Eché un vistazo a otros sobres y me di cuenta de que no estaban colocados por orden cronológico, pues había algunas cartas enviadas a Loen Fagundes a otra dirección de Brasil en 1927. Abrí algunos más y vi que todas las misivas estaban firmadas por «Izabela», la mujer que podría ser mi bisabuela... Las palabras de la criada resonaron en mi mente.

«Sé quién es usted...»

Acaricié el colgante de la piedra lunar. Solo se me ocurría pensar que tal vez hubiera venido conmigo como una especie de talismán protector, quizá entregado por mi madre, cuando Pa Salt me adoptó siendo un bebé. Él mismo me había dicho cuando me la dio que encerraba una historia interesante. Puede que estuviese animándome sutilmente a que le preguntara por ella algún día; es probable que en aquel entonces no quisiera disgustarme mencionando una conexión directa con mi pasado. Había esperado a que yo se lo preguntara. Y ahora lamentaba profundamente no haberlo hecho.

Dediqué una hora a revisar las cartas —debían de ser más de treinta— y a apilarlas por orden cronológico.

Estaba deseando empezar a leer aquellas misivas escritas con una caligrafía bella e impecable. Me sonó el móvil y al otro lado de la línea oí la voz emocionada de Floriano.

—Maia, tengo novedades. ¿Puedo ir a verte dentro de una hora?

—¿Te importa que nos veamos mañana por la mañana? No me encuentro bien del estómago —mentí sintiéndome culpable, pues quería dedicar el resto del día a leer las cartas.

—Entonces, ¿mañana a las diez?

—Sí. Estoy segura de que para entonces ya estaré bien.

—Si necesitas algo, no dudes en llamarme.

—Lo haré, gracias.

—De nada. Cuídate.

Apagué el móvil y pedí dos botellas de agua y un sándwich al servicio de habitaciones. En cuanto llegaron y devoré de forma distraída la comida, cogí la primera carta con mano temblorosa y empecé a leer...

Izabela

Río de Janeiro

Noviembre de 1927

13

Izabela Rosa Bonifacio se despertó con el rasguñar de unos piececillos contra el terrazo. Se incorporó bruscamente, miró hacia abajo y vio al *sagui* observándola desde el suelo. El mono tenía en las manos —facsímiles diminutos y velludos de las suyas— su cepillo de pelo. Bel no pudo evitar que se le escapara una risita mientras el animal seguía mirándola con fijeza, suplicándole con sus cristalinos ojos negros que lo dejara escapar con su nuevo juguete.

—¿Quieres cepillarte el pelo? —le preguntó al tiempo que se arrastraba tumbada boca abajo hasta los pies de la cama—. Por favor —alargó el brazo hacia el *sagui*—, devuélvemelo. Es mío, y Mãe se enfadará mucho si me lo robas.

El mono miró de reojo su ruta de escape y, cuando los dedos largos y finos de Bel avanzaron para arrebatarle el cepillo, dio un grácil salto hasta el alféizar de la ventana y desapareció.

Bel se dejó caer de nuevo en la cama con un suspiro, sabedora de que sus padres le soltarían otro sermón acerca de la necesidad de cerrar los postigos por la noche precisamente por aquel motivo. El cepillo era de nácar, un obsequio de bautizo de su abuela paterna, y tal como le había dicho al mono, su madre no iba a tomárselo bien. Volvió a trepar por la cama y enterró la cabeza en las almohadas abrigando la vana esperanza de que el *sagui* soltara el cepillo en el jardín durante su huida hacia su hogar, en la selva de la ladera de la montaña que se alzaba detrás de la casa.

Una brisa suave le apartó de la frente un mechón de la abundante cabellera oscura y le llevó las delicadas fragancias de los guayabos y los limoneros que crecían en el jardín, bajo su ventana. Aunque el reloj de la mesilla marcaba las seis y media, ya podía sentir el calor de aquel nuevo día. Alzó la vista y comprobó que no había una sola nube estropeando el cielo que iba clareando con rapidez.

Loen, su criada, aún tardaría una hora en llamar a su puerta para ayudarla a vestirse. Bel se preguntó si debería reunir al fin el valor necesario para salir a hurtadillas de la casa mientras los demás dormían y zambullirse en el agua fría de la magnífica piscina de azulejos azules que Antonio, su padre, acababa de mandar construir en el jardín.

La piscina, una de las primeras en una casa particular de Río, era la última adquisición de Antonio, que estaba muy orgulloso de ella. Un mes antes había invitado a todos sus amigos importantes a verla, y todos se habían acudido obedientemente a la terraza para admirarla. Los hombres vestían trajes caros hechos a medida, las mujeres copias de los últimos diseños de París comprados en las exclusivas tiendas de la avenida Rio Branco.

Bel había pensado entonces en lo irónico que era que ninguno de ellos hubiese llevado el traje de baño, y también ella había permanecido vestida de los pies a la cabeza bajo el calor abrasador deseando con todas sus fuerzas quitarse el vestido y zambullirse en el agua fresca y cristalina. De hecho, hasta el momento, Bel no había visto a nadie utilizar la piscina. El día en que se le ocurrió preguntar si podía darse un baño, su padre había negado con la cabeza.

—No, querida, los sirvientes no pueden verte en traje de baño. Debes probarla cuando no estén.

Teniendo en cuenta que los sirvientes estaban siempre, Bel comprendió enseguida que la piscina no era más que otro adorno, un bien exclusivo que su padre podría utilizar para impresionar a sus amigos. Otro peldaño en su interminable cruzada hacia la posición social que tanto anhelaba.

Cuando le preguntaba a Mãe por qué Pai nunca parecía estar

conforme con lo que tenía a pesar de que vivían en una de las casas más bonitas de Río, cenaban a menudo en el hotel Copacabana Palace e incluso poseían un flamante auto Ford, su madre se encogía de hombros tranquilamente.

—Es solo porque, por muchos coches o fincas que tenga, nunca podrá cambiar su apellido.

A lo largo de los diecisiete años que Bel llevaba en el mundo, había averiguado que Antonio descendía de unos inmigrantes italianos llegados a Brasil para trabajar en los numerosos cafetales de las tierras verdes y fértiles que rodeaban la ciudad de São Paulo. El padre de Antonio había sido un hombre tan trabajador como listo, y había ahorrado lo suficiente para comprarse una parcela de tierra y emprender su propio negocio.

Cuando Antonio tuvo edad de ponerse al frente del cafetal, el negocio iba viento en popa y pudo comprar otros tres terrenos. Los beneficios hicieron rica a su familia, así que cuando Bel tenía ocho años su padre compró una preciosa *fazenda* a cinco horas en coche de Río. Aquel era el lugar que ella todavía consideraba su verdadero hogar. Enclavada arriba, en las montañas, la casa era tranquila y acogedora y contenía los recuerdos más preciados de Bel. Aquellos días era libre para deambular y cabalgar a sus anchas por las dos mil hectáreas de la propiedad, con lo cual había disfrutado de una infancia idílica y libre de preocupaciones.

No obstante, aunque Antonio pasó a vivir entonces más cerca de Río, aquello siguió sin ser suficiente. Bel recordó que una noche durante la cena su padre le había explicado a su madre por qué algún día deberían mudarse a la ciudad.

—Río es la capital, el centro de todo el poder en Brasil. Y nosotros debemos formar parte de ello.

A medida que el negocio de Antonio crecía, también lo hacía su fortuna. Tres años antes su padre había llegado a la *fazenda* y anunciado que había comprado una casa en Cosme Velho, uno de los barrios más exclusivos de Río.

—Ahora los aristócratas portugueses ya no podrán ignorarme, ¡porque serán nuestros vecinos! —se había jactado dando un puñetazo triunfal en la mesa.

Bel y su madre habían intercambiado una mirada de espanto ante la idea de dejar su hogar en las montañas y mudarse a la gran ciudad. Sin embargo, su madre, por lo general un mujer dócil, insistió encarecidamente en que la Fazenda Santa Tereza no se vendiera, para por lo menos disponer de un refugio si necesitaban escapar de los calurosos veranos de Río.

—¿Por qué, Mãe, por qué? —había preguntado Bel sollozando aquella noche cuando su madre entró en su dormitorio para darle un beso de buenas noches—. Yo adoro este lugar. No quiero vivir en la ciudad.

—Porque tu padre no tiene suficiente con ser tan rico como los nobles portugueses de Río. Quiere que la alta sociedad lo vea como un igual. Y ganarse su respeto.

—Pero, Mãe, hasta yo me doy cuenta de que los portugueses de Río menosprecian a los paulistas italianos. Seguro que Pai no lo consigue jamás.

—Bueno —había dicho su madre desalentada—, hasta el momento Antonio ha conseguido todo lo que se ha propuesto.

—¿Y cómo sabremos nosotras cómo debemos comportarnos? —había preguntado la niña—. He vivido en las montañas casi toda mi vida. Nunca encajaremos en la alta sociedad como pretende Pai.

—Tu padre ya está hablando de presentarnos a la señora Nathalia Santos, una mujer de la nobleza portuguesa cuya familia está pasando por un mal momento. Se gana la vida enseñando a familias como la nuestra a comportarse en la alta sociedad de Río. Y también les presenta a gente.

—O sea, ¿que vamos a convertirnos en muñecas que lucen los mejores vestidos, hacen los comentarios adecuados y utilizan el cubierto apropiado? Creo que prefiero morirme.

Bel había simulado una arcada para expresar su disgusto.

—No vas desencaminada. —Carla se había reído de la descripción de su hija con un brillo divertido en sus cálidos ojos castaños—. Y naturalmente, Izabela, tú, su amada y única hija, podrías ser su gallina de los huevos de oro. Eres muy hermosa, Bel, y tu padre cree que con tu apariencia obtendrás un buen matrimonio.

Bel había mirado a su madre horrorizada.

—¿Pai piensa utilizarme como moneda de cambio para conseguir la aceptación social? ¡Pues no pienso prestarme a ello!

Entonces se había dado la vuelta y clavado los puños en las almohadas.

Carla se había acercado a la cama y acomodado su voluminosa figura en el borde, dando palmaditas con una mano regordeta a la espalda rígida de su hija.

—No es tan malo como parece, cariño —la consoló.

—¡Solo tengo quince años! Yo quiero casarme por amor, no para tener una posición social. Además, los hombres portugueses son paliduchos, escuálidos y holgazanes. Prefiero los italianos.

—No digas eso, Bel. Cada raza tiene sus cosas buenas y malas. Estoy segura de que tu padre encontrará a un hombre que sea de tu agrado. Río es una ciudad grande.

—¡No iré!

Carla se inclinó para plantarle un beso a su hija en la brillante melena.

—Bueno, de lo que no cabe duda es de que has heredado el espíritu de tu padre. Buenas noches, cariño.

De aquello hacía tres años y ni una sola de las opiniones que Bel le había expresado a su madre aquella noche había cambiado desde entonces. Su padre seguía siendo un hombre ambicioso, su madre una mujer amable, la sociedad de Río tan rígida en sus tradiciones como doscientos años atrás y los hombres portugueses tremendamente feos.

Sin embargo, la casa de Cosme Velho era espectacular. Las suaves paredes de color ocre y las altas ventanas de guillotina albergaban estancias de proporciones bellas, que habían sido redecoradas por entero siguiendo las especificaciones de su padre, quien también había insistido en dotar la casa de todas las comodidades modernas, como un teléfono y cuartos de baño en la planta de arriba. Fuera, el impecable diseño de los jardines rivalizaba en esplendor con el magnífico jardín botánico de Río.

La casa se llamaba Mansão da Princesa en honor de la princesa Isabel, que en una ocasión había acudido a ella para beber las aguas del río Carioca —que atravesaba el dominio—, a las que se atribuían propiedades curativas.

Pero a pesar del lujo innegable que la rodeaba, a Bel le resultaba opresiva la inquietante presencia del Cerro del Corcovado —que se alzaba imponente justo detrás de la casa—. A menudo se descubría añorando los grandes espacios abiertos y el aire limpio de las montañas.

Desde su llegada a la ciudad, la señora Santos, su profesora de etiqueta, había pasado a formar parte de la vida cotidiana de Bel. Había aprendido de ella cómo se entraba en una estancia —hombros hacia atrás, cabeza erguida, como si flotara— y tenía los árboles genealógicos de todas las familias portuguesas importantes en Río aporreándole la cabeza. Como además recibía clases de francés, piano, historia del arte y literatura europea, Bel empezó a soñar en viajar al Viejo Mundo.

Aun así, la parte más difícil de su educación había sido tener que renunciar, por insistencia de la señora Santos, a la lengua materna de su familia, al idioma que su madre le había enseñado desde la cuna. A Bel todavía le costaba hablar portugués sin acento italiano.

De vez en cuando se miraba en el espejo y se permitía una sonrisa irónica, pues, pese a los esfuerzos de Nathalia Santos por borrar sus orígenes, sus rasgos delataban su auténtica procedencia. Su inmaculado cutis, que en las montañas solo había necesitado un atisbo de sol para adquirir un tono bronce dorado —la señora Santos le había advertido una y otra vez que evitara el sol—, constituía el fondo idóneo para los densos bucles morenos y los enormes ojos castaños que hablaban de apasionadas noches toscanas en las colinas de su auténtica tierra natal.

Sus labios carnosos dejaban adivinar una naturaleza sensual, y sus pechos se quejaban a diario cuando los oprimían dentro del rígido corsé. Mientras Loen tiraba cada mañana de las cintas tratando de domar los signos externos de su feminidad, Bel muchas veces pensaba que aquella prenda que la constreñía era la metáfora perfecta de sus circunstancias. Ella era como un animal salvaje, lleno de fuego y pasión, encerrado en una jaula.

Observó que una lagartija cruzaba el techo de una punta a otra a toda velocidad y pensó que en cualquier momento aquel animal podría escapar por la ventana como había hecho el *sagui*. Por el contrario, ella volvería a pasarse el día atrapada como un pollo a punto para ser introducido en el asfixiante calor del horno social de Río, aprendiendo a olvidar su propia naturaleza para convertirse en la señorita que su padre deseaba que fuera.

Y tan solo una semana después los planes de su padre para su futuro alcanzarían su punto culminante. Al fin cumpliría dieciocho años y sería presentada en la alta sociedad de Río con una fiesta espectacular en el precioso hotel Copacabana Palace.

Bel sabía que, después de aquello, se la obligaría a contraer matrimonio con el mejor partido que su padre pudiera encontrarle. Y los últimos vestigios de libertad que le quedaban desaparecerían para siempre.

Una hora más tarde, un familiar golpeteo en la puerta la alertó de la presencia de Loen.

—Buenos días, señorita Bel. ¿No hace una mañana preciosa? —preguntó su criada cuando entró en el dormitorio.

—No —respondió Bel malhumorada.

—Vamos, debe levantarse y vestirse. Le espera un día ajetreado.

—¿En serio? —repuso fingiendo sorpresa, pues conocía perfectamente las obligaciones que ocupaban sus horas de vigilia.

—No me venga con jueguecitos, *minha pequena* —le advirtió Loen recuperando, como solía hacer en privado, el apodo que le había puesto de niña—. Sabe tan bien como yo que tiene clase de piano a las diez, antes de que llegue su profesor de francés. Y esta tarde vendrá madame Duchaine a hacerle la última prueba de su vestido para la fiesta.

Bel cerró los ojos e hizo ver que no la oía.

Impertérrita, Loen se acercó a la cama y la zarandeó con suavidad por el hombro.

—¿Qué le pasa? Dentro de una semana cumplirá dieciocho años y su padre le ha organizado una fiesta maravillosa. ¡Asistirá todo Río! ¿No le hace ilusión?

Bel no respondió.

—¿Qué le apetece ponerse hoy? ¿El crema o el azul? —prosiguió Loen.

—¡Me da igual!

La criada se acercó con calma al armario y extendió un conjunto de su propia elección sobre los pies de la cama.

Bel se incorporó a regañadientes.

—Perdóname, Loen. Estoy triste porque esta mañana ha entrado un *sagui* y me ha robado el cepillo de pelo que me regaló mi abuela. Sé que Mãe se enfadará conmigo por haber dejado los postigos abiertos otra vez.

—¡No! —Loen se horrorizó—. ¿Su precioso cepillo de nácar está ahora en la selva con los monos? ¿Cuántas veces le han dicho que cierre los postigos por la noche?

—Muchas —convino Bel con docilidad.

—Les diré a los jardineros que lo busquen. Puede que aún estén a tiempo de encontrarlo.

—Gracias —dijo Bel, y levantó los brazos para ayudar a Loen a quitarle el camisón.

Durante el desayuno, Antonio Bonifacio estuvo examinando la lista de invitados para la fiesta de su hija en el Copacabana Palace.

—Ciertamente, la señora Santos ha convocado a la flor y nata de Río, y la mayoría de ellos han aceptado —comentó con satisfacción—. Salvo la familia Carvalho Gomes y los Ribeiro Barcellos. Lo lamentan, pero tienen otros compromisos.

El hombre enarcó una ceja.

—No saben lo que se pierden. —Carla posó una mano reconfortante en el hombro de su marido, consciente de que se trataba de dos de las familias más importantes de Río—. Toda la ciudad hablará de la fiesta, así que estoy segura de que llegará a sus oídos.

—Con lo que me ha costado, eso espero —gruñó Antonio—. Y tú, princesa, serás el centro de todo ello.

—Sí, papá. Te lo agradezco mucho.

—Bel, sabes que no debes llamarme «papá», sino «Pai» —la reprendió Antonio.

—Lo siento, Pai, no es fácil cambiar la costumbre de toda una vida.

—Bien. —Antonio dobló con cuidado el periódico, se levantó y se despidió de su esposa y su hija con un gesto de la cabeza—. Me voy al despacho a hacer el trabajo que ha de pagar todo eso.

Bel siguió a su padre con la mirada mientras este salía de la estancia y pensó en lo guapo que era todavía, con su complexión alta y elegante y su mata de pelo negro únicamente salpicado de canas en las sienes.

—Pai está muy tenso —observó Bel con un suspiro—. ¿Crees que está preocupado por la fiesta?

—Bel, tu padre siempre está tenso. Ya sea por la producción de granos de café de alguna de nuestras plantaciones o por tu fiesta, siempre encontrará algo de lo que preocuparse. Él es... así. —Carla se encogió de hombros—. Yo también debo dejarte. He quedado aquí con la señora Santos para revisar los últimos preparativos de la recepción en el Copacabana Palace. Querrá que te reúnas con nosotras después de las clases de piano y francés para repasar la lista de invitados.

—Pero Mãe, si ya puedo recitarla del derecho y del revés —protestó Bel.

—Lo sé, cariño, pero no puedes tener ni un tropiezo.

Carla se levantó, titubeó un instante y se volvió hacia Bel.

—Hay algo más que debo decirte. Mi querida prima Sofía se está recuperando de una enfermedad muy grave y la he invitado a ella y a sus tres hijos a instalarse en nuestra *fazenda* mientras se repone. Puesto que allí solo están Fabiana y su marido, he de enviar a Loen para que cuide de los niños y Sofía pueda descansar. Me temo que tendrá que marcharse a finales de semana.

—¡Pero, Mãe! —exclamó Bel consternada—. Solo faltan unos días para mi fiesta. ¿Qué haré sin ella?

—Lo siento, Bel, pero no hay más remedio. Gabriela seguirá aquí, y estoy segura de que podrá ayudarte en todo lo que necesites. Ahora debo marcharme o llegaré tarde.

Carla le dio unas palmaditas reconfortantes en el hombro y salió.

Bel se dejó caer contra el respaldo de su silla y digirió la desagradable noticia. La entristecía la idea de no estar con su mejor aliada durante los días previos a uno de los acontecimientos más importantes de su vida.

Loen había nacido en la *fazenda*, donde sus antepasados africanos habían trabajado como esclavos en la plantación. Cuando al fin la esclavitud fue abolida en Brasil en 1888, muchos esclavos liberados decidieron de inmediato no continuar y abandonaron a sus amos, pero los padres de Loen optaron por quedarse. Siguieron trabajando para quienes ocupaban la *fazenda* en aquel entonces, una adinerada familia portuguesa, hasta que, como tantos aristócratas de Río que se quedaron sin mano de obra esclava para trabajar los cafetales, los dueños se vieron obligados a vender. El padre de Loen eligió aquel preciso momento para desaparecer una noche, dejando que su mujer, Gabriela, y su hija de nueve años, Loen, se las apañaran solas.

Cuando Antonio compró la *fazenda* unos meses después, Carla se apiadó de ellas e insistió en mantenerlas como criadas. Tres años antes, madre e hija se habían mudado a Río con la familia.

Aunque Loen no era, teóricamente, más que una criada, Bel y ella habían crecido juntas en la aislada *fazenda*. Con pocos niños de su edad con los que jugar, entre ellas se creó un vínculo especial. Aunque apenas era mayor que Bel, Loen era muy sensata para su edad y una fuente inagotable de consejos y consuelo para su joven señora. Bel, por su parte, había correspondido a la generosidad y lealtad de Loen pasando las largas y lánguidas tardes en la *fazenda* enseñándole a leer y escribir.

Así que por lo menos, se dijo Bel con un suspiro mientras se tomaba el café, podrían cartearse mientras estuvieran separadas.

—¿Ha terminado, señorita? —le preguntó Gabriela interrumpiendo sus pensamientos y dedicándole una sonrisa compasiva que indicaba que había escuchado las noticia de Carla.

Bel echó una ojeada al aparador repleto de mangos, higos, almendras y una cesta de pan recién hecho. Suficiente para alimentar a toda la calle, pensó, y no digamos a una familia de tres.

—Sí, ya puede recoger la mesa. Y siento mucho el trabajo extra que tendrá mientras Loen esté fuera —añadió.

Gabriela se encogió estoicamente de hombros.

—Sé que mi hija también lamentará no estar aquí para los preparativos de su cumpleaños. Pero, en cualquier caso, nos las arreglaremos.

Cuando Gabriela se marchó, Bel alcanzó el *Jornal do Brasil* que descansaba sobre la mesa y lo abrió. En la portada aparecía una fotografía de Bertha Lutz, la defensora de los derechos de la mujer, en compañía de sus partidarios frente al ayuntamiento. La señorita Lutz había fundado la Federación Brasileña para el Progreso Femenino seis años antes y estaba luchando para que todas las mujeres de Brasil pudieran votar. Bel seguía sus avances con sumo interés. Tenía la sensación de que los tiempos estaban cambiando para otras mujeres en Brasil, mientras que ella continuaba igual, con un padre anclado en el pasado que todavía creía que las mujeres debían limitarse a casarse con el mejor postor y dedicarse a traer al mundo una prole de hijos sanos y fuertes.

Desde que se habían mudado a la ciudad, Antonio prácticamente había mantenido prisionera a su preciada hija, impidiéndole incluso pasear sin la compañía de una mujer mayor que ella. No se daba cuenta de que las pocas chicas de su edad que le habían presentado en meriendas formales, y que la señora Santos había juzgado adecuadas como amigas, eran de familias que estaban abrazando la era moderna, no combatiéndola.

Por ejemplo, su amiga Maria Elisa da Silva Costa era, en efecto, de una familia aristocrática de origen portugués, pero a diferencia de lo que creía Pai de forma equivocada, no saltaba de un acto social a otro. La mayor parte de la vieja corte portuguesa a la que Pai tanto deseaba que perteneciera su familia se había diluido en la historia, y solo unos pocos que se aferraban a un mundo en vías de extinción defendían los últimos vestigios.

Maria Elisa era una de las escasas jóvenes que Bel había conocido con la que sentía afinidad. Su padre, Heitor, se ganaba la vida con su trabajo como renombrado arquitecto y hacía poco que se le había concedido el honor de construir el monumento al Cristo Redentor en lo alto del Corcovado, la montaña que se alzaba espectacularmente hacia el cielo detrás de la casa de los Bonifacio. Los da Silva Costa vivían cerca, en Botafogo, y cuando Heitor visitaba el cerro a fin de tomar medidas para su estructura, Maria Elisa solía acompañarlo a Cosme Velho para visitar a Bel mientras su padre tomaba el tren hasta la cima de la montaña. Bel esperaba que ese día, más tarde, su amiga fuera a verla.

—Señorita, ¿quiere algo más? —preguntó Gabriela desde la puerta, cargado con la pesada bandeja.

—No, Gabriela, gracias. Puede retirarse.

Bel se levantó minutos después y también salió de la estancia.

—Debes de estar muy ilusionada con tu fiesta —dijo Maria Elisa.

Estaban sentadas a la sombra del espeso bosque tropical que se cernía sobre el jardín de la casa. Un pequeño ejército de jardineros mantenía el follaje a raya para impedir que invadiera el inmaculado terreno, pero más allá del perímetro trepaba indómito por la montaña.

—Creo que me sentiré aliviada cuando todo haya terminado —confesó Bel.

—Pues yo estoy deseando que llegue el gran día —aseguró Maria Elisa con una sonrisa—. Alexandre Medeiros asistirá, y estoy loca por él. Seré la mujer más feliz del mundo si me pide un baile —añadió entre sorbos de zumo de naranjas recién exprimidas—. ¿Hay algún joven que te llame la atención?

Miró a Bel expectante.

—No. Además, sé que mi padre querrá elegirme el marido.

—¡Por Dios, qué anticuado! Cuando hablo contigo me siento

afortunada de tener un padre como el mío, aunque esté siempre con la cabeza en las nubes, dándole vueltas a su Cristo. ¿Sabías —continuó bajando la voz hasta convertirla en un susurro— que en realidad mi padre es ateo? Y sin embargo ahí está, ¡construyendo el monumento a Nuestro Señor más grande del mundo!

—Puede que el proyecto cambie sus creencias —opinó Bel.

—Anoche lo oí decirle a Mãe que quería ir a Europa a buscar a un escultor para la estatua. Como tendrá que ausentarse mucho tiempo, dijo que todos viajaríamos con él. ¿Te imaginas, Bel? Veremos los grandes monumentos de Florencia, Roma y, naturalmente, París.

Maria Elisa arrugó su preciosa nariz llena de pecas, emocionada.

—¿Europa? —exclamó Bel volviéndose hacia su amiga—. Maria Elisa, he de decir que en estos momentos te odio profundamente. Siempre he soñado con ir al Viejo Mundo, sobre todo a Florencia, la ciudad de la que procede mi familia.

—Bueno, si el viaje se confirma quizá podrías acompañarnos, aunque solo fuera una temporada. Para mí también sería ideal, de lo contrario la única compañía que tendré será la de mis dos hermanos. ¿Qué me dices?

A Maria Elisa le brillaban los ojos.

—Creo que es una propuesta maravillosa, pero mi padre no me dejará —aseguró Bel sin esperanza—. Si ni siquiera me deja pasear sola por nuestra calle, dudo mucho que me deje cruzar el océano hasta Europa. Además, quiere que esté en Río, disponible para casarme lo antes posible.

Desconsolada, aplastó una hormiga con el zapato.

El ruido de un coche en la entrada las avisó de que el padre de Maria Elisa había vuelto a recogerla.

—Bueno... —La chica se levantó y abrazó con afecto a Bel—. Te veré el jueves que viene en tu fiesta.

—Sí.

—*Adeus*, Bel. —Maria Elisa comenzó a alejarse por el jardín—. Y no te preocupes, ya se nos ocurrirá algún plan, te lo prometo.

Bel se quedó en el banco, soñando que visitaba el Duomo y la

Fuente de Neptuno en Florencia. De todas las clases que la señora Santos le había programado, la de historia del arte era la que más le gustó. Sus padres habían contratado a un pintor para que la instruyera en los conceptos básicos del dibujo y la pintura. Las tardes que había pasado en su espacioso estudio de la Escola Nacional de Belas Artes habían sido algunos de sus momentos más agradables desde que había llegado a Río.

El artista también era escultor y le había permitido probar suerte con un trozo de arcilla roja. Bel todavía recordaba su textura blanda y húmeda entre los dedos, su maleabilidad mientras trataba de darle la forma de una figura.

—Tienes talento —le había comentado el artista después de que ella le enseñara lo que consideraba una lamentable versión de la *Venus de Milo*.

Fuera cierto o no, a Bel le había encantado la atmósfera del estudio, y cuando las clases terminaron, echó de menos sus visitas semanales.

Oyó que Loen la llamaba desde la terraza, señal de que madame Duchaine había llegado para la prueba final del vestido de la fiesta.

Dejando tras de sí los pensamientos sobre Europa y las maravillas que contenía, abandonó la selva y regresó a la casa cruzando el jardín.

14

Cuando Bel despertó la mañana de su decimoctavo cumpleaños, divisó unos densos nubarrones en el horizonte y oyó truenos a lo lejos. Se avecinaba una tormenta que iría ganando ímpetu cada vez que los relámpagos iluminaran el paisaje. Luego, súbitamente, los cielos se abrirían y volcarían su contenido sin miramientos sobre Río, empapando a sus desafortunados habitantes.

Mientras Gabriela trajinaba en el dormitorio, acribillando a Bel con el programa del día, también ella se volvió hacia la ventana y examinó el cielo.

—Recemos para que las nubes decidan estallar antes de la fiesta y ya haya dejado de llover cuando empiecen a llegar los invitados. Sería un desastre que el precioso vestido se le manchara de barro al bajar del coche para entrar en el hotel. Iré a la capilla a pedirle a Nuestra Señora que ponga fin a la lluvia antes de que anochezca y que salga el sol y seque los charcos. Vamos, señorita Izabela, sus padres la esperan en la salita del desayuno. Su padre quiere verla antes de marcharse a trabajar. Hoy es un día muy especial para todos.

Aunque adoraba a Gabriela, Bel lamentó por enésima vez que Loen no estuviera allí para tranquilizarla y compartir con ella aquel día tan importante.

Diez minutos después entraba en la salita del desayuno. Antonio se levantó de la mesa con los brazos extendidos.

—¡Querida hija! Hoy alcanzas la mayoría de edad y no podría estar más orgulloso de ti. Dale un abrazo a tu padre.

Bel se arrojó a sus brazos fuertes y protectores y aspiró el reconfortante aroma del agua de colonia que siempre utilizaba y del aceite que se ponía en el pelo.

—Ahora ve a besar a tu madre y luego te daremos el regalo que tenemos para ti.

—*Piccolina* —dijo Carla empleando en un descuido la vieja expresión de cariño en italiano. Se levantó de la mesa y besó afectuosamente a su hija; luego retrocedió y abrió los brazos—. ¡Mírate! Eres toda una belleza.

—Belleza heredada, por supuesto, de tu querida madre —intervino Antonio lanzando una mirada de cariño a su esposa.

Bel vio que a Antonio se le humedecían los ojos. Su padre apenas mostraba sus emociones últimamente, y la joven enseguida se trasladó a los tiempos en que eran una familia italiana sencilla, antes de que Pai se hiciera rico. Se le formó un nudo en la garganta al recordarlo.

—Ven a ver lo que te hemos comprado. —Antonio alargó la mano hasta la silla que tenía al lado y cogió dos estuches de terciopelo—. Mira esto —dijo, y abrió con impaciencia la tapa del estuche más grande para mostrar su contenido—. Y esto. —Abrió el segundo estuche.

Bel ahogó un gritito al contemplar la belleza del collar y los pendientes de esmeraldas que tenía delante.

—¡Pai! *Meu Deus!* Son exquisitos.

Se acercó un poco más y, tras el gesto de asentimiento de su padre, sacó el collar de su lecho de seda. Era de oro y esmeraldas que iban aumentando de tamaño hasta culminar en una deslumbrante gema que descansaría en el centro del escote.

—Póntelo —la instó su padre, y le hizo un gesto a su mujer para que le cerrara el broche.

Cuando su madre acabó, Bel se llevó los dedos al collar y acarició la fría suavidad de las gemas.

—¿Me favorece?

—Antes de verte, debes ponerte los pendientes —dijo Antonio, y Carla ayudó a su hija a colocarse las delicadas piedras con forma de lágrima.

»¡Lista! —Antonio condujo a Bel hasta el espejo que había encima del aparador—. ¡Estás preciosa! —exclamó al tiempo que contemplaba el reflejo de su hija y el brillo de las esmeraldas sobre la piel cremosa de su esbelto cuello.

—¡Pai, deben de haberte costado una fortuna!

—Son de las minas de esmeraldas de Minas Gerais y yo mismo inspeccioné las piedras en bruto para elegir las mejores.

—Y por supuesto, cariño, tu vestido de seda de color crema, bordado con hilo verde esmeralda, ha sido expresamente diseñado para realzar tu regalo de cumpleaños —añadió Carla.

—Esta noche —auguró Antonio con satisfacción—, no habrá en la fiesta ninguna mujer que luzca unas joyas más bellas ni más caras. ¡Ni aunque se pongan las de la corona de Portugal!

De pronto, la alegría que cualquier muchacha habría sentido ante un regalo tan magnífico se evaporó. Mientras Bel contemplaba su reflejo en el espejo, comprendió que las joyas no tenían nada que ver con el deseo de Antonio de complacer a su hija en el día de su cumpleaños. Eran una forma más de impresionar a las muchas personas importantes que asistirían aquella noche a su fiesta.

Las fulgurantes gemas que le adornaban cuello se le antojaron entonces vulgares, ostentosas... ella no era más que un lienzo sobre el que exponer los trofeos de la fortuna de su padre. Y se le llenaron los ojos de lágrimas.

—No llores, cariño. —Carla acudió de inmediato a su lado—. Entiendo que estés abrumada, pero no debes disgustarte en un día tan especial.

Bel buscó de forma instintiva el hombro de su madre y descansó la cabeza sobre él mientras el miedo al futuro se adueñaba de ella.

Bel recordaba la fiesta de su decimoctavo cumpleaños en el Copacabana Palace —la noche en que ella y, más importante aún, su padre fueron definitivamente introducidos en la alta sociedad de Río— como una sucesión de imágenes vívidas y desordenadas.

Sin duda, Gabriela había hecho la ofrenda apropiada a Nuestra Señora, pues, aunque había diluviado durante toda la tarde, a las cuatro en punto, justo cuando Bel terminaba su baño y la peluquera llegaba para recogerle la brillante y tupida cabellera en lo alto de la coronilla, dejó de llover. El recogido llevaba entretejidas ristras de minúsculas esmeraldas, otro regalo de su padre. Y el vestido, de raso duquesa enviado especialmente desde París y retocado con habilidad por madame Duchaine para realzar los pechos, las caderas finas y el vientre liso de Bel, se ajustaba a su cuerpo como una segunda piel.

A su llegada al hotel, una multitud de fotógrafos contratados por su padre habían entrado en acción en cuanto Bel bajó del coche acompañada de Antonio. Un bombardeo de flashes le estalló en la cara mientras él la conducía al interior.

El champán estuvo manando toda la noche de la fuente como si fuera agua, y el selecto caviar de esturión, importado de Rusia, circuló tan libremente como si fueran los sencillos *salgadinhos* de un vendedor ambulante.

Después de una opulenta cena a base de langosta Thermidor acompañada de los mejores vinos franceses, la orquesta de baile más famosa de Río tocó en la terraza. La enorme piscina se había cubierto con tablones para que los invitados pudieran bailar bajo las estrellas.

Antonio se había negado en redondo a permitir que tocaran samba, la cual, aunque cada vez era más popular, en Río seguía considerándose la música de los pobres. Aun así, la señora Santos lo había convencido para que permitiera un par de maxixes, alegando que aquellos veloces pasos eran lo más chic en los sofisticados clubes de París y Nueva York.

Bel recordaba haber bailado en la pista con una sucesión de hombres cuyo contacto sobre su hombro desnudo le había resultado tan indiferente como el de un mosquito, que no habría dudado en espantar.

En un momento dado, Antonio se había acercado a ella acompañado de un joven.

—Izabela —le había dicho—, permíteme presentarte a Gustavo Aires Cabral. Ha estado admirándote desde lejos y le gustaría que le concedieras un baile.

Bel comprendió enseguida, por el apellido, que aquel hombre pálido y de escasa estatura representaba a una de las familias más aristocráticas de Brasil.

—Por supuesto —había aceptado bajando la mirada en señal de deferencia—. Será un placer, señor.

Bel no pudo evitar percatarse de que Gustavo era tan bajo que los ojos de ambos coincidían en altura, y cuando el hombre se inclinó para besarle la mano alcanzó a ver una coronilla que ya empezaba a clarear.

—Señorita, ¿dónde se ha escondido todo este tiempo? —había murmurado mientras la conducía a la pista de baile—. Es usted la mujer más bella de Río.

Mientras bailaban, Bel no necesitó mirar a su padre para saber que estaba observándolos con una sonrisa ufana.

Más tarde, cuando ya habían cortado la tarta de cumpleaños de diez pisos y todo el mundo tenía en la mano una copa del champán de la fuente para brindar por ella, un estallido repentino asaltó los oídos de Bel. Al igual que los demás invitados, se volvió hacia el estruendo y divisó un barco próximo a la orilla, flotando sobre el oleaje mientras lanzaba cientos de cohetes, molinetes y estrellas pirotécnicas. Los coloridos fuegos de artificio iluminaron el cielo de Río y todo el mundo contempló el espectáculo boquiabierto. Con Gustavo rondando a su lado, Bel solo fue capaz de esbozar una falsa sonrisa de gratitud.

A la mañana siguiente Bel se despertó a las once y, después de escribir a Loen, pues sabía que estaría impaciente por conocer los detalles de la fiesta, salió de su habitación y bajó la escalera. La familia Bonifacio no había llegado a casa hasta pasadas las cuatro de la madrugada, por lo que encontró a sus padres tomando un desayuno tardío con ojos soñolientos.

—Mira quién está aquí —le dijo Antonio a su esposa con petulancia—. ¡La recién coronada princesa de Río!

—Buenos días, Pai. Buenos días, Mãe. —Tomó asiento y Gabriela procedió a servirle—. Solo café, gracias —dijo rechazando la fuente con la mano.

—¿Cómo te encuentras esta mañana, cariño?

—Un poco cansada —reconoció Bel.

—¿Quizá porque anoche bebiste más champán de la cuenta? —inquirió Antonio—. Yo, desde luego, sí.

—Solo bebí una copa en toda la noche. Simplemente estoy fatigada, eso es todo. ¿Hoy no vas a trabajar, Pai?

—Sí, pero he decidido llegar tarde por una vez. Y mira esto. —Antonio señaló una bandeja de plata repleta de sobres que descansaba sobre la mesa—. Algunos invitados han enviado ya a sus criadas para entregar notas de agradecimiento por la fiesta de anoche y para invitarte a varias cenas y almuerzos. También hay una carta dirigida personalmente a ti. No la he leído, por supuesto, pero se sabe de quién es por el sello. Ábrela, Izabela, y cuéntales a tus padres qué dice.

Le tendió el sobre y Bel vio el emblema de los Aires Cabral en el lacre del reverso. Lo abrió y leyó las breves líneas redactadas sobre un papel repujado.

—¿Y bien? —la instó Antonio.

—Es de Gustavo Aires Cabral. Me da las gracias por la fiesta de anoche y espera que volvamos a vernos pronto.

Antonio dio una palmada de satisfacción.

—Izabela, qué lista eres. Gustavo desciende del último emperador de Portugal, pertenece a una de las mejores genealogías de Río.

—¡Y pensar que ha escrito a nuestra hija! —Carla, igualmente extasiada, se llevó las manos al pecho.

Bel observó los rostros satisfechos de sus padres y soltó un suspiro.

—Pai, Gustavo solo me ha enviado una tarjeta de agradecimiento por la velada. No es una proposición de matrimonio.

—No, querida, pero quizá te lo pida algún día. —Su padre le guiñó un ojo—. Vi lo encantado que estaba contigo. Él mismo me lo dijo. ¿Y por qué no iba a estarlo? —Antonio sostuvo en alto el *Jornal do Brasil*, en cuya portada aparecía la imagen de una Bel radiante llegando a la fiesta—. Toda la ciudad habla de ti, princesa. Tu vida y la nuestra serán muy diferentes a partir de ahora.

En efecto, durante las semanas siguientes, ya cerca de Navidad y con la temporada social de Río en su máximo apogeo, Bel apenas puso los pies en casa. Convocaron de nuevo en la casa a madame Duchaine y le encargaron que confeccionase muchos otros vestidos para que Bel los luciera en los bailes, en la ópera y en las incontables cenas a las que asistía en residencias privadas. Educada a la perfección por la señora Santos, Bel se desenvolvía con aplomo en todas las ocasiones.

Gustavo Aires Cabral, a quien Maria Elisa y ella llamaban en privado «el hurón» —por el parecido que guardaba con ese animal y por la costumbre que tenía de estar siempre husmeando en torno a Bel—, acudía a muchas de las veladas.

Y la noche del estreno de *Don Giovanni* en el Teatro Municipal, coincidió con ella en el vestíbulo e insistió en que durante el entreacto visitara el palco de sus padres a fin de poder presentarla formalmente.

—Deberías sentirte halagada. —Maria Elisa arqueó las cejas mientras Gustavo se alejaba y se paseaba entre la gente bebiendo champán antes de que subiera el telón—. Sus padres son lo más cercano a la realeza que queda en Río. O por lo menos —añadió con una risita—, se comportan como si lo fueran.

Y, en efecto, cuando llevaron a Bel al palco en el entreacto, se descubrió haciendo una reverencia por instinto, como si estuviera ante el mismísimo emperador. La madre de Gustavo, Luiza Aires Cabral, de porte altivo y rebosante de diamantes, la estudió con mirada fría y escrutadora.

—Señorita Bonifacio, es ciertamente tan bella como dice la gente —comentó con gentileza.

—Gracias —respondió Bel con timidez.

—¿Han venido sus padres? Creo que todavía no hemos tenido el placer de conocerlos.

—No, no han venido.

—Tengo entendido que su padre posee varios cafetales en la región de São Paulo, ¿es así? —preguntó Mauricio, el padre de Gustavo, una versión madura del hijo.

—Sí, señor.

—Y es evidente que está enriqueciéndose gracias a ellos. En esa región puede ganarse mucho dinero nuevo —dijo Luiza.

—Sí, señora —respondió Bel, que había captado la desdeñosa indirecta.

—Bien —se apresuró a intervenir Mauricio con una mirada de advertencia a su mujer—, nos encantaría invitarlos un día a almorzar en nuestra casa.

—Por supuesto. —La señora Aires Cabral asintió con la cabeza y desvió la atención hacia la dama que tenía al lado.

—Creo que les has gustado —dijo Gustavo mientras acompañaba a Bel de vuelta a su palco.

—¿Tú crees? —Ella pensaba justamente lo contrario.

—Sí. Han hecho preguntas y mostrado interés. Eso siempre es una buena señal. Les recordaré la promesa de recibir a tus padres.

Más tarde, mientras Bel le relataba la escena a Maria Elisa tras reunirse de nuevo con ella, deseó de todo corazón que Gustavo se olvidara.

Sin embargo, la invitación a los tres Bonifacio para asistir a un almuerzo en casa de los Aires Cabral llegó con puntualidad. A Carla le preocupaba mucho qué ponerse para la ocasión y se probó casi todos los vestidos de su ropero.

—Mãe, por favor, solo es un almuerzo —le dijo Bel—. Estoy segura de que a los Aires Cabral no les importará lo que lleves.

—Desde luego que sí. ¿No te das cuenta de que nos han invitado para examinarnos? Una sola palabra negativa por parte de Luiza Aires Cabral y las puertas que tan fácilmente se te han abierto hasta ahora en Río se cerrarán de golpe ante nuestras narices.

Con un suspiro, Bel salió del vestidor de Carla con ganas de gritar que daba igual lo que los Aires Cabral pensaran de sus padres o de ella porque se negaba a que la vendieran a nadie como un pedazo de carne.

—¿Te casarías con él si te lo pidiera? —preguntó Maria Elisa cuando fue a verla aquella tarde y Bel le contó lo de la invitación.

—¡Señor, si apenas lo conozco! Además, estoy segura de que sus padres desean para su hijo una princesa portuguesa, no una hija de inmigrantes italianos.

—Tal vez, pero mi padre dice que los Aires Cabral están pasando por un mal momento. Como muchas familias aristocráticas, hicieron su fortuna gracias al oro de Minas Gerais, pero de eso hace doscientos años. Después sus cafetales cayeron en la ruina cuando se abolió la esclavitud. Mi padre dice que desde entonces no han hecho casi nada para remediar la situación, así que sus fortunas han ido menguando.

—¿Cómo pueden ser pobres los Aires Cabral si viven en una de las mejores casas de Río y la madre de Gustavo va llena de joyas? —preguntó Bel.

—Las gemas seguramente sean reliquias familiares, y la casa, por lo visto, lleva cincuenta años sin ver una capa de pintura. Pai la visitó en una ocasión para inspeccionarla por el mal estado en que se hallaba. Dijo que tiene tantas humedades que hay moho en las paredes de los cuartos de baño. Sin embargo, cuando le presentó el presupuesto al señor Aires Cabral, este lo miró horrorizado y envió a mi padre a freír espárragos.

—Aunque Gustavo pida mi mano, no pueden obligarme a casarme con él, Maria Elisa. No si eso me hace infeliz.

—Creo que tu padre haría cuanto estuviera en su mano por convencerte. Tener una hija con el apellido Aires Cabral y nietos que continúen la dinastía sería un sueño hecho realidad para él. Es evidente que se trata de una unión perfecta: tú aportas la belleza y el dinero, y Gustavo el linaje aristocrático.

Aunque hasta aquel momento Bel había evitado una y otra vez pensar en esa posibilidad, las contundentes palabras de Maria Elisa la hicieron reaccionar.

—¡Que Dios me ayude! —exclamó—. ¿Qué puedo hacer?

—No lo sé, Bel, de veras que no lo sé.

La joven cambió de tema en un intento de aparcar la desesperación que amenazaba con engullirla y planteó la idea que llevaba rondándole la cabeza desde el día en que Maria Elisa la mencionó.

—¿Cuándo te marchas a Europa?

—Dentro de seis semanas. Estoy impaciente. Pai ya ha reservado los camarotes en el barco que nos llevará a Francia.

—Maria Elisa... —Bel le cogió la mano a su amiga—. Te ruego que le preguntes a tu padre si estaría dispuesto a hablar con el mío sobre la posibilidad de que vaya a París con vosotros. Convéncelo para que persuada a Pai de que, si quiere casarme bien, me convendría pulir mi educación con un viaje al Viejo Mundo. En serio, si no hago algo ahora, mis padres me obligarán a casarme con Gustavo en los próximos meses, como bien has señalado. Tengo que huir, por favor.

—Está bien. —Maria Elisa la observó con sus tranquilos ojos castaños y percibió la angustia de Bel—. Hablaré con Pai y veremos qué puede hacer. Pero quizá ya sea demasiado tarde. El hecho de que los Aires Cabral os hayan invitado a tus padres y a ti a su casa me hace sospechar que la proposición es inminente.

—¡Solo tengo dieciocho años! Soy demasiado joven para casarme. Bertha Lutz nos dice que debemos luchar por nuestra independencia, mantenernos con nuestro propio trabajo para no necesitar vendernos al mejor postor masculino. ¡Y las mujeres se están uniendo a ella en su lucha por la igualdad!

—Es cierto, Bel, pero esas mujeres no son como tú. Oye —Maria Elisa le dio unas palmaditas tranquilizadoras en la mano—, te prometo que hablaré con Pai para intentar sacarte de Río, por lo menos durante unos meses.

—Y puede que nunca regrese —susurró Bel para sí.

Al día siguiente, Bel subió con sus padres al coche y el conductor los llevó a A Casa Das Orquídeas, la residencia de los Aires Cabral. Carla viajaba a su lado y Bel podía notar su nerviosismo.

—De verdad, Mãe, solo es un almuerzo.

—Lo sé, cariño —contestó ella mirando al frente al tiempo que el chófer cruzaba las altas verjas de hierro forjado y tomaba el camino de entrada hacia una magnífica mansión de color blanco.

—Una propiedad ciertamente imponente —observó Antonio cuando bajó del coche y los tres se encaminaron hacia la puerta porticada.

Pese al tamaño de la casa y su elegante arquitectura clásica, Bel no pudo evitar recordar las palabras de Maria Elisa al reparar en los jardines de aspecto descuidado y en la deteriorada pintura de las paredes.

Fueron recibidos por una criada que los condujo a un salón austero lleno de muebles antiguos. Bel olisqueó el aire. La estancia olía a humedad y, pese al calor del exterior, se estremeció.

—Informaré a la señora Aires Cabral de su llegada —dijo la criada, y les indicó que tomaran asiento.

Así lo hicieron, y tras una espera que se les antojó excesivamente larga, durante la cual permanecieron en silencio, al fin apareció Gustavo.

—Señora y señor Bonifacio, señorita Izabela, es un placer tenerlos en nuestra casa. Mis padres llevan cierto retraso, pero enseguida estarán con nosotros.

Gustavo estrechó la mano de Antonio, besó la de Carla y tomó la de Bel.

—Permítame decirle que hoy está especialmente bella, Izabela. ¿Puedo ofrecerles algo de beber mientras esperamos a mis padres?

Por fin, después de diez minutos de conversación forzada, la señora y el señor Aires Cabral entraron en el salón.

—Mis más sinceras disculpas, un asunto familiar ha requerido nuestra atención, pero ya estamos aquí —dijo el señor Aires Cabral—. ¿Pasamos al comedor?

La estancia era grandiosa, con una mesa de caoba que Bel calculó que podría albergar a cuarenta comensales en torno a sus elegantes laterales curvos. No obstante, cuando levantó la vista al techo vislumbró enormes grietas en unas cornisas en otros tiempos exquisitamente ornamentadas.

—¿Está usted bien, señorita Izabela? —preguntó Gustavo, que se había sentado a su lado.

—Sí, lo estoy.

—Bien, bien.

Ya había agotado las opciones obvias de charla trivial en las ocasiones anteriores en que había coincidido con Gustavo a la mesa durante una cena, así que Bel se devanó los sesos buscando un tema de conversación.

—¿Cuánto tiempo lleva su familia residiendo en esta casa? —preguntó al fin.

—Doscientos años —explicó Gustavo—. Y creo que apenas ha cambiado desde entonces —añadió con una sonrisa—. A veces pienso que es como vivir en un museo, aunque en uno muy hermoso.

—Es muy bella, sí —convino Bel.

—Como usted —agregó galantemente Gustavo.

Durante el almuerzo, Bel tropezaba con la insistente mirada de Gustavo cada vez que se volvía hacia él. Sus ojos tan solo transmitían admiración, muy al contrario que los de sus padres, que, más que mantener una conversación educada con los Bonifacio, estaban interrogándolos. La joven se fijó en el rostro rígido y pálido de su madre, que estaba al otro lado de la mesa esforzándose por charlar con la señora Aires Cabral, y le lanzó una mirada de ánimo.

No obstante, a medida que el vino iba aliviando la tensión de los comensales, Gustavo en particular empezó a dirigirse a ella con mayor soltura. Durante aquel almuerzo, Bel descubrió la pasión del chico por la literatura, su gusto por la música clásica y sus estudios de filosofía griega e historia portuguesa. Gustavo, que no había trabajado un solo día en toda su vida, dedicaba su tiempo a ilustrarse, y fue mientras charlaba de aquellos temas cuando empezó a animarse. Como compartía su amor por el arte, Bel fue tomándole simpatía, y el resto de la comida transcurrió agradablemente.

—Creo que es usted un estudioso nato —le dijo con una sonrisa cuando el grupo se levantó de la mesa para tomar café en el salón.

—Es usted muy amable, Izabela. Un halago suyo vale más que mil elogios de otras personas. Y sus conocimientos en el terreno del arte también son admirables.

—Siempre he deseado viajar a Europa para ver las obras de los grandes maestros —confesó ella con un suspiro.

Los Bonifacio se despidieron media hora después.

Cuando el coche se alejaba de la casa, Antonio se volvió hacia su mujer y su hija, que viajaban en el asiento de atrás, con una sonrisa de oreja a oreja.

—No podría haber ido mejor.

—Es cierto, querido —dijo Carla, conforme como de costumbre con el parecer de su marido—. La comida ha sido todo un éxito.

—Pero la casa... ¡Señor! Habría que tirarla entera y levantarla de nuevo. O por lo menos invertir una fortuna cafetera en su restauración. —Antonio sonrió con petulancia—. Y el almuerzo... He comido mejor en barracas frente a la playa. Carla, la semana que viene los invitarás a cenar y les enseñaremos cómo se hacen las cosas. Dile a nuestra cocinera que compre la mejor carne y el mejor pescado y que no repare en gastos.

—Sí, Antonio.

Cuando llegaron a casa, Antonio se marchó de inmediato diciendo que debía pasar unas horas en el despacho. Madre e hija cruzaron los jardines en dirección a la casa.

—Gustavo parece un hombre encantador —comentó Carla.

—Lo es —dijo Bel.

—Supongo que te habrás dado cuenta de que lo tienes cautivado, ¿verdad?

—Eso es imposible, Mãe. Hoy es el primer día que hemos mantenido una conversación como es debido.

—Lo he visto mirarte durante la comida, y te aseguro que ya está prendado de ti. —Carla dejo escapar un largo suspiro—. Y eso al menos me hace feliz.

15

Le has pedido ya a tu padre que hable con el mío sobre lo de Europa? —preguntó Bel cuando Maria Elisa fue a verla unos días más tarde, y ella misma percibió el dejo de desesperación de su voz.

—Sí —contestó su amiga mientras se sentaban en su acostumbrado lugar del jardín—. Le parece muy bien que nos acompañes si tu padre está de acuerdo. Me ha prometido que hablará con él cuando venga a recogerme.

—*Meu Deus* —susurró Bel—. Ojalá haga todo lo posible por convencer a Pai de que debo ir.

—Pero estoy preocupada, Bel, porque, por lo que acabas de contarme, parece que la proposición de Gustavo está más cerca que nunca. Aunque tu padre acepte, seguro que tu prometido no querrá perderte de vista.

Maria Elisa observó el semblante angustiado de Bel antes de continuar.

—¿Tan terrible sería para ti casarte con él? Al fin y al cabo, tú misma acabas de decir que Gustavo por lo menos es un hombre amable e inteligente. Vivirías en una de las casas más bellas de Río, y estoy segura de que tu padre estaría encantado de reformarla a tu gusto. Y con tu nuevo apellido sumado a tu belleza, serías la reina de la alta sociedad de Río. Muchas chicas desearían una oportunidad así —señaló.

—¿Qué estás diciendo? —Bel se volvió hacia su amiga con la mirada encendida—. Pensaba que estabas de mi parte.

—Y lo estoy, Bel. Pero ya me conoces, soy una persona pragmática y escucho más a mi cabeza que a mi corazón. Solo digo que podría ser peor.

—Maria Elisa —Bel se retorció las manos—, ¡no lo quiero! ¿No es eso lo más importante?

—En un mundo ideal, sí. Pero las dos sabemos que el mundo no es ideal.

—Hablas como una vieja, Maria Elisa. ¿No te gustaría enamorarte?

—Puede. Pero también sé que el amor es solo una de las muchas consideraciones relacionadas con el matrimonio. Solo digo que vayas con cuidado, Bel, porque si rechazas a Gustavo será un terrible desaire a su familia. Puede que ya no sean ricos, pero siguen teniendo mucho poder en Río. Podrían complicaros la vida a tus padres y a ti.

—O sea que me estás diciendo que si Gustavo me propone matrimonio, no me queda más remedio que aceptar. Entonces, ¿subo al Corcovado y me tiro desde la cima?

—Bel... —Maria Elisa negó con la cabeza y enarcó las cejas—. Cálmate, por favor. Estoy segura de que encontraremos una solución. Pero quizá tengas que hallar un equilibrio entre tus deseos y los de los demás.

La joven estudió a su amiga mientras esta observaba un colibrí que volaba raudo entre los árboles. Su conducta, como siempre, era serena, como un estanque sin una sola onda en la superficie. Ella, por el contrario, parecía una violenta cascada que se precipitaba por la montaña y se estrellaba contra las rocas.

—Me gustaría parecerme a ti, Maria Elisa. Eres muy sensata.

—No, solo acepto las cosas. Pero no tengo tu pasión ni tu belleza.

—No digas tonterías. Eres una de las mujeres más bellas que conozco, por dentro y por fuera. —Bel le dio un abrazo espontáneo—. Gracias por tu ayuda y tus consejos. Eres una verdadera amiga.

Una hora después, Heitor da Silva Costa, el padre de Maria Elisa, llamó al timbre de Mansão da Princesa. Gabriela le abrió, y Bel y Maria Elisa, ocultas tras la puerta del saloncito, lo oyeron preguntar si Antonio estaba en casa.

Bel nunca había intercambiado más que unos cuantos comentarios corteses con el señor da Silva Costa en varios actos sociales, pero le gustaba lo que había visto. Lo consideraba un hombre sumamente guapo, con unas facciones elegantes y unos ojos azules que muchas veces parecían evadirse de su entorno y viajar a otro lugar. Quizá, pensó Bel, a la cima del Corcovado y la monumental figura de Cristo que estaba construyendo.

La muchacha respiró aliviada cuando su padre salió del despacho y saludó a Heitor afectuosamente, aunque algo sorprendido, en el vestíbulo. Lo que le daba esperanzas era saber que Antonio respetaba a Heitor, pues no solo provenía de una antigua familia portuguesa, sino que, debido al proyecto del *Cristo*, en los últimos tiempos se había convertido en una especie de celebridad en Río.

Las dos chicas oyeron a sus padres entrar en el salón y cerrar la puerta.

—No creo que pueda soportarlo —dijo Bel desplomándose sobre una butaca—. Todo mi futuro depende de esa conversación.

—Mira que eres melodramática, Bel. —Maria Elisa sonrió—. Todo irá bien, ya lo verás.

Veinte minutos después, y todavía hecha un manojo de nervios, Bel oyó que la puerta del salón se abría y los dos hombres salían al recibidor charlando sobre el *Cristo*.

—Si algún día le apetece subir al cerro y ver lo que tengo proyectado, no tiene más que decírmelo —comentaba Heitor—. Ahora he de encontrar a mi hija y llevarla a casa.

—Claro. —Antonio le hizo un gesto a Gabriela para que fuera a buscar a Maria Elisa—. Ha sido un placer verlo, señor, y gracias por su amable invitación.

—De nada. Ah, aquí estás, Maria Elisa. Debemos darnos prisa, porque tengo una reunión en el centro a las cinco. *Adeus*, señor Bonifacio.

Cuando padre e hija se dirigían hacia la puerta, Maria Elisa se volvió para lanzarle una mirada de incertidumbre a Bel, que aguardaba en un recodo del vestíbulo. Después, franqueó la puerta principal y desapareció.

Bel vio que su padre permanecía inmóvil un instante antes de girar sobre sus talones para regresar al despacho. Al ver a su hija allí, con expresión de desasosiego, negó con la cabeza y soltó un profundo suspiro.

—Veo, por tu cara de angustia, que estabas al tanto de esto.

—Fue idea de Maria Elisa —se apresuró a responder Bel—. Me lo pidió porque creía que sería mejor para ella tener compañía femenina durante su estancia en Europa. Ya sabes que solo tiene hermanos varones y…

—Como le he dicho al señor da Silva, y ahora te digo a ti, la idea está totalmente descartada.

—¿Por qué, Pai? ¿No crees que un viaje por Europa completaría mi educación?

—No necesitas más educación, Izabela. He gastado miles de reales en tu formación y ha dado sus frutos. Ya has cazado a un pez gordo. Los dos sabemos que la proposición de matrimonio del señor Gustavo es inminente. Así que dime, ¿por qué razón debería acceder a que cruces el océano camino del Viejo Mundo justo ahora que estás a punto de ser coronada reina del Nuevo?

—Pai, por favor…

—¡Basta! No quiero seguir hablando de ello. El asunto está zanjado. Te veré en la cena.

Con un sollozo, Bel le dio la espalda, cruzó la cocina a toda velocidad, sorprendiendo al personal que estaba preparando la cena, y salió como un torbellino por la puerta de atrás. Corrió por los jardines y, sin importarle lo que le ocurriera a su vestido, empezó a trepar por la ladera invadida por la selva agarrándose a las plantas y los árboles.

Diez minutos después, cuando estuvo lo bastante arriba para que nadie pudiera oírla, se dejó caer sobre la tierra caliente y aulló como un animal salvaje. Cuando su rabia y frustración amainaron al fin, se sacudió la tierra del vestido de muselina y se sentó con las rodillas pegadas al mentón y rodeándoselas con los brazos. Y mientras contemplaba Río, la belleza del paisaje empezó a calmarla. Observó la vista que se extendía a sus pies, que comprendía el enclave de Cosme Velho. Luego levantó la mirada hacia la montaña del Corcovado, cuya cumbre estaba envuelta por una nube gris.

En la otra dirección, a cierta distancia y sobre una ladera, había una favela, una barriada donde los habitantes pobres habían construido refugios con cualquier cosa que encontraban. Si aguzaba el oído a Bel le llegaba, transportado por la brisa, el leve sonido de los surdos, los tambores que los que vivían en las barriadas tocaban día y noche mientras bailaban samba, la música de las colinas, para olvidar la dureza de sus vidas. Y la visión y el sonido de aquella población desesperada la hicieron recuperar el juicio.

«No soy más que una niña rica mimada y egoísta —se reprendió—. ¿Cómo puedo comportarme así cuando yo lo tengo todo y ellos no tienen nada?»

Apoyó la cabeza en las rodillas y pidió perdón:

—Por favor, Virgen Santísima, libérame de mi corazón apasionado y reemplázalo por uno como el de Maria Elisa —rezó con fervor—, pues el mío no me hace ningún bien. Y juro que a partir de ahora seré agradecida y obediente y no me opondré a los deseos de mi padre.

Diez minutos después, Bel descendió por la ladera y cruzó la cocina; iba sucia y despeinada, pero con la cabeza erguida. Corrió escaleras arriba, le pidió a Gabriela que le preparara un baño y se sumergió en el agua pensando que en el futuro sería una hija perfecta y sumisa... y una esposa con esas mismas características.

Durante la cena no sacaron el tema del viaje a Europa que le habían negado, y aquella noche Bel se acostó sabiendo que su padre jamás volvería a mencionarlo.

16

Dos semanas más tarde, los tres miembros de la familia Aires Cabral asistieron a una gran cena que se celebraba en Mansão da Princesa. Antonio hizo todo lo posible para impresionar a sus invitados, haciendo énfasis en lo mucho que estaba prosperando su negocio de café, puesto que la demanda de los mágicos granos de Brasil por parte de Estados Unidos aumentaba cada mes.

—Nuestra familia poseía varios cafetales cerca de Río, pero con la abolición de la esclavitud pronto se volvieron inviables —señaló el padre de Gustavo.

—Lo sé. Tengo suerte de que mis cafetales estén cerca de São Paulo, donde nunca dependimos tanto de la mano de obra esclava —respondió Antonio—. Además, la tierra que rodea São Paulo es mucho más adecuada para el cultivo del café. Estoy convencido de que produzco uno de los mejores. Lo probaremos después de la cena.

—Sí, por supuesto, todos debemos lanzarnos al Nuevo Mundo —convino fríamente Mauricio.

—Y esforzarnos por mantener los valores y las tradiciones del Viejo —añadió la madre de Gustavo con segunda intención.

Bel observó a Luiza Aires Cabral durante la cena. Apenas sonreía. No le cabía duda de que de joven había sido una belleza, con aquellos peculiares ojos azules y sus pómulos pronunciados. Pero parecía que la amargura la hubiera carcomido por dentro y borrado todo rastro de encanto exterior. Bel se prometió que, fuera cual fuese el camino que siguiese su vida, jamás permitiría que le sucediera algo así.

—Creo que conoce a la hija de Heitor da Silva Costa, Maria Elisa —le comentó Gustavo a Bel en su tono tranquilo—. ¿Son buenas amigas?

—Sí, así es.

—La semana que viene acompañaré a mi padre a ver al señor da Silva Costa al Cerro del Corcovado para que nos ponga al corriente de su proyecto. Pai pertenece al Círculo Católico que soñó con la idea de erigir allí un monumento a Cristo. Tengo entendido que los planes del señor da Silva Costa cambian constantemente, y lo cierto es que no le envidio la labor que ha emprendido. La montaña tiene más de setecientos metros de altura.

—A pesar de lo cerca que vivimos, nunca he subido a la cima —comentó Bel—. La montaña nace detrás de nuestro jardín.

—Quizá su padre me permita llevarla.

—Me encantaría, gracias —respondió ella con educación.

—Entonces, no se hable más. Se lo preguntaré más tarde.

Cuando Bel agachó la cabeza para disfrutar del delicioso postre de *pudim de leite condensado*, hecho con leche condensada y caramelo, se dio cuenta de que la mirada del chico seguía clavada en ella.

Dos horas más tarde, en cuanto los invitados se marcharon y la criada cerró la puerta tras ellos, Antonio sonrió encantado.

—Creo que los hemos impresionado, y creo que tú, princesa —le pellizcó el mentón a su hija—, tendrás noticias de Gustavo muy pronto. Antes de irse me ha preguntado si podía llevarte al Cerro del Corcovado la semana que viene. Es el lugar perfecto para que un joven proponga matrimonio, ¿no crees?

Bel abrió la boca para negar la insinuación de su padre, pero recordó su juramento de adoptar una actitud más sumisa.

—Sí, Pai —dijo bajando la mirada con recato.

Más tarde, cuando se metió en la cama deseando por enésima vez que Loen estuviera allí para poder hablar con ella, oyó unos golpecitos en la puerta.

—Adelante.

—Cariño. —Carla asomó la cabeza—. No te he despertado, ¿verdad?

—No, Mãe. Entra, por favor.

La chica dio unas palmaditas en el colchón y su madre se sentó en la cama y le cogió las manos.

—Izabela, recuerda que eres mi hija querida y que te conozco bien, así que debo preguntarte algo ahora que parece que Gustavo va a proponerte matrimonio dentro de poco. ¿Es lo que deseas?

Recordando su juramento una vez más, Bel meditó mucho la respuesta.

—Mãe, para serte sincera, no amo a Gustavo. Y no me gustan sus padres. Las dos sabemos que nos tratan con condescendencia y que preferirían una novia portuguesa para su único hijo. Pero Gustavo es dulce y amable, y buena persona, creo. Sé lo feliz que os haría que me casara con él, sobre todo a Pai. Así pues —Bel no pudo evitar un pequeño suspiro antes de pronunciar las palabras—, si me propone matrimonio, estaré encantada de aceptar.

Carla miró a su hija con fijeza.

—¿Estás segura, Bel? Independientemente de lo que quiera tu padre, como madre debo conocer tus verdaderos sentimientos. Sería un terrible pecado someterte a una vida que no deseas. Ante todo, quiero que seas feliz.

—Gracias, Mãe. Estoy segura de que lo seré.

—Bueno —dijo Carla tras un silencio—, yo creo que entre un hombre y una mujer el amor puede crecer con los años. Confía en mí, sé de lo que hablo. Me casé con tu padre. —Sonrió con sorna—. Yo también tuve mis dudas al principio, pero ahora, pese a todos sus defectos, no lo cambiaría por nadie. Y recuerda, siempre es importante que el hombre esté más enamorado de la mujer que la mujer del hombre.

—¿Y eso por qué, Mãe?

—Porque, cielo, si bien el corazón de la mujer puede ser veleidoso y amar varias veces, los hombres, a pesar de que muestran menos sus emociones, cuando aman a una mujer, por lo general lo hacen para siempre. Y creo que Gustavo te ama. Lo veo en sus ojos cuando te mira. Y eso te garantizará que tu marido permanezca a tu lado y no se aparte del buen camino. —Carla besó a su hija—. Que duermas bien, cariño.

Su madre salió de la habitación y Bel se quedó pensando en lo que acababa de decirle. Solo le quedaba confiar en que tuviera razón.

—¿Estás lista?

—Sí.

Bel hizo acopio de paciencia y permaneció inmóvil en el salón mientras sus padres la examinaban.

—Estás preciosa, princesa —dijo Antonio con admiración—. ¿Qué hombre podría rechazarte?

—¿Estás nerviosa, cariño? —preguntó Carla.

—Voy a tomar el tren al Corcovado con Gustavo, eso es todo —respondió Bel esforzándose por contener su creciente irritación.

—Eso ya lo veremos —dijo Antonio, que se sobresaltó visiblemente al oír el timbre de la puerta—. Ya está aquí.

—Buena suerte y que Dios te bendiga —le deseó Carla antes de besar a su hija en ambas mejillas.

—Te estaremos esperando para que nos lo cuentes todo —aseguró Antonio mientras Bel salía de la estancia.

En el vestíbulo se encontró con Gabriela, que se encontraba allí para prenderle el casquete de seda comprado para aquella ocasión.

Gustavo aguardaba en el umbral con un traje de lino de color crema y un desenfadado sombrero de paja que le daban a su cuerpo enjuto un aspecto inusualmente gallardo.

—Señorita Izabela, está preciosa. Tengo al chófer esperando fuera. ¿Nos vamos?

Mientras caminaban hacia el coche y se acomodaban en el asiento de atrás, Bel advirtió que Gustavo estaba mucho más nervioso que ella. Durante los tres minutos que duraba el trayecto hasta la pequeña estación de la que partía el tren al Cerro del

Corcovado, él no abrió la boca. La ayudó a bajar del coche y subieron a uno de los vagones, que en realidad era una de las dos básicas carretas amarradas a la locomotora de vapor diminuta.

—Espero que le guste la vista desde allí arriba, aunque no es un trayecto cómodo —comentó Gustavo.

El tren inició su ascenso por una pendiente tan pronunciada que Bel notó que le costaba mucho mantener la cabeza derecha. Cuando el vagón dio un bandazo, la joven se agarró instintivamente al hombro de Gustavo, que enseguida le rodeó la cintura con el brazo.

Era el gesto físico más íntimo que habían compartido hasta el momento, y aunque Bel no experimentó el menor estremecimiento, tampoco sintió asco. Era como la caricia reconfortante de un hermano mayor. El ruido de la locomotora imposibilitaba la conversación, de modo que Bel se relajó y empezó a disfrutar de la excursión mientras el tren traqueteaba entre la exuberante selva urbana que nacía detrás de su propio jardín.

Casi se llevó un disgusto cuando el tren se detuvo en lo alto de la montaña y los pasajeros tuvieron que apearse.

—Aquí hay un mirador con unas vistas excelentes de Río, aunque también podemos subir los numerosos escalones hasta la cima y ver las excavaciones de los cimientos para el *Cristo Redentor* —le dijo Gustavo.

—Quiero llegar a la cima, por supuesto —respondió Bel sonriendo, y reparó en que Gustavo la miraba con aprobación.

Siguieron a los más valientes escalera arriba bajo un sol abrasador que ponía a prueba su resistencia conforme sus ropas formales iban dándoles cada vez más calor.

«No debo sudar», se dijo Bel al notar la ropa interior húmeda contra la piel. Al fin llegaron a la planicie de la cima del cerro. Frente a ellos se alzaba un pabellón mirador. A un lado Bel vio excavadoras que arrancaban pedazos de roca con sus garras gigantes. Gustavo la tomó de la mano y la llevó hasta la sombra del pabellón.

—El señor da Silva Costa nos explicó que deben excavar muchos metros para asegurarse de que la estatua no se vuelque.

Y ahora —hizo girar a Bel agarrándola por los hombros y la condujo hasta el borde del pabellón—, mire hacia allí.

La muchacha miró en la dirección que indicaba su dedo y vio el tejado rojo y reluciente de un edificio elegante.

—¿No es el Parque Lage?

—Sí, y el jardín botánico que lo acoge es bastante impresionante. ¿Conoce la historia de la casa que alberga dentro?

—No.

—Pues resulta que no hace mucho tiempo, un brasileño se enamoró de una cantante de ópera italiana. El hombre estaba deseando que se casara con él y viniera a vivir a Río, pero ella, acostumbrada a Italia, no quería mudarse. Así que él le preguntó qué haría falta para convencerla de que dejara atrás su amada Roma. Ella contestó que quería vivir en un *palazzo* como los de su país. De modo que —dijo Gustavo sonriendo—, el hombre se lo construyó. Y ella se casó con él y se mudó a Río, y ahora vive entre las paredes de su bello trocito de patria.

—Qué historia tan romántica —suspiró Bel sin poder contenerse.

Se dobló sobre la barandilla todo lo que pudo y contempló el hermoso paisaje que se extendía a sus pies. Casi al instante, un brazo le rodeó de nuevo la cintura.

—Cuidado. No me gustaría tener que contarles a sus padres que se ha caído del Cerro del Corcovado —dijo Gustavo con una sonrisa—. Quiero que sepa, Izabela, que si pudiera le construiría una casa tan bella como esa.

Bel escuchó las palabras todavía inclinada sobre la barandilla, de espaldas a él.

—Lo que ha dicho es muy bonito, Gustavo.

—Y es la verdad. Izabela… —La hizo volverse suavemente para verle la cara—. Seguro que sabe lo que estoy a punto de pedirle.

—Yo…

Un dedo viajó de inmediato a sus labios.

—Será mejor que no diga nada de momento o perderé el valor. —Gustavo se aclaró la garganta, nervioso—. Dada su belleza, entiendo que no soy físicamente lo que merece como marido. Los dos sabemos que podría casarse con el hombre que quisiera. Tiene hechizados a todos los varones de Río, igual que a mí. Pero quiero que sepa que hay otras cosas que valoro de usted aparte de su aspecto.

Gustavo hizo una pausa y de inmediato Bel se sintió obligada a decir algo. Abrió la boca para hablar, pero el dedo se acercó de nuevo a sus labios.

—Déjeme terminar, se lo ruego. Desde el instante en que la vi en su fiesta de cumpleaños, supe que quería estar con usted. Le pedí a su padre que me presentara y, en fin —se encogió de hombros—, el resto ya lo sabemos. Naturalmente, ambos debemos ser pragmáticos y aceptar que, en principio, nuestra unión es de conveniencia, puesto que su familia tiene el dinero y la mía la cuna. Pero quiero que sepa, Izabela, que para mí el nuestro no sería un matrimonio construido sobre esos tristes cimientos. Porque... —Gustavo inclinó la cabeza un instante antes de mirar de nuevo a Bel y al fin tutearla—: te amo.

Bel lo miró a los ojos y vio sinceridad en ellos. Aunque ya sabía que el joven iba a proponerle matrimonio aquel día, no se esperaba oír unas palabras tan conmovedoras y francas, así que empezó a creer en lo que su madre le había dicho. Irónicamente, experimentó un arrebato de simpatía hacia Gustavo, pero también una gran culpa, pues deseaba con todas sus fuerzas poder sentir lo mismo que él. Eso haría que todas las piezas del rompecabezas de su existencia encajaran.

—Gustavo...

—Por favor, Izabela —le suplicó él—, te prometo que ya casi he terminado. Entiendo que en estos momentos no sientas lo mismo que yo, pero creo que puedo darte todo lo que necesitas para crecer en la vida. Y confío en que un día puedas llegar a amarme, aunque solo sea un poco.

Bel miró por encima del hombro de Gustavo y se dio cuenta de que los demás visitantes habían abandonado el pabellón y ellos se habían quedado solos.

—Si te sirve de ayuda —continuó Gustavo—, hace tres días

vi al señor da Silva Costa y me contó lo mucho que deseas ir a Europa con su familia. Izabela, quiero que vayas. Si nos prometemos de inmediato y aceptas casarte conmigo a tu regreso de Europa, le diré a tu padre que creo que un recorrido cultural por el Viejo Mundo te prepararía para ser mi esposa.

Bel lo miró atónita, totalmente asombrada por la propuesta.

—Eres muy joven, querida. No olvides que soy casi diez años mayor que tú —prosiguió Gustavo mientras le acariciaba la mejilla—. Y quiero que amplíes tus horizontes tal como a mí se me permitió hacerlo cuando era más joven. ¿Qué me dices?

Bel sabía que debía darle una respuesta cuanto antes. Lo que Gustavo le ofrecía era un sueño hecho realidad. Una palabra de él podría darle lo que más deseaba: la libertad de viajar más allá de los estrechos confines de Río. El precio era alto, pero de todos modos ya se había preparado para aceptarlo.

—Gustavo, eres muy generoso al proponer tal cosa.

—Como es obvio, Izabela, no me apetece que te vayas. Te echaré de menos todos los días, pero entiendo que no se puede tener en una jaula a los pájaros hermosos. Si los amas, debes darles libertad para volar. —El joven le cogió las manos—. Como es lógico, preferiría ser yo quien te enseñara Europa. De hecho, había barajado la posibilidad de llevarte allí en nuestra luna de miel, pero, francamente, en estos momentos no dispongo de los recursos económicos necesarios para financiar semejante aventura. Además, mis padres dependen de mi presencia en Río. ¿Qué contestas?

La miró expectante.

—Gustavo, seguro que tus padres y la sociedad de Río no lo aprobarán. Si me convierto en tu prometida, ¿no debería estar contigo en Río hasta que nos casemos?

—En el Viejo Mundo del que provienen mis padres es muy habitual que una joven dama realice un viaje cultural antes de entregarse al matrimonio. Lo aceptarán. Querida Izabela, no me hagas esperar más, apenas puedo soportar la angustia.

—Creo… —Bel respiró hondo—. Creo que voy a decir que sí.

—*Meu Deus*. ¡Gracias a Dios! —exclamó Gustavo con sincero alivio—. En ese caso, ya puedo darte esto.

Se llevó la mano a un bolsillo de la americana y sacó un gastado estuche de cuero.

—Este anillo forma parte del patrimonio de los Aires Cabral. Según cuenta la leyenda, lo lució la prima del emperador don Pedro cuando se prometió.

Bel admiró el impecable diamante que descansaba entre dos zafiros.

—Es precioso —dijo.

—La piedra del centro es muy antigua, procede de las minas de Tejuco; y el oro es de Ouro Preto. ¿Puedo ponértelo? Solo para ver si es de tu medida —se apresuró a añadir—. Porque, por supuesto, primero debo acompañarte a casa y pedirle formalmente tu mano a tu padre.

—Claro.

Gustavo le deslizó el anillo en el dedo anular de la mano derecha.

—Ya está —dijo—. Habrá que modificarlo un poco para que se ajuste a tu hermoso y delgado dedo, pero te queda muy bien. —Gustavo le asió la mano y besó el anillo—. ¿Sabes, mi dulce Izabela, que lo primero que me llamó la atención de ti fueron tus manos? Son —dijo mientras le besaba cada dedo— exquisitas.

—*Obrigada*.

Le quitó con suavidad el anillo del dedo anular y lo devolvió al estuche.

—Será mejor que bajemos antes de que la estación cierre y nos quedemos atrapados aquí arriba. Creo que a tu padre no le haría mucha gracia —comentó burlón.

—No —convino ella.

Mientras salían del pabellón y bajaban la escalera camino de la estación cogidos de la mano, Bel pensó que en realidad, ahora que había cazado a su «príncipe», a su padre le haría gracia cualquier cosa.

Cuando llegaron a la casa, Bel subió de inmediato a su habitación mientras Gustavo hablaba con su padre. Se sentó en el borde de la cama, presa de los nervios, y echó a Gabriela cuando esta entró para preguntarle si deseaba cambiarse. Se sentía confusa y extática a partes iguales.

Elucubró sobre la razón por la que Gustavo habría decidido animarla a viajar a Europa. ¿Podría ser que también él agradeciera secretamente tener una excusa para posponer el inevitable enlace, que tampoco él se sintiera preparado para una boda apresurada? A lo mejor, pensó, el pobre Gustavo se había visto sometido a la misma presión por parte de sus padres que ella había recibido del suyo. Por otro lado, el afecto que había visto reflejado en sus ojos mientras le proponía matrimonio parecía sincero...

Gabriela interrumpió sus pensamientos al irrumpir de nuevo en la habitación con una sonrisa de oreja a oreja.

—Su padre requiere su presencia en el salón. Me ha encargado que abra el mejor champán. Felicidades, señorita. Espero que sea feliz y que Nuestra Señora la bendiga con muchos hijos.

—Gracias, Gabriela.

Bel sonrió y salió del cuarto. Bajó por la escalera con paso ligero y siguió el sonido de las voces hasta el salón.

—¡Aquí está la futura novia! Ven y dale un beso a tu padre, princesa. Te comunico que acabo de darle mi bendición a tu pretendiente.

—Gracias, Pai —respondió Bel mientras Antonio la besaba en las dos mejillas.

—Izabela, has de saber que hoy me has hecho el padre más feliz de la tierra.

—Y a mí, el hombre más feliz de Río. —Gustavo sonrió.

—Ah, aquí llega tu madre para compartir la noticia —añadió Antonio en cuanto Carla entró en el salón.

Aún continuaban felicitándose unos a otros cuando llegó el champán y los cuatro brindaron por la futura felicidad y la buena salud de Bel y Gustavo.

—No obstante, señor, me preocupa que desee enviarla a miles de kilómetros de aquí antes de que se celebre la boda —dijo Antonio mirando a Gustavo un tanto confuso y con el cejo ligeramente fruncido.

—Como ya he dicho, Bel todavía es muy joven y creo que una visita a Europa no solo la ayudará a madurar, sino que además lo que vea allí hará que nuestras conversaciones resulten mucho más estimulantes cuando seamos mayores y se nos hayan agotado las ternezas.

Gustavo sonrió y le hizo un guiño furtivo a Bel.

—Yo no estoy tan seguro —farfulló Antonio—. Pero supongo que al menos eso significa que mi hija tendrá acceso a los mejores modistos de París para el diseño de su vestido de novia —admitió.

—Desde luego. Y estoy seguro de que estará deslumbrante con cualquiera que elija. Y ahora —Gustavo apuró su copa— debo irme y comunicar la feliz noticia a mis padres. Aunque no será ninguna sorpresa —añadió con una sonrisa.

—Por supuesto. Y antes de que su prometida parta hacia Europa, debemos celebrar una fiesta de compromiso. Quizá en el Copacabana Palace, el lugar donde vio por primera vez a su futura esposa. —Antonio apenas podía contener una enorme sonrisa—. Y tendremos que anunciarlo en las columnas de sociedad de todos los periódicos —añadió mientras acompañaba a Gustavo a la puerta.

—Estaré encantado de dejar los preparativos en manos de la familia de mi novia —convino este. A continuación, besó la mano de Bel—. Buenas noches, Izabela, y gracias por hacerme un hombre feliz.

Antonio aguardó a que el coche de Gustavo se alejara y, lanzando un aullido de júbilo, levantó a Bel del suelo con sus fuertes brazos y empezó a dar vueltas, tal como hacía con ella cuando era una niña.

—¡Lo has conseguido, princesa! Lo hemos conseguido. —La dejó en el suelo y se acercó a su esposa para abrazarla—. ¿No estás contenta, Carla?

—Claro. Es una gran noticia, siempre y cuando Bel sea feliz.

Antonio miró detenidamente a su mujer y frunció el cejo.

—¿Te encuentras bien, querida? Estás pálida.

—Me duele la cabeza, eso es todo. —Carla forzó una sonrisa—. Hablaré con la cocinera para que prepare algo especial para cenar.

Bel siguió a su madre por el pasillo hasta la cocina, en parte para escapar de la euforia incontenible de su padre.

—Mãe, ¿te alegras por mí?

—Claro que sí, Izabela.

—¿Y seguro que te encuentras bien?

—Sí, cariño. Ahora sube a tu cuarto y ponte un vestido bonito para nuestra cena de celebración.

17

Las siguientes semanas pasaron volando mientras la alta sociedad de Río celebraba el compromiso de Bel y Gustavo por todo lo alto. Todas las personas de relieve querían formar parte del cuento de hadas: era lo más parecido que les quedaba a un príncipe heredero y su bella futura esposa.

Antonio estaba encantado con las invitaciones que Carla y él habían empezado a recibir para asistir a veladas y cenas en residencias privadas cuyas puertas habían estado cerradas para ellos hasta entonces.

Bel apenas disponía de tiempo para pensar en su viaje a Europa, si bien ya tenía reservado el pasaje y madame Duchaine había acudido de nuevo a su casa para equiparla con un ropero adecuado para visitar la gran capital de la moda del Viejo Mundo.

Loen al fin había regresado de la *fazenda* y Bel estaba deseando conocer su opinión sobre Gustavo.

—Por lo que he visto de él, señorita Bel —comentó una noche mientras la ayudaba a vestirse para la cena—, creo que es un hombre honorable y que será un buen marido. Y sin duda el apellido de su familia le resultará muy ventajoso. Pero... —Se interrumpió bruscamente y negó con la cabeza—. No, no soy quién para opinar.

—Loen, te lo ruego, me conoces desde que era una niña y eres la persona en la que más confío. Tienes que decirme lo que piensas.

—En ese caso —respondió Loen suavizando la expresión de

su rostro—, discúlpeme por recordárselo, *minha pequena*, pero en sus cartas decía que no estaba segura de este compromiso. Y ahora que los he visto juntos... me doy cuenta de que no está enamorada de él. ¿No la preocupa?

—Mãe cree que llegaré a quererlo con el tiempo. Además, ¿qué alternativa tengo? —dijo Bel, suplicando consuelo con la mirada.

—Entonces estoy segura de que su madre tiene razón. Señorita Bel, yo... —Loen titubeó.

—¿Qué ocurre?

—Hay algo que quiero contarle. Cuando estaba en la *fazenda* coincidí con alguien. Con un hombre, quiero decir.

—¡Dios mío, Loen! —exclamó Bel sorprendida—. ¿Por qué no me lo has contado hasta ahora?

—Supongo que por vergüenza. Además, ha estado tan ocupada con su compromiso que no encontraba el momento.

—¿Quién es? —preguntó Bel, muerta de curiosidad.

—Bruno Canterino, el hijo de Fabiana y Sandro —confesó Loen.

Bel pensó en el atractivo joven que trabajaba en la *fazenda* con sus padres y sonrió.

—Es muy guapo, y estoy segura de que haréis muy buena pareja.

—Lo conozco desde que éramos niños y siempre hemos sido amigos. Pero esta vez se ha convertido en algo más —reconoció Loen.

—¿Lo quieres?

—Sí, y lo extraño mucho ahora que he vuelto a Río. Bien, ahora hay que acabar de vestirla o llegará tarde.

Bel permaneció callada mientras Loen la ayudaba, sabedora de por qué la criada le había hablado con tanta franqueza de su nuevo amor, pero consciente también de que los planes de boda con Gustavo ya estaban en marcha y no podía hacer nada al respecto.

Bel se sentía reconfortada por el hecho de que cuanto más tiempo pasaba con Gustavo, más se ganaba él su aprecio. Su prometido estaba pendiente hasta de sus necesidades más nimias y escuchaba con interés cada frase que salía de sus labios. Lo hacía tan feliz que Bel hubiese aceptado casarse con él que resultaba difícil no cogerle cariño.

—Ha pasado de hurón a perrito faldero —señaló Maria Elisa riendo cuando las dos amigas coincidieron en una gala benéfica en el jardín botánico—. Por lo menos ya no te desagrada.

—No, me cae muy bien —dijo Bel, deseando añadir que esa no era la cuestión. Se suponía que debía amarlo.

—Y no puedo creerme que te haya permitido viajar a Europa con mi familia. Muchos hombres en su lugar no lo tolerarían.

—Quiere lo mejor para mí, supongo —comentó Bel con cautela.

—Eso parece. Eres una chica muy afortunada. Volverás junto a él, ¿no? —Maria Elisa la miró con suspicacia—. Este compromiso no será una formar de salirte con la tuya con lo de Europa, ¿verdad?

—¿Por quién me tomas? —estalló Bel—. ¡Por supuesto que volveré junto a él! Ya te he dicho que le he tomado mucho cariño.

—Bien —celebró Maria Elisa—, porque no quiero ser yo quien tenga que decirle que su novia se ha fugado con un pintor italiano.

—¡Por favor, como si yo fuera capaz de hacer algo así! —exclamó Bel poniendo los ojos en blanco.

El día antes de que Bel embarcara con los da Silva Costa para cruzar el Atlántico rumbo a Francia, Gustavo fue a Mansão da Princesa para despedirse de ella. Por una vez, sus padres los dejaron a solas en el salón.

—Esta es la última vez que nos veremos en muchos meses. —Gustavo sonrió con tristeza—. Te echaré de menos, Izabela.

—Y yo a ti, Gustavo. No imaginas lo mucho que te agradezco que me permitas ir.

—Solo quiero hacerte feliz. Tengo un regalo. —Se llevó la mano al bolsillo y sacó una bolsita de piel. Cuando la abrió, Bel vio que contenía un collar—. Es para ti —dijo Gustavo al tendérselo—. Es una piedra lunar. Ofrece protección a quien la lleva, sobre todo si ha de viajar por mar, lejos de sus seres queridos.

Bel contempló la delicada piedra de un color blanco azulado rodeada de pequeños brillantes.

—Me encanta —dijo con sincero entusiasmo—. Gracias, Gustavo.

—La elegí especialmente para ti —explicó él, complacido por la reacción de la joven—. No vale mucho, pero me alegro de que te guste.

—Es preciosa —aseguró ella conmovida por el detalle—. ¿Me cierras el broche?

Gustavo lo hizo. Luego acercó los labios al cuello de Bel y lo besó.

—*Minha linda* Izabela —dijo con admiración—. Te queda muy bien.

—Te prometo que la llevaré todos los días.

—¿Y me escribirás a menudo?

—Sí.

—Izabela...

Gustavo le alzó inesperadamente el mentón y la besó en los labios por primera vez. Dado que ningún hombre la había besado antes, hacía tiempo que Bel tenía curiosidad por saber qué se sentía. En los libros que había leído, a las mujeres, por lo general, les temblaban las piernas durante la experiencia. «Bueno —pensó mientras la lengua de Gustavo se abría paso en su boca y ella intentaba adivinar qué debía hacer con la suya—, está claro que a mí no me tiemblan las piernas.» Cuando él se apartó, Bel decidió que no había sido desagradable. Simplemente... nada. Nada en absoluto.

—Adiós, querida Loen. Cuídate mucho, ¿de acuerdo? —dijo Bel cuando estaba a punto de abandonar su cuarto para salir hacia el puerto con sus padres.

—Y usted, señorita Bel. Me preocupa que cruce el océano sin mí. Escríbame a menudo, ¿de acuerdo?

—Por supuesto —aseguró Bel—. Te contaré todas las cosas que no puedo decirles a mis padres —añadió con una sonrisa cómplice—. O sea que asegúrate de esconder bien mis cartas. Ahora debo irme. Escríbeme y tenme al corriente de todo lo que suceda por aquí. Adiós, Loen.

La besó y salió de la habitación.

Cuando subió al coche, pensó que hasta su criada estaba experimentando el único sentimiento del que ya sabía con certeza que ella se vería privada durante el resto de su vida: la pasión.

Sus padres subieron con ella al barco amarrado en Pier Mauá, el principal puerto de Río. Carla contempló la cómoda suite maravillada.

—Vaya, si parece la habitación de una casa. —Se acercó a la cama y se sentó para probar el colchón—. Tiene electricidad y hasta unas cortinas bonitas —observó entusiasmada.

—Bel, no me digas que esperabas viajar a la luz de las velas en una hamaca colocada en la cubierta... —bromeó Antonio—. Te aseguro que el precio del pasaje garantiza todas las comodidades modernas imaginables.

La joven deseó por enésima vez que su padre dejara de valorar las cosas por el dinero que le habían costado. La campana del barco avisó de la inminente partida a quienes no iban a viajar a bordo y Bel abrazó a su madre.

—Cuídate mucho hasta mi vuelta, Mãe. Últimamente te noto un poco apagada.

—Deja de preocuparte, Bel. Me estoy haciendo mayor, eso es todo —insistió Carla—. Tú eres quien debe cuidarse hasta que regreses a casa sana y salva.

Cuando Carla se apartó, Bel vio que su madre tenía los ojos llenos de lágrimas.

Antonio también la abrazó.

—Adiós, princesa. Espero que después de ver la belleza del

Viejo Mundo todavía desees regresar a casa, junto a tus padres y tu prometido.

Bel los acompañó a cubierta y les dijo adiós con la mano mientras bajaban por la pasarela. Cuando se convirtieron en puntos minúsculos entre la multitud, sintió por primera vez una oleada de angustia. Iba a viajar por el mundo con una familia a la que apenas conocía. En el momento en que la sirena del barco estalló en sus oídos y el espacio entre el buque y tierra firme empezó a agrandarse, agitó frenéticamente la mano.

—*Adeus*, queridos padres. Cuidaos mucho y que Dios os bendiga.

Bel disfrutó de la travesía, con su interminable variedad de entretenimientos para los pasajeros acaudalados. Maria Elisa y ella mataban las horas bañándose en la piscina —un placer mucho más agradable por el hecho de que en Río siempre se lo habían negado— y jugando a cróquet en la hierba artificial de la cubierta superior. Las dos se reían por lo bajo de las miradas de admiración de los muchos jóvenes que viajaban en el barco cuando hacían su entrada en el comedor por las noches.

Como Bel estaba prometida, su imponente anillo la protegía de los varones excesivamente afectuosos envalentonados por el vino cuando bailaban al ritmo de la orquesta después de cenar. Maria Elisa, en cambio, disfrutó de unos cuantos flirteos inocentes que Bel alentaba y vivía de forma indirecta.

Durante el viaje, atrapados como estaban todos juntos en mitad del océano, Bel llegó a conocer a la familia de Maria Elisa mucho mejor de lo que lo habría hecho en Río. Los dos hermanos menores, Carlos y Paulo, de catorce y dieciséis años respectivamente, estaban pasando por la incómoda etapa entre la infancia y la adultez, y un vello áspero empezaba a crecerles en la barbilla. Raras veces conseguían reunir valor para hablar con Bel. La madre de Maria Elisa, Maria Georgiana, era una mujer inteligente y perspicaz propensa, según Bel no tardaría en descubrir, a los arranques repentinos de ira cuando algo no era de su agrado. Pasaba buena parte del día jugando al bridge en el elegante salón, mientras que su marido apenas salía del camarote.

—¿Qué hace tu padre ahí metido todo el día? —le preguntó Bel a Maria Elisa una noche, cuando se aproximaban a las islas de Cabo Verde frente a la costa africana. El barco atracaría allí unas horas para abastecerse.

—Está trabajando en su *Cristo* —respondió su amiga—. Mãe dice que el amor que su marido le tenía antes está ahora depositado en Nuestro Señor, un ser en el que él suele decir que no cree. Qué ironía, ¿verdad?

Una tarde, Bel llamó a la puerta del que creía que era el camarote de Maria Elisa. Al no recibir respuesta, abrió y gritó su nombre. Enseguida advirtió que se había equivocado, pues un sorprendido Heitor da Silva Costa levantó la vista de una mesa cubierta de hojas con complejos cálculos de arquitectura. Los papeles no habían invadido solo la mesa, sino también la cama y el suelo.

—Buenas tardes, Izabela. ¿En qué puedo ayudarte?

—Lamento molestarlo, señor. Estaba buscando a Maria Elisa y he llamado al camarote equivocado.

—No te preocupes, a mí también me cuesta orientarme. Todas las puertas me parecen iguales. —Heitor esbozó una sonrisa tranquilizadora—. En cuanto a mi hija, puedes probar en el camarote contiguo, aunque podría estar en cualquier parte del barco. Confieso que no estoy al tanto de sus movimientos. —Señaló su escritorio—. He estado ocupado con otras cosas.

—¿Podría… podría ver sus dibujos?

—¿Te interesan?

Los ojos claros de Heitor se iluminaron de placer.

—¡Ya lo creo que sí! En Río todo el mundo dice que será un milagro que esa estatua se construya en la cima de una montaña tan alta.

—Tienen razón. Y como el *Cristo* no puede hacerlo por sí mismo, he de encargarme yo. —El cansancio no le impidió sonreír—. Ven, te enseñaré cómo creo que puede realizarse.

Heitor le hizo señas para que acercara una silla y, a lo largo de la siguiente hora, le mostró cómo pensaba construir una estructura lo bastante fuerte para sostener a su *Cristo*.

—Las entrañas del *Cristo* estarán llenas de vigas de hierro y de una innovación europea llamada hormigón armado. Verás, Bel, el *Cristo* no es una estatua, es un edificio disfrazado de ser humano. Tendrá que soportar los fuertes vientos que soplen a su alrededor y la lluvia que le aporreará la cabeza. Y eso por no mencionar los relámpagos que su Padre nos arroja a los mortales de la tierra desde el cielo para recordarnos su poder.

Bel estaba extasiada. Escuchar la manera poética pero detallada en que Heitor hablaba de su proyecto era un placer, y se sentía honrada por que le confiara semejante información.

—Y cuando llegue a Europa, he de encontrar al escultor capaz de infundir vida a la visión externa que tengo de Él. La ingeniería que implica construir el interior del *Cristo* no le importará a un público que solo verá el envoltorio. —La miró pensativo—. Creo que eso también ocurre a menudo en la vida, ¿no te parece?

—Sí —respondió Bel con timidez; nunca había pensado en ello—. Supongo que sí.

—Por ejemplo —prosiguió Heitor—, tú eres una joven bonita, pero ¿conozco el alma que arde en tu interior? La respuesta es, naturalmente, no. Por eso debo encontrar al escultor idóneo para el trabajo y regresar a Río con la cara, el cuerpo y las manos que los espectadores desean ver.

Aquella noche Bel se acostó con una sensación incómoda. Aunque el señor da Silva Costa era lo bastante mayor para ser su padre, la avergonzaba reconocer que se había quedado prendada de él.

18

Seis semanas después de zarpar desde Río, el barco atracó con destreza en El Havre. La familia da Silva Costa tomó el tren rumbo a París, donde un coche los esperaba en la estación para trasladarlos a un elegante apartamento situado en la avenue de Marigny, muy cerca de los Campos Elíseos. El plan era instalar a la familia allí, cerca del despacho que Heitor había alquilado para trabajar y recibir a los muchos expertos a los que deseaba consultar para finalizar la estructura de su *Cristo*.

Cuando tuviera que viajar a Italia y Alemania para hablar con dos de los escultores europeos más famosos del momento, estaba previsto que su familia lo acompañara.

Bel era consciente, no obstante, de que disponía de una semana para empaparse de París. Aquella primera noche, después de la cena, levantó la ventana de guillotina del dormitorio de techos altos que compartía con Maria Elisa y sacó la cabeza para absorber aquel olor nuevo y del todo extranjero y notar, con un ligero estremecimiento, el aire fresco de la noche. Estaban a comienzos de la primavera, y en Río aquella época significaba que tendrían temperaturas de alrededor de veinticinco grados centígrados. Allí, en París, calculó que debían de estar como máximo a unos trece.

Observó a las parisinas que, más abajo, paseaban por la acera del elegante bulevar del brazo de sus pretendientes. Todas vestían siguiendo la nueva moda casi masculina inspirada por la casa Chanel, que optaba por líneas rectas y sencillas y faldas hasta la rodilla, todo ello a un mundo de distancia de los vestidos encorsetados a los que Bel estaba acostumbrada.

Suspiró y se soltó el moño alto preguntándose si se atrevería a deshacerse de su abundante cabellera y a peinarse con una melena corta, según el nuevo estilo. Estaba casi segura de que su padre se opondría, pues siempre decía que su pelo era su principal atractivo. Pero allí estaba ella, a miles de kilómetros de casa y fuera del alcance de su padre por primera vez en su vida.

Presa de un arrebato de euforia, miró hacia la izquierda y estiró el cuello para ver las tintineantes luces del Sena, el gran río que cruzaba París, y la Rive Gauche al otro lado de la corriente. Había oído hablar mucho del grupo de artistas bohemios que poblaba las calles de Montmartre y Montparnasse; de las modelos dispuestas a posar desnudas para Picasso, y del poeta Jean Cocteau, cuyo escandaloso estilo de vida, según se decía alimentado por el opio, había alcanzado incluso las crónicas de sociedad de Río.

Sabía por sus clases de historia del arte que la Rive Gauche, la orilla izquierda, había sido al principio el lugar de encuentro de pintores como Degas, Cézanne y Monet. Sin embargo, en aquellos momentos un grupo nuevo y mucho más osado, encabezado por los surrealistas, había ocupado su lugar. Escritores como F. Scott Fitzgerald y su bella esposa Zelda habían sido fotografiados en La Closerie des Lilas tomando absenta con sus célebres amigos bohemios. Al parecer, el grupo al completo llevaba una vida desenfrenada, bebiendo todo el día y bailando toda la noche.

—Voy a acostarme, Bel, el viaje me ha dejado agotada —dijo Maria Elisa, que interrumpió sus pensamientos al entrar en la habitación—. ¿Puedes cerrar la ventana, por favor? Aquí dentro hace mucho frío.

—Claro.

Bel bajó la ventana y fue al cuarto de baño a ponerse el camisón.

Diez minutos después, las dos estaban acostadas en sus respectivas camas.

—¡Qué frío hace en París! —protestó Maria Elisa tiritando. Se subió las mantas hasta la barbilla—. ¿No te lo parece?

—La verdad es que no —contestó Bel al tiempo que apagaba la lámpara de la mesilla de noche—. Buenas noches, Maria Elisa, que duermas bien.

Permaneció despierta en la oscuridad, emocionada e impaciente por descubrir los secretos de aquella ciudad y de la gente del otro lado del río, cuyo estilo de vida tanto la atraía. Y sintió un calor agradable.

Al día siguiente Bel se despertó temprano y a las ocho ya estaba levantada y vestida, tal era su impaciencia por salir y dedicarse a pasear por las calles de París y empaparse de su ambiente. Heitor era el único miembro de la familia que estaba en el comedor cuando llegó para desayunar.

—Buenos días, Izabela. —La miró, pluma en mano, mientras bebía un sorbo de café—. ¿Te encuentras bien?

—Me encuentro de maravilla. No lo molesto, ¿verdad?

—En absoluto. De hecho, agradezco la compañía. Pensaba que desayunaría solo, porque mi esposa dice que ha pasado mala noche debido al frío.

—Lamentablemente, su hija también —lo informó Bel—. Ha pedido a la criada que le lleve el desayuno a la cama. Cree que podría estar acatarrada.

—Me alegra comprobar, por tu aspecto, que tú no padeces el mismo malestar —comentó Heitor.

—Bueno, hoy me habría levantado aunque hubiese amanecido con neumonía —le aseguró Bel mientras la criada le servía café—. ¿Cómo puede alguien encontrarse mal en París? —añadió al tiempo que cogía un extraño pastelito con forma de cuerno de una cesta colocada en el centro de la mesa.

—Es un cruasán —le explicó Heitor cuando Bel se puso a examinarlo—. Está delicioso caliente y con confitura de frutas. Yo también adoro esta ciudad, aunque, por desgracia, dispondré de poco tiempo para explorarla. Tengo muchas reuniones.

—¿Con posibles escultores?

—Sí, y estoy deseando conocerlos. También he concertado una cita con un experto en hormigón armado; puede que esto último no suene tan romántico, pero podría proporcionarme la clave para mi proyecto.

—¿Ha estado alguna vez en Montparnasse? —preguntó Bel antes de darle un bocado a su pastelito y notar la aprobación de sus papilas gustativas.

—Sí, pero hace muchos años. Fui cuando era joven, durante el clásico recorrido por Europa. Entonces, ¿te atrae la idea de visitar la Rive Gauche y a sus… curiosos habitantes?

Bel vio que a Heitor se le iluminaban los ojos.

—Sí. Allí han nacido algunos de los artistas más importantes de nuestra generación. Me encanta Picasso.

—¿Eres cubista?

—No, y tampoco una experta, pero disfruto con las grandes obras de arte —aclaró Bel—. Las clases de historia del arte que recibía en Río despertaron en mí el interés por los genios que las crean.

—En ese caso, no me extraña que estés deseando explorar el barrio bohemio. Te advierto que es muy… decadente en comparación con Río.

—¡Imagino que es decadente en comparación con cualquier lugar! —convino Bel—. Viven de otra manera, probando ideas nuevas, haciendo evolucionar el mundo del arte…

—Es cierto. Sin embargo, si decidiera inspirarme en el estilo pictórico de Picasso para el *Cristo*, sospecho que tendría un problema —dijo él riendo—. Así que, por desgracia, mi búsqueda no me conducirá hasta Montparnasse. Ahora me temo que he de comportarme como un maleducado y dejarte sola. Tengo la primera reunión dentro de media hora.

—Estaré perfectamente bien —contestó Bel mientras observaba a Heitor levantarse y recoger sus papeles.

—Gracias por tu compañía. Me gustan mucho nuestras conversaciones.

—A mí también —dijo ella con timidez antes de que Heitor saliese de la estancia.

Para la hora del almuerzo, el resfriado de Maria Elisa había derivado en fiebre y tuvieron que llamar al médico. Su madre no tenía mucho mejor aspecto, así que les recetaron a las dos aspirina y cama hasta que la fiebre remitiera. Con todo París tentándola para que saliera a descubrirlo, Bel deambulaba por el piso como un animal enjaulado. Su frustración hacía que la compasión que sabía que debería sentir hacia Maria Elisa menguara.

«Soy una persona terriblemente egoísta», se reprendió mientras, sentada junto a la ventana, contemplaba anhelante la vida parisina que transcurría a sus pies.

Finalmente, por puro aburrimiento, aceptó jugar a las cartas con los hermanos de Maria Elisa mientras las valiosísimas horas de su primer día en París pasaban con lentitud.

Debido a lo prolongado de la enfermedad de Maria Georgiana y Maria Elisa, el ansia de Bel por salir a explorar la ciudad creció deprisa. Hacia el final de su primera semana, durante la cual no había pisado un solo bulevar parisino, se armó de valor y le preguntó a Maria Georgiana si la dejaría salir a dar un paseo para que le diera el aire. La respuesta, como era de esperar, fue no.

—No puedes salir sola, Izabela. Y ni Maria Elisa ni yo estamos en condiciones de acompañarte. Ya tendrás tiempo de ver los monumentos de París a nuestro regreso de Florencia —sentenció Maria Georgiana.

Bel salió del dormitorio de la mujer preguntándose cómo conseguiría aguantar hasta que se marchasen a Florencia. Se sentía como una prisionera hambrienta mirando a través de los barrotes de su celda hacia una caja de bombones tentadoramente situada a tan solo unos milímetros de su alcance.

Fue Heitor quien al final la rescató. Habían coincidido en el desayuno durante la semana y, pese a que el arquitecto vivía absorto en sus asuntos, hasta él había reparado en el triste aislamiento de Bel.

—Izabela, hoy he de ir a Boulogne-Billancourt para reunirme con el escultor y profesor Paul Landowski. Ya hemos hablado por carta y por teléfono, pero quiero ir a su *atelier* para que me enseñe dónde y cómo trabaja. Ahora mismo es mi favorito para el proyecto, aunque todavía he de reunirme con otros escultores en Italia y Alemania. ¿Te gustaría acompañarme?

—Sería... sería un honor, señor. Pero no querría ser un estorbo.

—Estoy convencido de que no lo serás. Imagino que debes de aburrirte mucho encerrada en este piso, y mientras yo hablo con el profesor Landowski seguro que podemos pedirle a uno de sus ayudantes que te enseñe el *atelier*.

—Nada me gustaría más, señor da Silva Costa —aseguró Bel entusiasmada.

—No pienses que te estoy haciendo un favor —respondió Heitor—. Al fin y al cabo, tu futuro suegro es miembro del Círculo Católico, que fue clave a la hora de promocionar la idea de plantar un monumento en lo alto del Corcovado y organizar la recaudación de fondos para su construcción. Sería bochornoso devolverte a Río y decirle que no he sido capaz de introducirte en la riqueza cultural del Viejo Mundo. Así que —dijo con una sonrisa—, saldremos a las once.

Mientras cruzaban el Pont de l'Alma hacia la Rive Gauche, Bel iba mirando por la ventanilla del coche con avidez, como si esperara ver al mismísimo Picasso sentado en la terraza de algún café.

—El *atelier* de Landowski está algo alejado de aquí —explicó Heitor—. Creo que está más interesado en su trabajo que en beber con sus amigotes en las calles de Montparnasse. Además, tiene familia, cosa que no es fácil de compaginar en la Rive Gauche.

—Su apellido no parece francés —señaló Bel, un tanto decepcionada por que Landowski no perteneciera al círculo que tanto ansiaba conocer.

—Landowski es de ascendencia polaca, aunque creo que su familia lleva setenta y cinco años viviendo en Francia. Puede que su temperamento no encaje con las tendencias más extravagantes de algunos de sus coetáneos, pero sí abraza el nuevo estilo Art Déco, cada vez más prominente en Europa. Creo que ese podría acabar siendo el estilo más adecuado para mi Cristo.

—¿Art Déco? —preguntó Bel—. No he oído hablar de él.

—Hum... ¿cómo podría describirlo? —murmuró Heitor para sí—. Es como si cualquiera de las cosas que ves en el mundo cotidiano, por ejemplo una mesa, un vestido o incluso una persona, quedase reducido a sus líneas básicas. No es imaginativo y tampoco romántico al estilo clásico de muchos de los grandes pintores y escultores del pasado. Es, sencillamente, puro... como creo que Cristo deseaba que lo vieran.

El paisaje fue volviéndose más rural y la zona urbanizada dio paso a grupos aislados de casas a lo largo de la carretera. Bel pensó en lo irónico que era que, cuando por fina había conseguido escapar del apartamento, estuvieran alejándola del vibrante corazón de la ciudad que tanto anhelaba explorar.

Después de haberse equivocado varias veces de dirección, el chófer dobló a la izquierda y se detuvo ante la entrada de un caserón.

—Ya hemos llegado.

Heitor bajó del coche de inmediato, con los ojos brillantes a causa de la expectación. Mientras lo seguía por el jardín, Bel vio una figura enjuta y nervuda con una barba larga y una alborotada mata de pelo gris salir por un lateral de la casa vestido con un blusón manchado de arcilla. Los dos hombres se dieron la mano y empezaron a charlar animadamente. Bel se mantuvo algo alejada, pues no quería interrumpir la conversación, y pasaron algunos minutos antes de que Heitor recordara su presencia.

—Disculpa, Izabela —dijo volviéndose hacia ella—. Siempre es un gran momento conocer al fin en persona a alguien con quien solo te has comunicado por carta. Te presento al profesor Paul Landowski. Profesor, esta es la señorita Izabela Bonifacio.

Landowski le cogió la mano y se llevó los dedos de la joven a los labios.

—*Enchanté*. —Bajó la mirada hasta la mano de Bel y, para

sorpresa de esta, empezó a trazar sus contornos con las yemas de los dedos—. Mademoiselle, tiene unos dedos preciosos. ¿No es cierto, monsieur da Silva Costa?

—Me temo que no me había fijado nunca —respondió Heitor—. Pero sí, tiene usted razón, señor.

—Y ahora a lo nuestro, monsieur —dijo Landowski soltando la mano de Bel—. Le enseñaré mi *atelier* y después hablaremos de su visión del *Cristo* con más detalle.

Bel siguió a los dos hombres por el jardín al tiempo que contemplaba un follaje que parecía aún dormido, verde pero todavía sin flores, mientras que los vivos colores de las plantas de su tierra adornaban el paisaje todo el año.

Landowski los condujo hasta una estructura alta semejante a un granero situada al fondo del jardín. Tenía las paredes laterales de cristal para dejar pasar la luz. En un recodo del espacioso recinto había un joven inclinado sobre una mesa de trabajo moldeando un busto de arcilla. Ni siquiera levantó la vista cuando entraron, tan concentrado estaba en su labor.

—Estoy trabajando en una escultura provisional de Sun Yatsen y me está costando mucho perfeccionar los ojos. Tienen una forma muy diferente de la de los occidentales, como es obvio —explicó Landowski—. Mi ayudante está intentando mejorar mis esfuerzos.

—¿Trabaja principalmente con arcilla y piedra, profesor Landowski? —preguntó Heitor.

—Con lo que me pida el cliente. ¿Tiene alguna idea del material que desea para su *Cristo*?

—He pensado en el bronce, desde luego, pero me preocupa que Nuestro Señor adquiera un tono verdoso a medida que el viento y la lluvia lo vayan envejeciendo. Además, quiero que todo Río levante la vista y vea al *Cristo* cubierto con vestiduras claras, no oscuras.

—Entiendo —dijo Landowski—. Pero si estamos hablando de una escultura de treinta metros, me temo que si se hace de piedra será imposible subirla por la montaña, y eso por no hablar de levantarla una vez arriba.

—Estoy de acuerdo —convino Heitor—. Razón por la cual, con la estructura arquitectónica interior que espero terminar mientras esté en Europa, creo que la forma exterior del *Cristo* debe hacerse en un molde y luego reconstruirse pieza a pieza en Río.

—Bueno, si ya ha visto suficiente, iremos a mi casa para estudiar los bocetos que he hecho. Mademoiselle —dijo Landowski dirigiéndose a Bel—, ¿quiere quedarse en el *atelier* mientras nosotros hablamos? ¿O estará más a gusto en el salón junto a mi mujer?

—Me encantaría quedarme aquí, monsieur, gracias —contestó ella—. Es un privilegio ver cómo funciona su *atelier*.

—Seguro que si se lo pide con educación, mi ayudante hasta podría abandonar el ojo de Sun Yat-sen para ofrecerle un refresco.

Landowski señaló al joven con la cabeza y salió del *atelier* acompañado de Heitor.

El muchacho, sin embargo, parecía ajeno a su presencia mientras Bel deambulaba por el estudio deseando poder acercarse para ver qué estaba haciendo pero reacia a molestarlo. En la parte más alejada de la zona de trabajo había un horno enorme, probablemente utilizado para cocer la arcilla. A su izquierda había dos estancias delimitadas por tabiques: un aseo muy básico, con un lavamanos grande y bolsas de arcilla apiladas contra las paredes, y una pequeña cocina sin ventanas. Bel avanzó hasta el *atelier* principal y miró por la ventana de atrás, donde vio enormes fragmentos de piedra de diferentes formas y tamaños, seguramente para futuras esculturas de Landowski.

Habiendo agotado todas las vías de distracción, reparó en una silla de madera destartalada y fue a sentarse en ella. Observó al ayudante, que trabajaba muy concentrado, con la cabeza agachada. Pasados diez minutos, cuando el reloj dio las doce, el ayudante se limpió las manos en la camisa de trabajo y levantó la cabeza con brusquedad.

—Hora de comer —anunció. Miró a Bel por primera vez y esbozó una sonrisa—. *Bonjour*, mademoiselle.

Como no había levantado la cabeza hasta aquel momento,

Bel no le había visto la cara. Pero cuando el joven le sonrió, notó un vuelco extraño en el estómago.

—*Bonjour* —dijo sonriéndole a su vez con timidez.

Él se levantó para acercarse a la joven y Bel hizo lo propio.

—Perdóneme, mademoiselle, por haberla ignorado —dijo en francés—, pero estaba concentrado en un ojo y es un trabajo muy delicado. —Se detuvo a un metro de ella y la escrutó con la mirada—. ¿Nos hemos visto antes? Su cara me resulta familiar.

—Me temo que eso es imposible. Hace tan solo unos días que llegué de Río de Janeiro.

—Me confundo, entonces. —El ayudante asintió con aire pensativo—. No puedo darle la mano porque la tengo manchada de arcilla. Si me disculpa un momento, iré a lavarme.

—Adelante —dijo Bel en un tono que apenas parecía un susurro forzado.

Se había puesto de pie sin problema cuando el joven se había acercado a saludarla, pero en cuanto el ayudante desapareció en la estancia del lavamanos, Bel se dejó caer en la silla, sintiéndose mareada y falta de aliento. Se preguntó si no estaría incubando el mismo catarro que Maria Elisa y su madre.

Cinco minutos después, el muchacho reapareció desprovisto de su blusón y luciendo una camisa limpia. Como si tuvieran voluntad propia, los dedos de Bel avanzaron unos centímetros, impulsados por un deseo instintivo de deslizarse por su cabello castaño, largo y ondulado, de acariciar la piel clara de sus mejillas, de trazar el contorno de su perfecta nariz aguileña y sus carnosos labios rojos, que ocultaban unos dientes blancos y uniformes. La expresión ausente de sus ojos verdes le recordaba a la de Heitor: físicamente allí, pero con la mente en otro lugar.

De pronto Bel se percató de que el joven estaba moviendo los labios y de que de su boca salían sonidos. Comprendió que le estaba preguntado su nombre. Conmocionada por la reacción que su presencia había provocado en ella, se obligó a salir de su ensoñación y trató de recuperar la compostura y hablar un francés correcto.

—Mademoiselle, ¿se encuentra bien? Parece que haya visto un fantasma.

—Perdone, estaba... en otra parte. Me llamo Izabela. Izabela Bonifacio.

—Ah, como la antigua reina de España —asintió el ayudante.

—Y la difunta princesa de Brasil —añadió ella enseguida.

—Lamento reconocer que sé muy poco de su país y su historia. Exceptuando el hecho de que, al igual que nosotros, creen que producen el mejor café.

—Los mejores granos, desde luego —repuso ella a la defensiva—. Yo, por el contrario, sé mucho sobre su país —continuó, y se preguntó si sonaría tan estúpida como se sentía.

—Sí. Nuestro arte y nuestra cultura llevan siglos dando la vuelta al mundo, mientras que los de su país aún han de despuntar. Y estoy seguro de que lo harán —añadió él—. Bien, en vista de que el profesor y su amigo el arquitecto parecen haberla abandonado, puedo ofrecerle algo de comer mientras me cuenta más cosas de Brasil.

—No...

Algo nerviosa por lo inapropiado de la situación, Bel miró hacia la ventana. Era la primera vez que veía a aquel hombre y ya estaba a solas con él. Si su padre o su prometido pudieran verla...

El joven reparó en su inquietud y le restó importancia al asunto con un gesto de la mano.

—Le garantizo que no volverán a acordarse de usted mientras estén inmersos en su conversación. Y pueden tardar horas en volver. Así pues, si no quiere pasar hambre, siéntese a esa mesa mientras yo preparo la comida.

El joven se dio la vuelta y echó a andar hacia la cocina que Bel había atisbado antes.

—Perdone, monsieur, pero ¿cómo se llama usted?

El ayudante detuvo sus pasos y se volvió.

—Perdone, soy un maleducado. Me llamo Laurent. Laurent Brouilly.

Bel tomó asiento en un tosco banco de madera encajado en

un pequeño hueco de la estancia. Se le escapó una sonrisa al pensar en la situación en la que se encontraba. Sola con un hombre, y no con un joven cualquiera, sino con uno que estaba preparándole el almuerzo. Ella jamás había visto a Pai poner un pie en la cocina, y aún menos preparar una comida.

Al cabo de un rato, Laurent se acercó con una bandeja que contenía dos barras del delicioso pan francés recién horneado que Bel adoraba, dos trozos de queso francés de olor intenso, una jarra de barro y dos vasos.

Dejó la bandeja sobre la mesa y después corrió una cortina vieja que pendía de una guía atornillada al techo.

—Para que el polvo del *atelier* no caiga en la comida —explicó al tiempo que trasladaba el contenido de la bandeja a los tablones desnudos de la mesa.

A continuación sirvió una generosa cantidad de un líquido amarillento en los dos vasos y le tendió uno.

—¿Bebe vino con pan y queso a secas? —preguntó maravillada.

—Mademoiselle, somos franceses. Nosotros bebemos vino con cualquier cosa, a cualquier hora. —Sonrió y alzó el vaso—. *Santé.*

Laurent bebió un largo trago y ella dio un sorbo vacilante. Observó que el joven arrancaba un pedazo de pan, lo abría con los dedos y lo llenaba con lonchas de queso. Sin atreverse a preguntar dónde estaban los platos, Bel siguió su ejemplo.

Nunca una comida tan sencilla le había sabido tan bien, pensó encantada. No obstante, en lugar de engullirla a grandes bocados como Laurent, la joven eligió una variante más refinada y fue arrancando trozos pequeños de pan y queso con los dedos antes de llevárselos a la boca. Durante todo aquel tiempo, Laurent no apartó la vista de ella.

—¿Qué está mirando? —le preguntó al fin, incómoda bajo su escrutinio.

—A usted —respondió el muchacho antes de apurar el vino y servirse otro vaso.

—¿Por qué?

Laurent dio otro bocado y se encogió de hombros a la manera típicamente gala que Bel había terminado por reconocer de tanto estudiar a los parisinos que pasaban bajo su ventana.

—Porque, mademoiselle Izabela, es un verdadero placer contemplarla.

A pesar de que el comentario era totalmente inapropiado, a Bel le dio un vuelco el estómago.

—No me mire con esa cara de espanto, mademoiselle. Seguro que a una mujer como usted se lo han dicho miles de veces. Debe de estar acostumbrada a que la gente la mire.

Bel se detuvo a meditarlo y concluyó que, en efecto, atraía muchas miradas de admiración. Pero ninguna le había parecido tan intensa como la de aquel joven.

—¿Le han hecho alguna vez un retrato? ¿O una escultura? —preguntó Laurent.

—Una vez, cuando era niña, mi padre encargó mi retrato.

—Me sorprende. Pensaba que en Montparnasse habría cola para pintarla.

—Llevo menos de una semana en París, monsieur, y todavía no he visitado nada.

—Pues ahora que la he descubierto, creo que lo mejor es que la retenga a mi lado y no deje que ni uno solo de esos bribones y vagabundos se le acerquen —dijo él con una gran sonrisa.

—Me encantaría ir a Montparnasse —suspiró Bel—, pero dudo que me lo permitan.

—Entiendo. Todos los padres de París preferirían que sus hijas se ahogaran en el río a que perdieran la virtud y el corazón en la Rive Gauche. ¿Dónde se hospeda?

—En un piso de la avenue de Marigny, junto a los Campos Elíseos. Estoy aquí como invitada de la familia da Silva Costa. Son mis tutores.

—¿Y no están deseando aprovechar todo lo que ofrece París?

—No.

Bel pensó que se lo había preguntado en serio, hasta que reparó en su expresión burlona.

—Como todo verdadero artista sabe, las reglas están para saltárselas y las barreras para derribarlas. Solo tenemos una vida, mademoiselle, y debemos vivirla como nosotros elijamos.

Bel guardó silencio, pero la emoción de encontrar al fin a alguien que pensaba lo mismo que ella la abrumó y se le llenaron los ojos de lágrimas. Laurent lo advirtió de inmediato.

—¿Por qué llora?

—La vida en Brasil es muy diferente. Nosotros obedecemos las reglas.

—Entiendo, mademoiselle —repuso él con suavidad—. Y veo que usted ya ha aceptado una de ellas. —Señaló el anillo de compromiso que lucía en el dedo—. ¿Va a casarse?

—Sí, cuando regrese a Brasil.

—¿Y el enlace la hace feliz?

La franqueza de la pregunta la desconcertó. Aquel hombre era un desconocido que apenas sabía nada de ella, y sin embargo estaban compartiendo una jarra de vino, pan y queso —e intimidades— como si se conocieran de toda la vida. Si aquel era el estilo bohemio, Bel decidió que quería adoptarlo sin reservas.

—Gustavo, mi prometido, será un marido leal y atento —respondió con cautela—. Además, creo que las más de las veces el matrimonio no solo tiene que ver con el amor —mintió.

Laurent la miró un momento antes de suspirar y negar con la cabeza.

—Mademoiselle, una vida sin amor es como un francés sin vino o un ser humano sin oxígeno. Aunque tal vez tenga razón —suspiró—. Hay gente que acepta vivir sin amor y está dispuesta a conformarse con otras cosas, como el dinero y la posición social. Pero no es mi caso. —Repitió el gesto de negación—. Yo nunca podría sacrificarme en aras del materialismo. Si decido compartir mi vida con alguien, quiero despertarme cada mañana y mirar a los ojos a la mujer que amo. Me sorprende que usted esté dispuesta a conformarse con menos. Ya me he dado cuenta de que en su interior late un corazón apasionado.

—Por favor, monsieur…

—Le pido disculpas, mademoiselle, creo que me he excedido. Así que, ¡basta! Pero me gustaría mucho que me concediera el honor de esculpirla. ¿Tendría algo que objetar si le pregunto a monsieur da Silva Costa si puedo practicar mi arte utilizándola como modelo?

—Hágalo, pero no sería capaz...

Bel no sabía cómo expresar lo que quería decir y se ruborizó.

—Tranquila, mademoiselle —dijo Laurent leyéndole el pensamiento—. Le aseguro que no le pediré que se desvista. Al menos por el momento —añadió.

La insinuación dejó a Bel sin habla. Se sentía tan estremecida como asustada.

—¿Dónde vive? —preguntó para cambiar de tema.

—Como todo verdadero artista, alquilo un desván, junto con otras seis personas, situado en los callejones de Montparnasse.

—¿Trabaja para el profesor Landowski?

—Yo no lo llamaría así, porque solo me paga con comida y vino —la corrigió Laurent—. Y cuando hay demasiada gente en el desván que comparto en Montparnasse, me deja dormir aquí, en un camastro. Estoy aprendiendo el oficio, y no hay mejor maestro que Landowski. Igual que los surrealistas experimentan con la pintura, Landowski lo hace en la escultura con el Art Déco. Está dejando atrás las obras demasiado recargadas. Lo tuve de profesor en la École Nationale Supérieure des Beaux-Arts y, cuando me ofreció ser su ayudante, acepté encantado.

—¿De dónde es su familia? —preguntó Bel.

—¿Qué importancia tiene eso? —Laurent rió—. ¡Después me preguntará a qué clase social pertenezco! Verá, mademoiselle Izabela, aquí, en París, los artistas somos nosotros mismos, nada más; nos desprendemos de nuestro pasado y vivimos solo para el presente. Nos define nuestro arte, no nuestro patrimonio. Pero, ya que lo pregunta —continuó antes de tomar otro trago de vino—, se lo diré. Mi familia pertenece a la nobleza y tiene un castillo cerca de Versalles. Si no me hubiese alejado de ellos y de la vida que deseaban para mí como hijo primogénito, ahora sería Le Comte Quebedeaux Brouilly. Sin embargo, dado que mi padre anunció que me excluiría del testamento cuando le comuniqué que deseaba ser escultor, ahora, como ya le he dicho, soy simplemente yo. No tengo ni un céntimo a mi nombre y todo lo que gane en el futuro procederá solo de estas manos.

Miró a Bel con fijeza, pero ella no dijo nada. ¿Qué podía decir cuando toda su vida se basaba en los valores que él acababa de ridiculizar?

—¿Sorprendida? Pues le prometo que en París hay muchos como yo. Y al menos mi padre no tuvo que enfrentarse a la ignominia de que su hijo fuera homosexual, como les ha ocurrido a los de algunos artistas que conozco.

Escandalizada por el mero hecho de que se atreviera a pronunciar aquellas palabras, Bel lo miró de hito en hito.

—¡Pero si es ilegal! —no pudo por menos que exclamar.

Laurent ladeó la cabeza y la observó con detenimiento.

—¿Y que los regímenes intolerantes decidan ilegalizarlo significa que está mal?

—No... no lo sé —balbuceó ella.

Entonces Bel guardó silencio y trató de recuperar la calma.

—Le pido perdón, mademoiselle, me temo que la he escandalizado.

La joven captó el brillo travieso de los ojos del escultor y comprendió que estaba disfrutando con ello.

Otro sorbo de vino la envalentonó.

—Bien, monsieur Brouilly, ya me ha dejado claro que no le importan el dinero ni los bienes materiales. ¿Es feliz viviendo del aire?

—Sí, por lo menos de momento, mientras sea joven, goce de buena salud y viva en París, el centro del mundo. No obstante, reconozco que cuando sea un anciano de salud delicada y nunca haya ganado nada con mis esculturas, quizá me arrepienta de mis actos. Muchos de mis amigos artistas tienen benefactores bondadosos que los ayudan mientras se abren camino. Sin embargo, teniendo en cuenta que muchos de esos benefactores son viudas poco agraciadas que esperan que el joven artista al que sustentan las complazca de otras maneras, me temo que esa no es la solución para mí. No es mucho mejor que prostituirse, y me niego a formar parte de ello.

Las francas palabras de Laurent volvieron a escandalizarla. En Brasil, Bel había oído hablar de los burdeles de Lapa, a los que los hombres acudían para saciar sus apetitos carnales, pero nadie hablaría abiertamente de ello jamás. Y aún menos un hombre en presencia de una mujer respetable.

—Creo que la estoy asustando, mademoiselle.

Laurent esbozó una sonrisa comprensiva.

—Quizá tenga mucho que aprender de París, monsieur —respondió ella.

—Estoy seguro de que así es. Tal vez podría considerarme su instructor en las costumbres de la vanguardia. Ah, por ahí llegan los dos paseantes —observó volviéndose hacia la ventana—. El profesor va sonriendo, y eso siempre es una buena señal.

Heitor y el profesor Landowski entraron en el estudio conversando de forma animada. Laurent procedió a recoger y a apilar los restos del almuerzo en la bandeja y Bel se apresuró a poner también en ella su vaso de vino, pues temía que Heitor desaprobara que hubiese bebido.

—Izabela —dijo este al verla—, lamento la larga espera, pero el profesor Landowski y yo teníamos muchos temas que tratar.

—No se preocupe —respondió enseguida Bel—. Monsieur Brouilly ha estado explicándome... los fundamentos de la escultura.

—Estupendo, estupendo. —La muchacha se dio cuenta de que en realidad Heitor estaba distraído, pues enseguida devolvió la atención a Landowski—. La semana que viene visitaré Florencia y después Múnich. Estaré de regreso en París el veinticinco, y entonces me pondré en contacto con usted.

—Muy bien —dijo Landowski—. Tal vez considere que mi estilo y mis ideas no se ajustan a sus necesidades. Pero independientemente de lo que decida, admiro su valor y determinación para ejecutar un proyecto tan complejo. Y disfrutaría del desafío de formar parte de él.

Se estrecharon las manos y Heitor giró sobre sus talones para abandonar el *atelier* seguido de Bel.

—Monsieur da Silva Costa, antes de que se marche desearía pedirle un favor —dijo Laurent de repente.

—¿Y de qué se trata? —preguntó Heitor volviéndose hacia él.

—Me gustaría esculpir a su pupila, mademoiselle Izabela. Tiene unas facciones exquisitas, y quiero ver si soy capaz de hacerles justicia.

Heitor titubeó.

—No sé qué decir, la verdad. Es un ofrecimiento muy halagador, ¿no crees, Izabela? Si fueras mi hija, tendría menos reparos en aceptar, pero...

—Ha escuchado las historias de los numerosos artistas parisinos de dudosa reputación y lo que esperan de sus modelos. —El profesor Landowski sonrió comprensivo—. Pero le aseguro, monsieur da Silva Costa, que puedo responder por Brouilly. No solo es un escultor de gran talento que creo que podrá llegar muy lejos, sino que además vive bajo mi techo. Por tanto, puedo garantizarle personalmente la seguridad de mademoiselle.

—Gracias, profesor. Hablaré con mi esposa y le contestaré a nuestro regreso de Múnich —convino Heitor.

—Esperaré sus noticias —dijo Laurent antes de volverse hacia Bel—. *Au revoir*, mademoiselle.

Bel y Heitor hicieron el trayecto de vuelta a casa en silencio, cada uno absorto en sus pensamientos. Cuando el coche bordeó Montparnasse, Bel notó que la emoción le corría por las venas. Aunque su improvisado almuerzo con Laurent Brouilly la había desestabilizado, en muchos aspectos se sentía viva por primera vez en su vida.

19

Contrariamente a lo que pensaba antes de zarpar hacia Europa —cuando la idea de visitar Italia, la tierra de sus antepasados, la había llenado de dicha—, mientras al día siguiente hacía la maleta para viajar a Florencia se sentía reacia a marcharse.

Ni siquiera cuando llegó a la ciudad que había soñado con visitar y vislumbró la espectacular cúpula del gran Duomo desde la ventana de la habitación del hotel, ni siquiera cuando percibió el olor a ajo y hierbas frescas que le llegaba desde los pintorescos restaurantes de la calle, se le aceleró el pulso como había imaginado.

Y días después, cuando tomaron el tren a Roma y Maria Elisa y ella arrojaron monedas a la Fontana di Trevi y visitaron el Coliseo, donde los valerosos gladiadores habían luchado por su vida en la vasta arena, una vaga sensación de indiferencia se apoderó de ella.

Se había dejado el corazón en París.

Aquel domingo, aún en Roma, se sumó a miles de católicos en la plaza de San Pedro para asistir a la misa semanal del Papa. Con el rostro cubierto por una mantilla negra de encaje, se arrodilló, levantó la vista hacia la diminuta figura vestida de blanco en el balcón y paseó la mirada por los santos encaramados a pedestales que circundaban la plaza. Mientras hacía cola para recibir la Eucaristía junto con los demás centenares de fieles, que oraban y rezaban el rosario, Bel también rogó a Dios que bendijera a su familia y amigos. Y después elevó una súplica ferviente:

«Por favor, por favor, que el señor Heitor no se olvide de preguntar sobre mi escultura, y por favor, que pueda ver de nuevo a Laurent Brouilly...»

Después de reunirse en Roma con los escultores que había ido a ver y de estudiar muchas de las célebres obras de arte de la ciudad, Heitor debía viajar a Múnich. Su propósito era visitar la colosal estatua de *Bavaria*, esculpida enteramente en bronce y construida mediante un innovador sistema que consistía en fundir entre sí cuatro secciones de metal gigantescas.

—Tengo la sensación de que podría servirme de inspiración para mi proyecto, pues los desafíos que presentó su construcción son muy parecidos a los que me plantea el *Cristo* —le había explicado a Bel cuando ella le preguntó sobre la estatua una noche durante la cena.

Por razones que la joven desconocía o no alcanzaba a comprender, al final Heitor había decidido que el resto de la familia da Silva Costa no lo acompañaría en el largo viaje a Múnich. En lugar de eso, regresarían a París, donde un profesor particular aguardaba a los dos chicos.

Cuando subieron al coche cama en la estación Roma Termini para emprender el viaje a París, Bel no pudo evitar suspirar con alivio.

—Esta noche pareces más animada —comentó Maria Elisa tras trepar al camastro forrado de terciopelo rojo de la litera que compartían—. Te has mostrado tan taciturna en Italia que parecía que estuvieses en otro lugar.

—Estoy deseando volver a París —respondió Bel sin dar más explicaciones.

Cuando también ella se acostó, la cabeza de Maria Elisa asomó por el borde de la litera.

—Solo digo que estás diferente, Bel, nada más.

—¿En serio? A mí no me lo parece. ¿En qué sentido?

—Es como si... no sé... —Maria Elisa dejó escapar un suspiro—. Como si te pasaras el día soñando despierta. La verdad es que yo también estoy deseando ver París como es debido. Lo visitaremos juntas, ¿verdad?

Bel estrechó la mano que Maria Elisa le tendía.

—Naturalmente que sí.

Apartamento 4
48, avenue de Marigny
París (Francia)

9 de abril de 1928

Queridos Mãe y Pai:

Aquí estoy, de nuevo en París después de visitar Italia. (Espero que recibierais la carta que os escribí desde allí.) Maria Elisa y su madre se encuentran mucho mejor que la última vez que estuvimos aquí, de modo que hemos pasado los últimos días visitando los lugares emblemáticos de la ciudad. Hemos ido al Louvre y visto la Mona Lisa, y al Sacré-Coeur, que está en un barrio llamado Montmartre donde han vivido y trabajado Monet, Cézanne y muchos otros grandes pintores franceses. También hemos paseado por los magníficos jardines de las Tullerías y subido a lo alto del Arc de Triomphe. Aún nos quedan muchos lugares por visitar —incluida la Torre Eiffel—, así que estoy segura de que no me aburriré aquí.

El mero hecho de pasear por las calles de París es toda una experiencia, y Mãe, ¡te encantarían las tiendas! Cerca del apartamento están los salones de muchos de los grandes diseñadores franceses y, tal como sugirió la señora Aires Cabral, tengo hora para la primera prueba de mi vestido de novia en la casa Lanvin, en la rue du Faubourg Saint-Honoré.

Las mujeres son muy elegantes y sofisticadas, y aunque solo puedan comprar en grandes almacenes como Le Bon Marché, consiguen tener tanto estilo como las mujeres ricas. Y la comida... Pai, debo decirte que tu hija ha comido escargots, unos pequeños caracoles cocinados con ajo, mantequilla y hierbas. Hay que sacarlos del caparazón con unos tenedores minúsculos. Me parecieron deliciosos, aunque he de reconocer que las ancas de rana no fueron de mi agrado.

Por la noche parece que la ciudad no duerme, y desde mi ventana oigo a la orquesta de jazz que toca en el hotel del otro lado de la calle. Esa clase de música se toca en muchos locales de París, y el señor da Silva Costa ha dicho que una noche iremos a escucharla, a un establecimiento respetable, por supuesto.

Estoy muy contenta, y trato de aprovechar al máximo esta maravillosa oportunidad que se me ha dado, de no desperdiciar un solo segundo. Los da Silva Costa son muy amables, si bien el señor da Silva Costa ha estado diez días en Alemania y regresará esta noche.

También he conocido a una joven de Río que vino a tomar el té con su madre hace dos días. Se llama Margarida Lopes de Almeida, y puede que reconozcáis el nombre de su madre, Julia Lopes de Almeida, pues ha obtenido un gran reconocimiento como escritora en Brasil. Margarida está en París con una beca de la Escola Nacional de Belas Artes de Río, y actualmente está aprendiendo la técnica de la escultura. Me ha dicho que en la École Nationale Supérieure des Beaux-Arts imparten cursos y estaba pensando en apuntarme a alguno. El tema me interesa cada vez más, gracias a la influencia del señor da Silva Costa.

Os escribiré de nuevo la próxima semana. Por el momento, os envío mi cariño y muchos besos desde el otro lado del océano.

Vuestra hija, que os quiere,

IZABELA

Bel dejó la pluma sobre el escritorio y, desperezándose, miró por la ventana. Los árboles de la calle habían florecido en los últimos días y entonces aparecían cubiertos de delicadas flores rosa. Cuando soplaba la brisa, los pétalos caían como fragantes gotas de lluvia sobre las aceras y las cubrían como un manto.

Miró el reloj y vio que eran poco más de las cuatro de la tarde. Ya había escrito a Loen hablándole de Italia y disponía de tiempo de sobra para redactar una tercera carta dirigida a Gustavo antes de vestirse para la cena. Sin embargo, no se sentía con ánimos para hacerlo, pues le resultaba muy difícil corresponder a los sentimientos de amor de las cartas que recibía de su prometido cada pocos días.

Quizá le escribiera más tarde, pensó mientras se acercaba a la mesa de centro y se llevaba un caramelo a la boca con gesto distraído. En el piso reinaba la tranquilidad, aunque podía oír el murmullo de las voces de los muchachos, que estaban recibiendo clase en el comedor. Maria Georgiana y Maria Elisa estaban durmiendo la siesta.

Le habían dicho que Heitor regresaría de Múnich a tiempo para la cena, y Bel agradecería su presencia. Sabía que tendría que contener sus deseos de recordarle que Laurent le había pedido que la dejara posar para él durante un día o dos, pero al menos la visita de Margarida Lopes de Almeida le había levantado el ánimo. Mientras las madres de Margarida y Maria Elisa charlaban, las dos muchachas habían hecho lo propio. Y Bel había encontrado en Margarida un espíritu afín.

—¿Has estado en Montparnasse? —le había preguntado Bel en voz baja frente a una taza de té.

—Sí, muchas veces —había susurrado Margarida a su vez—. Pero no se lo digas a nadie. Las dos sabemos que Montparnasse no es lugar para señoritas jóvenes y bien educadas.

Margarida le había prometido que pronto le haría otra visita y le contaría los detalles del curso de escultura que estaba realizando en la escuela de Beaux-Arts.

—Seguro que el señor da Silva Costa te da permiso para hacerlo, pues el profesor Landowski sería uno de tus profesores —añadió Margarida antes de irse—. *À bientôt*, Izabela.

Tal como se esperaba, Heitor llegó a casa aquella noche, pálido y agotado por el largo viaje. Bel lo oyó deshacerse en alabanzas sobre *Bavaria*, la estatua que había visto en Alemania. Pero también les contó ominosas historias sobre el auge del Partido Nacionalsocialista Obrero alemán, dirigido por un hombre llamado Adolf Hitler.

—¿Ha decidido quién hará su escultura del *Cristo*? —preguntó Bel mientras la criada les servía una generosa porción de tarta Tatin.

—No he pensado en otra cosa durante el largo viaje hasta París —respondió él—, y sigo inclinándome por Landowski, pues su obra muestra un equilibrio artístico perfecto. Es moderna, pero posee una simplicidad y una cualidad intemporal que creo que encajaría con el proyecto.

—Me alegro de que lo vea así —se aventuró Bel—. Cuando estuve en su *atelier* y lo conocí, me gustó su enfoque realista. Y su destreza técnica resulta obvia.

—No para quien no la ha visto nunca —rezongó Maria Georgiana, que se sentó al lado de Heitor—. ¿Tendré yo también la oportunidad de conocer al hombre que diseñará el exterior de tu querido *Cristo*?

—Por supuesto, querida —respondió enseguida su marido—. Si finalmente me decanto por él.

—Me pareció que su ayudante también tenía mucho talento —continuó Bel en un intento desesperado por refrescar la memoria de Heitor.

—Sí —convino él—. Y ahora, si me disculpáis, tanto viaje me ha dejado exhausto.

Decepcionada, Bel observó a Heitor abandonar el comedor. Seguidamente, reparó en la expresión adusta de Maria Georgiana.

—Parece ser que vuestro padre se retira una vez más para pasar la noche con el *Cristo* en lugar de con su familia. No importa —les dijo a sus hijos mientras cogía su cuchara para terminarse el postre—, después de cenar jugaremos a las cartas.

Aquella noche en la cama, Bel caviló sobre el estado del matrimonio da Silva Costa. Y sobre el de sus padres. Unos meses más tarde ella estaría casada, como ellos. Y cada vez estaba más convencida de que el matrimonio consistía, básicamente, en tolerar y aceptar los defectos del otro. Era evidente que Maria Georgiana se sentía desplazada e ignorada debido a que su marido volcaba toda su energía y atención en su proyecto. Y su propia madre, en contra de sus deseos, había abandonado su amada *fazenda* para mudarse a Río y satisfacer las ansias de su marido de ascender en el escalafón social.

Bel se revolvió inquieta entre las sábanas, preguntándose si aquello era lo único que le esperaba también a ella. Si así era, con más razón debía volver a ver a Laurent Brouilly cuanto antes.

Cuando Bel se levantó al día siguiente, Heitor ya se había marchado a una reunión. Suspiró, frustrada por haber perdido la oportunidad de recordarle la petición de Laurent.

Aquel día a Maria Elisa no le pasó inadvertida su creciente agitación mientras comían en el Ritz con Maria Georgiana, paseaban por los Campos Elíseos y acudían a continuación a la prueba del vestido de novia de Bel en el elegante salón de Jeanne Lanvin.

—¿Qué te ocurre, Bel? Te comportas como un tigre atrapado en una jaula —protestó—. Apenas has mostrado interés en los bocetos y las telas de tu precioso vestido de novia, cuando la mayoría de las jóvenes darían lo que fuera por que se lo diseñara madame Lanvin. ¿No estás disfrutando de París?

—Sí, sí, pero...

—Pero ¿qué? —insistió Maria Elisa.

—Tengo la sensación... —Bel se acercó a la ventana del salón mientras intentaba explicarse— de que hay un mundo ahí fuera que nos estamos perdiendo.

—Pero Bel, ¡ya hemos visto todo lo que hay que ver en París! ¿Qué nos falta?

Bel procuró reprimir su irritación. Si Maria Elisa no lo sabía, ella no podía decírselo. Se volvió con un suspiro.

—Nada, nada... Como bien dices, lo hemos visto todo. Y tu familia y tú habéis sido muy generosos conmigo. Lo siento. Quizá tan solo extrañe mi casa —mintió, escogiendo la explicación más fácil.

—¡Pues claro! —Su carácter dulce impulsó a Maria Elisa a

correr de inmediato junto a su amiga—. Soy una egoísta, yo estoy aquí con mi familia mientras tú estás a miles de kilómetros de la tuya. Y de Gustavo, por supuesto.

Bel se dejó envolver en el abrazo reconfortante de Maria Elisa.

—Si así lo deseas, estoy segura de que podrías volver a casa antes de lo previsto —añadió.

Bel apoyó el mentón en el hombro cubierto de encaje de su amiga y negó con la cabeza.

—Gracias por tu comprensión, mi querida Maria Elisa, pero estoy segura de que mañana me sentiré mejor.

—Mãe me ha propuesto contratar a un profesor francés para que me dé clase por las mañanas mientras mis hermanos reciben las suyas. Mi francés es terrible, y dado que Pai ha anunciado que podríamos pasar aquí otro año, me gustaría mejorarlo. El tuyo es muy superior al mío, Bel, pero aun así, ¿te gustaría asistir a las clases conmigo? Así, por lo menos, mataríamos unas cuantas horas al día.

El hecho de que alguien creyera que un solo segundo en París podía ser aburrido y que había que llenarlo deprimió aún más a Bel.

—Gracias, Maria Elisa. Lo pensaré.

Al día siguiente, después de pasar otra noche agitada intentando aceptar que su estancia en París seguiría como hasta el momento y que nunca tendría la oportunidad de conocer sus encantos, sucedió algo que hizo que Bel recuperara el ánimo.

Margarida Lopes de Almeida llegó a la hora del té acompañada de su madre. Habló animadamente de sus clases de escultura en la escuela de Beaux-Arts y le explicó a Bel que había preguntado si esta podría apuntarse.

—Para mí sería mucho más agradable tener de compañera de clase a una compatriota —le dijo Margarida a Maria Georgiana mientras le propinaba un pequeño codazo a Bel por debajo de la mesa.

—No sabía que te interesaba la escultura, Izabela. Pensaba que preferías admirar las obras —comentó Maria Georgiana.

—Oh, en Río hice un curso de escultura y me encantó —aseguró Bel, que captó la mirada de aprobación de Margarida—. Me gustaría mucho tener la ocasión de aprender de algunos de los mejores maestros del mundo.

—Es cierto, Mãe —intervino Maria Elisa—. Bel llegaba a aburrirme hablando de sus clases de arte. Y dado que su francés es muy superior al mío, probablemente le resulte más útil asistir a las clases de escultura que propone la señorita Margarida que sentarse conmigo mientras destrozo el idioma.

Bel le habría dado un beso allí mismo.

—Y eso significaría —añadió Margarida volviéndose hacia su madre— que ya no tendrías que acompañarme cada día a la escuela y recogerme por la tarde. Tendría acompañante y podría llevarnos nuestro chófer. Dispondrías de mucho más tiempo para escribir tu libro, Mãe —continuó en un tono alentador—. Velaríamos la una por la otra, ¿verdad, Izabela?

—Desde luego —se apresuró a contestar Bel.

—Bueno, si la señora da Silva Costa está de acuerdo, me parece una idea sensata —dijo la madre de Margarida.

Intimidada por una mujer que gozaba de tanta fama en la alta sociedad brasileña, Maria Georgiana se apresuró a asentir.

—Si usted lo ve bien, señora, yo también.

—En ese caso —dijo Margarida mientras se levantaba y besaba a Bel en las dos mejillas, al estilo francés—, el lunes vendré a buscarte en coche e iremos juntas a la escuela.

—Gracias —le susurró Bel cuando madre e hija se dirigían a la puerta.

—Te prometo, Izabela, que a mí me también me viene muy bien —susurró Margarida a su vez—. *Ciao, chérie* —se despidió mezclando los idiomas, y Bel pensó que aquel detalle le daba un aire aún más sofisticado.

Aquella noche, Heitor llegó a casa con expresión triunfante.

—Le he pedido a la criada que lleve champán al salón, porque tengo una excelente noticia que deseo celebrar con mi familia.

Una vez servidas las copas, Heitor alzó la suya.

—Después de mantener largas conversaciones con el señor Levy, el señor Oswald y el señor Caquot, hoy he ido a ver al profesor Landowski para ofrecerle el encargo de esculpir el *Cristo*. Firmaremos el contrato la semana que viene.

—¡Es una magnífica noticia, Pai! —exclamó Maria Elisa—. Me alegro de que al fin te hayas decidido.

—Y yo me alegro de estar completamente seguro de que Landowski es la elección correcta. Querida —Heitor se volvió hacia Maria Georgiana—, debemos invitarlo a venir a cenar con su encantadora esposa para que lo conozcas. Será una figura de peso en mi vida durante los próximos meses.

—Felicidades, señor da Silva Costa —dijo Bel, deseosa de expresar su apoyo—. Creo que es una excelente decisión.

—Agradezco tu entusiasmo —le contestó él con una sonrisa.

20

El lunes por la mañana a las diez en punto, Bel, que ya llevaba una hora con el abrigo puesto esperando frente a la ventana del salón, vio el reluciente Delage detenerse delante de la entrada del edificio de apartamentos.

—La señorita Margarida ya está aquí —les anunció a Maria Georgiana y a los chicos.

—Izabela, debes estar de vuelta a las cuatro en punto —le advirtió Maria Georgiana mientras esta salía presurosa de la estancia, a duras penas capaz de contener sus deseos de escapar.

—Le prometo que no me retrasaré, señora da Silva Costa —dijo casi a gritos antes de que Maria Elisa la abordara en el recibidor.

—Pásalo bien y ve con cuidado.

—No te preocupes, estaré con Margarida.

—Sí, y tengo la impresión de que es como liberar a dos leones hambrientos de sus jaulas. —Maria Elisa arqueó las cejas—. Diviértete, mi querida Bel.

Bel tomó el ascensor hasta la planta baja y encontró a Margarida esperándola en el vestíbulo.

—Deprisa, que ya vamos con retraso. Mañana tenemos que salir más temprano. El profesor Paquet nos reprenderá si llegamos después de él.

Cuando el automóvil se puso en marcha, Bel examinó a Margarida. Llevaba una falda azul marino y una sencilla blusa de popelín, mientras que ella iba vestida como si fuera a merendar al Ritz.

—Lo siento, debí avisarte —se disculpó Margarida al reparar también en el atuendo de Bel—. La escuela de Beaux-Arts está llena de artistas hambrientos que no ven con buenos ojos que haya chicas ricas como nosotras en sus clases. Aunque estoy segura de que estamos entre los pocos alumnos que pagan los salarios de los profesores —añadió con una sonrisa mientras se recogía detrás de la oreja un mechón de su brillante melena corta de color castaño.

—Entiendo... —suspiró Bel—. Pero es importante que la señora da Silva Costa tenga la impresión de que la clase está llena de señoritas de buena familia.

Al oír sus palabras, Margarida echó la cabeza hacia atrás y soltó una carcajada.

—Bel, quedas advertida: exceptuando una solterona madura y otra... persona que creo que es una mujer pero que lleva el pelo corto como un hombre y, te lo juro, un bigote a juego, ¡somos las únicas chicas de la clase!

—¿Y a tu madre no le importa? Ella ha de saber por fuerza cómo son tus compañeros.

—Puede que no del todo —confesó Margarida—. Pero ya sabes que cree fervientemente en la igualdad de la mujer y, por tanto, considera que es bueno para mí que aprenda a defenderme en un mundo dominado por los hombres. Además —añadió encogiéndose de hombros—, tengo una beca sufragada por el gobierno de Brasil y, por tanto, he de asistir a la mejor escuela que exista.

Mientras el coche doblaba por la avenue Montaigne, rumbo al Pont de l'Alma, Margarida observó con detenimiento a Bel.

—Mi madre me ha contado que estás prometida con Gustavo Aires Cabral. Me sorprende que te haya dejado suelta en París.

—Sí, estoy prometida, pero Gustavo quería que visitara Europa antes de convertirme en su esposa. Él vino hace ocho años.

—Pues hemos de conseguir que el poco tiempo que te queda

en París sea lo más estimulante posible. Y confío, Izabela, en que no le repitas a nadie nada de lo que oigas y veas hoy. Mi madre cree que tengo clase hasta las cuatro de la tarde, lo cual... no es del todo cierto —reconoció.

—Entiendo. ¿Y adónde vas entonces? —preguntó Bel con cautela.

—A comer con mis amigos en Montparnasse, pero tienes que jurarme que no dirás ni una palabra.

—Te lo juro —le aseguró Bel, que estaba entusiasmada con la confesión de Margarida.

—La gente que conozco... en fin —suspiró—, son bastante extremos. Puede que te escandalices.

—Ya me lo advirtió alguien que lo sabe —dijo Bel, que no apartó la vista de la ventanilla mientras cruzaban el Sena.

—¿No te estarás refiriendo a la señora da Silva Costa?

Ambas rieron.

—No, fue un joven escultor al que conocí en el *atelier* del profesor Landowski un día que acompañé al señor da Silva Costa.

—¿Cómo se llamaba?

—Laurent Brouilly.

—¿En serio? —preguntó Margarida enarcando las cejas—. Lo conozco, o por lo menos lo he visto unas cuantas veces en Montparnasse. Nos da clase cuando el profesor Landowski tiene otros compromisos. Es un hombre encantador.

Bel respiró hondo.

—Me ha pedido que pose para él —desveló, agradecida de poder compartir la emoción interna que tal cumplido le producía.

—¿De veras? Pues deberías sentirte halagada. He oído que nuestro monsieur Brouilly es sumamente particular a la hora de elegir a sus modelos. Era el alumno más destacado de la escuela de Beaux-Arts y le espera un futuro brillante. —Margarida miró a Bel con renovada admiración—. Vaya, Izabela, eres una caja de sorpresas —señaló cuando el coche se detuvo en un callejón.

—¿Dónde está la escuela? —preguntó Bel a su amiga mirando en derredor.

—A dos calles de aquí, pero no me gusta que los demás alumnos me vean llegar en este coche tan lujoso cuando muchos de ellos tienen que hacer varios kilómetros a pie hasta la escuela, y probablemente sin haber desayunado —explicó—. Vamos.

La entrada a la escuela de Beaux-Arts estaba parapetada detrás de los bustos de los grandes artistas franceses Pierre Paul Puget y Nicolas Poussin, y de una intricada verja de hierro. Bel y Margarida la franquearon y cruzaron un patio simétrico rodeado de elegantes edificios de piedra clara. Las altas ventanas en arco que recorrían la planta baja recordaban a los claustros que se rumoreaba que habían ocupado originariamente aquel lugar.

Tras superar la puerta principal, atravesaron un vestíbulo que retumbaba con las conversaciones de los jóvenes estudiantes. Una chica delgada pasó rozándolas.

—¡Margarida, lleva pantalones! —exclamó Bel.

—Sí, muchas alumnas los llevan —le explicó su amiga—. ¿Te imaginas que una de nosotras se presentara en el Copacabana Palace para tomar el té *dans notre pantalon*? Ya hemos llegado.

Entraron en un aula espaciosa, dotada de grandes ventanales que arrojaban haces de luz sobre las hileras de bancos de madera. Otros alumnos iban entrando y tomando asiento armados con libretas y lápices.

Bel estaba desconcertada.

—¿Dónde esculpimos? Y nadie lleva blusón.

—Esta no es una clase de escultura. Es... —Margarida abrió su libreta y consultó el horario— «Técnica escultórica en piedra». En otras palabras, estamos aprendiendo la teoría, pero más adelante tendremos la oportunidad de ponerla en práctica.

Un hombre de mediana edad —que, a juzgar por el pelo enmarañado, los ojos enrojecidos y la barba de varios días, parecía recién salido de la cama— se situó al frente de la clase.

—*Bon matin, mesdames et messieurs*. Hoy les presentaré las herramientas que son necesarias para crear una escultura de piedra —anunció—. Bien... —Abrió una caja de madera y procedió a colocar sobre la mesa lo que a Bel le parecieron instrumentos de tortura—. Esto es un cincel de punta, que se utiliza para hacer el esbozo arrancando trozos de piedra grandes. Una vez satisfechos con la forma aproximada, utilizaremos esto, un cincel dentado, también conocido como cincel de garra. Sus numerosos dientes permiten crear surcos. Lo utilizamos para dar textura a la piedra...

Bel escuchaba con suma atención mientras el profesor describía cada instrumento y su función. Pero, aunque su francés era excelente, el hombre hablaba tan deprisa que no le resultaba fácil seguirlo. Además, muchas palabras eran expresiones técnicas que le costaba entender.

Al final se dio por vencida y decidió distraerse observando a sus compañeros de clase. Nunca había visto un grupo de jóvenes tan variopinto; llevaban ropa extraña, bigotes excesivamente largos y lo que debía de ser una moda entre los artistas: barbas y matas de pelo desgreñadas. Miró de reojo a su vecino y, bajo su vello facial, vio que no debía de ser mucho mayor que ella. El aula desprendía un olor rancio, a cuerpos y prendas sin lavar, y Bel sintió que su elegancia llamaba la atención.

Pensó con ironía que en Río se había tenido por una rebelde debido a su defensa discreta pero apasionada de los derechos de la mujer y su desinterés por los bienes materiales. Y, sobre todo, por el rechazo que le producía la idea de tener que cazar un buen marido.

Pero allí... se dio cuenta de que se sentía como una remilgada princesa de una época lejana, trasplantada a un mundo que ya había dejado atrás las reglas de la alta sociedad. Era evidente que a ninguno de los presentes en aquella aula le importaban lo más mínimo los convencionalismos; de hecho, pensó, puede que incluso consideraran un deber hacer cuanto estuviera en sus manos por combatirlos.

Cuando el profesor anunció el fin de la clase y sus compañeros recogieron sus libretas y empezaron a marcharse, Bel se sentía abrumada.

—Estás pálida, Izabela —advirtió Margarida—. ¿Te encuentras bien?

—Creo que el aula está un poco cargada —mintió mientras seguía a su amiga hasta el pasillo.

—Y apesta, ¿verdad? —Margarida rió—. No te preocupes, te acostumbrarás. Lo siento si esta clase no ha sido la mejor iniciación para ti. Te prometo que las clases prácticas son mucho más divertidas. Y ahora, ¿qué te parece si damos un paseo y buscamos un lugar donde comer?

Bel se alegró de salir a la calle, y mientras caminaban por la rue Bonaparte en dirección a Montparnasse, Margarida le habló de su vida en Europa.

—Aunque solo llevo seis meses en París, ya lo siento como mi hogar. Pasé tres años en Italia y estaré aquí otros dos. Creo que me costará mucho volver a Brasil después de más de cinco años en Europa.

—Sin duda —dijo Bel con convencimiento.

Las calles empezaban a estrecharse y pasaban junto a cafés repletos de clientes acomodados en las terrazas, sentados a pequeñas mesas de madera protegidas del sol del mediodía por sombrillas de colores vivos. Un intenso aroma a tabaco, café y alcohol impregnaba el aire.

—¿Qué es ese líquido que todo el mundo parece beber en esos vasos pequeños? —le preguntó a Margarida.

—Absenta. Todos los artistas la beben porque es barata y muy fuerte. A mí, personalmente, me resulta repugnante.

Aunque algunos hombres les lanzaban miradas de admiración, allí el hecho de que dos señoritas pasearan sin una acompañante de mayor edad no provocaba ni una mueca de desaprobación. «A nadie le importa», pensó Bel, animada por la embriagadora sensación de estar por fin en Montparnasse.

—Iremos a La Closerie des Lilas —anunció Margarida— y, si tenemos suerte, puede que veas algunas caras conocidas.

La joven señaló un café que se parecía a los que habían dejado atrás y, tras sortear las mesas abarrotadas que se apiñaban en la amplia acera que tenían delante, entraron. Habló con el camarero en francés, muy deprisa, y este las condujo hasta una mesa situada junto a la ventana.

—Este es el mejor lugar para observar el ir y venir de los residentes de Montparnasse —explicó Margarida mientras se sentaban en el banco forrado de cuero—. Y ya veremos cuánto tiempo tardan en fijarse en ti —añadió.

—¿En mí? ¿Por qué? —preguntó Bel.

—Porque eres increíblemente bella, *chérie*. Y como mujer, no existe mejor moneda de cambio que esa en Montparnasse. Les doy diez minutos antes de que se acerquen a nuestra mesa, ansiosos por saber quién eres.

—¿Conoces a muchos? —preguntó Bel asombrada.

—Desde luego. Es sorprendente lo pequeña que es esta comunidad, y todo el mundo se conoce.

Ambas se fijaron en un hombre con el pelo gris peinado hacia atrás que se acercaba al piano vitoreado por los ocupantes de la mesa de la que se había levantado. Tomó asiento y empezó a tocar. En el café se hizo el silencio y Bel también escuchó embelesada la maravillosa pieza musical que iba aumentando de intensidad de una manera lenta y seductora. Cuando la última nota quedó suspendida en el aire, el café estalló en un clamor de admiración y el hombre regresó a su mesa entre ovaciones y patadas contra el suelo.

—Nunca había oído nada parecido —dijo Bel con la voz entrecortada por la emoción—. ¿Quién es el pianista? Es realmente brillante.

—Querida, es el mismísimo Ravel, y la pieza que ha tocado se llama *Bolero*. Ni siquiera la ha estrenado oficialmente todavía, por lo que ha sido todo un honor poder escucharla aquí. Bien, ¿qué te apetece comer?

Margarida no se había equivocado al sospechar que no estarían solas mucho tiempo. Una sucesión de hombres, desde los más jóvenes hasta los más viejos, pasaron por la mesa para saludar a Margarida y preguntar a continuación quién era su bella acompañante.

—Ah, otra mujer de ojos oscuros y sangre caliente de esa exótica tierra suya —comentó un caballero que Bel habría jurado que llevaba carmín.

Los hombres guardaban silencio y se quedaban mirándola hasta que Bel notaba que las mejillas se le ponían rojas como los rábanos de la ensalada que permanecía intacta frente a ella. Estaba demasiado eufórica para comer.

—Sí, puedo pintarla —decían algunos con languidez—. Inmortalizaré su belleza. Margarida sabe dónde está mi estudio.

Y, dicho eso, el artista en cuestión se despedía con una leve reverencia. De vez en cuando, un camarero se acercaba con un vaso que contenía un líquido de un color extraño y anunciaba: «Gentileza del caballero de la mesa seis…».

—Por supuesto, no posarás para ninguno de ellos —sentenció Margarida—. Son surrealistas, lo que significa que solo captarán tu *essence* y no tu forma física. Con toda probabilidad, tu imagen se convertiría en una llama roja de pasión… ¡con un seno en una esquina y un ojo en la otra! —Rió—. Prueba esto, es granadina. Está buena. —Margarida le tendió un vaso con un líquido rojo. De pronto, exclamó—: ¡Deprisa, Izabela, mira quién está junto a la puerta!

Bel desvió una mirada recelosa del vaso que tenía delante y la dirigió hacia la entrada del café.

—¿Sabes quién es? —preguntó su amiga.

—Sí —susurró ella tras observar al hombre menudo y de cabellos morenos y ondulados que le señalaba Margarida—. Es Jean Cocteau.

—Exacto, el príncipe de la vanguardia. Es un hombre fascinante, y muy sensible.

—¿Lo conoces? —preguntó Bel.

—Un poco. —Margarida se encogió de hombros—. A veces me pide que toque el piano.

Bel centró la atención en monsieur Cocteau y no reparó en el joven que se abría paso entre el gentío en dirección a su mesa.

—Mademoiselle Margarida, he extrañado su presencia durante demasiado tiempo. Y mademoiselle Izabela, ¿verdad?

Bel apartó la mirada de la mesa de Cocteau y se topó directamente con los ojos de Laurent Brouilly. Al verlo, el corazón se le desbocó.

—Sí. Disculpe, señor Brouilly, estaba distraída.

—Mademoiselle, estaba regalándose la vista con un personaje

mucho más fascinante que yo —comentó él con una sonrisa—. No sabía que se conocieran, señoritas.

—Nos presentaron hace poco —explicó Margarida—. Estoy ayudando a Izabela a iniciarse en los placeres de Montparnasse.

—Que estoy seguro sabe apreciar.

Laurent le lanzó a Bel una mirada que le dejó muy claro que recordaba a la perfección cada una de las palabras de su última conversación.

—Como podrá imaginar, todos los artistas del café le han pedido que pose para ellos —continuó Margarida—. Yo, como es natural, le he dicho que vaya con cuidado.

—Se lo agradezco, porque, como bien sabe mademoiselle Izabela, se comprometió primero conmigo. Me alegro de que haya preservado su virtud artística para mí —dijo Laurent con una sonrisa.

Tal vez fuera el alcohol, o quizá la emoción de formar parte de aquel mundo increíblemente nuevo, pero Bel se estremeció de placer al escuchar sus palabras.

Un joven de piel muy morena que había aparecido al mismo tiempo que Laurent dio un paso al frente para realizar una petición.

—Mademoiselle Margarida, los de la mesa de monsieur Cocteau desearíamos que nos deleitara con su increíble talento al piano. Ha pedido su favorita. ¿La conoce?

—Sí. —Tras echar una rápida mirada al reloj que había encima de la barra, Margarita aceptó—. Será un honor, aunque jamás podría igualar el virtuosismo de monsieur Ravel —aseguró antes de levantarse e inclinar la cabeza en dirección a la mesa de Ravel.

Bel vio a Margarida sortear a la multitud y sentarse en el banco que el mismísimo Ravel había dejado libre hacía solo unos minutos. La sala prorrumpió en aplausos.

—¿Le importa si me siento para disfrutar de la interpretación? —preguntó Laurent.

—En absoluto —respondió ella, y el joven se acomodó en el estrecho banco apretando su cadera contra la de ella.

Bel se asombró una vez más de la naturalidad con que aquellas gentes establecían contacto físico.

En cuanto los graves acordes que iniciaban la *Rhapsody in Blue* de Gershwin resonaron en el café, todo el mundo guardó silencio. Bel vio a Laurent estudiar los numerosos vasos que cubrían la mesa, en su mayoría aún intactos, elegir uno y envolverlo con sus dedos delgados y fuertes.

El joven se puso la otra mano en el muslo, debajo de la mesa, como haría cualquier hombre. No obstante, a medida que pasaban los minutos fue desplazándola hacia la angosta hendidura que los separaba. Bel contuvo la respiración, medio convencida de que el contacto no era intencionado, pero estaba segura de que notaba los dedos de Laurent acariciándole suavemente el muslo a través de la tela del vestido...

Un escalofrío le recorrió todo el cuerpo, y la sangre se le desbocó en las venas justo cuando la música alcanzó su propio clímax.

—Mademoiselle Margarida posee un verdadero talento, ¿no cree?

Bel notó el aliento caliente de Laurent en el oído y asintió aturdida.

—No tenía ni idea —dijo cuando la sala estalló de nuevo en aplausos—. Parece que se le dan bien muchas cosas. —Su propia voz le sonaba extraña, amortiguada, como si estuviese nadando bajo el agua.

—Estoy convencido de que si una persona nace con el don de la creatividad —comentó Laurent—, es como si su alma fuera un cielo repleto de estrellas fugaces, un planeta que gira constantemente hacia cualquier musa que atrape su imaginación. Muchas de las personas de esta sala no solo saben dibujar y esculpir, también escriben poesía, extraen bellos sonidos de un instrumento, hacen llorar al público con sus dotes interpretativas y cantan como los pájaros. Ah, mademoiselle. —Laurent se levantó e hizo una reverencia cuando Margarida regresó a la mesa—. Ha estado soberbia.

—Me parece que exagera, monsieur —replicó ella con modestia al tomar asiento.

—Y creo que muy pronto compartiremos *atelier*. El profesor Landowski me ha dicho que dentro de unas semanas iniciará sus prácticas con nosotros.

—Él mismo lo sugirió, pero no tenía intención de contárselo a nadie hasta que estuviera confirmado. —Margarida hizo señas al camarero para que le llevara la cuenta—. Sería un honor para mí que el profesor Landowski me aceptara en su estudio.

—Cree que usted posee facultades. Para ser mujer, claro —bromeó Laurent.

—Me lo tomaré como un cumplido. —Margarida sonrió.

Llegó la cuenta y la joven dejó encima unos billetes.

—Y quizá, si está en el estudio, podría ejercer de carabina mientras yo me dedico a esculpir a mademoiselle Izabela —propuso Laurent.

—Tal vez pueda arreglarlo, pero no le prometo nada —dijo Margarida, que miró a toda prisa a Bel, luego a Laurent y, finalmente, el reloj de la barra—. Debemos irnos. *À bientôt*, monsieur Brouilly.

Besó a Laurent en ambas mejillas y Bel se puso de pie.

—Mademoiselle Izabela, parece que el destino ha conspirado para reunirnos de nuevo. Espero que nuestro próximo encuentro sea más duradero.

Laurent le besó la mano sin dejar de mirarla por debajo de las pestañas. Pese a su candidez, Bel comprendió al instante lo que contenía aquella mirada.

Por suerte, cuando Bel llegó a casa Maria Georgina estaba durmiendo la siesta. Maria Elisa, sin embargo, se hallaba en el salón leyendo un libro.

—¿Cómo ha ido? —le preguntó a Bel.

—¡Ha sido fantástico!

La muchacha se dejó caer en una butaca, agotada de tantas emociones, pero todavía exultante por su encuentro con Laurent.

—Me alegro. ¿Y qué has aprendido?

—Oh, todo lo que hay que saber sobre los instrumentos necesarios para esculpir la piedra —respondió con desenfado.

Su cerebro imbuido de alcohol impedía que sus labios se movieran como lo hacían normalmente.

—¿Has estado seis horas estudiando las herramientas necesarias para esculpir? —inquirió Maria Elisa con una mirada suspicaz.

—Sí, la mayor parte del tiempo; luego hemos ido a comer y... —Bel se levantó con brusquedad—. Creo que el día de hoy me ha dejado exhausta. Voy a echar una cabezada antes de la cena.

—¿Bel?

—¿Sí?

—¿Has estado bebiendo?

—No... Bueno, solo un vaso de vino con la comida. A fin de cuentas, es lo que se hace en París.

Se encaminó hacia la puerta jurándose que en el futuro no probaría nada de lo que le sirvieran en las toscas mesas de La Closerie des Lilas.

21

Apartamento 4
48, avenue de Marigny
París (Francia)

27 de junio de 1928

Queridos Pai y Mãe:

Me cuesta creer que ya lleve cuatro meses fuera de Río; el tiempo ha pasado volando. Sigo adorando las clases a las que asisto con Margarida de Lopes Almeida en la escuela de Beaux-Arts. Aunque sé que nunca llegaré a ser una gran artista como algunos de mis compañeros, las clases han contribuido a aumentar mi aprecio por la pintura y la escultura, y creo que eso me beneficiará enormemente en mi vida futura como esposa de Gustavo.

El verano ha llegado a París y la ciudad está aún más animada con el cambio de estación. ¡Empiezo a sentirme como una auténtica parisina!

Espero que algún día podáis ver con vuestros propios ojos la magia que yo tengo la fortuna de contemplar cada día.

Con todo mi cariño para los dos,

Izabela

Bel dobló la hoja con cuidado y la introdujo en el sobre. Se recostó en la silla lamentando no poder compartir con sus padres sus verdaderos sentimientos por la ciudad que estaba empezando a amar, la nueva libertad de la que disfrutaba y la gente que iba conociendo. Sabía que ellos no lo entenderían. Peor aún, pensarían que habían tomado la decisión errónea al dejarla marchar.

La única persona en quien sentía que podía confiar de verdad era Loen. Cogió otra hoja de papel y redactó una carta muy diferente, volcando sus auténticas emociones, hablando de Montparnasse y, por supuesto, de Laurent Brouilly, el joven ayudante que deseaba esculpirla...

Gracias a Margarida, Bel se despertaba todas las mañanas con un maravilloso sentimiento de dicha. Las clases resultaban muy instructivas, pero eran los almuerzos en La Closerie des Lilas lo que esperaba con mayor ilusión.

Cada día era diferente, un festín creativo para los sentidos, pues las mesas se llenaban de artistas, músicos y escritores. La semana anterior, sin ir más lejos, había visto al novelista James Joyce sentado a una mesa de la terraza bebiendo vino e inclinado sobre una enorme pila de hojas mecanografiadas.

—He echado un vistazo por encima de su hombro —explicó Arnaud, un aspirante a escritor amigo de Margarida, con la voz entrecortada por la emoción—. El manuscrito se titula *Finnegans Wake*. ¡Lleva seis años escribiéndolo!

Aunque Bel sabía que debía estar más que satisfecha por codearse y respirar el mismo aire que aquellas grandes mentes a diario, Margarida y ella seguían dedicando la mayor parte del trayecto entre la escuela y Montparnasse a concebir planes infructuosos para escapar por las noches, que era cuando la Rive Gauche se animaba de verdad.

—Sé que es imposible, pero no tiene nada de malo soñar —señalaba Bel.

—Supongo que debemos dar las gracias por disfrutar de libertad al menos durante el día —suspiraba Margarida.

Bel miró su reloj y se dio cuenta de que el coche de Margarida pasaría a recogerla en cualquier momento. Enfundada en el vestido marinero de tela de gabardina azul que había adoptado como uniforme por ser la prenda más sencilla que poseía, se cepilló el pelo, se dio un toque de carmín y se despidió desde el recibidor antes de cerrar la puerta tras de sí.

—¿Cómo estás? —le preguntó Margarida cuando subió al coche.

—Muy bien, gracias.

—Me temo que tengo malas noticias, Izabela. El profesor Landowski ha confirmado que está dispuesto a ofrecerme un período de prácticas en su *atelier* de Boulogne-Billancourt. Por tanto, ya no asistiré a las clases de la escuela de Beaux-Arts.

—Felicidades, debes de estar encantada.

Bel se esforzó por celebrar con una sonrisa la buena fortuna de su amiga.

—Lo estoy —dijo ella—. Pero soy consciente de que te pongo en una situación difícil. No sé si la señora da Silva Costa te permitirá seguir asistiendo a clase tú sola.

—No me dejará, tenlo por seguro.

Los ojos se le llenaron de lágrimas involuntarias.

—No desesperes, Bel. —Margarida le dio unas palmaditas en el brazo—. Encontraremos una solución, te lo prometo.

Casualmente, aquella mañana tuvieron de profesor al propio Landoswki, cuyas excepcionales clases, en las que desarrollaba su teoría de líneas simples y hablaba de la dificultad técnica de alcanzar la perfección, solían fascinar a Bel. Pero aquel día apenas le prestó atención.

Lo peor de todo era que, desde su primer almuerzo en La Closerie des Lilas, que había tenido lugar más de un mes antes, no había vuelto a ver a Laurent Brouilly. Cuando, en un tono deliberadamente desenfadado, le había preguntado a Margarida dónde estaba, esta le había contestado que se hallaba muy ocupado ayudando a Landowski a crear el primer prototipo del *Cristo* de Heitor.

—Creo que monsieur Brouilly ha estado durmiendo en el *atelier* todas las noches. El señor da Silva Costa está impaciente por que le den algo con lo que pueda empezar a hacer sus cálculos matemáticos.

Después de la clase, Landowski le hizo señas a Margarida para que se acercara.

—Entonces, mademoiselle, ¿se unirá a nosotros en mi *atelier* la semana que viene?

—Sí, profesor Landowski. Es un honor para mí recibir esta oportunidad.

—Veo que la acompaña su compatriota, la muchacha de las manos bonitas —observó Landowski señalando a Bel con la cabeza—. Brouilly sigue hablando de su deseo de esculpirla, señorita. Dentro de una semana, cuando haya entregado mi primera escultura a su tutor, quizá podría acompañar a mademoiselle Lopes de Almeida a mi *atelier* para que mi ayudante pueda ver su deseo cumplido. Su presencia será el premio por las muchas horas que ha dedicado al *Cristo* estas últimas tres semanas. Le sentará bien estudiar la figura de una mujer después de tantos días contemplando a Nuestro Señor.

—Seguro que será un placer para Izabela —se apresuró a responder Margarida por ella.

Landowski se despidió con un gesto de la cabeza y abandonó el aula.

—¿Lo ves, Izabela? —se jactó la chica cuando salían de la escuela para emprender su paseo diario hasta Montparnasse—. ¡Dios, o más bien el *Cristo*, está de tu lado!

—Sí —convino Bel con renovada esperanza—. Eso parece.

—Hay algo de lo que me gustaría hablarte, Bel —le dijo repentinamente Maria Elisa aquella noche cuando se preparaban para acostarse—. Y quiero que me des tu opinión.

—Por supuesto. —Bel se sentó en la cama, agradecida por la oportunidad de poder ayudar a su amiga, con quien sentía que estaba pasando mucho menos tiempo del que debería—. ¿De qué se trata?

—He decidido que me gustaría formarme como enfermera.

—Vaya, eso es maravilloso —celebró Bel con una sonrisa.

—¿De veras lo crees? Me preocupa que Mãe no opine lo mismo. Ninguna mujer de nuestra familia ha ejercido jamás una profesión. Pero es algo que he meditado mucho, y necesito reunir el valor para decírselo. —Maria Elisa se mordió el labio—. ¿Qué crees que dirá?

—Espero que diga que se siente muy orgullosa de que su hija desee hacer algo útil con su vida. Y estoy segura de que a tu padre le alegrará mucho tu decisión.

—Ojalá tengas razón —deseó fervientemente Maria Elisa—. También he pensado que, mientras viva en París, en lugar de perder el tiempo en casa podría trabajar como voluntaria en un hospital. Hay uno a solo unos minutos a pie de aquí.

Bel le tomó las manos entre las suyas y se las estrechó con fuerza.

—Eres tan buena persona, Maria Elisa, siempre pensando en los demás. Creo que tienes las cualidades idóneas para ser enfermera. El mundo está cambiando para las mujeres, y no hay razón para que no hagamos algo con nuestras vidas.

—Dado que por el momento no tengo planes de casarme, ¿por qué no? Tu caso, Bel, es diferente. En cuanto regreses a casa dentro de seis semanas te convertirás en la esposa de Gustavo, dirigirás su hogar y con el tiempo serás la madre de sus hijos. Pero yo necesito otro propósito en la vida. Gracias por tu apoyo. Hablaré con Mãe mañana mismo.

Cuando se acostaron y Maria Elisa apagó la luz, Bel permaneció una vez más tendida en su cama sin poder conciliar el sueño.

Seis semanas. Era todo lo que le quedaba en París antes de regresar a la vida que su amiga había descrito tan sucintamente.

Pese a sus esfuerzos por pensar en aspectos positivos de su futuro, ninguno acudió a su mente.

Margarida había prometido ponerse en contacto con Bel, una vez que hubiera pasado unos días en el *atelier* de Landowski, para comunicarle cuándo quería el profesor que la acompañara. Pero hasta el momento seguía sin tener noticias de ella.

Volvía a estar confinada en el piso, y sola, pues ahora era Maria Elisa quien, habiendo obtenido el permiso renuente de su madre y un puesto de voluntaria en el hospital, salía cada mañana a las nueve en punto. Y Maria Georgiana pasaba la mayor parte de la mañana atendiendo tareas del hogar o escribiendo cartas.

—El mes que viene es el cumpleaños de mi madre y me gustaría comprarle algo de París y enviárselo. ¿Le parece bien que salga a dar una vuelta, señora? —le preguntó a Maria Georgiana una mañana durante el desayuno.

—No, Izabela. Estoy segura de que tus padres no verían con buenos ojos que te pasearas sola por París. Y hoy tengo muchas cosas que hacer.

—En ese caso —dijo Heitor, que había escuchado la conversación—, ¿qué tal si Izabela me acompaña hasta los Campos Elíseos cuando vaya al despacho? Podría elegir algo en una de las galerías comerciales que hay por el camino. Estoy convencido de que no le pasará nada por recorrer sola unos cientos de metros de vuelta a casa, querida.

—Como quieras. —Maria Georgiana soltó un suspiro de irritación, sintiéndose desautorizada.

—Últimamente hace un tiempo que hasta un brasileño calificaría de caluroso —le comentó Heitor veinte minutos después, cuando salían de casa rumbo a los Campos Elíseos—. ¿Lo estás pasando bien en París?

—Me encanta esta ciudad —aseguró Bel.

—Y por lo visto has estado investigando los rincones más... digamos «bohemios» de la ciudad.

Bel le lanzó una mirada contrita.

—Yo...

—Ayer vi a tu amiga Margarida en el *atelier* de Landowski y la oí charlar con el joven ayudante sobre vuestros almuerzos en La Closerie des Lilas.

Bel enmudeció, pero Heitor le dio una palmadita tranquilizadora en el brazo al verle la cara.

—No te preocupes, tu secreto está a salvo conmigo. Además, Margarida es una joven muy sensata. Conoce bien París. También me pidió que te dijera que mañana te recogerá a las diez para ir al *atelier*. Como bien sabes, monsieur Brouilly desea esculpirte. Por lo menos eso evitará que te metas en líos, y todo sabremos dónde estás.

Heitor enarcó una ceja, pero Bel sabía que estaba bromeando.

—Gracias por darme el mensaje —respondió con timidez, tratando de ocultar su regocijo. Se apresuró a cambiar de tema—. ¿Está contento con el trabajo del profesor Landowski sobre su *Cristo*?

—Hasta el momento estoy totalmente convencido de que he tomado la decisión correcta. Landowski y yo tenemos una visión del *Cristo* muy parecida. Sin embargo, aún queda mucho antes de poder afirmar que tenemos el diseño definitivo. Y en estos momentos estoy sopesando algunos problemas. El primero y el más serio es con qué material deberíamos cubrir la escultura. He estudiado numerosas opciones, pero ninguna me convence, ni desde el punto de vista estético ni desde el pragmático. Bien, ¿qué te parece si buscamos un regalo para tu madre en esas galerías? Yo le compré un precioso pañuelo de seda a Maria Georgiana en una de sus boutiques.

Se internaron en las elegantes galerías y Heitor señaló la tienda a la que se refería.

—Te esperaré aquí —dijo cuando Bel entró.

La joven eligió un suave pañuelo de cuello, con uno de bolsillo a juego, de color melocotón, un tono que sabía que le sentaría bien a su madre. Después de pagar, salió de la tienda y encontró a Heitor inclinado sobre una pequeña fuente situada en el centro de las galerías. Observaba el fondo con gran atención.

Bel se detuvo a su lado y, al percatarse de su presencia, Heitor señaló el mosaico que decoraba el suelo de la fuente.

—¿Qué te parece? —le preguntó.

—¿A qué se refiere, señor?

—¿Y si cubro el *Cristo* con un mosaico? De ese modo, la capa externa no correría el peligro de agrietarse, porque cada tesela sería independiente. Tendría que decidir qué piedra utilizar para las teselas, algo poroso, resistente... sí, como la esteatita que se encuentra en Minas Gerais, quizá. Es de un tono claro que podría quedar bien. He de traer al señor Levy aquí de inmediato. Mañana se marcha a Río y debemos tomar una decisión.

Bel reparó en la cara de entusiasmo de Heitor y lo siguió cuando salió de las galerías a toda velocidad.

—¿Te importa volver sola a casa desde aquí, Izabela?

—En absoluto.

Heitor asintió y se alejó de ella dando grandes zancadas.

22

Bienvenue, mademoiselle Izabela. —Laurent se acercó a Bel cuando entró en el *atelier* con Margarida y la besó en las mejillas—. Antes que nada, prepararemos un café juntos. Por cierto, mademoiselle Margarida —añadió cuando esta pasó junto a ellos para ponerse el blusón—, el profesor dice que ha de trabajar más el codo izquierdo de su escultura, pero que en general es un buen intento.

—Gracias —respondió ella—. Viniendo del profesor, es todo un cumplido.

—Y ahora, Izabela, venga conmigo y muéstreme cómo hacen el café en su país —propuso Laurent—. Fuerte y oscuro, estoy seguro. —La tomó de la mano y la condujo hasta la diminuta cocina. Bajó una bolsa de papel marrón de un estante, la abrió y olió el contenido—. Granos brasileños molidos esta misma mañana en una tienda que conozco de Montparnasse. Lo he comprado expresamente, para que la ayude a relajarse y le recuerde a su casa.

Bel aspiró el aroma y salvó volando sobre el mar las cinco mil millas que la separaban de su país.

—Enséñeme cómo le gusta —insistió él, a la vez que le entregaba una cuchara y se apartaba para que Bel hiciera el resto.

Ella aguardó a que el agua rompiera a hervir en el pequeño hornillo, negándose a reconocer que no había hecho café en su vida. Los sirvientes se encargaban de ello en casa.

—¿Tiene tazas? —preguntó.

—Claro. —Laurent sacó dos pocillos esmaltados de un armario—. Lamento que no sean de porcelana fina, pero el café sabrá igual.

—Sí —dijo Bel, nerviosa, al tiempo que vertía una cucharada de café en cada uno.

—En realidad, mademoiselle —observó él con una sonrisa amable y bajando una jarrita de plata de un estante—, nosotros hacemos el café aquí.

Bel se sonrojó, consciente de su error, mientras él trasladaba el café de las tazas a la jarrita y añadía agua caliente.

—Cuando haya reposado, nos sentaremos y charlaremos.

Minutos después, Laurent la condujo de nuevo al estudio, donde Margarida ya estaba sentada en un banco trabajando en su escultura. El joven cogió un bloc de dibujo, acompañó a Bel hasta la mesa de caballete y los bancos donde habían comido el primer día y cerró la cortina a su espalda.

—Siéntese ahí, por favor. —Laurent le indicó que debía tomar asiento frente a él—. Y ahora —levantó su taza—, hábleme de su vida en Brasil.

Bel lo miró atónita.

—¿Por qué quiere que le hable de Brasil?

—Porque, mademoiselle, está tan tensa que ahora mismo parece una viga de madera que lleva cien años soportando un tejado. Necesito que se relaje, que los músculos de su cara se suavicen, que sus labios se distiendan y sus ojos se iluminen. Si no lo consigo, afectará negativamente a la escultura. ¿Lo entiende?

—Creo... creo que sí —respondió Bel.

—No parece muy convencida. Intentaré explicarme mejor —prosiguió—. Mucha gente cree que la escultura solo se ocupa de la parte externa, física, de una persona. Y desde un punto de vista técnico, así es. Pero un buen escultor sabe que el arte de obtener un buen parecido depende de la interpretación de la esencia del objeto que está retratando.

Bel lo miró dubitativa.

—Entiendo.

—Por poner un ejemplo sencillo —continuó él—: si estuviera

esculpiendo a una joven y viera en sus ojos que posee un corazón bondadoso que sufre por los demás, quizá le pondría un animal, tal vez una paloma, en las manos, y le pediría que lo sostuviera con ternura. En cambio, si percibiera codicia en los ojos de una mujer, puede que le pusiera una pulsera vistosa en la muñeca, o un anillo grande en el dedo. Así pues —Laurent abrió el bloc y empuñó el lápiz—, usted me hablará y yo la dibujaré mientras lo hace. Dígame, ¿dónde creció?

—Pasé casi toda mi niñez en una granja en las montañas —contestó ella, y la imagen de la *fazenda* que tanto amaba enseguida la hizo sonreír—. Criábamos caballos y por las mañanas cabalgaba por los montes o me bañaba en el lago.

—Parece una infancia idílica —la interrumpió él mientras el lápiz bailaba por la hoja.

—Lo fue. Pero luego nos mudamos a Río, a una casa situada al pie de la montaña del Corcovado. Algún día el *Cristo* se erigirá en su cima. Aunque la casa es preciosa, y mucho más elegante que la *fazenda*, la montaña que se alza detrás hace que resulte oscura. A veces, cuando estoy allí, siento... —hizo una pausa para buscar las palabras adecuadas— que me falta el aire.

—¿Y cómo se siente aquí, en París? —preguntó Laurent—. También es una ciudad grande. ¿Atrapada como en Río?

—Oh, no. —Bel negó con la cabeza y el ceño que había asomado a su frente desapareció al instante—. Me encanta esta ciudad, sobre todo las calles de Montparnasse.

—En ese caso, me atrevería a decir que no es el lugar lo que la afecta, sino su estado de ánimo. París también puede ser claustrofóbico, sin embargo afirma que le encanta.

—Tiene razón —admitió ella—. El problema es la vida que llevo en Río, no la ciudad en sí.

Laurent siguió dibujando mientras estudiaba la expresión de Bel.

—¿Y qué tiene de malo su vida?

—Nada. En realidad... —Bel se dio cuenta de que le costaba explicarlo—. Soy muy afortunada. Tengo una vida sumamente privilegiada. El año que viene por estas fechas estaré casada, viviré en una casa preciosa y tendré todo lo que una mujer podría desear.

—Entonces, ¿por qué veo infelicidad en sus ojos cuando habla de su futuro? ¿Podría ser, tal como insinuó la primera vez que nos vimos, porque su matrimonio es un acuerdo hecho con la cabeza y no con el corazón?

Bel guardó silencio y sintió en las mejillas un calor que delataba la verdad de lo que Laurent acababa de decir.

—Monsieur Brouilly, usted no lo entiende —dijo al fin—. Las cosas son diferentes en Río. Mi padre desea que mi matrimonio sea ventajoso. Mi prometido pertenece a una de las familias más distinguidas de Brasil. Además —añadió con desesperación—, a diferencia de usted, no poseo un talento con el que poder ganarme la vida. Dependo por entero de mi padre, y pronto dependeré de mi marido.

—Sí, la entiendo, mademoiselle, y me hago cargo de lo complicado de su situación. Pero, por desgracia —suspiró—, solo usted puede cambiarla.

Soltó el lápiz y estuvo unos minutos contemplando los bocetos mientras Bel, alterada y frustrada por la conversación, aguardaba en tensión. Finalmente, Laurent levantó la vista.

—Pues, viendo estos bocetos, le aseguro que podría ganarse la vida como modelo artística en Montparnasse. No solo posee un rostro hermoso, sino que estoy convencido de que, debajo de esas capas de ropa que cubren su cuerpo, se esconde el paradigma de la femineidad.

Mientras el joven la recorría con la mirada, Bel volvió a notar un extraño calor que le nacía en el pecho y le subía hasta el rostro.

—¿Por qué se ruboriza? —preguntó Laurent—. Aquí, en París, celebramos la belleza de la figura femenina. Al fin y al cabo, todos nacemos desnudos, la sociedad es la única que dicta que llevemos ropa. Y el frío de París en invierno, claro. —Rió levantando la vista hacia el reloj—. No se preocupe —añadió evaluándola una vez más—, la esculpiré exactamente con su atuendo de hoy. Es perfecto.

Bel asintió aliviada.

—Y ahora que la he obligado a destapar su alma y ya es mediodía, prepararé un poco de pan con queso y le traeré un vaso de vino como recompensa.

Laurent recogió las tazas y cruzó el estudio en dirección a la cocina; se detuvo para preguntarle a Margarida si deseaba sumarse a ellos.

—Gracias —respondió la muchacha, y dejó su escultura para lavarse las manos.

Bel se quedó sola en el banco, mirando los arriates de lavanda por la ventana. Se sentía conmocionada y vulnerable. De alguna manera, Laurent se las había arreglado para sonsacarle sus verdaderos sentimientos sobre el futuro.

—¿Estás bien, Izabela? —Margarida fue a sentarse a su lado y le puso una mano en el hombro, preocupada—. He oído fragmentos de vuestra conversación. Espero que monsieur Brouilly no te haya presionado demasiado en su búsqueda de un retrato honesto. Y espero —añadió bajado la voz— que lo haya hecho solo por motivos profesionales.

—¿A qué te refieres?

Margarida no tuvo tiempo de responderle, porque Laurent llegó en ese momento con la bandeja.

Durante la comida, Bel guardó silencio y escuchó a Margarida y a Laurent hablar de sus amigos comunes y cotillear sobre las últimas excentricidades de la gente extravagante que conocían.

—Cocteau ha acondicionado una trastienda en un edificio de la rue de Châteaudun para invitar a sus amigotes a beber cócteles creados y bautizados por él. Me han contado que son letales —explicó Laurent antes de beber un trago de vino—. Cuentan que ahora le ha dado por las sesiones de espiritismo.

—¿Qué es eso? —preguntó Bel fascinada.

—Son sesiones donde intentan comunicarse con los muertos —explicó Margarida—. A mí nunca me verán en una de ellas —aseguró con un escalofrío.

—También participa en sesiones de hipnosis colectivas para ver si es posible conectar con el subconsciente. Eso sí me interesaría. La psique humana me fascina casi tanto como su forma física. —Laurent miró a Bel—. Como habrá podido comprobar esta mañana, mademoiselle. Bueno, hora de volver al trabajo. Mientras coloco una silla en el rincón con mejor luz del *atelier*, le propongo que vaya a dar un paseo por el jardín, porque una vez que empiece, insistiré en que permanezca tan inmóvil como la piedra con la que trabajaré.

—Yo la acompaño, monsieur Brouilly —dijo Margarida—. También necesito que me dé un poco el aire. Vamos, Izabela.

Las dos mujeres se levantaron y salieron al jardín, donde se detuvieron junto a los arriates de lavanda para aspirar su voluptuoso perfume.

—Solo se oye el zumbido de las abejas que roban el néctar. —Margarida suspiró de placer mientras entrelazaba su brazo con el de Bel—. ¿Seguro que estás bien, Izabela? —insistió.

—Sí —respondió ella, relajada tras el vino de la comida.

—Prométeme que no permitirás que monsieur Brouilly te haga sentir incómoda.

—Te lo prometo —la tranquilizo Bel—. ¿No es extraño? —preguntó mientras recorrían la margen del jardín, rodeada por un cuidado seto de cipreses—. Aunque Brasil, con su abundancia de flora y fauna, posee la misma belleza, la energía y la atmósfera en Francia son muy diferentes. En casa me cuesta adoptar una actitud contemplativa, estar en paz conmigo misma. En cambio aquí, incluso en el centro de Montparnasse, soy capaz de hacerlo, soy capaz de verme a mí misma con claridad.

Margarida se encogió de hombros.

—Debemos regresar al *atelier* para que monsieur Brouilly pueda comenzar su obra de arte.

Tres horas más tarde, cuando regresaba en coche a casa, Bel advirtió que estaba exhausta. Había permanecido sentada en una silla, con las manos sobre las rodillas y los dedos colocados exactamente como Laurent le había indicado, durante lo que le había parecido una eternidad.

En lugar de sentirse sensual, se había sentido como una solterona cuyo retrato debía ser capturado en tonos sepia por una cámara. Le dolía la espalda de pasar tanto rato con la espalda recta y notaba el cuello rígido. Y si se atrevía a mover siquiera un dedo para buscar una posición más cómoda, Laurent se daba cuenta. Dejaba la piedra que estaba trabajando y se acercaba para devolverle a su mano la posición original.

—Izabela, despierta, querida. Hemos llegado a tu casa.

Bel se sobresaltó, avergonzada por el hecho de que Margarida la hubiera pillado dormitando.

—Lo siento —dijo cuando el chófer abrió la portezuela del coche—. No pensé que resultara tan agotador.

—Has tenido un día largo y duro en todos los sentidos. Todo es nuevo para ti, y eso ya es extenuante de por sí. ¿Querrás ir mañana al *atelier*?

—Desde luego —aseguró Bel tras bajar del coche—. Buenas noches, Margarida. Nos vemos mañana a las diez.

Aquella noche, después de excusarse para no participar en la habitual partida de cartas que seguía a la cena y descansar al fin la cabeza en la almohada, Bel decidió que la sugerencia de Laurent de que se ganara el pan como modelo artística no sería una opción tan sencilla como había imaginado.

23

Durante las tres siguientes semanas, Bel acompañó todas las mañanas a Margarida hasta el *atelier* de Landowski en Boulogne-Billancourt. En un par de ocasiones, Heitor da Silva Costa fue con ellas, armado con una nueva colección de diseños y dibujos para su Cristo.

—Landowski me está haciendo otro modelo, porque estamos intentando refinarlo —decía, y se apeaba del coche a toda prisa en cuanto llegaban, impaciente por ver si el escultor había terminado la nueva versión.

Tras recibir de Heitor otra lista de pequeñas modificaciones que requerían la creación de otro modelo, Landowski farfullaba para sí ante su banco de trabajo:

—Ese brasileño chiflado. Ojalá no hubiera aceptado formar parte de su sueño imposible.

Pero lo decía con cariño, y con implícita admiración por la envergadura del proyecto.

Y poco a poco también el proyecto de Bel empezó a avanzar y a adquirir forma bajo los sensibles dedos de Laurent. La joven se volvió una experta en dar rienda suelta a su imaginación mientras posaba inmóvil. La mayoría de sus pensamientos se centraban en Brouilly, a quien observaba todo el tiempo con el rabillo del ojo mientras él trabajaba la piedra con un martillo y un garlopín.

Una mañana de julio especialmente calurosa, la mano de Landowski cayó sobre el hombro de Laurent mientras este trabajaba.

—Acabo de entregar mi última versión del *Cristo* en el despacho de monsieur da Silva Costa —gruñó—. Y ahora el brasileño chiflado me ha pedido que la utilice para hacer un modelo de cuatro metros y que lo comience de inmediato. Necesitaré tu ayuda, Brouilly, de modo que se acabó el jugar con la escultura de la hermosa dama. Tienes un día más para terminarla.

—Sí, profesor —respondió Laurent, que miró a Bel con resignación.

Ella se esforzó por ocultar el profundo abatimiento que le habían provocado aquellas palabras. Landowski avanzó hacia ella y Bel notó su mirada escrutadora.

—Bien —dijo al fin—, puedes empezar por hacer un molde de los hermosos dedos de mademoiselle. Necesitaré un modelo en el que basarme para crear las manos de Cristo, y han de ser tan delicadas y elegantes como las de ella. El *Cristo* abarcará y protegerá a todos sus hijos con las manos, así que no pueden ser las de un hombre, encallecidas y torpes.

—Sí, profesor —respondió obedientemente Laurent.

Landowski tomó a Bel de la mano y la levantó de la silla. La condujo hasta el banco de trabajo y le colocó la mano de canto sobre la superficie, con el dedo meñique apoyado contra la misma. Después, le estiró los dedos y los juntó haciendo que el pulgar descansara sobre el borde de la palma.

—Muy bien, harás un molde de las manos de mademoiselle en esta posición. Ya conoces el modelo del *Cristo*, Brouilly. Hazlo lo más parecido a él que seas capaz. Y crea también un molde de las manos de mademoiselle Margarida. También ella tiene unos dedos elegantes. Compararé cómo quedan ambos en nuestro Cristo.

—Bien —dijo Laurent—, pero ¿le importa que empecemos mañana por la mañana? Mademoiselle Izabela debe de estar cansada después de todo un día posando para mí.

—Si mademoiselle puede soportarlo, me gustaría que se hiciera ahora. Así mañana los moldes ya estarán secos y tendré algo con lo que trabajar. Estoy seguro de que no le importará, ¿verdad, mademoiselle? —Landowski la miró como si su respuesta fuera irrelevante.

Bel negó con la cabeza.

—Será un honor, profesor.

—Y ahora —dijo Laurent una vez que le hubo cubierto las manos con la pasta de yeso blanco de París—, ha de prometerme que no moverá ni una cutícula hasta que el yeso se haya asentado. De lo contrario, tendremos que repetirlo.

Bel permaneció inmóvil, procurando ignorar un molesto picor en la palma izquierda, y observó a Laurent realizar el mismo proceso con Margarida. Después de terminar también con ella, el joven miró el reloj y dio unos golpecitos suaves en el yeso que envolvía las manos de Bel.

—Con otros quince minutos bastará —dijo antes de soltar una risita—. Ojalá tuviera una cámara para fotografiarlas a las dos con las manos llenas de yeso. Es una imagen ciertamente curiosa. Ahora, si me disculpan, iré a beber agua. No se preocupen, mesdemoiselles, volveré… antes de que anochezca.

Les guiñó un ojo y se dirigió a la cocina.

Bel y Margarida se miraron, ambas intentando contener la risa por lo ridículas que debían de estar, conscientes de que cualquier movimiento haría que les temblaran las manos.

—Puede que un día, cuando miremos el Corcovado, recordemos este momento —dijo Margarida con una sonrisa.

—Yo me acordaré, sin duda —suspiró Bel.

Laurent apenas tardó unos minutos en ejecutar la delicada y también, tal como pensó Bel más tarde, peligrosa tarea de realizar pequeños cortes a lo largo del yeso con un cuchillo afilado y retirarle el molde de las manos previamente engrasadas. Cuando acabó, contempló con satisfacción los moldes dispuestos sobre la mesa.

—Perfecto —dijo—. El profesor estará encantado. ¿Qué le parecen sus manos hechas en yeso? —preguntó a Bel mientras emprendía el mismo proceso con el molde de Margarida.

—No parecen mías —dijo ella estudiando las formas blancas—. ¿Puedo lavármelas ya?

—Sí. El jabón y el cepillo están junto a la pila.

Cuando Bel regresó, sintiéndose mejor tras haberse quitado la grasa y el polvo blanco de las manos, Laurent estaba examinando con expresión ceñuda un dedo que se había roto al retirar el molde de Margarida.

—Creo que puedo salvarlo —dijo—. Tendrá una grieta casi imperceptible en la junta, pero servirá.

Margarida fue a lavarse las manos y Laurent se puso a limpiar el *atelier*.

—Es una pena que el profesor necesite mi ayuda con tanta urgencia, porque todavía me queda mucho trabajo por hacer en su escultura. Por lo menos ahora tengo sus dedos —añadió irónico.

—Debemos irnos —dijo Margarida cuando reapareció—. Hace horas que mi chófer espera y la tutora de mademoiselle Bel se estará preguntando dónde se ha metido su protegida.

—Dígale que la he raptado y que no pienso devolvérsela hasta que haya terminado la escultura —bromeó Laurent mientras las chicas recogían sus sombreros y se encaminaban a la puerta—. ¿No olvida algo, Izabela? —la llamó cuando Bel ya había salido, y se colocó la sortija de compromiso en el dedo meñique—. Quizá deberíamos devolverlo a su lugar, no vaya a ser que la gente sospeche que se lo ha quitado a propósito —dijo mientras ella entraba de nuevo en el *atelier*—. Yo se lo pondré. —Laurent le cogió la mano y, mirándola fijamente a los ojos, le deslizó el anillo por el dedo anular—. Otra vez juntos. *À bientôt*, mademoiselle. Y no se preocupe, encontraré la manera de que podamos proseguir con su escultura.

Las chicas subieron al coche y emprendieron el regreso al centro de París. Bel miraba por la ventanilla, profundamente abatida.

—¿Izabela?

Al volverse advirtió que Margarida la estaba observando con aire pensativo.

—¿Puedo hacerte una pregunta personal?

—Supongo —respondió ella con cautela.

—En realidad son dos. ¿Recuerdas que te oí hablar con Laurent cuando te estaba dibujando y que expresaste tus miedos acerca de regresar a Río y casarte con tu prometido?

—Sí, pero nadie salvo Laurent y tú debe conocerlos, Margarida, te lo ruego —suplicó de inmediato, temerosa de que el rumor llegara a Brasil.

—Entiendo lo que querías decir. Pero, como es lógico, no he podido evitar preguntarme si tu renuencia a casarte con tu prometido ha aumentado a lo largo de las últimas semanas.

Bel extendió su dedo anular y examinó distraídamente la sortija de compromiso mientras meditaba la pregunta.

—Cuando salí de Río le estaba muy agradecida a Gustavo por permitir que viniera a Europa con los da Silva Costa antes de casarme con él. Nunca se me habría pasado por la cabeza pensar que me dejaría hacerlo, así que lo sentí como un gran regalo. Pero ahora que el regalo está a punto de acabarse y debo regresar a casa en menos de tres semanas, lo cierto es que... mis sentimientos hacia él han cambiado. Sí, París ha cambiado mi visión sobre muchas cosas —suspiró.

—Entiendo que adores la libertad que te ofrece París —respondió Margarida—. A mí me pasa lo mismo.

—Sí —dijo Bel con vehemencia y la voz entrecortada—. Y lo peor de todo es que, ahora que he probado una forma de vida diferente, me resulta aún más difícil pensar en el futuro. Una parte de mí desearía no haber venido nunca y experimentado lo que podría haber tenido y ya nunca tendré.

—Lo cual me lleva a mi segunda pregunta —continuó Margarida con calma—. Os he estado observando a Laurent y a ti mientras te esculpía. Si te soy sincera, al principio pensaba que sus halagos e insinuaciones eran los que dedicaría a cualquier mujer bonita que eligiera como modelo. Sin embargo, estos últimos días me he fijado en cómo te mira a veces, en la ternura con que toca la piedra mientras trabaja, como si estuviera soñando que es a ti a quien acaricia en realidad. Perdóname, Izabela —dijo Margarida, negando con la cabeza—. Soy una persona pragmática en lo referente al amor. Sé cómo son los hombres, sobre todo aquí, en París, y creo que debo prevenirte. Temo que Laurent pueda, debido a su pasión por ti y al hecho de que vuestro tiempo juntos se está agotando, olvidar que estás comprometida.

—Una realidad que, naturalmente, yo le recordaría de inmediato —se defendió Bel dándole la única respuesta apropiada.

—¿De veras? No estoy tan segura —repuso su amiga, pensativa—. Porque igual que veo lo que Laurent siente por ti, también veo cómo te comportas tú con él. De hecho, me di cuenta en cuanto se acercó a nuestra mesa de La Closerie des Lilas el primer día que almorzamos juntas en Montparnasse. Y, la verdad, me preocupó desde el principio. En aquel momento pensé que a lo mejor estaba jugando contigo, aprovechándose de tu ingenuidad. Entre la comunidad de artistas de París hay muchos hombres sin escrúpulos. Ven el amor como una diversión, el corazón de una mujer como un juguete con el que entretenerse. Y cuando han seducido a su presa con su labia y la tienen madura y lista para arrancarla, hacen con ella lo que quieren. Después, claro, una vez que han conseguido su objetivo, el juego deja de ser novedoso y se marchan en busca de un nuevo desafío.

Bel advirtió el dolor que reflejaban las facciones de Margarida conforme iba hablando y que la joven tenía la mirada vidriosa.

—Sí, Izabela. —Margarida la miró directamente a los ojos—. Lo que estás pensando es cierto. Cuando estaba en Italia me enamoré justo de la clase de hombre que acabo de describirte. Y, por supuesto, recién salida de debajo del manto protector de Río, era tan inocente como tú. Y sí, me sedujo, en todos los sentidos de la palabra. Pero en cuanto me vine a París, no volví a saber de él.

Bel asimiló en silencio lo que Margarida acababa de contarle.

—Ya está —suspiró su amiga—. He compartido contigo mi secreto más íntimo. Y solo lo he hecho porque espero que la terrible oscuridad y desesperación que sufrí después puedan servir de algo. Soy algo mayor que tú y, por desgracia, después de lo que me sucedió, también más sabia. Y no puedo evitar ver en ti a la persona que yo era entonces: una joven enamorada por primera vez.

Bel estaba a punto de estallar de tanto reprimir sus sentimientos por Laurent. Hasta aquel momento solo había sido capaz de desahogarse con Loen a través de sus cartas. Decidió confiar en Margarida, debido al secreto que ella misma acababa de compartir.

—Sí —dijo—, lo amo. Lo amo con todo mi corazón. Y me horroriza pensar cómo voy a vivir sin él el resto de mi vida.

El alivio de compartir con alguien sus verdaderos sentimientos acabó con su contención y Bel estalló en lágrimas.

—Lo siento mucho, querida, no pretendía disgustarte. —Margarida miró por la ventanilla—. Estamos llegando a tu casa y no puedes presentarte así. Sentémonos en un lugar tranquilo. De todas formas, ya es tan tarde que unos minutos más no importarán.

Margarida dio indicaciones al chófer. Segundos después, el coche se detuvo junto a un pequeño parque rodeado de una verja de hierro en la avenue de Marigny.

Bajaron del Delage y Margarida condujo a su amiga hasta un banco. En aquel momento el sol descendía con elegancia más allá de los plátanos que festoneaban el parque y adornaban todos los bulevares que Bel había visto en París.

—Debes perdonarme por haberte hablado con tanta franqueza —se disculpó Margarida—. Sé que tus asuntos amorosos no son de mi incumbencia, pero al veros a los dos tan llenos de pasión he pensado que debía decirte algo.

—Pero tus circunstancias en Italia eran diferentes de las mías —insistió Bel—. Tú misma me has dicho en el coche que crees que Laurent siente algo por mí. Que a lo mejor me ama.

—En Italia también estaba segura de que Marcelo me amaba. O, por lo menos, eso era lo que yo quería creer. Pero independientemente de lo que Laurent te diga, Izabela, de la manera en que intente persuadirte, recuerda que, aunque pienses que podéis tener un futuro juntos, en realidad no es así. Laurent no puede ofrecerte nada: ni casa, ni seguridad. Y créeme, lo último que él desea es verse atado para siempre a una esposa y a una prole de niños. El problema de los artistas es que están enamorados de la idea de estar enamorado, pero eso jamás podrá llevar a ninguna parte, por muy intensa que sea vuestra pasión. ¿Entiendes lo que digo?

Bel se quedó mirando a una niñera con dos chiquillos, las únicas personas que había en el parque aparte de ellas.

—Sí, pero yo también seré franca y te diré que, aunque mis oídos te escuchan y mi cerebro entiende tus advertencias, mi corazón no es tan fácil de convencer.

—Naturalmente —convino Margarida—. Pero, por favor, Bel, al menos piensa en lo que te he dicho. Detestaría que tirases el resto de tu vida por la borda por permitir que tu corazón mande sobre tu cabeza durante unos breves instantes. Puesto que fue tu prometido quien te permitió venir, si descubriera tu secreto, sería una traición que jamás podría perdonarte.

—Lo sé. —Bel se mordió el labio, embargada por un sentimiento de culpa—. Te agradezco mucho el consejo, Margarida. Y ahora será mejor que nos vayamos o Maria Georgiana no querrá volver a perderme de vista nunca más.

Margarida tuvo la deferencia de subir con Bel al apartamento de los da Silva Costa para explicarle a una Maria Georgiana de expresión pétrea que el propio Landowski las había retenido para que su ayudante les hiciera un molde de yeso de las manos.

—Como comprenderás, por mi cabeza han pasado toda clase de situaciones horribles en las que podrías encontrarte. Asegúrate de que no vuelva a ocurrir.

—Se lo prometo —dijo Bel, y salió del salón para acompañar a Margarida a la puerta, donde se dieron un cariñoso abrazo.

—Buenas noches, Izabela. Hasta mañana.

En la cama, en lugar de reflexionar sobre las advertencias de Margarida acerca de la terrible suerte que podría correr si sucumbía a los infinitos encantos de Laurent, Bel solo sentía euforia.

«Margarida cree que Laurent me ama… Laurent me ama…»

Y aquella noche se quedó plácidamente dormida con una sonrisa beatífica en los labios.

24

He estado hablando con el profesor —dijo Laurent al día siguiente cuando Bel y Margarida llegaron al *atelier*—, y le he explicado que es del todo imposible que acabe la escultura en un solo día. Hemos acordado que a partir de ahora mademoiselle Izabela podría venir por las tardes, cuando hayamos terminado de trabajar en el *Cristo*. Yo mismo podría hablar con el señor da Silva Costa y explicarle la situación para que la dejara venir.

Bel, que había llegado al *atelier* angustiada y en tensión, experimentó tal alivio que asintió enérgicamente.

—Pero, monsieur Brouilly —intervino Margarida con cara de preocupación—, yo no podré acompañar a mademoiselle Izabela al *atelier* a esas horas. Debo regresar a casa todos los días a las seis para cenar con mi madre.

—Mademoiselle, no creo que haya nada de inapropiado en la situación —replicó Laurent—. El profesor estará presente, y su esposa y sus hijos viven al lado.

Bel le lanzó una mirada suplicante a Margarida y vio en sus ojos que su amiga se rendía.

—No, desde luego que no —dijo ella con brusquedad—. Disculpe, debo ir a cambiarme.

—Y ahora, a trabajar —ordenó Laurent sonriendo con expresión de triunfo.

Aquella noche durante la cena, Heitor anunció que Laurent Brouilly le había telefoneado al despacho y le había explicado las circunstancias que requerían la presencia de Bel en el *atelier* por las tardes.

—Dado que es la urgencia de mi proyecto la que ha obligado a dejar el tuyo de lado, creo que debo dar mi visto bueno —concluyó Heitor—. Izabela, mi chófer te llevará al *atelier* cada día a las cinco y te devolverá a casa a las nueve.

—¿No habrá algún autobús que me lleve hasta allí? No querría causarle más molestias, señor da Silva Costa —sugirió Bel.

—¿Autobús? —repitió horrorizada Maria Georgiana—. Dudo mucho que a tus padres les gustara que viajases sola en el transporte público de París por la noche. Irás y vendrás en coche.

—Gracias. Pagaré cualquier gasto que genere —respondió tímidamente Bel para ocultar el verdadero alcance de su dicha.

—Ahora que lo pienso, Izabela —continuó Heitor con una sonrisa—, en realidad me conviene tenerte en el *atelier* de Landowski. Podrías hacer de espía para mí e informarme de los progresos del nuevo modelo de cuatro metros de mi *Cristo*.

—Me gustaría acompañarte alguna tarde al *atelier* para ver cómo te esculpen —le propuso Maria Elisa aquella noche cuando se estaban acostando.

—Lo consultaré con monsieur Brouilly —dijo Bel—. ¿Sigues disfrutando del trabajo en el hospital? —preguntó a fin de cambiar de tema, con la esperanza de que Maria Elisa olvidara su petición.

—Mucho —contestó ella—. Y hace unos días les comuniqué a mis padres que quería dedicarme a la enfermería. A Mãe no le hizo ninguna gracia, como puedes imaginar, pero Pai se mostró muy alentador y regañó a Mãe por ser tan anticuada. —Maria Elisa sonrió—. No es culpa de ella —añadió enseguida la joven, siempre dispuesta a perdonar—. Se crió en otra época. Así que ahora estoy deseando regresar a Río para emprender el nuevo camino que he elegido. Por desgracia, Pai cree que todavía tardará un año en terminar su trabajo aquí. Eres muy afortunada por volver a casa dentro de dos semanas, Bel. Que duermas bien.

—Tú también.

La muchacha se tumbó en la cama rumiando las últimas palabras de Maria Elisa. «Ojalá pudiéramos intercambiarnos los papeles», pensó mientras el sueño la vencía. Sabía que sería capaz de vender su alma por estar en el lugar de su amiga y pasar otro año en París.

Dos días después, Bel estaba sentada en el *atelier* cuando caía la tarde. Mirando con el rabillo del ojo, veía la vasta e incipiente estructura del *Cristo* de cuatro metros, que dominaba el estudio. Margarida ya se había ido, y Bel había llegado en el momento en que Landowski se marchaba para cenar con su esposa y sus hijos en el edificio contiguo. Sin el murmullo de voces que solía oírse en el estudio, Bel se dedicó a escuchar el silencio.

—¿En qué estás pensando? —le preguntó de repente Laurent. Las largas jornadas de trabajo compartido habían hecho que ambos se trataran con mayor familiaridad.

La joven vio que las manos de Laurent estaban trabajando la parte superior de su torso, dando forma al contorno de sus senos bajo la blusa de muselina de cuello alto que lucía.

—En lo mucho que se transforma el *atelier* por la noche —respondió.

—Sí, está muy tranquilo tras la puesta de sol. A veces trabajo aquí por las noches, solo, porque me gusta la paz que se respira. Landowski tiene que atender a su familia y, además, dice que no puede esculpir cuando no hay luz.

—¿Y tú?

—Izabela, podría esculpirte sin problema aunque ya no estuvieras sentada delante de mí. Con todas las horas que he pasado mirándote, tengo hasta el último detalle de tu forma grabado en el cerebro.

—En ese caso, puede que ya no me necesites aquí.

—Puede que tengas razón. —Laurent esbozó una sonrisa perezosa—. Pero es la excusa perfecta para disfrutar de tu compañía, ¿no crees?

Era la primera vez que Laurent hacía un comentario que confirmaba que deseaba verla por otros motivos aparte de los artísticos.

Bel bajó la mirada.

—Sí —contestó.

Él no dijo nada más y trabajó en silencio durante una hora más. Finalmente se desperezó y propuso hacer un descanso.

Mientras Laurent se dirigía hacia la cocina, Bel se paseó por el *atelier* para aliviar la rigidez de la espalda. Echó un vistazo a la escultura inacabada y admiró la simplicidad de las líneas.

—¿Te reconocerías? —le preguntó Laurent cuando regresó con una jarra de vino y un cuenco de aceitunas.

Bel lo siguió hasta la mesa de caballete.

—La verdad es que no —confesó sin dejar de estudiar la escultura mientras él servía dos vasos de vino—. Tal vez cuando hayas terminado la cara me resulte más fácil. Parezco muy joven en esa postura en la que me haces posar, casi una niña.

—¡Excelente! —celebró el—. En mi mente tenía la imagen de un capullo de rosa justo antes de que empiece a abrirse y se convierta en una flor perfecta. El momento de transición entre la niña y la mujer; a las puertas de lo segundo, preguntándose qué placeres esconde.

—No soy una niña —replicó Bel, que sintió que la explicación de Laurent era condescendiente.

—Pero tampoco eres una mujer aún —aseguró él, y la miró mientras bebía un sorbo de vino.

La muchacha no supo qué responder. Se llevó el vaso a los labios y notó que el corazón se le aceleraba.

—Volvamos al trabajo —dijo de repente Laurent—, antes de que la luz se vaya del todo.

Dos horas más tarde Bel se levantó para marcharse. Laurent la siguió hasta la puerta del *atelier*.

—Buen viaje hasta casa, Izabela. Y te pido disculpas si has sentido que lo que he dicho antes estaba fuera de lugar. Apenas has hablado desde entonces.

—Yo...

—No digas nada. —Le posó un dedo suave en los labios—. Lo entiendo. Sé cuáles son tus circunstancias, pero no puedo evitar desear que las cosas fueran diferentes. Buenas noches, mi dulce Bel.

Durante el trayecto a casa, Bel comprendió que, a su manera, Laurent le había dicho que, si no estuviera prometida, desearía estar con ella, pero que se hacía cargo de su situación y, como buen caballero que era, nunca cruzaría la línea.

—Aunque lo desee... —murmuró, extasiada, para sí.

Durante las siguientes tardes en el *atelier*, no hubo más insinuaciones por parte de Laurent. Cuando hablaba, era para referirse a algún aspecto relacionado con la escultura o de chismorreos sobre Montparnasse y sus habitantes. Paradójicamente, cuanto más desapasionada era su conversación, más crecía en Bel la tensión emocional y física. Fue ella la que comenzó a hacerle algún que otro comentario, reparando en una camisa nueva y señalando lo bien que le sentaba, o elogiando su talento como escultor.

La frustración de Bel aumentaba cada día que pasaba. Dado que Laurent había dejado de flirtear con ella por completo, no sabía qué hacer. Además, se preguntaba una y otra vez, ¿qué quería hacer?

Pero por mucho que se planteara la pregunta y por mucho que su cabeza le dijera que cuanto antes tomara el barco a Brasil mejor, aquello no servía de nada. Mientras posaba durante horas para él, el hecho de que Laurent estuviera tan cerca y al mismo tiempo tan lejos constituía una deliciosa tortura para su alma.

Una noche, después de despedirse de forma casta del escultor y al detenerse un momento en el jardín para recuperar la calma antes de subir al coche y regresar a casa, se fijó en un fardo de harapos tirado bajo el seto de cipreses. Estaba segura de que no estaba allí cuando había salido a estirar las piernas durante el último descanso. Se acercó muy despacio y lo tocó con la punta del zapato. El fardo de harapos se movió y Bel retrocedió sobresaltada.

Desde una distancia prudente observó que por debajo de los harapos asomaba un pie pequeño y sucio, y luego, por el otro extremo del fardo, una mata de pelo enmarañado. Cuando la figura empezó a mostrarse, Bel se dio cuenta de que se trataba de un niño de unos siete u ocho años. Un par de ojos embotados por el cansancio se abrieron unos segundos. Luego volvieron a cerrarse y la joven comprendió que el pequeño había vuelto a dormirse.

—*Meu Deus* —susurró con los ojos llenos de lágrimas ante aquella visión.

Tratando de decidir qué hacer, se acercó despacio al niño y, muy lentamente para no asustarlo, se arrodilló a su lado. Alargó la mano y su caricia lo despertó, haciendo que se incorporara alarmado y se pusiera en guardia de inmediato.

—No tengas miedo, no voy a hacerte daño. *Tu parles français?*

El pequeño, cuyo rostro mugriento era la viva imagen del terror, levantó sus escuálidos bracitos para protegerse y reculó tratando de ocultarse bajo el seto.

—¿De dónde eres? —probó de nuevo Bel, esta vez en inglés.

De nuevo él se limitó a mirarla como un animal atrapado. Bel miró el profundo corte cubierto de sangre seca que tenía en la espinilla. El niño se encogió de miedo y sus grandes ojos aterrados atrajeron más lágrimas a los de Bel, que alargó una mano y se la puso con suavidad en la mejilla. Sonrió, consciente de que debía ganarse su confianza. Cuando le acarició despacio la mejilla, el chico se relajó.

—¿Qué te ha pasado? —murmuró mirándolo a los ojos—. Hayas visto lo que hayas visto, eres demasiado pequeño para conocer tanto dolor.

De pronto, la cabecita del crío comenzó a pesarle en la palma, pero a los pocos segundos se enderezó con un sobresalto. Cuando el niño comprendió que la reconfortante caricia no había desaparecido, volvió a dormirse.

Sin apartar la mano para no despertarlo, Bel consiguió arrimarse un poco más a él, susurrando palabras cariñosas en los tres idiomas que conocía, y lo rodeó con el otro brazo. Al final, lo sacó con cuidado de debajo de los cipreses. El niño había empezado a sollozar, pero ya no parecía asustado. Únicamente se estremeció de dolor cuando Bel le movió la pierna derecha, la del terrible corte, a fin de poder acurrucar el famélico cuerpo sobre su regazo.

Una vez acomodado, el niño suspiró y volvió la cabeza para apoyarla sobre ella. Esforzándose por contener las náuseas que le provocaba el terrible olor del pequeño, Bel se quedó donde estaba, acunándolo contra su pecho.

—Izabela —dijo una voz a su espalda—. ¿Qué demonios haces sentada en la hierba?

—¡Chis! —Bel acarició la cara al crío para tranquilizarlo—. Vas a despertarlo.

—¿Dónde lo has encontrado? —preguntó Laurent bajando la voz.

—Debajo del seto. No tendrá más de siete u ocho años, pero está tan flaco que pesa menos que un bebé. ¿Qué hacemos? —Levantó la mirada hacia Laurent, angustiada —. No podemos dejarlo aquí. Tiene una herida en la pierna que precisa cuidados. Podría infectarse, en cuyo caso el veneno podría pasar a la sangre y matarlo.

Laurent contempló a Bel y al niño harapiento y negó con la cabeza.

—Izabela, por fuerza has de saber que hay infinidad de niños como él en las calles de Francia. La mayoría cruzan ilegalmente las fronteras procedentes de Rusia y Polonia.

—Lo sé —susurró ella—. También ocurre en Brasil. Pero este niño está aquí y ahora con nosotros, y soy yo quien lo ha encontrado. No puedo abandonarlo en la cuneta frente a la casa de Landowski y dejarlo morir. Pesaría sobre mi conciencia el resto de mi vida.

Laurent observó las lágrimas que resbalaban por el rostro de Bel, sus ojos inflamados de dolor y pasión. Se agachó junto a ella y alargó una mano vacilante para acariciar el pelo enmarañado del pequeño.

—Te pido perdón —dijo—. Puede que las cosas que veo a diario en las calles de París me hayan hecho inmune al sufrimiento. Dios ha puesto a este niño en tu camino y, por supuesto, debes hacer cuanto esté en tu mano para ayudarlo. Ya es demasiado tarde para molestar a los Landowski. Esta noche puede dormir en un camastro en la cocina. Tengo una llave de la puerta y puedo encerrarlo dentro, lejos del valioso *Cristo* de Landowski. Desgraciadamente, uno nunca sabe a qué atenerse con un niño de la calle como él. Esta noche dormiré en el *atelier* para tenerlo vigilado. ¿Puedes llevarlo adentro?

—Sí —dijo Bel agradecida—. Gracias, Laurent.

—Informaré a tu chófer de que aún tardarás un rato.

La ayudó a levantarse con el niño todavía dormido en sus brazos.

—Es ligero como una pluma —musitó Bel mientras contemplaba el rostro inocente del pequeño que había confiado en ella simplemente porque no tenía elección.

Laurent la vio entrar al niño en el *atelier* con delicadeza y ternura para no despertarlo. Y cuando fue a hablar con el chófer, también a él se le llenaron los ojos de lágrimas.

Bel lo esperaba, con el crío todavía en brazos, en la silla donde se sentaba cada día para que Laurent la esculpiera.

—Le prepararé un camastro en la cocina —dijo él, y se preguntó qué diría Landowski cuando llegara al alba y viera a un mugriento niño de la calle en su *atelier*. Aun así, deseaba ayudar.

Minutos después, Bel trasladó al pequeño a la cocina y lo acostó con cuidado.

—Debería lavarle la cara e intentar limpiarle la herida, por lo menos. ¿Tienes antiséptico y un trapo?

—Creo que sí.

Laurent buscó en los armarios hasta dar con el antiséptico. Salió de la cocina y regresó poco después con un retal de malla blanca de algodón, una tela que en el *atelier* empleaban para hacer moldes de yeso de París, a fin de que Bel pudiera limpiarle la herida con él.

—¿Tienes vendas? —preguntó ella, y cuando Laurent le dijo que no había ninguna en los armarios, Bel envolvió cuidadosamente la herida con la malla.

El niño dio un respingo, pero continuó durmiendo.

—Aunque hace calor, está tiritando a causa de la fiebre. Necesitamos una manta —ordenó, y Laurent le llevó la que habría utilizado aquella noche para envolver sus propios hombros.

—Lo lavaré con agua fría para bajarle la fiebre y me quedaré con él hasta que se sienta seguro —dijo Bel.

Laurent asintió y se marchó a preparar su propio camastro en la zona del *atelier*.

—Mi dulce niño —susurró Bel mientras le pasaba un trapo húmedo por la frente y le acariciaba el pelo—, mañana, cuando despiertes, no estaré aquí, pero no has de tener miedo. Te prometo que cuando regrese me aseguraré de que nada malo te pase. Pero ahora debo dejarte. Que duermas bien.

En el momento en que la joven se disponía a levantarse, una mano salió de repente de debajo de la manta y se agarró a su falda. El niño la miraba con los ojos muy abiertos.

Y, en un francés perfecto, dijo:

—Nunca olvidaré lo que ha hecho esta noche por mí, mademoiselle.

Y, con un suspiro de felicidad, el pequeño se dio la vuelta y cerró de nuevo los ojos.

—Debo irme —le dijo Bel a Laurent al salir de la cocina—. ¿Dónde está la llave para cerrar la celda? —añadió con sarcasmo.

—Izabela, sabes que solo lo hago para proteger al profesor y a su familia. Esta es su casa, y eso de ahí su gran obra de arte —le recordó señalando la escultura a medio hacer del Cristo.

—Lo sé. Pero has de prometerme que cuando el niño se despierte mañana le dirás que aquí está a salvo. Puesto que he sido yo quien he provocado el problema, yo misma hablaré con el profesor. Ahora debo marcharme. No quiero ni imaginar el sermón que me va a echar mañana la señora da Silva Costa.

—Izabela... Bel... —Laurent le asió la mano cuando ella echó a andar hacia la puerta. De pronto la atrajo hacia sí y la rodeó con los brazos—. Eres una mujer realmente bella, tanto por dentro como por fuera. Ya no soporto seguir con esta farsa, con este fingimiento entre nosotros. Eres libre de pedirme que te suelte, pero, Dios mío, ver tu compasión esta noche... —Negó con la cabeza—. Necesito sentir al menos el contacto de tus labios sobre los míos.

Bel lo miró a los ojos, consciente de que estaba al borde del precipicio y de que ni una sola parte de su ser temía saltar.

—Soy tuya —murmuró, y los labios de Laurent se posaron sobre los suyos.

Y al lado, en la cocina, el niño durmió plácidamente por primera vez desde hacía meses.

25

Cuando Bel regresó al *atelier* la tarde siguiente, la impaciencia la devoraba por dentro. No solo por conocer la suerte del niño, sino también por descubrir si el beso de Laurent y su declaración habían sido una mera reacción a la emotiva situación de la noche previa.

—¡Ajá! —exclamó Landowski, que estaba aseándose después de su jornada de trabajo—. ¡Si es la mismísima santa Izabela!

—¿Cómo está el niño, profesor? —preguntó ella sonrojándose ante el comentario.

—Su expósito está en estos momentos cenando con mis hijos —comentó Landowski—. Cuando avisé a mi esposa y lo vio durmiendo como una rata descarnada en el suelo de la cocina, enseguida se apiadó de él, al igual que usted. Insistió en darle un buen baño en el jardín y restregarlo con jabón carbólico de arriba abajo por si tenía piojos. Luego lo envolvió en una manta y lo acostó en nuestra casa.

—Gracias, profesor. Lamento causarle tantos problemas a su familia.

—Si fuera por mí, lo habría echado a la calle, que es el lugar al que pertenece, pero ustedes, las mujeres, tienen el corazón blando. Y nosotros, los hombres, lo agradecemos —añadió amablemente.

—¿Ha dicho de dónde es?

—No, más que nada porque no ha pronunciado una sola palabra desde que mi mujer se hizo cargo de él. Cree que es mudo.

—Monsieur, yo sé que no lo es. Anoche me habló justo antes de que me marchara.

—¿En serio? Qué interesante. —Landowski asintió pensativo—. Pues por el momento ha decidido no compartir su don de palabra con nadie más. Lleva una bolsita de cuero colgada de la cintura; mi esposa la descubrió cuando lo despojó de sus harapos. Al intentar quitársela para bañarlo, se puso a gruñir como un chucho rabioso y se negó a dársela. En fin, ya veremos qué pasa. Por su aspecto, yo diría que es polaco. Sé de lo que hablo —añadió con gravedad—. Buenas noches.

Cuando Landowski abandonó el *atelier* y Bel se dio la vuelta, vio que Laurent estaba allí parado con los brazos cruzados, sonriéndole.

—¿Estás contenta ahora que tu niño sin hogar ya tiene un techo?

—Sí, y debo darte las gracias por haberlo ayudado también.

—¿Cómo estás hoy, mi Bel?

—Muy bien, monsieur —susurró desviando la mirada.

—¿No lamentas lo que pasó anoche entre nosotros?

Laurent le tendió las manos y, tímidamente, Bel imitó el gesto para ir a su encuentro.

—Ni por un momento.

—Gracias a Dios —celebró él con una exhalación.

Y llevándola a la cocina para que nadie pudiera verlos desde los ventanales, la besó de nuevo con igual pasión.

Y así comenzó su idilio, inocente salvo por el contacto de sus labios, conscientes ambos del riesgo que corrían si los descubría Landowski, a quien le había dado por regresar al *atelier* a horas inesperadas para examinar su *Cristo* a medio terminar. Laurent trabajaba en la escultura de Bel con manos más raudas que nunca, tratando de modelar a toda prisa el rostro de la muchacha para poder disponer así de más minutos juntos.

—Dios mío, Izabela, qué poco tiempo nos queda. Dentro de una semana estarás alejándote de mi vida en un barco —le dijo una noche que ella estaba de pie, abrazada a él, con la cabeza descansando sobre su hombro—. ¿Cómo voy a ser capaz de soportarlo?

—¿Cómo lo soportaré yo?

—La primera vez que te vi, admiré tu belleza, sin duda, y reconozco que flirteé contigo —dijo Laurent al tiempo que le levantaba el mentón para poder mirarla a los ojos—. Pero luego, cuando empezaste a posar para mí día tras día y a destapar tu alma, me sorprendía pensando en ti mucho después de que te hubieras marchado. Y finalmente aquella noche, al ser testigo de tu compasión por aquel niño, comprendí que te amaba. —Laurent negó con la cabeza y suspiró—. Es la primera vez que me ocurre. Nunca creí que llegaría a sentir algo así por una mujer. Y el destino ha querido que esa mujer esté prometida a otro hombre y que pronto deje de verla para siempre. Es una situación trágica que muchos de mis amigos escritores estarían encantados de plasmar en sus libros y poemas. Pero, por desgracia, para mí es real.

—Lo sé —suspiró Bel desesperada.

—Entonces, *ma chérie*, debemos aprovechar al máximo el tiempo que nos queda.

Bel pasó su última semana en París sumida en un trance extático, incapaz de pensar en su inminente partida. Cuando la criada llevó su baúl al dormitorio y empezó a llenarlo, lo miró como si perteneciera a otra persona. Las conversaciones sobre su travesía y los temores de Maria Georgiana respecto a que Bel viajara en el barco sin acompañante le resultaban ajenos.

—Claro que no hay forma de evitarlo. Es preciso que regreses a Río para preparar tu boda, pero has de prometerme que no desembarcarás en ninguno de los puertos en los que atraque el barco, y aún menos en África.

—Descuide —respondió Bel mecánicamente—. Estoy segura de que todo irá bien.

—He escrito a la oficina de la compañía naviera y me han

respondido que el sobrecargo te buscará una mujer mayor que tú para que te haga de acompañante durante el trayecto.

—Gracias, señora —dijo la muchacha, ocupada en prenderse el sombrero para ir al *atelier*. En realidad, sus pensamientos estaban ya con Laurent.

—Heitor me ha dicho que tu escultura está casi terminada, de modo que esta será tu última noche en el estudio de Landowski. Mañana nuestra familia desea celebrar una cena de despedida en tu honor.

Maria Georgiana sonrió, pero Bel la miró horrorizada hasta que cayó en la cuenta de lo grosero de su reacción.

—Gracias, señora, es todo un detalle.

Ya en el coche, camino del *atelier*, el pánico se adueñó de ella cuando al fin asumió que aquella sería la última noche que vería a Laurent.

Al encontrarse con él, se dio cuenta de que parecía satisfecho y orgulloso.

—Anoche, cuando te fuiste, me quedé trabajando hasta el amanecer para terminarla —dijo señalando la escultura, que estaba oculta bajo una sábana—. ¿Te gustaría verla?

—Mucho —farfulló Bel, pues no quería que su desasosiego estropeara la evidente alegría del chico.

Laurent retiró la sábana protectora con un ademán solemne. Ella observó su imagen y, como solía ocurrir en tales casos, al principio no supo cómo reaccionar. Veía que el joven había plasmado su forma a la perfección y que el rostro que la miraba era el suyo. Pero lo que más la impactó de la escultura fue la sensación de quietud que proyectaba, como si la hubieran captado en un momento de profunda contemplación.

—Parezco... muy sola. Y triste —añadió—. Es... sencilla, no hay nada frívolo en ella.

—No, y, como bien sabes, ese es precisamente el estilo que enseña Landowski y la razón por la que estoy en su *atelier*. La ha visto esta tarde antes de marcharse y me ha dicho que es la mejor pieza que he hecho hasta el momento.

—En ese caso, me alegro mucho por ti, Laurent.

—Bueno, quizá algún día la veas en una exposición de mis obras de arte y sepas que eres tú. Siempre te recordará a mí y los preciosos días que pasamos juntos en París una vez, hace mucho tiempo.

—¡Calla, por favor, calla! —gimió ella, que perdió el control y se tapó la cara con las manos—. No puedo soportarlo.

—Por favor, Izabela, no llores. —Inmediatamente, Laurent corrió a su lado y le pasó un brazo por los hombros—. Si pudiera cambiar las cosas, te juro que lo haría. Recuerda, yo soy libre para amarte; eres tú la que no puede amarme a mí.

—Lo sé. Y esta será nuestra última noche juntos porque, cuando salía de casa, Maria Georgiana me ha dicho que mañana la familia da Silva Costa me organizará una cena de despedida, y al día siguiente tomaré el barco a Río. Además, ya has terminado conmigo.

La joven señaló la escultura con pesar.

—Bel, te aseguro que no he hecho más que empezar.

Ella enterró la cabeza en su hombro.

—¿Qué podemos hacer? ¿Qué se puede hacer?

Se quedaron en silencio antes de que Laurent dijera:

—No vuelvas a Brasil, Izabela. Quédate conmigo en París.

Ella ahogó una exclamación. No podía creerse lo que estaba oyendo.

—Escúchame —continuó él tomándola de la mano y arrastrándola hasta el banco antes de sentarse junto a ella—. Sabes que yo no puedo ofrecerte nada de lo que tu prometido rico puede darte. Lo único que tengo es un desván, que parece una nevera en invierno y un horno en verano, en Montparnasse. Y estas manos para labrarme un futuro. Pero te juro que podría amarte, Izabela, como ningún otro hombre lo haría.

Acurrucada contra él, Bel escuchó sus palabras como si fueran gotas de agua vertidas en su boca sedienta. Sentía su abrazo y se imaginó por primera vez un futuro con él... y era tan tentadoramente perfecto que, pese a todo lo que Laurent había dicho, Izabela supo que debía apartar aquella imagen de su mente.

—Laurent, sabes que no puedo. Destrozaría a mis padres. Mi

matrimonio con Gustavo es el mayor sueño de mi padre, aquello por lo que ha trabajado toda su vida. ¿Cómo podría hacerles eso a él y a mi querida madre?

—Entiendo que no puedas, pero antes de que te vayas necesito que comprendas lo mucho que yo también te quiero.

—Yo no soy como tú. —Bel negó con la cabeza—. Quizá se deba a que nuestros mundos son muy diferentes, o sencillamente a que tú eres un hombre y yo una mujer. Pero en mi país la familia lo es todo.

—Y lo respeto —aseguró él—. Sin embargo, creo que llega un momento en que las personas deben dejar de pensar en los demás y pensar en sí mismas. Casarte con un hombre al que no amas y entregarte a una vida que no deseas... en otras palabras, sacrificar tu propia felicidad... me parece un acto excesivo incluso para la más devota de las hijas.

—No tengo elección —replicó ella desesperada.

—Comprendo por qué lo crees así, pero, como bien sabes, todo ser humano posee libre albedrío. Es lo que nos diferencia de los animales. Además —Laurent hizo una pausa para meditar sus palabras—, ¿qué me dices de tu prometido? Tú misma me has dicho que él sí está enamorado.

—Eso creo, sí.

—¿Cómo va a soportar, entonces, estar casado con una mujer que nunca podrá corresponder a sus sentimientos? ¿No crees que tu indiferencia, el hecho de saber que te casas con él por obligación, acabará corroyéndole el alma?

—Mi madre dice que con el tiempo terminaré amándolo, y he de creerlo.

—En ese caso —Laurent apartó el brazo de los hombros de Bel—, te deseo suerte y felicidad. Creo que no hay nada más que decir.

Se levantó bruscamente y caminó hasta el centro del *atelier*.

—No digas eso, Laurent, por favor —suplicó Bel—. Estos son los últimos momentos que pasaremos juntos.

—Izabela, ya he dicho todo lo que podía decir. Te he declarado mi amor y mi devoción por ti. Te he pedido que no vuelvas a casa, que te quedes aquí conmigo. —Laurent encogió los hombros con un gesto de tristeza—. No puedo hacer nada más. Perdona si no soporto oírte decir que algún día podrías llegar a querer a tu marido.

La mente de Bel era un torbellino de poderosas contradicciones. Tenía el corazón desbocado y se sentía físicamente enferma. Vio que Laurent tapaba la escultura con la sábana, ocultándola de la vista como quien amortaja a un ser querido que acaba de pasar a mejor vida. Bel no sabía, ni quería saberlo, si se trataba de un gesto simbólico o práctico, pero la instó a levantarse del banco y a acercarse a él.

—Laurent, por favor, necesito tiempo para pensar... Tengo que pensar —dijo sollozando y llevándose los dedos a las sienes.

Él pareció vacilar un segundo antes de hablar.

—Sé que no puedes volver al *atelier*. Pero, por favor, aunque sea lo último que te pida en la vida, veámonos mañana por la tarde en París.

—¿Serviría de algo?

—Te lo suplico, Izabela. Elige tú el lugar y la hora.

Bel lo miró a los ojos y comprendió que era incapaz de negarse.

—A las tres en la entrada sur del parque de la avenue Marigny con la avenue Gabriel.

Laurent asintió.

—Allí estaré. Buenas noches, mi Bel.

Bel abandonó el *atelier*, pues ya no podía decir nada más. Mientras cruzaba el jardín, divisó al niño, que contemplaba las estrellas en soledad. Se acercó y él sonrió al verla.

—Hola —lo saludó—. Tienes mucho mejor aspecto. ¿Cómo te encuentras?

El niño asintió con la cabeza y ella supo que la entendía.

—Pasado mañana me marcho de Francia para volver a mi hogar en Brasil. —Bel sacó un lápiz y una libreta del bolso y empezó a escribir—. Si alguna vez necesitas algo, ponte en contacto conmigo, por favor. Aquí tienes mi nombre y la dirección de mis padres. —Arrancó la hoja de la libreta y se la tendió al crío, que leyó las palabras con detenimiento. Bel hurgó de nuevo en el bolso y sacó un billete de veinte francos. Se lo puso en las manitas y se agachó para darle un beso en la coronilla—. Adiós, pequeño, y buena suerte.

Más adelante, cuando Bel rememoraba sus días en París, una de las cosas que recordaba con mayor claridad eran las largas noches de insomnio. Mientras Maria Elisa dormía plácidamente en su cama, Bel abría las cortinas unos centímetros y se sentaba en el banco de la ventana para contemplar las calles de la ciudad, soñando con los placeres que ofrecían.

Aquella noche en particular, sentada con la frente caliente apoyada en el frío cristal, fue la más larga de todas. Y las preguntas que se hizo fueron las que determinarían su futuro.

Cuando la oscura noche tocó a su fin y su decisión estuvo tomada, regresó a la cama, desconsolada, mientras el amanecer gris se colaba por la rendija de las cortinas reflejando su estado de ánimo.

—He venido a despedirme —dijo, y la expresión esperanzada de Laurent se desintegró y cayó a sus pies como si fuera polvo—. No puedo traicionar a mis padres. Tienes que entenderlo.

Laurent se miró los pies y, con gran esfuerzo, dijo:

—Lo entiendo.

—Ahora será mejor que me vaya. Te agradezco que hayas venido, y te deseo toda la felicidad que la vida pueda ofrecerte. Estoy segura de que algún día me llegarán noticias de ti y de tus esculturas. Y estoy segura de que se hablará de ellas con respeto y admiración.

Se levantó, sintiendo que hasta el último músculo de su cuerpo estaba rígido por la tensión que le suponía controlar sus emociones, y lo besó en la mejilla.

—Adiós, Laurent. Que Dios te bendiga.

Y entonces empezó a andar para alejarse de él.

Al cabo de unos segundos, notó una mano en el hombro.

—Si alguna vez cambias de opinión, Bel, quiero que sepas que estaré esperándote. *Au revoir*, amor mío.

Y sin más, Laurent se dio la vuelta y echó a correr por la hierba en dirección contraria.

26

Bel se las ingenió de algún modo para sobrevivir a las veinticuatro horas siguientes y a la cena especial que le habían preparado los da Silva Costa.

—Es una pena que no podamos estar presentes el día de tu boda —se lamentó Heitor cuando la familia brindó por ella con champán—. Pero queremos desearos a ti y a tu prometido toda la felicidad del mundo.

Después de cenar, le regalaron un precioso juego de café de porcelana de Limoges como recuerdo del tiempo que había pasado en Francia. Y cuando el resto de la familia abandonó la mesa, Heitor se volvió hacia Bel con una sonrisa.

—¿Te apetece volver a casa, Izabela?

—Estoy deseando ver a mi familia —contestó ella—. Y a mi prometido, claro —se apresuró a añadir—. Pero extrañaré mucho París.

—Tal vez algún día, cuando veas el monumento del *Cristo* en lo alto del Cerro del Corcovado, puedas contarles a tus nietos que estuviste presente durante su creación.

—Sí, y ha sido un honor para mí —aseguró ella—. ¿Cómo va el proyecto?

—Como ya sabes, Landowski está a punto de terminar el modelo de cuatro metros, así que ahora debo encontrar un lugar con espacio suficiente para que mis artesanos y yo podamos aumentar la escala a treinta metros. La semana que viene Landowski empezará a trabajar en la cabeza y las manos definitivas.

La última vez que lo vi me contó que el señor Brouilly había hecho moldes de tus manos y de las de la señorita Lopes de Almeida como posibles prototipos. Quién sabe —prosiguió Heitor—, puede que un día esos elegantes dedos bendigan Río desde lo alto del Cerro del Corcovado.

Maria Georgiana insistió en acompañar a Maria Elisa al puerto para asegurarse de que Bel embarcaba sin contratiempos. Por suerte, en cuanto la joven se hubo instalado en su camarote, la mujer las dejó unos minutos a solas mientras ella se marchaba a hablar con el sobrecargo.

—Espero que seas feliz, mi querida Izabela —dijo Maria Elisa dándole un beso de despedida.

—Lo intentaré —respondió ella mientras su amiga le estudiaba el rostro con detenimiento.

—¿Te ocurre algo?

—No... Supongo que estoy nerviosa por la boda, eso es todo —respondió.

—Escríbeme y cuéntamelo todo. Te veré cuando yo también regrese a Río. Y Bel...

—¿Qué?

El timbre del barco anunció que faltaban treinta minutos para zarpar.

—Recuerda tu tiempo en París, pero, por favor, intenta también abrazar tu futuro con Gustavo.

Bel miró a Maria Elisa con fijeza y enseguida comprendió lo que le estaba diciendo.

—Lo haré, te lo prometo.

Maria Georgiana reapareció en el camarote.

—El sobrecargo estaba rodeado de una multitud de pasajeros, así que me ha sido imposible hablar con él, pero asegúrate de presentarte. Ya sabe que viajas sola, y estoy convencida de que te proporcionará una acompañante adecuada.

—Lo haré, no se preocupe. Adiós, señora da Silva Costa. Gracias por su infinita amabilidad.

—Debes prometerme que no pondrás un pie fuera de este barco hasta que haya atracado en Pier Mauá —añadió la mujer—. Y en cuanto estés sana y salva con tus padres, agradecería que me enviases un telegrama.

—Le aseguro que será lo primero que haga cuando llegue.

Bel las acompañó hasta la cubierta para despedirse de ellas por última vez. Cuando hubieron desembarcado, se apoyó en la barandilla y paseó la mirada por el puerto de El Havre, consciente de que sería la última vez que vería Francia.

En algún lugar, en dirección sur, se encontraba París, y en algún punto de la ciudad estaba Laurent. El barco empezó a alejarse lentamente del muelle y Bel se quedó contemplando la costa hasta que se fundió con el horizonte.

—Adiós, amor mío, adiós —susurró.

E invadida por una tristeza indescriptible, bajó a su camarote.

Aquella noche cenó en la habitación, incapaz de participar del ambiente festivo del comedor, lleno de animados pasajeros dispuestos a disfrutar de la travesía. Se tumbó en la cama sintiendo el suave balanceo del barco y, cuando empezó a caer la noche, se quedó mirando el ojo de buey que se volvía tan negro como su corazón.

Se había preguntado si, en cuanto se alejase de tierra firme y el barco pusiera rumbo a su hogar, el atroz dolor de su corazón empezaría a disminuir. Al fin y al cabo, pronto vería a sus queridos padres y volvería a disfrutar de la familiaridad de su país.

Los planes para la boda ya estaban muy avanzados y Antonio le había escrito para contarle muy eufórico que Gustavo y ella se casarían en la hermosa catedral de Río, un honor raras veces concedido.

Pero, por mucho que lo intentara, cuanto más se alejaba el barco de Laurent, más pesado sentía el corazón, como las piedras que descansaban detrás del *atelier* de Landowski.

—Virgen bendita —rezó mientras las lágrimas le resbalaban por las mejillas y humedecían la almohada—, dame fuerzas para vivir sin él, porque en estos momentos no sé si podré soportarlo.

Maia

Junio de 2007

Luna llena

13; 49; 44

27

Cuando terminé de leer la última carta, me di cuenta de que era más de medianoche. Izabela Bonifacio iba a bordo de un barco de vapor, de vuelta junto a un hombre al que no amaba y dejando atrás a Laurent Brouilly.

«L a u...»

Con el pulso acelerado, fui consciente de que ya sabía cuál era el origen de las tres letras grabadas en el reverso de la tesela de esteatita: Laurent, el amor secreto de Bel. Y la escultura de la mujer sentada en la silla que había visto en el jardín de A Casa das Orquídeas tenía que ser la que él hizo de Bel durante aquellos emocionantes días de París. Lo que no sabía era cómo había cruzado el Atlántico hasta llegar a Brasil.

Al día siguiente, no solo aprovecharía para releer las cartas (estaba tan ansiosa por conocer la historia que no me había fijado en los detalles), sino que también buscaría a monsieur Laurent Brouilly en internet. Su nombre me resultaba familiar. Pero en aquellos momentos estaba tan agotada que me quité la ropa, me tapé con la sábana y me quedé dormida con una mano aún descansando sobre mi pasado.

Me despertó un ruido molesto, como un tintineo, y tardé unos segundos en darme cuenta de que lo que emitía aquel sonido discordante era el teléfono que había junto a la cama. Alargué una mano hacia la mesilla de noche y me llevé el auricular a la oreja:

—¿Sí? —murmuré.

—Maia, soy Floriano. ¿Cómo te encuentras?

—Pues... mejor —respondí, y enseguida me sentí culpable por la mentira que le había contado la noche anterior.

—Me alegro. ¿Quieres que nos veamos hoy? Tengo muchas cosas que contarte.

«Y yo a ti», pensé, pero no lo dije en voz alta.

—Claro que sí.

—Hace un día precioso, podemos dar un paseo por la playa. ¿Nos vemos a las once en la recepción del hotel?

—Sí, pero por favor, Floriano, si tienes cosas que hacer...

—Maia, soy escritor, así que cualquier distracción que me proporcione una excusa para no tener que sentarme a escribir es siempre bienvenida. Nos vemos dentro de una hora.

Tras pedir el desayuno al servicio de habitaciones, releí las cartas para hacerme una idea más clara de ellas. Luego, al ver la hora, me di una ducha rápida y me planté en el vestíbulo a las once en punto.

Floriano ya me estaba esperando, sentado y leyendo uno de los papeles de la abultada carpeta de plástico que tenía sobre las piernas.

—Buenos días —lo saludé.

—Buenos días —respondió él levantando la vista—. Tienes buena cara.

—Sí, estoy bien —dije, y me senté a su lado decidida a contarle de inmediato la verdad—. Floriano, no fue solo el estómago lo que hizo que anoche me quedara en mi habitación. Ayer, justo antes de que nos fuéramos de A Casa das Orquídeas, Yara, la criada, me entregó un paquete —confesé—. Y me hizo jurar que no diría nada.

—Ya veo. —Floriano arqueó una ceja al escuchar la noticia—. Y ¿qué había en el paquete?

—Cartas, escritas por Izabela Bonifacio a su criada de la época, una mujer llamada Loen Fagundes. Era la madre de Yara.

—Exacto.

—Siento no habértelo contado ayer, pero quería leerlas antes de hacerlo. Y júrame que no le dirás ni una sola palabra de esto a nadie. A Yara le da pánico que la señora Carvalho descubra que me las ha dado.

—Por supuesto, no hay problema. Lo entiendo —asintió Floriano muy convencido—. Al fin y al cabo, es la historia de tu familia, no de la mía. Y creo que eres una persona a la que le cuesta confiar en los demás. Seguro que tienes muchos otros secretos que te guardas para ti. Bueno, ¿quieres compartir el contenido de esas cartas conmigo o no? Depende únicamente de ti y, si dices que no, prometo no ofenderme.

—Pues claro que quiero compartirlo —exclamé incómoda por el incisivo análisis que acababa de hacer de mí, que en esencia coincidía con lo que Pa me había dicho en su carta.

—En ese caso, salgamos a pasear.

Seguí a Floriano hasta el exterior y juntos cruzamos la calle para llegar al amplio paseo que discurría en paralelo a la playa. Los chiringuitos que lo poblaban, donde podía comprarse desde agua de coco fresca hasta cerveza o un refrigerio, ya estaban ocupados atendiendo a los clientes.

—Iremos andando a Copacabana y te enseñaré dónde se celebró la imponente boda de tu bisabuela.

—Y su decimoctavo cumpleaños —añadí.

—Sí, también he conseguido algunas fotos de aquel día en la hemeroteca de la biblioteca. Bueno, pues si te parece bien —sugirió Floriano—, ¿por qué no me explicas qué has descubierto, Maia?

Mientras paseábamos por la playa de Ipanema, le conté con todo lujo de detalles lo que había averiguado gracias a las cartas.

Cuando llegamos a lo que, según me dijo Floriano, era Copacabana, continuamos hacia el famoso hotel Copacabana Palace, un edificio blanco que reflejaba los rayos del sol. Era una de las joyas arquitectónicas de Río, recién remodelado e imposible de ignorar.

—Es realmente impresionante —comenté elevando la vista hacia la fachada—. Ahora entiendo por qué lo eligieron para la boda de Bel y Gustavo. Me la imagino ahí de pie, con su precioso vestido de novia, siendo agasajada por lo más granado de la sociedad de Río.

El sol brillaba ya con mucha fuerza, así que nos sentamos en un par de taburetes bajo la sombrilla de uno de los chiringuitos de la playa. Floriano pidió una cerveza para él y un agua de coco para mí.

—Lo primero que quiero que sepas es que mi amigo, el del departamento de imágenes del Museu da República, ha confirmado los dos nombres que aparecen en el reverso de la tesela de esteatita. Aún está trabajando en la fecha y en la inscripción, pero los nombres son «Izabela Aires Cabral» y «Laurent Brouilly». Obviamente, gracias a las cartas ahora sabemos sin lugar a dudas quién fue el amor parisino de Bel. El tal Brouilly se convirtió en un escultor célebre en Francia. Mira. —Floriano sacó unos papeles de la carpeta de plástico y me los pasó—. Estas son algunas de sus obras.

Estudié las imágenes granuladas de las esculturas de Laurent Brouilly. La mayoría eran formas humanas sencillas, parecidas a la que había visto en el jardín de A Casa das Orquídeas. También había un número considerable de hombres ataviados con anticuados uniformes de soldado.

—Se labró un nombre como escultor durante la Segunda Guerra Mundial, en la que también luchó como miembro de la resistencia —explicó Floriano—. Según su entrada de la Wikipedia, fue condecorado por su valentía. Sin duda, un hombre muy interesante. Mira, este de la fotografía es él. Estarás de acuerdo conmigo en que era cualquier cosa menos feo —añadió.

Observé el hermoso rostro de Laurent. Su aspecto era típicamente francés, con los rasgos muy marcados, la mandíbula angulosa y los pómulos afilados.

—Y estos de aquí son Gustavo e Izabela el día de su boda.

Contemplé la segunda imagen ignorando a Izabela durante un instante para fijarme primero en Gustavo. El contraste con Laurent no podría haber sido más evidente. Al ver su físico débil y sus rasgos diminutos y puntiagudos, entendí por qué Bel y Maria Elisa lo comparaban con un hurón. Pero también me percaté de que su mirada transmitía bondad.

Luego me fijé en Izabela, en aquel rostro tan parecido al mío. Estaba a punto de devolverle la foto a Floriano cuando, de pronto, vi el colgante que llevaba al cuello.

—¡Dios mío!

—¿Qué?

—Mira. —Le señalé a Floriano el punto concreto de la fotografía al que debía mirar mientras cerraba de forma instintiva los dedos alrededor de la piedra lunar que colgaba de mi cuello.

Floriano observó detenidamente la fotografía y luego a mí.

—Sí, Maia. Parece que es la misma piedra.

—Por eso Yara me dio las cartas. Dijo que había reconocido el colgante.

—Así que por fin crees que estás emparentada con los Aires Cabral, ¿eh? —preguntó Floriano sonriéndome.

—Sí, lo creo —asentí convencida por primera vez—. Esta es la prueba irrefutable.

—Debes de estar contenta.

—Lo estoy...

Dejé las fotografías sobre la mesa y suspiré. Floriano se encendió un cigarrillo y me miró.

—¿Qué te pasa?

—Izabela dejó al hombre que amaba en Francia para casarse con Gustavo Aires Cabral a pesar de que no lo quería. Es muy triste.

—¿Te consideras una romántica, Maia?

—No, pero si leyeras las cartas que le mandó a su criada, cómo hablaba de su amor por Laurent Brouilly, no podrías evitar que la historia te conmoviese.

—Bueno, espero que me las dejes leer.

—Por supuesto —respondí—. Aunque quizá lo que Izabela sintió por Laurent no fue más que un enamoramiento pasajero, nada más.

—Cierto —asintió Floriano—. Pero, en ese caso, ¿por qué te dio tu padre la tesela a modo de pista sobre tu pasado? Habría sido mucho más fácil incluir una fotografía de Izabela y su marido.

—No lo sé —suspiré—. Y quizá nunca lo averigüe. La última carta es de octubre de 1928, cuando Izabela dejó París para volver a Río, así que he de suponer que se casó con Gustavo y se instaló con él aquí.

—En realidad, no creo que la historia acabe ahí —dijo Floriano, que sacó otra fotocopia de la carpeta y me la entregó—. Esta fotografía fue tomada en enero de 1929. En ella se ve el molde de yeso de la cabeza del *Cristo* recién descargado del barco que lo traía desde Francia. Esa cosa extraña que hay al lado es una mano gigante. En la foto hay dos hombres. Uno de ellos es Heitor Levy, el jefe de proyecto del *Cristo*. Ahora fíjate bien en el otro —concluyó señalando con el dedo la segunda silueta.

Observé los rasgos del hombre que se apoyaba en la mano del *Cristo* y los comparé con la fotografía que Floriano me había enseñado hacía apenas unos minutos.

—¡Dios mío, es Laurent Brouilly!

—El mismo.

—Entonces, ¿estuvo aquí, en Río?

—Eso parece. No hace falta ser un genio para deducir que vino desde Francia por el proyecto del *Cristo*.

—¿Y quizá para ver a Izabela? —pregunté.

—Como historiador, sé que no deben hacerse tales conjeturas, sobre todo porque lo que has leído solo hace referencia a los sentimientos de Izabela hacia Laurent. No podemos estar seguros de que él sintiera lo mismo por ella —me aconsejó Floriano.

—Es verdad. Pero Izabela explica en las cartas que posó en el estudio de Paul Landowski para la escultura que ahora está en el jardín de A Casa das Orquídeas. También le cuenta a Loen, su criada, que Laurent le suplicó que se quedase en Francia y no regresara a Brasil. Me preguntó si la siguió hasta aquí... Pero ¿cómo podemos averiguar si volvieron a verse tras la llegada de Laurent a Río?

—Preguntándoselo a tu amiga Yara, la criada —respondió Floriano mientras se encogía de hombros—. Te dio las cartas, así que creo que no me equivoco al decir que, por la razón que sea, quiere que conozcas la verdad.

—Pero le tiene auténtico pavor a su señora. Darme las cartas es una cosa, pero contarme directamente lo que sabe de mis orígenes es otra muy distinta.

—Maia —dijo Floriano con decisión—, deja de ser tan pesimista. Ya ha confiado en ti lo suficiente para darte las cartas. ¿Qué te parece si volvemos al hotel y me dejas leerlas?

—Está bien —asentí.

Mientras Floriano se instalaba en mi habitación para leer las cartas de Bel, yo crucé la calle hasta la playa de Ipanema y me zambullí en las imponentes aguas del océano Atlántico. Luego me tendí bajo el sol y, mientras me secaba, decidí que Floriano tenía razón y que no debía tener miedo a investigar la historia por la que había cruzado medio mundo.

Tumbada sobre la cálida arena de la playa, me pregunté si mi reticencia tenía algo que ver con el hecho de que cada paso que daba me acercaba más a la verdad sobre mis padres biológicos. No sabía si estaban vivos o muertos, ni siquiera por qué Pa Salt me había dejado una pista que me había llevado mucho más atrás en el tiempo de lo que parecía lógicamente necesario.

Y ¿por qué la señora Carvalho se negaba en redondo a admitir siquiera que su hija había sido madre? Una mujer joven, con la edad adecuada para haberme tenido...

De nuevo, recordé las palabras que Pa Salt había mandado grabar en la esfera armilar.

No podía ni debía huir.

—¿Te apetece volver conmigo a A Casa das Orquídeas para ver si Yara nos dice algo más? —le pregunté a Floriano cuando regresé al hotel.

—Por supuesto —respondió él sin levantar la vista de la carta que estaba leyendo—. Dos más y acabo.

—Me daré una ducha mientras terminas.

—Vale.

Cerré la puerta del baño, me desnudé y me metí en la ducha sin poder quitarme de la cabeza que Floriano estaba muy cerca, justo en la habitación de al lado. Hacía apenas dos días, aquel hombre era un completo desconocido, pero, gracias a su actitud abierta y relajada, sentía que lo conocía de toda la vida.

Y sin embargo, su libro, el que yo había traducido, era filosófico, emotivo y rebosaba angustia vital. Precisamente por eso, había imaginado que me encontraría con alguien que se tomaba a sí mismo más en serio que el hombre que estaba sentado a escasos metros de mí, al otro lado de la puerta. Al salir del lavabo, vi que Floriano había dejado las cartas en perfecto orden en una pila y estaba contemplando la playa a través de la ventana.

—¿Vas a guardarlas en la caja fuerte? —me preguntó.

—Sí.

Me las devolvió y yo me acerqué al armario.

—Gracias, Maia —dijo Floriano de repente.

—¿Por qué? —pregunté mientras introducía el código de seguridad.

—Por compartirlas conmigo. Estoy seguro de que a muchos compañeros de profesión les habría encantado tener el privilegio de leerlas. Es increíble que tu bisabuela estuviera presente durante la construcción de nuestro *Cristo*, que viviera bajo el mismo techo que Heitor da Silva Costa y su familia y que incluso estuviera posando en el *atelier* de Landowski mientras este preparaba los moldes. Es todo un honor, de verdad —contestó Floriano, tras lo cual esbozó una falsa reverencia.

—Soy yo la que debería darte las gracias. Me has ayudado mucho a ordenar varias piezas del rompecabezas.

—Bueno, vayamos a A Casa das Orquídeas y veamos si podemos encajar alguna más.

—Tendrías que esperar fuera, Floriano. Le prometí a Yara que no le contaría a nadie lo de las cartas. No quiero perder su confianza.

—En ese caso, me limitaré a hacer de chófer para la señorita —bromeó. Con una sonrisa en los labios, preguntó—: ¿Vamos?

Salimos de la suite, alcanzamos el ascensor y Floriano apretó el botón de llamada. Cuando se abrieron las puertas y entramos, me di cuenta de que el escritor estaba estudiando mi reflejo en los espejos de la pared.

—Estás morena. Te sienta bien. Y ahora —añadió mientras las puertas se abrían de nuevo y los dos cruzábamos el vestíbulo con paso firme—, manos a la obra.

Veinte minutos más tarde, aparcamos ante A Casa das Orquídeas, al otro lado de la calle. Al pasar por delante de la oxidada verja de la entrada, habíamos visto que estaba cerrada con candado.

—¿Qué ha pasado? —pregunté cuando nos apeamos del coche—. ¿Crees que es porque la señora Carvalho sabía que volveríamos?

—Sé lo mismo que tú —respondió Floriano, que echó a andar siguiendo la línea del descuidado seto que rodeaba la finca—. Voy a ver si encuentro otra vía de entrada, legal o ilegal.

Contemplé la casa a través de los barrotes de hierro, debatiéndome entre el desencanto y la frustración. Quizá nuestra visita no hubiera sido más que una coincidencia y la anciana ya tuviese planeado irse con Yara, tal vez a visitar a algún familiar. Sin embargo, fue en aquel preciso instante cuando me di cuenta de lo desesperadamente que ansiaba conocer el pasado que ahora ya estaba convencida de que me pertenecía.

Floriano no tardó en aparecer de nuevo.

—Este sitio es como una fortaleza. He bordeado todo el perímetro y, a menos que nos abramos paso a través del seto con una motosierra, no hay forma de entrar. He visto que hasta las contraventanas están atrancadas. Es como si hubieran cerrado la casa por completo y no quedase nadie en ella.

—¿Y si no vuelven? —pregunté, consciente del dejo de frustración de mi voz.

—Eso no podemos saberlo, Maia. Puede ser que simplemente hayamos venido en mal momento. Mira, al menos tienen buzón. Podrías dejarle una nota a Yara con la dirección del hotel y un teléfono de contacto.

—Pero ¿y si la encuentra la anciana?

—Te garantizo que, cuando vuelva, la señora Carvalho no se pondrá a rebuscar entre las cartas. Es una mujer de otra época, eso es trabajo de la criada. Seguramente le entregarán el correo en una bandeja de plata —explicó con una sonrisa en los labios.

—Está bien —acepté de mala gana y, tras sacar una libreta y un bolígrafo del bolso, seguí la recomendación de Floriano y escribí una nota para Yara.

—Aquí ya no podemos hacer nada más. Vámonos —dijo él mientras yo abría la tapa metálica del buzón, cubierta de óxido, y metía la nota.

Guardé silencio durante buena parte del trayecto de vuelta al centro de Río. Tras la emoción provocada por la lectura de las cartas, quería saber más, así que me sentía desmoralizada.

—Espero que no te estés planteando abandonar —dijo Floriano, como si me hubiera leído el pensamiento, cuando pasábamos junto a la playa de Ipanema.

—Pues claro que no. Pero, la verdad, no sé por dónde seguir.

—La clave es tener paciencia, Maia. Solo debemos esperar y ver si Yara responde a la nota. Y seguir controlando la casa, claro está, por si vuelven a aparecer. Lo normal es que estas cosas no tengan mucho misterio, sino más bien una explicación racional. Mientras tanto, propongo que intentemos imaginar cuál podría ser esa explicación.

—Quizá hayan ido a visitar a algún familiar —aventuré enunciando en voz alta lo que había pensado antes.

—Podría ser, pero teniendo en cuenta lo débil que está la mujer, dudo que se preste a viajes largos. Ni a conversaciones triviales con la familia.

—¿Y si se han ido por miedo a que volviéramos?

—También es posible, pero poco probable. La señora Carvalho ha vivido en esa casa toda la vida y, aunque no parecía demasiado dispuesta a aclarar tu posible relación con la familia, tampoco es que la hayamos amenazado con pistolas y cuchillos —murmuró mientras conducía—. Personalmente, creo que solo hay una razón que explique por qué ni la señora ni la criada están en casa.

—¿Y cuál es?

—Que la señora Carvalho haya enfermado y se la hayan llevado al hospital. Creo que voy a llamar a los de la zona para preguntar si mi querida «tía abuela» ha ingresado en alguno de ellos a lo largo de las últimas veinticuatro horas.

Miré a Floriano impresionada.

—Puede que tengas razón.

—Vamos a mi casa. Buscaré los teléfonos de los hospitales de la ciudad y haré una ronda de llamadas —continuó, y entonces giró a la derecha para abandonar la avenida Vieira Souto en lugar de seguir la línea de la costa hasta el hotel.

—Por favor, Floriano, no quiero ser una molestia. Puedo hacerlo desde mi ordenador.

—Maia, haz el favor de callarte. En toda mi carrera como historiador, nunca había leído unas cartas tan fascinantes como las que he tenido entre mis manos esta mañana. Además, en ellas hay algo de lo que aún no te he hablado y que las hace todavía más interesantes. Puede que incluso contengan la respuesta a un viejo enigma sobre el *Cristo*. Así que, por favor, créeme cuando te digo que nos estamos ayudando el uno al otro. Eso sí, te advierto que mi casa no es precisamente el Copacabana Palace —dijo mientras nos alejábamos cada vez más de la playa de Ipanema.

Al cabo de un rato, Floriano tomó una curva cerrada a la derecha y detuvo el coche frente a un destartalado edificio de apartamentos. Era probable que estuviera a solo cinco o diez minutos andando del hotel, pero parecía salido de otro mundo.

—Bueno —anunció Floriano cuando nos bajamos del coche y subimos los escalones que nos separaban de la puerta principal—, bienvenida *chez moi*. Lo siento, pero no hay ascensor.

Abrió la puerta y empezó a subir los peldaños de la estrecha escalera de dos en dos. Lo seguí, cada vez más y más arriba, hasta que por fin llegamos a un pequeño rellano en el que Floriano abrió una puerta.

—No soy la persona más casera del mundo, pero este es mi hogar —me avisó de nuevo—. Entra, por favor.

Franqueó la puerta y yo me quedé en el umbral. Experimenté una fugaz sensación de inquietud al pensar que estaba a punto de entrar en el piso de un hombre que, en pocas palabras y a todos los efectos, era un completo desconocido. Me saqué la idea de la cabeza recordando que la noche en que nos habíamos conocido Floriano tuvo que marcharse para abrirle la puerta de casa a la chica con la que vivía, y lo seguí hacia el interior del piso.

La sala de estar era tal como Floriano la había descrito: una mezcla de objetos usados y nunca retornados a su lugar correspondiente. Un maltrecho sofá de piel y una butaca delimitaban la zona de descanso, rematada por una mesita de café cubierta de libros, papeles, un bol con restos de comida y un cenicero a rebosar.

—Mejor vamos arriba. Te prometo que es mucho más agradable que esto —dijo, mientras avanzaba por el pasillo.

Subimos otro tramo de escaleras y llegamos a un pequeño descansillo con dos puertas. Floriano abrió una y al otro lado apareció una terraza, protegida en gran parte por un tejado inclinado. Debajo había un sofá, una mesa con sus correspondientes sillas y, en una esquina, un escritorio con un portátil y una estantería atestada de libros encima. La parte delantera de la terraza, más allá del tejado inclinado, quedaba abierta a los elementos y a lo largo de la barandilla se alineaban macetas llenas de flores que añadían brillo y color a la atmósfera.

—Aquí es donde vivo y trabajo. Ponte cómoda —me dijo antes de acercarse al escritorio, abrir el portátil y sentarse.

Me asomé al borde de la terraza y de inmediato sentí el calor abrasador del sol en la cara. Apoyé los codos en la barandilla y levanté la vista hacia la pequeña ciudad de edificios que se amontonaban peligrosamente en la ladera a apenas unos cientos de metros de distancia. Por encima de los tejados volaban cometas y se oía el sordo retumbar de lo que parecían tambores.

Acostumbrada al ambiente estéril de la habitación del hotel, de pronto sentí que conectaba con el verdadero pulso de la ciudad.

—Qué bonito. ¿Es una favela? —pregunté señalando las casas de la falda de la montaña.

—Sí y, hasta hace unos años, muy peligrosa. La droga y los asesinatos eran el pan nuestro de cada día y, a pesar de que limita con Ipanema, una de las zonas más exclusivas de Río, nadie quería vivir en las calles cercanas —me explicó Floriano—. Pero ahora está limpia y el gobierno incluso ha construido un ascensor para los residentes. Algunos dicen que podrían haber invertido el dinero en algo mejor, como algún tipo de cobertura médica para el barrio, pero por algo se empieza.

—Brasil se está convirtiendo en un país muy próspero, ¿verdad? —pregunté.

—Sí, aunque, como ocurre con todas las economías emergentes, al principio solo un porcentaje minúsculo de la población se beneficia de la riqueza. Para la inmensa mayoría pobre, las cosas apenas cambian. Es lo mismo que ocurre en la India o en Rusia. En cualquier caso —continuó con un suspiro—, será mejor que dejemos el tema de la injusticia social en Brasil. Es mi caballo de batalla favorito y ahora mismo tenemos otro tema entre manos. —Concentró de nuevo toda su atención en el ordenador—. Veamos, doy por supuesto que la señora Carvalho es una de las pocas afortunadas que pueden permitirse evitar los horribles hospitales públicos de Río. Así pues, voy a buscar una lista de los privados para poder empezar a llamar. Aquí está. —Retrocedí hasta el escritorio y miré la pantalla por encima de su hombro—. Son unos diez. Imprimiré los números de teléfono.

—¿Por qué no dividimos la lista entre los dos? —sugerí.

—De acuerdo —asintió él—. Pero hazte pasar por un familiar cercano, una nieta, por ejemplo —dijo dedicándome una mirada cargada de ironía—. Si no, se negarán a darte información.

Floriano desapareció escaleras abajo con su teléfono móvil y yo me quedé en la terraza con el mío. Dediqué los siguientes quince minutos a llamar a todos los números de la lista sin demasiado éxito. Todas las personas con las que hablé me confirmaron que no había ingresado ninguna señora Carvalho en las últimas veinticuatro horas y, cuando Floriano apareció de nuevo con una bandeja en las manos, su cara contaba una historia parecida.

—No te vengas abajo, Maia —me pidió mientras dejaba sobre

la mesa una *baguette* y un plato con distintos tipos de queso y embutido—. Comamos algo, nos ayudará a pensar.

Comí con avidez, y es que eran más de las seis de la tarde y no había probado bocado desde el desayuno.

—¿Cuál es ese misterio que crees que puede resolverse gracias a las cartas de Bel? —le pregunté al ver que había terminado de comer y se dirigía hacia la parte abierta de la terraza para encenderse un cigarrillo.

—Bueno —contestó apoyándose en la barandilla para contemplar la puesta de sol—. Siempre se ha creído que la joven de la que Bel habla en las cartas, Margarida Lopes de Almeida, fue la modelo que Landowski utilizó para las manos del *Cristo*. En su correspondencia, Bel confirma que, en efecto, Margarida estaba en el *atelier* de Landowski y que además era una gran pianista. La propia Margarida nunca negó el rumor según el cual sus manos habían servido de modelo para la escultura, hasta que hace unos años, en su lecho de muerte, se retractó y dijo que Landowski no se había inspirado en ellas.

Floriano me miró para asegurarse de que lo seguía.

—En una de las cartas Bel dice que Landowski también hizo un molde de sus manos, no solo de las de Margarida —respondí.

—Exacto. Claro que también puede ser que Landowski no utilizara ninguno de los dos modelos para la estatua definitiva. En cualquier caso, puede que Margarida siempre supiera que la cuestión no estaba clara. ¿Quién sabe? Quizá las manos sean las de Izabela, la joven que la acompañaba en el *atelier* por aquellas mismas fechas.

—Dios mío —murmuré sorprendida por la enormidad de lo que Floriano sugería: que, en realidad, aquellas manos tan icónicas que se abrían sobre la ciudad, amando y protegiendo el mundo que se extendía debajo de ellas, podrían ser las de mi bisabuela.

—Si te soy sincero, no creo que lleguemos a averiguar la verdad sobre esa cuestión, pero ahora seguro que entiendes por qué me he emocionado tanto al leer las cartas —dijo Floriano—. Y muchas otras personas se emocionarían como yo si alguna vez Yara aceptara compartir su contenido con el mundo. No podemos rendirnos, tenemos que seguir investigando, Maia, no solo para descubrir tu pasado, sino también el de Brasil.

—Tienes razón —asentí—, pero hemos llegado a un callejón sin salida...

—Pues retrocederemos y planearemos una nueva ruta por la que seguir avanzando.

—Ahora que lo dices, antes estaba pensando en algo —recordé.

—Y ¿de qué se trata? —me animó Floriano.

—Yara dejó bien claro que la señora Carvalho estaba muy enferma, que se estaba muriendo. Cuando lo dijo, pensé que solo era una excusa para librarse de nosotros, pero la verdad es que la mujer parecía muy frágil y la mesa que tenía al lado estaba llena de botes de pastillas. Lo que quiero decir es que en Suiza, cuando a alguien le queda poco tiempo de vida y está sufriendo, lo llevan a un hospital especializado en cuidados paliativos. ¿Tenéis algo parecido en Brasil?

—Sí, pero solo para ricos. De hecho, hay uno justo a las afueras de Río. Está regentado por monjas, y sabemos que los Aires Cabral eran católicos devotos. ¿Sabes qué, Maia? Podrías tener razón.

Floriano se incorporó y se acercó al ordenador. De pronto, la puerta se abrió y apareció una niña de ojos oscuros, vestida con una camiseta de Hello Kitty y unos pantalones cortos de color rosa, que atravesó la estancia a la carrera y se lanzó a los brazos de Floriano.

—*Papai!*

—Hola, *minha pequena.* ¿Cómo ha ido el día? —le preguntó él sonriéndole.

—Bien, pero te he echado de menos.

Me volví de nuevo hacia la puerta, donde una mujer joven y esbelta observaba la escena. Su mirada se posó brevemente sobre mí y me saludó con una sonrisa antes de centrarse de nuevo en la niña.

—Vamos, Valentina, tu padre está ocupado y tú tienes que ducharte. Hemos aprovechado que hacía calor para ir a la playa después del colegio —añadió la mujer sin dirigirse a nadie en particular.

—¿No puedo quedarme un rato contigo aquí arriba, *papai*? —preguntó Valentina con un mohín mientras su padre la dejaba en el suelo.

—Tú dúchate y, cuando te hayas puesto el pijama, tráeme el libro y te leeré el siguiente capítulo. —Le dio un beso en la cabeza y luego la empujó con dulzura hacia la joven que esperaba junto a la puerta—. Te veo más tarde, cariño.

—Yo también tengo que irme —dije poniéndome en pie en cuanto la puerta se cerró a espaldas de la niña—. Ya te he robado demasiado tiempo.

—No hasta que hayamos contactado con el hospital religioso que tengo en mente —dijo Floriano, y se sentó delante del portátil.

—Tu hija es una preciosidad. Se parece a ti. ¿Cuántos años tiene?

—Seis —respondió Floriano sin dejar de teclear—. Vale, aquí está. Hay un número de teléfono, aunque dudo que a estas horas de la noche haya alguien en recepción. Voy a probar.

Lo observé mientras marcaba el número que aparecía en la pantalla y se llevaba el móvil a la oreja. Unos segundos más tarde, lo apartó.

—Lo que te decía: hay un número de emergencia para contactar fuera de horas, pero creo que levantaríamos demasiadas sospechas. Que un familiar llame al hospital preguntando por alguien a quien no consigue localizar es una cosa, pero que la familia más allegada no sepa que van a ingresarlo en uno de estos hospitales es otra bien distinta. Propongo que mañana nos presentemos allí en persona.

—Puede que sea otro callejón sin salida.

—Tal vez, pero el instinto me dice que es lo único que tiene sentido ahora mismo. Bien hecho, Maia —añadió Floriano con una cálida sonrisa de aprobación—. Al final, acabaré convirtiéndote en una especialista en investigación histórica.

—Ya veremos qué pasa mañana. Y ahora te dejo tranquilo —anuncié, y me levanté de nuevo.

—Te llevo al hotel —dijo Floriano, y también se puso de pie.

—No hace falta, de verdad. Puedo ir andando.

—Como quieras. ¿Quedamos mañana a las doce? Tengo una reunión a las nueve y media en el colegio. Creen que Valentina podría ser disléxica —me explicó con un suspiro.

—De acuerdo. Y siento lo de Valentina, aunque CeCe, una de mis hermanas, es disléxica y es una de las personas más inteligentes que conozco —le dije para animarlo—. Buenas noches, Floriano.

28

Cuando me levanté a la mañana siguiente, saqué las cartas de Yara de la caja fuerte y releí las que Bel había mandado a Loen desde París. Pero entonces, en lugar de buscar desesperadamente cualquier pista sobre mi pasado, las leí como lo había hecho Floriano, con la perspectiva de un historiador, y entendí por qué le habían parecido tan interesantes. Las dejé a un lado, me tumbé sobre los cojines y pensé en él, en su preciosa hija y en la madre, que, como mucho, tendría veinticinco años.

Por alguna razón, me sorprendía que Floriano hubiera escogido a una mujer tan joven como pareja. Y, siendo sincera, me había puesto un poco celosa al ver aparecer a la madre y a la hija en el apartamento el día anterior. A veces tenía la sensación de que todo el mundo estaba enamorado menos yo.

Me duché, me vestí y bajé a la recepción del hotel, donde había quedado con Floriano. Por primera vez, aún no había llegado, así que me senté a esperarlo. Se presentó un cuarto de hora después con cara de agobio, algo extraño en él.

—Mil disculpas, Maia. La reunión en el colegio ha durado más de lo que pensaba.

—No te preocupes —lo tranquilicé mientras nos subíamos al Fiat—. ¿Ha ido bien?

—Si ir «bien» es que te digan que tu hija tiene un problema... —Suspiró—. Al menos, han diagnosticado la dislexia en una fase temprana, así que espero que le proporcionen a Valentina toda la ayuda que necesita. Para un escritor no deja de ser irónico que su hija vaya a tener que pelearse con las palabras durante toda la vida.

—Entiendo que debe de ser duro. Lo siento.

Guardé silencio, sin saber muy bien qué más decir.

—Es una cría muy buena, y su vida no ha sido fácil.

—Bueno, por lo que vi anoche, al menos tiene un padre y una madre que la quieren.

—Un padre, querrás decir —me corrigió—. Por desgracia, mi mujer murió cuando Valentina era un bebé. Ingresó en el hospital para una operación rutinaria, volvió a los dos días y se le infectó la herida. Buscamos ayuda médica de nuevo y nos dijeron que se curaría con el tiempo. Murió dos semanas más tarde de septicemia. Ahora entenderás por qué le tengo tan poca estima a la sanidad brasileña.

—Vaya, no sabes lo mucho que lo siento, Floriano. Ayer pensé que...

—¿Que Petra era su madre? —Esbozó una sonrisa de oreja a oreja y su rostro se relajó un poco—. Maia, si ni siquiera ha cumplido los veinte. Pero me halaga que pienses que un vejestorio como yo podría resultarle atractivo a una joven tan guapa.

—Ah —dije, y me puse colorada—, lo siento.

—Petra es universitaria. Le cedo una habitación en mi casa a cambio de que me ayude con Valentina, sobre todo durante las vacaciones escolares. Por suerte, los abuelos de mi hija viven cerca y pasa algunas temporadas con ellos, en especial cuando estoy escribiendo. Cuando mi mujer murió, se ofrecieron a acogerla de forma permanente, pero les dije que no. Las cosas no siempre son fáciles, pero, no sé muy bien cómo, al final siempre nos las arreglamos. Y es una ayuda que sea tan buena niña.

Miré a Floriano desde una nueva perspectiva y me di cuenta de que no dejaba de sorprenderme. También me hizo plantearme lo vacía que estaba mi vida en comparación con la complejidad de la suya.

—¿Tienes hijos, Maia? —me preguntó.

—No —respondí con brusquedad.

—¿Y planes para el futuro?

—Lo dudo. No hay nadie especial en mi vida con quien hacerlos.

—¿Has estado enamorada alguna vez, Maia?

—Sí, una vez, pero no salió bien.

—Estoy convencido de que encontrarás a alguien. Es duro estar solo. Yo tengo a Valentina, y aun así a veces lo paso mal.

—Al menos es más seguro —murmuré, incapaz de contenerme.

—¿Seguro? —repitió Floriano mirándome con extrañeza—. ¡*Meu Deus*, Maia! He pasado por momentos muy dolorosos a lo largo de mi vida, sobre todo con la muerte de mi esposa. Pero si hay algo a lo que no aspiro es a esa «seguridad» de la que hablas.

—No quería decir eso —intenté retractarme, roja como un tomate.

—Pues yo creo que sí, y me parece muy triste. Además, lo de esconderse del mundo nunca funciona, porque, aunque lo consigas, tú tienes que seguir mirándote en el espejo todos los días. Ni se te ocurra dedicarte a las apuestas. —De pronto, se dio cuenta de lo tensa que me había puesto y sonrió para tranquilizarme—. Bueno, ¿cuál es el plan cuando lleguemos al convento?

—¿Qué propones? —pregunté aún alterada por nuestra conversación.

—Que preguntemos directamente si tu abuela está ingresada, supongo. Y a partir de ahí ya veremos.

—Vale.

El resto del trayecto transcurrió en silencio. Me arrepentía del comentario que se me había escapado y, al mismo tiempo, me escocía la reacción de Floriano al oírlo. Miré por la ventanilla y contemplé las vistas mientras nos alejábamos de la ciudad y la carretera empezaba a ascender.

Llegamos a un tortuoso camino de gravilla y nos detuvimos frente a un edificio de piedra gris, austero y enorme. El convento de *São Sebastião*, el patrón de Río, se había construido hacía doscientos años y, a juzgar por su aspecto, no lo habían modernizado desde entonces.

—¿Preparada? —me preguntó Floriano, y me apretó la mano con suavidad para infundirme valor.

—Sí —respondí.

Nos bajamos del coche y caminamos hacia la entrada.

Lo primero que encontramos fue un largo pasillo, completamente vacío, en el que nuestros pasos resonaban como en un túnel. Miré a Floriano con cierto recelo.

—Puesto que funciona más como convento que como residencia, lo más probable es que haya un ala dedicada al cuidado de pacientes. Ah, aquí está —dijo cuando nos detuvimos frente a un viejo timbre instalado en la pared contigua a una puerta.

Lo apretó y desde algún rincón del edificio nos llegó un ruido estridente. Unos segundos más tarde, apareció una monja que se dirigió a nosotros:

—¿Puedo ayudarles en algo?

—Sí, creemos que la abuela de mi esposa ha ingresado en el convento —contestó Floriano—. No esperábamos que fuera tan pronto y, la verdad, nos preocupa su estado de salud.

—¿Cómo se llama la paciente?

—Señora Beatriz Carvalho —respondió Floriano—. Lo más probable es que haya venido con su criada, Yara.

La monja nos observó detenidamente y, al final, asintió.

—Sí, las dos están aquí, pero aún no es la hora de visitas familiares, y además la señora Carvalho ha pedido que no se la moleste. Ya saben lo enferma que está.

—Por supuesto —asintió Floriano con tranquilidad—. No queremos importunar a la señora Carvalho, pero ¿podríamos hablar con Yara, su sirvienta, para preguntarle si necesita algo de casa? Estaríamos encantados de ir a buscar lo que fuera.

—Esperen aquí, voy a ver si encuentro a la señora Canterino.

La monja dio media vuelta y se alejó.

—Bien hecho —dije, mirando a Floriano con admiración.

—Bueno, ya veremos si Yara quiere hablar con nosotros, porque, que quede claro: prefiero enfrentarme a una banda de delincuentes armados que a un grupo de monjas protegiendo a un miembro de su rebaño en sus últimos días.

—Por lo menos ahora ya sabemos dónde está.

—Sí. ¿Lo ves, Maia? Cuando confías en tu instinto, por lo general aciertas.

Para distraerme mientras esperábamos, salí de nuevo al exterior y me senté en un banco con unas vistas impresionantes de Río. Desde las alturas, sus caóticas calles parecían un sueño lejano, me dije mientras la campana que anunciaba el ángelus llamaba a las monjas a la oración. Sentí que la tranquilidad del lugar me calmaba y pensé que también me gustaría pasar allí los últimos días de mi vida. Era como si el convento estuviera suspendido en algún punto entre la tierra y el cielo.

De pronto, una mano me dio unos golpecitos en el hombro y me sacó de mi ensueño. Me di la vuelta y vi a Floriano con una Yara visiblemente nerviosa a su lado.

—Las dejaré a solas un rato —dijo él con su habitual diplomacia, y se alejó cruzando el jardín.

Me puse de pie.

—Hola. Gracias por salir a verme.

—¿Cómo nos ha encontrado? —susurró la mujer entre dientes, como si su señora, al otro lado de las gruesas paredes del convento, pudiera oírnos—. La señora Carvalho se alteraría mucho si supiera que está usted aquí.

—¿Quiere sentarse? —le pregunté señalando el banco.

—Solo puedo quedarme unos minutos. Si la señora Carvalho se enterara de que estoy hablando con usted...

—Le prometo que las dejaré en paz en cuanto pueda, pero, Yara, después de leer las cartas que me entregó, sin duda entiende que necesite volver a hablar con usted, ¿verdad?

De pronto, la mujer se dejó caer sobre el banco.

—Sí —respondió con un suspiro—. No sabe cuánto me he arrepentido de habérselas dado.

—Y ¿por qué lo hizo?

—Porque... —Encogió los hombros, estrechos y huesudos—. Algo me decía que era lo que tenía que hacer. Debe comprender que la señora Carvalho sabe muy poco del pasado de su madre. Su padre lo protegió de él después de...

Inquieta, se alisó la falda con las manos delgadas.

—¿Después de qué? —insistí.

Ella negó con la cabeza.

—No puedo hablar de ello en este lugar. Por favor, no lo entiende. La señora Carvalho ha venido hasta aquí a morir. Está muy enferma y le queda poco tiempo de vida. Tiene que dejarla en paz.

—Lo comprendo, pero, por favor, contésteme solo a esto: ¿sabe qué pasó cuando Izabela Bonifacio volvió de París?

—Se casó con su bisabuelo, Gustavo Aires Cabral.

—Eso ya lo sé, pero ¿qué ocurrió con Laurent Brouilly? Sé que vino a Brasil. He visto una fotografía de él en Río con el *Cristo*. Creo...

—¡Cállese! —la interrumpió Yara mirando a su alrededor hecha un manojo de nervios—. ¡Por favor! Aquí no podemos hablar de estas cosas.

—Entonces ¿dónde y cuándo? —la presioné, consciente de que Yara se debatía entre la lealtad hacia su señora y el deseo de explicarlo todo—. Por favor, le juro que no he venido a causar problemas, solo quiero conocer mis orígenes. Todo ser humano tiene derecho al menos a eso, ¿no cree? Si sabe algo, le ruego que me lo cuente. Le prometo que entonces me iré.

La observé mientras su mirada se perdía a lo lejos y se posaba en el *Cristo*, cuyas manos quedaban ocultas tras una nube.

—Está bien, pero hoy no. Mañana tengo que volver a A Casa das Orquídeas a recoger algunas pertenencias que me ha pedido la señora Carvalho. La espero allí a las dos. Ahora ¡márchese de aquí!

Yara se puso de pie y yo hice lo mismo.

—Gracias —le dije mientras se alejaba de mí a toda prisa y desaparecía en el interior del convento.

Vi a Floriano apoyado en su coche y me acerqué a él.

—¿Ha ido bien? —me preguntó.

—Hemos quedado mañana por la tarde en la casa —respondí cuando me abrió la puerta del copiloto.

—Eso es fantástico, Maia —aseguró él antes de arrancar el motor y salir de allí a toda prisa.

Cuando nos acercamos a la ciudad, me di cuenta de que estaba a punto de romper a llorar.

—¿Estás bien? —me preguntó al parar delante del hotel.

—Sí, gracias —respondí, un tanto cortante, porque me temblaba tanto la voz que no sabía cuánto rato sería capaz de contener las lágrimas.

—¿Te gustaría pasarte luego por casa? Por lo visto, Valentina me va a preparar la cena esta noche. Estás más que invitada.

—No, prefiero no molestaros más.

—No molestas, en serio. Hoy es mi cumpleaños —dijo encogiéndose de hombros—. Repito, estás más que invitada.

—Felicidades —dije debatiéndome entre un irracional sentimiento de culpa por no haberlo sabido y cierto disgusto porque no me lo hubiera dicho antes.

—Gracias. Bueno, ya que no te apuntas esta noche, ¿quieres que te recoja mañana y te lleve a A Casa das Orquídeas?

—De verdad, Floriano, ya has hecho más que suficiente. Puedo coger un taxi.

—Maia, por favor, sería un placer acompañarte —insistió—. Se nota que estás afectada. ¿Te apetece que hablemos de ello?

—No, seguro que mañana estoy mejor. Me vendrá bien descansar esta noche.

Me dispuse a abrir la portezuela, pero Floriano me sujetó suavemente la muñeca con la mano.

—Recuerda que estás pasando un duelo. Hace apenas quince días que perdiste a tu padre y esta… odisea de vuelta al pasado te está desestabilizando aún más. No seas demasiado dura contigo misma, Maia —añadió con un hilo de voz—. Si me necesitas, ya sabes dónde estoy.

—Gracias.

Bajé del coche, crucé el vestíbulo del hotel como una exhalación y cogí el ascensor hasta mi planta. Una vez en el santuario de mi habitación, dejé que las lágrimas fluyeran. ¿Que por qué lloraba exactamente? No tenía la menor idea.

Al final, me quedé dormida y me desperté mucho más tranquila. Eran las cuatro pasadas, así que bajé a la playa y me di un baño en las tonificantes aguas del Atlántico. Al regresar al hotel, pensé en Floriano y en que era su cumpleaños. Se había portado tan bien conmigo que lo mínimo que podía hacer era regalarle una buena botella de vino.

Me metí en la ducha para deshacerme de la arena y de la sal y me imaginé a Valentina, con sus seis años, preparándole a su padre una cena especial de cumpleaños. La imagen era tan tierna que apenas pude soportarla. Floriano la había criado prácticamente solo, a pesar de que podría habérsela entregado a sus abuelos.

Sabía que verlos juntos y ser testigo del amor que se profesaban era lo que me había desestabilizado. Por no mencionar los comentarios incisivos que Floriano me había hecho camino del convento.

«Maia, tienes que recuperar la compostura», me dije con decisión, consciente de que todo lo que me había pasado y también lo que me estaba pasando entonces era la razón por la que me sentía como si me estuvieran arrancando poco a poco una capa protectora para dejar al descubierto la parte más vulnerable de mi persona. Y tenía que empezar a lidiar con ello cuanto antes.

Me vestí y, por primera vez en tres días, escuché los mensajes del buzón de voz. Tiggy y Ally se habían enterado por Ma de mi repentina partida y me pedían que las llamara para saber dónde estaba. Decidí que hablaría con ellas al día siguiente, después de reunirme con Yara; quizá entonces ya pudiera explicarles con exactitud por qué me hallaba en Brasil.

Les mandé un mensaje a las dos para asegurarles que estaba bien y que, en cuanto pudiera, se lo explicaría todo por correo. Luego, poniendo en práctica las reflexiones en las que me había sumido antes, salí del hotel y me adentré en el corazón de Ipanema. Di con un supermercado y compré dos botellas del mejor tinto que encontré y una caja de bombones para Valentina. Atravesé una plaza abarrotada de gente atraída por la feria nocturna que se celebraba en ella, y me dirigí hacia la calle en la que vivía Floriano.

Subí la escalera y me topé con cinco timbres. Llamé al primero y no contestó nadie; luego pulsé el segundo y el tercero. En el último tampoco me contestaron, así que ya me disponía a volver por donde había llegado cuando oí una voz que me llamaba a gritos desde lo alto.

—¡Eh, Maia! Llama al timbre de arriba, que te abro.

—Vale —respondí.

En apenas unos segundos, me planté ante la puerta abierta del apartamento de Floriano.

—¡Estamos en la cocina! —me gritó cuando entré—. ¡Sube a la terraza, ahora nos vemos!

Obedecí, no sin antes percatarme del olor a comida quemada que reinaba en las habitaciones de abajo. Una vez arriba, aproveché para contemplar la puesta de sol tras la ladera de la colina sobre la que se erigía la favela. Al cabo de un rato, apareció Floriano, ligeramente sudado.

—Perdóname, Maia. Valentina se ha empeñado en que no la ayudara a calentar la pasta que ha preparado esta tarde con Petra para mi cumpleaños. La pobre ha encendido el gas a tope y ha acabado chamuscando toda la cena. La he dejado sirviendo los platos en la cocina, pero quiere saber si te apetece un poco. La verdad es que me vendría bien que me echaras una mano para no tener que comerme toda la pasta yo solo —admitió.

—Si estás seguro de que hay suficiente para todos, claro, me encantaría quedarme.

—Hay más que suficiente —contestó Floriano, que acababa de ver las botellas de vino y los bombones.

—Son tu regalo de cumpleaños —dije—. Y también mi forma de darte de darte las gracias por todo lo que has hecho por mí.

—Qué detalle, Maia, no sabes cuánto te lo agradezco. Voy a buscar otra copa para el vino y, de paso, a ver cómo le va a la cocinera. La avisaré de que tenemos otra invitada para la cena. Por favor, siéntate.

Antes de irse, señaló la mesa, que ya estaba preparada con un mantel de encaje blanco y servicios para dos. En el centro de la misma, dominando el espacio, descansaba una tarjeta de felicitación casera, muy grande, en la que aparecía un hombre con piernas y brazos de palo junto a la inscripción «*Feliz Aniversário papai!*».

Floriano regresó de la cocina con una bandeja en la que traía una copa, un tercer juego de cubiertos y dos cuencos de comida.

—Valentina dice que empecemos a comer —anunció, tras lo cual dejó el contenido de la bandeja sobre la mesa y procedió a abrir una de las botellas de vino.

—Gracias —le dije cuando acercó otra silla a la mesa y colocó el cubierto extra—. Espero no estar molestando y que a Valentina no le importe que me apunte sin avisar el día del cumpleaños de su padre.

—Yo diría que es más bien al contrario: está encantada. Aunque te advierto que siempre se refiere a ti como mi novia. Tú ignórala; ¡lleva siglos intentando buscarle pareja a su anciano padre! *Saúde!* —exclamó levantando la copa.

—*Saúde*. Y feliz cumpleaños.

Valentina apareció por la puerta de la terraza cargada con otro bol que procedió a dejar tímidamente delante de mí.

—Hola —me saludó—. *Papai* dice que te llamas Maia. Es un nombre bonito. Y tú también eres bonita, ¿no crees? —añadió volviéndose hacia su padre y sentándose entre los dos.

—Sí, yo también creo que Maia es muy bonita —asintió Floriano con galantería—. Y esta cena tiene una pinta deliciosa. Gracias, cariño.

—*Papai*, ya sé que se ha quemado y que sabe fatal. Si quieres, podemos tirarla a la basura y cenamos chocolate —respondió Valentina, resignada y sin apartar la vista del regalo que le había llevado—. Aún no soy muy buena cocinera —admitió, encogiéndose de hombros, y su mirada de ojos oscuros se clavó en mí—. ¿Estás casada? —me preguntó justo cuando los tres nos disponíamos a empezar a comer.

—No, no estoy casada, Valentina —respondí conteniendo una sonrisa ante la brusquedad del interrogatorio.

—¿Tienes novio? —continuó.

—No, ahora mismo no.

—Entonces *papai* puede ser tu novio, ¿no? —sugirió justo antes de llevarse el tenedor a la boca, masticar la pasta durante unos segundos y escupirla de nuevo en el bol.

—¡Valentina! ¡Lo que acabas de hacer es una guarrada! —la reprendió Floriano con dureza.

—Como esto de aquí —replicó la pequeña señalando el bol.

—Bueno, a mí sí me gusta. Siempre me han encantado las barbacoas —intervine guiñándole un ojo.

—Lo siento. No hace falta que te lo comas, ni tú tampoco, *papai*. Al menos podremos aprovecharlo para el pudin. ¿Por qué has venido, Maia? —me preguntó cambiando de tema en un abrir y cerrar de ojos—. ¿Estás ayudando a *papai* con su trabajo?

—Sí. He traducido un libro de tu padre al francés.

—Pues no hablas como los franceses, y encima pareces brasileña, ¿verdad, *papai*?

—Sí, tienes razón, parece brasileña —asintió Floriano.

—¿Y vives en París? —preguntó Valentina.

—No, en Suiza, a la orilla de un lago enorme.

Valentina apoyó la barbilla sobre las palmas de las manos.

—Yo nunca he salido de Brasil. ¿Cómo es el sitio en el que vives?

Intenté describirle Suiza como mejor pude. Cuando mencioné la nieve y la intensidad con la que caía en invierno, a la pequeña se le iluminaron los ojos.

—Nunca he visto la nieve, solo en fotos. ¿Puedo ir a verte alguna vez y quedarme unos días en tu casa para hacer ángeles en la nieve como tus hermanas y tú cuando erais pequeñas?

—Valentina, es de muy mala educación autoinvitarse a casa de la gente. ¿Por qué no recoges esto? —le dijo su padre señalando los platos medio vacíos.

—Sí, *papai*. No te preocupes, ahora me los llevo. Tú quédate aquí y habla con tu novia.

Dicho eso, nos guiñó el ojo con descaro, agarró los boles y desapareció escaleras abajo acompañada por el peligroso traqueteo de la bandeja.

—Te pido disculpas —dijo Floriano. Se levantó de la mesa y se apoyó contra la pared de la terraza para encenderse un cigarrillo—. Me temo que a veces es un poco precoz. Quizá es por ser hija única.

—No hace falta que te disculpes. Hace preguntas porque es una niña inteligente a la que le llama la atención lo que ve a su alrededor. Además —añadí—, sé por experiencia que no solo los hijos únicos tienden a ser precoces. En mi familia somos seis hermanas y la pequeña es la más espabilada. A mí me parece que tienes una hija adorable.

—A veces me preocupa malcriarla, dedicarle demasiada atención para compensar el hecho de que no tiene madre —me explicó Floriano con un suspiro—. Y no sé cuál es ahora la escala de valores respecto a estas cosas, pero reconozco que los hombres no nacemos con el mismo instinto maternal que las mujeres. Aunque me he esforzado mucho por aprender —añadió.

—Personalmente, creo que no es importante quién te críe, sea hombre o mujer, padre biológico o adoptivo, siempre que el niño sea querido. Claro que... ¿qué iba a decir yo si no?

—Sí, supongo que tienes razón. La verdad es que tú has tenido una infancia poco convencional, Maia. Al menos eso es lo que parece por lo que le has contado antes a Valentina. Seguro que no todo fueron ventajas y hubo algún que otro inconveniente.

—Ni te lo imaginas —repliqué con una sonrisa socarrona.

—Me gustaría saber más cosas de tu historia, sobre todo de tu padre. Parece un hombre muy interesante.

—Lo era.

—Dime, ¿estás un poco más tranquila que esta mañana? —preguntó con dulzura.

—La verdad es que sí. Y tenías razón cuando has dicho que aún no he conseguido digerir la pérdida de la persona que más quería en el mundo. Aquí me resulta más llevadero porque aún me lo imagino en casa, pero, si te soy sincera, cada vez que pienso que cuando me vaya de Río no estará esperándome allí, se me revuelve el estómago.

—Pues quédate más tiempo —me animó Floriano.

—Ya veré qué hago cuando haya hablado con Yara —respondí obviando su comentario—. Pero si la conversación no me lleva a ninguna parte, he decidido que no quiero seguir batallando por descubrir la verdad. A fin de cuentas, la señora Carvalho me ha dejado bien claro que no quiere conocerme, tanto si soy su nieta como si no.

—Entiendo por qué lo dices, pero recuerda que aún no sabes qué ocurrió en el pasado para provocar esa reacción en la señora Carvalho —apuntó Floriano—. Ni cómo fue su infancia.

—Maia —Valentina asomó la cabeza por la puerta—, ¿puedes venir a ayudarme, por favor?

—Pues claro —respondí.

Me levanté de la mesa y la seguí escaleras abajo hasta la cocina. Allí, en medio de un caos de sartenes requemadas, había una tarta coronada por un montón de velas. Valentina la levantó con todo el cuidado del mundo.

—¿Puedes encenderlas? *Papai* no me deja usar cerillas. Le he puesto veintidós velas porque no estoy segura de cuántos años cumple.

—Creo que con veintidós está genial —le dije con una sonrisa—. Mejor las encendemos en lo alto de la escalera para que no se nos apaguen por el camino.

Al llegar al descansillo, nos agachamos detrás de la puerta de la terraza y encendí las velas una a una bajo la atenta mirada de Valentina, tan perspicaz como la de su padre.

—Gracias, Maia —dijo una vez estuvieron todas encendidas. Cuando se disponía a franquear la puerta con la tarta en alto, levantó la mirada y me sonrió—. Me alegro de que estés aquí.

—Yo también —respondí.

Y, de repente, me di cuenta de que era verdad.

Media hora más tarde, cuando Valentina ya empezaba a bostezar y a pedirle un cuento a su padre, decidí que era hora de irme.

—Entonces, ¿te llevo mañana o prefieres ir sola? —me preguntó Floriano tras abrir la puerta del apartamento.

—Me gustaría mucho que me acompañaras —admití—. Creo que me vendrá bien un poco de apoyo.

—Bien. Pues nos vemos mañana a la una. —Y se despidió de mí con dos besos—. Buenas noches, Maia.

29

Aquella noche dormí bien, sin sobresaltos. Al fin mi cuerpo se había ajustado al cambio horario. Me desperté a las nueve y crucé la calle hasta la playa de Ipanema para el que se estaba convirtiendo en mi habitual baño de todos los días. Luego volví a la habitación, releí las cartas y anoté todo lo que quería preguntarle a Yara. Más tarde, en la terraza del hotel, pedí una copa de vino con la comida para intentar apaciguar los nervios. Sabía que si Yara se negaba a hablar, o si no sabía por qué razón Pa Salt había acabado adoptándome, no tendría por dónde seguir.

—¿Estás animada? —me preguntó Floriano cuando me subí a su Fiat.

—Sí. O al menos lo intento.

—Buena chica. Hasta que se demuestre lo contrario, debes confiar en que Yara puede ayudarte.

—El problema es que, de repente, soy consciente de lo mucho que me importa todo esto.

—Lo sé —asintió Floriano—. Se te nota.

Cuando llegamos a A Casa das Orquídeas, descubrimos con alivio que, aunque las puertas seguían cerradas, el candado había desaparecido.

—De momento, vamos bien —dijo Floriano—. Te espero aquí hasta que termines.

—¿Estás seguro? No me importaría en absoluto que entráramos los dos.

—Estoy completamente seguro. Tengo la sensación de que esto es algo que debéis tratar de mujer a mujer. Buena suerte —dijo, y me dio un afectuoso apretón en la mano antes de que me bajara del coche.

—Gracias.

Respiré hondo, crucé la calle y me planté frente a la verja. La empujé y se abrió con el chirrido propio del abandono. Una vez al otro lado, me volví para mirar a Floriano, que me observaba desde el interior de su coche. Lo saludé con la mano, me di la vuelta de nuevo, eché a andar por el camino de entrada y subí los escalones hasta la puerta principal.

Yara abrió enseguida; al parecer, estaba esperándome. Me invitó a entrar, cerró la puerta detrás de mí y giró la llave.

—No tengo mucho tiempo —dijo muy tensa mientras me guiaba por el oscuro pasillo hasta la misma estancia en la que Floriano y yo habíamos visto a la señora Carvalho.

Esta vez, sin embargo, las contraventanas estaban cerradas y solo había encendida una lámpara que bañaba la estancia con una luz tenue.

—Por favor, siéntese —me indicó.

—Gracias. —Obedecí y luego la miré mientras se sentaba frente a mí. La mujer estaba muy nerviosa—. Siento que mi repentina aparición les haya causado problemas a usted y a la señora Carvalho —empecé—, pero estoy convencida de que tenía un motivo para entregarme las cartas. Debía de suponer que en cuanto las leyera querría saber más.

—Sí, sí... —Yara se frotó la frente—. Señorita, debe entender que su abuela se está muriendo y que, cuando ya no esté, no sé qué va a ser de mí. Ni siquiera sé si me ha dejado algo con lo que subsistir.

Lo primero que pensé fue que iba a ofrecerme información a cambio de dinero, en cuyo caso ni siquiera podría estar segura de que los datos fueran fiables. Supongo que Yara se dio cuenta de mi reacción, porque enseguida intentó tranquilizarme.

—No, no voy a pedirle dinero. Lo que quiero decir es que si la señora se enterase de que estoy hablando con usted, podría quedarme sin pensión, si es que tiene intención de dejarme algo.

—Pero ¿por qué? ¿Qué es lo que la señora Carvalho no quiere que descubra?

—Señorita Maia, tiene que ver con su madre, Cristina, que se marchó de esta casa hace más de treinta y cuatro años. No deseo que la señora Carvalho pase los últimos días de su vida disgustada. ¿Lo entiende?

—La verdad es que no —respondí, y sentí que hasta el último nervio de mi cuerpo se estremecía ante aquella primera mención de mi «madre»—. Entonces ¿por qué me dio las cartas? ¡Las escribió mi bisabuela hace ochenta años, con la que me separan tres generaciones!

—Porque para entender lo que le ocurrió a usted, antes tiene que saber lo que sucedió antes —explicó Yara—. Cuando la señora Izabela dio a luz a la señora Carvalho, yo acababa de nacer, así que solo puedo repetir lo que me contó mi madre, Loen.

—Por favor, se lo ruego, Yara, cuénteme todo lo que sepa —le supliqué, consciente de que hasta el último segundo sería vital antes de que la criada se acobardase—. Le juro que lo que me diga no saldrá de aquí.

—¿Ni aunque descubriera que podría optar a la herencia de esta casa? —preguntó Yara mirándome fijamente.

—Le aseguro que mi padre adoptivo era un hombre muy rico y que no necesito el dinero. Por favor, Yara.

Me miró durante unos segundos y suspiró, como si se hubiera rendido.

—Las cartas que ha leído, las que la señora Izabela le mandaba a mi madre, terminan cuando esta regresó a Río, ¿verdad?

—Sí. La última se envió desde el barco, aprovechando una escala en África tras partir desde Francia —le confirmé—. Sé que Bel volvió a casa, a Río. He visto las fotos de su boda con Gustavo Aires Cabral.

—Sí. Pues ahora le voy a contar lo que, según mi madre, le ocurrió a Izabela en los siguientes dieciocho meses…

Izabela

Río de Janeiro

Octubre de 1928

30

Izabela! ¡Mi querida hija ha vuelto a casa sana y salva! —clamó Antonio cuando Bel descendió por la pasarela hacia sus brazos abiertos. La estrechó con fuerza y dio un paso atrás para examinarla—. Pero ¿qué ha pasado aquí? Pareces un gorrioncillo. ¿No te han dado de comer? Y estás pálida, princesa, aunque supongo que la culpa la tiene ese clima de Europa. Nada como el cálido sol de tu propio país para devolverles el color a esas mejillas. Vamos, tengo el coche aparcado cerca y ya están cargando tu baúl.

—¿Dónde está Mãe? —preguntó Bel mientras caminaba a su lado.

El cielo estaba gris y plomizo, algo poco habitual en octubre, y Bel lamentó que no hiciera sol; al menos eso la habría animado.

—En casa, descansando —contestó su padre—. Ha estado un poco delicada.

—No lo habéis mencionado en vuestras cartas —dijo Bel frunciendo el ceño con preocupación.

—Estoy seguro de que tu presencia acelerará su recuperación.

Su padre se detuvo junto a un imponente automóvil gris y el chófer abrió la portezuela de atrás para que Bel subiera.

—¿Qué te parece? —preguntó Antonio cuando se acomodó junto a su hija en el asiento gris de cuero de becerro—. Me lo trajeron en barco desde Estados Unidos. Es un Rolls-Royce, un Phantom, y creo que el primero de Río. Será un orgullo para mí llevar a mi princesa en este coche hasta la catedral el día de su boda.

—Es muy bonito —respondió distraídamente Bel, que seguía pensando en su madre.

—Tomaremos el camino de la playa para que mi hija recuerde lo que ha estado perdiéndose —indicó Antonio al conductor—. Tenemos tantas cosas que contarnos, princesa, que no sabremos por dónde empezar. Pero en lo que al negocio se refiere, todo va viento en popa. El precio del café sube a diario gracias a la demanda de Estados Unidos, y he comprado otras dos plantaciones. Por otro lado, se está barajando mi nombre como candidato al Senado Federal —prosiguió muy orgulloso—. Me propuso Mauricio, el padre de Gustavo. Acaban de terminar un edificio fantástico en la rua Moncorvo Filho, donde hasta el suelo y las cornisas están decorados con granos de café. Para que veas el poder que tiene nuestro sencillo grano aquí en Brasil.

—Me alegro mucho, Pai —respondió Bel, inexpresiva, mientras recorrían las calles familiares.

—Y estoy convencido de que tu boda será la más impresionante que Río haya visto nunca. He hablado con Gustavo y Mauricio acerca de lo necesario que es restaurar su casa, puesto que tú también vivirás en ella una vez que estéis casados. Se trata de un edificio antiguo y elegante, como bien sabes, pero tanto la estructura como el interior están deteriorados. Hemos acordado que yo financiaré la reforma como parte de tu dote, y las obras han comenzado ya. ¡Princesa, cuando esté terminado vivirás en un palacio!

—Gracias, Pai. —Bel esbozó una sonrisa, deseosa de convencer a su padre, y más importante aún, a sí misma, de que estaba agradecida.

—La boda se celebrará pasado Año Nuevo, justo antes del Carnaval. Tú y tu nuevo hogar tendréis tres meses para prepararos. Lo que significa, cariño, que vas a estar muy ocupada.

Bel había imaginado que la llevarían al altar nada más regresar a Río. Al menos aquel pequeño retraso ya era algo, pensó mientras pasaban junto al hotel Copacabana Palace y veía la espuma blanca de un mar enfurecido y gris romper contra la arena.

—Cuando te hayas recuperado del viaje, ofreceremos una

cena para que puedas hablar de la cultura y de los maravillosos lugares que has visitado en el Viejo Mundo e impresionar a nuestros amigos con tus conocimientos.

—París me ha encantado —dijo Bel—. Es una ciudad preciosa, y el profesor Landowski, que está haciendo la cubierta externa de la figura del *Cristo* para el señor da Silva Costa, tenía un ayudante que me ha hecho una escultura.

—Si es buena, nos pondremos en contacto con él —propuso Antonio—. Se la compraré y la traeré a Brasil.

—Dudo mucho que esté en venta —se lamentó Bel.

—Cariño, en esta vida todo se vende al precio adecuado —aseguró su padre—. Ya casi hemos llegado. Estoy convencido de que tu madre se habrá levantado de la cama para recibirte.

La inquietud que Antonio había expresado por el aspecto pálido y demacrado de su hija no era nada en comparación con la conmoción de Bel cuando su madre apareció en la puerta. Carla, siempre voluptuosa, parecía haberse deshecho de la mitad de su peso durante los ocho meses y medio que Bel había estado fuera.

—¡Mãe! —Corrió hacia ella para abrazarla—. ¿Qué te ha pasado? ¿Has estado a régimen?

Carla se esforzó por sonreír y Bel reparó en lo grandes que parecían sus ojos castaños en su rostro macilento.

—Quiero estar a la moda para la boda de mi hija —bromeó—. ¿No crees que la pérdida de peso me favorece?

Acostumbrada a los pechos grandes y acogedores que tantas veces la habían arropado de niña, Bel miró a Carla y pensó que su nueva figura la envejecía varios años.

—Sí, Mãe —mintió.

—Bien, bien. —Carla la tomó del brazo y entraron en casa—. Tengo muchas cosas que contarte, pero estoy segura de que primero querrás descansar.

Bel, que había pasado muchos días en el barco sin nada más que hacer aparte de descansar, no se sentía fatigada en absoluto. Pero al ver que a su madre se le escapaba una mueca de dolor, comprendió que el motivo de su sugerencia era su propia necesidad, no la de su hija.

—Claro, podemos dormir una siesta y hablar más tarde —propuso, y un destello de alivio iluminó el rostro de Carla—. Tú sí pareces cansada, Mãe —añadió cuando llegaron a la puerta del dormitorio de sus padres—. ¿Quieres que te ayude a acostarte?

—No —respondió Carla con firmeza—. Gabriela está dentro y ella me ayudará. Hasta luego.

En cuanto Carla cerró la puerta tras de sí, Bel fue en busca de su padre y lo encontró en el estudio.

—Pai, por favor, dime qué le pasa a Mãe.

Antonio, que había empezado a utilizar gafas, levantó la vista de sus papeles y se las quitó.

—Cariño, tu madre no quería preocuparte mientras estabas fuera, pero hace un mes le extirparon un bulto que tenía en el pecho. La operación fue un éxito y los cirujanos confían plenamente en su completa recuperación. La intervención la dejó muy débil, eso es todo. Cuando haya recuperado las fuerzas, volverá a ser la de siempre.

—¡Tiene un aspecto horrible, Pai! Por favor, dime la verdad, no me ocultes el alcance de su enfermedad.

—Izabela, te juro que no te oculto nada. Si no me crees, pregúntales a los médicos. Tu madre solo necesita descansar y comer bien. Apenas tiene apetito desde la operación.

—¿Estás seguro de que se pondrá bien?

—Sí.

—Pues ahora que he vuelto a casa, yo la cuidaré.

Curiosamente, el hecho de tener que preocuparse por el bienestar de su madre ayudó sobremanera a Bel durante los días que siguieron. Le daba algo en lo que pensar aparte de su infelicidad. Supervisaba ella misma la alimentación de Carla asegurándose de que el personal de la cocina preparaba comidas saludables fáciles de tragar y digerir. Por las mañanas se sentaba con ella y le hablaba animada de lo que había visto en el Viejo Mundo, de Landowski y la escuela de Beaux-Arts, y del maravilloso proyecto del *Cristo* del señor da Silva Costa.

—Ya han empezado a cavar los cimientos en el Cerro del Corcovado —comentó Carla un día—. Me gustaría subir alguna vez y ver las obras.

—Yo te llevaré —respondió Bel, impaciente por que su madre se repusiera para poder cumplir su promesa.

—Y, naturalmente, tenemos que hablar de los preparativos de tu boda —añadió Carla, que se había declarado lo bastante repuesta para sentarse en la terraza de su dormitorio—. Hay mucho que organizar.

—Cada cosa a su tiempo, Mãe —insistió Bel—. Cuando hayas recuperado las fuerzas.

Tres días después de que Bel regresara a Río, su padre le contó durante la cena que había recibido una llamada de Gustavo.

—Desea saber cuándo puede venir a verte.

—Quizá cuando Mãe esté un poco mejor —sugirió ella.

—Izabela, hace nueve meses que no te ve. Le he propuesto que venga mañana por la tarde. Gabriela puede quedarse con tu madre mientras tú atiendes a Gustavo. No me gustaría que pensara que no quieres verlo.

—Está bien, Pai —aceptó Bel.

—Porque imagino que tú también estarás deseando verlo, ¿verdad?

—Por supuesto.

Tal como estaba previsto, Gustavo llegó a las tres de la tarde del día siguiente. Carla insistió en que Bel se pusiera uno de los vestidos nuevos que le habían hecho en París.

—Has de estar aún más guapa de lo que él recuerda —aseguró—. Después de tanto tiempo separados, no debemos correr el riesgo de que cambie de parecer. Sobre todo porque últimamente estás tan flacucha como yo —bromeó.

Loen la ayudó a vestirse y la peinó con un elegante moño.

—¿Cómo se siente ahora que va a volver a ver Gustavo? —preguntó la criada con cautela.

—No lo sé —respondió Bel con franqueza—. Nerviosa, supongo.

—¿Y… el otro hombre sobre el que me escribió desde París? ¿Podrá olvidarlo?

Bel contempló su reflejo en el espejo.

—Nunca, Loen, nunca.

Una vez en el salón, lista para recibir a su prometido, oyó que el timbre sonaba con insistencia y que Gabriela cruzaba el vestíbulo para abrir la puerta. Al oír la voz de Gustavo, Bel aprovechó el inciso antes de que su futuro esposo entrara en la estancia para rezar al cielo pidiendo que este no percibiera jamás la agitación en su corazón.

—Izabela —dijo él acercándose a la joven con los brazos extendidos.

—Gustavo.

Bel le tendió las manos y él las tomó al tiempo que la miraba de arriba abajo.

—Dios mío, creo que Europa te ha sentado muy bien, porque estás aún más radiante de lo que recordaba. Te has convertido en una mujer muy bella —dijo mientras Bel se sentía absorbida por su mirada—. ¿Te ha gustado?

—Me ha encantado —contestó al tiempo que le hacía señas a Gabriela para que les llevara una jarra de zumo de mango e indicaba a Gustavo que tomara asiento—. Sobre todo París.

—Ah, sí, la ciudad del amor. Me entristece mucho no haber estado allí para disfrutarla contigo. Puede que algún día, si Dios quiere, vayamos juntos. Háblame de tus viajes.

Mientras le explicaba todo lo que había visto a lo largo de los últimos meses, Bel decidió que Gustavo parecía aún más anodino de lo que recordaba. Aun así, se obligó a concentrarse en la bondad de sus cálidos ojos castaños.

—Parece que lo has pasado muy bien —comentó su prometido antes de dar un sorbo a su zumo—. Me hablabas tan poco de tu viaje en tus cartas que no sabía si estaba siendo un éxito o un fracaso. Por ejemplo, no me mencionaste que un escultor te había pedido que posaras para él cuando estabas en París.

—¿Quién te lo ha contado? —preguntó ella desconcertada.

—Tú padre cuando hablamos ayer por teléfono, naturalmente. Debió de ser una experiencia interesante.

—Sí —respondió en voz baja.

—¿Sabes una cosa? —dijo Gustavo con una sonrisa—. Hace unas seis semanas, justo cuando te preparabas para abandonar París, tuve la extraña sensación de que no ibas a volver junto a mí. De hecho, telefoneé a tu padre para asegurarme de que habías embarcado. Está claro que me dejé llevar por el miedo, porque aquí estás, Izabela. —Le tomó la mano—. ¿Me has echado de menos tanto como yo a ti?

—Sí, mucho.

—Es una pena que no podamos casarnos todavía, pero debemos darle tiempo a tu madre para que se recupere. ¿Cómo está?

—Débil, pero va mejorando poco a poco —contestó Bel—. Aún estoy muy enfadada con mis padres por no haberme contado lo de la enfermedad de mi madre cuando estaba en Europa. Habría adelantado mi vuelta.

—Hay cosas, Izabela, que es mejor no contar por carta, ¿no crees?

Bel sintió que enrojecía bajo su mirada, pues cada palabra que salía de la boca de Gustavo parecía insinuar que conocía su secreto.

—Aunque mis padres actuaran de buena fe al querer protegerme, tendrían que habérmelo dicho —replicó bruscamente.

—En fin. —Gustavo le soltó la mano—. Ahora ya estás en casa conmigo y tu madre se está recuperando. Eso es lo único que importa, ¿no te parece? Por cierto, mi madre también está deseando verte para empezar a hablar de los preparativos de la boda. Como es lógico, no ha querido molestar a la señora Carla, pero hay detalles que es preciso ultimar cuanto antes. Por ejemplo, la fecha. ¿Tienes preferencia por algún día concreto de enero?

—Preferiría que nos casáramos hacia finales de mes, para darle a mi madre el máximo de tiempo posible para reponerse.

—Por supuesto. Quizá uno de estos días podrías hacerle una visita a mi madre para hablar de los preparativos de la boda. Y para repasar los planes que tu padre y yo tenemos para la reforma de nuestra casa. El trabajo estructural ya está en marcha y tu padre ha encontrado un arquitecto con ideas muy modernas. Ha propuesto que renovemos las plantas superiores para poner un cuarto de baño en cada dormitorio principal. Estoy seguro de que querrás intervenir en la decoración de nuestras habitaciones privadas. Sé que a las mujeres se os dan mucho mejor esas cosas que a los hombres.

La mera idea de compartir dormitorio —y cama— con Gustavo en el futuro hizo que un escalofrío de pánico le recorriera la espalda.

—Será un placer hacerle una visita a tu madre cuando a ella le vaya bien —respondió.

—¿Qué te parece el próximo miércoles?

—Seguro que no habrá ningún problema.

—Estupendo. Entretanto, espero que me permitas disfrutar de tu compañía. ¿Puedo venir a verte mañana por la tarde?

—Aquí estaré.

Gustavo se levantó y ella hizo lo propio.

—Hasta mañana, Izabela —murmuró besándole la mano—. Estoy deseando que llegue el día en que ya no tenga que pedir cita para verte.

Cuando Gustavo se marchó, Bel subió a su cuarto para tranquilizarse antes de ir a comprobar cómo estaba su madre. Se detuvo frente a la ventana y se echó un sermón a sí misma. Gustavo era un hombre dulce, amable y bueno, y no debía olvidar que él no tenía la culpa de que ella nunca pudiera amarlo como él la amaba a ella. O de que ya amase a otro hombre…

Recordó con un estremecimiento las palabras de advertencia de Laurent —que algún día sus verdaderos sentimientos saldrían a la luz— y se refrescó la cara con agua fría antes de dirigirse a la habitación de su madre.

Una semana después, Bel estaba contenta, pues veía que Carla, aunque todavía débil y delgada, estaba mejorando.

—Señor —suspiró su madre una tarde después de que Bel le

leyera *Madame Bovary*, de Gustave Flaubert, traduciéndolo del francés al portugués sobre la marcha—. ¡Qué hija tan lista tengo! ¿Quién me lo iba a decir? —Miró a Bel con cariño y le acarició la mejilla—. Estoy muy orgullosa de ti.

—Y yo lo estaré de ti si te acabas la cena —replicó Bel.

Carla se volvió hacia la ventana para contemplar el sol de la tarde y las sombras que danzaban entre la exuberante vegetación del jardín.

—Esta luz hace que extrañe mi amada *fazenda* —dijo—. El aire de sus montañas siempre me resultó muy reparador y el entorno tranquilo.

—¿Te gustaría ir, Mãe?

—Sabes que adoro ese lugar, Izabela, pero tu padre tiene tanto trabajo que no querrá ausentarse de Río.

—Lo único que importa es tu salud —replicó Bel con firmeza—. Déjamelo a mí.

Esa noche, mientras cenaba con su padre, planteó a Antonio la idea de acompañar a Carla a la *fazenda*.

—Creo que le levantaría el ánimo y, por consiguiente, mejoraría su salud. ¿Nos dejarías ir, Pai, solo un par de semanas? En Río hace un calor asfixiante ahora mismo.

—Izabela —repuso Antonio con expresión ceñuda—, acabas de llegar y ya estás hablando de volver a marcharte. Cualquiera diría que te disgusta estar aquí.

—Sabes que eso no es cierto, Pai. Pero mientras tú y yo no sintamos que Mãe está repuesta, no me siento cómoda concretando una fecha para la boda. Y sabes que estoy deseando hacerlo. De modo que si unos días en la *fazenda* aceleran su recuperación, estoy dispuesta a acompañarla.

—¿Y a dejarme aquí solo, sin una esposa ni una hija por las que volver a casa? —protestó Antonio.

—Estoy segura de que podrías arreglártelas para venir a vernos los fines de semana, Pai.

—Quizá. Pero no es a mí a quien has de convencer, sino a tu prometido. Es posible que no quiera volver a perderte de vista.

—Hablaré con Gustavo —aceptó Bel.

—Por supuesto —asintió Gustavo la tarde siguiente, cuando Bel le explicó su plan—. Estoy a favor de todo lo que acelere la celebración de nuestro enlace. Además —se apresuró a añadir—, será lo mejor para la salud de tu madre. Pero antes de irte hemos de decidir algunas cosas.

Bel comunicó a una Carla emocionada que partirían hacia la *fazenda* la semana siguiente. No era el único miembro de la familia Bonifacio que celebraba la idea. El rostro de Loen se iluminó cuando Bel le pidió que las acompañara a las montañas. Aunque su presencia no era imprescindible, dado que Fabiana y Sandro, los encargados de la *fazenda*, podían atender sus necesidades, Bel sabía que le daría una oportunidad de pasar tiempo con su enamorado.

—¡Oh, señorita Bel, no puedo creer que vaya a verlo! —exclamó Loen con los ojos brillantes—. Como Bruno no sabe leer ni escribir, no hemos hablado desde la última vez que nos vimos. *Obrigada! Obrigada!*

Después de darle a su señora un abrazo espontáneo, Loen salió de la habitación prácticamente dando brincos. Y Bel decidió que aunque ella no pudiera reunirse con su amado, viviría de forma indirecta la dicha de Loen.

Al día siguiente, fue a ver a Gustavo y a la madre de este para hablar de los preparativos de la boda.

—Es una pena que la enfermedad de tu madre le impida ayudar en la organización en un momento tan crucial —se lamentó Luiza Aires Cabral—. Pero entretanto debemos hacer cuanto esté en nuestras manos para planificar el acontecimiento.

Bel sintió deseos de abofetear la arrogante cara de Luiza, pero logró contenerse.

—Estoy segura de que mi madre se repondrá muy pronto, sobre todo gracias al aire puro de las montañas —contestó.

—Si al menos conseguimos fijar una fecha, Río no tendrá la sensación de que seguimos aplazando la boda, teniendo en cuenta que ya has pasado mucho tiempo fuera. Bien... —Luiza se puso las gafas y examinó su agenda—, el arzobispo me ha informado de las fechas que tiene disponibles. Como podrás imaginar, está tan solicitado que hay que reservar con meses de antelación. Gustavo me ha dicho que deseas que el enlace se celebre a finales de enero. En viernes, desde luego. Las bodas en fin de semana son una vulgaridad.

—Lo que usted juzgue más conveniente —aceptó Bel con recato.

—En cuanto al banquete, tu padre opina que deberíamos ofrecerlo en el hotel Copacabana Palace. Personalmente, la lista de invitados me parece una exageración. Yo habría preferido una reunión más reducida y selecta aquí, en la casa, siguiendo la tradición familiar. Pero dado que tu padre ha decidido renovar unas instalaciones que, a mi manera de ver, ya son más que adecuadas, eso no será posible. La casa está llena de obreros y no puedo correr el riesgo de que no la tengan terminada para enero. Por tanto, hay que buscar una alternativa.

—Lo que usted decida me parecerá bien —repitió Bel.

—En cuanto a las damas de honor y a los pajes, tu madre me ha facilitado los nombres de tus primos de São Paulo. Ocho en total —aclaró Luiza—. Nosotros, por nuestra parte, debemos considerar por lo menos a doce, pues son ahijados y por supuesto esperarán tener un papel protagonista en la ceremonia. El número máximo de acompañantes que podemos permitir para que no resulte aparatoso es ocho. ¿Te gustaría incluir a alguien en especial en la lista de candidatos?

Bel mencionó a dos hijas pequeñas del primo de su madre y a un niño de la familia de su padre.

—Los demás acompañantes, si lo desea, pueden ser del lado de la familia de Gustavo.

Miró a su prometido y este le sonrió con dulzura y cordialidad.

Luiza se pasó las dos horas siguientes interrogando a Bel sobre todos los pormenores de la boda. Pero cada vez que la joven hacía alguna sugerencia, su futura suegra, decidida a que las cosas se hicieran a su manera, la descartaba al instante.

Había un asunto, sin embargo, en el que Bel no estaba dispuesta a ceder: después de la boda, Loen la acompañaría a su nuevo hogar como su doncella personal.

Cuando se atrevió a sacar el tema, Luiza le lanzó una mirada glacial antes de agitar desdeñosamente la mano.

—Eso es absurdo —le espetó—. Aquí hay sirvientes más que capaces de atender tus necesidades.

—Pero...

—Mãe —intervino Gustavo, erigiéndose al fin en defensa de Bel—, si Izabela desea traerse a su doncella, a quien conoce desde que era una niña, no veo por qué ha de representar un problema.

Irritada, Luiza miró su hijo arqueando las cejas.

—Entiendo. Entonces, así se hará —dijo antes de volverse de nuevo hacia Bel y continuar—: Al menos lo que hemos hablado hoy me permite trabajar con algo mientras tú te escabulles a las montañas. Teniendo en cuenta el tiempo que has pasado separada de mi hijo, cualquiera diría que no deseas su compañía.

Gustavo intervino de nuevo:

—Eso no es justo, Mãe. Izabela solo desea que su madre se reponga.

—Por supuesto, y la tendré presente en mis oraciones en la misa de mañana. Entretanto, cumpliré con mi deber y tomaré las riendas de la organización de vuestra boda hasta que tú y la señora Bonifacio regreséis a Río para compartir la carga. Y ahora —Luiza miró el reloj de la chimenea—, si me disculpáis, tengo una reunión con el comité del orfanato de las Hermanas de la Caridad dentro de media hora. Gustavo, podrías dar un paseo con Bel por el jardín para que os dé el aire y enseñarle las reformas que se están llevando a cabo. Buenos días a los dos.

Bel observó a Luiza salir del salón y se sintió como una tetera que llevaba demasiado tiempo al fuego y estaba a punto de rebosar.

—No le hagas caso —dijo Gustavo, que se acercó a ella y le puso una mano reconfortante en el hombro—. Pese a sus protestas, Mãe está disfrutando de cada segundo. No habla de otra cosa desde hace nueve meses. Y ahora, permíteme que te acompañe al jardín.

—Gustavo —dijo Bel cuando salían de la casa—, ¿dónde vivirán tus padres cuando nos casemos y me mude aquí?

Él enarcó una ceja, sorprendido por la pregunta.

—Seguirán viviendo aquí con nosotros, por supuesto. ¿Adónde iban a marcharse?

Al día siguiente por la mañana, Bel instaló a Carla en el asiento trasero del Rolls-Royce de forma que se sintiera cómoda, y se sentó a su lado. Loen subió delante con el chófer y los cuatro emprendieron el trayecto de cinco horas hasta el aire fresco de la región montañosa de Paty do Alferes. La Fazenda Santa Tereza había pertenecido durante doscientos años a la familia del barón Paty do Alferes, un noble portugués que, como había señalado Antonio antes de que partieran, era primo lejano de la familia Aires Cabral.

Las carreteras que llevaban hasta allí eran sorprendentemente buenas gracias a que, en otros tiempos, los terratenientes ricos, dada su necesidad de transportar los granos de café y de viajar a Río con asiduidad, habían financiado su construcción. Carla pudo dormir la mayor parte del viaje.

Bel se puso a mirar por la ventanilla cuando el coche inició el ascenso a las montañas. Las suaves laderas descendían hasta los valles y los riachuelos de aguas cristalinas abrían estrechas grietas en ellos.

—Mãe, ya hemos llegado —anunció tan pronto como el coche comenzó a traquetear por el camino de tierra que llevaba hasta la casa principal.

Carla se removió en su asiento y, en cuanto el automóvil se detuvo, Bel bajó de un salto para inhalar el aire maravillosamente puro por el que la región era célebre. Como ya caía la tarde, las cigarras cantaban a pleno pulmón, y Vanila y Donna —las dos perrillas sin hogar que Bel había suplicado a sus padres que acogieran cuando hacía siete años aparecieron en la puerta de la cocina como cachorros hambrientos— rodearon a su señora ladrando de alegría.

—Hogar, dulce hogar —suspiró Bel con deleite al ver a Fabiana y a Sandro, los encargados de la *fazenda*, acercarse tras las perras.

—¡Señorita Izabela! —Fabiana la abrazó afectuosamente—. Caray, está aún más guapa que la última vez que la vi. ¿Está bien?

—Sí, gracias. Pero —Bel bajó la voz— es posible que se sorprenda cuando vea a mi madre. Procure que no se le note —le advirtió.

Fabiana asintió y se fijó en que el chófer ayudaba a Carla a bajar del coche. Dio unas palmaditas en el brazo a Bel y se acercó a saludar a su señora. Si alguien podía devolverle la salud a su madre, pensó Bel, esa era Fabiana. No solo rezaría por ella en la capillita que había junto al salón, sino que además la asediaría con todo tipo de remedios tradicionales: mezclas de plantas y flores diferentes que crecían en abundancia en la región y eran conocidas por sus propiedades medicinales.

Bel miró con el rabillo del ojo y vio a Bruno —el hijo de ojos oscuros de Fabiana y Sandro— esperando en segundo plano. Cuando se acercaban a la casa, se percató de que Loen le lanzaba una sonrisa coqueta. Y que Bruno le devolvía el gesto.

Siguió a Fabiana y a Carla hasta el interior de la casa, reparando en el brazo maternal con el que el ama de llaves rodeaba los hombros de su señora, y dejó escapar un suspiro de alivio. Después de cargar sola la preocupación de cuidar a su madre, sabía que Fabiana asumiría ahora aquella responsabilidad. Cuando esta se llevó a Carla al dormitorio para instalarla y deshacer el equipaje, Bel cruzó el suelo de madera del salón, cubierto de pesados muebles de caoba y palisandro, y abrió la puerta de su habitación de la infancia.

Las ventanas de guillotina estaban levantadas y los postigos abiertos de par en par. Una brisa fresca y deliciosa entraba en la estancia y Bel se acodó en el alféizar para admirar su paisaje favorito. En el prado que se extendía más abajo, Loty, su poni, y Luppa, el semental de su padre, pastaban plácidamente. Al otro lado se alzaba una colina baja todavía salpicada de plantas de café que habían conseguido sobrevivir pese a llevar años desatendidas. Una manada de bueyes blancos tachonaban la ladera, y algunos parches pelados desvelaban la tierra roja que se ocultaba bajo la hierba.

Cruzó de nuevo el salón y se detuvo en la entrada, flanqueada por dos de las antiguas y majestuosas palmeras que daban nombre a la zona. Tomó asiento en el banco de piedra de la terraza y, aspirando el olor dulzón de los hibiscos que tanto abundaban por allí, contempló el lago donde solía bañarse a diario de niña. Escuchó el zumbido de las libélulas que sobrevolaban los arriates de flores y observó el baile juguetón de dos mariposas amarillas, y entonces notó que la tensión de su interior se diluía.

«A Laurent le encantaría esto», se dijo con añoranza y, a pesar de su determinación de no pensar en él, se le llenaron los ojos de lágrimas. Aunque ya en París había sabido, cuando tomó la decisión de alejarse de él, que aquello era el final, su parte fantasiosa e infantil se había preguntado si Laurent intentaría ponerse en contacto con ella. Todas las mañanas, en cuanto veía sobre la mesa del desayuno la bandejita de plata con la correspondencia del día, se imaginaba que recibía una carta suya donde le decía que no podía vivir sin ella y le suplicaba que volviera a su lado.

Pero no había recibido ninguna carta, naturalmente. Y con el paso de las semanas, Bel había empezado a preguntarse si las declaraciones de amor de Laurent habían sido lo que Margarida había insinuado: solo parte de un plan para seducirla. También se preguntaba si él pensaría alguna vez en ella o si el breve tiempo que habían pasado juntos se había disuelto en su mente como el humo y estaba ya olvidado.

En realidad, poco importaba la respuesta. Era ella quien había trazado una línea en la arena, la que había elegido volver a Brasil para contraer matrimonio con otro hombre. El ambiente de La Closerie des Lilas y la sensación de los labios de Laurent sobre los suyos eran ahora un mero recuerdo, un breve baile con otro mundo al que ella había decidido poner fin. Y por mucho que anhelara y esperase, nada podría cambiar el rumbo que ella misma había elegido para su vida.

31

París, noviembre de 1928

Al fin está acabada la estatua. —El profesor Landowski dio un puñetazo de alivio en su banco de trabajo—. Pero ahora el brasileño chiflado quiere que haga un modelo a escala de la cabeza y las manos de su *Cristo*. La cabeza medirá casi cuatro metros, así que cabrá en el estudio de milagro. Los dedos también llegarán casi a las vigas. En el *atelier* experimentaremos lo que es tener la mano de Cristo sobre nosotros en el sentido más literal —bromeó Landowski—. Luego, según me ha explicado da Silva Costa, descuartizará mis creaciones como si fueran trozos de ternera para enviarlas en barco a Río de Janeiro. Nunca había trabajado así. Pero —suspiró— supongo que he de confiar en su locura.

—Me temo que no le queda elección —convino Laurent.

—Por lo menos paga las facturas, Brouilly, aunque no puedo aceptar más encargos hasta que la cabeza y las manos de Nuestro Señor hayan salido del *atelier*. Básicamente porque no tendría dónde meterlos. En fin, manos a la obra. Tráeme los moldes que hiciste de las manos de las dos señoritas hace unas semanas. Necesito trabajar a partir de algo.

Laurent fue al almacén a rescatar los moldes y los colocó delante de Landowski. Ambos los examinaron con detenimiento.

—Las dos poseen unos dedos bonitos y delicados, pero he de pensar en cómo quedarán en unas manos de más de tres metros

—comentó Landowski—. Y ahora, Brouilly, ¿no tiene usted casa?

Era la señal de que el profesor deseaba quedarse solo.

—Desde luego, profesor. Hasta mañana.

Cuando salía del *atelier*, Laurent vio al niño sentado en un banco de piedra de la terraza. La noche era fresca pero clara, y las estrellas formaban una bóveda perfecta sobre sus cabezas. Laurent se sentó a su lado y observó cómo contemplaba los cielos.

—¿Te gustan las estrellas? —se aventuró a preguntar pese a haber aceptado ya que nunca recibiría una respuesta.

El niño esbozó una sonrisa breve y asintió.

—Allí está el cinturón de Orión —señaló Laurent—. Y al lado, formando un grupo compacto, están Las Siete Hermanas. Con sus padres, Atlas y Pléyone, velando por ellas.

Advirtió que el pequeño miraba en la dirección que indicaba su dedo y escuchaba con atención.

—A mi padre le gustaba mucho la astronomía. Tenía un telescopio en una de las habitaciones del último piso de nuestro castillo y a veces, en las noches despejadas, lo instalaba en el tejado y me hablaba de las constelaciones. Una vez vi una estrella fugaz y me pareció la cosa más mágica del mundo. —Contempló a su interlocutor—. ¿Tú tienes padres?

El niño fingió no haberlo oído y siguió mirando las estrellas.

—En fin, debo irme. —Laurent le dio unas palmaditas en la cabeza—. Buenas noches.

Consiguió hacer parte del trayecto hasta Montparnasse en el asiento trasero de una motocicleta. Cuando llegó a su habitación del ático, vislumbró una silueta hecha un ovillo en su cama. Otro cuerpo dormitaba sobre un colchón en el suelo. No era algo inusual, sobre todo últimamente, pues solía pasar muchas noches en el *atelier* de Landowski.

Por lo general dejaba al ocupante dormir unas horas más mientras él se reunía con sus amigos en los bares de Montparnasse. Después, regresaba y sacaba el cuerpo de la cama para meterse él. Aquella noche, no obstante, se sentía especialmente cansado y no tenía ganas de salir.

De hecho, su *joie de vivre* parecía haberlo abandonado por completo desde que Izabela Bonifacio se había embarcado para volver a Brasil.

Incluso el propio Landowski lo había notado más callado de lo habitual y había hecho un comentario al respecto.

—¿Estás enfermo, Brouilly? ¿Sientes añoranza, quizá? —le había preguntado con un brillo cómplice en la mirada.

—Ni una cosa ni otra —había respondido él a la defensiva.

—Sea cual sea tu mal, recuerda que todo pasa con el tiempo.

Las palabras perspicaces y compasivas de Landowski lo reconfortaron. Laurent a menudo pensaba que el profesor vivía tan metido en su mundo que apenas reparaba en su presencia, y aún menos en su estado de ánimo. En aquel momento se sentía como si le hubiesen arrancado y pisoteado el corazón.

Caminó hasta la cama y zarandeó el cuerpo, pero el hombre se limitó a soltar un gruñido, a abrir la boca y a soltar un silbido que apestaba a alcohol rancio antes de darse la vuelta. Comprendiendo que no conseguiría despertarlo, suspiró con fuerza y decidió concederle un par de horas más para que durmiera la mona mientras él salía a cenar algo.

Las callejuelas de Montparnasse estaban tan animadas como de costumbre, llenas de las alegres conversaciones de gente que celebraba estar viva. Las terrazas de los cafés se hallaban abarrotadas a pesar del frío, y desde el interior de los bares una confusión de músicas diferentes asaltaba los sentidos de Laurent. Normalmente Montparnasse y su vivacidad le resultaban estimulantes, pero en los últimos tiempos lo irritaban. ¿Cómo podía la gente estar tan contenta cuando él parecía incapaz de salir del letargo y la infelicidad de su desgracia?

Evitando La Closerie des Lilas, donde habría demasiados conocidos que querrían incluirlo en charlas insustanciales, Laurent se dirigió a un café más tranquilo, se sentó en un taburete junto a la barra, pidió una absenta y se la bebió de un trago. Echó un vistazo en torno a las mesas y reparó de inmediato en una morena de piel oscura que le recordó a Izabela. Cuando la observó con más detenimiento, comprobó que sus rasgos no eran tan delicados y que tenía la mirada dura. Pero últimamente parecía que la veía allá adonde fuera.

Pidió otra absenta y meditó sobre su situación. Hasta aquel momento había tenido fama de donjuán, de hombre atractivo y encantador, envidiado por sus amigos porque, por lo visto, con un mero guiño podía conseguir que cualquier mujer que quisiera le calentara la cama. Y sí, había sacado el máximo partido posible a sus encantos, pues le gustaban las mujeres. No solo sus cuerpos, sino también sus mentes.

En cuanto al amor... en el pasado había creído experimentar un par de veces aquello que los grandes escritores y artistas se pasaban la vida intentando describir. Pero en ambas ocasiones el sentimiento le había durado poco, y Laurent había empezado a convencerse de que nunca llegaría a saber qué significaba estar enamorado.

Hasta que apareció Izabela...

El día en que la había conocido había recurrido a todas sus estratagemas para seducirla y había disfrutado viéndola ruborizarse mientras caía lentamente bajo su hechizo. Era un juego que, por supuesto, había practicado con éxito muchas veces en el pasado. Aunque por lo general, una vez que el pez mordía el anzuelo y podía hacer con él lo que quería, dejaba de ser una novedad, se aburría y se iba.

Pero más tarde, cuando comprendió que Izabela iba a marcharse y que, quizá por primera vez en su vida, lo que sentía por ella era auténtico, había hecho su primera y única declaración de amor sincera y le había pedido que se quedara en París.

Y ella lo había rechazado.

Durante los días que siguieron a la partida de Bel, Laurent atribuyó su abatimiento al hecho de que era la primera vez que una mujer no sucumbía a sus encantos. Tal vez el hecho de que Izabela fuera inalcanzable la hiciese aún más deseable, y la idea de que estuviera cruzando el océano para encadenarse para el resto de su vida a un hombre al que no amaba añadía dramatismo a la situación.

Pero no... al parecer no se trataba de nada de eso. Porque

ocho semanas después, pese a haberse llevado a otras mujeres a su cama para ver si aquello lo animaba —sin éxito— y a pesar de haberse emborrachado tanto que tuvo que pasarse todo el día siguiente durmiendo la mona —hecho que provocó la ira de Landowski—, no se sentía diferente.

Seguía pensando en Izabela a todas horas. En el *atelier* se descubría con la mirada perdida, recordando los días que ella había pasado posando para él con tanta serenidad, cuando había podido deleitarse en su contemplación durante horas seguidas... ¿Por qué no había valorado más aquellos momentos? Izabela era distinta de todas las mujeres que había conocido, era inocente, buena... Sin embargo, como había descubierto mientras la interrogaba aquel primer día que la dibujó, también estaba llena de pasión y de ansias de descubrir todo lo que la vida tenía que ofrecer. Y su compasión aquella noche, cuando había cogido al pequeño en brazos con tanta ternura, sin tolerar discusión alguna sobre las virtudes y los defectos de sus actos...

Cuando apuró su copa y pidió otra, Laurent ya había decidido que Bel era realmente una diosa.

En la cama, por las noches, rememoraba sus conversaciones y se reprendía por haber jugado con las emociones de Bel, lamentaba los escandalosos «dobles sentidos» con que la había incomodado en los inicios. No se los merecía.

Y ahora se había ido para siempre. Y ya no podía hacer nada al respecto.

Además, pensó apesadumbrado, ¿qué podía ofrecerle él a una mujer como ella? Un sucio desván compartido donde hasta la cama se alquilaba por horas, ninguna fuente de ingresos estable y una reputación con las mujeres de la que era probable que Izabela hubiera oído hablar cada vez que había visitado Montparnasse. Había visto a Margarida Lopes de Almeida observarlo con recelo, y Laurent estaba seguro de que habría compartido con Izabela lo que pensaba de él.

Pidió una sopa antes de que la absenta le anegara las neuronas y lo tirara del taburete, y se preguntó por enésima vez si debería enviarle la carta que no había cesado de redactar en su cabeza desde que Bel se había marchado. Pero sabía que si lo hacía sus palabras podrían caer en las manos equivocadas y poner a Izabela en una situación comprometida.

Se torturaba planteándose una y otra vez si ya se habría casado y estaría todo perdido. Quería preguntárselo a Margarida, pero su período de prácticas había concluido y ya no iba por el *atelier*. Había oído en los mentideros de Montparnasse que la joven y su madre se habían ido a Saint-Paul de Vence buscando el calor.

—Brouilly.

Notó una mano en el hombro y volvió sus ojos enrojecidos hacia la voz.

—¿Cómo estás?

—Bien, Marius —respondió—. ¿Y tú?

—Como siempre: pobre, borracho y necesitado de una mujer. Pero tendré que conformarme contigo. ¿Una copa?

Laurent observó a Marius mientras este acercaba un taburete al suyo. Otro artista desconocido de Montparnasse que llenaba su vida con alcohol barato, sexo y el sueño de un futuro brillante. Pensó en el cuerpo que yacía en su cama del roñoso desván y decidió marcharse del bar al alba y dormir en la calle.

—Sí —aceptó—. Otra absenta.

Aquella noche fue el comienzo de un fin de semana durante el cual Laurent ahogó sus penas en alcohol. Y del que, cuando entró arrastrándose en el *atelier* de Landowski, apenas recordaba nada.

—Mira quién se ha dignado a venir —le dijo el profesor al niño, que estaba sentado en un taburete observando ensimismado el trabajo de Landowski.

—¡Sí que ha avanzado, profesor! —Laurent contempló la enorme mano del *Cristo* y supuso que Landowski se había pasado las últimas cuarenta y ocho horas trabajando sin parar en la escultura.

—Bueno, llevas cinco días sin aparecer por el *atelier*, así que alguien tenía que continuar con el trabajo. El niño y yo estábamos a punto de enviar una partida de búsqueda para que rastreara las cloacas de Montparnasse hasta encontrarte —añadió.

—¿Me está diciendo que es miércoles? —preguntó Laurent conmocionado.

—Exacto. —Landowski devolvió la atención a la vasta figura blanca y acercó el escalpelo al yeso de París todavía húmedo—. Voy a dar forma a las uñas de Nuestro Señor —anunció dirigiéndose al niño e ignorando deliberadamente a Laurent.

Cuando este regresó de la cocina tras lavarse la cara y beber dos vasos de agua en un intento de calmar su dolor de cabeza, Landowski se quedó mirándolo.

—Como puedes ver, me he buscado un nuevo ayudante. —Guiñó un ojo al pequeño—. Por lo menos él no desaparece durante cinco días y vuelve arrastrando la borrachera de la noche anterior.

—Le pido disculpas, profesor, no...

—¡Ya es suficiente! Que sepas que no volveré a tolerar semejante comportamiento, Brouilly. Necesitaba tu ayuda con esto y no estabas. Ahora, antes de que te atrevas a tocar las manos de mi *Cristo*, irás a mi casa y le dirás a mi mujer que te he ordenado que duermas hasta que se te pase la resaca.

—Sí, profesor.

Rojo de vergüenza, Laurent abandonó el *atelier* reprendiéndose por haber permitido que la situación se le escapara de las manos, y dejó que la siempre comprensiva esposa de Landowski, Amélie, lo acostara.

Se despertó cuatro horas más tarde, se dio una ducha fría, se comió el cuenco de sopa que Amélie le ofreció y regresó al *atelier* completamente repuesto.

—Mucho mejor —asintió el profesor mirándolo de arriba abajo—. Ahora ya estás en condiciones de trabajar.

La mano gigante ya tenía el dedo índice, y el pequeño seguía en el taburete sobre el que Laurent lo había visto por última vez, observando con atención el trabajo de Landowski.

—Ahora nos pondremos con el dedo anular. Estoy trabajando a partir de ese modelo.

El profesor señaló uno de los moldes que Laurent había hecho de las manos de Izabela y Margarida.

Laurent se acercó a la pieza y preguntó:

—¿Qué manos eligió finalmente?

—No tengo ni idea, porque no tenían nombre. Y quizá sea mejor así. Al fin y al cabo, son las manos de Cristo, solo suyas.

Laurent examinó el molde en busca de la delatora grieta en el dedo meñique que con tanto cuidado había encolado tras retirarlo de la mano de mademoiselle Margarida. No había ninguna fisura.

Con un estremecimiento de alegría, supo con certeza que Landowski había elegido las manos de Izabela para que fueran las del *Cristo* de Río.

32

Paty do Alferes, Brasil,
noviembre de 1928

A lo largo de las dos semanas que Bel llevaba en la *fazenda*, había ido viendo cómo su madre empezaba a recuperar las fuerzas. Si se debía al aire puro de las montañas, a la belleza y la serenidad del entorno o a los cuidados de Fabiana, lo ignoraba. Pero el caso era que Carla había ganado algo de peso y era capaz de reunir la energía necesaria para dar pequeños paseos por los espléndidos jardines sin ayuda.

Todo lo que comían crecía en la propia hacienda o provenía de los alrededores: carne de sus reses, queso y leche de las cabras de las tierras bajas y verdura y fruta de las granjas de la zona. La región era célebre por sus tomates, y Fabiana, que tenía una fe ciega en sus propiedades curativas, los troceaba, molía y tamizaba para preparar toda clase de platos.

Y Bel comenzó a sentir que también ella estaba sanando. Despertarse cada mañana, ponerse el traje de baño y zambullirse en el lago antes de sentarse a desayunar el delicioso bizcocho de Fabiana resultaba terapéutico. En sus terrenos había una cascada cuyas aguas provenían de las montañas. Bel solía sentarse justo debajo para contemplar las montañas y sentir el masaje del agua helada en la espalda.

Durante el día, si su madre estaba descansando, se tumbaba en la fresca galería a leer libros sobre filosofía y el arte de estar en paz con uno mismo en lugar de las novelas románticas que había preferido de adolescente. Ahora comprendía que eran ficción y que en la vida real el amor no siempre tenía un final feliz.

La mayoría de las tardes ensillaba a Loty y cabalgaba por los senderos escabrosos de las laderas hasta alcanzar la cima de alguna colina, donde caballo y jinete se detenían para disfrutar de las magníficas vistas.

Por la noche jugaba a las cartas con su madre y se retiraba a su cuarto serena y con sueño. Antes de cerrar los ojos, rezaba sus oraciones y le pedía a Dios que devolviera la salud a su madre, concediese éxito en los negocios a su padre y se asegurara de que Laurent —tan lejos de ella físicamente, pero tan cerca en su corazón— hallase la felicidad.

Era el único regalo que podía hacerle. Y procuraba ofrecerlo sin reservas ni remordimientos.

Encontrarse con frecuencia a Loen y a Bruno dando un paseo al atardecer, absortos por completo el uno en la otra, no le facilitaba las cosas. En una ocasión los vio darse un beso a escondidas junto al lago y el corazón le ardió de envidia.

«Aquí en las montañas —pensó Bel una noche en la cama, recordando una vez más las caricias de Laurent—, parece que la vida fuera de la *fazenda* está muy lejos.» Era la misma sensación que había experimentado en París, cuando su matrimonio con Gustavo y la vida que le esperaba en Río le habían resultado algo remoto, como se le antojaba ahora el laberinto de callejuelas de Montparnasse por donde tantas veces imaginaba a Laurent paseando...

Cuando llevaban tres semanas allí, Antonio llegó a la *fazenda* para pasar el fin de semana con ellas. La atmósfera cambió al instante, pues a Fabiana le dio por limpiar y ordenó a su marido que cortara un césped ya impecable y sacase lustre a los permanentemente brillantes objetos de cobre que pendían de las paredes del comedor.

—¿Cómo está tu madre? —le preguntó Antonio a su hija.

El hombre había llegado a media tarde, cuando Carla estaba descansando.

—Mucho mejor, Pai. Creo que dentro de unas semanas estará lo bastante repuesta para volver a Río. Fabiana la está cuidando muy bien.

—Lo comprobaré con mis propios ojos cuando despierte —dijo Antonio—. Pero ya casi estamos en diciembre, Izabela. Tu boda se celebrará a finales de enero y todavía hay mucho que hacer. Si, como dices, tu madre se está recuperando con los cuidados de Fabiana, opino que debes dejarla aquí y regresar conmigo a Río.

—Pero, Pai, estoy segura de que Mãe preferiría tener a su hija cerca.

—Y yo estoy seguro de que tu madre entenderá que la novia debe estar en Río para organizar su boda —replicó Antonio—. Y para que su prometido le vea la cara. Creo que Gustavo ha sido sumamente paciente contigo, dadas las circunstancias. Debe de tener la sensación de que su prometida huye de él a la menor oportunidad. Y sé que sus padres se están poniendo muy nerviosos con los preparativos. Como yo. Así que regresarás conmigo a Río, es mi última palabra.

Cuando Antonio salió del salón para ir a ver a su esposa, Bel supo que había perdido la batalla.

—Mãe —dijo dos días después, cuando se despedía de Carla con un beso—, quiero que sepas que si me necesitas, volveré encantada. Fabiana utilizará el teléfono del pueblo para tenerme al corriente de tu estado.

—No te preocupes por mí, *piccolina*. —Carla le acarició la mejilla con ternura—. Te prometo que estoy recuperándome. Discúlpate con la señora Aires Cabral de mi parte y dile que confío en estar de vuelta en Río muy pronto. Ven, dale un abrazo a tu madre.

Bel obedeció y Carla se despidió de su marido y su hija desde la puerta. Antonio envió un beso a su esposa y el coche se alejó por el camino pedregoso.

—Me consuela mucho saber que está mejor —dijo de repente—. Porque la verdad es que no sé qué haría sin ella.

A Bel le sorprendió ver en los ojos de su padre una extraña mirada de vulnerabilidad, pues la mayor parte del tiempo tenía la impresión de que Antonio apenas reparaba en su mujer.

El mes de diciembre estuvo plagado de visitas interminables a A Casa das Orquídeas para ultimar los detalles de la boda con Luiza. Aunque Bel estaba decidida a no dejar que la mujer la exasperara, su actitud arrogante y condescendiente la obligó a morderse la lengua en multitud de ocasiones.

Al principio Bel opinaba sobre los himnos, sobre el diseño de los vestidos de las damas de honor para que complementaran su magnífico traje de novia y sobre el menú para el banquete. Pero cada vez que lo hacía Luiza encontraba una razón para echar sus ideas por tierra. Al final, viendo que era la opción menos dolorosa, decidió mostrarse de acuerdo con todo lo que Luiza proponía.

Gustavo, que a veces se sumaba a ellas en el salón durante sus reuniones, le estrechaba la mano cuando se iba.

—Gracias por ser tan paciente con mi madre. Sé que a veces puede ser muy dominante.

Bel llegaba a casa exhausta y con jaqueca por la tensión de tener que acatar cuanto Luiza decía, preguntándose cómo demonios conseguiría controlarse cuando ambas vivieran bajo el mismo techo.

El verano estaba a punto de alcanzar su apogeo en Río cuando Bel descubrió que, con su madre en la *fazenda* y su padre en la oficina desde el alba hasta el anochecer, gozaba de más libertad que nunca. Loen, que había caído presa del desánimo desde que se había separado de Bruno para volver a Río, acompañaba a Bel a la pequeña estación y ambas tomaban juntas el tren hasta lo alto de la montaña para ver cómo iba la construcción del *Cristo*. Desde el mirador se atisbaba el hervidero de actividad en que se estaba convirtiendo el enclave. Se estaban colocando las enormes vigas de hierro y ya era posible adivinar la forma de la cruz.

Contemplar el progreso de las obras del *Cristo* la reconfortaba. Desde sus días en la *fazenda*, Bel se había reconciliado con el hecho de que, independientemente de lo que Laurent pensara de ella, de que la amase o no, ella siempre lo querría. Había entendido que, sencillamente, no podía luchar contra ello. Y había aceptado al fin que su corazón albergaría su amor por él en secreto durante el resto de su vida.

33

París, diciembre de 1928

Bueno, pues ya están terminadas y listas para que las hagan pedazos y las trasladen hasta el otro lado del mar, a esa gran fábrica de café que es Brasil —declaró Landowski mientras estudiaba la cabeza y las manos del *Cristo*, que en aquel momento ocupaban hasta el último centímetro del *atelier*.

Dio una vuelta alrededor de la cabeza, mirándola con aire pensativo.

—Sigue preocupándome el mentón. Desde esta distancia sobresale del resto de la cara como un tobogán gigante, pero el brasileño chiflado dice que le gusta así.

—Recuerde, profesor, que la gente lo verá desde una distancia considerable —comentó Laurent.

—Solo su Padre que está en los cielos sabe si mi obra maestra llegará a Río de Janeiro sana y salva —gruñó Landowski—. El brasileño le ha conseguido un pasaje en la bodega de un carguero. Esperemos que el mar esté tranquilo y que ningún otro contenedor aplasté mi creación. Si pudiera, iría con ella para supervisar el embarque y estar presente en las primeras fases de la construcción, pero no puedo permitírmelo. He dedicado a este proyecto el doble del tiempo previsto y todavía he de terminar el encargo de Sun Yat-sen, que ya lleva bastante retraso. En fin —suspiró—, he hecho lo que he podido, el resto ya no depende de mí.

Mientras escuchaba a Landowski, una idea empezó a germinar en la mente de Laurent. No dijo nada, pues deseaba meditarla detenidamente antes de proponerla.

Al día siguiente, Heitor da Silva Costa se personó en el *atelier* para decidir con ayuda del profesor por qué lugares debería fragmentarse la cabeza. Landowski expresó una vez más su inquietud por la seguridad de los moldes de la escultura durante la travesía.

—Es cierto —convino Heitor—. Alguien debería bajar regularmente a la bodega para supervisarlos, pero no puedo prescindir de ningún miembro de mi equipo para que haga el viaje. Todavía no han terminado su labor aquí.

—Podría ir yo —dijo de repente Laurent, expresando en alto la idea a la que había estado dándole vueltas desde el día anterior.

Los dos hombres se volvieron hacia él, sorprendidos.

—¿Tú, Brouilly? Pensaba que estabas casado con las calles de Montparnasse y tu agitada vida social —dijo Landowski.

—Por desgracia, profesor, nunca he tenido la oportunidad de viajar fuera de Francia. Puede que unos meses en un país tan exótico amplíen mis horizontes artísticos y me sirvan de inspiración.

—Seguro que a tu vuelta harás una escultura gigante de un grano de café —bromeó Landowski.

—Señor Brouilly —intervino Heitor—, si habla en serio, creo que sería una idea excelente. Usted ha estado presente desde los inicios del proceso. De hecho, sus propias manos han contribuido a crear partes de la estructura. Si el profesor puede prescindir de sus servicios, sería sus ojos en Río durante el montaje.

—Y se aseguraría de que Nuestro Señor no acaba con un dedo metido en la nariz cuando unan las piezas —farfulló Landowski.

—Si a usted le parece bien, profesor, estoy dispuesto a ir —reiteró Laurent—. ¿Cuándo partiríamos, monsieur da Silva Costa?

—Tengo un pasaje reservado para la semana que viene, de modo que deberíamos tener tiempo de cortar los moldes y embalarlos sin problema. Cuanto antes se entreguen sanos y salvos en Río, mejor para mí. ¿Sería capaz de prepararse para el viaje en tan poco tiempo, monsieur Brouilly?

—Me temo que tendrá que consultar su agenda para ver si

puede retrasar alguno de sus encargos pendientes —intervino Landowski advirtiendo a Laurent con la mirada que permaneciera callado—. Imagino que recibirá algún tipo de compensación económica por el viaje y el tiempo invertido. Por ejemplo, el alojamiento y la comida.

—Naturalmente —contestó enseguida Heitor—. Y de hecho, ahora que lo recuerdo, señor Brouilly, hace unos días recibí una llamada de Gustavo Aires Cabral, el prometido de Izabela Bonifacio. Ha oído hablar de la escultura que le hizo y le gustaría regalársela a su futura esposa con motivo de su boda. Le dije que le preguntaría si estaba dispuesto a vendérsela.

—Yo...

Laurent estaba a punto de a contestar que jamás le vendería la escultura de su adorada Izabela a su prometido cuando Landowski lo interrumpió.

—Qué lástima, Brouilly, justo ahora que habías encontrado un comprador rico en París. ¿Has aceptado ya su oferta?

Desconcertado, Laurent respondió:

—No, yo...

—En ese caso, tal vez el prometido de mademoiselle Bonifacio desee mejorarla. Dijiste que te habían ofrecido dos mil francos, ¿no es así?

El profesor lanzó otra mirada a Laurent para que le siguiera el juego.

—Sí.

—En ese caso, Heitor, dígale al tal monsieur Aires Cabral que si está dispuesto a mejorar la oferta y a sufragar el coste del transporte hasta Río, la escultura es suya.

—Así lo haré —respondió da Silva Costa con una expresión que dejaba muy claro que no tenía el menor interés en ponerse a regatear el precio de la escultura de otra persona cuando ya tenía que pensar en la suya—. Estoy seguro de que no será un problema. Volveré mañana para ver sus progresos con nuestro rompecabezas gigante. Buenos días, señores.

Heitor se despidió con una inclinación de cabeza y salió del *atelier.*

—¿A qué ha venido eso, profesor? —inquirió Laurent—. No tengo ningún comprador para la escultura de mademoiselle Izabela. De hecho, no tenía pensado venderla.

—Brouilly, ¿no ves que te estaba haciendo un favor al actuar como tu agente? —le recriminó Landowski—. Deberías darme las gracias. No creas que no me he percatado de la verdadera razón de tu repentino deseo de cruzar medio mundo con las piezas del *Cristo*. Y si decides quedarte en Brasil, te hará falta algo de dinero para mantenerte. ¿Qué necesidad tendrás allí de tu querida escultura cuando estarás junto a la persona que la inspiró en carne y hueso? Deja que su prometido la tenga inmortalizada en piedra y adore su belleza externa. Sospecho que nunca logrará llegar a su alma, y es evidente que tú sí lo has hecho. Si te doy mi opinión, me parece que es un buen intercambio —señaló Landowski riendo—. Y ahora, a trabajar.

Aquella noche, cuando Laurent se tumbó en su camastro del *atelier*, encajado entre la cabeza y uno de los dedos gigantes del Señor, se preguntó qué demonios estaba haciendo.

Izabela le había dejado claro dónde estaba su futuro. Era probable que su enlace fuera inminente y que ya se hubiera celebrado para cuando él llegara a Río. No estaba seguro de lo que esperaba conseguir con exactitud al viajar allí.

Pero, como todos los enamorados, creía ciegamente en el destino. Y mientras contemplaba la enorme palma antes de cerrar los ojos, confió en que el *Cristo* le echara una mano.

34

Río de Janeiro, enero de 1929

El día de la boda de Gustavo Mauricio Aires Cabral e Izabela Rosa Bonifacio amaneció caluroso y resplandeciente, sin apenas una nube en el cielo. A regañadientes, Bel se levantó de su cama de soltera por última vez. Aún era temprano, y cuando salió de la habitación solo oyó un vago trajín de sartenes procedente de la cocina.

Bajó descalza hasta el salón y entró en la hornacina que albergaba la capilla. Encendió una vela en el altar y, tras arrodillarse en el reclinatorio de terciopelo rojo, cerró los ojos y juntó las manos.

—Por favor, Virgen Santísima, en el día de mi boda, dame fuerzas para entrar en el matrimonio con el corazón abierto y ser una esposa buena y cariñosa para mi marido. Y una nuera paciente y atenta para sus padres —añadió con fervor—. Concédeme hijos sanos y la capacidad de dar gracias por lo que tengo en lugar de afligirme por mis problemas. Trae abundancia a mi padre y salud a mi querida madre. Amén.

Abrió los ojos, alzó la vista hacia el rostro descolorido de la Virgen y contuvo las lágrimas.

—Eres mujer, por eso confío en que perdones los pensamientos que aún moran en mi corazón —susurró.

Al rato, se santiguó, se levantó y, con un hondo suspiro, abandonó la capilla para comenzar el que supuestamente sería el día más feliz de su vida.

Nada podría haber salido mejor durante aquella jornada. La gente se había agolpado en las calles para ver la llegada de Izabela y su padre a la catedral y prorrumpió en ovaciones cuando la novia bajó del Rolls-Royce con el deslumbrante vestido de chantillí que Jeanne Lanvin había diseñado para ella en París. La magnífica catedral estaba abarrotada, y mientras su padre, henchido de orgullo, la acompañaba hasta el altar donde la esperaba Gustavo, Bel miró con disimulo a través de su velo blanco de gasa y vio multitud de rostros conocidos de las familias más poderosas de la región.

Una hora después, las campanas repicaron en el momento en que Gustavo y su flamante esposa avanzaron por el pasillo y salieron a la escalinata de la catedral. La multitud jaleó de nuevo a la pareja cuando él la ayudó a subir al carruaje tirado por caballos para recorrer las calles hasta el Copacabana Palace. De pie junto a su nuevo marido, Bel recibió a los trescientos invitados que iban entrando en el enorme comedor.

Después de los incontables platos que integraban el banquete, Bel y Gustavo se retiraron a su suite para descansar antes del gran baile de la noche.

En cuanto la puerta se cerró tras ellos, Gustavo la tomó en sus brazos.

—Al fin —murmuró hundiendo el rostro en su cuello—. Ahora ya puedo besarte. Ven aquí.

La atrajo hacia sí y la besó con vehemencia, como un hombre hambriento, mientras deslizaba las manos por el delicado encaje que le cubría los pechos para sobárselos torpemente.

—Ay —protestó ella—. Me haces daño.

—Lo siento, Bel. —Gustavo la soltó e hizo un visible esfuerzo por serenarse—. Pero has de entender que llevo mucho tiempo esperando esto. No importa —dijo con un guiño—. Dentro de unas horas al fin podré tenerte desnuda entre mis brazos. ¿Te sirvo una copa? —preguntó dándole la espalda, y Bel sufrió un escalofrío involuntario.

Gustavo se acercó a la licorera que descansaba en la mesa auxiliar y se sirvió una generosa copa de brandy.

—No, gracias.

—Mejor. No quiero que tengas los sentidos nublados cuando llegue la noche. —Sonrió y alzó la copa—. Por mi esposa, mi bella esposa —dijo antes de vaciar el contenido de un trago.

Bel había advertido, las pocas veces en que lo había acompañado a actos sociales, que a Gustavo le gustaba beber. En más de una ocasión le había parecido que hacia el final de la noche estaba algo borracho.

—Y quiero que sepas que te he comprado un regalo de bodas muy especial —continuó—. Lamentablemente, todavía no ha llegado, pero estará aquí cuando regresemos de nuestra luna de miel. ¿Quieres que te ayude a quitarte ese vestido para que puedas descansar?

Bel contempló con anhelo la enorme cama de matrimonio. Le dolían los pies, atrapados en unos zapatos de raso de tacón alto —que, sumados a la diadema y el moño alzado, habían hecho que en el altar le sacara siete centímetros al novio—. Y eso por no hablar del incómodo corsé que se escondía bajo el encaje, de cuyas cintas Loen había tirado con fuerza aquella mañana. Pero la idea de que Gustavo la liberara del mismo con sus dedos pálidos y delgaduchos no le atraía lo más mínimo.

—Voy al cuarto de baño —anunció ruborizándose.

Gustavo, que acababa de servirse otro brandy, asintió.

Bel entró en la elegante estancia forrada de espejos y, agradecida, se sentó en una silla. Cerró los ojos y pensó en lo absurdo que era que un anillo en el dedo y unas cuantas frases pudieran cambiar su vida de manera tan profunda.

El contraste entre su vida de joven soltera, cuya virtud había que proteger de los machos depredadores a toda costa, y la mujer que ahora, apenas unas horas después, debía entrar en un dormitorio a solas con un hombre y realizar el más íntimo de los actos, rayaba en lo ridículo. Observó su reflejo en el espejo con un suspiro.

—Gustavo es un desconocido —susurró rememorando la conversación que había tenido con su madre la noche previa.

Carla, que se encontraba mucho mejor tras su estancia en la *fazenda*, había entrado en su habitación antes de que Bel apagara la luz y le había cogido las manos.

—Cariño, voy a explicarte lo que sucederá mañana por la noche —comenzó.

—Mãe —repuso Bel tan muerta de vergüenza como su madre—, creo que ya lo sé.

Carla pareció sentirse vagamente aliviada, pero aun así insistió.

—Entonces, ¿eres consciente de que la primera vez puede ser un poco... incómodo? ¿Y de que podrías sangrar? Aunque dicen que si se monta a caballo, el delicado tejido que determina la pureza de una mujer podría estar ya roto. Y tú cabalgabas mucho en la *fazenda*.

—Eso no lo sabía —dijo Bel.

—Lleva un tiempo... acostumbrarse al proceso, pero imagino que Gustavo tiene algo de experiencia en ese terreno y estoy segura de que será delicado contigo.

—Mãe, ¿es... es propio de una señorita disfrutarlo? —preguntó Bel con timidez.

Carla soltó una carcajada.

—Pues claro, cariño. Serás una mujer casada, y no hay cosa que más desee un hombre que una esposa dispuesta a explorar los placeres del dormitorio. Así conservarás a tu marido, y así he conservado yo al mío. —Un leve rubor tiñó sus mejillas—. Y recuerda que dichos placeres tienen un propósito divino, que es el de engendrar hijos. Es un estado sagrado entre los esposos. Buenas noches, Izabela, que duermas bien. Y no temas por mañana. Será mejor de lo que crees, te lo prometo.

Mientras Bel rememoraba aquella conversación, también pensó en la aversión instintiva que le producía imaginarse que Gustavo la tocara como su madre había insinuado tan sutilmente. Se levantó de la silla para regresar junto a él y confió en que su reticencia fuera fruto de los nervios de la primera vez y que después de aquella noche todo resultara como Carla le había dicho.

El gran salón de baile se sumió en un silencio maravillado cuando Bel entró con su espectacular vestido blanco brillante de Patou, que abrazaba sus curvas y terminaba en una larga cola.

Cuando Gustavo le rodeó la cintura, los invitados aplaudieron encantados.

—Estás preciosa, querida, y todos los hombres aquí presentes me envidian porque seré yo quien comparta tu cama esta noche —le susurró al oído.

Excepto durante el primer baile, Bel apenas vio a Gustavo a lo largo de las tres horas siguientes. Uno y otra estuvieron atendiendo a sus respectivas familias, y Bel bailó con numerosos hombres sin nombre que le decían lo afortunado que era Gustavo por haberle echado el lazo. Bebió muy poco, ya revuelta por la tensión de lo que sucedería más tarde, un nerviosismo que fue en aumento cuando los invitados empezaron a congregarse junto a la escalera principal para vitorearlos en su camino a la suite.

—Ha llegado el momento —le dijo Gustavo al plantarse a su lado, y juntos caminaron entre la multitud hasta el primer peldaño.

Gustavo pidió silencio.

—*Meus senhores, senhoras e amigos.* Gracias por venir y celebrar este gran día con nosotros. Ahora, sin embargo, ha llegado el momento de tomar la mano de mi esposa y conducirla al dormitorio.

Los invitados prorrumpieron en silbidos y bromas subidas de tono.

—Así pues, buenas noches a todos. Izabela.

Bel aceptó el brazo que Gustavo le ofrecía y emprendió con él el ascenso por la escalera.

Cuando cerraron la puerta de la suite, la aproximación de Gustavo en esta ocasión no fue tan sutil. Sin más preámbulos, la empujó hasta la cama y le inmovilizó las muñecas contra el colchón al tiempo que le cubría la cara y el cuello de besos frenéticos y se restregaba contra el delicado vestido.

—Espera —susurró Bel—. Me daré la vuelta para que puedas desabrocharme el traje —dijo agradeciendo poder escapar de su desagradable aliento a alcohol.

Notó las manos torpes de Gustavo luchando contra las diminutas perlas que le abotonaban la espalda, y sintió su frustración cuando al final optó por desgarrar la tela.

Tras arrancarle el vestido, le desabrochó el sujetador, le dio la vuelta y se lanzó directamente hacia sus pezones. Le recorrió el interior del muslo con una mano y se aventuró por debajo del triángulo de seda que cubría su parte más íntima.

Después de otro rato buscando a tientas, Gustavo rasgó la seda y se incorporó sobre las rodillas para desabrocharse los botones del pantalón. Sin quitárselos siquiera, presionó su erección contra la delicada piel de Bel y gruñó de frustración cuando no pudo encontrar la entrada. Por último, empleando su propia mano, se abrió paso por la abertura que buscaba y penetró en su interior con brusquedad.

Tendida bajo su cuerpo, Bel se mordió el labio, presa del dolor. El mundo se tiñó de negro cuando cerró los ojos y empezó a respirar hondo para contener el pánico. Por fortuna, apenas transcurridos unos segundos, él lanzó un grito agudo, extrañamente femenino, y se desplomó sobre ella.

Bel se quedó inmóvil, escuchando la respiración pesada de Gustavo junto a su oído. Su marido estaba tumbado boca abajo y todo su peso recaía sobre el cuerpo de ella. Finalmente, cuando esta se movió para liberarse, levantó la cabeza y la miró.

—Por fin eres mía de verdad. —Gustavo sonrió y le acarició la mejilla—. Ahora deberías ir a lavarte. Ya sabes que la primera vez…

—Lo sé —lo interrumpió Bel, y se dirigió a toda prisa al cuarto de baño antes de que él pudiera entrar en detalles.

Se alegró de haber hablado con su madre la víspera de su boda, pues, aunque le dolía por dentro, no vio ninguna mancha cuando se pasó la toallita. Se soltó el pelo y se puso el camisón y el salto de cama que la atenta camarera había dejado colgados detrás de la puerta. Regresó al dormitorio, y Gustavo yacía ya desnudo en la cama. Su cara era de desconcierto.

—He examinado la colcha y no hay sangre. —Clavó la mirada en Bel—. ¿Cómo es posible?

—Mi madre me explicó que si no la había sería por lo mucho que monté a caballo de niña en la *fazenda* —explicó, cohibida por lo descarado de la pregunta.

—Será eso. Porque supongo que eras virgen, ¿no?

—¡Me estás insultando, Gustavo! —Bel notó que se encendía por momentos.

—Naturalmente, naturalmente. —Gustavo dio unas palmaditas en el colchón—. Entonces, vuelve a la cama con tu marido.

Obedeció, todavía dolida por la insinuación.

Él la atrajo hacia sí y apagó la luz.

—Creo que ya se puede decir que somos un matrimonio de verdad.

—Sí.

—Te quiero, Izabela. Esta es la noche más feliz de mi vida.

—Y la mía —respondió ella acertando a pronunciar las palabras que se esperaban de ella a pesar de la protesta que resonaba en las profundidades de su alma.

Y mientras ella yacía insomne junto al que era su marido desde hacía solo unas horas, el carguero que llevaba la cabeza y las manos del *Cristo*, y a Laurent Brouilly, atracaba en un muelle de las afueras de Río de Janeiro.

35

Cuando Laurent despertó tras su primera noche en tierra firme desde hacía seis semanas, descubrió su cuerpo, y también las sábanas, empapados en sudor. Ni en los días más calurosos de Montparnasse había experimentado un bochorno como el de Río.

Se acercó tambaleándose a la mesa donde la doncella le había dejado una jarra de agua y bebió de ella con avidez, notando que su sed se aplacaba. Entró en el diminuto cuarto de baño, abrió el grifo del lavamanos y metió la cabeza debajo del chorro. Acto seguido, envolvió su desnudez con una toalla y, sintiéndose ya un poco mejor, regresó al dormitorio y fue a abrir los postigos de la ventana.

El día anterior había llegado al hotel que Heitor le había recomendado hasta que encontrara un alojamiento permanente pasada la medianoche, y la oscuridad le había impedido ver dónde estaba. No obstante, ya en la cama, había oído el sonido de las olas rompiendo en la orilla y dedujo que se hallaba en algún lugar próximo al mar.

Y aquella mañana… ¡menudas vistas le daban la bienvenida! Al otro lado de la calle, hasta el horizonte, se extendía la playa más impresionante con que se había encontrado en su vida. Kilómetros de arena blanca, aún vacía por lo temprano de la hora, y olas de al menos dos metros rodando implacables y estallando en un torbellino de espuma blanca.

El mero hecho de contemplarlas le refrescó la sangre. A Laurent siempre le había gustado nadar en el Mediterráneo cuando su familia iba a la casa de veraneo que tenía cerca de Saint-Raphaël, así que se sintió impaciente por cruzar la avenida y zambullirse en el agua. Primero, sin embargo, debía preguntar si allí el mar era seguro, porque bien podía estar lleno de tiburones u otros peces peligrosos. Antes de dejar París, le habían advertido de que toda precaución era poca en el trópico.

Hasta el olor del aire era nuevo y exótico. Como les sucedía a muchos de sus compatriotas franceses, el hecho de que su país natal ofreciera el abanico completo de las estaciones —desde las tonificantes laderas nevadas de los Alpes hasta el esplendoroso sur del país, con sus bellos paisajes y su excelente clima— había hecho que Laurent no hubiese sentido nunca la tentación de viajar al extranjero.

Pero ahora que estaba allí, le avergonzaba haber pensado que no había ningún otro país que pudiera ofrecerle algo.

Deseaba explorar Río, aunque primero debía reunirse con el maestro de obra de monsieur da Silva Costa, Heitor Levy, que le había dejado una nota en el hotel para comunicarle que lo recogería a las once. La cabeza y las manos del *Cristo* habían sido desembarcadas el día previo, antes de que el carguero atracara en el puerto principal, y depositadas en un terreno abierto próximo a los muelles, donde monsieur Levy tenía una pequeña granja. Laurent confiaba en que las delicadas piezas hubiesen llegado intactas. Durante la travesía había bajado a la bodega cuatro veces al día para supervisarlas, y ahora solo le quedaba rezar para que hubieran sobrevivido al desembarque.

Cuando empezó a vestirse, se percató de que tenía las piernas llenas de marcas rojas. Las rascó y luego se puso los pantalones, comprendiendo que algún mosquito brasileño hambriento se había dado un banquete con su sangre durante la noche.

Bajó a desayunar al comedor, donde se topó con un festín de frutas exóticas dispuestas sobre una larga mesa para los huéspedes. No tenía ni idea de qué eran, pero decidido a abrazar aquella nueva cultura, se sirvió un trozo de cada una de ellas; también tomó un pedazo de bizcocho todavía caliente que desprendía un olor delicioso. Una camarera le sirvió una taza de café fuerte y humeante, y Laurent lo bebió agradecido, sintiéndose reconfortado por que algunas cosas fueran iguales que en casa.

A las once en punto se dirigió a recepción, donde vio a un hombre que miraba el reloj junto al mostrador. Figurándose que sería monsieur Levy, se acercó a él y se presentó.

—Bienvenido a Río, señor Brouilly. ¿Qué tal la travesía? —preguntó el hombre en un francés correcto.

—Muy agradable, gracias. He aprendido toda suerte de juegos de cartas y chistes picantes de mis compañeros marineros —explicó Laurent con una sonrisa.

—Me alegro. Tengo el coche aparcado fuera, iremos a mi *fazenda*.

Mientras recorrían las calles de la ciudad, a Laurent le sorprendió lo moderna que era. Landowski, obviamente, le había tomado el pelo cuando le dijo que todos sus habitantes eran nativos que iban por la calle en cueros, arrojando lanzas y devorando bebés, pues Río parecía tan civilizada y occidental como muchas ciudades de Francia.

Sí le resultaba extraño, no obstante, ver la piel bronceada de los lugareños cubierta con ropas que eran un calco exacto de las modas de su país. Cuando atravesaron el extrarradio, Laurent vio aparecer un extenso barrio de chabolas a su derecha.

—Eso es lo que llamamos una favela —explicó Levy al darse cuenta de que Laurent la miraba con interés—. Y por desgracia, tiene demasiados residentes.

Laurent pensó en París, donde los pobres parecían casi invisibles. En Río daba la impresión de que la riqueza y la pobreza vivían totalmente separadas.

—Sí, señor Brouilly —dijo Levy leyéndole el pensamiento—. En Brasil los ricos son muy ricos y los pobres... se mueren de hambre.

—¿Es usted portugués?

—No. Mi madre es italiana y mi padre alemán. Y yo soy judío. Aquí, en Brasil, encontrará un enorme crisol de nacionalidades diferentes, aunque los portugueses son los que se consideran los auténticos brasileños. Tenemos inmigrantes de Italia y España, y, por supuesto, africanos que fueron traídos como esclavos por los portugueses para trabajar en las plantaciones de café. Actualmente, Río está recibiendo una gran afluencia de japoneses. Todos vienen aquí buscando algo parecido a El Dorado. Algunos lo encuentran, pero otros no tienen la misma suerte y terminan en las favelas.

—En Francia es muy diferente. La mayoría de nuestros habitantes son nacidos y criados en el país —comentó Laurent.

—Pero esto es el Nuevo Mundo, señor Brouilly —señaló Levy—, y todos formamos parte de él, da igual de dónde provengamos.

Laurent no olvidaría jamás el extraño espectáculo de la enorme cabeza del *Cristo* descansando en medio de un campo mientras las gallinas picoteaban la tierra a su alrededor y un gallo se acicalaba las plumas sentado en la punta de su nariz.

—El señor da Silva Costa me ha llamado esta mañana a las cinco, impaciente por saber si su querido *Cristo* había llegado bien —explicó Levy—. Así que he decidido montar los pedazos y comprobar si habían sufrido daños. Por el momento, todo está bien.

La imagen de la cabeza, que había visto por última vez de una pieza en el *atelier* de Landowski y luego allí, en Río, a miles de kilómetros de distancia, hizo que a Laurent se le formara un nudo en la garganta.

—Me da la sensación de que los cielos han velado por la seguridad del *Cristo* durante su travesía —dijo Levy igualmente conmovido—. Dejaré para más adelante el montaje de las manos, pero les he echado un vistazo y parece que tampoco han sufrido daño alguno. Uno de mis obreros hará una foto para conmemorar la ocasión. Le enviaré una copia al señor da Silva Costa, y otra a Landowski, por supuesto.

Una vez hecho el retrato, y tras haber examinado también él la cabeza y las manos para poder escribir a Landowski y tranquilizarlo, Laurent confió en que la escultura de Bel, que en aquellos momentos descansaba dentro de una caja en algún muelle del puerto principal, hubiera corrido la misma suerte.

Después de darle muchas vueltas a la venta, Laurent había decidido seguir el consejo de Landowski y aceptar la oferta de dos mil quinientos francos del señor Aires Cabral. El profesor tenía razón: siempre podía esculpir otra, y era un dinero caído del cielo que no podía rechazar, independientemente de lo que le deparara el futuro.

—Su primera misión ha concluido con éxito, aunque seguro que está deseando ver el enclave de las obras en el Cerro del Corcovado —continuó Levy—. Merece la pena visitarlo. Mis obreros y yo estamos viviendo allí arriba, porque disponemos de un plazo relativamente corto para completar el proyecto.

—Me encantaría —dijo Laurent con entusiasmo—. Me cuesta imaginar cómo es posible construir semejante monumento en lo alto de una montaña.

—A nosotros también —convino, flemático, Levy—, pero le aseguro que está ocurriendo. El señor da Silva Costa me comentó que necesita un lugar donde alojarse durante su estancia en Río. Me preguntó si podría ayudarlo a encontrar algo, puesto que imagino que no habla una palabra de portugués.

—No, monsieur.

—Por casualidad, dispongo de un piso vacío. Está en un barrio llamado Ipanema, no lejos de la playa de Copacabana, donde se hospeda ahora. Lo compré en mis tiempos de soltero y nunca he tenido el valor de desprenderme de él. Será un placer dejárselo durante su estancia en Río. El señor da Silva Costa, por supuesto, se hará cargo de las facturas, tal como acordaron en Francia. Creo que será de su agrado, pues goza de unas vistas espectaculares y es muy luminoso. Ideal para un escultor como usted —concluyó.

—Gracias, monsieur Levy. Su generosidad me abruma.

—Iremos a verlo y, si le gusta, podrá mudarse hoy mismo.

A última hora de la tarde, Laurent ya era el orgulloso inquilino de un piso espacioso situado en la tercera planta de un bello edificio próximo a la playa de Ipanema. Las elegantes estancias de techos altos estaban decoradas con gusto, y cuando abrió la puerta de la terraza sombreada divisó la playa a lo lejos. La brisa cálida llevaba consigo el olor inconfundible del mar.

Levy lo había dejado allí para que se instalara después de recoger su maleta en el hotel. Le había dicho que regresaría más tarde para presentarle a la criada que cocinaría y limpiaría para él durante su estancia.

Laurent se paseaba por las habitaciones, atónito. El lujo de disponer de todo aquel espacio para él solo, después de vivir en el sórdido desván de Montparnasse, y de contar con una criada que lo atendiera era más de lo que podía asimilar. Se recostó en la gran cama de caoba disfrutando del aire del ventilador de techo, que le acariciaba el rostro como unas alas diminutas, y con un suspiro de satisfacción, se quedó dormido.

Aquella noche, fiel a su promesa, Levy llevó a Mónica, una mujer africana de mediana edad, para que se conocieran.

—Ya le he advertido que usted no habla portugués, pero si le parece bien, señor Brouilly, limpiará la casa, hará la compra y preparará la cena. Si necesita algo más, lo que sea, hay un teléfono en el salón. Puede llamarme cuando quiera.

—No sé cómo agradecerle tanta amabilidad, monsieur Levy —respondió Laurent.

—Usted es nuestro invitado de honor en Brasil y no podemos permitir que a su regreso cuente al señor Landowski y al resto de París que vivimos como paganos. —Levy le sonrió enarcando una ceja.

—Desde luego que no, monsieur. Por lo que he visto hasta el momento, creo que ustedes están más civilizados que los parisinos.

—Por cierto, ¿llegó bien su escultura?

—Sí. Ya está en el muelle, y las autoridades me han dicho que informarán al comprador y se la enviarán.

—Imagino que los Aires Cabral estarán de luna de miel. Se casaron ayer mismo.

Laurent miró a Levy conmocionado.

—¿Mademoiselle Izabela se casó ayer?

—Sí. Su fotografía aparece en las portadas de todos los periódicos. Estaba deslumbrante. Acudió toda la alta sociedad de Río. Me parece que la protagonista de su escultura ha encontrado un buen partido.

Laurent sintió náuseas al oír la noticia. La ironía de haber llegado a Río el mismo día en que Izabela contraía matrimonio era más de lo que podía soportar.

—Ahora debo irme. Buenas noches, señor Brouilly.

Antes de marcharse, Levy le recordó que lo recogería el lunes a las dos de la tarde para llevarlo a las obras del Corcovado. Mónica ya estaba trajinando en la cocina, de la que surgía un olor delicioso.

Necesitado de un trago, Laurent sacó una botella de vino francés de la maleta, la descorchó y se la llevó a la terraza. Puso los pies sobre la mesa, se sirvió una copa y el primer sorbo le evocó enseguida el recuerdo de su ciudad. Con el corazón desolado, contempló cómo el sol se ponía tras las montañas.

—Izabela —susurró al aire—, aquí estoy, en tu bello país. He venido hasta aquí para encontrarte, pero parece que he llegado demasiado tarde.

36

Una semana después de la boda, Bel regresó de su luna de miel tensa y agotada. La habían pasado en la región de Minas Gerais, en una casa antigua y que en otros tiempos fue bonita, que pertenecía a los tíos abuelos de Gustavo. Había hecho un calor agobiante, y como no había brisa marina ni estaban a una altitud que suavizaran la temperatura, el aire era tan caliente que las fosas nasales le ardían cada vez que respiraba.

Había tenido que soportar cenas interminables con los miembros más ancianos de la familia de Gustavo que, debido a su fragilidad, no habían asistido a la boda. Habría sobrellevado todas aquellas jornadas con buen ánimo si no hubiera sido por las noches.

Algo que su madre no le había aclarado era la frecuencia con que debía realizarse el acto conyugal. Bel había imaginado que una vez por semana, quizá, pero el apetito de Gustavo parecía insaciable. Aunque la joven había hecho todo lo posible por relajarse e intentar disfrutar de algunas de las cosas íntimas que a él le gustaba hacerle —cosas que nadie le había explicado jamás y que todavía hacían que se ruborizara cuando pensaba en ellas—, había sido en vano.

Cada noche, en cuanto la puerta del dormitorio se cerraba, Gustavo se abalanzaba sobre Bel y le quitaba la ropa a tirones —y en un par de ocasiones, ni siquiera se había molestado en hacerlo—. Ella yacía debajo, simplemente esperando a que acabara, mientras él embestía contra su interior dolorido y magullado.

Al menos, después Gustavo se quedaba dormido de inmediato, pero a veces Bel se despertaba por la mañana y notaba que la buscaba, y en cuestión de segundos volvía a tener encima el peso de su cuerpo.

La noche anterior, él había intentado introducirse en su boca pese a la reticencia de Bel. La muchacha sufrió una arcada y él se rió mientras le decía que ya se acostumbraría, que era algo que todas las esposas hacían por sus maridos para darles placer y que no debía avergonzarse de ello.

Bel estaba deseando encontrar a alguien que pudiera aconsejarla, que pudiera decirle si aquello era realmente normal y algo que tendría que soportar como pudiera durante el resto de su vida. ¿Dónde estaba la ternura, el amor dulce del que su madre le había hablado?, se preguntó cuando entró en su recién reformado dormitorio conyugal de A Casa das Orquídeas. En aquellos momentos, pensó dejándose caer en una silla, se sentía como una muñeca de trapo que su marido utilizaba a su antojo.

En casa de sus padres, Antonio disponía de un vestidor con una cama en la que dormía a menudo. Allí no existían tales lujos, se dijo con desesperación al entrar en el cuarto de baño nuevo. Si conseguía concebir un hijo, tal vez entonces Gustavo la dejara tranquila.

Trataba de consolarse con el hecho de que, durante el día, su marido se mostraba con ella de lo más cariñoso. Buscaba constantemente su mano, le rodeaba los hombros con un brazo cuando salían a pasear y le contaba a todo el que deseara oírlo lo feliz que era. Si el suplicio de las noches cesara, pensaba Bel, sería capaz de, por lo menos, sobrellevar su nueva situación. Pero hasta que llegara ese día, sabía que cada mañana se despertaría con el miedo en el corazón.

—Estás pálida, querida —le dijo Luiza aquella noche durante la cena—. ¿Es posible que ya haya un niño en camino?

Miró orgullosa a su hijo.

—Tal vez, Mãe —respondió Gustavo—. El tiempo lo dirá.

—Estaba pensando en ir a ver a mi madre a Cosme Velho mañana —dijo Bel para romper el silencio que se había hecho—. Me gustaría saber cómo está.

—Claro, Izabela —convino él—. Tenía previsto acercarme al club, de modo que podría llevarte con el coche e ir a recogerte después.

—Gracias —dijo ella antes de pasar al salón para tomar café.

Mientras Bel charlaba con Mauricio, advirtió que su marido se servía otra generosa copa de brandy.

—Izabela —la interrumpió Luiza—, mañana por la mañana me gustaría que vinieras a verme a la biblioteca para repasar las cuentas domésticas. Estoy segura de que en la casa de tus padres no se precisaba un presupuesto, pero aquí no acostumbramos a derrochar.

—De acuerdo, Luiza.

Bel se abstuvo de señalar que era su padre quien pagaba la reforma de la casa de los Aires Cabral. Y que sabía que le había entregado una suma de dinero más que generosa a Gustavo por la boda, un dinero que debía cubrir cosas como los gastos de manutención de la pareja y el vestuario de Bel.

—Hora de acostarse, amor mío —dijo Gustavo, y el corazón de Bel empezó a latir a gran velocidad solo de pensarlo.

La comida pesada y salada que la vieja cocinera había preparado se le revolvió en el estómago cuando Gustavo le indicó que se levantara.

—Buenas noches, Mãe y Pai. —Gustavo hizo una leve inclinación de cabeza—. Hasta mañana.

Bel subió las escaleras de la mano de su marido y, con un hondo suspiro, lo siguió hasta el dormitorio.

—Cariño —dijo Carla cuando acudió a la puerta para recibir a su hija—, cuánto te he echado de menos. Entra y háblame de tu luna de miel. ¿Lo has pasado bien?

La reconfortante presencia de su madre hizo que Bel deseara arrojarse a sus brazos y llorar en su hombro.

—Sí —respondió en voz baja mientras Carla la conducía hasta el salón—. Los parientes de Gustavo han sido muy amables conmigo.

—Bien, bien —dijo su madre cuando Gabriela llegó con el café—. ¿Y Gustavo? ¿Está contento?

—Sí. Ha ido a pasar la tarde al club. La verdad, no sé qué hace cuando está allí.

—Cosas de hombres —respondió Carla—. Probablemente controlar sus acciones y valores, que, si se parecen en algo a los de tu padre, ahora mismo van muy bien. El negocio del café sigue creciendo. La semana pasada, sin ir más lejos, tu padre compró otros dos terrenos. Cafetales que un día tú, y por tanto Gustavo, heredaréis. Pero dime, ¿qué tal la vida de casada?

—Me voy... adaptando.

—¿Adaptando? —Carla frunció el cejo—. ¿Qué significa eso, Izabela? ¿No eres feliz con tu nueva vida?

—Mamá —dijo Bel recuperando el apelativo de su infancia—, necesito...

—Te lo ruego, Izabela, habla de una vez.

—Necesito saber si... si Gustavo deseará siempre tener... actividad en el dormitorio todas las noches.

Carla estudió a su hija y rió.

—Ahora lo entiendo. Tienes un marido fogoso que desea disfrutar de su bella esposa. Izabela, eso es bueno, significa que te quiere y te desea. Lo comprendes, ¿no?

Bel ansiaba preguntarle sobre las otras cosas que Gustavo hacía y quería que ella hiciera, pero no se sentía capaz de expresarlo con palabras.

—Pero estoy muy cansada, Mãe.

—Es lógico que no duermas demasiado —continuó Carla, que o se negaba obstinadamente a reconocer la tensión de su hija o era incapaz de verla—. Recuerdo que a tu padre y a mí nos sucedía lo mismo cuando nos casamos. Es natural, cariño, y sí, pasado un tiempo, las cosas se calmarán. Quizá cuando te quedes encinta, y a juzgar por lo que cuentas, yo diría que no falta mucho —añadió con una sonrisa—. Siempre he deseado ser abuela.

—Y yo siempre he deseado ser madre.

—¿Qué tal la vida en tu nuevo hogar? ¿Te trata bien la señora Aires Cabral?

—Me ha recibido bien —respondió escueta—. Aunque esta mañana hemos hablado de las cuentas de la casa. Viven con mucha más frugalidad que nosotros.

—Seguro que eso cambiará ahora que tu padre le ha entregado a Gustavo una generosa suma. De hecho, tenemos algo que contarte, pero esperaré a que llegue tu padre —dijo Carla con aire misterioso.

—¿Te encuentras bien, Mãe? —Bel cambió de tema, comprendiendo que, sencillamente, Carla no quería saber nada de los problemas que estaba experimentando su hija. También pensó que su madre seguía estando demasiado pálida y delgada.

—Me encuentro de maravilla —respondió muy animada—. Aunque la casa se me hace extraña sin ti. Cuando estabas en el Viejo Mundo, sabía que tarde o temprano volverías. Ahora ya no puedo decir lo mismo. Por suerte, no estás lejos, y espero que nos veamos a menudo.

—Claro.

A Bel le entristecía el extraño distanciamiento que parecía haber surgido de repente entre ellas. Era como si Carla hubiese aceptado que Bel ya no le pertenecía, que ahora era de su marido y de la familia de este.

—Ah, aquí está tu padre. Le he dicho que vendrías a visitarnos y me ha prometido que volvería pronto del trabajo para verte.

Antonio entró, como de costumbre, rezumando afabilidad. Después de abrazar a su hija, se sentó a su lado y le cogió las manos.

—Quería esperar a que regresaras de tu luna de miel para hablarte de nuestro regalo de bodas. Ayer, Izabela, puse a tu nombre la escritura de la Fazenda Santa Tereza.

—¡Pai! —Bel miró a su padre con profundo alborozo—. ¿Me estás diciendo que la *fazenda* es mía? ¿Solo mía?

—Sí, Izabela. Sin embargo —continuó Antonio—, existe una pequeña complicación. —Hizo una pausa y se frotó el mentón—. Quizá no sepas que actualmente en Brasil el marido adquiere por lo general los derechos legales de todas las propiedades de su esposa. Así las cosas, y dado que tu madre insistió en que la *fa-*

zenda fuera tuya y solo tuya, tuve que hacer uso de mi... imaginación. He creado un fideicomiso a tu nombre que será administrado por mi abogado y que comprende la *fazenda* y el derecho sobre cualquier ingreso que esta genere, así como también el derecho a vivir en ella hasta que fallezcas. Confiemos en que nuestras obsoletas leyes cambien antes de que eso ocurra y puedas ser la propietaria absoluta de la *fazenda.* Existe, además, una cláusula que permite que el fideicomiso pase automáticamente a los hijos que puedas tener.

—Entiendo. Muchas gracias a los dos —dijo Bel con la voz entrecortada por la emoción—. Nada podría haberme hecho más feliz.

Se levantó para abrazar a su madre, que ahora sabía que era la principal responsable de tan maravilloso regalo.

—Creo que tu padre ha sido más que generoso con la familia de tu marido —dijo Carla—. Aunque Gustavo estuviera al tanto de esto, que no lo está, dudo que pudiera protestar por que Antonio desee mostrarse igual de generoso con su hija. Sobre todo con lo mucho que ha trabajado a lo largo de toda su vida para que no te faltara de nada.

Bel vio un destello de desaprobación en la mirada de su madre y comprendió que por una parte a Carla le molestaba lo espléndido que estaba siendo Antonio con una familia que no había trabajado un solo día de su vida.

—Y ahora... —Su padre sacó unos documentos de un sobre que llevaba consigo—, firmaremos juntos estos papeles y tu madre y Gabriela ejercerán de testigos.

Bel escribió su nombre en los documentos, debajo del de su padre, y Carla y Gabriela firmaron como testigos. La idea de poseer un hogar propio le había levantado el ánimo. En vista de sus recelos respecto a su matrimonio, aquello le daba una sensación de seguridad muy necesaria para ella en aquellos momentos.

—Ya está —señaló Antonio sonriendo; nada lo hacía tan feliz como sus actos de munificencia—. Le entregaré los documentos a mi abogado en cuanto me sea posible —dijo guardándolos en el cajón de su escritorio.

Gustavo pasó a recogerla una hora más tarde. Después de saludar con formalidad a sus suegros, anunció que debían marcharse porque sus padres los esperaban para cenar.

—Volveré tan pronto como pueda, Mãe —dijo Bel—. Podríamos subir en tren al Corcovado para ver cómo va la construcción del *Cristo* —propuso.

—Me encantaría, Izabela —aceptó Carla—. ¿Quizá el jueves?

—De acuerdo, nos veremos entonces —dijo Bel, y siguió obedientemente a Gustavo hasta el coche.

Mientras el chófer los llevaba a casa, la joven decidió no mencionarle a su marido el regalo que sus padres acababan de hacerle. Era su secreto y no quería compartirlo con nadie. Al pasar por la Estação do Corcovado, vio que el tren dejaba a sus pasajeros en la diminuta plataforma. Y allí, caminando hacia ella por el estrecho corredor, estaba... El corazón se le paró unos segundos al verlo, pero él desapareció calle abajo demasiado deprisa para que Bel pudiera estar del todo segura.

La chica cerró los ojos y negó con la cabeza. Por supuesto que no era Laurent, solo alguien que se le parecía mucho. A fin de cuentas, ¿qué iba a estar haciendo en Brasil?

—Mi regalo de boda llegará a casa mañana —comentó Gustavo, y le cogió la mano sacándola de su ensimismamiento—. Lo he visto y creo que es muy bonito. Confío en que a ti también te lo parezca.

—Estoy deseando verlo —respondió ella con fingido entusiasmo.

Aquella noche después de la cena, Bel estaba exhausta. La imagen del fantasma de Laurent la había alterado y notaba dolorosos calambres en el estómago. Cuando Gustavo y ella llegaron al dormitorio, fue directa al cuarto de baño y cerró el pestillo de la puerta. Se puso el camisón, se lavó los dientes y se cepilló el pelo. Luego volvió a la habitación, y Gustavo ya la esperaba desnudo en la cama. Su marido hizo ademán de abrazarla, pero Bel reculó e hizo un gesto de negación.

—Lo siento, pero esta noche no podemos. Estoy con la indisposición del mes.

Gustavo asintió, se levantó de la cama y se puso la bata.

—En ese caso, dormiré en mi antiguo cuarto y te dejaré descansar. Buenas noches, querida.

Cuando cerró la puerta tras él, Bel se sentó en la cama y soltó una risita al pensar en la rauda partida de Gustavo. Por lo menos, pensó, unos cuantos días al mes que dormiría sola y en paz.

Dos días más tarde, tal como había acordado con Carla, Bel llegó a su antigua casa para recoger a su madre y subir con ella al Cerro del Corcovado. Cuando se montaron en uno de los vagones y el tren inició su ascenso, la mujer se agarró al brazo de su hija.

—¿Seguro que no es peligroso? ¿Cómo va a llegar ahí arriba con semejante pendiente?

—Tranquila, Mãe. Cuando estemos en la cima disfrutando de las magníficas vistas de Río, pensarás que ha valido la pena.

Ya en lo alto, subieron los escalones con lentitud, pues Carla necesitaba detenerse a menudo para recuperar el aliento. Bel la condujo hasta el mirador.

—¿No es precioso? —Sonrió—. Y por allí están construyendo la estructura del *Cristo*. Se me hace muy extraño pensar que he visto con mis propios ojos cómo se creaba la escultura en el estudio del profesor Landowski. De hecho, hizo un molde de mis manos para tal vez utilizarlo como modelo de las manos del *Cristo*...

Al volverse hacia la estructura, vio a dos hombres que se alejaban de ella charlando animadamente. Bel no podía creérselo, el corazón se le desbocó cuando él levantó la vista y la reconoció.

Se miraron durante unos segundos y él esbozó una sonrisa. Luego se volvió hacia la escalera y, siguiendo al hombre que lo acompañaba, desapareció por ella.

—¿Quién era ese hombre?

Carla observaba a su hija con sumo interés.

—El... el señor Levy, el director del proyecto de Heitor da Silva.

—Lo sé, lo he reconocido por las fotos de los periódicos. Pero ¿y el otro hombre?

—Oh, no estoy del todo segura, pero creo que era el ayudante del profesor Landowski.

—Pues él parecía saber muy bien quién eras tú.

—Nos conocimos en París —explicó Bel haciendo un gran esfuerzo por serenarse.

Hasta el último nervio de su cuerpo le pedía a gritos que echara a correr escalera abajo y se arrojara a los brazos de Laurent. Y tuvo que recurrir a toda su capacidad de contención para no hacerlo.

Quince minutos después, cuando Carla dijo que ya estaba harta del calor abrasador y bajaron despacio hasta el andén para esperar el tren, no quedaba ni rastro de los dos hombres.

Al llegar a Cosme Velho, Carla le preguntó si quería entrar y tomar un refresco, pero Bel rechazó la invitación y pidió al chófer que la llevara a casa. Necesitaba pasar un rato a solas para recobrar la calma, y sabía que si se quedaba con su madre acabaría delatándose.

«¿Cómo es posible que esté aquí? ¿Por qué ha venido?»

Laurent iba acompañado del señor Levy, así que dedujo que Landowski lo había enviado en su nombre para supervisar el proyecto del *Cristo*.

Sí, pensó Bel al bajar del coche y subir la escalinata de mala gana, eso era. La presencia de Laurent en Río no tenía más misterio que aquel. Subió directamente a su habitación, pues sabía que Gustavo tardaría aún dos horas como mínimo en volver del club, y dio gracias por ello.

Se tumbó en la cama, respiró hondo y trató de pensar con sensatez. Lo más seguro era que no volviera a verlo. No era probable que sus caminos se cruzaran en Río, pues el señor Levy, el ingeniero, no pertenecía a su círculo social, y Heitor da Silva Costa seguía en París. Verlo aquel día no había sido más que un giro cruel del destino. Y mientras rememoraba la dulce sonrisa que Laurent le había dedicado cuando sus miradas se cruzaron durante un instante, deseó con todas sus fuerzas que no hubiera ocurrido.

Al día siguiente, Gustavo regresó temprano del club y le rogó que no entrara en el salón hasta que él se lo pidiese. Bel supo, por la expresión de su cara, que estaba muy satisfecho con lo que fuera que le había comprado como regalo de boda. Bel se preparó para mostrar su agradecimiento.

—Tus padres cenarán con nosotros esta noche y tendremos un invitado sorpresa, así que ponte el vestido más bonito que tengas —le sugirió su marido.

A Laurent también lo había emocionado y alterado ver a Izabela en el mirador. Cuando levantó la vista, ella tenía el sol detrás, iluminando todo su ser, así que su aspecto le había resultado casi angelical. Desde que Levy le contó lo de la boda, la desolación había empañado la ilusión que había experimentado al llegar a Río. Laurent había decidido que lo mejor que podía hacer era visitar la construcción lo antes posible para, por lo menos, poder contarle a Landowski que todo iba bien con su escultura. Luego viajaría un tiempo por la tierra que tantas semanas había tardado en alcanzar y, a continuación, regresaría a Francia. Ahora que sabía a ciencia cierta que Izabela nunca podría ser suya, nada lo retenía allí. Se había reprendido por la impulsiva decisión de subir a aquel barco. Aun así, llevaba ya un mes en Río, consciente de que Izabela tendría que regresar de su luna de miel tarde o temprano y alentado por su fe ciega en que en algún momento se encontrarían por casualidad.

Y justamente el día anterior el señor Levy le había dicho que monsieur da Silva Costa le había llamado para pedirle su número de teléfono.

—Por lo visto a Gustavo Aires Cabral le gustaría conocer en

persona al escultor de su esposa. Le ha invitado a cenar en su bonita casa mañana por la noche. Creo que también quiere aprovechar la ocasión para pagarle —había añadido Levy—. Él mismo le telefoneará para acordar la hora.

—Gracias.

En un principio, Laurent había pensado que rechazaría la invitación y quedaría con Gustavo Aires Cabral en su club de Río para recibir el pago por su escultura. El marido de Izabela no era precisamente una persona con la que deseara relacionarse.

Pero luego, por la tarde, la había visto...

Y ahora, tras mantener una gran lucha interior, había decidido —aunque el marido estuviera presente— que se permitiría una velada en la que disfrutaría de nuevo del placer de contemplar el bello rostro de Izabela. De modo que cuando monsieur Aires Cabral le llamó para invitarlo a cenar a su casa, aceptó.

Mientras el taxi recorría las calles de Ipanema y abandonaba el ajetreo del centro para adentrarse en los barrios residenciales, Laurent se preguntó una y otra vez qué demonios estaba haciendo. Pasar aquellas horas en presencia de Izabela sería un suicidio para su corazón. Solo conseguiría reavivar su pasión. Sin embargo, se dijo cuando el coche doblaba por el largo camino de entrada de la residencia de estilo colonial, ya estaba allí y tendría que sacar el mayor partido posible a la situación.

Bajó del coche, pagó al taxista y admiró la fachada del edificio, sin duda una de las más imponentes que había visto en Río hasta el momento. Subió por la escalinata de mármol hasta la elegante puerta principal y llamó al timbre.

Una criada acudió a abrirle y lo condujo hasta un salón ya ocupado por dos parejas de edad madura. En un rincón de la estancia, tapado con un mantel, descansaba lo que, por la silueta, identificó como su escultura.

—¡Ah, aquí está! —dijo un hombre delgado y con unos rasgos que le recordaron a los de un roedor cuando entró en el salón detrás de él—. ¡El escultor en persona! —Gustavo sonrió y le tendió una mano blanquecina—. Soy Gustavo Aires Cabral, y usted debe de ser el señor Laurent Brouilly.

—En efecto. Es un placer conocerlo, señor.

Laurent advirtió que el apretón de manos de Gustavo era blando y que el brasileño era por lo menos diez centímetros más bajo que él. «¿Es posible —pensó mientras Gustavo procedía a presentarle a las demás personas presentes en la estancia— que este hombre canijo y sin atractivo sea el marido de Izabela?»

—¿Champán, señor? —preguntó una criada acercándole una bandeja con varias copas.

—*Merci* —aceptó.

Estrechó la mano a los padres de Gustavo y luego se lo presentaron a los de Izabela.

Antonio Bonifacio, un hombre alto y atractivo con el pelo negro salpicado de vetas grises, le dio un apretón de manos efusivo y Carla le dedicó una sonrisa cálida. Era una mujer muy guapa, y Laurent comprendió enseguida de quién había heredado Izabela las facciones morenas y sensuales. Ni él ni ella hablaban francés, de modo que Gustavo les hizo de traductor.

—El señor Bonifacio dice que Izabela le ha hablado mucho del profesor Landowski y del tiempo que pasó en el *atelier* mientras usted la esculpía. Está deseando comprobar si ha sido capaz de plasmar toda la belleza de su hija —dijo Gustavo.

—Espero, señor, que considere que le he hecho justicia —respondió Laurent, que notaba la mirada escrutadora de la madre mientras hablaba. Reconocía en ella a la mujer que había acompañado a Izabela en el Corcovado el día anterior.

—La señora Carla dice que Izabela ignora que la escultura y usted están aquí —tradujo Gustavo—, y que se llevará una gran sorpresa cuando baje y se una a nosotros.

—Estoy seguro de ello —respondió Laurent.

—¿Estás lista? —preguntó Gustavo al entrar en la habitación.

Bel se hallaba sentada en la cama, con aire pensativo. Se volvió y sonrió.

—Sí.

Gustavo admiró a su esposa, que lucía un elegante vestido de seda verde y, en el cuello y las orejas, las esmeraldas que Antonio le había regalado por su decimoctavo cumpleaños.

—Estás radiante, querida —dijo ofreciéndole el brazo—. ¿Vamos?

—No me imagino qué puede merecer semejante auditorio —comentó Bel cuando bajaban.

—Pronto lo verás. —Gustavo se dio unos golpecitos en la nariz y abrió la puerta del salón—. Aquí la tenemos —anunció a los allí reunidos, y Bel sonrió cuando sus padres se acercaron a besarla.

Gustavo la llevó entonces hasta los señores Aires Cabral, que estaban hablando con otro invitado.

—Esta es la primera parte de tu sorpresa; es posible que te ayude a adivinar cuál es tu regalo. Aquí tienes al señor Laurent Brouilly, llegado nada menos que de París.

Laurent se volvió hacia ella mientras Gustavo, de pie entre los dos, sonreía de oreja a oreja, encantado con su sorpresa.

Bel miró a Laurent presa del pánico, sabedora de que todas las miradas se habían vuelto hacia ella para observar su reacción. Estaba tan conmocionada que no se le ocurría nada que decir. Sintió que su silencio se eternizaba.

—Madame Aires Cabral —la saludó Laurent cogiéndola de la mano y sacándola del apuro—, qué alegría volver a verla. —Le besó la mano y la miró de arriba abajo—. Su padre me ha preguntado hace un momento si creía que le había hecho justicia, pero, ahora que la veo de nuevo, me temo que la respuesta es no.

—Yo... —Bel obligó a su cerebro a hacer que su boca se abriera y hablase en francés—. Qué sorpresa tan agradable, señor Brouilly. No esperaba verlo en Río.

—Ha sido una feliz coincidencia que el señor Brouilly estuviera aquí, en Brasil, para el proyecto del *Cristo* —intervino Gustavo—. Supongo que a estas alturas ya imaginarás cuál es mi regalo.

Lo único que ocupaba la mente de Bel era Laurent, así que ni siquiera se había planteado la relación entre su presencia y el regalo de su marido. Por fortuna, antes de que pudiera responder,

Gustavo la condujo hasta un objeto cubierto por un mantel mientras los demás se congregaban en torno al mismo.

—¿Lo descubro? —le preguntó Gustavo.

—Sí —dijo Bel tragando saliva con dificultad y comprendiendo al fin cuál era el obsequio.

Cuando Gustavo destapó la escultura de Brouilly, se oyeron exclamaciones de admiración. Y Bel dio gracias a Dios por que Laurent la hubiera representado como una joven casta. Nadie que viera aquella escultura podría pensar ni por un momento que era inapropiada.

—¿Y bien?

Gustavo barrió la estancia con la mirada instando a los allí reunidos a opinar.

Antonio fue el primero en hacerlo.

—El parecido es increíble. La ha plasmado a la perfección, señor Brouilly.

—No hay duda de que es mi hija —convino Carla con aprobación.

Gustavo tradujo ambas respuestas y Laurent expresó su agradecimiento con una inclinación de cabeza.

—No estoy segura de que haya captado bien los labios —opinó en francés Luiza, siempre dispuesta a encontrar algo negativo que decir—. No son todo lo gruesos que debieran.

—Señora —respondió Laurent—, ahora que observo a su nuera después de la boda, es evidente que ha florecido desde la última vez que la vi. Será porque el papel de esposa, con todos los placeres que conlleva, le sienta bien.

Bel tuvo que ahogar un grito al oír la respuesta de Laurent, aparentemente cortés pero cargada de una insinuación que no pudo pasarle inadvertida a ninguno de los presentes. Luiza tuvo la gentileza de ruborizarse.

—¿Y qué piensas tú de mi regalo, Izabela? —preguntó Gustavo rodeándole la cintura con un brazo posesivo.

—Me temo que no puedo juzgar los méritos de una escultura de mi persona sin resultar arrogante, pero es un excelente regalo de boda, Gustavo. Me has hecho muy feliz.

Con el mismo automatismo con que había pronunciado aquellas palabras, plantó un beso en la mejilla de su marido. Y durante cada segundo de aquel intercambio sintió —o creyó sentir— la mirada de Laurent abrasándola.

El viejo mayordomo entró en el salón y anunció que la cena estaba servida. Una vez en el comedor, Bel agradeció que sentaran a Laurent entre Luiza y Carla; ella hizo lo propio entre su padre y su suegro, y Gustavo a la cabecera de la mesa. Por desgracia, Bel tenía a Laurent justo enfrente, de manera que cada vez que levantaba la vista, lo veía. La distribución de la mesa se le antojó una terrible parodia de las horas que habían pasado sentados el uno frente a la otra en el *atelier* de Landowski.

Para calmar los nervios, bebió un largo sorbo del vino que el mayordomo le había servido y luego se volvió hacia su derecha y se puso a charlar con Mauricio sobre todo lo que se le pasaba por la cabeza. Antonio, percatándose de que habían empezado a hablar de los precios del café, se sumó enseguida a la conversación y los dos hombres comentaron su preocupación por el hecho de que la cantidad de café que se producía en aquellos momentos en Brasil estuviese generando un excedente que hacía bajar los precios.

—Mis amigos del Senado están hablando de la posibilidad de almacenarlo —comentó Mauricio.

—Lo sé, y es mi intención seguir su ejemplo en mis cafetales —confirmó Antonio—. El precio ha bajado en tan solo un mes, y los beneficios ya no son los de antes.

Incapaz de seguir la conversación, Bel no tuvo más remedio que reclinarse un poco en su asiento mientras los dos hombres charlaban. Y aquello hacía que se sorprendiera a menudo mirando directamente a Laurent.

Y cada vez que sus miradas se cruzaban, ambos comprendían que nada había cambiado.

En el salón, durante el café, Bel se encontró en una conversación a tres con Gustavo y Laurent.

—¿Cuándo tiene pensado regresar a París? —preguntó Gustavo.

—Todavía no lo he decidido —respondió Laurent—. Dependerá de cómo vayan las cosas y de las oportunidades que encuentre aquí —añadió mirando a Bel—. Su madre, monsieur, se ha ofrecido amablemente a presentarme a posibles clientes que tal vez deseen una escultura de algún familiar. ¿Quién sabe? —dijo con una sonrisa—. A lo mejor me enamoro de su bello país y decido quedarme para siempre.

—Si ha conseguido que mi madre le haga de paladín y mecenas, existen muchas posibilidades de que así sea —aseguró Gustavo—. ¿Otro brandy? —preguntó levantándose del sofá que ocupaba con Bel.

—No, gracias —dijo Laurent desde el sillón en el que estaba sentado.

Gustavo se alejó y Bel y Laurent se quedaron a solas por primera vez.

—¿Cómo estás, Izabela? —preguntó Laurent.

Bel clavó la mirada en la mesa de centro, en los tablones del suelo, donde fuera con tal de no tener que fijarla en los ojos de Laurent. Deseaba decirle muchas cosas, pero no podía.

—Estoy… casada —acertó a decir al fin.

Cuando levantó la vista, a la espera de una respuesta, vio que Laurent escrutaba la estancia con disimulo para asegurarse de que nadie los estaba mirando.

—Bel —susurró inclinándose discretamente hacia ella—, debes saber que he venido aquí por ti. A buscarte —aclaró—. Si quieres que dé media vuelta y tome el primer barco que me lleve a Francia, lo haré. Pero necesito oírlo de tus labios. Ahora —la apremió mientras observaba a Gustavo servirse otro brandy—. ¿Eres feliz con tu marido?

Bel no fue capaz de contestar. Vio que Gustavo devolvía el tapón de cristal a la licorera.

—No puedo serlo —dijo al fin, consciente de que el tiempo se agotaba.

—Entonces, ¿todavía me amas?

—Sí.

Observó a Gustavo inclinarse hacia su madre y susurrarle algo al oído.

—Entonces reúnete conmigo mañana por la tarde. Me alojo en el número diecisiete de la rua Visconde de Pirajá, en el ático sexta. Es un bloque de pisos en Ipanema.

Bel memorizó la dirección mientras Gustavo regresaba junto a ellos tambaleándose. Advirtió que Laurent reparaba en lo borracho que estaba y se estremeció cuando su marido se sentó a su lado, la rodeó con un brazo firme y la atrajo hacia sí para besarla.

—¿No es hermosa mi mujer? —dijo a Laurent.

—Lo es, monsieur.

—A veces creo que no me la merezco —continuó Gustavo antes de beber otro trago—. Como puede suponer, estoy disfrutando mucho de mis primeras semanas de vida marital.

—Me lo imagino —dijo Laurent—. Ahora, si me disculpan, debo irme. —Se levantó bruscamente y fue a despedirse de los demás invitados.

—¿Estás ya repuesta? —le susurró Gustavo a Bel mientras Laurent besaba la mano de Carla.

—Por desgracia, no. Quizá mañana.

—Una lástima —comentó Gustavo—. Esta noche deseaba hacerle el amor a mi bella esposa.

Laurent se detuvo frente a ellos.

—Buenas noches, y gracias por todo.

Gustavo y Bel se levantaron. Laurent estrechó la mano de él y besó la de ella.

—*À bientôt*, madame Aires Cabral.

—*Bonne nuit*, señor Brouilly.

Laurent se marchó, y los demás empezaron a imitarlo.

—Adiós, cariño —dijo Carla en la puerta—. Ven a verme pronto —añadió clavando una mirada inquisitiva en su hija antes de bajar la escalinata detrás de Antonio.

Cuando llegaron al rellano de su dormitorio, Gustavo besó apasionadamente a Bel.

—Estoy deseando que sea mañana por la noche —dijo.

Bel cerró la puerta tras de sí, se desvistió y se metió en la cama, dando gracias a Dios por poder pasar aquella noche a solas.

37

Bel se despertó al día siguiente convencida de que la noche anterior debía de haber bebido más de la cuenta. O, cuando menos, había sufrido un arrebato de enajenación mental. ¿Por qué si no habría aceptado reunirse aquella tarde con Laurent en su apartamento?

Se dio la vuelta en la cama y soltó un gemido. Hacía unas horas, al acostarse, se había deleitado reviviendo cada palabra, cada mirada ardiente que habían intercambiado, pero en aquel momento meditó sobre las terribles consecuencias de la presencia de Laurent en Río.

Llevaba menos de un mes casada con Gustavo. Aun así, le había confesado a Laurent que no solo era infeliz en su matrimonio, sino que además todavía lo amaba...

¿Qué locura se había adueñado de ella?

La locura del amor...

Fuera cual fuese su mal, las consecuencias si Gustavo se enteraba de la relación que habían mantenido en Francia, y no digamos si la continuaban en Río, eran demasiado espantosas para siquiera considerarlas.

Se levantó y fue al cuarto de baño. Se contempló en el espejo preguntándose qué debía hacer. La opción más segura era, sencillamente, no acudir al apartamento de Laurent aquella tarde. Si mantenía las distancias, seguro que él lo aceptaría y no volvería a molestarla.

Los ojos de Laurent reemplazaron de inmediato a los suyos

en el espejo, rebosantes de amor, promesas y plenitud, y, muy a su pesar, Bel se estremeció de placer.

Loen ya estaba en su habitación cuando salió del cuarto de baño.

—¿Cómo está, señora Bel? —le preguntó mientras colgaba el hermoso vestido de seda que la joven había dejado hecho un rebujo en el suelo la noche previa.

—Un poco... cansada —reconoció.

—Anoche estuvo aquí su escultor, ¿verdad? —comentó aquella sin dejar de ordenar la habitación.

—Sí, estuvo aquí. Yo... Oh, Loen.

Bel se dejó caer sobre la cama, enterró la cara entre las manos y rompió a llorar. Su doncella fue a sentarse a su lado y la rodeó con los brazos.

—No llore, por favor. ¿No se alegra de que haya venido a Brasil?

—Sí... no... —Bel levantó la vista—. He cometido una estupidez —confesó—. Le dije que me reuniría con él en su piso de Ipanema esta tarde.

—Entiendo. —Loen asintió con calma—. ¿Piensa ir?

—¿Cómo quieres que vaya? ¡Estoy casada y he aceptado ir a casa de otro hombre! ¿Tú qué harías, Loen? Dímelo, por favor.

—No lo sé —suspiró—. Me gustaría decirle que, por supuesto, estaría mal que se vieran. Pero, si se tratara de Bruno, dudo mucho que pudiera contenerme. Sobre todo si supiera que ha venido para un tiempo limitado.

—Me estás alentando, Loen —dijo Bel con la mirada clavada en su doncella—, cuando lo que necesito es que me digas que es una locura.

—Y lo es —convino ella—, pero eso ya lo sabe. Quizá lo mejor sería que se reuniera con él solo esta vez, le dijese que no pueden volver a verse y se despidieran para siempre.

—¿Y cómo lo hago? La señora Aires Cabral vigila todos mis movimientos.

—Esta tarde, a las dos, tiene hora con madame Duchaine en

Ipanema para probarse su vestuario de la nueva temporada —contestó Loen—. Podríamos acudir a esa cita y, una vez allí, decir que no se encuentra bien y marcharse de la prueba. Eso le daría tiempo suficiente para reunirse con su escultor. Dispondrían por lo menos de dos horas para estar juntos.

—Loen, ¿qué me estás haciendo? —inquirió Bel desesperada, consciente de que el plan de su doncella era perfectamente factible.

—Estoy siendo su amiga, Bel, como usted ha hecho conmigo. He visto el sufrimiento en su mirada cada día desde que se casó. Quiero que sea feliz. La vida es muy corta y el matrimonio con alguien a quien no se ama muy largo. Por tanto —dijo poniéndose en pie—, tome la decisión que considere adecuada y yo haré cuanto esté en mi mano por ayudarla.

—Gracias; lo pensaré —aceptó Bel.

—Buenos días —la saludó Luiza cuando bajó a desayunar—. ¿Has dormido bien, querida?

—Sí, gracias.

—Esta mañana he recibido una nota de una amiga. Están tratando de reunir a damas jóvenes en la iglesia de Nossa Senhora da Glória do Outeiro, la que está cerca de la casa de tus padres. El señor da Silva Costa, el ingeniero del proyecto del *Cristo*, ha decidido decorar la estatua con un mosaico de esteatita y busca manos dispuestas a encajar las teselas en la malla, triángulo a triángulo. Es un trabajo que llevará tiempo, pero, según me cuenta mi amiga, lo realizarán mujeres de buena posición. He advertido que no tienes muchas amigas de tu clase en Río. Sería una oportunidad fantástica para forjar nuevas amistades.

—Estaré encantada de ayudar —convino Bel—. Sobre todo si es para una buena causa y un proyecto tan próximo a mi corazón.

—En ese caso, le comunicaré que te has ofrecido voluntaria. Podrías empezar mañana mismo.

—Muy bien —dijo Bel mientras la criada le servía café.

Después de desayunar, dio un paseo por el jardín, sumida en

sus pensamientos. Por lo menos el mosaico le permitiría invertir su tiempo en algo positivo, porque estaba claro que allí nunca sería la señora de la casa. Aunque Luiza había hecho una pequeña concesión al mostrarle el estado de las cuentas domésticas, ella seguía organizándolo todo. Si Bel sugería algo para el menú de la cena, Luiza la rechazaba, y cuando el día anterior había preguntado si podían utilizar la vajilla de Limoges en lugar de la Wedgwood, su suegra le había contestado que aquella solo se sacaba para celebraciones familiares, como cumpleaños y aniversarios.

Gustavo se marchaba todos los días a su club en cuanto acababa de comer, de modo que Bel pasaba las interminables tardes sola. De repente, el corazón le dio un vuelco: ¿qué iba a hacer aquella tarde?

Cuando llegó la hora del almuerzo, estaba consumida por los nervios. A la una y media pidió el coche.

—Luiza —le dijo a su suegra, a la que encontró escribiendo cartas en el salón—, me voy al centro a ver a madame Duchaine. Loen me acompañará. Puede que tarde, porque va a probarme todo el vestuario de invierno.

—He oído por ahí que es muy cara y que en ocasiones sus puntadas son torpes. Puedo darte el nombre de otra modista que cobra mucho menos y es de total confianza.

—Madame Duchaine siempre ha hecho un excelente trabajo conmigo —replicó Bel—. La veré en la cena, Luiza.

Sin detenerse a ver la cara de sorpresa de su suegra por que Bel se hubiera atrevido a dudar de su juicio, la joven se encaminó hacia la puerta y se prendió el sombrero.

Loen ya estaba esperándola en el vestíbulo.

—¿Y bien? —le susurró camino del coche.

—Todavía no lo sé —gimió Bel.

—Entonces iremos a ver a madame Duchaine y, si decide fingir una jaqueca, le seguiré la corriente —dijo Loen cuando subían al vehículo.

El chófer arrancó y Bel se puso a mirar, distraída, por la ventanilla. El corazón le latía con tanta fuerza que creía que le iba a estallar el pecho.

Cuando llegaron al salón de madame Duchaine, Bel y Loen bajaron del coche.

—No hace falta que se quede esperando, Jorge —dijo Bel—. Tardaré bastante. Venga a recogerme a las seis.

—Sí, señora —contestó el chófer.

Bel lo vio ponerse en marcha y entró en el salón con Loen.

Diez minutos después, se descubrió contemplando su imagen en el espejo, con la mirada ausente y la mente agitada, mientras madame Duchaine trajinaba a su alrededor armada con cinta métrica y alfileres. La angustia de su indecisión le provocaba calambres en el estómago. Si no tomaba pronto una determinación, sería demasiado tarde.

Madame Duchaine se levantó y se colocó detrás de Bel para examinar su obra en el espejo. Cuando su mirada de ojos pequeños y brillantes se posó en el rostro de Bel, frunció el cejo.

—Tiene mala cara, señora. Está muy pálida. ¿Se siente indispuesta?

—La verdad es que estoy un poco mareada —respondió Bel.

—¿Prefiere que sigamos con la prueba otro día? Quizá le convenga irse a casa y descansar —dijo la modista, mientras le echaba una mirada furtiva a la barriga de su clienta.

En aquel preciso instante, Bel intercambió una mirada con Loen y comprendió que la decisión había sido tomada por ella.

—Creo que será lo mejor. La llamaré mañana para concertar otra cita. Vamos, Loen —añadió.

Una vez en la calle, se volvió hacia la doncella.

—Ya está. Debo de estar loca, pero voy a ir a verlo. Deséame suerte.

—Por supuesto. Tan solo asegúrese de reunirse aquí conmigo a tiempo de que nos recoja el chófer. Y, señora Bel... —añadió bajando la voz—, aunque decida que no puede volver a estar con él después de lo de hoy, creo que no se equivoca al verlo por última vez.

—Gracias.

Bel recorrió presurosa las calles de Ipanema en dirección a la rua Visconde de Pirajá. En dos ocasiones dio media vuelta, asaltada por las dudas, pero luego retomó sus pasos hasta encontrarse delante del bloque de pisos de Laurent.

«Sí —se dijo—. Entraré, le diré en persona que no puedo volver a verlo, como hice en París, y me iré.»

Entró rauda en el vestíbulo, se dirigió a la escalera y subió hasta el ático fijándose en los números de las puertas.

Cuando llegó al número seis, vaciló una vez más. Finalmente, cerró los ojos y, rezando en silencio, llamó a la puerta con los nudillos.

Oyó pasos sobre el suelo de madera y, en cuanto se abrió la puerta, Laurent apareció frente a ella.

—*Bonjour*, madame Aires Cabral. Entre, por favor.

Con una sonrisa, se apartó para dejarla pasar. Acto seguido, cerró a su espalda y dio dos vueltas a la llave por si Mónica, la criada, aparecía de forma inesperada. Ahora que al fin tenía a Bel para él solo, no quería interrupciones.

—Qué vista tan fantástica —comentó ella con nerviosismo cuando se detuvo en el salón y miró hacia el mar.

—Sí.

—Laurent...

—Izabela...

Se sonrieron por haber hablado al mismo tiempo.

—¿Nos sentamos? —Bel se aproximó a una silla tratando en vano de calmar su agitada respiración.

Laurent colocó otra silla frente a ella y se acomodó.

—¿De qué te gustaría hablar?

—De... —Ella negó con la cabeza y dejó escapar un suspiro—. Esto no está bien. No debería estar aquí.

—Yo tampoco —convino él—. Pero parece que, aun contra nuestra voluntad, aquí estamos.

—Sí. —Bel respiró hondo—. He venido a decirte que no podemos volver a vernos.

—Eso mismo me dijiste en el parque de París, y mira adónde nos ha llevado.

—Yo no te he pedido que vinieras a Río.

—No. ¿Lamentas que lo haya hecho?

—Sí... No... —Bel soltó un suspiro de desesperación.

—Estás casada —dijo él sin más.

—Sí. Y sé que esta situación es imposible.

—Bel... —Laurent abandonó su silla, se arrodilló frente a ella y le tomó las manos—. Anoche te pregunté si eras feliz y respondiste que no.

—Pero...

—Luego te pregunté si todavía me amabas y dijiste que sí.

—Yo...

—Chis, déjame hablar. Entiendo cuáles son tus circunstancias y lo inoportuna e inapropiada que ha sido mi llegada. Y te prometo que si me dices que me vaya mirándome a los ojos, como hiciste en París, abandonaré Río en el primer barco que tenga un pasaje libre. Necesito que me digas qué es lo que quieres, porque creo que yo ya he dejado claro lo que quiero.

—¿Ser mi amante? —Bel lo miró a los ojos—. Porque eso es todo lo que puedo ofrecerte. Y tú mereces algo más —añadió.

—Lo que yo merezca carece de importancia. El destino ha decidido que tú seas la mujer que deseo. Y por más que lo intente, parece que no puedo vivir sin ti. Si de mí dependiera, te raptaría ahora mismo, te metería en mi maleta y te llevaría a Francia para que viviéramos juntos el resto de nuestras vidas. Pero estoy dispuesto a hacer concesiones. ¿Y tú?

Su conmovedora mirada recorría sin cesar el rostro de Bel, absorbiendo sus facciones, buscando alguna pista.

Ella lo observó y se preguntó cómo había podido dudar de sus sentimientos. Laurent había dejado su vida en Francia y la había seguido hasta Río pese a no tener garantías de que fuera a encontrarla. Y su pobre marido, sin saberlo, había contribuido a que se produjera el reencuentro. Pensar en Gustavo la hizo recuperar el juicio.

—Lo pasado, pasado está —dijo haciendo acopio de firmeza—. Y no es justo que te presentes aquí, obligándome a recordar, cuando ya había hecho todo lo posible por decirte adiós, por intentar olvidarte. Yo...

Se le llenaron los ojos de lágrimas y su voz se apagó.

—*Ma chérie*, te pido perdón. Lo último que deseo es hacerte llorar. Tienes razón —concedió—, me dijiste que desapareciera de tu vida y no lo hice. De modo que el único culpable aquí soy yo.

—Pero, dime, ¿de dónde voy a sacar ahora las fuerzas para decirte adiós por segunda vez? —Bel lloró desconsoladamente mientras él la abrazaba—. No imaginas lo mucho que me costó la última vez. Y tener que hacerlo de nuevo...

—Entonces no lo hagas. Dime que quieres que me quede y me quedaré.

—Yo...

Laurent inclinó despacio la cabeza y empezó a besarle el cuello con tanta dulzura que parecía que una mariposa le estuviese acariciando la piel con las alas. Bel soltó un gemido.

—Por favor, no me lo pongas más difícil.

—Bel, deja de torturarte. Disfrutemos el uno del otro mientras podamos. Te quiero tanto, *chérie*, tanto... —murmuró al tiempo que le secaba las lágrimas de las mejillas con las yemas de los dedos.

Bel se aferró a su mano.

—No imaginas lo mucho que te he echado de menos —dijo sollozando.

—Y yo a ti.

Laurent posó sus labios en los de ella.

Bel se entregó al beso, su determinación ya hecha añicos, al comprender que no podía seguir luchando.

—*Chérie* —dijo él cuando sus labios se separaron al fin—, deja que te lleve a la cama. Aceptaré que solo quieras tumbarte a mi lado, lo único que deseo es abrazarte.

Sin esperar una respuesta, la cogió en brazos, la llevó al dormitorio y la dejó con cuidado sobre el colchón.

Bel se preparó para una arremetida vehemente, que era lo que había acabado por esperar de Gustavo, pero no llegó. En lugar de eso, Laurent se tendió a su lado y la estrechó entre sus brazos. Mientras la besaba de nuevo, paseó las yemas de los dedos por el contorno de sus senos y su cintura, hasta que lo único en lo que podía pensar la joven era en la promesa del cuerpo desnudo de Laurent sobre el suyo.

—¿Te desvisto yo o prefieres hacerlo tú? —le susurró él al oído.

Bel se volvió de buen grado para que Laurent pudiera desabrocharle los botones del vestido. Lo hizo despacio, tomándose su tiempo para besar la superficie de piel desnuda que dejaba al descubierto cada botón. Después, le deslizó con delicadeza las mangas por los brazos. A continuación le quitó el sujetador y, tras tirarlo al suelo, volvió a Bel lentamente para poder contemplarla.

—Eres tan bella —susurró.

Ella arqueó el cuerpo, anhelando sus caricias, y cuando los labios de Laurent buscaron sus pezones, dejó escapar un gemido.

Laurent recorrió con una mano el estómago plano y perfecto de Bel y levantó la mirada para pedirle permiso para ir más lejos. Ella se lo dio con la suya y él retiró con cuidado las ligas y le bajó las medias provocándole descargas de deseo con cada roce de sus dedos. Al final, Bel quedó desnuda por completo frente a él.

Jadeante, Laurent hizo una pausa para examinar su cuerpo.

—Perdona, pero ahora mismo me gustaría esculpirte.

—No, yo...

Él la silenció con un beso.

—Estoy de broma, mi preciosa Bel. En estos momentos no deseo más que hacerte el amor.

Laurent se desnudó a su vez y, cuando ella se atrevió a mirarlo con timidez, vio que él también era hermoso. El joven la cubrió con su cuerpo y, al fin, tras asegurarse de que estaba lista, entró en ella. Cuando Bel lo recibió extasiada y de buen grado, comprendió de repente lo que su madre había querido decirle.

Luego, cuando yacían lánguidamente en la cama, abrazados, Bel sucumbió al deseo de tocarlo, de acariciar cada centímetro de su cuerpo, de descubrir su ser físico. Y se mostró deseosa de que él hiciera lo mismo con ella.

Aunque intentó contenerse, cuando Laurent se quedó dormido a su lado más tarde, Bel no pudo evitar pensar en el contraste con los encuentros que había mantenido con Gustavo. ¿Cómo podía el mismo acto provocar una respuesta tan diferente en su mente y su cuerpo?

Entonces comprendió, con repentina claridad, que Laurent estaba en lo cierto cuando le había dicho que no debería casarse con Gustavo, pues nada podría cambiar el hecho de que ella no amaba —y jamás amaría— a su marido como él la amaba a ella. Su esposo no tenía la culpa de que ella sintiera aversión física hacia él. No era un mal hombre, no era un tirano que no la tuviera en cuenta. Más bien al contrario, la quería demasiado y deseaba demostrárselo de la única manera que sabía.

—¿Qué te pasa?

Laurent se había despertado y la estaba mirando.

—Estaba pensando en Gustavo.

—Intenta no hacerlo, Bel. No sacarás nada bueno de ello.

—No lo entiendes —replicó con un suspiro, y se dio la vuelta para apartarse de él.

Notó la mano de Laurent acariciándole la suave curva de la cadera y resbalando después por el valle de su cintura. Luego la atrajo hacia sí hasta que sus cuerpos se acoplaron formando uno solo.

—Lo sé, *ma chérie*, lo sé. Nuestra situación es terrible, complicada, y debemos hacer lo posible por proteger a tu marido de este asunto.

Cuando subió la mano para acariciarle los senos, Bel gimió de placer y se retorció contra su cuerpo. Todo pensamiento relacionado con Gustavo abandonó su mente mientras Laurent le hacía nuevamente el amor, transportándola a unas esferas de placer que nunca había visitado.

Al cabo de un rato, también Bel se quedó dormida, saciada y satisfecha, hasta que se despertó con un sobresalto y miró la hora.

—¡*Meu Deus*, tengo que irme! El chófer me estará esperando en el salón de madame Duchaine.

Se levantó de la cama presa del pánico. Recogió sus ropas,

enredadas entre las sábanas y desperdigadas por el suelo, y se vistió a toda prisa. Laurent la observaba en silencio desde el lecho.

—¿Cuándo volveré a verte? —preguntó.

—Mañana no puede ser, pues he de presentarme en la iglesia para ayudar a hacer el mosaico que cubrirá el *Cristo*. ¿El lunes, quizá? —preguntó arreglándose el pelo apresuradamente y poniéndose el sombrero camino de la puerta.

Laurent corrió a su lado y la rodeó con los brazos.

—Te echaré de menos cada segundo.

Bel se estremeció al sentir la desnudez de su cuerpo.

—Y yo a ti.

—Hasta el lunes, *ma chérie*. Te quiero.

Bel lo miró una última vez antes de partir.

38

Bel pasó los meses siguientes flotando en una nube de emociones intensas. Era como si su vida antes de aquella tarde de febrero en el apartamento de Laurent hubiese consistido en una existencia gris y apagada, carente de sentido. Desde entonces, cuando despertaba por las mañanas y se quedaba en la cama pensando en él, todo su cuerpo se estremecía por efecto de la adrenalina. El azul del cielo que veía por la ventana de su habitación casi la deslumbraba con su brillo, y las flores del jardín estallaban ante sus ojos en un exótico caleidoscopio de colores.

Todas las mañanas, cuando bajaba a desayunar y ocupaba su sitio frente a la cara enjuta y reprobadora de Luiza, pensaba en Laurent y permitía que una sonrisa furtiva asomara a sus labios. Nada le afectaba, ya nadie podía herirla. El amor que Laurent y ella compartían la mantenía protegida, intacta.

No obstante, si pasaba varios días sin poder visitarlo en su apartamento, se sumía en un abismo de desesperación y se torturaba imaginando dónde estaría él, qué estaría haciendo y con quién. Entonces la invadía un miedo gélido que le helaba la sangre y la hacía tiritar a pesar de que la fuerza del sol le bañaba la frente en sudor. La verdad era que él podía amar a quien quisiera. Y ella no.

—*Mon Dieu, chérie* —había suspirado Laurent unos días antes mientras yacían en su enorme cama de caoba—, he de reconocer que cada vez me cuesta más compartirte. Imaginármelo tocándote me produce escalofríos. Y más si lo hace como acabo de hacerlo yo —añadió al tiempo que le deslizaba los dedos por los senos desnudos—. Huye conmigo, Bel. Volvamos a París. Allí no tendremos que escondernos, solo disfrutar de interminables horas regadas con buen vino y buena comida, charlando, haciendo el amor... —Su voz había quedado reducida a un susurro cuando comenzó a besarla en los labios.

Por fortuna, su suegra había contribuido sin saberlo a mantener a su amado cerca de ella, al menos por el momento. Fiel a su promesa, había presentado a Laurent a sus amigas ricas de Río, quienes, tras ver la escultura de Bel, habían querido inmortalizar a sus familiares de igual forma. En aquellos momentos, Laurent estaba trabajando en la escultura de un chihuahua muy querido por sus acaudalados dueños. En esencia, su suegra se había convertido en mecenas de Laurent, y a Bel no se le escapaba aquella ironía.

—No es precisamente la clase de encargo que me gustaría estar haciendo —había admitido él—, pero me mantiene ocupado durante tus ausencias.

Así pues, las tardes que Bel no podía escaparse, Laurent se dedicaba a picar el bloque de esteatita que Luiza le había conseguido por medio de un pariente propietario de una mina. La sugerencia de la mujer de que Bel se ofreciera a ayudar a cubrir el *Cristo* con los miles de láminas de malla de esteatita en la Iglesia da Glória había proporcionado a su nuera una coartada perfecta para ausentarse de A Casa das Orquídeas. Y cuando sus manos se cerraban sobre los suaves triángulos del mismo material que Laurent estaba tallando, su tacto la reconfortaba.

Solo Luiza reparaba en sus entradas y salidas de A Casa, pues Gustavo pasaba cada vez más tiempo en el club y llegaba a casa a la hora de la cena apestando a alcohol. Su marido raras veces le preguntaba sobre sus actividades diarias.

De hecho, pensó Bel mientras se ponía el sombrero y Loen avisaba a Jorge, el chófer de la familia, últimamente Gustavo apenas reparaba en ella. A lo largo de aquellos cuatro meses, desde que había comenzado su idilio con Laurent, las atenciones que su marido le había prodigado al comienzo de su matrimonio habían desaparecido por completo. Aunque por las noches, cuando Bel se acostaba atemorizada a su lado, Gustavo todavía intentaba hacerle el amor, las más de las veces él era incapaz de consumar el acto. Su esposa había llegado a la conclusión de que se debía al hecho de que, por lo general, apenas podía mantenerse en pie cuando llegaba a la cama. Y en más de una ocasión, Gustavo se había quedado dormido justo mientras intentaba entrar en ella. Bel se lo quitaba de encima y se quedaba escuchando sus ronquidos ebrios y oliendo su aliento rancio, que parecía impregnar la habitación. La mayoría de las mañanas, Bel ya estaba vestida y desayunada antes de que Gustavo se despertara.

Si los señores Aires Cabral eran conscientes del problema que su hijo tenía con la bebida, nunca lo mencionaban. La única vez que Luiza preguntó a su nuera sobre la marcha de su matrimonio fue para averiguar si había ya un bebé en camino. Cuando Bel le respondió que no, frunció los labios, decepcionada.

Dada su apasionada relación física con Laurent, a Bel le preocupaba mucho que su cuerpo —que no había respondido a los frenéticos intentos iniciales de Gustavo de engendrar un heredero— sucumbiera a las suaves caricias de su amante. De hecho, había sido Laurent quien una tarde había visto su expresión de inquietud y le había explicado cómo podía evitar un embarazo. Le había mostrado el funcionamiento de su cuerpo de una forma muy distinta a la de su madre y le había enseñado cómo observar y sentir los momentos en que tenía más probabilidades de concebir.

—No es un método infalible, *chérie*, y por eso muchos católicos seguimos teniendo familias numerosas. —Laurent había sonreído con pesar—. Pero yo también puedo hacer algunas cosas en los días peligrosos.

Bel lo había mirado maravillada.

—¿Cómo sabes todo eso?

—Hay muchos artistas como yo en Montparnasse que desean pasarlo bien sin verse perseguidos después por una mujer que asegura llevar dentro un hijo suyo. —Laurent se había percatado de la congoja que reflejaba el rostro de Bel y se había apresurado a abrazarla y a estrecharla contra su pecho—. *Chérie*, tal como están las cosas en este momento, no me gustaría ponerte en una situación comprometida. Y tampoco que mi hijo sea criado por ese patán que tienes por marido. Así que por el momento debemos tomar precauciones.

Bel salió de A Casa, subió al coche y miró por la ventanilla mientras Jorge salvaba la corta distancia que los separaba de la casa de sus padres en Cosme Velho. Como Bel pasaba con Laurent todos y cada uno de los segundos que conseguía escamotear del tiempo que estaba fuera de A Casa, hacía un mes que no veía a sus progenitores. Y el día anterior Loen le había preguntado cuándo tenía previsto visitar a su madre.

—Pronto, pronto —había contestado con una punzada de culpa.

—Sé que está... ocupada, pero debería ir a verla —había señalado Loen mientras la ayudaba a vestirse—. Mi madre está preocupada por ella.

—¿Está enferma?

—No... lo sé —había contestado su doncella con cautela.

—Iré a verla mañana sin falta.

Cuando llegaron a Mansão da Princesa, Bel pidió a Jorge que la recogiera en el Copacabana Palace a las seis y media.

Aquella mañana Bel había explicado a Luiza que después de visitar a su madre tomaría el té en el Copacabana Palace con su nueva amiga Heloise, que se sentaba a su lado en la Iglesia da Glória. Sabía que su suegra vería el plan con buenos ojos, pues ella misma la había alentado a entablar amistad con jóvenes damas de su misma posición social y Heloise pertenecía a una familia aristocrática muy antigua. Además, como a Luiza le resultaba de muy mal gusto la ostentosa decoración del hotel, había supuesto, de forma acertada, que no propondría unirse a ellas.

Mientras se acercaba a la puerta de su antigua casa, Bel se inquietó al pensar que pudieran pillarla mintiendo, pero sabía que no tenía elección. Desgraciadamente, a lo largo de los dos últimos meses se había convertido en una embustera reticente pero experta.

Gabriela abrió la puerta y se le iluminó el rostro al verla.

—Señora, qué alegría que haya venido. Su madre está descansando, pero me ha pedido que la despertara a su llegada.

—¿Está indispuesta? —preguntó Bel, frunciendo el cejo, mientras seguía a Gabriela hasta el salón—. Loen me dijo que estaba preocupada por ella.

—Yo... —Gabriela vaciló—. No sé si está enferma, pero no hay duda de que está muy cansada.

—No creerá... —Bel se armó de valor para formular la pregunta— que su problema ha reaparecido, ¿verdad?

—No lo sé, señora. Lo mejor es que se lo pregunte usted misma. Y que la convenza para que vea a un médico. ¿Qué le apetece beber?

Bel se paseó con nerviosismo por la familiar estancia mientras Gabriela se iba a buscar un zumo de naranja y a despertar a su madre. Cuando Carla bajó al fin, Bel advirtió que la mujer no solo parecía cansada, sino que además su piel había adquirido un extraño tono amarillento desde la última vez que la había visto.

—Mãe, perdóname por no haber venido en todas estas semanas. ¿Cómo estás? —dijo tratando de sofocar el miedo y la culpa mientras se acercaba y le daba un beso.

—Bien. ¿Y tú?

—También...

—¿Nos sentamos?

Carla se dejó caer con pesadez sobre una butaca, como si las piernas no pudieran sostenerla más tiempo.

—Mãe, es evidente que no estás bien. ¿Sientes dolor?

—Un poco, pero seguro que no es nada. Yo...

—Sabes perfectamente que te ocurre algo. ¿Pai no ha notado que estás distinta?

—Tu padre tiene otras preocupaciones en estos momentos —suspiró Carla—. Los cafetales ya no rinden como antes, y el plan de almacenamiento que ha propuesto el gobierno no está dando los resultados previstos.

—Me cuesta creer que los negocios sean más importantes para Pai que la salud de su esposa —replicó Bel.

—Cariño, tu padre está muy nervioso y no quiero ser otra carga para él.

A Bel se le humedecieron los ojos.

—Puede que no sea oportuno, pero ¿no te das cuenta de que nada importa tanto como tu salud? Además, supongo que te estarás temiendo lo peor.

—Es mi cuerpo, y la que vive en él soy yo —la interrumpió Carla con contundencia—. Entiendo y puedo sentir lo que le está pasando. No quiero someterme, y tampoco a tu padre y a ti, a un penoso proceso que conducirá al mismo final.

—Por favor, Mãe —suplicó Bel con un nudo en la garganta—, por lo menos déjame pedir hora con el médico que te trató la última vez. Confías en él, ¿no?

—Sí, creo que es el mejor de Río. Pero te aseguro, Bel, que no podrá hacer nada para ayudarme.

—¡No digas eso! Te necesito aquí, y también Pai.

—Tal vez —aceptó Carla con una sonrisa triste—, pero, Izabela, yo no soy un grano de café ni un billete. Y te aseguro que esas son las principales pasiones de tu padre.

—¡Te equivocas, Mãe! Aunque tú no lo veas, yo sí me doy cuenta. Lo eres todo para él, y sin ti su vida carecería de sentido.

Ambas permanecieron un rato en silencio.

—Si eso te hace feliz, Izabela, puedes pedir hora con mi médico y acompañarme a la visita. Estoy segura de que así podrás comprobar por ti misma que todo lo que te he dicho es cierto. Solo pondré una condición.

—¿Cuál?

—Que no le digas nada a tu padre por el momento. No quiero hacerlo sufrir más tiempo del necesario.

Bel se marchó de la casa media hora más tarde, cuando Carla reconoció que necesitaba tumbarse, y le pidió al chófer de sus padres que la llevara a Ipanema. Estaba conmocionada. Seguro, pensó, que su madre exageraba por culpa del miedo.

Se bajó del coche a dos manzanas del apartamento de Laurent

y apretó el paso para acercarse lo antes posible, mental y físicamente, a la única persona que creía que podía consolarla.

—*Chérie!* Ya no te esperaba. *Mon Dieu!* ¿Qué te ocurre? ¿Qué ha pasado? —Laurent apareció en la puerta y la abrazó.

—Es mi madre —dijo ella con la voz entrecortada—. ¡Cree que se está muriendo! —Lloró en su hombro.

—¿Qué? ¿Se lo ha dicho un médico?

—No, pero el año pasado tuvo cáncer y está segura de que se le ha reproducido. Está convencida de que es el final, pero no quiere preocupar a mi padre, que tiene problemas con sus negocios. Como es lógico, le he dicho que tiene que ver a un médico, pero... durante el mes que he pasado sin verla se ha deteriorado mucho. —Bel miró a Laurent a los ojos—. Tengo miedo de que esté en lo cierto.

—Bel —dijo él tomándola de las manos, temblorosas, y ayudándola a acomodarse a su lado en el sofá—, debéis buscar la opinión de un profesional. Cuando se ha padecido una enfermedad de ese tipo, es fácil imaginar que ha vuelto, pero quizá no sea así. ¿Tú madre te ha dicho que tu padre tiene problemas con los negocios? Pensaba que era tan rico como el rey Creso.

—Lo es, y estoy convencida de que si tiene dificultades, en realidad no son tan graves —contestó Bel—. Bueno... ¿tú estás bien, Laurent? —preguntó tratando de serenarse.

—Sí, *chérie*, pero creo que entre nosotros están de más estas formalidades. Te he extrañado mucho estos días —reconoció.

—Y yo a ti.

Bel enterró la cara en el pecho de su amante, como si así pudiera ahuyentar el dolor de las últimas dos horas.

Laurent le acarició el pelo con delicadeza e intentó pensar en alguna distracción que la sacara de su desolación, al menos temporalmente.

—Esta mañana estaba aquí preguntándome qué podría hacer dentro de unos días, cuando termine la escultura de ese perro aterrador, cuando he recibido la visita de nada menos que madame Silveira y su hija Alessandra. La madre quiere que le haga una escultura a Alessandra por su vigésimo primer cumpleaños.

—¿Alessandra Silveira? La conozco —dijo Bel, inquieta—. Su familia es prima lejana de los Aires Cabral y ella vino a mi boda. Recuerdo que era muy guapa.

—Es más atractiva que el chihuahua, eso seguro —repuso Laurent desapasionadamente—. Y no me cabe duda de que tendrá una conversación más interesante. Hoy me ha hablado en un francés fluido —añadió.

—Y no está casada, creo —murmuró Bel con el corazón en un puño.

—Lo sé. —Laurent siguió acariciándole el pelo—. A lo mejor sus padres confían en que mi escultura refleje su belleza y sofisticación y atraiga a un buen marido.

—O puede que vean a un joven escultor francés de talento como un pretendiente adecuado —replicó Bel apartándose de él y cruzándose de brazos.

—¡Izabela! —le regañó Laurent mirándola de hito en hito—. ¿No me digas que estás celosa?

—No, claro que no. —Bel se mordió el labio. El mero hecho de imaginarse a otra mujer posando para Laurent día tras día, como ella misma había hecho en Boulogne-Billancourt, la hacía estremecerse de envidia—. Pero no puedes negar que últimamente te han invitado a muchas veladas sociales y que te has convertido en el hombre de moda.

—Es cierto, pero me cuesta creer que me vean como un buen partido para cualquiera de las jóvenes damas que acuden a esos eventos. Soy más bien una novedad.

—Laurent, te aseguro que, en una ciudad como Río, el mero hecho de que seas francés y provengas del Viejo Mundo, por no hablar de que mi suegra se ha erigido en tu mecenas, te convierte en algo más que una novedad —repuso Bel con firmeza.

Laurent echó la cabeza hacia atrás y rió.

—Pues espero que tengas razón —respondió al fin—, porque en Francia, como bien sabes, a mis amigos artistas y a mí se nos considera escoria. Como ya te dije en una ocasión, las madres francesas preferirían ver a sus hijas muertas antes que encadenadas a un artista sin recursos.

—Pues yo espero que entiendas que aquí la gente te ve de otra manera.

Bel sabía que estaba siendo grosera, pero no podía evitarlo.

Laurent ladeó la cabeza y la observó.

—Entiendo que estés disgustada por lo de tu madre, *chérie*. Pero ¿te das cuenta de que lo que dices es absurdo? No soy yo quien ha de volver corriendo junto a su marido las tardes en que nos las ingeniamos para vernos. No soy yo quien todavía comparte la cama cada noche con otra persona. Y no soy yo quien se niega a considerar la posibilidad de cambiar la situación en que nos encontramos actualmente. No. Pero sí soy yo quien ha de soportar todo eso. Es a mí a quien se le revuelve el estómago cada vez que pienso en ese hombre haciéndote el amor. Soy yo quien ha de estar disponible cada vez que chasqueas los dedos para decirme que quizá vengas a verme. ¡Y yo quien ha de encontrar algo que llene las horas solitarias que paso pensando en ti para no volverme loco!

Bel enterró la cabeza en su regazo. Era la primera vez que Laurent le hablaba de su situación con semejante rabia y franqueza, y la joven habría dado cualquier cosa por poder borrar aquellas palabras de su mente y su corazón, pues sabía que eran ciertas, todas y cada una de ellas.

Se hizo el silencio, hasta que al final Bel notó una mano en el hombro.

—*Chérie*, sé que este no es el mejor momento para hablar de ello, pero has de aceptar que, si sigo en Brasil ocupando mi tiempo como buenamente puedo, es por una sola razón. Y esa razón eres tú.

—Perdóname, Laurent —murmuró Bel sin alzarse—. Como bien has dicho, hoy estoy desolada. ¿Qué vamos a hacer?

—Ahora no es momento de hablar de eso. Has de concentrarte en tu madre y en su salud. Y, aunque detesto decirlo, debes coger un taxi ahora mismo para llegar al Copacabana Palace y poder salir del hotel como si acabaras de tomar el té con tu amiga —le recordó—. Son más de las seis.

—*Meu Deus!* —Bel se levantó y se volvió hacia la puerta.

Laurent la cogió del brazo y la atrajo hacia sí.

—Bel —dijo acariciándole la mejilla—, por favor, recuerda que es a ti a quien quiero y a quien deseo. —La besó con ternura y a la chica se le llenaron los ojos de lágrimas—. Y ahora será mejor que te vayas antes de que te secuestre y te encierre en mi apartamento para poder tenerte para mí solo.

39

Dos días más tarde, Bel salió sola del hospital. El médico al que acababan de visitar había insistido en que Carla se quedara unas horas para hacerle unas pruebas, así que su hija debía recogerla a las seis.

Aunque Luiza y Gustavo sabían que estaba con su madre en el hospital y por tanto Bel podría haber pasado la tarde en brazos de Laurent mientras esperaba a Carla, la joven no tuvo el valor de hacerlo. La culpa por haber desatendido a su madre para estar con Laurent la devoraba por dentro. Carla se sometió a las pruebas, y entretanto, Bel aguardó sentada, sumida en un estado de aturdimiento, al tiempo que observaba el reguero de desgracias humanas que entraba y salía del hospital.

A las seis en punto, se presentó, tal como le habían indicado, en la planta donde se encontraba su madre.

—El médico quiere verla de inmediato —le dijo la enfermera—. Venga conmigo, por favor.

—¿Cómo está mi madre? —preguntó Bel mientras seguía a la mujer por el pasillo.

—Sentada en una silla y bebiendo té —le respondió con brusquedad antes de llamar a la puerta de un despacho.

Bel entró y el médico la invitó a sentarse frente a él.

Quince minutos después, salió temblando del despacho del doctor para ir a recoger a su madre. El médico había confirmado que el cáncer de Carla se había extendido al hígado y, casi con seguridad, a otros órganos. La intuición de su madre era correcta. No había esperanza.

En el coche, de camino a casa, Carla parecía simplemente aliviada de dejar el hospital. Hacía bromas a las que Bel era incapaz de responder y comentó que esperaba que la cocinera se hubiera acordado de que Antonio había pedido pescado para cenar. Cuando llegaron, se volvió hacia su hija y le cogió las manos.

—No hace falta que entres, cariño. Sé que has visto al médico y estoy al tanto de lo que te ha dicho, porque ya había hablado conmigo antes de recibirte. Si he accedido a ir hoy contigo al hospital ha sido solo porque sabía que debía convencerte. Y ahora que ya lo he hecho, no hablaremos más de este asunto con nadie, y aún menos con tu padre.

Bel reparó en la intensidad de la mirada de Carla y en la desesperación que transmitía.

—Pero…

—Se lo diremos cuando ya no quede más remedio —terció su madre, y Bel supo que era su última palabra.

Aquella noche Bel regresó a A Casa con la sensación de que su mundo se estaba desmoronando. Por primera vez se veía obligada a enfrentarse a la mortalidad de su madre. Y, a través de ella, a la suya propia. Aquella noche durante la cena observó a Gustavo antes de volverse hacia Mauricio y Luiza, sentados al otro lado de la mesa. Tanto su marido como su suegra sabían dónde había estado aquella tarde. Sin embargo, ninguno de ellos se dignó a preguntarle por la salud de Carla o por cómo le había ido en el hospital. Gustavo ya estaba ebrio y era incapaz de mantener una conversación lúcida, mientras que seguramente Luiza pensara que tocar un tema tan deprimente mientras comía haría que le sentara mal una carne cuya textura pondría a prueba al incisivo más carnívoro.

Después de la cena y de las interminables rondas de cartas —coincidentes en número con las copas de brandy ingeridas por su marido—, Bel lo acompañó arriba.

—¿Vienes a la cama, querida? —le preguntó él mientras se desvestía y se tumbaba de espaldas sobre el colchón.

—Sí —respondió ella de camino al cuarto de baño—. No tardo.

Cerró la puerta tras de sí, se sentó en el borde de la bañera y enterró la cabeza entre las manos con la esperanza de que, para cuando saliera, Gustavo estuviera ya dormido y roncando. Desolada, evocó la víspera de su boda, cuando Carla le contó que había tenido que acostumbrarse a Antonio y aprender a quererlo.

Pese a lo mucho que Bel había menospreciado para sus adentros lo que consideraba una sumisión ciega de su madre con respecto a su padre, por más que se hubiera preguntado cómo podía tolerar su arrogancia y su insaciable ansia de aceptación social, en aquel momento comprendió por primera vez la fuerza del amor que Carla sentía por su marido.

Y Bel la admiró más que nunca.

—¿Cómo está tu madre?

La expresión preocupada de Laurent la recibió en la puerta del apartamento unos días después.

—Se está muriendo, tal como ella presentía.

—Lo siento mucho, *chérie.* ¿Qué pasará ahora?

Laurent la condujo al salón.

—No... no lo sé. Sigue negándose a contárselo a mi padre —murmuró ella, y se dejó caer sobre una butaca.

—Oh, mi Bel, qué difícil lo tienes todo ahora mismo. Eres aún joven, ni siquiera has cumplido los veinte y ya tienes el peso del mundo sobre los hombros. Seguro que esta mala noticia te ha hecho reflexionar sobre tu propia vida.

Bel no tenía claro si la estaba consolando o tratando con condescendencia.

—Sí —reconoció.

—Supongo que también te ha provocado un dilema. No sabes si deberías cumplir con tu deber de hija y esposa fiel y olvidarme o si el haber comprendido súbitamente que la vida es demasiado corta significa que deberías aprovechar el tiempo que se te ha concedido y vivir siguiendo los dictados de tu corazón.

Bel lo miró atónita.

—¿Cómo sabes que he estado pensando exactamente eso?

—Porque yo también soy un ser humano. —Laurent se encogió de hombros—. Y creo que a veces los poderes de las alturas nos envían estas pruebas para que tomemos verdadera conciencia de nuestra situación. Pero solo nosotros podemos decidir lo que debemos hacer.

—Eres muy sabio —dijo Bel en voz baja.

—Como ya he dicho, soy humano. También tengo unos años más que tú, y en el pasado me he visto obligado a tomar decisiones que me han llevado a formularme las mismas preguntas. Entiendo lo que te sucede y no tengo intención de predisponerte a favor de una cosa u otra. Quiero que sepas que si deseas que me quede contigo en Brasil durante esta época difícil, lo haré. Porque te amo y quiero estar aquí si me necesitas. También sé que mi amor por ti me ha hecho mejor persona, así que yo también he aprendido una lección. —Laurent sonrió sardónico—. Aun así... mi actitud no es totalmente generosa. Si me quedo, tienes que prometerme que, cuando la... situación de tu madre se resuelva, tú y yo tomaremos una decisión sobre nuestro futuro. Pero, de momento, déjame abrazarte.

Laurent abrió los brazos y ella se levantó despacio y se ocultó en ellos.

—Te quiero, mi adorada Bel —dijo él mientras le acariciaba el pelo con ternura—. Y estaré aquí si me necesitas.

—Gracias —respondió ella aferrándose a su amante—. Gracias.

Cuando junio estaba a punto de cederle el paso a julio, Bel regresó a casa un día después de pasar la tarde trabajando en el mosaico de esteatita en la Iglesia da Glória y Loen la informó de que su padre la estaba esperando en el salón.

—¿Cómo está? —le preguntó a su doncella mientras se quitaba el sombrero.

—Creo que más delgado —contestó Loen con cautela—. Pero será mejor que lo compruebe usted misma.

Bel respiró hondo, abrió las puertas del salón y se encontró a su padre paseando de un lado a otro por la estancia. Al oírla, Antonio se dio la vuelta y la joven vio que, efectivamente, había perdido varios kilos. Pero sobre todo se fijó en que su atractivo rostro aparecía demacrado y en que unas finas arrugas le habían surcado la piel. El pelo moreno y ondulado, que hasta entonces solo le había blanqueado las sienes, lucía ya un gris casi uniforme. Bel tuvo la impresión de que su padre había envejecido diez años desde la última vez que lo había visto.

—Princesa —dijo acercándose a ella para abrazarla—. Cuánto tiempo sin verte.

—Sí, más o menos tres meses —convino Bel.

—Claro, ahora eres una mujer casada que no tiene tiempo para tu viejo Pai —bromeó Antonio sin demasiada convicción.

—Durante las últimas semanas he ido muchas veces a ver a Mãe —replicó Bel—, pero nunca estabas. Diría que eres tú el que no está disponible, Pai.

—Tienes razón, he estado muy ocupado. Seguro que tu suegro te ha contado que el negocio del café está pasando por un momento difícil.

—Bueno, me alegro de verte al menos hoy. Siéntate, por favor. —Bel señaló una butaca—. Pediré que nos sirvan un refresco.

—No, no quiero nada. —Antonio ocupó el asiento que le había ofrecido su hija—. Izabela, ¿qué le ocurre a tu madre? El domingo se pasó casi todo el día en la cama. Dijo que tenía migraña, como muchas otras veces a lo largo de los últimos meses.

—Pai, yo...

—Vuelve a estar enferma, ¿verdad? Esta mañana, en el desayuno, me he fijado en que tiene la piel de un color horrible y en que no ha probado bocado.

Bel se quedó mirando a su padre durante un buen rato.

—Pai, ¿me estás diciendo que no habías reparado en esos síntomas hasta ahora?

—Tengo tanto trabajo en la oficina que suelo irme antes de

que tu madre se levante y vuelvo cuando ella ya se ha acostado. Pero, sí... —Antonio agachó la cabeza—. Supongo que debería haberlos visto, pero no quería. Entonces —continuó con un suspiro de resignación desesperada—, ¿sabes qué tiene?

—Sí, Pai.

—¿Es...? ¿Es...?

Antonio no fue capaz de pronunciar la palabra.

—Sí —confirmó Bel.

Su padre se levantó y, angustiado, se golpeó la sien con la palma de la mano.

—*Meu Deus!* ¡Claro que tendría que haberme dado cuenta! ¿Qué clase de hombre soy? ¿Qué clase de marido?

—Pai, entiendo que te sientas culpable, pero Mãe se empeñó en no causarte más preocupaciones por todos los problemas que tienes en el trabajo. Ella también tiene parte de responsabilidad.

—¡Como si el trabajo importara más que la salud de mi esposa! Debe de pensar que soy un monstruo si ha decidido ocultarme algo así. ¿Por qué no me lo contaste, Izabela? —gritó Antonio volviéndose contra ella hecho una furia.

—Porque le prometí a Mãe que no lo haría —respondió ella con firmeza—. Estaba decidida a que no lo supieras hasta que fuera estrictamente necesario.

—Por lo menos ahora ya lo sé —dijo él serenándose un poco—. Buscaremos a los mejores médicos y cirujanos, haremos lo que haga falta para que se cure.

—Mãe ya ha visto a su médico, yo misma hable con él. Me dijo que no había nada que hacer. Lo siento, Pai, pero debes enfrentarte a la verdad.

Antonio se quedó mirando a su hija mientras un abanico de expresiones —desde la incredulidad hasta la rabia, pasando por la desolación— le cruzaba el rostro.

—¿Me estás diciendo que se está muriendo? —acertó a susurrar al fin.

—Sí. Lo siento mucho.

Antonio se derrumbó en una butaca, enterró la cara en las manos y empezó a llorar desconsolado.

—No, no… mi Carla no, por favor, mi Carla no.

Bel se acercó a confortarlo y le pasó un brazo por los hombros encorvados, que le temblaban a causa de la emoción.

—Y pensar que ha cargado ella sola con ese peso durante todo este tiempo y que no ha confiado lo bastante en mí para contármelo…

—Pai, te aseguro que no podrías haber hecho nada aunque te lo hubiera contado —reiteró Bel—. Mãe no quiere someterse a más tratamientos. Dice que está en paz, que lo ha aceptado, y yo la creo. Por favor —suplicó Bel—, has de respetar su voluntad, por su bien. Al fin has visto por ti mismo lo enferma que está. Lo único que Mãe necesita ahora es nuestro amor y nuestro apoyo.

A Antonio se le hundieron aún más los hombros, como si se le hubiera agotado toda la energía. Pese a lo mucho que la horrorizaba que su padre hubiera tardado tanto en percatarse del deterioro de su esposa, Bel sintió una oleada de compasión por él.

Cuando el hombre levantó la cabeza, su mirada estaba cargada de dolor.

—No sé qué pensáis de mí exactamente, pero Carla lo es todo para mí y no puedo imaginarme la vida sin ella.

Sintiéndose impotente, Bel observó a su padre mientras se levantaba y salía de la estancia dándole la espalda.

40

—¿Qué te pasa últimamente? —le preguntó Gustavo arrastrando las palabras cuando Bel salió del cuarto de baño en camisón—. Ya apenas abres la boca durante la cena, y casi no me hablas cuando estamos solos.

La miró con fijeza mientras se metía en la cama.

Había pasado una semana desde que Antonio se había presentado en A Casa y se había marchado destrozado por la espantosa noticia. Bel había visitado a Carla al día siguiente y se había encontrado a su padre sentado en una silla junto a la cama, sosteniéndole la mano y llorando en silencio.

La mujer había sonreído lánguidamente a su hija cuando esta entró en el dormitorio, y había señalado a su marido.

—Le he dicho que se vaya a trabajar, que no hay nada que él pueda hacer por mí que no sea capaz de hacer Gabriela, pero se niega y no para de dar vueltas a mi alrededor como una gallina clueca.

Pese a sus palabras, Bel se había dado cuenta de que Carla se sentía agradecida y reconfortada por la presencia de su marido. Y a juzgar por el mal aspecto que su madre tenía aquella tarde, Bel había pensado que Antonio había llegado justo a tiempo. Cuando por fin lo persuadieron para que las dejara solas y se marchara unas horas a la oficina, Carla había hablado tranquilamente con Bel.

—Ahora que tu padre ya lo sabe, querría hablarte de lo que me gustaría hacer durante el tiempo que me queda…

Desde aquel día, Bel había estado tratando de reunir el coraje necesario para contarle a Gustavo dónde deseaba su madre pasar sus últimos días. Porque Bel, como era natural, debía acompañarla, y sabía que la idea no sería del agrado de su marido.

Se sentó lentamente en el borde de la cama y se fijó en sus ojos enrojecidos y en las pupilas dilatadas por el alcohol.

—Gustavo —comenzó—, mi madre se está muriendo.

—¿Qué? —Se volvió hacia ella—. Es la primera vez que lo mencionas. ¿Desde cuándo lo sabes?

—Desde hace unas semanas, pero ella me pidió que no se lo contara a nadie.

—¿Ni siquiera a tu marido?

—No hasta que ella se lo hubiera contado al suyo.

—Entiendo. El cáncer se ha reproducido, ¿es eso?

—Sí.

—¿Cuánto tiempo le queda? —preguntó.

—Poco... —A Bel le tembló la voz ante la frialdad de Gustavo. Por fin, se armó de valor—. Ha pedido que la llevemos a las montañas para pasar sus últimos días en su querida *fazenda.* Gustavo, ¿me dejarías acompañarla?

Él la miró con los ojos vidriosos.

—¿Cuánto tiempo?

—No lo sé. Puede que unas semanas, o tal vez, si Dios lo quiere, dos meses.

—¿Estarías de vuelta para el comienzo de la temporada?

—Pues... —A Bel le resultaba imposible poner límite al último período de tiempo que iba a pasar con su madre solo por darle gusto a su marido—. Supongo que sí —acertó a decir.

—Difícilmente puedo negarme, ¿no? Aunque preferiría tenerte aquí conmigo. Sobre todo porque de momento no parece haber un heredero en camino y tu ausencia solo retrasará aún más su concepción. A mi madre le inquieta sobremanera que puedas ser estéril —añadió con crueldad.

—Lo siento.

Bel bajó la mirada y se abstuvo de replicar que la culpa no era precisamente suya. Hacía por lo menos dos meses que Gustavo no conseguía hacerle el amor, aunque Bel estaba convencida de que era probable que ni siquiera recordase hasta dónde llegaba su ineptitud.

—Lo intentaremos esta noche —dijo agarrándola del brazo con brusquedad y arrojándola sobre la cama.

Un segundo después, estaba encima de ella levantándole torpemente el camisón. Bel sintió su virilidad buscando a empellones el lugar exacto pero fallando en su objetivo. La boca de Gustavo descendió sobre la suya y Bel advirtió que su marido se movía como si creyera que estaba dentro de ella. Como siempre, sintió el peso de Gustavo recaer con más fuerza sobre ella cuando al fin gimió de alivio antes de apartarse y desplomarse sobre el colchón. Bel notó que el líquido ya empezaba a espesarse entre sus muslos y lo miró con una mezcla de asco y lástima.

—Puede que esta noche al fin hayamos hecho un niño —dijo antes de que se oyeran los ronquidos de borracho que reemplazaron sus jadeos.

Bel se levantó y fue al cuarto de baño para limpiarse los restos de Gustavo de la piel. Ni siquiera se atrevía a plantearse cómo era posible que su marido creyera que aquel remedo de relación física podía dar como resultado un bebé. Las escasas aptitudes como amante que Gustavo hubiera podido mostrar en otros tiempos se habían hundido —junto con sus recuerdos de tales momentos— en el lodo de la embriaguez.

Sin embargo, pensó mientras volvía al dormitorio, si lo que acababa de soportar era el precio de poder abandonar Río para estar con su madre hasta el final, se alegraba de haberlo pagado.

A la mañana siguiente, dejó a Gustavo durmiendo y bajó a desayunar. Luiza y Mauricio ya estaban sentados a la mesa.

—Buenos días, Izabela —la saludó su suegra.

—Buenos días, Luiza —respondió educadamente Bel.

—¿Gustavo no desayuna con nosotros?

—Estoy segura de que no tardará en bajar —contestó, y se sorprendió al sentir la necesidad de proteger a su marido de su madre.

—¿Has dormido bien?

—Muy bien, gracias.

Todas las mañanas la conversación empezaba y terminaba ahí. El resto del desayuno transcurría en un silencio solo interrumpido por los gruñidos de satisfacción o desaprobación que surgían de detrás del periódico de Mauricio.

—Luiza, tengo que comunicarle que mi madre está muy enferma —dijo Bel mientras removía su café—. De hecho, no es probable que viva para ver otro verano.

—Lamento oír eso, Izabela. —La mujer enarcó un poco una ceja, su única reacción física ante la noticia—. Qué repentino. ¿Estás segura?

—Por desgracia, sí. Hace tiempo que lo sé, pero mi madre no quería que se lo contara a nadie hasta que fuese estrictamente necesario. Ese momento ha llegado y desea pasar sus últimos días en nuestra *fazenda*, que, como bien sabe, está a cinco horas de aquí. Me ha pedido que la acompañe y la atienda hasta... el final. Anoche hablé con Gustavo y está de acuerdo en que debo ir.

—¿En serio? —Luiza frunció los labios con desagrado—. Es muy generoso de su parte. ¿Cuánto tiempo estarás fuera exactamente? —preguntó, tal como había hecho su hijo.

—No...

Bel ya notaba el escozor de las lágrimas en los ojos.

—Como es lógico, querida, el tiempo que haga falta —dijo una repentina voz por encima del periódico. Mauricio la miró con simpatía—. Por favor, dale muchos recuerdos a tu querida madre de mi parte.

—Gracias —susurró ella conmovida por la inesperada muestra de compasión de su suegro.

Sacó un pañuelo y se secó los ojos con discreción.

—¿Crees que por lo menos podrías decirnos cuándo te marchas? —inquirió Luiza.

—Hacia finales de esta semana. Mi padre nos acompañará y se quedará unos días. Luego, como es natural, tendrá que regresar a Río para atender sus negocios.

—Sí —dijo Mauricio con gravedad—. Imagino que la situación es complicada para él en estos momentos. Lo es para todos nosotros.

Dos días después, mientras trabajaba con otras mujeres sentada a la mesa de la Iglesia da Glória encajando los pequeños triángulos de esteatita en la malla, Bel pensó que las horas que pasaba en la fresca atmósfera del templo le habían proporcionado momentos de sosegada meditación que le hacían mucho bien. Las mujeres —pese a ser dadas, por su condición femenina, a parlotear— hablaban lo justo y necesario, pues se limitaban a concentrarse en su labor colectiva. Reinaba un sentimiento compartido de paz y armonía.

Heloise, la amiga que había utilizado en una ocasión como coartada para ir a ver a Laurent, estaba sentada a su lado. Bel advirtió que estaba escribiendo algo en el dorso de su triángulo de esteatita y se inclinó para verlo.

—¿Qué haces? —le preguntó.

—Estoy escribiendo los nombres de mi familia, y también el de mi enamorado. Así estarán en lo alto del Corcovado y formarán parte del *Cristo* para siempre. Muchas mujeres lo hacen, Izabela.

—Qué idea tan bonita —suspiró Bel, que miró con melancolía los nombres de la madre, el padre y los hermanos de Heloise... y el de su enamorado.

Desvió la vista hacia su tesela —que estaba a punto de cubrir con cola— y pensó en que un valioso miembro de su familia no pasaría mucho más tiempo en este mundo y no llegaría a ver el *Cristo* terminado. Se le llenaron los ojos de lágrimas.

—Cuando hayas terminado, ¿me prestas tu pluma? —preguntó a Heloise.

—Claro.

En cuanto su amiga se la pasó, Bel escribió el nombre de su querida madre, el de su padre y el suyo propio. Vaciló sosteniendo la pluma sobre la tesela, pero, por más que lo intentó, Bel no fue capaz de obligarse a escribir el nombre de su marido.

Cuando se secó la tinta, aplicó la densa cola y colocó la tesela en la malla. La encargada anunció enseguida la hora del descanso y Bel vio que las demás voluntarias se levantaban de los bancos. Instintivamente, cogió un triángulo de esteatita del montón que había en el centro de la mesa y se lo guardó con disimulo en el bolso de mano, que descansaba a sus pies. Luego se sumó al grupo de mujeres que tomaban café en el jardín de atrás de la iglesia.

Tras rechazar la taza que le ofrecía la doncella, se volvió hacia la encargada.

—Señora, le pido disculpas, pero debo irme.

—No se preocupe. El comité agradece cualquier ayuda que pueda ofrecer, señora Aires Cabral. Por favor, apunte su nombre en la lista de turnos, como siempre, para indicarnos cuándo podrá volver.

—Me temo, señora, que eso no será posible durante un tiempo. Mi madre está muy enferma y quiero pasar con ella sus últimos días —explicó Bel.

—Lo entiendo, y la acompaño en el sentimiento.

La mujer le puso una mano amable en el hombro.

—Gracias.

Bel salió de la iglesia y caminó apresuradamente hasta el coche que la esperaba fuera. Subió al asiento de atrás y le pidió a Jorge que la llevara al salón de madame Duchaine en Ipanema.

Cuando, quince minutos después, llegaron a su destino, Bel le pidió al chófer que regresara a las seis de la tarde. Caminó hasta la puerta del salón y fingió que pulsaba el timbre hasta que, ladeando un poco la cabeza hacia la izquierda, vio que Jorge se alejaba con el coche. Esperó en la puerta dos o tres minutos y después echó a andar a buen ritmo hacia el piso de Laurent.

Puesto que aquella sería la última vez que lo vería durante al menos dos meses, no deseaba perder ni un segundo hablando con su modista de los vestidos de la nueva temporada. Sabía que eso significaba que no dispondría de coartada para aquellas horas, pero, por una vez, mientras subía los numerosos escalones del edificio, no le importó.

—¡*Chérie*, qué pálida estás! Entra y deja que te sirva algo de beber —exclamó Laurent cuando Bel apareció en su puerta sin aliento por el esfuerzo y hecha un manojo de nervios.

Dejó que la llevara hasta el salón y la ayudara a sentarse.

—Agua, por favor —murmuró, pues se sentía súbitamente desfallecida.

Mientras Laurent iba a buscarla, Bel bajó la cabeza hasta las rodillas para intentar aliviar el mareo.

—¿Te encuentras mal?

—No… Enseguida se me pasará —dijo al tiempo que cogía el vaso y bebía con avidez.

—Bel, ¿qué ha ocurrido?

Laurent se sentó a su lado y le cogió las manos.

—Tengo… tengo que contarte una cosa.

—¿De qué se trata?

—Mi madre ha pedido pasar sus últimos días en nuestra hacienda de la montaña y debo ir con ella —soltó de forma abrupta. La tensión de las últimas semanas se acumuló de repente en su pecho y rompió a llorar—. Lo siento, Laurent, pero no tengo elección. Mi madre me necesita. Espero que puedas perdonarme y comprender por qué debo ausentarme un tiempo de Río.

—Bel, ¿por quién me has tomado? —inquirió él con dulzura—. Por supuesto que debes acompañar a tu madre. ¿Por qué creías que iba a enfadarme?

—Porque… porque me dijiste que estás en Río solo por mí y ahora yo me marcho.

Lo miró desesperada.

—Reconozco que no es la situación ideal, pero, si quieres que te diga la verdad, el hecho de que no vayas a compartir lecho con tu marido, aunque yo no pueda siquiera verte durante un tiempo, me supone un alivio —la reconfortó—. Por lo menos durante ese tiempo sentiré que eres realmente mía. Además, podemos escribirnos. Te enviaré cartas a la hacienda como si fueran dirigidas a tu doncella.

—Sí —convino Bel antes de sonarse con el pañuelo que él le tendía—. Perdóname, Laurent. Gustavo y Luiza se han mostrado tan fríos cuando se lo he dicho que pensé que tú reaccionarías igual —confesó.

—Me abstendré de hacer comentarios sobre tu marido y tu suegra, pero te aseguro que lo único que mi corazón siente en estos momentos es compasión. Además —los ojos le brillaron de pronto y una sonrisa le curvó los labios—, tengo a la cautivadora Alessandra Silveira para hacerme compañía durante tu ausencia.

—Laurent…

—Solo estoy bromeando, Izabela. Alessandra es una mujer atractiva por fuera, pero tiene la misma personalidad que la piedra a partir de la que la estoy esculpiendo —dijo riendo.

—El otro día vi en el periódico una fotografía tuya en el Parque Lage durante una gala benéfica organizada por la famosa Gabriella Besanzoni —comentó ella malhumorada.

—Sí, por lo visto en estos momentos soy la sensación de Río. Pero sabes que eso no significa nada sin ti, *chérie*. Igual que espero que tu vida esté vacía sin mí.

—Lo está —respondió rápidamente Bel.

—¿Y cómo está tu padre?

—Destrozado. —Bel se encogió de hombros con tristeza—. Una de las razones por las que Mãe quiere irse a la *fazenda* es para ahorrarle el sufrimiento de verla morir poco a poco. Vendrá a vernos cuando pueda. Si yo fuera mi madre, querría lo mismo. Los hombres llevan muy mal la enfermedad.

—La mayoría de los hombres, cierto. Pero no nos metas a todos en el mismo saco, por favor —la regañó Laurent—. Si tú estuvieras muriéndote, yo querría estar a tu lado. ¿Volveré a verte antes de que te vayas?

—No, Laurent, lo siento, pero no puedo. Tengo muchas cosas que hacer, entre ellas ir a ver al médico de mi madre para que me dé las pastillas que ha de tomar y algo de morfina para cuando llegue el momento.

—En ese caso, no perdamos más tiempo y pasemos las últimas horas que nos quedan pensando solo en nosotros.

Laurent se levantó, la cogió en brazos y la llevó al dormitorio.

41

Bel experimentó una terrible sensación de irrevocabilidad cuando su padre ayudó a una débil Carla a instalarse en el asiento trasero del Rolls-Royce. Mientras Antonio se ponía al volante y Loen ocupaba el puesto del copiloto, Bel se sentó junto a su madre y la rodeó con cojines para acomodarle el frágil cuerpo. Cuando su padre arrancó el motor y el coche empezó a alejarse por el camino, Bel vio que Carla se volvía para contemplar la casa y comprendió que lo hacía porque sabía que nunca más volvería a verla.

A su llegada a la *fazenda*, Fabiana tuvo que hacer un gran esfuerzo para recibir a su señora con una sonrisa alegre. Agotada por el viaje, Carla se tambaleó cuando Antonio la asistió en el trance de bajar del coche. Sin la menor vacilación, cogió a su mujer en brazos y la metió en la casa.

Durante los días que siguieron, Bel se sintió poco útil, pues Antonio, consciente de que pronto tendría que regresar a Río para hacerse cargo de las dificultades por las que estaban atravesando sus negocios, no se separó de Carla ni un segundo. Su dedicación hizo que a Fabiana y a Bel se les llenaran los ojos de lágrimas mientras aguardaban juntas en la cocina, sin poder ayudar por el momento a la paciente y a su inesperado enfermero.

—Nunca habría imaginado que su padre fuera así —dijo Fabiana por enésima vez enjugándose las lágrimas—. Tanto amor por una mujer... me rompe el corazón.

—A mí también —suspiró Bel.

El único miembro de la casa que estaba feliz —pero que hacía todo lo posible por ocultarlo, dadas las circunstancias— era Loen, que se había reencontrado con Bruno. Bel le había dado a su doncella unos días libres, pues poco podía hacer ella con un Antonio tan entregado al cuidado de su esposa. Y porque sabía lo necesaria que sería cuando se acercara el momento final de Carla.

Una vez más, Bel se fijó con envidia en que Loen y Bruno pasaban juntos todo el tiempo que podían. Su amor le hacía pensar en lo mucho que habían cambiado las cosas desde la última vez que había estado en la *fazenda*. Por lo menos, disponer de tanto tiempo le permitía escribir largas cartas de amor a Laurent que después le entregaba discretamente a Loen para que las echara al correo cuando Bruno y ella se acercaban paseando hasta el pueblo. Laurent respondía con regularidad, dirigiendo las cartas a la doncella, tal como habían acordado. Bel las leía una y otra vez, y sentía que nunca lo había añorado tanto.

En cuanto a su marido, Bel intentaba pensar en él lo menos posible. Pese a lo terrible de la situación, se alegraba de estar lejos de la atmósfera claustrofóbica y deprimente de A Casa y de la impresión de estar casada con un marido al que ya despreciaba de verdad.

A los diez días de su llegada a la *fazenda*, Antonio, triste y demacrado, regresó a Río. Al borde de las lágrimas, abrazó a Bel con fuerza y la besó en ambas mejillas.

—Volveré el viernes por la noche, pero, por el amor de Dios, Izabela, llámame a diario para contarme cómo está. Y si crees que he de adelantar mi vuelta, debes decírmelo. No más secretos, ¿de acuerdo?

—Haré lo que me pides, Pai, pero Mãe parece estar estable por el momento.

Desconsolado, Antonio subió al Rolls-Royce y se alejó por el camino levantando una nube de polvo y gravilla con los neumáticos.

Gustavo estaba en su club leyendo el periódico y reparó en lo vacía que se hallaba la biblioteca aquella tarde. Por lo visto, el presidente Washington Luís había convocado a los principales productores de café para una reunión urgente sobre la caída de los precios del grano, así que el restaurante también había estado desierto a la hora del almuerzo.

Mientras apuraba su tercer whisky, pensó en el rostro pálido y ojeroso de su esposa cuando se había despedido de él hacía tres semanas. La había echado terriblemente de menos desde su partida. La casa parecía haberse encogido sin su presencia, volviendo a lo que había sido antes de que Izabela se casara con él.

El hecho de que su madre seguía tratándolo como a un niño malcriado, con su constante actitud condescendiente, se le hacía aún más evidente en ausencia de su esposa. Y su padre continuaba dando por hecho que su hijo era un inepto en temas financieros y se sacaba de encima sus preguntas acerca del manejo de los fondos de la familia con un gesto de la mano, como si Gustavo fuera una mosca irritante.

Tras pedir otro whisky, esbozó una mueca al recordar su fría reacción cuando Izabela le comunicó la situación de su madre. Él se había enorgullecido toda su vida de su naturaleza compasiva, rasgo que su madre le había reprochado una y otra vez de niño, siempre que lloraba por un pájaro muerto en el jardín o por una zurra de su padre.

—Eres demasiado sensible —le decía—. Los chicos no deben mostrar sus emociones, Gustavo.

Y lo cierto era, se reconoció a sí mismo, que cuando bebía le resultaba mucho más fácil no ser tan sensible. Desde su boda con Izabela —un cambio que había creído que lo haría sentirse mucho más digno de aprecio— su autoestima había disminuido en lugar de aumentar. Y aquello lo había llevado a recurrir aún más a la bebida.

Soltó un suspiro. Aunque siempre había sabido que Izabela no lo amaba como él a ella, había albergado la esperanza de que su cariño creciera una vez casados. Pero había sentido la reticencia de su esposa —sobre todo cuando hacían el amor— desde el principio. Y últimamente, cada vez que ella lo miraba, Gustavo veía en sus ojos algo semejante a la lástima, aunque a veces se convertía en una clara aversión. La idea de que tal vez fuera una decepción para su esposa, además de para sus padres, había incrementado su desprecio hacia sí mismo.

Y el hecho de que Izabela no hubiera concebido todavía un hijo exacerbaba su sensación de fracaso. Las miradas de su madre le decían que no había sido capaz de cumplir con su deber como hombre. Y aunque desde su boda él era oficialmente el señor de la casa, e Izabela la señora, Gustavo sabía que no había hecho nada para imponer su autoridad o contener la necesidad de su madre de controlarlo todo.

El camarero pasó con una bandeja y recogió el vaso vacío.

—¿Lo mismo, señor? —preguntó de forma automática y esperando el gesto de asentimiento de siempre. Estaba a punto de marcharse cuando Gustavo dijo con cierto esfuerzo:

—No, gracias. ¿Puede traerme un café?

—Por supuesto, señor.

Mientras daba sorbos al líquido caliente y amargo, Gustavo meditó sobre el tiempo que Izabela y él llevaban casados y, por primera vez, reconoció con honestidad lo mucho que su relación se había deteriorado. Tanto era así que tenía la sensación de que, apenas seis meses después de la boda, ambos llevaban vidas separadas. También admitió sin miramientos que gran parte de la responsabilidad era suya, porque pasaba demasiado tiempo en el club ahogando sus sentimientos de incompetencia en alcohol.

De repente vio con claridad cómo le había fallado a su mujer. Con razón Bel parecía tan infeliz. Entre la frialdad de su suegra y la caída de su marido en el alcoholismo y la autocompasión, Izabela debía de sentir que había cometido un terrible error.

—Pero yo la amo —le susurró con desesperación al fondo de la taza.

¿Sería demasiado tarde para arreglar su relación?, se preguntó. ¿Para recuperar el cariño y la comunicación que habían compartido antes de casarse? Gustavo recordó que por aquel entonces Izabela al menos parecía tenerle simpatía.

«Tomaré el control», se juró al tiempo que firmaba la cuenta y salía del club decidido a hablar con sus padres en cuanto llegara a A Casa. Pues sabía que si no lo hacía, perdería a su mujer para siempre.

Durante las dos últimas semanas de vida de Carla, Fabiana, Bel y Loen se turnaron para no dejarla sola ni un instante. Una noche, en uno de sus raros momentos de lucidez, Carla buscó la mano de su hija.

—Cariño, hay algo que debo decirte ahora que todavía puedo. —Su voz era apenas un susurro, así que Bel tuvo que acercarse para poder oírla—. Sé que la vida de casada no ha sido fácil para ti y siento que es mi deber aconsejarte…

—Mãe, por favor —la interrumpió Bel con desesperación—. Gustavo y yo hemos tenido nuestros problemas, como todos los matrimonios, pero nada de lo que debas preocuparte ahora.

—Puede —continuó Carla obstinada—, pero eres mi hija, y te conozco mejor de lo que crees. No se me ha pasado por alto que puede que hayas desarrollado cierto… apego por una persona que no es tu marido. Lo vi aquella noche en A Casa cuando vino para descubrir tu escultura.

—Mãe, de verdad, no tiene la menor importancia —replicó Bel, sorprendida de que su madre se hubiese dado cuenta—. Es… era solo un amigo.

—Permíteme que lo dude —respondió Carla con una sonrisa triste—. Recuerda que también vi la mirada que cruzasteis aquel día en el Corcovado. Fingiste no saber quién era, pero resultaba evidente que sí lo conocías, y muy bien. Debo advertirte que seguir por ese camino solo generará dolor a todos los implicados. Te lo ruego, Izabela, llevas muy poco tiempo casada. Dale a Gustavo la oportunidad de hacerte feliz.

Como no quería inquietar más a su madre, Bel asintió.

—Se la daré, te lo prometo.

Dos días más tarde, Fabiana acudió a la habitación de Bel al amanecer.

—Señora, creo que ha llegado el momento de avisar a su padre.

Antonio llegó de inmediato, y durante las últimas horas de vida de su esposa apenas se separó de su lado. El final de Carla fue sereno, y Antonio y Bel permanecieron abrazados a los pies de la cama llorando en silencio.

Regresaron a Río después del funeral —Carla había insistido en que la enterraran en el pequeño cementerio de Paty do Alferes—, los dos desolados.

—Pai, por favor —dijo Bel cuando llegaron a Mansão da Princesa y se estaba preparando para volver a A Casa—, si necesitas algo, lo que sea, debes decírmelo. ¿Quieres que venga mañana para ver cómo estás? Seguro que a Gustavo no le importaría que me quedara contigo unos días.

—No, cariño. Tienes que seguir con tu propia vida. A mí, en cambio —paseó la mirada por el salón donde había pasado tantas horas con su mujer—, no me queda nada.

—Por favor, Pai, no digas eso. Sabes que el último deseo de Mãe fue que intentaras encontrar algo de felicidad durante el resto de tu vida.

—Lo sé, princesa, y te prometo que lo intentaré. Pero ahora mismo, al regresar a este vacío, me resulta imposible.

Al ver que Jorge ya esperaba en la puerta para recogerla, Bel se acercó a su padre y lo abrazó con fuerza.

—Trata de recordar que todavía me tienes a mí. Te quiero, Pai.

Cuando salió del salón, se encontró a Loen y a Gabriela hablando en voz baja en el vestíbulo.

—Loen, Jorge ya está aquí. Debemos irnos. —Se volvió hacia Gabriela—. Ya ha visto cómo está mi padre.

—Haré todo lo posible por animarlo, señora. Y puede que, con la ayuda de Dios, se reponga. Por favor, no olvide que el tiempo cura.

—Gracias. Vendré a verlo mañana. Vamos, Loen.

Bel vio a madre e hija despedirse cariñosamente, y aquello solo sirvió para aumentar su terrible sensación de pérdida.

Durante el breve trayecto hasta A Casa, Bel se preguntó qué se encontraría a su llegada. Había ignorado, siempre que se había atrevido a hacerlo, las frecuentes llamadas de Gustavo, pidiéndole a Fabiana que le dijera que estaba con su madre. Solo había hablado con él cuando no le había quedado más remedio. No obstante, para su sorpresa, en el momento en que le había comunicado el fallecimiento de su madre, Gustavo había mostrado una empatía inusitada en él. Y le había parecido que estaba sobrio. Cuando Bel le había asegurado que no hacía falta que asistiera al entierro, que Carla había pedido que se celebrara en la más estricta intimidad, su marido había dicho que lo entendía y que esperaría su regreso con impaciencia.

Mientras en la *fazenda* esperaban la llegada de la muerte, Bel había dedicado poco tiempo a pensar en su futuro, pero al acercarse a su hogar conyugal comprendió que debía empezar a afrontarlo. Sobre todo una parte concreta del mismo, de la cual había hablado con Loen hacía tan solo una semana. Su doncella le había asegurado que la angustia podía provocar tales cosas. Bel se había dejado tranquilizar por la teoría de Loen, incapaz de contemplar la otra alternativa con el corazón anegado por la pena.

Entró en la casa y notó, como siempre, el brusco cambio del calor del exterior a la fría atmósfera de dentro. Sufrió un escalofrío involuntario mientras su doncella la ayudaba a quitarse el sombrero y se preguntó si debería subir directamente a su habitación o buscar a su marido o a sus suegros. Porque, desde luego, no había ningún comité de bienvenida esperándola para consolarla.

—Llevaré la maleta a su habitación y le prepararé un baño mientras la deshago, señora Bel —propuso Loen, que percibió su malestar y le dio una palmadita en el hombro cuando se dirigía a la escalera.

—¿Hola? —llamó Bel en el vestíbulo vacío.

No obtuvo respuesta. Llamó de nuevo, con igual resultado, y por último optó por seguir a Loen.

Justo en ese momento, una figura emergió del salón.

—Veo que has vuelto, al fin.

—Sí, Luiza.

—Te acompaño en el sentimiento, y también mi marido.

—Gracias.

—La cena es a la hora de siempre.

—Subiré para arreglarme.

Recibiendo un brusco asentimiento como toda respuesta, Bel subió la escalera como una autómata, poniendo un pie detrás de otro sin ser consciente de que lo hacía. Cuando entró en su dormitorio, pensó que por lo menos contaba con la presencia reconfortante y familiar de Loen. Dejó que su doncella la ayudara a desvestirse, tarea que no le había pedido que realizara en la *fazenda*, pues la necesidad de centrarse enteramente en Carla las había llevado a dejar de lado tales rituales. Pero entonces reparó en la cara de sorpresa de Loen cuando se quedó desnuda frente a ella.

—¿Qué ocurre?

Loen le miraba la barriga.

—Nada, nada, señora Bel. El baño está listo. ¿Por qué no se mete antes de que se enfríe el agua?

Bel se sumergió, obediente, en la bañera. Al bajar la mirada, se percató del cambio que había experimentado el familiar contorno de su cuerpo. En la *fazenda* no había bañera, solo baldes de agua que calentaban al sol y se arrojaban sobre el cuerpo, y Bel llevaba semanas sin apenas mirarse en el espejo.

—*Meu Deus!* —exclamó cuando sus dedos rozaron con timidez la forma redondeada, aunque apenas perceptible, de su vientre normalmente plano. Rodeado de agua, surgía de la superficie como un pequeño suflé. También sus pechos estaban más grandes y pesados—. Estoy encinta —susurró, y el corazón empezó a latirle con fuerza.

No tuvo tiempo de seguir contemplando su descubrimiento ni de reprenderse por aceptar la teoría de Loen acerca de que la «falta» que había tenido se debía tan solo a la angustia, pues en aquel momento oyó la voz aflautada de Gustavo hablando con su doncella en el dormitorio. Se lavó a toda prisa, salió de la bañera, se puso la bata —atándola con un lazo suelto para que Gustavo no notara el sutil cambio en su figura— y salió del cuarto de baño.

Gustavo la recibió con una expresión cauta y un tanto tímida.

—Gracias, Loen, puedes irte —dijo él.

La doncella obedeció y Bel se quedó donde estaba, esperando a que Gustavo hablara primero.

—Te acompaño en el sentimiento, Izabela —dijo repitiendo como un loro las palabras de su madre.

—Gracias. La verdad es que no ha sido fácil.

—Tampoco lo ha sido estar aquí sin ti.

—No. Lo siento.

—No, por favor, no te disculpes —repuso él enseguida—. Me alegro mucho de que hayas vuelto. —Esbozó una sonrisa vacilante—. Te he echado de menos, Izabela.

—Gracias, Gustavo. Ahora he de arreglarme para la cena, y tú también.

Su marido asintió y entró en el cuarto de baño, cerrando la puerta tras de sí.

Bel se acercó a la ventana y observó que la tonalidad de la luz había cambiado sutilmente con el cambio de estación. Eran más de las siete, pero el sol apenas había empezado a ponerse. Cayó en la cuenta de que estaban a mediados de octubre, el momento álgido de la primavera en Río. Se volvió hacia la cama, todavía aturdida por su hallazgo, y advirtió que Loen le había dejado sobre la colcha un vestido que Bel apenas se ponía porque era de corte holgado —Gustavo prefería que su esposa vistiera prendas que marcaran su bonita figura—. Aquel detalle hizo que se le llenaran los ojos de lágrimas. Una vez vestida, dejó a Gustavo en la habitación y bajó al salón, pues le apetecía más eso que quedarse a solas con su marido. Cuando llegó al pie de la escalera, echó un vistazo a la puerta de la calle, deseando con todas sus fuerzas poder abrirla y correr junto a Laurent. Porque no le cabía la menor duda de que el hijo que llevaba dentro era suyo.

Aquella noche, mientras cenaban, Bel advirtió que durante su ausencia no había cambiado nada. Luiza seguía tan fría y condescendiente como siempre y apenas pronunció unas palabras de consuelo por su pérdida. Mauricio se mostró algo más comunicativo, pero se pasó casi toda la velada hablando con Gustavo de las complejidades de Wall Street y de algo llamado Índice Dow Jones, que al parecer había vivido una venta masiva de acciones el jueves previo.

—Gracias a Dios que el mes pasado decidí vender las acciones que tenía. Espero que tu padre hiciera lo mismo —dijo Mauricio—. Por suerte, yo no tenía muchas. Nunca me he fiado de esos yanquis. Ahora mismo están intentando reforzar el mercado con la esperanza de que se estabilice durante el fin de semana, pero me temo que aún no hemos visto lo peor. Si el mercado se desploma, tendrá un efecto devastador en la industria cafetera a largo plazo. La demanda de Estados Unidos, que representa casi toda nuestra producción, caerá en picado. En especial con la sobreproducción que Brasil ha venido protagonizando a lo largo de los últimos años —añadió con pesimismo.

—Es una bendición que nuestra familia saliera de los mercaros estadounidenses cuando lo hizo —señaló Luiza lanzando una mirada aviesa a Bel—. Siempre he creído que, tarde o temprano, al codicioso le llega su justo castigo.

Bel miró a su marido, que le ofreció una sonrisa inesperadamente consoladora en respuesta a la indirecta de su madre.

—Puede que ya no seamos ricos, querida, pero por lo menos gozamos de estabilidad —repuso su suegro en tono neutro.

Aquella noche, mientras subían al dormitorio, Bel se volvió hacia Gustavo.

—¿Cuán grave es la situación en Estados Unidos? ¿Lo sabes? Estoy preocupada por mi padre. Como ha estado fuera de Río toda la semana, puede que no se haya enterado de lo que está pasando.

—Imagino que ya sabes que hasta ahora nunca había seguido los mercados de cerca —reconoció Gustavo mientras abría la puerta del dormitorio—. Pero, por lo que cuenta mi padre, y basándome en la información que solo ahora estoy empezando a comprender, es realmente grave.

Bel entró en el cuarto de baño dando vueltas en la cabeza a los acontecimientos de las últimas horas. Se desvistió y, una vez más, no pudo evitar quedarse mirando el bulto, pequeño pero visible, sin perder aún la esperanza de haberse equivocado. Cuando se puso el camisón, todavía no tenía ni idea de qué debería hacer al respecto. Pero lo que sí sabía era que aquella noche no podría soportar que su marido la tocara. Tras prolongar cuanto pudo sus abluciones, salió del cuarto de baño rezando para que Gustavo se hubiese dormido. Pero se lo encontró tumbado en la cama, completamente despierto, observándola.

—Te he echado de menos, Izabela. Ven con tu marido.

Bel se metió en la cama despacio, con un millón de excusas rondándole la cabeza. Pero ninguna de ellas resultaría con un marido que llevaba dos meses sin ver a su esposa.

Advirtió que Gustavo seguía mirándola con fijeza.

—Pareces asustada, Izabela. ¿Tanto miedo me tienes?

—No, no… claro que no.

—Querida, comprendo que estás de luto y que tal vez necesites algo de tiempo para poder relajarte del todo. Deja que me limite a abrazarte.

Las palabras de Gustavo la dejaron atónita. Teniendo en cuenta que acababa de descubrir cuál era su estado, el dolor de ver morir a su madre y la noticia de la situación en Estados Unidos durante la cena, la comprensión de su marido bastó para que se le llenaran los ojos de lágrimas.

—Por favor, Izabela, no me tengas miedo. Te prometo que esta noche solo quiero darte consuelo —reiteró él al tiempo que apagaba la luz.

Dejó que la abrazara y yació sobre el pecho de su esposo contemplando la oscuridad. Sentía su mano acariciándole el pelo, y cuando pensó en el minúsculo corazón que palpitaba dentro de ella, el sentimiento de culpa la invadió.

—Mientras has estado fuera he tenido mucho tiempo para pensar —dijo Gustavo en voz baja—. He recordado cómo éramos cuando nos conocimos, lo mucho que hablábamos de arte y cultura y cómo nos reíamos. Pero desde que nos casamos siento que nos hemos distanciado, y yo soy el principal responsable. Sé que he pasado demasiado tiempo en el club. En parte, si te soy franco, para salir de esta casa. Ambos sabemos que el ambiente aquí es más bien... austero.

Bel escuchó sus palabras en la oscuridad, decidida a no intervenir hasta que terminara.

—Y también yo tengo la culpa de eso. Debería haberme mostrado más firme con mi madre cuando me casé contigo. Decirle sin rodeos que tú llevarías la casa a partir de ese momento y que ella debía permanecer en segundo plano para permitirlo. Lo siento, Izabela, he sido débil y no he plantado cara por ti, ni por mí, cuando era necesario.

—Gustavo, tú no tienes la culpa de que yo no sea del agrado de Luiza.

—Dudo que seas tú quien le desagrada —respondió él con amargura—. Mi madre no tolera a nadie que ponga en peligro su posición en la casa. Incluso me ha sugerido que, dado que no has concebido un hijo desde que nos casamos, podría hablar con el obispo y hacer que nuestro matrimonio se anulara alegando que, obviamente, no hemos tenido relaciones íntimas.

Bel no pudo evitar que se le escapara una exclamación de horror debido a lo que en aquellos momentos crecía dentro de ella. Gustavo la interpretó como una muestra de indignación por el hecho de que su madre deseara condenar su matrimonio y la abrazó con más fuerza.

—Como es lógico, me puse furioso y le dije que si volvía a pronunciar semejante blasfemia sería ella, y no mi esposa, quien se encontraría en la calle. Después de eso —continuó Gustavo—, decidí que debía actuar. Le he pedido a mi padre que ponga esta casa a mi nombre, algo que debería haber exigido en cuanto contrajimos matrimonio, puesto que es el protocolo habitual. Ha aceptado, y además me pasará la gestión de las finanzas familiares tan pronto como me sienta preparado y posea los conocimientos necesarios para manejarlas. Así pues, durante las próximas semanas pasaré mucho tiempo con mi padre, aprendiendo de él, en lugar de desperdiciar mis días en el club. Cuando concluya el proceso, te cederé la responsabilidad de todos los asuntos domésticos. Y mi madre no tendrá más remedio que aceptar la situación.

—Entiendo.

Bel captó el dejo de determinación de la voz de su marido y deseó poder hallar consuelo en él.

—De modo que, aunque tarde, al fin ambos dirigiremos nuestra casa. En cuanto a mi afición a la bebida, sé que últimamente me he excedido, Izabela, y te juro que desde hace semanas solo tomo un poco de vino en la cena, nada más. ¿Podrás perdonar a tu marido por no haber actuado antes? Entiendo lo difíciles que han debido de ser para ti estos últimos meses. Pero, como decía, estoy decidido a empezar de cero. Espero que tú también seas capaz de hacerlo, porque te amo profundamente.

—Cla... claro que puedo perdonarte —tartamudeó ella, sin saber qué otra respuesta dar a sus sentidas palabras.

—Y a partir de ahora no habrá más... —Gustavo buscó una expresión adecuada— actividad forzada en el dormitorio. Si me dices que no quieres hacer el amor conmigo, lo aceptaré. Aunque espero que algún día, en el futuro, cuando hayas visto que no desisto en el camino que me propongo seguir, lo desees. Ya está, eso es todo lo que tenía que decir. Y ahora, querida, después de las terribles semanas que has pasado, me gustaría continuar abrazándote hasta que te duermas.

Pocos minutos después, Bel oyó a Gustavo roncar quedamente y se liberó de su abrazo para ponerse de costado. Tenía el corazón desbocado y el desasosiego le revolvió el estómago mientras meditaba sobre su situación. ¿Existía alguna posibilidad de que el bebé fuera de su marido? Trató de recordar la última vez que habían hecho el amor con éxito y supo que la respuesta era no.

Mientras pasaban las horas y daba vueltas en la cama presa de la angustia, comprendió que debía tomar una decisión inmediata. Al fin y al cabo, tal vez Laurent se sintiera horrorizado si le decía que estaba embarazada y que el hijo era suyo. Aquello nunca había formado parte de los planes de ninguno de los dos, por eso Laurent había tomado tantas precauciones para protegerla de tal situación. Bel rememoró las palabras de advertencia de Margarida: los hombres como Laurent no querían ataduras permanentes.

Cuando la luz del alba empezó a filtrarse por las rendijas de los postigos, las viejas inseguridades de Bel con respecto a Laurent retornaron con fuerza. Solo podía hacer una cosa, y era verlo cuanto antes.

42

Qué tienes previsto hacer hoy, *meu amor*? —le preguntó Gustavo mientras estaban sentados a la mesa del desayuno.

El hombre sonrió a su esposa mientras se servía otro café de la jarra de plata.

—Iré al salón de madame Duchaine para las últimas pruebas antes del inicio de la nueva temporada —respondió Bel con una sonrisa radiante—. Espero que tenga los vestidos terminados para finales de esta semana.

—Bien, bien —dijo él.

—Y, con tu permiso, me gustaría ausentarme a la hora del almuerzo para hacer una visita a mi padre. He llamado a su casa hace un rato y Gabriela me ha dicho que ni siquiera se había vestido y que no tenía intención de ir hoy al despacho. —Bel frunció el cejo—. Estoy muy preocupada por su estado de ánimo.

—Naturalmente —accedió Gustavo—. Yo iré al Senado con mi padre. El presidente Washington Luís ha convocado una reunión urgente con todos los barones del café para hablar de la crisis de Estados Unidos.

—Pensaba que a tu padre ya no tenía intereses en el negocio de los cafetales —dijo Bel.

—Muy pocos, pero, como miembro veterano de la comunidad en Río, el presidente le ha pedido que asista.

—Entonces, ¿no crees que mi padre también debería ir?

—Desde luego, porque la situación va de mal en peor. Pero,

por favor, dile que estaré encantado de informarlo de todo lo que allí se diga. Te veré antes de la cena, querida.

Gustavo la besó dulcemente en la mejilla y se levantó de la mesa.

Cuando su marido se marchó al Senado con su padre, y tras cerciorarse de que Luiza estaba recluida en la cocina organizando los menús de la semana entrante, Bel subió corriendo a su dormitorio para coger su agenda. Volvió a bajar al vestíbulo con igual premura y, con las manos temblorosas, descolgó el teléfono y pidió que le pusieran con el número que Laurent le había dado.

—Contesta, por favor, contesta —susurró mientras oía el tono al otro lado de la línea.

—*Ici* Laurent Brouilly.

Al oír su voz, Bel notó que el corazón se le aceleraba de pura emoción.

—Soy Izabela Aires Cabral —respondió por si Luiza decidía salir inesperadamente de la cocina—. ¿Podría darme cita hoy a las dos?

Laurent tardó unos segundos en responder.

—Estoy seguro de que puedo hacerle un hueco, madame. ¿Vendrá aquí?

—Sí.

—En ese caso, esperaré impaciente su llegada.

Bel casi podía notar en su voz la sonrisa sardónica que habría esbozado al seguirle el juego.

—Hasta luego, entonces.

—*À bientôt, ma chérie* —susurró él al tiempo que Bel colgaba abruptamente.

Los dedos de la joven sobrevolaron el teléfono mientras consideraba la posibilidad de telefonear a madame Duchaine para concertar una cita y disponer así de una coartada, pero sabía que todavía no podía correr el riesgo de que los astutos ojillos de la modista se fijaran en su abultado vientre y la mujer hiciera correr la noticia. Así pues, la telefoneó y le pidió hora para dos días más tarde. Tras informar a Luiza de que se marchaba a ver a su padre y luego a la modista, subió al coche y pidió a Jorge que la llevara a Mansão da Princesa.

Gabriela abrió la puerta antes de que Bel terminara de subir los escalones. Su expresión era de profunda preocupación.

—¿Cómo está? —peguntó Bel al entrar.

—Todavía acostado. Dice que no tiene energía para levantarse. ¿Le digo que ha venido, señora?

—No, iré a verlo a su habitación.

Bel llamó a la puerta y, al no recibir respuesta, la abrió y entró. Los postigos estaban cerrados a cal y canto contra el sol del mediodía y apenas fue capaz de distinguir la figura que yacía acurrucada bajo las sábanas.

—Pai, soy Izabela. ¿Te encuentras mal?

De la cama no emergió más que un gruñido.

—Voy a abrir los postigos para poder verte —prosiguió la chica, que se acercó a las ventanas y las abrió de par en par.

Se dio la vuelta y vio que su padre estaba haciéndose el dormido, así que se sentó en el borde de la cama.

—Pai, por favor, cuéntame qué te pasa.

—No puedo continuar sin ella —gimió Antonio—. ¿Qué sentido tiene la vida si ella ya no está?

—Pai, le prometiste a Mãe en su lecho de muerte que seguirías adelante con tu vida. Probablemente te esté viendo ahora mismo desde el cielo y gritándote que te levantes.

—No creo en el cielo, y tampoco en Dios —farfulló malhumorado—. ¿Qué clase de deidad se llevaría de este mundo a mi amada Carla, una mujer que jamás ha hecho daño a nadie?

—Pues ella sí creía en Dios, y yo también —replicó Bel con firmeza—. Los dos sabemos que nunca existe una razón para estas cosas. Compartiste veintidós maravillosos años con Mãe. Deberías estar agradecido e intentar cumplir su deseo de que siguieras adelante con tu vida.

Su padre no respondió, de manera que Bel probó con otro enfoque.

—Pai, ¿tienes idea de lo que está sucediendo en Estados Unidos en estos momentos? Mauricio me dijo anoche que en Wall

Street podría producirse otro desplome en cualquier momento. En el Senado se está celebrando una reunión urgente para hablar del impacto que eso tendrá sobre Brasil. Todos los grandes productores de café están allí. ¿No crees que tú también deberías asistir?

—No, Bel, es demasiado tarde —suspiró Antonio—. Yo no vendí las acciones que tenía en su momento porque pensé que los demás se estaban dejando arrastrar por el pánico. Ayer, cuando te fuiste, me llamó mi agente de Bolsa para decirme que el mercado se había desmoronado y que muchas de mis acciones ya no valían nada. Dice que hoy será todavía peor. Izabela, la mayor parte de nuestro dinero estaba invertido en Wall Street. Lo he perdido todo.

—Eso no puede ser cierto, Pai. Aunque hayas perdido las acciones, tienes numerosos cafetales que valen una fortuna. Si el café no se vende tan bien en el futuro, tienes las propiedades.

—Te lo ruego, Izabela —dijo Antonio con calma—, no intentes entender ahora de negocios. Para comprar los cafetales pedí dinero prestado a los bancos, los cuales estuvieron encantados de dármelo mientras la producción de café y su precio de venta eran altos. Desde que los precios empezaron a caer, me ha costado mucho mantenerme al día en los reembolsos. Los bancos querían más garantías y tuve que presentar esta casa como aval por si se producía un impago. ¿Lo entiendes, Izabela? Ahora me quitarán todo lo que tengo para saldar mis deudas. Si mis acciones en Estados Unidos también han desaparecido, no me queda nada, ni siquiera un techo sobre la cabeza.

Bel escuchó horrorizada lo que su padre le contaba y se reprendió por su falta de conocimientos financieros. Si entendiera de aquellos temas, tal vez podría decirle algo para insuflarle la esperanza que necesitaba.

—Razón de más para que vayas hoy al Senado, Pai. No eres el único que está en esta situación, y tú mismo me has dicho muchas veces que la economía de Brasil se basa en la producción de café. Seguro que el gobierno no puede permitir que esta se desplome sin más.

—Cariño, la ecuación es muy sencilla: si nadie tiene dinero para comprar nuestros granos, ningún gobierno puede hacer nada al respecto. Y ten por seguro que los estadounidenses tan solo podrán pensar en cómo sobrevivir, no en el lujo de disfrutar de una taza de café. —Antonio, nervioso, se frotó la frente—. El Senado quiere dar la impresión de que está haciendo algo contra la crisis, pero todos sabemos que ya es demasiado tarde. Así que gracias por contarme lo de la reunión, pero déjame decirte que se trata de un gesto vano.

—Al menos le pediré a Mauricio que te explique lo que se hable en ella —insistió Bel—. Además, aunque tengas razón y lo hayas perdido todo, recuerda que la propietaria de la *fazenda* soy yo. Siempre tendrás una casa, querido Pai. Y dada la generosa suma de dinero que le entregaste a Gustavo cuando nos casamos, estoy segura de que no permitirá que te mueras de hambre.

—¿Y qué pretendes que haga yo solo en la *fazenda* sin un negocio que dirigir ni la compañía de mi amada esposa? —preguntó Antonio con amargura.

—¡Ya basta, Pai! Como tú mismo has dicho, muchas personas se verán afectadas por esta situación, puede que hasta el extremo de verse en la indigencia, así que deberías sentirte afortunado por no encontrarte entre ellos. Solo tienes cuarenta y ocho años. Tienes tiempo de sobra para empezar de nuevo.

—Izabela, mi reputación se ha ido al traste. Aunque quisiera empezar de nuevo, ningún banco de Brasil me prestaría el dinero necesario para hacerlo. Todo ha terminado para mí.

Bel vio que su padre cerraba los ojos de nuevo. Pensó en hacía tan solo unos meses atrás, en el día en que la llevó tan orgulloso al altar. Aunque siempre había detestado lo mucho que a su padre le gustaba alardear de su reciente fortuna, deseó con todas sus fuerza poder recuperarla para él. Hasta aquel momento, nunca se había dado cuenta de que Antonio había basado en ella toda su autoestima. Sumando aquel descubrimiento a la pérdida de su amada esposa, Bel entendió por qué sentía que no le quedaba nada.

—Pai, me tienes a mí —dijo con dulzura—. Y yo te necesito.

Por favor, tienes que creerme cuando te digo que me da igual que hayas perdido tu fortuna. Yo sigo queriéndote y respetándote como padre.

Antonio abrió los ojos y, por primera vez, Bel vio un atisbo de sonrisa en ellos.

—Tienes razón. Y tú, princesa, eres lo único de lo que estoy verdaderamente orgulloso en mi vida.

—Entonces hazme caso cuando te digo, como haría Mãe, que no estás derrotado. Levántate, Pai, te lo ruego. Juntos averiguaremos la mejor manera de proceder. Te ayudaré en todo lo que pueda. Tengo mis joyas, y también las joyas que me ha dejado Mãe. Si las vendemos, seguro que obtenemos lo suficiente para poner en marcha un negocio nuevo.

—Si es que a alguien le queda dinero para comprar algo al final de este holocausto financiero —espetó Antonio—. Izabela, te agradezco que hayas venido y me avergüenza que hayas tenido que verme así. Te prometo que me levantaré en cuanto te vayas. Pero ahora mismo me gustaría quedarme solo para pensar.

—¿Lo prometes, Pai? Te advierto que telefonearé a Gabriela más tarde para asegurarme de que has cumplido lo que dices. Volveré mañana para ver cómo estás.

Se agachó para dar un beso a su padre y Antonio sonrió.

—Gracias, princesa. Hasta mañana.

Bel habló unos minutos con Gabriela y le dijo que la llamaría más tarde; luego subió al coche que la esperaba fuera y pidió a Jorge que la dejara en el salón de madame Duchaine. Tras indicarle, como siempre, que la recogiera a las seis, interpretó la farsa de esperar en la puerta del salón hasta que el coche hubo desaparecido de su vista y después se dirigió a buen paso al piso de Laurent.

—*Chérie!* —exclamó él al hacerla a pasar para estrecharla entre sus brazos y cubrirle la cara y el cuello de besos—. No imaginas cuánto te he echado de menos.

Fundiéndose aliviada en su abrazo, Bel no protestó cuando la cogió y la llevó en volandas al dormitorio. Durante unos minutos maravillosos, todos los horribles pensamientos que le daban vueltas en la cabeza se diluyeron en el éxtasis convertirse en una sola persona con él.

Después, yacieron juntos entre las sábanas revueltas y Bel respondió las numerosas y delicadas preguntas de Laurent respecto a las últimas semanas.

—¿Y qué hay de ti? —preguntó ella al fin—. ¿Te has mantenido ocupado?

—Por desgracia, no me han hecho más encargos desde que terminé el de Alessandra Silveira. La gente está nerviosa por los problemas del café en Brasil y del mercado bursátil en Nueva York. Ya no se gasta el dinero en fruslerías como una escultura. Así que, a lo largo de este último mes, he hecho poco salvo comer, beber y nadar en el mar. Izabela —continuó Laurent poniéndose serio—, aparte de que la situación en Brasil empeora día a día, creo que ya no puedo seguir aquí. Añoro Francia y ya es hora de que deje de limitarme a sobrevivir. Lo siento, *chérie*, pero he de volver a casa. —Le besó la mano—. La cuestión es ¿vendrás conmigo?

Bel fue incapaz de responder. Permaneció callada y con los ojos cerrados entre sus brazos, sintiéndose como si todos los elementos que componían su vida estuvieran alcanzando un clímax difícil de soportar.

—El señor da Silva Costa me ha reservado un camarote en un barco que zarpa el viernes —continuó él con tono apremiante—. Debo tomarlo, porque muchas de las compañías navieras son propiedad de estadounidenses y, si la situación financiera se agrava, es posible que durante muchos meses no salgan más barcos del puerto de Río.

Al escucharlo, Bel comprendió al fin lo profunda que era la crisis de Estados Unidos.

—¿Zarpas el viernes? ¿Dentro de tres días? —acertó a susurrar.

—Sí. Y te suplico, *mon amour*, que vengas conmigo. Creo que ha llegado el momento de que seas tú quien me siga. Por mucho que te quiera, aquí no tengo nada: ni una vida propia ni, menos aún, dada tu situación, una vida que pueda compartir contigo. Me siento culpable por obligarte a tomar una decisión así cuando acabas de enterrar a tu querida madre, pero espero que comprendas por qué debo irme.

Laurente la miró fijamente a los ojos, buscando una respuesta en ellos.

—Sí, ya me has esperado bastante. —Bel se incorporó y se cubrió los senos desnudos con la sábana—. Laurent, he de decirte algo...

Salir del abarrotado edificio del Senado supuso un gran alivio para Gustavo. Dentro, tanto la temperatura como la tensión habían alcanzado el punto de ebullición cuando los desesperados productores de café habían exigido saber qué pensaba hacer el gobierno para salvarlos. Se habían producido incluso algunas reyertas, hombres civilizados empujados a la violencia por el temor a perder sus fortunas de la noche a la mañana.

Había aguantado tanto como había podido, deseoso de mostrar su apoyo pero consciente de que poco podía ofrecer en lo que a asesoramiento se refería. Lo que más le apetecía en aquel instante era una copa. Se encaminó hacia el club y dio unos pasos antes de detenerse.

No. Debía resistir o volvería al punto de partida, y la noche anterior le había prometido a Izabela que se había convertido en un hombre nuevo.

Recordó entonces que su esposa le había dicho durante el desayuno que tenía hora con la modista en Ipanema. El salón estaba a solo diez minutos a pie, y se dijo que sería agradable darle una sorpresa. Podrían caminar del brazo por el paseo marítimo y sentarse en una de las cafeterías de la playa a ver pasar la vida. Era la clase de cosas que hacían los maridos y las esposas que gustaban de la compañía del otro, ¿no?

Dobló hacia la izquierda y puso rumbo a Ipanema.

Quince minutos después, salía del salón de madame Duchaine desconcertado. Habría jurado que por la mañana Izabela le había dicho que la modista sería su siguiente parada después de visitar a su padre, pero esta le había asegurado que su esposa no había reservado hora para aquella tarde. Encogiéndose de hombros, detuvo un taxi y se marchó a casa.

Laurent la miraba con una expresión de estupefacción dibujada en el rostro.

—¿Y estás segura de que el bebé es mío?

—He repasado mentalmente una y otra vez las ocasiones en que cabría pensar en la posibilidad de que fuera de Gustavo, pero, como tú mismo has dicho, si no hay... entrada, es imposible concebir un niño. —A Bel le daba vergüenza hablar de un modo tan íntimo de la relación con su marido—. Y durante los dos meses anteriores a que me marchara a la *fazenda* con mi madre no la hubo. Aunque tampoco creo que mi marido se hubiera dado cuenta —añadió.

—¿Piensas que podrías estar de tres meses?

—Tal vez de más, pero no puedo asegurarlo. No quería ver al médico de la familia hasta que hubiese hablado contigo.

—¿Puedo verlo? —preguntó él.

—Sí, aunque aún no se nota mucho.

Laurent le retiró la sábana y posó la mano sobre el pequeño bulto. Apartó la vista de la barriga para mirar a Bel a los ojos.

—¿Y me juras que estás completamente segura de que el hijo es mío?

—Laurent —Bel le sostuvo la mirada—, no tengo la menor duda. De lo contrario, no estaría aquí.

—No. En fin... —suspiró él—. Dadas las circunstancias que estábamos discutiendo antes de que me dieras la noticia, ahora sí que debemos marcharnos juntos a París lo antes posible.

—¿Me estás diciendo que quieres a nuestro hijo?

—Estoy diciendo que te quiero a ti, Izabela. Y si eso —Laurent señaló el bulto— forma parte de ti y de mí, por inesperado que sea, entonces sí, claro que lo quiero.

Los ojos de Bel se humedecieron.

—Temía que no fuera así. Me había preparado para ello.

—Reconozco que si nace con cara de hurón es probable que

me lo piense mejor, pero claro que te creo, Bel. No se me ocurre ninguna razón para que me mientas teniendo en cuenta la vida que yo puedo ofrecerle a esta criatura en comparación con tu marido. —Laurent miró hacia otro lado y soltó un suspiro—. La verdad es que no tengo ni idea de cómo vamos a sobrevivir. Hasta yo soy consciente de que mi buhardilla de Montparnasse no es el mejor lugar para un bebé. Y tampoco para ti.

—Podría vender mis joyas —ofreció Bel por segunda vez aquel día—. Y tengo algo de dinero para ayudarnos a empezar.

Laurent la miró atónito.

—*Mon Dieu!* Ya le habías estado dando vueltas.

—Cada minuto desde que lo supe con certeza —reconoció ella—. Pero...

—Siempre hay un «pero». —Laurent puso los ojos en blanco—. ¿Cuál es el tuyo?

—He ido a ver a mi padre antes de venir aquí. Está tan deprimido que se niega a salir de la cama. Me ha contado que lo ha perdido todo en la Bolsa de Estados Unidos. Está arruinado, y destrozado por eso y por la muerte de mi madre.

—O sea que ahora no solo te sientes culpable por dejar a tu marido, sino también por abandonar a tu padre.

—¡Pues claro! —le espetó Bel, frustrada ante la incapacidad de Laurent de comprender la enormidad de su decisión—. Si me voy contigo, Pai sentirá que de verdad lo ha perdido todo.

—Y si no te vas, nuestro hijo perderá a su papá. Y nosotros el uno al otro —replicó Laurent—. *Chérie*, no puedo ayudarte a tomar la decisión. Solo puedo decirte que crucé medio mundo para estar contigo y que llevo nueve meses en este apartamento viviendo únicamente para los momentos que pasamos juntos. Entendería que decidieras quedarte, pero tengo la impresión de que siempre encuentras una razón para dejar de lado tu propia felicidad.

—Yo quería mucho a mi madre, y aún quiero a mi padre. Por favor, recuerda que Gustavo no fue el motivo de que dejara París para volver a Río —le suplicó Bel con lágrimas en los ojos—. No quería romperles el corazón a mis padres.

—Creo, Izabela, que necesitas tiempo para meditarlo. —Laurent le levantó el mentón y la besó en los labios con dulzura—. Una vez que la decisión esté tomada, no habrá vuelta atrás. Sea cual sea.

—Reconozco que en este momento no sé qué camino seguir.

—Lamentablemente, dudo que en el futuro haya un mejor «momento» para tomar una decisión así. Nunca lo hay. Sin embargo —suspiró él—, te propongo que volvamos a vernos aquí dentro de dos días. Entonces me comunicarás tu decisión y concebiremos un plan.

Bel ya se había levantado de la cama y estaba vistiéndose. Mientras se prendía el sombrero, asintió.

—Pase lo que pase, amor mío —dijo Laurent—, el jueves a las dos estaré aquí.

Cuando Bel llegó a A Casa, telefoneó a Gabriela para preguntar por su padre. La criada le dijo que se había levantado de la cama y se había marchado después de comunicarle que pasaría toda la tarde en la oficina. Aliviada, Bel decidió que, en lugar de subir a su habitación de inmediato, le pediría a Loen que le llevara un zumo de mango a la terraza y disfrutaría del suave sol del atardecer.

—¿No necesita nada más, señora Bel? —le preguntó su doncella después de dejar el vaso y la jarra en la mesa.

Bel tuvo la tentación de confiarle el espantoso dilema en el que se hallaba, pero sabía que, aunque Loen era su mejor amiga, no podía cargarla con el peso de la verdad.

—No, Loen, gracias. ¿Podrías prepararme el baño dentro de diez minutos? Subiré dentro de un rato.

Bel la vio dirigirse hacia la cocina rodeando la casa. Ahora que su madre había muerto, sabía que aquella decisión debía tomarla sola. Se bebió el zumo de mango e intentó analizar los hechos con frialdad. Aunque la conducta de Gustavo a lo largo de las últimas veinticuatro horas había mejorado bastante con respecto a los últimos meses, Bel creía que se trataba de algo temporal. Pese a sus promesas, dudaba que su marido tuviera agallas para enfrentarse a Luiza.

Y lo más importante de todo, no sentía nada por él, ni siquiera el menor atisbo de culpa. Si Bel lo dejaba, parecía que su madre ya tenía un as bajo la manga. El matrimonio podría anularse y Gustavo sería libre para encontrar una esposa más adecuada. Y a Bel no le cabía duda de que esta vez sería su madre quien la eligiera.

Lo de Antonio era otra historia. A Bel le preocupaba que su madre no la perdonara nunca por abandonar a su padre cuando más la necesitaba. Tampoco olvidaba lo que Carla le había dicho justo antes de morir: que anteponer su amor por Laurent solo conduciría al desastre.

Y ahora, por supuesto, había una nueva presencia en su vida que debía considerar. Tenía que pensar en qué sería lo mejor para la criatura que crecía en su interior. Si se quedaba con Gustavo, podría darle seguridad y un apellido que le permitiría vivir cómodamente toda su vida. Además, pensó, podía imaginarse la cara de Pai si le dijera que iba a tener su primer nieto. Eso, por sí solo, ya le daría una razón para vivir.

Por otro lado, ¿deseaba que un hijo suyo creciera bajo el techo frío y austero de los Aires Cabral? La criatura tendría una madre que se pasaría el resto de su vida lamentando su decisión de quedarse, soñando secretamente con el mundo que había rechazado. Y un padre que solo lo era de nombre…

Suspiró abatida. Por muchas vueltas que le diera, era incapaz de tomar una determinación.

—Hola, Izabela. —Gustavo apareció en la terraza—. ¿Qué haces aquí fuera?

—Disfrutar del aire fresco de la tarde —respondió ella con rapidez, notando que enrojecía por los pensamientos secretos que le rondaban la cabeza.

—Ya lo veo. —Gustavo tomó asiento—. En el Senado el ambiente también se ha caldeado. Por lo visto, en Wall Street se refieren al día de hoy como el «Martes Negro». El Dow Jones ha perdido otros treinta puntos desde ayer y la familia Rockefeller ha comprado cantidades ingentes de acciones para reforzar el mercado. Creo que no ha funcionado, pero hasta mañana no se sabrá exactamente cuánto se ha perdido. En fin, por lo menos mi padre ha tomado algunas decisiones sensatas a lo largo de los últimos meses, a diferencia de otros. ¿Cómo está tu padre? —le preguntó.

—Muy mal. Creo que se encuentra entre esos que acabas de mencionar, los que jugaron y perdieron.

—Bueno, no debe avergonzarse por ello. Hay muchos en el mismo barco. No podían saber lo que iba a pasar. Nadie podía saberlo.

Agradecida por sus sabias y amables palabras, Bel se volvió hacia él.

—¿Crees que podrías ir a verlo y contarle lo que acabas de decirme?

—Desde luego.

—Son casi las siete y se me debe de estar enfriando el baño —dijo Bel levantándose del banco—. Gracias, Gustavo.

—¿Por qué?

—Por tu comprensión.

Bel se encaminó hacia la casa.

—Por cierto, ¿qué tal la prueba con la modista? —preguntó Gustavo, que no apartó la vista de ella cuando se detuvo en seco, de espaldas a él.

—Muy provechosa, gracias por preguntar.

Bel se volvió y esbozó una sonrisa antes de desaparecer.

43

Después de otra noche angustiosa en la que no había conseguido conciliar el sueño hasta el amanecer, Bel se despertó exhausta y aturdida. Vio que el lado de la cama de Gustavo estaba vacío. Camino del cuarto de baño, pensó que era muy extraño. Gustavo nunca se levantaba antes que ella. Quizá dijera en serio lo de hacer borrón y cuenta nueva. Cuando bajó a desayunar, solo encontró a Luiza.

—Mi marido y el tuyo están en el despacho leyendo la prensa matutina. Imagino que Gustavo te comentaría ayer que Wall Street volvió a caer. No tardarán en marcharse de nuevo al Senado para hablar de qué puede hacerse para salvar la industria cafetera. ¿Piensas ir hoy a la Iglesia da Glória? —preguntó Luiza como si nada hubiera cambiado desde el día previo y medio mundo no se hubiera despertado del todo arruinado aquella mañana.

—No. Iré a ver a mi padre. Como puede imaginar, en estos momentos está un poco… decaído —respondió Bel en un tono igualmente neutro.

—Entiendo. Bueno, como ya he dicho en otras ocasiones, cada uno recoge lo que siembra. —Luiza se levantó—. Entonces seguiré cumpliendo con nuestras obligaciones domésticas y ocupando tu lugar en la iglesia en tu ausencia.

Bel la observó mientras salía de la estancia, sin poder dar crédito a su falta de sensibilidad, que resultaba aún más intolerable por el hecho de que la estabilidad financiera de su suegra —incluida aquella casa recién reformada— había sido respaldada y sufragada por Antonio y su duro trabajo.

Presa de la frustración, agarró una naranja del frutero y la lanzó contra la pared en el preciso instante en que Gustavo entraba en el comedor.

Su marido arqueó una ceja cuando la fruta regresó rodando por debajo de la mesa hasta los pies de Bel.

—Buenos días, Izabela —dijo, y se arrodilló para recoger la naranja y devolverla al frutero—. ¿Mejorando tu tenis?

—Lo siento, Gustavo. Me temo que tu madre ha hecho un comentario especialmente insensible.

—Bueno, es probable que se deba a que mi padre le ha comunicado antes del desayuno que tú llevarás las cuentas de la casa a partir de ahora. Como ya imaginarás, no se lo ha tomado demasiado bien. Me temo que tendrás que ignorar sus berrinches como resultado de la noticia.

—Lo intentaré —convino ella—. Me ha dicho que esta mañana vas a volver al Senado.

—Sí. Poco a poco van llegando noticias de Nueva York. Por lo visto ayer se produjo un baño de sangre. —Gustavo suspiró—. Por todo Wall Street había hombres arrojándose por las ventanas. Treinta mil millones de dólares del valor de las acciones se han esfumado. En cuestión de horas, el precio de la libra de café se ha desplomado.

—Entonces, ¿tenía razón mi padre al pensar que estaba acabado?

—La situación es desastrosa para todos los productores y, más importante aún, para la economía de Brasil en su conjunto —explicó Gustavo—. ¿Por qué no invitas a tu padre a cenar esta noche con nosotros? Quizá se me ocurra una manera de ayudarlo. Si no se ve con fuerzas de aparecer por el Senado, mi padre y yo por lo menos podríamos contarle lo que está diciendo el gobierno.

—Eso sería fantástico, Gustavo. Se lo propondré cuando vaya a verlo —respondió Bel agradecida.

—Bien. Y permíteme decirte que esta mañana estás preciosa.

—Gustavo le dio un beso tierno en la coronilla—. Te veré en la comida.

Cuando Gabriela le comunicó por teléfono que Antonio había ido a la oficina aquella mañana, Bel le pidió que le transmitiera la invitación para cenar aquella noche en casa de los Aires Cabral. Seguidamente, subió a su habitación, desde cuya ventana vio que Jorge regresaba después de dejar a Mauricio y a Gustavo en el Senado. Veinte minutos más tarde, el coche partía otra vez con Luiza a bordo.

Izabela bajó de nuevo y deambuló por el vestíbulo, contenta de tener la casa para ella sola. En la bandejita de plata, vio una carta dirigida a ella. La cogió, abrió la puerta y, rodeando la casa, caminó hasta el banco de la terraza de atrás para leerla.

Apartamento 4
48, Avenue de Marigny
París (Francia)

5 de octubre de 1929

Mi queridísima Bel:

No puedo creer que haya pasado un año desde la última vez que te vi, cuando dejaste París. Te escribo para decirte que estamos de camino a Río. Pai ha terminado sus cálculos para el *Cristo* y quiere regresar a fin de supervisar las últimas fases de su construcción. Cuando leas esta carta, estaremos en algún punto del océano Atlántico. Te alegrará saber que podré conversar contigo en francés, pues gracias a mis clases y a mi trabajo en el hospital ya domino el idioma. Me marcho de París con emociones encontradas. Cuando llegué, recordarás que casi le tenía miedo; ahora, sin embargo, puedo decir sin temor a equivocarme que lo echaré de menos —con toda su complejidad— y que quizá Río me resulte claustrofóbico por comparación. Aun así, estoy deseando volver, entre otras cosas para verte, mi querida amiga.

¿Cómo se encuentra tu madre de salud? En tu última carta

me contabas que estabas preocupada por ella. Espero que se haya repuesto del todo. Y hablando de salud, he escrito al Hospital Santa Casa de Misericórdia y a mi vuelta ingresaré en su programa de formación de enfermeras. Seguro que eso me mantendrá ocupada. Por desgracia, en París no he conocido a mi conde francés y ningún hombre ha mostrado interés en mí, de modo que he decidido que seguiré casada con mi profesión, por lo menos de momento.

¿Cómo está Gustavo? ¿Oiremos pronto el correteo de unos piececitos por la casa? Debes de estar deseando ser madre, y te aseguro que esa es una parte del matrimonio que también yo anhelo.

Nuestro barco atracará a mediados de noviembre. Te llamaré a mi llegada para que podamos ponernos al día.

Por cierto, Margarida te envía recuerdos. Sigue en París, desarrollando su talento artístico. Me ha dicho que el profesor Landowski también ha preguntado por ti. Y que monsieur Brouilly está ahora en Río, trabajando en el proyecto del *Cristo*. ¿Lo has visto?

Un fuerte abrazo.

Tu amiga Maria Elisa

Bel sintió una oleada de tristeza al recordar lo relativamente sencilla que le había parecido la vida cuando zarpó rumbo a París dieciocho meses atrás. Sus padres estaban bien, sanos y contentos, y su propio futuro, pese a no ser de su agrado, ya estaba planificado. En aquellos momentos, esposa de un hombre y amante de otro, con su madre fallecida, su padre arruinado y desmoralizado y un bebé al que debía proteger a toda costa, creciendo en su vientre, Bel sentía que la vida era como un torbellino de placer y dolor. Ningún día se parecía a otro, y nunca podía estar segura de nada.

Pensó en los miles —quizá millones— de personas que hacía unos días se sentían felices y económicamente seguras y aquella mañana se habían despertado para descubrir que lo habían perdido todo.

Y allí estaba ella, en aquella hermosa casa, con un marido que tal vez no fuera el príncipe con el que había soñado de pequeña pero que le proporcionaba cuanto deseaba. ¿Qué derecho tenía a quejarse? ¿Y cómo podía siquiera considerar la posibilidad de abandonar a su pobre padre cuando era él quien había trabajado tan duro para darle la posición de la que gozaba ahora?

En cuanto a su bebé, la idea de huir a París y someterlo a un futuro incierto y quizá de pobreza cuando allí podía disfrutar de seguridad la llevó a comprender lo egoísta la había vuelto su amor por Laurent.

Por devastadora que fuera, Bel se obligó a considerar la posibilidad de quedarse en Río. Aunque estaba segura de que el bebé no era de Gustavo, tenía pruebas suficientes para hacerle creer lo contrario. Se imaginó la cara de su marido cuando le dijera que estaba embarazada. Sin duda, la noticia reforzaría sus palabras sobre un nuevo comienzo y pondría definitivamente a Luiza en su lugar.

Se quedó mirando al infinito. Aquello implicaría, por supuesto, renunciar a la persona que más quería en el mundo... y a la felicidad con la que ambos habían soñado tantas veces. Pero ¿era la felicidad personal lo único importante en la vida? Y, además, ¿podría ser feliz sabiendo que había abandonado a su padre viudo cuando más la necesitaba? Bel estaba segura de que jamás podría perdonarse a sí misma.

Loen apareció en la terraza.

—¿Le apetece beber algo? El sol aprieta esta mañana.

—Gracias, Loen. Un vaso de agua.

—Enseguida. Señora, ¿está bien?

Bel hizo una pausa antes de responder:

—Lo estaré, Loen, lo estaré.

Antonio acudió a cenar aquella noche. Gustavo lo recibió cariñosamente y los tres hombres se encerraron en el despacho de Mauricio durante una hora. Antonio salió con aspecto de estar mucho más tranquilo, seguido de Gustavo.

—Al parecer es posible que tu amable marido pueda ayudarme. Al menos se le han ocurrido varias ideas. Por algo se empieza, Izabela. Mi más sincero agradecimiento, señor —añadió Antonio dedicándole a Gustavo una inclinación de cabeza.

—No hay de qué, Antonio. Al fin y al cabo, somos familia.

Bel respiró hondo, sabedora de que debía pronunciar las palabras en aquel momento, antes de que la abandonara el valor y cambiase de parecer.

—Gustavo, me gustaría hablar contigo un momento antes de cenar.

—Por supuesto, querida.

Mauricio y Antonio pasaron al comedor mientras Bel conducía a Gustavo al salón y cerraba la puerta tras de sí.

—¿Qué ocurre? —preguntó él con el cejo fruncido.

—Nada de lo que debas preocuparte —lo tranquilizó enseguida Bel—. De hecho, espero que lo interpretes como una buena noticia. Quería decírtelo ahora para que podamos anunciarlo juntos en la cena. Gustavo, estoy embarazada.

El semblante de su marido pasó en un instante de la inquietud a la dicha.

—Izabela, ¿me estás diciendo que esperas un hijo?

—Sí.

—*Meu Deus!* ¡No me lo puedo creer! ¡Esa es mi chica! —exclamó mientras la abrazaba—. Esta noticia le cerrará la boca a mi madre para siempre.

—Y confío en que agrade al hijo —replicó ella con una sonrisa.

—Ya lo creo, querida. —Gustavo sonreía de oreja a oreja—. Me parece que nunca he sido tan feliz. Además, la noticia no podría haber llegado en mejor momento para todos los miembros de nuestra familia. Para ti, Izabela, después de tu reciente pérdida. Y, desde luego, para Antonio, a quien es posible que mi padre y yo podamos ayudar. Yo mismo he insistido en ello —añadió—. Es lo menos que puedo hacer dada la generosidad que mostró tu padre en el pasado. ¿Tienes la certeza absoluta de que estás embarazada, Izabela?

—Sí, me lo ha confirmado el médico. Fui a verlo ayer y esta mañana me ha telefoneado para decírmelo.

—¡Eso lo explica todo! —exclamó Gustavo con cara de alivio—. Ayer por la tarde fui a recogerte al salón de tu modista después de la reunión en el Senado. Madame Duchaine me dijo que no tenías cita con ella y que no habías estado en su salón. Estabas con el médico, ¿verdad?

—Sí —mintió Bel con el corazón paralizado.

—Por unos instantes, me quedé inmóvil en la calle preguntándome por qué demonios me habías mentido. Hasta me pregunté si te habías buscado un amante. —Gustavo rió dándole un beso en la frente—. Qué equivocado estaba. ¿Sabes cuándo está previsto que nazca el bebé?

—Dentro de unos seis meses.

—Eso quiere decir que ya has superado el período de riesgo, y sí, por supuesto que debemos anunciarlo. —Gustavo la condujo hacia la puerta prácticamente brincando como un niño entusiasmado—. Mi bella Izabela, me has hecho el hombre más feliz de la tierra. Te juro que pondré todo mi empeño en ser el padre que nuestro hijo merece. Ahora, ve al comedor mientras yo bajo a la bodega a por una botella de nuestro mejor champán.

Gustavo le lanzó un beso antes de desaparecer y Bel se quedó unos instantes en la puerta, consciente de que su camino ya estaba marcado. Y por difícil que fuera, tendría que vivir con la falsedad de sus actos hasta el fin de sus días.

Aquella noche, durante la cena, la familia al completo celebró la buena nueva, y la cara de alegría de Antonio cuando Gustavo la anunció le confirmó a Bel que había tomado la decisión correcta. La expresión fría de Luiza, entretanto, le había generado cierta sensación de satisfacción. Después de cenar, Gustavo se volvió hacia su esposa.

—Son más de las diez, querida, y seguramente estés agotada. Vamos, te acompañaré arriba.

Le retiró la silla y la ayudó a levantarse.

—No es necesario —farfulló ella ruborizándose—, me encuentro muy bien.

—No importa —insistió él—. El bebé y tú habéis tenido unas semanas difíciles y ahora todos debemos cuidar de vosotros —añadió mirando directamente a su madre.

Bel dio las buenas noches y, saltándose el protocolo, rodeó la mesa para abrazar a su padre con fuerza.

—Buenas noches, Pai.

—Que duermas bien, Izabela. Te prometo que tu pequeño estará orgulloso de su abuelo —le susurró Antonio señalándole la barriga—. Ven a verme pronto.

—Lo haré.

Ya en el piso de arriba, Gustavo entró en el dormitorio con su mujer y se quedó parado, en actitud vacilante.

—Izabela, ahora que estás... en este estado, quiero que me digas si prefieres dormir sola hasta que nazca la criatura. Creo que es lo que suelen hacer los matrimonios en tales circunstancias.

—Si crees que es lo mejor, me parece bien —convino ella.

—A partir de ahora, has de descansar todo lo que puedas. No debes agotarte.

—Gustavo, te prometo que no estoy enferma, solo embarazada, y deseo llevar una vida lo más normal posible. Mañana por la tarde he de ir sin falta a ver a madame Duchaine para pedirle que adapte mi vestuario a mi figura actual.

Esbozó una sonrisa tímida.

—Me parece muy bien. Y ahora —Gustavo se acercó y la besó en las dos mejillas—, buenas noches.

—Buenas noches, Gustavo.

Lo vio salir del cuarto sonriendo y se sentó pesadamente en el borde de la cama, con el corazón dividido por emociones encontradas. Pensó en Laurent y en que al día siguiente por la tarde estaría esperándola en su apartamento. Se puso en pie y se acercó a la ventana para contemplar las estrellas, que le despertaron el vívido recuerdo de aquellas noches en que brillaban sobre el *atelier* de Landowski en Boulogne-Billancourt. En concreto, rememoró la noche en que encontró al niño bajo el seto del jardín y cómo el sufrimiento del pequeño había servido de catalizador para el inicio de su idilio con Laurent.

—Siempre te amaré —susurró a las estrellas.

Se preparó para acostarse y después se sentó al escritorio que descansaba bajo la ventana. Dado que Gustavo la había seguido el día previo hasta el salón de madame Duchaine —aunque llevado puramente por el amor, no por la sospecha—, Bel sabía que no podía correr el riesgo de reunirse al día siguiente con Laurent en su apartamento. Acudiría a su cita con la modista y enviaría a Loen de emisaria, portando la carta que iba a escribir...

Sacó una hoja de papel de carta y una pluma del cajón, se volvió hacia la noche estrellada y le suplicó al cielo que la ayudara a redactar las últimas palabras que le dedicaría a Laurent en toda su vida. Dos horas más tarde, leyó la misiva por última vez.

Mon chéri:

Al recibir este sobre de manos de Loen habrás comprendido que no puedo marcharme a París contigo. Aunque se me rompe el corazón mientras te escribo, sé cuál es mi deber y, por mucho que te ame, no puedo eludirlo. Solo confío y rezo por que entiendas que ese es el único motivo de mi decisión, y que no se debe a que sienta menos amor o deseo por ti. Querría estar contigo toda la eternidad. Mientras contemplo las estrellas aquí sentada, lamento con toda el alma que no nos hayamos conocido en otro momento, pues no me cabe duda de que, de haber sido así, ahora estaríamos juntos.

Mas no era ese nuestro destino. Y espero que lo aceptes, como debo hacerlo yo. Ten por seguro que cada día de mi vida me despertaré pensando en ti, rezando por ti y amándote con todo mi corazón.

Mi mayor temor es que el amor que ahora sientes por mí se convierta en odio a causa de mi traición. Te suplico, Laurent, que no me odies, que lleves en tu corazón lo que hemos compartido y sigas adelante con tu vida, que confío en que te traiga con el tiempo felicidad y satisfacción.

Au revoir, mon amour,

Tu Bel

Dobló la carta y la metió en un sobre. No escribió el nombre del destinatario en el anverso por si caía en las manos equivocadas. Abrió el cajón y escondió la misiva debajo de una pila de sobres nuevos.

Cuando se disponía a cerrarlo, su mirada tropezó con el triángulo de esteatita que había utilizado como base para el tintero. Lo cogió y acarició su superficie suave. Luego, llevada por un impulso, lo giró y sumergió la pluma en el tintero una vez más.

30 de octubre de 1929
Izabela Aires Cabral
Laurent Brouilly

A continuación, con sumo cuidado, escribió debajo de los nombres una de sus citas favoritas de un texto de Gilbert Parker.

En cuanto la tinta se secó, escondió la tesela debajo de los sobres, junto con la carta. Cuando Loen entrara por la mañana para ayudarla a vestirse, le explicaría lo que debía hacer con ambas cosas. Si no podía colocar la tesela en el *Cristo*, por lo menos sería un recuerdo perfecto para Laurent del tiempo que los dos habían pasado juntos.

Se levantó despacio y se metió en la cama acurrucándose como el feto que llevaba dentro, como si, de alguna manera, sus brazos cruzados sobre el pecho pudieran mantener unido su corazón roto.

44

—¿No desayuna Izabela con nosotros esta mañana? —le preguntó Luiza a su hijo.

—No. He pedido a Loen que le suba el desayuno a la habitación —contestó Gustavo al sentarse a la mesa.

—¿No se encuentra bien?

—Sí, Mãe, pero se ha pasado los últimos dos meses cuidando de su pobre madre día y noche. Como podrás imaginarte, eso la ha dejado agotada.

—Espero que no se muestre demasiado remilgada durante el embarazo —dijo Luiza—. Yo, desde luego, no lo fui durante el mío.

—¿En serio? Anoche mismo estuve hablando con padre y me contó que tuviste náuseas durante semanas y que apenas salías de la cama —replicó él mientras se servía café—. En cualquier caso, es la noticia que tanto esperabas, ¿no? Debes de estar encantada.

—Lo estoy, pero...

Gustavo vio que su madre le hacía señas a la criada para que los dejara solos.

—Y cierra la puerta, por favor —añadió.

—¿Qué pasa ahora, Mãe? —preguntó él con un suspiro de hastío.

—Esta mañana he rezado con fervor en la capilla, pidiendo consejo sobre si debía contarte lo que sé o no.

—Teniendo en cuenta que acabas de ordenarle a la criada que nos deje solos, deduzco que has decidido contármelo. E imagino que tiene que ver con alguna falta que crees que ha cometido mi esposa. ¿Tengo razón?

Luiza esbozó una mueca de exagerado sufrimiento.

—Por desgracia, sí.

—Pues suéltalo de una vez. Tengo un día muy largo por delante.

—Tengo razones para pensar que tu esposa no te ha sido... fiel durante vuestro matrimonio.

—¿Qué? —gritó Gustavo, indignado—. Mãe, realmente creo que te estás trastornando. ¿Tienes alguna prueba?

—Gustavo, entiendo tu asombro y tu furia, pero te aseguro que no estoy trastornada. Y sí, tengo una prueba.

—¿De veras? ¿Cuál?

—Jorge, nuestro chófer, que, como bien sabes, lleva muchos años trabajando para mí, ha visto a Izabela entrar en el edificio de apartamentos de cierto... —Luiza alzó desdeñosamente el mentón— joven caballero.

—¿Me estás diciendo que Jorge la ha llevado en el coche a ver a alguna amiga y tú has distorsionado los hechos para lanzar una acusación ridícula? —le espetó Gustavo levantándose de la mesa—. ¡No quiero seguir escuchando más calumnias! ¿Qué esperas conseguir?

—Te lo ruego, Gustavo, siéntate y escucha —suplicó Luiza—. Tu esposa nunca le ha pedido a Jorge que la lleve a la dirección de ese joven. En realidad, le pedía que la dejara delante del salón de madame Duchaine. Una tarde que se quedó atrapado en un atasco, vio que Izabela salía de la modista a los pocos minutos de haber llegado y echaba a andar apresuradamente por las calles de Ipanema.

Gustavo se dejó caer en la silla.

—Y Jorge te facilitó esa información por su propia voluntad, ¿no es así?

—No —reconoció Luiza—. Empecé a sospechar cuando una tarde de mayo fui a la Iglesia da Glória, adonde tu esposa me había dicho que se dirigía cuando había salido de casa una hora antes, y no estaba. Como es obvio, aquella noche le pregunté a

Jorge dónde le había pedido Izabela que la recogiera. Me contestó que en el salón de madame Duchaine y me confesó lo que acabo de contarte. Le ordené que la próxima vez que la llevara a la modista y la viera salir minutos después, la siguiera para ver adónde iba.

—¿Le pediste a Jorge que la espiara?

—Si te empeñas en expresarlo así, sí. Solo pretendía protegerte, hijo mío, y has de reconocer que mis motivos eran bienintencionados. Había algo que me tenía preocupada desde el comienzo de vuestro matrimonio.

—¿Qué?

—Verás... —Luiza tuvo el detalle de sonrojarse—. Soy tu madre y, como es lógico, quería asegurarme de que tu noche de bodas había sido un éxito. Le pedí a la camarera del Copacabana Palace que me lo confirmara.

—¿Que hiciste qué?

Gustavo se había puesto de pie y, con la mirada encendida, estaba rodeando la mesa en dirección a su madre.

—¡Por favor, Gustavo! —Luiza levantó los brazos para protegerse—. Tu esposa acababa de pasar una larga temporada en París. Consideré que era mi obligación comprobar si todavía era... pura. La camarera me contó que no había manchas de sangre ni en las sábanas ni en la colcha.

—¿Sobornaste a una criada para que te informara sobre la pureza de mi esposa?

Gustavo negó con la cabeza tratando de contener la rabia contra su madre, pero consciente, al mismo tiempo, de que Luiza decía la verdad sobre su noche de bodas.

—¿Y bien? —La mujer miró a su hijo—. ¿Se mancharon las sábanas?

—¿Cómo te atreves a preguntarme algo así? —inquirió él—. ¡Es un asunto privado entre mi esposa y yo!

—Por tu respuesta deduzco que no —dijo Luiza casi con satisfacción—. ¿Quieres que siga, Gustavo? Estás cada vez más alterado. Podemos dejar el tema aquí, si lo deseas.

—No, Mãe, ya has ido demasiado lejos. Y estoy convencido

de que estás deseando decirme con quién ha estado viéndose Izabela en secreto.

—Te aseguro que no me produce ningún placer. —La expresión triunfal de Luiza indicaba lo contrario—. Pero la... «persona» en cuestión es alguien a quien todos conocemos.

Gustavo se devanó los sesos tratando de dar con un nombre antes de que su madre pudiera pronunciarlo, pero fue inútil.

—¿Quién es?

—Un joven caballero que ha disfrutado de la hospitalidad de esta familia bajo nuestro propio techo. De hecho, alguien a quien pagaste una buena suma de dinero porque querías hacerle a tu esposa un regalo de bodas especial. El apartamento que Izabela ha estado visitando con regularidad es nada menos que el del señor Laurent Brouilly, el escultor.

Gustavo abrió la boca para hablar, pero fue incapaz de articular palabra.

—Sé que es un golpe terrible para ti, Gustavo, pero dado que tu mujer está encinta, después de meses sin poder concebir, he pensado que lo correcto era contártelo.

—¡Basta! —gritó su hijo—. Acepto que es posible que Izabela haya visitado a ese hombre durante su estancia en Brasil. Entablaron amistad en París. Y tú misma enviaste a Alessandra Silveira para que Brouilly la esculpiera. Pero ni siquiera tú, Mãe, podrías haber estado con ellos en el dormitorio. ¡E insinuar que la criatura que mi esposa lleva en el vientre es ilegítima es francamente obsceno!

—Entiendo tu reacción —dijo Luiza con calma—. Y si estoy en lo cierto, es, en efecto, obsceno.

Gustavo se paseaba de un lado al otro del comedor tratando de serenarse.

—Explícame entonces por qué pusiste a ese hombre, del que está claro que sospechabas que era el amante de mi esposa, bajo tu mecenazgo. Fuiste tú quien lo presentó en sociedad, quien lo ayudó a conseguir encargos a través de tus recomendaciones. Y, si la memoria no me falla, hasta le proporcionaste un bloque de esteatita de las minas de la familia para que pudiera crear su obra. ¡Tú has alargado su estancia en Río! ¿Por qué demonios querrías hacer algo así si te temías que mantenía una relación con Izabela? —Gustavo la fulminó con la mirada—. Porque, Mãe, creo que en realidad querías desprestigiar a mi mujer. Nunca te ha gustado. Desde que nos casamos y vino a vivir a esta casa, la has tratado con condescendencia, como si no fuera más que un estorbo que tenías que soportar. ¡No me sorprendería que hubieses querido que nuestro matrimonio fracasara antes incluso de empezar! —Gustavo había comenzado a gritar a Luiza desde el otro lado de la mesa—. No me apetece seguir escuchándote. Y que te quede claro que voy a asegurarme de que Izabela ocupe el lugar que le corresponde en esta casa lo antes posible. Si vuelves a inmiscuirte en nuestro matrimonio, te echaré a la calle. ¿Lo has entendido?

—Sí —respondió Luiza sin mostrar el menor atisbo de emoción—. Además, ya no tienes que preocuparte por el señor Brouilly. Regresa a París mañana mismo.

—¿Sigues espiándolo? —bramó Gustavo.

—En absoluto. Puse fin a mi mecenazgo en cuanto tu esposa se marchó a la *fazenda* con su madre. Sin más encargos y con tu mujer fuera de Río, sabía que no tardaría en tomar la decisión de volver a París. Hace tan solo dos días me escribió una carta informándome de su partida y dándome las gracias por mi ayuda. Toma. —Luiza le tendió un sobre—. Puedes leerla si quieres. La dirección de su apartamento aparece en el ángulo superior.

Gustavo agarró el sobre y miró a su madre con odio. Le temblaban tanto las manos que tuvo dificultades para guardárselo en el bolsillo del pantalón.

—Aunque digas que has hecho esto porque me quieres, no hay una sola parte de tu hijo que lo crea. Y no deseo volver a oír una sola palabra sobre este asunto. ¿Te ha quedado claro?

—Sí.

Con una pequeña sonrisa, Luiza observó a su hijo mientras este salía de la estancia.

Con mucho esfuerzo, Gustavo consiguió mantener una actitud aparentemente tranquila cuando Izabela se marchó con su doncella al salón de madame Duchaine. Mientras el coche se alejaba por el camino de entrada a la casa, pensó que una forma inmediata de descubrir si había algo de cierto en la historia de su madre era interrogar a Jorge. Pero, dado que el chófer llevaba más de treinta años trabajando para Luiza, no podía confiar en que le dijera la verdad. Entró en el salón y su primer impulso fue agarrar la botella de whisky, pero se contuvo, pues sabía que no tendría suficiente con un solo trago y necesitaba mantener la cabeza despejada para poder pensar.

Comenzó a pasearse por el salón como un león enjaulado, preguntándose cómo era posible que la felicidad con la que se había despertado aquella mañana hubiese dado paso a semejante rabia e incertidumbre al cabo de dos horas. Trató de analizar todo lo que su madre le había contado. Aunque existiera algo de verdad en su historia, acusar a Izabela de endilgarle el hijo de otro hombre no podía ser más que la perorata de una lunática. A fin de cuentas, muchas mujeres casadas tenían admiradores, y Gustavo no era tan estúpido como para pensar que su bella mujer era la excepción. Tal vez el tal Brouilly le hubiera tomado cariño durante el tiempo que ella había pasado en París, tal vez hasta le hubiese pedido que posara de nuevo para él allí, en Río, pero le resultaba imposible creer que Izabela se hubiese entregado físicamente a él.

Aun así, su madre había mencionado algo que lo había inquietado: la ausencia de sangre después de que hicieran el amor en su noche de bodas. Gustavo no era biólogo y puede que Izabela le hubiera dicho la verdad, pero…

Se dejó caer en una silla y apoyó la cabeza en las manos con gesto de desesperación.

Si ella le había mentido, el alcance de su traición era demasiado espantoso para siquiera imaginarlo. Él había animado a Izabela a ir a París por razones puramente altruistas, porque la amaba de verdad y confiaba en ella.

Lo mejor que podía hacer, pensó, era olvidar aquel sórdido

asunto. La carta de Brouilly dirigida a su madre confirmaba que, efectivamente, el escultor regresaba a París en barco al día siguiente. Aquello solo podía significar que lo que hubiera podido suceder entre los dos ya había terminado.

Sí, decidió Gustavo, que se dirigió con paso resuelto al despacho de su padre para leer la prensa. Olvidaría todas aquellas estupideces de su madre, se dijo con firmeza. Pero, mientras intentaba concentrarse en la carnicería financiera que estaba teniendo lugar en Brasil y Estados Unidos, descubrió que no podía. Las palabras de su madre habían plantado la inexorable semilla de la duda en su mente, tal como Luiza había pretendido. Y hasta que no lo supiera con certeza, Gustavo comprendió que no tendría paz. Tras comprobar que Jorge había regresado después de dejar a Izabela en la ciudad, cogió el sombrero y montó en el coche para seguirla.

Bel estaba de pie frente al espejo mientras madame Duchaine la cubría de felicitaciones y le aseguraba que arreglar los vestidos a fin de adaptarlos a los cambios de su cuerpo sería tarea sencilla.

—Siempre he creído que la figura de una mujer embarazada posee una magia especial —gorjeó la mujer mientras Bel se volvía hacia Loen y asentía imperceptiblemente con la cabeza.

Su doncella se levantó de la silla y se acercó.

—Señora, debo ir a la farmacia a recoger el tónico que le ha recomendado el médico. Está aquí cerca, así que no tardaré en volver.

Bel contuvo una sonrisa penosa al oír a su doncella repetir como un loro las palabras que le había pedido que dijera.

—Seguro que estaré bien quedándome en las expertas manos de madame Duchaine —respondió.

—Claro que sí.

La modista sonrió a Bel con benevolencia.

Cuando Loen asintió con la cabeza antes de partir, su señora vio el miedo reflejado en su mirada. Le había pedido un favor enorme, pero ¿qué otra opción tenía?

«Buena suerte», susurró para sí y, tras respirar hondo, se volvió de nuevo hacia el espejo.

Gustavo había solicitado a Jorge que lo dejara en el club, situado a tan solo unos minutos a pie del salón de madame Duchaine y del apartamento donde, al parecer, residía Brouilly. Salió del club y echó a andar con paso ligero tras decidir que, como su mujer le llevaba veinte minutos de ventaja, iría directamente al edificio del escultor. Al ver que al otro lado de la calle había una cafetería, se sentó en un extremo de la terraza y, sintiéndose ridículo, utilizó su periódico para ocultarse. Por encima de las páginas, su mirada nerviosa recorría la calle. La camarera salió para atenderlo y Gustavo pidió un café sin distraerse ni un instante.

Veinte minutos después, seguía sin ver a su esposa caminando a toda prisa por la acera para acudir a la cita con su supuesto amante. Una parte de su ser quería marcharse, olvidar el asunto. Pero, reflexionó, quizá Bel acudiera primero a la prueba para disponer así de una coartada. De modo que apretó la mandíbula y se obligó a permanecer donde estaba.

Al rato, vislumbró un rostro familiar que se acercaba con paso presto por la calle. No era el de su esposa, sino el de su doncella, Loen. Se levantó con brusquedad, derribando su taza todavía llena, lanzó unas monedas sobre la mesa y cruzó la calle sorteando el tráfico. Dejó atrás el edificio de apartamentos para alejarse de Loen —que avanzaba tímidamente, deteniéndose de vez en cuando, como si no estuviera segura de su destino— y se ocultó en la entrada del edificio contiguo.

«Por favor, que sea una coincidencia», suplicó. Pero cuando, instantes después, Loen se detuvo frente a la puerta del apartamento de Brouilly, a solo un par de metros de donde se encontraba él, comprendió que no lo era. Justo cuando la doncella se disponía a entrar, Gustavo le cortó el paso.

—Hola, Loen —saludó con fingida amabilidad—. ¿Adónde vas?

Si Gustavo deseaba una prueba de la culpabilidad de su mujer, la encontró en el terror que reflejó el rostro de su doncella en cuanto lo vio.

—Yo...

—¿Sí?

Gustavo se cruzó de brazos y esperó una respuesta.

—Yo...

Entonces el hombre se percató de que una de las manos de Loen tapaba el bolsillo de su delantal con gesto protector. Por la forma, le pareció que contenía un sobre.

—¿Es posible que hayas venido a entregar algo en nombre de tu señora?

—Pensaba que era la entrada de la farmacia, señor. Me... he equivocado de dirección. Lo lamento...

—¿En serio? ¿Tienes que recoger una receta para mi mujer?

—Sí. —Un alivio repentino inundó los ojos de Loen cuando su señor encontró una explicación por sí mismo—. Debe de estar un poco más lejos.

—Da la casualidad de que sé dónde está exactamente la farmacia. ¿Por qué no me das la receta? Yo mismo la llevaré.

—Señor, la señora Bel me hizo jurar que entregaría la... receta en la farmacia con mis propias manos.

—Y como yo soy su marido, estoy seguro de que piensa que también está segura en las mías, ¿no crees?

—Sí. —La doncella bajó la cabeza con resignación—. Por supuesto.

Gustavo alargó la mano. Loen se sacó el sobre del delantal y él se lo arrebató de las manos a pesar de la mirada implorante de la doncella.

—Gracias —dijo guardándoselo en el bolsillo superior de la americana—. Te prometo que se lo haré llegar a su destinatario. Ahora, corre junto a tu señora, que seguro que se estará preguntando dónde te has metido.

—Señor, por favor...

La mano alzada de Gustavo detuvo en seco sus protestas.

—Si no quieres que te eche a la calle sin siquiera una carta de recomendación en cuanto llegue a casa, te aconsejo que no digas ni una sola palabra de este encuentro a mi mujer. Por muy leal que le seas, soy yo el que decide quién sirve en nuestra casa. ¿Lo has entendido?

—Sí, señor —respondió la doncella con la voz temblorosa y los ojos llenos de lágrimas.

—Y ahora te aconsejo que, antes de volver al salón de madame Duchaine, recojas el medicamento en la farmacia, que si no me equivoco está muy cerca de allí, para sustentar tu coartada.

—Sí, señor.

Loen hizo una débil reverencia y se marchó por donde había llegado.

Gustavo detuvo un taxi de inmediato y, comprendiendo que fuera lo que fuese lo que contenía aquel sobre iba a necesitar un buen whisky para atreverse a abrirlo, dio la dirección del club.

Loen se había ocultado tras una esquina, incapaz de seguir andando, pues las piernas le temblaban como juncos en un huracán. Se había dejado caer en un portal cuando vio pasar a Gustavo en un taxi.

Enterró la cabeza entre las piernas y, respirando con dificultad, intentó sacudirse la angustia provocada por lo que acababa de suceder. Aunque no sabía con certeza qué contenía el sobre, podía imaginárselo. Ignoraba por completo qué debía hacer y deseó que Bruno estuviera allí con ella para aconsejarla.

En aquellos momentos, también ella tenía sus propios problemas, aunque no había sido capaz de compartirlos con su señora, porque esta había estado muy afectada por la muerte de su madre y luego por el descubrimiento de su embarazo.

El caso era que la señora Bel no era la única mujer de A Casa que pasaba por un aprieto similar. También Loen había descubierto tres semanas antes que estaba encinta. Se lo había contado a Bruno antes de dejar la *fazenda* y él le había hecho prometer que hablaría con Bel. Su intención era pedir a su señora que la dejara trabajar permanentemente en la hacienda para poder casarse con Bruno y criar allí a su hijo.

Loen ignoraba quién era el propietario de la *fazenda*, pero, por lo general, el hombre heredaba los bienes de su esposa al contraer matrimonio y sospechaba que ese sería el caso. Si no se equivocaba, Gustavo tenía el poder de decidir que ni Bruno ni ella volvieran a trabajar nunca más para la familia. Lo que quería decir que los planes que tenían para el futuro se esfumarían como el humo. Se convertirían en otra pareja de negros empobrecidos arrojados a la calle, con un hijo en camino y sin un céntimo, destinados a las favelas que se crecían diariamente para acoger a sus habitantes hambrientos.

Todo eso ocurriría... si le contaba a su señora lo que acababa de suceder.

Cuando su respiración empezó a calmarse y pudo pensar con claridad, Loen acarició con los dedos el aún poco familiar contorno de la vida que estaba creciendo dentro de ella. Al igual que Bel, también ella debía tomar una decisión. Y pronto. El señor le había pedido que callara, es decir, que traicionara la confianza que su señora había depositado siempre en ella. En cualquier otra circunstancia, no se habría doblegado a sus deseos, con independencia de las consecuencias. Habría vuelto a toda prisa al salón de madame Duchaine y le habría pedido a la señora Bel que salieran a dar un paseo a fin de poder relatarle lo sucedido y darle así la oportunidad de prepararse para lo que se pudiera encontrar al regresar a casa.

Al fin y al cabo, estaba con la señora Bel desde que era una niña. Y, al igual que su madre, todo lo que tenía se lo debía a la familia Bonifacio.

Pero ahora Loen sabía que debía pensar en sí misma. Bajó los dedos hasta el otro bolsillo del delantal y acarició la suavidad de la tesela que había en su interior. Tal vez le resultase más fácil mentir si llevaba a cabo, por lo menos, una parte de su misión.

Ya decidida, y sabedora de que el señor Gustavo no volvería de a dondequiera que hubiera ido con el taxi durante los siguientes minutos, se levantó y echó a correr hacia el apartamento de Laurent Brouilly.

Minutos después, llegó resoplando a su puerta y llamó con los nudillos.

Abrieron al instante y alguien intentó abrazarla enseguida.

—*Chérie*, estaba empezando a preocuparme…

Cuando Laurent Brouilly se dio cuenta de que no era su amada, Loen vio que su expresión de júbilo se contraía en una mueca de comprensión inmediata y horrorizada.

—¿Te ha enviado en su nombre? —preguntó tambaleándose ligeramente y agarrándose a la puerta para no perder el equilibrio.

—Sí.

—Entonces, ¿no va a venir?

—No, señor, lo siento. Me ha pedido que le dé esto. —Loen le tendió la tesela de esteatita—. Creo que detrás tiene un mensaje —susurró cuando él la aceptó.

Laurent giró el triángulo poco a poco y leyó la inscripción. Levantó la vista y Loen vio que tenía lágrimas en los ojos.

—*Merci*… quiero decir, *obrigado*.

Y acto seguido le cerró la puerta en la cara.

Gustavo tomó asiento en un rincón tranquilo de la biblioteca, agradecido de que estuviera prácticamente vacía, como venía ocurriendo desde el estallido de la crisis de Wall Street. Se pidió la copa que tanto necesitaba y contempló la carta que descansaba sobre la mesa que tenía al lado. Se bebió el whisky de un trago y solicitó otro. Una vez que se lo sirvieron, respiró hondo y abrió el sobre.

Unos minutos después, pidió al camarero un tercer whisky y se quedó allí sentado, en estado catatónico, mirando al infinito.

Con independencia de lo que la carta demostrara o no en relación a lo que su madre había insinuado, lo que sí dejaba claro era que su esposa había estado perdidamente enamorada de otro hombre. Tanto era así que incluso había contemplado la posibilidad de huir con él a París.

Eso ya resultaba bastante incriminatorio de por sí, pero, leyendo entre líneas, desvelaba algo más: si Izabela había considerado en serio marcharse con Brouilly, significaba que este conocía su estado físico. Lo que a su vez quería decir que el niño que su esposa llevaba en el vientre era, casi con certeza, de su amante…

Gustavo releyó la carta diciéndose que quizá pudiera interpretarla como la manera que Bel había encontrado para deshacerse de Brouilly sin necesidad de una revelación pública por parte del escultor. Si Izabela le dejaba claro que lo amaría siempre pero que su situación era imposible, un pretendiente apasionado y desesperado podría calmarse lo suficiente para decidir marcharse con discreción tras comprender que lo suyo, sencillamente, no podía ser.

Gustavo suspiró, consciente de que estaba agarrándose a un clavo ardiendo. Rememoró el aspecto de Brouilly, su constitución atlética y sus atractivas facciones galas. Cualquier mujer se sentiría atraída por un hombre así, y para muchas su talento artístico sería un afrodisíaco más. Bel había posado durante horas en su estudio de París… Solo Dios sabía lo que habría sucedido entre ellos en aquella época.

Y él la había dejado ir, cual cordero al matadero, tal como su madre siempre había sospechado que ocurriría.

Durante la siguiente media hora, mientras bebía un whisky detrás de otro, Gustavo pasó por un amplio abanico de emociones: desde el dolor y la desesperación hasta la ira candente al pensar que su esposa lo había convertido en un cornudo. Sabía que estaba en su pleno de derecho de ir a casa, enseñarle la carta a Izabela y echarla a la calle en el acto. Incluso le había ofrecido a Antonio una suma de dinero decente para que se recuperase un poco y saldara algunas deudas; así al menos tendría la oportunidad de luchar por un futuro. Con la carta como prueba, podía destruir para siempre la reputación de su esposa y su suegro y divorciarse alegando adulterio.

Sí, sí, podía hacer todas esas cosas, pensó Gustavo recuperando el ánimo. Él no era el niño manso y pusilánime por el que lo tenía su madre.

Pero la expresión petulante y de satisfacción que adoptaría

Luiza cuando le dijera que durante todo aquel tiempo había estado en lo cierto con respecto a Izabela era más de lo que podía soportar...

También podía enfrentarse a Brouilly; al fin y al cabo, ahora sabía exactamente dónde vivía. Pocos le reprocharían que le pegara un tiro allí mismo. Por lo menos podría exigirle que le contara la verdad. Y sabía que la obtendría, puesto que Brouilly ya no tenía nada que perder si confesaba. Porque Izabela iba a quedarse con su marido.

«Va a quedarse conmigo...»

Aquella idea lo apaciguó. Pese a su intenso amor por Brouilly, su esposa no se había dejado arrastrar y no iba a abandonarlo para huir a París. Tal vez el escultor no supiera que Izabela estaba embarazada. A fin de cuentas, si ella estuviera convencida de que Brouilly era el padre, se habría ido con él por fuerza, sin importarle las consecuencias.

Para cuando abandonó el club una hora después, Gustavo se las había ingeniado para convencerse de que, independientemente de lo que hubiera ocurrido entre su esposa y el escultor, era a él, a su marido, a quien Bel había elegido. Brouilly regresaría al día siguiente a París y desaparecería para siempre de sus vidas.

Bajó los escalones del club tambaleándose y caminó hacia la playa para desembriagarse. Sabía que había tomado una decisión.

Daba igual lo que hubiera hecho su esposa, él no obtendría beneficio alguno si declaraba que lo sabía todo y la echaba de casa. Izabela no dudaría en seguir a Brouilly hasta París y ese sería el fin de su matrimonio.

Otras mujeres de la alta sociedad tenían aventuras, reflexionó. «Y otros hombres», pensó al recordar un particular pecadillo de su padre, al que había conocido una vez en un baile benéfico. La mujer se había encargado de dejar claro que entre ellos había algo más que una simple amistad.

En definitiva, le produciría más satisfacción regresar a casa y decirle a su madre que había estado indagando y que no había encontrado indicio alguno de infidelidad que mostrarle la carta a Izabela.

Gustavo contempló las olas que rompían incansables contra la arena blanda y suspiró con resignación.

No importaba lo que hubiera hecho Izabela, él seguía amándola.

Se sacó la carta del bolsillo, se acercó a la orilla, la rompió y lanzó los pedazos al viento. Se quedó mirándolos mientras ondeaban igual que cometas diminutas antes de aterrizar en la arena y desaparecer con el mar.

45

París, diciembre de 1929

Caray, Brouilly, veo que has vuelto sano y salvo —comentó Landowski cuando Laurent entró en su *atelier*—. Te había dado por perdido. Pensaba que te habías unido a una tribu del Amazonas y te habías casado con la hija del jefe.

—He vuelto, sí —dijo Laurent—. ¿Sigue habiendo sitio para mí aquí?

El profesor desvió su atención de la enorme cabeza de piedra de Sun Yat-sen y examinó a su antiguo ayudante.

—Quizá. —Se volvió hacia el niño, que había crecido y engordado desde la última vez que Laurent lo había visto—. ¿Qué opinas tú? ¿Tenemos trabajo para él?

El pequeño observó detenidamente a Brouilly. Luego se volvió hacia Landowski y, con una sonrisa, asintió.

—El niño dice que sí. Y, por lo que veo, te has quedado en los huesos y ahora es a ti a quien toca alimentar. ¿Ha sido por disentería o por amor? —le preguntó Landowski.

Laurent solo acertó a encogerse de hombros con pesar.

—Creo que tu blusón sigue colgado en el gancho donde lo dejaste. Póntelo y ven a ayudarme con el ojo en el que tanto trabajaste antes de abandonarnos para irte a la selva.

—Sí, profesor.

Laurent echó a andar hacia el perchero de la puerta.

—Otra cosa, Brouilly.

—¿Sí, profesor?

—Estoy seguro de que conseguirás plasmar tus últimas experiencias, buenas y malas, en tu escultura. Antes de marcharte, ya eras hábil desde el punto de vista técnico. Ahora tienes la capacidad de convertirte en un maestro. Siempre hay que sufrir para alcanzar la grandeza. ¿Entiendes de lo que hablo? —le preguntó Landowski con suavidad.

—Sí, profesor —respondió él con un nudo en la garganta—. Lo entiendo.

Aquella misma noche, más tarde, Laurent se limpió las manos en el blusón con un suspiro. Hacía horas que Landowski había dejado el *atelier* para volver junto a su mujer y sus hijos. Cuando, alumbrado por la luz de una vela, se dirigía a la cocina para quitarse la arcilla de las manos, se detuvo bruscamente. Desde algún lugar cercano le llegaba el sonido tenue pero exquisito de un violín. El violinista estaba tocando los lúgubres acordes del inicio de *La muerte del cisne*.

Con las manos paralizadas bajo el grifo, Laurent notó en los ojos el escozor de las lágrimas que todavía no había derramado. Y allí, en la diminuta cocina, el lugar donde había visto a Izabela atender con tanta dulzura a un niño que sufría y donde había comprendido que la amaba, Laurent lloró. Por él, por ella, por todo lo que podría haber sido y ya nunca sería.

Cuando la música alcanzó su emotivo final, se enjugó las lágrimas rápidamente con un trapo y salió de la cocina en busca del violinista que lo había ayudado a romper el dique que se había formado en su interior en el momento en que Loen le había entregado la tesela de esteatita de Izabela en Río.

La tonada del violín había cambiado y en aquellos momentos se oía la melodía de *La mañana* de Grieg, que le evocaba —como siempre había hecho— la sensación de un nuevo día y un nuevo comienzo. Algo reconfortado, se dejó llevar por sus oídos y, cogiendo la vela, salió al jardín y la alzó para alumbrar al intérprete.

El niño estaba sentado en el banco. En sus manos sostenía un violín maltrecho, pero el sonido que brotaba del instrumento contradecía su aspecto destartalado. Era puro, dulce y extraordinario.

—¿Dónde has aprendido a tocar así? —le preguntó, atónito, cuando terminó la pieza.

Como de costumbre, la única respuesta que recibió fue una mirada penetrante.

—¿Quién te ha dado el violín? ¿Landowski?

Su pregunta suscitó un asentimiento de cabeza.

Recordando las palabras del profesor, Laurent observó atentamente al pequeño.

—Veo que, como todo artista —dijo en voz baja—, te expresas a través de tu arte. Realmente tienes un don. Cuídalo como un tesoro. ¿Lo harás?

El niño asintió y le dedicó una repentina sonrisa de agradecimiento. Laurent le puso una mano en el hombro y, tras decirle adiós con la mano, se marchó a regodearse en su propio sufrimiento en los bares de Montparnasse.

Maia

Julio de 2007

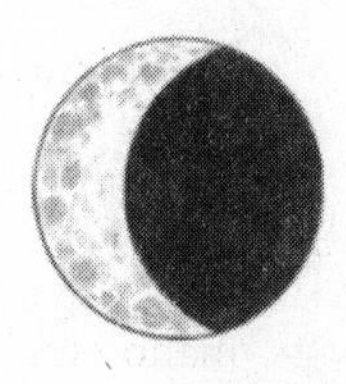

Cuarto menguante

16; 54; 44

46

Cuando por fin guardó silencio, miré a Yara, luego desvié la vista hacia el retrato de Izabela que había colgado en la pared, encima de la chimenea, y pensé en la terrible decisión que mi bisabuela se había visto obligada a tomar. Era incapaz de imaginarme qué habría hecho yo en las mismas circunstancias. Habíamos vivido en épocas distintas, en culturas diferentes, pero los dilemas subyacentes no habían cambiado lo más mínimo, en especial para las mujeres…

—¿Gustavo llegó a confesarle a Bel lo que había descubierto? —le pregunté a Yara.

—No, nunca. Sin embargo, aunque no llegara a decirlo en voz alta, mi madre siempre explicaba que se le notaba el sufrimiento en la mirada. Sobre todo cuando miraba a su hija.

—¿La señora Carvalho? Su nombre de pila es Beatriz, ¿verdad?

—Sí. Yo misma recuerdo una vez al señor Gustavo entrando en el salón cuando las dos teníamos diez u once años. Se quedó mirando fijamente a su hija durante un buen rato, casi como si fuera una desconocida. Entonces no le di mucha importancia, pero ahora me doy cuenta de que quizá estaba intentando discernir si había alguna posibilidad de que fuera sangre de su sangre. La señora Beatriz nació con los ojos verdes, ¿sabe? Mi madre comentó una vez que eran herencia del señor Laurent.

—¿Así que su madre sospechaba que él era el padre biológico de Beatriz?

—Cuando me contó la historia poco antes de morir, me dijo que nunca lo había dudado —explicó Yara—. Según ella, la señora Beatriz era la viva imagen del señor Brouilly, e incluso compartía sus habilidades artísticas. Apenas era una adolescente en el momento en que pintó ese retrato de Izabela. —La criada señaló el cuadro—. Recuerdo que dijo que quería hacerlo para honrar la memoria de su pobre madre, ya fallecida.

—¿Izabela murió cuando Beatriz era aún una niña?

—Sí —asintió Yara—. Fue en 1931, entonces las dos teníamos dieciocho meses, durante los actos de bendición e inauguración del *Cristo* sobre el cerro del Corcovado. Hubo una epidemia de fiebre amarilla en Río y la señora Beatriz y yo vivíamos confinadas en casa. Pero claro, la señora Izabela insistió en asistir a la ceremonia del *Cristo*. Teniendo en cuenta su historia, es evidente que significaba mucho para ella. A los tres días, cayó enferma y ya no se recuperó. Solo tenía veintiún años.

Sentí que, solo con pensarlo, se me encogía el corazón. Floriano me había enseñado las fechas de nacimiento y muerte que constaban en el registro, pero no debía de haberlas asimilado.

—Después de sufrir tantos problemas y tanto dolor, morir tan joven... —dije con la voz rota por la emoción.

—Sí. Pero... que Dios me perdone por decir esto —prosiguió Yara tras santiguarse—, la única bendición fue que, al cabo de unos días, la fiebre se llevó también a la señora Luiza. Las enterraron a la vez en el mausoleo familiar en un funeral conjunto.

—Dios mío, pobre Bel, condenada a yacer junto a esa mujer para el resto de la eternidad —murmuré.

—Y la pequeña Beatriz se quedó sin madre y rodeada de hombres —continuó Yara—. Con lo que le he contado, podrá imaginarse lo desconsolado que quedó el padre al morir su esposa. A pesar de todo, seguía queriéndola, ¿sabe? Se refugió en la bebida y se encerró cada vez más en sí mismo. El señor Mauricio hizo todo lo que pudo por su nieta. Siempre fue un hombre amable, sobre todo tras la muerte de su esposa, y al menos se ocupó de buscar un profesor particular para que viniera a darle clases a la señora Beatriz, que ya era más de lo que su padre podía hacer.

—¿Usted vivía aquí por aquel entonces? —pregunté.

—Sí. Cuando mi madre le comunicó a la señora Izabela que ella también estaba embarazada y le pidió que la mandara a la *fazenda* porque quería estar con mi padre, Izabela no pudo soportar la idea de separarse de ella y prefirió traerse a Bruno, mi padre, y hacer que trabajara como mozo y chófer de la familia, puesto que a Jorge le quedaba poco para jubilarse. Este también fue mi hogar cuando era niña —murmuró Yara—. Y creo que alberga muchos más recuerdos felices para mí que para mi señora.

—Me sorprende que Gustavo aceptara que Loen se quedara aquí cuando Izabela se lo pidió. Al fin y al cabo, era la única persona que sabía la verdad.

—Quizá se sintiese obligado a aceptarlo. —La expresión de Yara era de complicidad—. Con el secreto que compartían, ambos tenían poder sobre el otro, aunque fueran señor y criada.

—Así que usted creció con Beatriz.

—Sí, aunque quizá sería más acertado decir que fue ella la que creció con nosotros. Pasaba más tiempo en la casita que la señora Izabela insistió en que se construyera al fondo del jardín para mis padres y para mí que en A Casa. Nos convertimos en lo más parecido a una familia que llegó a conocer. Era una niña muy dulce, tierna y cariñosa. Pero se sentía muy sola —añadió Yara con tristeza—. Su padre estaba demasiado borracho para reparar siquiera en su presencia. O puede que la ignorase porque era un recordatorio constante de las dudas que siempre albergaría sobre su difunta esposa. Casi fue una bendición que muriera cuando la señora Beatriz tenía diecisiete años. Aquello le permitió heredar la casa y las acciones de la familia. Hasta entonces, el señor Gustavo le había impedido dedicarse a su pasión, el arte, pero cuando él falleció, nada la detuvo —explicó Yara.

—Entiendo que Gustavo no animara a su hija a desarrollar sus habilidades creativas. Para él tenía que ser como si le echaran sal en las heridas. De hecho, Yara, no puedo evitar sentir cierta simpatía hacia él —admití.

—No era una mala persona, señorita Maia, solo un poco débil —convino Yara—. Cuando Beatriz cumplió dieciocho años, le dijo a su abuelo que se iba a París para matricularse en la École Nationale Supérieure des Beaux-Arts, tal como sabía que su madre había hecho antes que ella. Pasó allí más de cinco años, y cuando regresó a Río fue porque se enteró de que Mauricio, su abuelo, había muerto. Creo que allí vivió muchas aventuras —dijo con una sonrisa—. Y yo me alegré por ella.

Yara proyectaba una imagen de la mujer a la que había conocido hacía cinco días allí mismo, en el jardín, muy diferente de la que yo me había formado en la cabeza. Me di cuenta de que me la había imaginado muy parecida a Luiza, tal vez porque era mayor y se había mostrado decidida a ignorarme.

—¿Y qué le pasó a Antonio? —pregunté.

—Ah, se recuperó, tal como mi madre siempre dijo que ocurriría —respondió Yara con una sonrisa—. Se fue a vivir a la *fazenda* Santa Tereza y, con la pequeña suma de dinero que le había entregado Gustavo para que empezara de cero, compró una plantación de tomates. No sé si recordará que le he dicho que son el pilar de la economía de Paty do Alferes. Con su cabeza para los negocios, cuando murió había levantado lo que podría considerarse un imperio del tomate. Se había convertido en el propietario de casi todas las plantaciones que rodeaban la *fazenda*. Recuerdo que a la señora Beatriz le encantaba ir allí de visita, igual que a la señora Izabela antes que ella. Su abuelo la adoraba y le enseñó a montar y a nadar. Le dejó las plantaciones en herencia y esa ha sido su fuente de ingresos desde que su esposo murió. No es mucho, pero suficiente para pagar las facturas.

—¿Cómo se llamaba mi abuelo, el marido de Beatriz? —le pregunté.

—Evandro Carvalho; era un pianista con mucho talento y un buen hombre, señorita Maia. Se casaron por amor. En mi familia nos alegramos de ver a la señora Beatriz feliz al fin, después de la infancia tan complicada que había tenido. Y A Casa das Orquídeas renació. Beatriz y Evandro organizaban veladas para la comunidad artística de Río. También montaron una organización benéfica que recaudaba dinero para las favelas de la ciudad. Le aseguro que de joven era una mujer preciosa, señorita Maia, aunque ahora la vea tan desmejorada por culpa de la edad y el dolor. Todo el mundo la respetaba y la quería.

—Pues es una pena que no pueda conocer esa otra parte de ella… —murmuré.

—Cierto… —asintió Yara con un suspiro—. Pero la muerte no perdona a nadie.

—Y… —Me armé de valor para formular la pregunta a la que llevaba más de diez minutos dándole vueltas—: Beatriz y Evandro tuvieron un hijo, ¿verdad?

Vi que Yara paseaba una mirada indecisa por la estancia.

—Sí.

—¿Solo uno?

—Tuvieron otro, un niño, pero murió muy pequeño, así que sí —confirmó—, solo uno.

—¿Una niña?

—Sí.

—¿Y se llamaba Cristina?

—Sí, señorita Maia. Fui yo quien los ayudó a criarla.

Guardé silencio, sin saber muy bien por dónde seguir. De repente, el torrente de palabras que había salido a borbotones de la boca de Yara durante más de una hora también se había agotado. La miré con fijeza, expectante, animándola a continuar.

—Señorita, creo que no he causado ningún daño hablándole del pasado, pero… —Suspiró—. No debo decirle nada más. El resto de la historia no me corresponde a mí contarla.

—Y entonces ¿a quién le corresponde? —le supliqué.

—A la señora Beatriz.

Desesperada, sentí la necesidad imperiosa de presionarla para que siguiera hablando, pero Yara no dejaba de mirar el reloj de pared.

—Tengo una cosa para usted. —Metió la mano en uno de sus voluminosos bolsillos y me entregó cuatro sobres. Tuve la sensación de que lo hacía a modo de compensación por no poder revelarme nada más—. Son las cartas que Laurent Brouilly le envió a la señora Izabela por medio de mi madre durante los últimos días de la señora Carla, mientras estaban con ella en la *fazenda*.

Le describirán mucho mejor que yo los sentimientos que había entre los dos.

—Gracias —dije mientras ella se ponía en pie.

Tuve que reprimir las ganas de abrazarla para agradecerle que me hubiera hablado de mis orígenes y de la trágica historia que ocultaban.

—Debo volver con la señora Beatriz —anunció.

—Por supuesto —asentí, y me levanté agarrotada después de tanto rato escuchando en tensión para no perderme ni una sola palabra del relato de Yara.

—La acompaño hasta la puerta, señorita.

—No nos costaría nada llevarla en coche al convento —sugerí mientras avanzábamos por el pasillo; después, cruzamos el recibidor y ella abrió la puerta principal de la casa—. Hay un coche esperándome.

—Gracias, pero aún tengo cosas que hacer aquí.

Me quedé inmóvil a su lado, vacilante, y Yara me miró con expectación.

—Gracias por todo lo que me ha contado. ¿Puedo hacerle una última pegunta?

—Depende de cuál —respondió, y sentí que sus ojos me animaban a cruzar el umbral y a marcharme de allí cuanto antes.

—¿Mi madre está viva todavía?

—No lo sé, señorita Maia —respondió con un suspiro—. Y le estoy diciendo la verdad.

Supe que la conversación había llegado a su fin y que ya no me diría nada más.

—Adiós, Yara —me despedí bajando la escalera de la entrada sin demasiada convicción—. Por favor, dele recuerdos a la señora Beatriz de mi parte.

Eché a andar sin que ella dijera nada y, solo cuando dejé atrás la maltrecha fuente de piedra, volví a oír su voz:

—Hablaré con ella, señorita. Adiós.

Seguí caminando, acompañada por el sonido de la puerta principal al cerrarse con llave. Acaricié con las manos el metal ardiente de la oxidada verja de entrada; la abrí y la cerré tras de mí y, mientras cruzaba la calle, levanté la mirada hacia el cielo y vi que se avecinaba una tormenta.

—¿Cómo ha ido?

Floriano me esperaba sentado sobre la hierba, a la sombra de un árbol. Me fijé en que había un montón de colillas a su lado.

—Me ha explicado muchas cosas —respondí, y él se levantó para abrir el coche.

—Bien —dijo antes de que los dos nos acomodáramos en los asientos y él encendiera el motor.

De camino a Ipanema, no me hizo más preguntas, quizá porque intuía que necesitaba algo de tiempo para volver al presente. Permanecí en silencio durante el resto del trayecto, absorta en la historia que acababan de contarme. Cuando llegamos al hotel, Floriano se volvió hacia mí.

—Seguro que estás agotada y necesitas estar a solas. Si más tarde te apetece comer algo y un poco de compañía, ya sabes dónde encontrarme. Prometo que esta noche el cocinero seré yo, no mi hija —me aseguró guiñándome un ojo.

—Gracias —respondí mientras bajaba del coche—. Por todo —añadí, y Floriano asintió y volvió a incorporarse al tráfico.

Entré en el hotel sin saber muy bien por qué mis piernas parecían dos troncos con enormes raíces que tenía que arrancar de la tierra cada vez que quería dar un paso adelante. Crucé el vestíbulo despacio, cogí el ascensor y avancé tambaleándome como si estuviera borracha hasta llegar a mi habitación. Gasté la poca energía que me quedaba en abrir la puerta, entré, me arrastré hasta la cama y me quedé dormida nada más tocar las sábanas.

Me desperté dos horas más tarde con una sensación de resaca monumental, así que me tomé un ibuprofeno con un buen trago de agua para el dolor de cabeza. Tumbada en la cama, oía el estruendo amenazador de la tormenta que se acercaba por el cielo azul grisáceo y veía el movimiento de las nubes. Estaba tan cansada que volví a dormirme y me desperté una hora más tarde, justo cuando empezaba a descargar con fuerza. Los relámpagos iluminaban la negrura del cielo sobre un mar ahora agitado y el estallido de los truenos, los más potentes que había oído en toda mi vida, me retumbaba en los oídos.

Cuando las primeras gotas empezaron a repiquetear contra la estrecha cornisa de la ventana, miré el reloj y vi que eran casi las siete de la tarde. Coloqué una silla frente a la ventana y me senté, maravillada, dispuesta a contemplar la tormenta que iba cobrando impulso. La lluvia caía oblicua y con tanta potencia que rebotaba en ángulo recto, y las calles y las aceras se habían convertido en torrentes de agua burbujeantes. Abrí la ventana, saqué la cabeza y sentí las gotas, frías y precisas, que impactaban contra mi pelo y me empapaban los hombros.

De repente, se me escapó una carcajada de euforia ante la magnificencia de semejante fuerza de la naturaleza. En aquel momento, me sentí parte de aquella vorágine, intrínsecamente unida al cielo y a la tierra, incapaz de comprender el milagro de su creación, pero emocionada por poder formar parte de él.

En cuanto me di cuenta de que si no cerraba la ventana corría el peligro de ahogarme, metí la parte superior del cuerpo de nuevo en la habitación, corrí hacia el cuarto de baño dejando caer gotas por toda la alfombra y me di una ducha. Cuando salí, el dolor de cabeza había desaparecido y me sentía tan renovada como el aire que me rodeaba, purificado por la tormenta. Me tumbé en la cama con las cartas que Yara me había dado e intenté encontrarle el sentido a todo lo que me había contado. Pero mi mente insistía en volver a Floriano, a la paciencia con la que me había esperado durante toda la tarde y la delicadeza que había mostrado después. Y me di cuenta de que deseaba con todo mi corazón compartir con él el contenido de aquellos sobres. Cogí el móvil y busqué su teléfono.

—*Olá*, Floriano, soy Maia —lo saludé en cuanto descolgó.

—Maia, ¿qué tal? ¿Qué haces?

—Disfruto de la tormenta. Nunca había visto nada igual.

—La verdad es que es una de las cosas que los cariocas podemos decir que se nos dan espectacularmente bien —asintió—.

¿Te apetece venir a casa a cenar? Algo sencillo, me temo, pero eres más que bienvenida.

—Si para de llover, sí, me encantaría.

—Yo le daría unos nueve minutos más, por cómo está el cielo, así que nos vemos dentro de veinte, ¿te parece?

—Sí, gracias, Floriano.

—Pásatelo bien con los charcos. —Se le notaba en la voz que estaba sonriendo—. *Tchau*.

Exactamente nueve minutos más tarde, me aventuré a bajar y a salir a la calle. La avalancha de agua que aún descendía por las aceras hasta arremolinarse en las alcantarillas, incapaces de tragar tal cantidad de agua, me cubrió las chanclas y los tobillos. El aire desprendía un frescor maravilloso y, mientras caminaba, vi que cada vez más lugareños salían de nuevo a la calle.

—Sube —dijo Floriano cuando llamé al interfono. Al llegar a su piso, me recibió con un dedo en los labios—. Acabo de acostar a Valentina. Si se entera de que estás aquí, querrá levantarse de la cama —me susurró.

Asentí en silencio y lo seguí escalera arriba hasta la terraza, que estaba tan seca y acogedora como siempre bajo su tejado inclinado.

—Sírvete una copa de vino mientras yo bajo a acabar de preparar la cena.

Mientras hacía lo que mi anfitrión me había dicho, me sentí tan culpable por no haber llevado nada que decidí que la próxima vez que nos viéramos lo invitaría a cenar para darle las gracias por su hospitalidad. Floriano había encendido las velas de la mesa anticipando la oscuridad que ya se cernía sobre la terraza, y de unos altavoces escondidos bajo el alero del tejado brotaba una suave melodía de jazz. El ambiente era tranquilo, lo cual no dejaba de ser sorprendente, teniendo en cuenta que estábamos justo en el centro de una ciudad con mucha vida.

—Enchiladas con guarnición —anunció Floriano cuando volvió cargado con una bandeja—. Estuve en México hace unos años y me enamoré de su cocina.

Me levanté y lo ayudé a descargar el plato humeante de enchiladas y los cuencos con guacamole, crema agria y salsa, preguntándome si cenaría así todas las noches.

—Por favor, sírvete tú misma —me dijo mientras se sentaba.

Comí con ganas, impresionada por sus habilidades culinarias. Dudaba mucho que yo hubiera sido capaz de servir una comida tan sencilla como aquella con tanta facilidad. De hecho, pensé con tristeza, hacía trece años que no organizaba una cena, desde que me había mudado al Pabellón en Ginebra.

—Bueno —dijo Floriano cuando, terminada la cena, se encendió un cigarrillo—, ¿has descubierto ya todo lo que te hacía falta?

—He descubierto muchas cosas, pero, por desgracia, no aquella por la que vine a Brasil.

—Te refieres a tu madre, ¿verdad?

—Sí. Yara me ha dicho que no le correspondía a ella contarme su historia.

—No, sobre todo si aún está viva —convino Floriano.

—Se lo he preguntado a Yara y me ha dicho que no lo sabía. Y me lo creo.

—Entonces... —Floriano me observó con detenimiento—, ¿por dónde seguirás a partir de ahora?

—No estoy segura. Recuerdo que me dijiste que en el registro no aparecía la fecha de la muerte de Cristina.

—No, no encontré nada, pero, por lo que sabemos, puede que se fuera a vivir a otro país. Maia, ¿te resultaría muy doloroso contarme lo que te ha explicado Yara? —preguntó Floriano—. Confieso que, llegados a este punto, me muero de ganas de saber más.

—Mientras no cumplas tus amenazas y lo incluyas todo en una de tus novelas... —respondí solo medio en broma.

—Yo me dedico a la ficción, Maia. Esto es real y, además, tienes mi palabra.

Durante la siguiente media hora, le conté a Floriano todos los detalles que recordaba de lo que Yara me había explicado. Luego metí la mano en el bolso y saqué los cuatro sobres que me había dado justo antes de irme.

—Aún no los he abierto, quizá porque estoy nerviosa, como Gustavo cuando abrió la carta que le quitó a Loen —admití mientras se las entregaba—. Yara dice que Laurent se las escribió a Izabela cuando ella estaba cuidando de su madre en la *fazenda*. Quiero que la primera la leas tú.

—Me encantaría —dijo él, y se le iluminó la mirada como me había imaginado que le ocurriría al descubrir una prueba sólida relacionada con una de las piezas del rompecabezas histórico.

Lo observé sacar la hoja amarillenta del primer sobre y empezar a leerla. Cuando terminó, me miró, visiblemente emocionado.

—Bueno, puede que monsieur Laurent Brouilly fuera un gran escultor, pero, a juzgar por esto, está claro que también se le daban bien las palabras. —Floriano ladeó un poco la cabeza—. ¿Por qué todo lo que se escribe en francés parece más poético? Toma —dijo devolviéndome la carta—, léela mientras yo descifro la siguiente con la ayuda de mi pobre francés de instituto.

»*Meu Deus*, estas cartas casi le llenan los ojos de lágrimas a un cínico empedernido como yo —añadió al cabo de unos minutos dando voz a mis pensamientos.

—Lo sé. Yara me ha contado la historia de amor que compartieron Bel y Laurent, pero, por alguna razón, al leer sus propias palabras es como si cobrara vida —susurré—. En cierto modo, y a pesar de que su relación acabó en tragedia, envidio a Bel —admití mientras me servía otra copa de vino.

—¿Has estado enamorada alguna vez? —preguntó Floriano con su franqueza habitual.

—Sí, una. Creo que ya te lo había mencionado —respondí un tanto azorada—. Y te conté que no funcionó.

—Ah, sí, y por lo visto esa experiencia te ha marcado de por vida.

—Fue un poco más complicado que eso —repliqué a la defensiva.

—Ese tipo de historias siempre lo son. Mira a Bel y Laurent. Leyendo esto, parecen una pareja de jóvenes enamorados más.

—Bueno, así empezó mi historia de amor, pero terminó de

otra manera. —Me encogí de hombros mientras Floriano cogía otro cigarrillo—. ¿Te importa si me fumo uno?

—En absoluto. Por favor, adelante —respondió acercándome la cajetilla.

Encendí el cigarrillo, le di una calada y sonreí.

—No hacía esto desde la universidad.

—Ojalá pudiera decir lo mismo. Valentina siempre está intentando convencerme de que lo deje. Y puede que algún día lo haga —dijo él antes de darle una buena calada al suyo—. Entonces, el amor de tu vida te rompió el corazón… ¿te apetece contarme qué pasó?

Tras catorce años sin decir una sola palabra sobre el tema y, de hecho, todo ese tiempo habiendo intentado en lo posible evitar hablar de ello, me pregunté qué demonios estaba haciendo en una terraza en Río de Janeiro con un hombre al que apenas conocía y a punto de contárselo todo.

—De verdad, Maia, no te sientas obligada —dijo Floriano al percibir el miedo en mi mirada.

Sin embargo, de forma instintiva sabía que esa era la razón por la que había ido a su casa aquella noche. La historia que había descubierto a lo largo de los últimos días, sumada a la muerte de Pa Salt, habían liberado el dolor y la culpa que me atormentaban por mis errores del pasado. También estaba Floriano, obviamente, cuya vida y circunstancias se habían convertido en un espejo que proyectaba una imagen poco halagüeña de mi triste y solitaria existencia.

—Te lo contaré —conseguí decir antes de que me abandonara el valor—. Cuando iba a la universidad, en el último semestre de mi segundo curso, conocí a alguien. Era un par de años mayor que yo y estaba a punto de acabar la carrera. Me enamoré de él y me comporté como una estúpida y una irresponsable. En cuanto volví a casa a pasar el verano, me di cuenta de que estaba embarazada. Pero ya era demasiado tarde para hacer algo al respecto, así que —suspiré, consciente de que tenía que contar la historia lo más rápido posible y llegar al final antes de derrumbarme— Marina, la mujer de la que te he hablado, la que nos ha criado a las seis hermanas, me ayudó a preparar una escapada para tener el bebé. Luego... —Guardé silencio un instante y me concentré para reunir todo el coraje necesario para pronunciar aquellas palabras en voz alta—. Luego, cuando nació el niño, lo entregué inmediatamente en adopción.

Bebí un buen trago de vino y me llevé las manos a los ojos para contener el torrente de lágrimas que amenazaba con desbordarse en cualquier momento.

—Maia, no pasa nada, llora si quieres. Lo entiendo —dijo Floriano con un hilo de voz.

—Es que... nunca se lo había contado a nadie —admití con el corazón desbocado en el pecho—. Y estoy tan avergonzada... tan avergonzada...

Las lágrimas empezaron a brotar a pesar de que había hecho todo lo posible por contenerlas. Floriano se sentó junto a mí en el sofá y me abrazó. Me acarició el pelo mientras yo balbuceaba que tendría que haber sido más fuerte y haberme quedado al niño a toda costa. Y que no había pasado un solo día desde que se lo llevaron, pocos minutos después de abandonar mi cuerpo, sin que reviviese aquel momento tan terrible.

—Ni siquiera me dejaron verle la cara... —Sollocé—. Dijeron que era lo mejor para todos.

Floriano no se mostró compasivo ni me respondió con obviedades; me dejó hablar hasta que el último resquicio de desesperación abandonó mi cuerpo como el silbido final de un globo al deshincharse. Mi cuerpo se hundió, exhausto. Me quedé allí, en silencio, apoyada sobre su pecho y preguntándome qué demonios me había pasado para desvelarle mi horrible secreto.

Floriano no comentó nada hasta que, al final, inquirí desesperada:

—¿Te he escandalizado?

—No, pues claro que no. ¿Por qué ibas a escandalizarme?

—¿Y por qué no?

—Porque —respondió con un suspiro— hiciste lo que entonces creías que era lo mejor, en las circunstancias en las que te encontrabas. Y eso no es nada malo.

—Quizá los asesinos también crean que lo que han hecho está bien —repliqué un tanto malhumorada.

—Maia, eras muy joven y estabas asustada, y deduzco que el padre no se quedó a tu lado para formalizar vuestra relación ni para apoyarte.

—Dios, ¡no! —exclamé, y al recordar mi última conversación con Zed, al final de aquel semestre, sentí un escalofrío—. Para él, yo solo fui un rollo más. Estaba a punto de acabar la universidad, de iniciar su futuro. Me dijo que creía que las relaciones a distancia no funcionaban casi nunca y que había sido divertido, pero que era mejor que lo dejáramos así. Mientras aún fuéramos amigos —añadí con una risa sarcástica.

—¿Y nunca le contaste lo del embarazo?

—No estuve segura hasta que llegué a casa. Marina me miró de arriba abajo y me llevó directamente a ver al médico. Para entonces, ya había pasado demasiado tiempo y lo único que podía hacer era tenerlo. Fui tan ingenua, tan tonta... —me recriminé—. Y estaba tan enamorada que hacía todo lo que él quisiera.

—Lo que supongo que significaba no aguarle la fiesta con anticonceptivos.

—Sí. —Me refugié en su camisa para disimular la vergüenza—. Pero debería... podría haberme protegido con más cuidado. Al fin y al cabo, ya no era una niña, pero supongo que pensé que a mí no me ocurriría.

—Ni tú ni muchas otras mujeres jóvenes e inexpertas, Maia. Sobre todo en los primeros compases del amor. ¿Se lo contaste a tu padre? —me preguntó—. Por lo que dices, ambos estabais muy unidos.

—Y lo estábamos, pero no de esa manera. No sé cómo explicártelo, pero yo era su primera hija, la niña de sus ojos. Tenía muchas esperanzas puestas en mí. Las cosas me iban muy bien en la Sorbona e iba a sacar una de las medias más altas de toda la carrera. Si te soy sincera, habría preferido la muerte a contarle lo idiota que había sido.

—¿Y Marina? ¿No intentó convencerte para que se lo explicaras a tu padre?

—Sí, claro, pero yo insistí en que no podía. Sé que le habría roto el corazón.

—Así que elegiste romper el tuyo —replicó Floriano.

—En aquel momento, era la mejor opción.

—Te entiendo.

Nos quedamos un rato sentados en el sofá, en silencio, yo con la mirada clavada en la vela que titilaba en la oscuridad y reviviendo el dolor de la decisión que había tomado siendo tan joven.

—Pero en algún momento se te debió de pasar por la cabeza que tu propio padre había adoptado a seis niñas —dijo Floriano de repente—. Y que si alguien podía entender el aprieto en el que estabas era él, ¿verdad?

—Por aquel entonces, ni siquiera lo pensé. —Mis hombros se hundieron bajo el peso de una renovada desesperación—. Pero, claro, desde que murió no he parado de darle vueltas. Aun así, soy incapaz de expresar qué significaba mi padre para mí. Lo idolatraba y necesitaba su aprobación.

—Más que su ayuda —aclaró Floriano.

—La era culpa suya, sino mía —tercié con la brutalidad propia de la verdad—. No confié en él, no confié en su amor hacia mí. Y ahora estoy segura de que si se lo hubiera contado, habría estado a mi lado, me habría... —Mi voz se convirtió en un susurro y los ojos se me llenaron de lágrimas otra vez—. Os veo a ti y a Valentina, en circunstancias parecidas, y me doy cuenta de lo que podría haber sido mi vida si hubiera tenido agallas para ser más fuerte, y pienso en el desastre que han sido las cosas hasta ahora.

—Todos hacemos cosas de las que luego nos arrepentimos, Maia —afirmó Floriano con tristeza—. Todos los días pienso que ojalá hubiera sido más firme con los médicos que me dijeron que sacara a mi mujer del hospital y me la llevara a casa, puesto que intuía lo enferma que estaba. Si lo hubiera hecho, ahora mi hija tendría a su madre y yo a mi mujer. Pero ¿adónde nos llevan las recriminaciones? —Suspiró—. A ninguna parte.

—Pero renunciar a mi hijo, sobre todo cuando las razones

para hacerlo eran puramente egoístas y no motivadas por la pobreza o la guerra, tiene que ser el peor crimen de todos —afirmé.

—Todos pensamos que nuestros errores son los peores precisamente porque los hemos cometido nosotros. Todos vivimos bajo el yugo de la culpabilidad que nos provocan nuestras acciones, Maia, sobre todo si elegimos esconderla en nuestro interior durante tanto tiempo como lo has hecho tú. Estoy aquí sentado, junto a ti, y solo siento tristeza, no te estoy juzgando. Y creo con sinceridad que cualquiera que escuche tu historia pensará lo mismo que yo. Eres la única que se culpa, ¿no te das cuenta?

—Supongo que sí, pero ¿qué puedo hacer al respecto?

—Perdonarte. Es tan sencillo como eso. No serás capaz de pasar página hasta que lo consigas. Lo sé, lo he vivido.

—Todos los días pienso en dónde estará mi hijo, si será feliz, si los padres que lo adoptaron lo querrán. A veces me parece oírlo llorar en sueños, llamándome, pero nunca lo encuentro...

—Te entiendo, pero recuerda que tú también eres adoptada, querida. ¿Te parece que has sufrido por ello? —preguntó Floriano.

—No, porque es la única vida que he conocido.

—Exacto —convino—. Acabas de responderte tú misma. El otro día me dijiste que no crees que importe quién críe a un niño siempre que este se sienta amado. Eso también es válido para tu hijo, allá donde esté. Estoy convencido de que la única que sufre por la situación eres tú. ¿Sabes qué? Creo que no me vendría mal un coñac. —Se levantó del sofá y cogió una botella de una estantería estrecha—. ¿Quieres? —preguntó mientras se servía un poco en una copa.

—No, gracias.

Lo seguí con la mirada mientras se movía por la terraza, encendía un cigarrillo y su mirada se perdía en la oscuridad. Al cabo de unos minutos, sintiéndome vulnerable e insegura, me levanté para reunirme con él.

—¿Te das cuenta —dijo finalmente— de que todas estas revelaciones sobre tu pasado te han hecho pensar aún más en tu hijo?

—Sí —reconocí—. Al fin y al cabo, Pa Salt nos ha dado la oportunidad a mis hermanas y a mí de descubrir nuestros orígenes si así lo queremos. Supongo que mi hijo también tiene derecho a conocer los suyos, ¿no?

—O al menos a decidir si lo desea —me corrigió Floriano—. Tú misma me contaste que al principio no te hacía mucha gracia remover el pasado. Además, en tu caso siempre supiste que eras adoptada. Quizá tu hijo no lo sepa. Es muy probable que no tenga ni idea.

—Ojalá pudiera verlo aunque solo fuera una vez, para saber que está bien... que es feliz.

—Es normal que lo desees. Pero quizá deberías ponerlo a él por delante y ser consciente de que no tiene por qué ser lo mejor para él —opinó con delicadeza—. Oye, es la una de la madrugada y yo mañana tengo que levantarme fresco como una flor para ocuparme de la señorita de abajo.

—Claro —asentí, y me di la vuelta enseguida, crucé la terraza y recogí el bolso de debajo de la mesa—. Ya me voy.

—En realidad, Maia, iba a sugerirte que te quedaras. No creo que debas pasar esta noche sola.

—Estaré bien —farfullé, y me dirigí hacia la puerta aterrorizada por la insinuación.

—Espera. —Floriano se acercó a mí sin poder parar de reírse—. No me refería a que durmieras conmigo. Podrías quedarte en la habitación de Petra. Se ha ido a El Salvador toda la semana a ver a su familia. En serio, quédate, por favor. Me preocuparé mucho si te vas.

—Está bien —acepté demasiado agotada para oponer resistencia—. Gracias.

Floriano apagó las velas y el ordenador. Bajamos juntos la escalera y me indicó dónde estaba la habitación de Petra.

—Te alegrará saber que he cambiado las sábanas y pasado el aspirador en cuanto se ha ido, así que está bastante presentable para variar. El baño está por allí, a la derecha. Las señoras primero. Buenas noches, Maia —se despidió, y se acercó para besarme suavemente en la frente—. Descansa.

Desapareció escaleras arriba y yo me encaminé hacia el baño. Unos minutos más tarde, entré en la habitación de Petra y vi los libros de biología amontonados en las estanterías que había encima del escritorio, el batiburrillo de cosméticos abandonados sobre la cómoda y un par de vaqueros colgados de cualquier manera encima de una silla. Mientras me desnudaba hasta quedarme en camiseta y me metía en la cama estrecha, recordé que yo también había sido una estudiante sin preocupaciones con toda la vida por delante, un lienzo inmaculado esperando a que yo, la artista, lo pintara... hasta que descubrí que estaba embarazada.

Y con ese pensamiento, me dormí.

47

Me despertó el ruido de la puerta y la sensación de que no estaba sola en la habitación. Abrí los ojos y vi a Valentina junto a los pies de la cama, mirándome fijamente.

—Ya son las diez. *Papai* y yo acabamos de hacer bizcocho para desayunar. ¿Por qué no te levantas y nos ayudas a comérnoslo?

—Claro —exclamé, aún un poco descolocada; era evidente que acababa de salir de un sueño profundo.

Valentina asintió satisfecha y luego salió de la habitación. Yo me levanté de la cama y me vestí rápidamente. Salí al pasillo y, mientras lo recorría, percibí un olor delicioso que me hizo pensar en la cocina de Claudia en Atlantis. Seguí el sonido de la voz de Valentina escalera arriba, hasta la terraza de la planta superior, y allí me encontré a padre e hija ya sentados y saboreando entusiasmados el bizcocho en forma de anillo que ocupaba el centro de la mesa.

—Buenos días, Maia. ¿Qué tal has dormido? —preguntó Floriano antes de limpiarse los restos de bizcocho de la boca y apartar una de las sillas de mimbre para que me sentara en ella.

—Muy bien, la verdad —respondí con una sonrisa mientras él me cortaba una porción de pastel y la untaba con mantequilla.

—¿Café? —me preguntó.

—Sí, por favor —respondí, y me llevé el bizcocho, aún caliente, a la boca—. ¿Esto es lo que desayunas todos los días, Valentina? Porque está bastante más bueno que los cereales y la tostada que siempre tomo yo.

—No —respondió la pequeña con un suspiro—. Solo hoy. Creo que *papai* quiere impresionarte —añadió, y se encogió de hombros como si tal cosa.

Al oír las palabras de su hija, Floriano no pudo evitar arquear las cejas, aunque también noté que un ligero tinte rosado le coloreaba las mejillas.

—Valentina y yo estábamos hablando precisamente de lo bien que te vendría un poco de diversión.

—Sí, Maia —lo interrumpió Valentina—. Si mi *papai* se hubiera ido al cielo, yo estaría muy triste y necesitaría animarme.

—Exacto, y por eso se nos ha ocurrido prepararte unas cuantas actividades —añadió Floriano.

—No, *papai*, se te ha ocurrido a ti. —Valentina me miró con el cejo fruncido—. Yo he propuesto ir al parque de atracciones y a ver una película de Disney, pero *papai* ha dicho que no, así que vais a hacer un montón de cosas aburridas. —Puso las pequeñas manos en alto y suspiró de nuevo—. Yo he hecho lo que he podido.

—Bueno, quizá podamos hacer una cosa de cada —propuse en tono conciliador—, porque resulta que a mí también me encantan las películas de Disney.

—Ya, pero es que yo ni siquiera voy a ir con vosotros. Mi *papai* se va mañana a París por lo de su libro y tiene que acabar unas cosas antes de marcharse, así que yo me voy a casa del *avô* y la *vovó*.

—¿Te vas a París? —le pregunté sorprendida a Floriano. La noticia me había provocado una repentina e irracional sensación de miedo.

—Sí. ¿Recuerdas el correo que te envié hace unas semanas? Tú también estás invitada, que no se te olvide —respondió sonriéndome.

—Ah, sí, claro —exclamé al acordarme del mensaje.

—Yo no —protestó Valentina—. *Papai* cree que seré un estorbo.

—No, cariño, más bien creo que te aburrirás como una ostra. ¿Te recuerdo cuánto odias venir a las firmas y las lecturas que hago aquí? En cuanto llegamos, empiezas a tirarme de la manga y a pedirme que nos vayamos a casa.

—Pero eso es aquí, no en París. Me encantaría ir a París —replicó Valentina entristecida.

—Y algún día —dijo Floriano, que se inclinó hacia ella para darle un beso en el pelo, oscuro y brillante— te prometo que te llevaré conmigo. Bueno —continuó—, tus abuelos llegarán en cualquier momento. ¿Has hecho la maleta?

—Sí, *papai* —respondió la pequeña, obediente.

—Maia, mientras recojo los platos del desayuno, ¿te importaría bajar con Valentina y comprobar que lleva el cepillo de dientes y ropa suficiente para dos semanas? —me preguntó Floriano—. A veces es un poco... caótica preparando la maleta.

—No hay problema —asentí, y acompañé a Valentina al piso de abajo, donde estaba su pequeña habitación.

Allí todo era de color rosa: las paredes, la colcha e incluso algunos de los ositos de peluche que formaban una fila a los pies de la cama. Me pareció tan típico que no pude evitar sonreír, aunque al mismo tiempo me resultaba reconfortante. Era como si el rosa formara parte del código genético de todas las niñas. También había sido mi color favorito cuando era pequeña.

Valentina me hizo un gesto para que me sentara y subió la maleta a la cama para que pudiera inspeccionar su contenido.

—Te prometo que aquí dentro está todo lo que necesito —anunció cruzándose de brazos a la defensiva cuando la abrí.

En el interior de la maleta había algunas Barbies, unos cuantos DVD, libros para colorear y rotuladores. También encontré una camiseta, unos vaqueros y un par de zapatillas deportivas.

—¿No crees que te hará falta algo de ropa interior? —pregunté.

—Ah, sí —respondió Valentina, y se dirigió hacia la cómoda—. Se me había olvidado.

—Y quizá también este pijama —sugerí mientras recogía el que Valentina sin duda había tirado al suelo mientras se vestía—. ¿Y algo más de ropa?

Diez minutos más tarde, oí el zumbido del interfono y los pasos de Floriano bajando la escalera.

—Ya están aquí. Espero que estés lista, Valentina —le dijo a su hija desde el pasillo.

—No quiero ir —dijo la pequeña levantando la mirada de los dibujos que ella misma había coloreado y que me estaba enseñando.

Le rodeé los hombros con un brazo en un gesto completamente instintivo.

—Verás como te lo pasas genial. Seguro que tus abuelos te miman como a una princesita.

—Es verdad, pero echaré de menos a *papai*.

—Te entiendo. Yo odiaba que mi padre se marchara. Y él viajaba muchísimo.

—Pero tú tenías un montón de hermanas para hacerte compañía. Yo no tengo a nadie.

Con un suspiro resignado, Valentina se puso de pie y me observó con atención mientras yo cerraba la cremallera de la maleta, la bajaba al suelo, tiraba del asa y la llevaba hasta la puerta.

—Ya está, creo que estás lista para irte.

—¿Volveré a verte cuando regrese, Maia? —me preguntó con un mohín—. Eres mucho más simpática que Petra, que se pasa el tiempo hablando por teléfono con su novio.

—Espero que sí, preciosa, de verdad. Venga —le dije antes de darle un beso—, ve con tus abuelos y pásatelo genial.

—Lo intentaré. —Cogió el asa de la maleta y se dispuso a abrir la puerta—. ¿Sabes? A *papai* le gustas mucho.

—¿Ah, sí? —pregunté con una sonrisa.

—Sí, me lo ha dicho él. Adiós, Maia.

La seguí con la mirada mientras salía de la habitación y pensé que su porte parecía el de una refugiada de la era moderna. Como no quería entrometerme en la despedida entre padre e hija ni poner a Floriano en un compromiso delante de los padres de su difunta esposa, me senté en la cama con las manos en el regazo y pensé de nuevo en lo difíciles que eran las cosas para aquella minúscula familia y en lo mucho que admiraba a Floriano por ser capaz de lidiar con su hija y con su trabajo. También sentí un escalofrío de placer al pensar en lo que Valentina había compartido conmigo. Y me reconocí a mí misma que él también me gustaba.

Al cabo de unos minutos, Floriano llamó a la puerta y asomó la cabeza tras ella.

—Ya está, ya puedes salir. Pensé que acompañarías a Valentina para conocer a Giovane y a Lívia, pero no has aparecido. Da igual —continuó, y me cogió de la mano para levantarme de la cama—, como te he dicho durante el desayuno, creo que ya es hora de que te lo pases bien. ¿Recuerdas esa sensación?

—¡Pues claro que sí! —exclamé a la defensiva.

—Mejor, así de camino al sitio al que voy a llevarte me cuentas la última cosa divertida que hayas hecho.

—¡Floriano, por favor, no me trates como a una niña! —repliqué enfadada mientras salía tras él de la habitación.

De repente, se detuvo en el pasillo y se volvió con tanto ímpetu que estuve a punto de chocar contra él.

—Maia, relájate, por favor, que solo estoy bromeando. Hasta yo, que soy propenso a mirarme el ombligo, sé que no debo tomarme a mí mismo demasiado en serio. Llevas demasiado tiempo sola, así de sencillo. Yo al menos tengo a mi hija para que tire de mí constantemente y me saque de la cueva —explicó—. Y aunque sea solo durante un día, hoy quiero que te olvides de los problemas y vivas la vida, ¿vale?

Me sentí tan incómoda y avergonzada que agaché la cabeza. Me di cuenta de que hacía mucho tiempo que no permitía a nadie acercarse a mí lo suficiente para recriminarme mis errores.

—Solo quiero enseñarte mi particular Río de Janeiro. Y te aseguro que necesito explayarme tanto como tú —añadió mientras abría la puerta del piso y me invitaba a salir.

—Está bien —accedí.

—Genial —replicó él, y bajamos la escalera hasta llegar a la puerta de la calle. Una vez allí, me ofreció su brazo—. ¿Preparada?

—Sí.

Floriano me guió hacia el exterior del edificio y por las calles de Ipanema hasta un café en el que un montón de lugareños tomaban cerveza. Saludó al camarero, al que sin duda conocía, y para mi sorpresa pidió una caipiriña para cada uno de nosotros.

—¡Pero si solo son las once y media de la mañana! —exclamé cuando me acercó la mía.

—Ya lo sé. Nos estamos comportando como unos temerarios, como unos depravados de mucho cuidado. —Asintió con gesto sereno—. Y ahora —añadió haciendo chocar su copa contra la mía—, para dentro de un solo trago.

Una vez apuradas las copas, ya con el alcohol —ácido aunque increíblemente dulce— en el estómago y tras haber dado gracias a Dios por el bizcocho del desayuno, que se ocuparía de absorberlo, Floriano pagó las consumiciones y me ayudó a levantarme del taburete.

—Venga, vamos.

Paró un taxi y nos subimos al asiento de atrás.

—¿Adónde vamos?

—Quiero que conozcas a un amigo mío —respondió con aire misterioso—. Hay algo que tienes que ver antes de irte de Río.

El taxi se dirigió hacia las afueras de la ciudad y, veinte minutos más tarde, se detuvo en la entrada de lo que parecía una favela.

—No te preocupes —me tranquilizó Floriano mientras pagaba al taxista—, ni van a pegarte un tiro ni uno de los grandes barones del narcotráfico va a ofrecerte un gramo de cocaína. —Me pasó un brazo alrededor de los hombros y juntos iniciamos el largo ascenso por los escalones hasta la entrada de la favela—. Te aseguro que Ramon, mi amigo, es tan civilizado como nosotros.

Antes de entrar en el poblado, ya se oía el retumbar distante de los tambores. Los callejones eran tan estrechos que si estiraba los brazos tocaba las paredes de ladrillo de las casas de uno y otro lado. A pie de calle, apenas llegaba la luz; tuve que levantar la vista para ver la extraña mezcla de edificios construidos encima de las plantas bajas. Floriano siguió mi mirada y asintió.

—Los que viven en las plantas bajas venden el espacio que queda encima de sus hogares a otras familias para que construyan los suyos —explicó mientras proseguíamos el interminable ascenso por las calles serpenteantes.

La atmósfera era claustrofóbica y no corría ni una gota de aire, así que yo, que siempre me había vanagloriado de mi capacidad para soportar el calor, no tardé en empezar a sudar y a marearme. Floriano se dio cuenta de inmediato y, al llegar a lo alto de un callejón, se detuvo y desapareció por una puerta oscura. Lo seguí y descubrí que era una especie de tienda, a pesar de que se trataba de una simple estancia de hormigón con unas estanterías llenas de comida enlatada y una nevera en una esquina. Compramos una botella de agua, que procedí a beberme casi de un solo trago, y luego retomamos la subida hasta que por fin llegamos a una puerta pintada de un azul luminoso. Floriano llamó con los nudillos y enseguida apareció un hombre de piel oscura. Los observé en silencio mientras se abrazaban e intercambiaban palmadas en la espalda y puñetazos amistosos en los brazos. Después, entramos en la casa. Me sorprendió ver la pantalla de un ordenador parpadeando en una esquina de la habitación y un televisor enorme al otro lado. Había pocos muebles, pero la estancia estaba muy limpia.

—Maia, este es Ramon. Ha vivido en esta favela desde el día en que nació, pero ahora trabaja para el gobierno como... —Floriano miró a su amigo en busca de inspiración— pacificador.

Ramon echó la cabeza hacia atrás y soltó una sonora carcajada que dejó entrever unos dientes de un blanco impoluto.

—Amigo mío —dijo con una voz grave e intensa—, cómo se nota que eres escritor. Señorita —continuó tendiéndome una mano—, es un placer conocerla.

Durante las dos horas siguientes, nos dedicamos a pasear por las callejuelas del poblado. Solo nos detuvimos para tomar una cerveza y comer algo en un bar destartalado que un residente con espíritu emprendedor había abierto en el diminuto espacio que poseía. Aprendí muchas cosas sobre la vida en las favelas.

—Claro que sigue habiendo delincuencia y pobreza en todos estos asentamientos —me explicó Ramon—. Hay algunos sitios a los que ni siquiera yo me acercaría, sobre todo de noche. Pero me gusta pensar que las cosas están mejorando, aunque más lentamente de lo que deberían. Y ahora que todo el mundo tiene la oportunidad de recibir una educación y, con ello, de aumentar su autoestima, confío en que mis nietos tengan una infancia mejor que la que tuve yo.

—¿Cómo os conocisteis? —pregunté cociéndome en aquel calor sofocante.

—Ramon consiguió una beca en mi universidad —explicó Floriano—. Estudió ciencias sociales, aunque también le hacía ojitos a la historia. Es mucho más listo que yo. No paro de repetirle que debería escribir un libro sobre su vida.

—Sabes tan bien como yo que aquí, en Brasil, no lo publicaría nadie —dijo Ramon, que de repente se había puesto muy serio—. Pero quizá lo haga algún día, cuando sea viejo y la situación política haya cambiado. De momento, voy a llevaros a ver mi proyecto favorito.

Mientras seguíamos a Ramon por el laberinto de callejuelas, Floriano me explicó entre susurros que el padre de su amigo, que había sido un conocido capo de la droga y en aquellos momentos estaba cumpliendo cadena perpetua por doble asesinato, había obligado a su madre a ejercer la prostitución.

—Cuando su madre murió de una sobredosis de heroína, Ramon se quedó solo con seis hermanos más pequeños que él a los que criar. Es un hombre increíble, de esos que te devuelven la fe en el ser humano —murmuró—. Siempre está trabajando por el bien de la gente que vive aquí, intentando conseguirles atención médica básica y mejores servicios para los niños de la comunidad. Ha dedicado su vida a las favelas —añadió Floriano antes de cogerme del brazo para ayudarme a bajar unos toscos escalones de piedra.

Desde más abajo, nos llegaba el sonido cada vez más intenso de los tambores, una pulsación que me recorría todo el cuerpo a medida que íbamos dejando atrás los peldaños. Vi el respeto y el afecto con que saludaban a Ramon desde cada una de las estrechas portezuelas ante las que pasábamos y, para cuando llegamos abajo y el amigo de Floriano nos invitó a franquear una puerta de madera flanqueada por paredes altas, mi propio sentimiento de respeto hacia él ya se había multiplicado. Pensé en cómo le había dado la vuelta a su existencia, en cómo había usado las terribles circunstancias que le había tocado sufrir para mejorar las vidas de los demás, y su dedicación y la fuerza de su carácter supusieron toda una lección de humildad para mí.

En el patio en el que acabábamos de entrar había alrededor de una veintena de niños, algunos más pequeños que Valentina, bailando al ritmo de los tambores. Pisándole los talones a Ramon, rodeamos discretamente el perímetro y nos detuvimos bajo la sombra que proyectaba el edificio contiguo. Señaló a los niños.

—Se están preparando para el carnaval. ¿Sabías que fue en las favelas donde empezó todo? —susurró, y me ofreció una silla de plástico, vieja y destartalada, para que me sentara a mirarlos.

Era como si los diminutos cuerpos de aquellos niños palpitaran de forma instintiva al ritmo de los tambores. Contemplé sus rostros extasiados, muchos de ellos con los ojos cerrados, mientras se movían al compás de la música.

—Están aprendiendo algo que aquí llamamos *samba no pé*. Fue lo que me salvó a mí cuando tenía su edad —me explicó Ramon en voz baja al oído—. Bailan como si les fuera la vida en ello.

Más tarde me arrepentí de no haber inmortalizado el momento con mi cámara, pero supongo que no habría conseguido capturar el éxtasis que iluminaba los rostros de aquellos niños. Sabía que lo que estaba presenciando quedaría grabado a fuego en mi memoria para siempre.

Al cabo de un rato, Ramon nos dijo que era hora de irnos. Me levanté de la silla a regañadientes, nos despedimos de los niños con un gesto de la mano y salimos por la puerta de madera por la que habíamos entrado.

—¿Estás bien? —me preguntó Floriano pasándome de nuevo un brazo sobre los hombros con gesto protector.

—Sí —conseguí articular con la voz rota por la emoción—. Es lo más bonito que he visto en la vida.

Salimos de la favela y paramos un taxi para que nos llevara de vuelta a la ciudad. Yo aún tenía el corazón y los sentidos embriagados por el abandono puro y dichoso que transmitía el baile de los niños.

—¿Seguro que estás bien, Maia? —insistió Floriano, que se inclinó hacia mí para cogerme la mano.

—Sí —respondí—. En serio, estoy bien.

—¿Te ha gustado la samba?

—Me ha encantado.

—Me alegro, porque eso es exactamente lo que vamos a hacer esta noche.

Lo miré horrorizada.

—¡Floriano, yo no sé bailar!

—Pues claro que sabes, Maia. Como todo el mundo, sobre todo los cariocas. Lo llevas en la sangre. De momento… —se interrumpió para pedirle al taxista que se detuviera en una plaza en la que había un mercadillo—, tenemos que encontrarte un atuendo adecuado para la velada. Ah, y un par de zapatos para bailar samba.

Lo seguí como un corderito por todo el mercado mientras inspeccionaba interminables hileras de vestidos y seleccionaba los que le parecían más apropiados para que yo escogiera.

—Creo que el melocotón es el que mejor le sentaría a tu color de piel —sentenció, y me enseñó un vestido ajustado, de corte cruzado y confeccionado con un material suave como la seda.

Fruncí el cejo. Era precisamente el tipo de vestido que yo jamás habría elegido para mí misma, porque, entre otras cosas, me parecía que aquel estilo dejaba poco margen a la imaginación.

—¡Venga, Maia, me prometiste que disfrutarías un poco de la vida! ¡Ahora mismo vas vestida como mi madre! —se burló.

—Gracias —repliqué con brusquedad, y él insistió en pagarle al vendedor los pocos reales que costaba el vestido.

—Muy bien, ahora a por los zapatos —anunció.

Me cogió otra vez de la mano y zigzagueamos por las calles de Ipanema hasta llegar a una minúscula tienda que parecía un establecimiento de reparación de calzados.

Diez minutos más tarde, salí de ella con un par de zapatos de piel de tacón cubano que se cerraban con una tira que cruzaba el empeine.

—Estos zapatos sí que son algo que Marina se pondría encantada —dije, e intenté que aceptara el dinero que le ofrecía por ellos, pues sabía que habían sido bastante caros.

Floriano se negó en redondo y se detuvo ante un quiosco de helados cuyo aparador presentaba una gran muestra de sabores.

—¿Qué te apetece? —me preguntó—. Te prometo que en este sitio venden los mejores helados de todo Río.

—Lo mismo que tú —respondí.

Ya con los cucuruchos en la mano, seguimos paseando por la calle principal hasta que decidimos sentarnos en un banco frente a la playa a disfrutar de los helados antes de que se derritieran.

—Bueno —dijo mientras nos limpiábamos la boca—, son más de las seis. ¿Por qué no te acercas al hotel y te preparas para tu debut de esta noche en las pistas de baile? Yo tengo que ir a casa a mandar unos correos y a preparar la maleta para el viaje de mañana a París. Te recojo en el vestíbulo del hotel a las ocho y media.

—De acuerdo. ¡Y gracias por el día de hoy, ha sido genial! —le grité mientras se alejaba y yo me disponía a cruzar la calle para regresar al hotel.

—Aún no se ha acabado, Maia —me respondió él con una sonrisa.

Cuando pedí la llave de mi habitación en el mostrador de recepción del hotel, me topé con miradas de inquietud.

—Señorita D'Aplièse, estábamos preocupados por usted. Ayer por la noche no volvió al hotel.

—No, me quedé a dormir en casa de un amigo.

—Entiendo. El caso es que alguien ha llamado preguntando por usted. La operadora no ha podido localizarla, así que la persona en cuestión nos ha dictado un mensaje. Era una mujer y ha dicho que era urgente.

La recepcionista me entregó un sobre.

—Gracias —le dije.

—Y, si es tan amable, la próxima vez que decida pasar la noche fuera, ¿le importaría avisarnos? Río puede ser una ciudad peligrosa para los extranjeros, ¿sabe? Un día más y habríamos tenido que llamar a la policía.

—Por supuesto —convine, un tanto avergonzada, y me dirigí hacia el ascensor pensando que puede que Río fuera una ciudad peligrosa para los extranjeros, pero era perfectamente segura para los nativos como yo.

Una vez en la habitación, abrí el sobre. No se me ocurría quién podría haberme dejado un mensaje urgente, así que leí lo que decía en la tarjeta.

> Querida señorita Maia:
>
> A la señora Beatriz le gustaría verla. Cada día está más débil, así que será mejor que venga lo antes posible. Mañana a las diez de la mañana sería ideal.
>
> Yara Canterino

Mi cabeza necesitó un tiempo para procesar el significado del mensaje. Al tomarme el día libre, había conseguido olvidarme durante unas valiosas horas de mi pasado y de mi incierto futuro. Abrí el grifo de la ducha y me metí debajo del chorro de agua tibia dejando que cayera como una cascada sobre mi cuerpo. Decidí que, ocurriera lo que ocurriese al día siguiente, ya tendría tiempo de preocuparme entonces.

Me puse el vestido y los zapatos que Floriano me había comprado, convencida de que me quedarían fatal, pero, cuando me planté delante del espejo para ver qué tal me sentaban, me sorprendió el resultado. El corpiño cruzado me realzaba los pechos y la cintura, y la falda, que caía en suaves pliegues desde la cadera, dejaba entrever las piernas, que parecían más largas gracias a los exquisitos zapatos de tacón bajo.

El tiempo que llevaba en Río me había tostado la piel. Me sequé el pelo con el secador y me lo recogí en lo alto de la cabeza, me pinté la raya de los ojos y añadí un poco de rímel y un carmín rojo que me había comprado un día por puro antojo pero que nunca había llegado a estrenar. Cuando terminé, no pude reprimir una carcajada: ni siquiera mis hermanas me habrían reconocido. El comentario burlón de Floriano sobre mi forma de vestir me había dolido, pero al mismo tiempo me había hecho darme cuenta de que no le faltaba razón. Toda mi ropa era sobria, pensada para ayudarme a pasar desapercibida entre la multitud. En Río las mujeres celebraban la sensualidad y la sexualidad de sus cuerpos, mientras que yo llevaba años escondiendo el mío.

Aún faltaba media hora para que Floriano llegara, así que aproveché para enviarles una salva de correos electrónicos a mis hermanas contándoles lo bien que me lo estaba pasando y asegurándoles que ya me encontraba mucho mejor. Me serví una copa de vino de la botella del minibar y, mientras me la tomaba, me sorprendió pensar hasta qué punto eran ciertas todas y cada una de las palabras que acababa de escribir. Era como si me hubieran quitado un enorme peso de los hombros y me notara ligera como una pluma. Tal vez se debiera a la confesión que le había hecho a Floriano, pero una voz interior me decía que se trataba de mucho más que eso.

También era por él.

Su energía, su optimismo y su incontestable sentido común, por no hablar de la destreza con la que organizaba la vida doméstica con su hija, eran lecciones vitales que yo debería aprender. Se había convertido, como mínimo, en un modelo para mí, un ejemplo que, había empezado a ser consciente de ello, yo deseaba con todas mis fuerzas seguir. A su lado, mi vida no era más que una copia gris y anodina y, por muy hirientes que me resultaran algunos de sus comentarios, gracias a él me había dado cuenta de que estaba sobreviviendo, en ningún caso disfrutando de la vida.

Y, sin apenas darme cuenta, la combinación de aquella ciudad y aquel hombre había conseguido romper el cascarón protector bajo el que llevaba años ocultándome. La analogía me arrancó una sonrisa, porque en realidad me sentía como un polluelo recién salido del cascarón.

Y sí, admití que posiblemente también me estuviera enamorando de él. Cuando miré el reloj y vi que ya era hora de bajar, decidí que, aunque no volviera a ver a Floriano nunca más, siempre le estaría agradecida por haberme devuelto mi vida. Y aquella noche celebraría mi renacimiento sin tener miedo al mañana.

—¡Vaya! —Floriano me estudió con admiración y sin ningún disimulo en cuanto me vio aparecer en el vestíbulo del hotel—. Y luego dicen que el ave fénix renació de sus cenizas.

En lugar de ponerme colorada y quitarle importancia al cumplido, le sonreí abiertamente.

—Gracias por el vestido. Tenías razón, me queda bien.

—Maia, estás espectacular y, créeme —dijo mientras me tomaba del brazo y salíamos la calle—, lo único que he hecho ha sido realzar lo que tú parecías estar tan decidida a esconder. —De pronto, se detuvo en lo alto de la escalera y me miró—. ¿Vamos?

—Sí.

Paró un taxi y le indicó al taxista que nos llevara a un barrio llamado Lapa. Según él, era una de las partes más antiguas de la ciudad y el lugar de reunión de la comunidad artística.

—No es un lugar muy seguro para ir sola —me advirtió cuando nos detuvimos en una calle adoquinada y flanqueada por viejos edificios de ladrillo—, pero esta noche me tienes a mí para protegerte.

Como no estaba acostumbrada a los tacones, me cogí a su brazo y avancé con cuidado sobre la superficie irregular. Las terrazas de los bares estaban llenas de gente cenando o tomando una copa, pero no tardamos en abandonar la calle principal y bajar una escalera que llevaba a un sótano.

—Este es el local de samba más antiguo de todo Río. Aquí no encontrarás turistas; es para los verdaderos cariocas que quieren bailar al ritmo de la mejor samba de la ciudad.

Al entrar, una camarera le sonrió, le dio dos besos y luego nos acompañó hasta uno de los reservados del local, en una esquina de la sala. Nos entregó los menús y Floriano le pidió dos cervezas, porque, según él, el vino allí era criminal.

—Por favor, Floriano, esta vez invito yo —le dije sin apartar la mirada de la pista de baile, donde los músicos ya ponían a punto los instrumentos.

—Gracias. —Asintió aceptando el gesto—. Y, por cierto, si quieres decir algo, Maia, será mejor que lo hagas durante la próxima hora, porque después ninguno de los dos será capaz de oír una sola palabra.

Pedimos la especialidad de la casa por recomendación de Floriano y, en cuanto llegaron las cervezas, brindamos directamente con las botellas.

—Maia, ha sido un placer compartir estos días contigo. Y siento que no puedan ser más por culpa de mi viaje a París.

—Yo quiero darte las gracias por todo. Te has portado muy bien conmigo, Floriano, de verdad.

—Entonces, ¿te ocuparás de la traducción de mi próximo libro? —bromeó.

—Me ofendería si no me lo pidieras. Por cierto —dije justo cuando la camarera dejó sobre la mesa dos platos de una especie de estofado de judías—, esta tarde al llegar al hotel me he encontrado un mensaje de Yara. Por lo visto, la señora Beatriz quiere verme mañana por la mañana —anuncié con toda la tranquilidad de que fui capaz.

—¿En serio? —preguntó Floriano entre bocado y bocado—. ¿Y cómo te sientes?

—Antes me has dicho que esta noche era para divertirse —le recordé en tono de guasa—, así que ni me lo he planteado.

—Mejor. De todas formas, no puedo evitar pensar que me gustaría estar allí contigo. O al menos hacerte de chófer. Estos últimos días han sido un auténtico viaje. Y me ha encantado ser tu copiloto. ¿Me prometes que me pondrás al corriente?

—Claro, te mandaré un correo.

De pronto, el ambiente se tensó y ambos aprovechamos para rematar el delicioso guiso que teníamos delante. Floriano le pidió otra cerveza a la camarera simpática, pero yo preferí decantarme por una copa del vino «criminal». Los músicos ya habían empezado a tocar la sensual música de las colinas y dos parejas se contoneaban por la pista de baile. Me concentré en ellos y en sus delicados movimientos, que eran el fiel reflejo de la exquisita tensión que se había instalado entre Floriano y yo.

—Entonces —dije cuando la pista empezó a llenarse de parejas—, ¿me enseñas a bailar la samba?

Le tendí la mano por encima de la mesa y él asintió. Sin decir nada más, nos levantamos de la mesa y nos unimos a la multitud.

Me rodeó la cintura con un brazo y entrelazó los dedos de la otra con los míos.

—Siente el ritmo que recorre tu cuerpo, Maia —me susurró al oído—, no tienes que hacer nada más.

Hice lo que me decía y enseguida sentí el latido de la música en mi interior. Empezamos a balancear las caderas al compás y a mover los pies, aunque, al menos al principio, mientras estudiaba los movimientos de Floriano y del resto de los bailarines que me rodeaban, yo lo hacía con torpeza. Sin embargo, en cuestión de minutos algo instintivo se apoderó de mí y por fin pude relajarme y dejar que mi cuerpo se moviera al ritmo de la música.

No recuerdo cuánto rato estuvimos bailando aquella noche. La pista de baile se llenó hasta que sentí que todos nos habíamos convertido en una masa uniforme; nos movíamos como uno, éramos un grupo de seres humanos celebrando la alegría de estar vivos. Seguro que, para cualquier profesional de la samba, mi estilo era imperfecto, de principiante, pero por primera vez en mi vida me daba igual lo que pensaran los demás. Floriano me guió, me hizo girar y me sujetó contra su pecho de una forma que me puso tan eufórica que incluso se me escapó la risa.

Al final, con los dos sudando ya a mares, me sacó de la pista de baile, cogió la botella de agua de nuestra mesa y tiró de mí escalera arriba hasta que salimos a la calle a respirar un aire fresco que él contaminó al instante encendiéndose un cigarrillo.

—¡*Meu Deus*, Maia! ¡No está nada mal para una novata! Eres una carioca de verdad.

—Y así me siento esta noche, gracias a ti.

Le acerqué la mano a la cara para quitarle el cigarrillo y di una calada. Mientras lo hacía, sentí que me observaba con detenimiento.

—¿Te das cuenta de lo hermosa que estás ahora mismo? —murmuró—. Mucho más que tu bisabuela. Esta noche, es como si una luz ardiera en tu interior.

—Sí —asentí—, y es gracias a ti, Floriano.

—Maia, yo no he hecho nada. Eres tú la que ha decidido volver a vivir.

De pronto, me arrastró hacia él y, antes de que supiera qué estaba pasando, empezó a besarme. Y yo le correspondí con el mismo fervor.

—Por favor —susurró cuando nos separamos para respirar—, ven a casa conmigo esta noche.

Nos marchamos del club y apenas nos dio tiempo a subir la escalera de su apartamento. Floriano me quitó el vestido y me tomó allí mismo, en el estrecho pasillo de su casa, con la música de las colinas aún retumbándome en los oídos. Después nos metimos en la cama e hicimos de nuevo el amor, esta vez con más serenidad, aunque con la misma pasión.

Floriano se incorporó apoyándose sobre un codo y me observó con aquella mirada intensa tan típica de él.

—Cómo has cambiado —me dijo—. Cuando te conocí, no pude evitar fijarme en tu belleza, como lo habría hecho cualquier hombre, pero estabas tan cerrada, tan tensa... Y mírate ahora —añadió antes de besarme en la base del cuello y deslizar una mano hacia mis pechos—. Eres... deliciosa. Me he pasado meses deseando que llegara mi viaje a París y ahora que solo faltan unas horas lo que realmente me apetece es quedarme aquí contigo. Maia, te adoro. —De repente, rodó hasta colocarse encima de mí, cubriendo mi desnudez con la suya, y me miró con fijeza—. Ven conmigo a París.

—Floriano, esta es nuestra noche —susurré—. Eres tú quien me ha enseñado a disfrutar de cada momento. Además, sabes que no puedo.

—No, mañana no, pero cuando hayas hablado con la señora Beatriz, por favor, coge un avión y reúnete conmigo. Podríamos pasar unos días maravillosos juntos. Un paréntesis en el tiempo —me animó.

No respondí. Prefería no pensar siquiera en el día siguiente, sino saborear el presente. Al final, Floriano se quedó dormido a mi lado, bañado por la luz de la luna que se colaba a través de la ventana. Aproveché para contemplarlo y acariciarle la mejilla con los dedos.

—Gracias —susurré—. Gracias.

48

Extrañamente, teniendo en cuenta que llevaba más de catorce años sin dormir en la misma cama que otra persona, no me desperté hasta que sentí que alguien me daba unos golpecitos en el hombro. Abrí los ojos y vi a Floriano, ya vestido, mirándome con fijeza.

—Te he traído un poco de café —dijo señalando la taza que descansaba sobre la mesilla de noche.

—Gracias —respondí aún adormilada—. ¿Qué hora es?

—Las ocho y media. Maia, tengo que irme ya hacia el aeropuerto. Mi vuelo a París sale dentro de tres horas.

—¡Y yo tengo que volver al hotel a cambiarme! —exclamé, y me dispuse a levantarme de la cama de un salto—. Tengo que estar en el convento a las diez.

Floriano me cogió del brazo para detenerme.

—Escucha, no sé qué planes tienes después de ver a Beatriz, pero quería reiterarte lo que te dije anoche. Ven a París, querida. Me encantaría que pasaras unos días conmigo. ¿Me prometes que te lo pensarás?

—Sí —asentí—. Te lo prometo.

—Bien. —Floriano se rascó la nariz y a sus labios asomó una sonrisa socarrona—. Odio tener que decirlo, pero no puedo evitar sentir que hay ciertas reminiscencias de Bel y Laurent en esta conversación. Quiero creer que nosotros podríamos tener un final más feliz que el que tuvieron ellos. —Estiró una mano y me apartó un mechón de la frente; luego se agachó y me la besó con suavidad—. *À bientôt* y que tengas suerte luego. Bueno, ahora sí que me voy.

—Buen viaje —respondí, y lo seguí con la mirada mientras se dirigía hacia la puerta.

—Gracias. Cierra la puerta sin más cuando te vayas. Petra volverá dentro de un par de días. Adiós, querida.

Unos segundos más tarde, oí que la puerta principal se cerraba y me levanté de la cama de un salto para vestirme. Salí del piso y caminé a toda prisa por las calles de Ipanema en dirección al hotel. Crucé el vestíbulo con la cabeza bien alta y me encaminé al mostrador para pedir mi llave. Ignoré la mirada curiosa de la recepcionista al ver mi aspecto desaliñado y le pregunté si Pietro estaría disponible al cabo de veinte minutos para llevarme al convento.

Una vez en la habitación, me di una ducha rápida a pesar de que una parte de mí se resistía a borrar el olor de Floriano de mi piel. Me vestí a toda prisa con algo más apropiado para la ocasión y, quince minutos más tarde, ya estaba de vuelta en el vestíbulo del hotel. Pietro me estaba esperando en la calle y me sonrió cuando me monté en el coche.

—Señorita d'Aplièse, ¿qué tal está? Hace días que no la veo. Vamos al convento, ¿verdad? —preguntó.

—Sí —respondí en cuanto arrancamos, e intenté concentrarme en despejar el lío que tenía en la cabeza para afrontar el encuentro que me esperaba de la mejor manera posible.

Cuando llegamos al convento, Yara ya estaba aguardando frente a la puerta, visiblemente nerviosa.

—Hola, señorita Maia. Gracias por venir.

—Gracias a usted por arreglarlo.

—Lo cierto es que yo no he tenido nada que ver en todo esto. Fue la señora Beatriz quien me pidió que me pusiera en contacto con usted. Sabe que le queda poco tiempo. ¿Está preparada?

Yara me miró con simpatía. Le contesté que sí y me llevó por un oscuro pasillo hacia el ala del convento que hacía las veces de hospital. Cruzamos unas puertas dobles y enseguida percibí el olor a desinfectante mezclado con otro aroma, más impreciso, que parecía impregnar todos los hospitales que había visitado en mi vida. La última vez que había pisado uno había sido al dar a luz a mi pequeño.

—La señora Beatriz está ahí dentro. —Yara señaló una puerta al final del pasillo—. Voy a ver si está preparada.

Me senté en el banco que había junto a la puerta y pensé que, me contara lo que me contase Beatriz, no podría hundirme. El pasado estaba superado y hacía apenas unas horas que había comenzado a tener un futuro.

La puerta de la habitación de Beatriz se abrió y Yara me invitó a pasar.

—Esta mañana está muy lúcida. Le ha dicho a la enfermera que no quiere tomar los medicamentos hasta que haya hablado con usted para mantener la mente despejada. Tiene más o menos una hora hasta que el dolor se le haga insoportable.

Me hizo entrar en la habitación, que era amplia y luminosa, con unas vistas preciosas de las montañas y el mar. Aunque la cama era la típica de los hospitales, todo lo demás hacía pensar en un dormitorio normal y corriente.

—Buenos días, Maia. —Beatriz, sentada en una silla junto a la ventana, me saludó con una calidez sorprendente—. Gracias por venir a verme. Por favor, siéntate. —Señaló la silla de madera que había frente a la suya—. Yara, ya puedes dejarnos.

—Sí, señora. Llame al timbre si necesita algo —respondió la criada antes de abandonar la habitación.

Mientras se producía aquella breve conversación, aproveché para observar a Beatriz. Y, después de lo que Yara me había contado sobre ella, intenté verla con una nueva perspectiva. Estaba claro que, físicamente, no se parecía a Izabela, su madre, sino que tendía más hacia los rasgos pálidos y europeos de su padre. También reparé por primera vez en el verde aún intenso de sus ojos, que brillaban, enormes, en aquel rostro desgastado por el tiempo.

—Para empezar, Maia, quiero disculparme contigo. Cuando te vi aparecer en mi jardín y me di cuenta de que eres la viva estampa de mi madre, no supe cómo reaccionar. Y el colgante, claro... Yo también lo reconocí al instante, como Yara. Me lo dejó mi madre, Izabela, y es el mismo que yo le regalé a mi hija el día que cumplió dieciocho años. —De pronto, a Beatriz se le llenaron los ojos de lágrimas, aunque no fui capaz de saber si de dolor o de emoción—. Perdóname, Maia, pero necesitaba un tiempo para decidir cuál era la mejor forma de actuar ante tu llegada, tan cercana a mi propia… partida.

—Señora Beatriz, ya se lo dije en otra ocasión: no he venido por el dinero o la herencia…

Beatriz levantó una mano temblorosa para hacerme callar.

—En primer lugar, tutéame, por favor, y llámame Beatriz. Por desgracia, creo que ya es un poco tarde para que sea «abuela», ¿verdad? Y en segundo lugar, a pesar de que era consciente de que el momento de tu visita era demasiado oportuno para ser una pura coincidencia, tampoco me preocupó en exceso. Hoy en día hay pruebas que demuestran los vínculos genéticos. Además, es evidente de dónde vienes, se te nota en cada rasgo de la cara. No —suspiró—, fue otra cosa lo que me hizo dudar.

—¿Qué fue, exactamente?

—Maia, todos los niños que son adoptados o pierden a sus padres cuando aún son pequeños tienden a poner a su progenitor en un pedestal. A mí me ocurrió con mi madre. En mi cabeza, Izabela era una santa, una mujer perfecta, aunque en realidad estoy convencida de que tenía muchos defectos, como todos —admitió Beatriz.

—Sí, supongo que tienes razón —asentí.

Guardó silencio un instante y me escrutó el rostro con gesto pensativo.

—Cuando vi tu desesperación, más que comprensible, por saber algo de tu propia madre y de los motivos por los que te había entregado en adopción, supe que, si accedía a responder a tus preguntas, sería incapaz de mentirte. Y que si te contaba la verdad, por desgracia, destruiría cualquier imagen que, como es natural, te hubieras formado de ella en tu cabeza.

—Empiezo a entender que todo esto te ha supuesto un auténtico dilema —dije para tranquilizarla—. Pero quizá debería haberte contado que, hasta el día en que murió mi padre adoptivo, apenas me había parado a pensar en quién sería mi madre biológica. Ni mi padre. He tenido una infancia muy feliz. Adoraba a mi padre, y Marina, la mujer que nos crió a mis hermanas y a mí, no podría haber sido más cariñosa. Y sigue siéndolo —añadí.

—La verdad es que eso ayuda un poco —convino Beatriz—, porque me temo que la historia que terminó con tu adopción no es nada agradable. Para una madre es terrible tener que reconocer que tuvo que esforzarse para querer a su propia hija, pero he de decir que eso es lo que acabó pasándome con Cristina, tu madre. Perdóname, Maia, lo último que desearía es hacerte sufrir más, pero se nota que eres una mujer inteligente y sería un error decirte mentiras y tópicos trillados. Te darías cuenta del engaño, estoy convencida. Pero debes recordar que, al igual que los padres no pueden escoger a sus hijos, los hijos tampoco pueden elegir a sus padres.

Comprendí lo que Beatriz estaba intentando decirme, así que, por un momento, dudé y me pregunté si, al fin y al cabo, no sería mejor seguir sin conocer la verdad. Pero ya había llegado muy lejos y, tal vez por el bien de la propia Beatriz, debería dejar que se explicara. La miré a los ojos y cogí aire.

—¿Por qué no me hablas de Cristina? —le pedí con un hilo de voz.

La anciana se dio cuenta de que ya había tomado una decisión.

—Está bien. Yara dice que, más o menos, ya te ha explicado mi vida, así que sabrás que mi marido, tu abuelo, y yo nos casamos muy enamorados. La guinda del pastel llegó cuando supimos que estaba embarazada. Nuestro primer hijo murió a las pocas semanas de nacer, de modo que, cuando di a luz a Cristina unos años más tarde, la quisimos todavía más.

Respiré hondo, incapaz de no pensar unos instantes en mi propio hijo perdido.

—Y después de lo que había vivido en mi infancia —continuó Beatriz—, estaba decidida a que mi bebé creciera con todo el amor que su padre y yo pudiéramos darle. Pero, aunque suene un poco duro, Cristina fue una niña difícil desde el día en que nació. Apenas dormía por la noche y, con el paso de los años, se volvió propensa a los berrinches, que a veces le duraban horas. En el colegio, siempre se metía en problemas. Los profesores nos enviaban cartas diciendo que se dedicaba a atemorizar a tal niña o a tal otra y que las hacía llorar. Es horrible tener que admitirlo —confesó Beatriz con la voz temblorosa al recordar momentos tan dolorosos—, pero Cristina no tenía reparos a la hora de hacer daño a la gente, no sentía remordimientos. —Levantó la cabeza y me clavó una mirada agónica—. Maia, querida mía, si deseas que pare, solo tienes que decírmelo.

—No, sigue —la animé un tanto aturdida.

—Cómo no, sus años de adolescente fueron los peores. A su padre y a mí nos desesperaba su falta absoluta de respeto por la autoridad, ya fuera la nuestra o la de cualquier otra persona que tuviera trato con ella. Lo más trágico de todo era que Cristina era una niña extremadamente brillante, algo que sus profesores jamás dejaban de recordarnos. Una vez, cuando era pequeña, le hicieron un test de inteligencia y descubrieron que su coeficiente estaba muy por encima de la media. Durante los últimos años, he leído artículos sobre un síndrome conocido como de Asperger. Ahora las enfermedades mentales se investigan con más rigor que antes. ¿Has oído hablar de ella? —me preguntó.

—Sí, claro.

—Por lo visto, los que la sufren suelen tener un nivel de inteligencia elevado y tienden a mostrar poca sensibilidad o empatía hacia los demás. Es la mejor forma de definir a tu madre que se me ocurre. Aunque Loen, la madre de Yara, siempre decía que Cristina le recordaba a mi abuela, Luiza, a la que apenas recuerdo. Murió cuando yo tenía dos años, al mismo tiempo que mi madre.

—Sí, me lo ha contado Yara.

—En cualquier caso, si era algo genético o lo que hoy en día se consideraría un síndrome, o incluso una mezcla de ambos, la cuestión es que la personalidad de Cristina hacía casi imposible tratar con ella. Ninguno de los expertos a los que recurrimos fue capaz de encontrar una solución. —Beatriz negó con la cabeza con gesto triste—. Cuando cumplió los dieciséis años, empezó a salir más, a frecuentar los bares más sórdidos de la ciudad y a juntarse con malas compañías, lo cual, dado que esto es Río y que lo que te cuento pasó hace treinta y cinco años, podía ser extremadamente peligroso. La policía la trajo a casa más de una vez, borracha y hecha un desastre. La amenazaron con presentar cargos por beber siendo menor de edad y, gracias a eso, se tranquilizó durante una temporada. Después descubrimos que, en lugar de ir a clase, se iba con sus amigos, muchos de los cuales vivían en las favelas, y se pasaba el día allí metida.

Beatriz guardó silencio y contempló las montañas lejanas a través de la ventana antes volverse de nuevo hacia mí.

—Al final, la escuela no tuvo más remedio que expulsarla. La pillaron con una botella de ron en la mochila, y la había pasado entre sus compañeras. Por su culpa, todas llegaron borrachas a las clases de la tarde. Su padre y yo le buscamos un profesor particular para que al menos pudiera acabar los exámenes y también para vigilar más de cerca sus actividades. Alguna vez incluso llegamos al extremo de encerrarla en su habitación cuando decía que quería salir de noche, pero las rabietas que aquello provocaba eran tremebundas. Además, siempre encontraba la forma de escaparse. Estaba totalmente fuera de control. Querida, ¿te importaría acercarme el vaso de agua que hay en la mesilla de noche? Tanto hablar me está dejando la boca seca.

—En absoluto —respondí.

Cogí el vaso y la pajita de la mesilla y se los tendí. Ella intentó cogerlos, pero le temblaban demasiado las manos, así que le acerqué la pajita a los labios y la sujeté mientras bebía.

—Gracias —me dijo, y cuando levantó su mirada de ojos verdes hacia mí volví a notar la angustia que la embargaba—. ¿Estás segura de que quieres oír más, Maia?

—Sí —respondí, y dejé el vaso en su sitio antes de regresar a mi silla.

—Bueno, pues un día descubrí que las esmeraldas de mi madre, el collar y los pendientes que le habían regalado sus padres por su decimoctavo cumpleaños y que valían una fortuna, habían desaparecido de mi joyero. No faltaba nada más, así que parecía poco probable que hubiera entrado un ladrón en la casa. Por aquel entonces, Cristina ya se pasaba casi todo el día en la favela, seguramente con un hombre, o eso pensábamos su padre y yo, y empezamos a darnos cuenta de que a menudo tenía los ojos vidrioso y las pupilas dilatadas. Se lo consulté a un amigo médico y me dijo que lo más probable era que Cristina estuviera consumiendo algún tipo de droga. —Se estremeció al recordarlo—. Y, claro, cuando me dijo cuánto costaban esas sustancias, supe que aquello explicaba la desaparición de las esmeraldas. Llegamos a la conclusión de que las había robado para venderlas y pagarse los vicios. A aquellas alturas, su padre y yo estábamos a punto de divorciarnos. Evandro estaba harto, era como una olla a presión. Cristina había cumplido dieciocho años hacía un par de meses. El día de su cumpleaños, yo le había regalado la piedra lunar de mi madre y, en cuanto la vio, puso cara de disgusto, porque sabía que no tenía ningún valor. Lo recuerdo como si fuera ayer. Creo que aquel —prosiguió Beatriz, y por primera vez se le llenaron los ojos de lágrimas— fue el acto más terrible de todos los que tuve que soportar. Aquella piedra era mi posesión más preciada, porque sabía que mi padre se la había regalado a mi madre y luego descubrí que, tras la muerte de esta, él me la había hecho llegar a mí. Yo se la di a mi hija, y a ella solo le preocupó cuántos reales le darían por ella en una joyería de segunda mano. Perdona, Maia, querida —dijo mientras buscaba un pañuelo en el bolsillo de la bata.

—Por favor, Beatriz, no te disculpes. Entiendo el mal rato que debe de suponerte contarme todo esto, pero intenta recordar que, para bien o para mal, me estás describiendo a una desconocida. No puedo sentir amor hacia ella porque nunca la he visto —expuse tratando de consolarla.

—El caso es que al final mi marido y yo decidimos que teníamos que enfrentarnos a Cristina y advertirle que, a menos que dejara de drogarse y de robarnos, no tendríamos más remedio que pedirle que se marchara de casa. Al mismo tiempo, aprovechamos para ofrecerle toda la ayuda y el apoyo que necesitara con una única condición: que ella también pusiera de su parte.

Pero para entonces ya estaba enganchada y, además, su vida estaba en otra parte, en las colinas con sus amigos de las favelas. Así que, al final, le hicimos la maleta y le pedimos que se marchara de casa.

—Beatriz, cuánto lo siento. No quiero imaginarme lo duro que debió de ser para ti —le dije, cogiéndole la mano y apretándosela para reconfortarla.

—Lo fue —reconoció ella con un profundo suspiro—. Le dejamos bien claro que si algún día quería volver con nosotros y olvidarse de las drogas, la recibiríamos con los brazos abiertos. Aún la recuerdo bajando la escalera con la maleta mientras yo esperaba de pie junto a la puerta principal. Pasó junto a mí y luego se dio la vuelta, apenas un segundo. El odio que vi en su mirada me ha perseguido hasta hoy. Y —Beatriz había empezado a llorar abiertamente— siento decir que aquel día fue la última vez que vi a mi hija.

Nos quedamos sentadas en silencio durante un rato, absortas en nuestros respectivos pensamientos. A pesar de que le había asegurado a Beatriz que nada de lo que dijera podría afectarme, teniendo en cuenta la historia que acababa de contarme, en aquellos momentos la tarea de permanecer indiferente se me antojaba imposible. Porque por mis venas corría la sangre de Cristina. ¿Tendría los mismos defectos que ella?

—Maia, sé lo que estás pensando —dijo de repente Beatriz secándose los ojos y observándome con detenimiento—. Permite que te diga que, por lo que he visto hasta ahora y lo que me ha contado Yara, no hay ni un solo detalle en tu carácter que me recuerde a tu madre. Dicen que los genes se saltan una generación, y la verdad es que tú eres el vivo retrato de mi madre, Izabela. Y por lo que todo el mundo cuenta de ella, creo que también compartís personalidades muy parecidas.

Sabía que Beatriz estaba intentando ser amable. Y sí, desde el primer momento, desde la primera vez que oí hablar de mi bisabuela y descubrí lo mucho que nos parecíamos físicamente, había sentido una empatía natural hacia ella. Por desgracia, aquello no cambiaba el hecho de que mi madre biológica hubiera sido así.

—Pero, si no volviste a verla, ¿cómo sabes que tuvo una hija? —pregunté aferrándome a la esperanza de que todo aquello fuera un error y que nada me uniera a aquella familia o a mi madre.

—No lo habría sabido, querida, si no hubiera sido por una amiga mía que en aquella época trabajaba de voluntaria en uno de los numerosos orfanatos de la ciudad de Río. Muchos de los niños procedían de las favelas, y dio la casualidad de que mi amiga estaba allí cuando Cristina fue a entregarte. No dio su nombre, solo dejó al bebé y salió corriendo, tal como hacían muchas otras madres. Mi amiga tardó varios días en darse cuenta de por qué le sonaba tanto aquella chica; por lo visto, mi hija estaba extremadamente delgada y había perdido varios dientes. —La voz de Beatriz se quebró por la emoción—. Pero al final se acordó. Vino a verme para decirme que te había dejado con un colgante, una piedra lunar que, en cuanto me la describió, supe que era la que yo le había regalado a Cristina. Fui de inmediato al orfanato con Evandro para reclamar tu tutela y traerte a casa; tu abuelo y yo queríamos cuidarte como si fueras nuestra propia hija, pero, aunque no había pasado ni una semana desde que te entregaron, ya no estabas. Mi amiga se mostró muy sorprendida, porque, según nos explicó, en aquel momento había muchos recién nacidos en el orfanato. Normalmente se tardaba bastante en completar el proceso de adopción, si es que llegaba a completarse. Quizá fue porque eras un bebé precioso, querida —aventuró Beatriz sonriendo.

—Entonces —dije con la voz temblorosa, consciente de que tenía que hacer la pregunta que no dejaba de atormentarme—, ¿eso quiere decir que tu amiga vio a mi padre adoptivo?

—Sí —afirmó Beatriz—, y también a la mujer que fue con él a recogerte. Mi amiga me aseguró que los dos parecían muy amables. Evandro y yo le suplicamos que nos dijera adónde te habían llevado, pero no era más que una voluntaria y no podía proporcionarnos ese tipo de información.

—Entiendo.

—Sin embargo, sí pudo darnos otra cosa, Maia. En ese cajón —Beatriz lo señaló con el dedo— encontrarás un sobre. El orfanato tomaba una fotografía de todos los niños que llegaban para los archivos del centro. Tú te habías ido y tu archivo estaba cerrado, así que mi amiga le pidió a la directora si podía dármela a modo de recuerdo. Venga, mírala tú misma.

Me acerqué al cajón y busqué el sobre en su interior. Saqué la fotografía que contenía y vi la imagen borrosa en blanco y negro de un bebé con una mata de pelo negro y unos ojos enormes y abiertos como platos. Había visto unas cuantas fotos de mí misma en brazos de Marina o de Pa Salt acunándome cuando era pequeña. Y supe, sin lugar a dudas, que la niña de aquella fotografía era yo.

—Entonces ¿nunca descubriste quién me adoptó? —le pregunté a Beatriz.

—No, aunque quiero que sepas que lo intentamos por todos los medios. Le explicamos a la directora que éramos tus abuelos y que queríamos adoptarte y criarte como si fueras nuestra. Nos pidió pruebas que demostraran que realmente eras nuestra nieta. Por desgracia, no existía ninguna —declaró Beatriz con un suspiro—, porque en tu expediente no constaba el nombre de la madre biológica. Y cuando le enseñé una fotografía de mí misma con el colgante de piedra lunar, replicó que ante la ley aquello no era una prueba. Le pedí... no, más bien le supliqué, que al menos me dejara contactar a través del orfanato con la familia que te había adoptado, pero se negó, porque, según ella, más de una vez habían tenido problemas al poner en contacto a miembros de la familia biológica con la adoptiva. Y su política al respecto era firme e inamovible. Querida —exhaló—, a pesar de todos nuestros esfuerzos, acabamos en un callejón sin salida.

—Gracias por intentarlo —susurré.

—Maia, tienes que creerme cuando te digo que si tu padre adoptivo no hubiera llegado tan rápido como lo hizo, nuestras vidas habrían sido muy distintas.

Guardé la fotografía en el sobre para tener algo en lo que concentrarme. Luego me puse de pie y me dispuse a meterlo en el cajón del que lo había sacado.

—No, querida, quédatelo. Yo ya no lo necesito. Tengo a mi nieta delante, a la de verdad, en carne y hueso.

Vi que esbozaba una mueca de dolor y supe que se me acababa el tiempo.

—Entonces, ¿nunca descubriste quién era mi verdadero padre? —pregunté.

—No.

—¿Y Cristina? ¿Sabes qué le pasó?

—Por desgracia, como ya he dicho, jamás volví a saber nada de ella. Así que me temo que ni siquiera puedo decirte si está viva o muerta. Después de dejarte en el orfanato, se esfumó como por arte de magia. Igual que mucha gente en Río por aquel entonces —añadió con un suspiro—. Quizá tú tengas más suerte, si es que decides seguir adelante con esto. Tengo entendido que ahora las autoridades están más abiertas a ayudar a quienes quieren encontrar a sus padres. Mi instinto, si es que las madres realmente lo tenemos, me dice que Cristina está muerta. Quienes se embarcan en la misión de destruirse a sí mismos suelen conseguirlo. Todavía se me rompe el corazón cada vez que pienso en ella.

—Lo entiendo —dije en voz baja, puesto que conocía a la perfección la sensación de la que hablaba—. Pero, Beatriz, al menos te queda el consuelo de saber que se llevó el colgante con ella cuando se marchó de casa y de que luego me lo dio a mí. La conexión que la piedra tenía contigo debía de ser importante para ella, a pesar de todo lo que había pasado y de lo que pasaría después. Quizá sea la prueba de que, en el fondo, te quería.

—Puede ser —dijo Beatriz asintiendo lentamente y con la sombra de una sonrisa en los secos labios—. Y ahora, querida, ¿te importaría llamar al timbre para que venga la enfermera? Me temo que ha llegado la hora de que me rinda y me tome una de esas horribles pastillas que me dejan fuera de combate pero que al menos me permiten tolerar el dolor.

—Para nada.

Apreté el botón y vi que Beatriz me tendía una mano temblorosa.

—Maia, por favor, prométeme que no permitirás que la historia que acabo de contarte interfiera con tu futuro. Puede que tu padre y tu madre te hayan defraudado, pero recuerda que tu abuelo y yo misma nunca dejamos de pensar en ti y de quererte. Este reencuentro significa que por fin puedo irme en paz.

Me acerqué a ella y la estreché entre mis brazos. Era la primera vez que sentía la presencia física de alguien a quien me unían lazos de sangre. Y deseé con todas mis fuerzas que nos quedara más tiempo juntas.

—Gracias por recibirme. Puede que no haya encontrado a mi madre, pero te he encontrado a ti. Y con eso me basta.

La enfermera llegó a la habitación.

—Maia, ¿mañana estarás aún en Río? —me preguntó de pronto Beatriz.

—Puedo quedarme unos días, sí.

—En ese caso, ven a visitarme otra vez. Te he contado todo lo malo, pero si tienes tiempo, podríamos invertir el que nos quede en conocernos mejor. No sabes las ganas que siempre he tenido de saber cómo eres.

La miré mientras abría la boca sin rechistar para tomarse las pastillas que la enfermera acababa de llevarle.

—Nos vemos mañana a la misma hora —respondí.

Su mano dibujó un leve gesto de despedida y yo salí de la estancia.

49

De vuelta en el hotel, me tumbé en la cama, me hice un ovillo y me quedé dormida. Cuando me desperté, seguí un rato tumbada pensando en Beatriz y en lo que me había contado, buscando una respuesta emocional en aquella parte recién estrenada de mi conciencia. Me sorprendió que apenas me doliera, a pesar de que lo que mi abuela me había revelado era sencillamente terrible.

Recordé la intensa reacción que me habían provocado el día anterior los niños de la favela y su forma de bailar como si les fuera la vida en ello. Me di cuenta de que quizá fuera resultado del vínculo que nos unía, aunque yo no había sido consciente de él en aquel momento. Ahora estaba casi convencida de que yo también había nacido en una favela. Los actos de mi madre, independientemente de qué los motivara, me habían salvado de un futuro incierto. Y además, tampoco importaba quiénes hubieran sido mis padres; había encontrado a mi abuela, que parecía preocuparse de verdad por mí.

Me planteé la posibilidad de buscar a mi madre, pero decidí no hacerlo. Por lo que me había explicado Beatriz, era evidente que yo no era más que un subproducto biológico de su vida y, por tanto, algo no deseado. Aun así, el hilo de aquella reflexión me llevó de forma irremediable a la conclusión de que yo había hecho justo lo mismo con mi propio hijo, de modo que ¿cómo iba a juzgar a mi madre con dureza o a dar por sentado que nunca me quiso sin conocer las circunstancias en las que había tomado la decisión?

Los acontecimientos del día al menos me habían ayudado a darme cuenta de que quería dejarle a mi hijo algo que lo ayudara a entender por qué había actuado así en su día. Él no contaba con piedras lunares ni abuelos desesperados por adoptarlo. No tenía ni una sola pista sobre su verdadero origen. Tal como había dicho Floriano, existía incluso la posibilidad de que sus padres adoptivos no le hubieran explicado la verdad sobre su procedencia. Pero, por si no era así, o por si algún día al pequeño le apetecía buscar a su madre, quería asegurarme de dejar un rastro que pudiera seguir con facilidad.

Como el que Pa Salt nos había dejado a sus seis hijas.

Ahora entendía por qué las coordenadas de mi padre me habían llevado directamente a A Casa das Orquídeas en lugar de al orfanato. No era allí donde había nacido, pero quizá Pa Salt supiera que así podría conocer a Beatriz, la única persona de mi entorno que se había tomado la molestia de buscarme.

También me intrigaba saber qué hacía mi padre en Río justo cuando nací y por qué, de entre todos los bebés que podría haber adoptado, me eligió precisamente a mí. Beatriz no había dicho nada sobre que mi madre hubiera dejado también en el orfanato la tesela de esteatita cuando me entregó, de modo que ¿cómo había acabado en manos de Pa Salt?

Era otro misterio cuya respuesta sabía que nunca lograría desentrañar. Por esa misma razón, decidí no preguntarme más por qué y limitarme a aceptar la suerte de haberlo tenido como mentor y como padre, como alguien que siempre había estado a mi lado cuando lo había necesitado. Y también decidí aprender a confiar en la bondad de los seres humanos. Lo cual, cómo no, me hizo pensar de nuevo en Floriano.

De forma instintiva, miré por la ventana y levanté la vista hacia el cielo. En aquel preciso instante, él estaría en algún punto sobre el océano Atlántico. Se me hacía extraño, pensé, que después de pasarme catorce años existiendo en un vacío, sin nada a lo que darle vueltas —ni ganas de hacerlo cuando no me quedaba más remedio—, en aquellos momentos, en cambio, tuviera que gestionar tantas emociones. Mis sentimientos hacia Floriano habían surgido de repente —como el capullo de una rosa que florece de la noche a la mañana y lo inunda todo con sus gloriosos colores— y se me antojaban abrumadores, aunque también perfectamente naturales.

Tenía que admitir que lo echaba de menos, pero no era por una especie de pasión transitoria, sino porque aceptaba de un modo sereno que ya formaba parte de mi vida. Y, por algún inexplicable motivo, sabía que yo también era parte de la suya. En vez de dejarme llevar por la desesperación y la locura, asumía con naturalidad aquello que había nacido entre los dos, que necesitaba que lo cuidáramos si no queríamos que se marchitara hasta morir.

Cogí el portátil, lo abrí y, tal como le había prometido, le mandé un correo electrónico. Le expliqué con brevedad lo que Beatriz me había contado aquella mañana y le dije que al día siguiente tenía intención de volver al convento a visitarla.

En lugar de dudar, como habría hecho normalmente, seguí mi instinto y le di al botón de «enviar» sin cambiar una sola coma del texto. Salí del hotel y me dirigí a la playa con paso decidido para darme un baño en las tonificantes olas que iban a morir a la playa de Ipanema.

A la mañana siguiente, Yara me estaba esperando en el vestíbulo del convento, igual que el día interior. En aquella ocasión, sin embargo, me recibió con una sonrisa de oreja a oreja y me tendió la mano con timidez.

—Gracias, señorita.

—¿Por qué? —le pregunté.

—Por devolver la luz a los ojos de la señora Beatriz, aunque sea por poco tiempo. ¿Se encuentra bien después de todo lo que le contó?

—Si le soy sincera, Yara, no era lo que me esperaba, pero estoy tratando de aceptarlo.

—La señora Beatriz no se merecía una hija así, ni usted una madre como ella —murmuró Yara visiblemente tensa.

—Supongo que no siempre nos merecemos lo que nos pasa. Pero ¿quién sabe? Quizá en el futuro sí nos ocurran cosas que nos merezcamos —dije casi para mí misma mientras la seguía por el pasillo hacia la habitación.

—La señora Beatriz está en la cama, pero ha insistido en que quería verla en cuanto llegara. ¿Entramos? —me preguntó.

—Sí.

Y, por primera vez, franqueamos juntas la puerta de la estancia, sin necesidad de que Yara comprobara primero si su señora estaba lista para recibirme. Beatriz se hallaba en la cama y tenía un aspecto espantosamente frágil, pero se le escapó una sonrisa en cuanto me vio.

—Maia. —Le pidió a Yara que acercara una silla a la cama—. Ven y siéntate aquí. ¿Cómo estás, querida? Me he pasado toda la noche preocupada por ti. Lo que te conté ayer debió de dejarte descolocada.

—Estoy bien, Beatriz, de verdad —respondí, y me senté a su lado para darle unas palmaditas suaves en la mano.

—En ese caso, me alegro. Creo que eres una persona fuerte, y te admiro por ello. Bueno, basta de hablar del pasado. Quiero que me hables de tu vida. Cuéntame, Maia, ¿dónde vives? ¿Estás casada? ¿Tienes hijos? ¿A qué te dedicas?

Durante la siguiente media hora, le conté a mi abuela todo lo que se me ocurrió sobre mí misma. Le hablé de Pa Salt, de mis hermanas y de nuestra preciosa casa a orillas del lago de Ginebra. Le expliqué que me dedicaba a la traducción y, por un momento, sentí la tentación de contarle lo que me había pasado con Zed, el embarazo y la adopción de mi bebé. Pero enseguida me di cuenta, casi de forma instintiva, de que ella solo quería oír que mi vida había sido feliz, así que decidí callármelo.

—¿Y qué me dices del futuro? Háblame de ese hombre tan atractivo que te acompañó el día que fuiste a verme a A Casa. Aquí, en Río, es bastante famoso. ¿Solo sois amigos? —Me dedicó una mirada pícara—. Porque algo me dice que entre vosotros hay algo más.

—Sí, la verdad es que me gusta —confesé.

—Y ¿qué piensas hacer a partir de ahora, Maia? ¿Volverás a Ginebra o te quedarás en Río con ese apuesto joven?

—En realidad, él cogió un vuelo a París ayer por la mañana —le expliqué.

—¡Ah, París! —Beatriz juntó las manos—. Una de las épocas más felices de mi vida. Y ya sabes que tu bisabuela estuvo allí cuando era jovencita. Has visto la escultura del jardín, la que mi padre hizo traer desde París como regalo de boda, ¿verdad?

—Sí, me fijé en ella —confirmé rápidamente, preguntándome hacia dónde nos llevaría aquella conversación.

—El autor fue profesor mío cuando estuve en París estudiando en la Beaux-Arts. Un día, después de clase, me acerqué a hablar con él y le dije que era la hija de Izabela. Para mi sorpresa, el profesor Brouilly me aseguró que la recordaba con total claridad. Y cuando le informé de que había muerto, me pareció que realmente lo sentía. Después de aquello, se convirtió en mi protector o, al menos, desarrolló un interés especial por mí. Me invitó a su preciosa casa de Montparnasse y me llevó a comer a La Closerie des Lilas. Me dijo que una vez había compartido allí una comida muy agradable con mi madre. Incluso me llevó al *atelier* del profesor Paul Landowski y me lo presentó. Por aquel entonces, el gran Landoswki ya estaba muy mayor y raramente esculpía, pero me enseñó un montón de fotografías de los tiempos en que los moldes del *Cristo* se estaban fabricando en su *atelier*. Por lo visto, mi madre estuvo allí mientras Landowski y el profesor Brouilly trabajaban en ellos. También me mostró un molde de las manos de mi madre que, según él, sirvió como posible prototipo para las del *Cristo*. —Beatriz sonrió al rememorar aquellos días—. El profesor Brouilly fue muy generoso conmigo regalándome su tiempo y su afecto. Después de aquello, mantuvimos correspondencia durante muchos años, hasta su muerte, en 1965. La amabilidad de los extraños —murmuró—. Y dime, Maia, querida, ¿piensas seguir los pasos de tu abuela y de tu bisabuela y viajar desde Río hasta París? Ahora es mucho más fácil que antes. Mi madre y yo tardamos casi seis semanas en cruzar el océano. ¡Pero mañana a esta hora tú podrías estar sentada en La Closerie des Lilas tomándote una absenta! Maia, querida, ¿has oído lo que te he dicho?

Después de lo que acababa de escuchar, estaba demasiado afectada como para responder. Ahora entendía por qué Yara se había mostrado tan reticente a contarme la historia de mi familia. Estaba claro que mi pobre abuela no sabía quién era realmente el padre que la había engendrado.

—Sí. Quizá vaya a París —asentí mientras intentaba recuperar el control.

—Muy bien. —Beatriz pareció satisfecha con mi respuesta—. Y ahora, Maia, me temo que debemos pasar a temas más serios. Esta tarde vendrá a verme un notario. Tengo intención de modificar el testamento y dejarte casi todo lo que tengo a ti, mi nieta. No es mucho, por desgracia, solo una casa que se cae a pedazos y cuya restauración requeriría varios cientos de miles de reales que seguro que tú no tienes. Así que, si quieres venderla, debes saber que no me molesta en absoluto que lo hagas. Eso sí, con una condición: que Yara pueda vivir en ella hasta que se muera. Sé lo mucho que le asusta el futuro y quiero que sepa que alguien cuidará de ella. Además, A Casa das Orquídeas es tan suya como mía. Cuando yo muera, recibirá una pequeña cantidad de dinero que debería bastarle para vivir el resto de su vida. Pero si no es así y vive más tiempo, espero que te hagas cargo de ella. Es mi mejor amiga, ¿sabes? Crecimos como hermanas.

—Pues claro que cuidaré de ella —dije tratando de contener las lágrimas.

—También tengo algunas joyas mías y de tu bisabuela. Y la Fazenda Santa Tereza, la casa en la que creció mi madre. Dirijo una pequeña asociación benéfica que ayuda a las mujeres de las favelas. La organización utiliza la hacienda como refugio para aquellas que lo necesitan. Me harías muy feliz si la mantuvieras abierta.

—Lo haré, Beatriz, no te preocupes —susurré con un nudo en la garganta—. Beatriz, no creo que me merezca todo eso. Seguro que tienes amigos y familiares...

—¡Maia! ¡Cómo puedes decir que no te lo mereces! —De

pronto, la voz de Beatriz transmitía verdadera pasión—. Tu madre te entregó en adopción cuando naciste, te negó la posibilidad de conocer tus orígenes, que, si se me permite decirlo, antaño no eran cualquier cosa aquí, en Río. Eres la heredera de los Aires Cabral y, aunque el dinero no pueda compensarte la pérdida que has sufrido, es lo menos que puedo hacer por ti. Y no se hable más —añadió.

—Gracias, Beatriz.

Me di cuenta de que se estaba poniendo nerviosa y no quise que se alterara más.

—Confío en que harás un uso inteligente de tu legado —dijo, y de pronto su rostro se contrajo en la misma mueca de dolor que el día anterior.

—¿Quieres que llame a la enfermera?

—Enseguida, sí. Pero primero, Maia, antes de que sucumbas a la tentación de decir que te quedarás conmigo hasta el final, voy a señalarle con la misma firmeza que ya no quiero que vuelvas a visitarme. Sé lo que me espera y no deseo que seas testigo de mis últimos momentos, sobre todo teniendo en cuenta que aún estás de duelo por tu padre adoptivo. Yara se quedará conmigo, no necesito a nadie más.

—Pero Beatriz...

—Nada de peros, Maia. El dolor es ya tan intenso que esta misma tarde pediré a la enfermera un poco de morfina. Hasta ahora había conseguido aguantar, pero falta poco para que llegue el momento. Bueno... —Me miró y forzó una sonrisa—. Soy feliz porque he tenido la suerte de poder compartir mis últimos momentos de lucidez con mi preciosa nieta. Eres bellísima, querida, de verdad. Te deseo muchas cosas para el futuro, pero, por encima de todo, espero que encuentres el amor. Es lo único que hace soportable el dolor de estar vivo. No lo olvides nunca. Y ahora, si eres tan amable, ya puedes llamar a la enfermera.

Al cabo de unos minutos, abracé a Beatriz y nos despedimos por última vez. Cuando salí de la habitación, vi que se le cerraban los párpados y que conseguía esbozar un frágil gesto de despedida. Cerré la puerta, me dejé caer sobre un banco y lloré en silencio con la cara escondida entre las manos. Sentí que un brazo me rodeaba los hombros y, al levantar la mirada, vi que Yara estaba sentada a mi lado.

—No sabe que Laurent Brouilly era su padre, ¿verdad?

—No, señorita Maia, no lo sabe.

Me cogió de la mano y permanecimos sentadas la una al lado de la otra llorando por lo trágico de la situación. Luego me acompañó hasta el coche que me esperaba a la puerta, no sin antes pedirme que le escribiera mi dirección, teléfono y correo electrónico en un trozo de papel.

—Adiós, señorita. Me alegro de que las cosas se hayan solucionado entre ustedes antes de que fuera demasiado tarde.

—Y todo gracias a ti, Yara. Beatriz tiene mucha suerte de tenerte a su lado.

—Y yo a ella —replicó la criada mientras me montaba en el coche.

—Prométame que me llamará cuando… —le supliqué, incapaz de pronunciar las palabras.

—Cuente con ello. Y ahora márchese y viva su vida, señorita. Como seguro que ha aprendido al escuchar la historia de su familia, cada momento es único.

Al llegar al hotel, lo primero que hice fue comprobar el correo electrónico con más interés del habitual. No pude reprimir una sonrisa al ver que Floriano me había contestado. París era maravilloso, decía, pero necesitaba una intérprete que lo ayudara con el francés.

> También he descubierto algo que tienes que ver, Maia. Por favor, avísame de cuándo llegas.

No pude evitar reírme para mis adentros tras leer aquellas líneas, porque no me preguntaba si tenía pensado ir, sino cuándo. Llamé a recepción y les pedí que averiguaran si quedaban plazas libres en el siguiente vuelo de Río a París. Me contestaron al cabo de diez minutos diciéndome que solo quedaban en primera clase. Tragué saliva con dificultad al oír el precio, pero al final me decidí y les pedí que hicieran la reserva. Y, de pronto, sentí que Pa Salt, Beatriz y Bel me aplaudían.

Salí del hotel y me adentré en el corazón de Ipanema para volver al mercado, donde me compré unos cuantos vestidos «poco apropiados» que habrían horrorizado a la vieja Maia. Pero me había convertido en otra persona, en alguien que creía que quizá, solo quizá, hubiera un hombre que la amaba, en una mujer que quería estar guapa y que él se sintiera satisfecho.

«Se acabó lo de esconderse», me dije con decisión mientras me compraba también un par de zapatos de tacón. Luego me acerqué a una tienda en busca de un perfume, un producto que hacía años que no usaba, y una nueva barra de labios roja.

Aquella noche, subí a la terraza del hotel para ver el *Cristo* por última vez cuando el sol empezaba a ponerse en el horizonte. Me tomé una copa de vino blanco helado y les di las gracias, a Él y al cielo, por haberme devuelto la vida.

A la mañana siguiente, mientras me alejaba de Río a bordo del coche de Pietro, volví la vista atrás, miré hacia lo alto de la montaña del Corcovado y tuve la extraña certeza de que pronto volvería a sentir el calor de su abrazo.

50

—¿Sí? —contestó una voz conocida al otro lado de la línea.

—Ma, soy yo, Maia.

—¡Maia! ¿Cómo estás, *chérie*? Hace siglos que no tengo noticias tuyas —añadió Marina con un dejo de reproche en la voz.

—Sí, lo siento, he estado un poco desconectada, Ma. Estaba... ocupada —me disculpé tratando de contener la risa mientras una mano ascendía serpenteando por mi vientre desnudo—. Llamaba para decirte que llegaré mañana sobre la hora del té. Y que —tragué saliva antes de anunciarlo— llevaré a alguien conmigo.

—¿Preparo una habitación en la casa principal o tu invitada se quedará contigo en el Pabellón?

—Se quedará conmigo en el Pabellón.

Me volví hacia Floriano y sonreí.

—Perfecto —respondió la alegre voz de Marina—. ¿Querrás que os prepare algo de cena?

—No, por favor, no te preocupes. Mañana te llamo y te digo a qué hora exacta necesitaré a Christian.

—Espero noticias tuyas, entonces. Adiós, *chérie*.

—Adiós.

Colgué el teléfono de la mesilla y me acurruqué de nuevo entre los brazos de Floriano preguntándome qué pensaría al día siguiente cuando viera la casa en la que me había criado.

—No te dejes impresionar ni pienses que soy una burguesa o algo por el estilo. Sencillamente, mi vida siempre ha sido así —le expliqué.

—Querida —dijo él estrechándome aún con más fuerza entre sus brazos—, a mí lo que me fascina es ver cómo vives ahora. Pero recuerda que sé de dónde vienes exactamente. Y ahora, como es nuestro último día en París, voy a llevarte a ver algo muy especial.

—¿De verdad tenemos que ir? —le pregunté desperezándome con languidez contra su cuerpo.

—Claro que sí —respondió—, aunque no tiene por qué ser ahora mismo…

Dos horas más tarde, nos vestimos, salimos del hotel y Floriano paró un taxi. Hasta se las apañó para proporcionar una dirección coherente en francés.

—¿Vamos más allá de los Campos Elíseos? —repetí tanto por el bien del conductor como por el mío propio.

—Sí. ¿Acaso dudas de mí y de mis capacidades con el que es mi nuevo idioma favorito? —preguntó Floriano con una sonrisa.

—No, claro que no —respondí—. Pero ¿seguro que era la dirección de un parque?

—Silencio, Maia —me interrumpió tapándome los labios con un dedo—, confía en mí.

En efecto, nos detuvimos junto a una reja metálica que rodeaba un pequeño parque junto a la avenue de Marigny. Floriano pagó al taxista y luego me cogió de la mano. Cruzamos las puertas y recorrimos un camino que desembocaba en el centro del parque. Allí encontramos una bonita fuente y, presidiéndola, la escultura de una mujer desnuda y recostada. Acostumbrada como estaba a las numerosas imágenes eróticas que poblaban las calles de París, miré de reojo a Floriano.

—Mírala, Maia, y dime quién es.

Hice lo que me pedía y, de pronto, la reconocí. Izabela, mi bisabuela, desnuda y sensual, con la cabeza echada hacia atrás en un gesto de puro éxtasis y las manos extendidas con las palmas mirando al cielo.

—¿La reconoces?

—Sí, claro —susurré.

—Entonces no te sorprenderás cuando te diga que esta estatua es obra ni más ni menos que del profesor Laurent Brouilly, tu bisabuelo. La única explicación que se me ocurre es que se trata de un homenaje silencioso al amor de tu bisabuela. Y ahora, Maia, mira las manos.

Me acerqué y vi las palmas y la delicada forma de los dedos. Y sí, las reconocí.

—Son mucho más pequeñas, claro está, para adaptarse al tamaño de la estatua, pero las he comparado con las del *Cristo* y estoy seguro de que son idénticas. Luego te enseñaré las pruebas fotográficas, pero en mi opinión no cabe ninguna duda. Sobre todo porque estos son los jardines en los que, tal como Izabela le contó a Loen, Laurent y ella se vieron por última vez aquí, en París.

Levanté la mirada hacia mi bisabuela y me pregunté cómo se sentiría si supiera que había sido inmortalizada una vez más, y no ya como la virgen inocente de la primera escultura, sino como una mujer hermosa y sensual a los ojos de un hombre que la había querido de verdad, el padre de su hija, a la que, gracias a la intervención del destino, él también había tenido oportunidad de conocer y querer.

Floriano me pasó un brazo por los hombros cuando empezamos a alejarnos de allí.

—Maia, tú y yo no vamos a separarnos aquí como Bel y Laurent tuvieron que hacer una vez. No quiero que pienses que algún día nos sucederá lo mismo, ¿entendido?

—Sí.

—Bien, en ese caso, ya podemos irnos de París. Y algún día —me susurró al oído— escribiré un libro precioso en homenaje a ti.

Observé la cara de Floriano mientras nos deslizábamos sobre las aguas del lago de Ginebra rumbo a casa. Solo había estado fuera tres semanas, pero en realidad tenía la sensación de que habían sido meses. El lago estaba muy concurrido, había muchas embarcaciones pequeñas con las velas meciéndose al viento como alas de ángeles. Eran las seis de la tarde, pero aún hacía calor, y un sol dorado y radiante brillaba en el cielo de un azul inmaculado. Cuando divisé la familiar hilera de árboles a lo lejos, me sentí como si hubiera pasado una vida entera desde que salí de Atlantis.

Christian acercó el bote al muelle, lo aseguró con un cabo y nos ayudó a desembarcar. Vi que Floriano se disponía a coger el equipaje, pero Christian se lo impidió.

—No, monsieur. Yo me encargo de subirlas más tarde.

—*Meu Deus!* —exclamó Floriano mientras atravesábamos las largas extensiones de césped—. Realmente eres como una princesa que regresa a su castillo —bromeó.

Una vez en la casa principal, le presenté a Marina, que hizo todo lo que pudo para ocultar la sorpresa al ver que mi invitado era un hombre y no una mujer. Luego le enseñé el resto de la casa y los jardines y, a través de sus ojos, redescubrí la belleza del que siempre había sido mi hogar.

Cuando el sol empezó a esconderse tras las montañas del otro lado del lago, nos hicimos con una copa de vino blanco para mí y una cerveza para él, y bajamos hasta el jardín secreto de Pa Salt, junto a las aguas del lago. La explosión de colores durante el mes de julio era espectacular; todas las plantas y flores estaban en su momento álgido. Aquel día me recordó a un jardín del sur de Inglaterra al que una vez fui de visita con Jenny y sus padres: todo estaba perfectamente colocado, con un sinfín de intricados parterres rodeados de setos podados con una precisión asombrosa.

Nos sentamos en el banco, bajo la hermosa pérgola cubierta de rosas y con vistas al lago —el mismo lugar en el que tantas veces había sorprendido a mi padre absorto en sus pensamientos—, y brindamos.

—Por tu última noche en Europa —dije con un leve temblor en la voz—. Y por el éxito de tu libro. Teniendo en cuenta que hace una semana que salió y ya está en el número seis de la lista de los más vendidos en Francia, no me extrañaría que llegara al número uno.

—Nunca se sabe. —Floriano se encogió de hombros, como quitándole hierro al asunto, pero yo sabía que se sentía abrumado por la reacción de los medios franceses y de las librerías—. De todas formas, el mérito es de la magnífica traducción. ¿Qué es eso? —preguntó señalando hacia el centro de la terraza.

—Es una esfera armilar. Creo que ya te conté que apareció en el jardín a los pocos días de morir Pa Salt. Tiene un aro para cada hermana, con nuestro nombre y unas coordenadas grabados. Y una inscripción en griego —le expliqué.

Floriano se levantó y fue a inspeccionarla.

—Aquí estás. —Señaló uno de los aros—. ¿Y qué quiere decir la inscripción?

—«Nunca permitas que el miedo decida tu destino» —respondí con una sonrisa irónica.

—Juraría que tu padre te conocía bien —comentó él, y se concentró de nuevo en la esfera—. ¿Y este otro aro? No pone nada.

—No. Pa nos puso a todas los nombres de las estrellas que forman el grupo de Las Siete Hermanas y, aunque todas creíamos que seríamos una más, la séptima nunca llegó. Siempre hemos sido seis, y ahora —murmuré con tristeza— siempre lo seremos.

—Es un hermoso regalo de despedida de un padre para sus hijas. Debía de ser un hombre muy interesante —dijo Floriano, que se sentó de nuevo a mi lado.

—Lo era, aunque desde que murió me he dado cuenta de que mis hermanas y yo sabíamos muy pocas cosas de él. Era un enigma. —Me encogí de hombros—. La verdad es que me no dejo de preguntarme qué estaba haciendo en Brasil cuando nací. Y por qué me eligió a mí.

—Eso es como preguntarse por qué un alma escoge a sus padres, o por qué te seleccionaron a ti para traducir mi libro, que fue lo que hizo que todo empezara entre nosotros. La vida es una sucesión de casualidades, Maia, una lotería.

—Puede que sí, pero ¿tú crees en el destino? —le pregunté.

—Hace un mes, seguramente te habría dicho que no. Pero voy a contarte un pequeño secreto —me dijo cogiéndome de la mano—. Justo antes de conocerte, había sido el aniversario de la muerte de mi mujer y me sentía muy bajo de ánimos. Recuerda que yo también llevaba mucho tiempo solo. Una noche me acerqué a la barandilla de la terraza y levanté la mirada hacia el *Cristo* y hacia las estrellas. Hablé con Andrea y le pedí que me mandara a alguien que me devolviese las ganas de vivir. Al día siguiente, mi editor me pasó tu dirección de correo electrónico y me pidió que me ocupase de ti mientras estuvieras en Río. Así que sí, Maia, creo que alguien te puso en mi camino. Y a mí en el tuyo. —Me apretó la mano y luego intentó restarle solemnidad al momento, como solía hacer siempre que una conversación se volvía demasiado seria—. Por desgracia, ahora que sé dónde vives, no creo que vuelva a verte por mi minúsculo apartamento en una buena temporada.

Nos quedamos un rato más y luego volvimos paseando. Marina nos interceptó de camino al Pabellón a pesar de que le había dicho que no se preocupara por la cena.

—Si tenéis hambre, Claudia ha preparado una bullabesa. Está en el horno.

—¡Yo sí estoy hambriento! —exclamó Floriano—. Gracias, Marina. ¿Cenas con nosotros? —le preguntó con su francés anquilosado.

—No, gracias, Floriano, ya he cenado.

Nos sentamos en la cocina a disfrutar de la deliciosa bullabesa y, de repente, los dos nos dimos cuenta de que aquella sería nuestra última cena juntos. Floriano ya había alargado su estancia en Europa y, aunque los abuelos de Valentina se habían mostrado encantados de quedarse más tiempo con ella, yo sabía que él tenía que volver junto a su hija. En cuanto a mí... la verdad es que no sabía qué quería.

Después de la cena, lo llevé al estudio de mi padre y le enseñé la que, para mí, era la mejor fotografía de Pa Salt con todas sus hijas. Le recité los nombres de las seis.

—Sois muy distintas unas de otras —observó—. Y tu padre era un hombre muy atractivo, ¿verdad? —añadió mientras devolvía el marco a su estantería. Al hacerlo, algo le llamó la atención y se quedó inmóvil durante varios segundos, sin apartar la mirada del objeto—. Maia, ¿has visto esto?

Me hizo un gesto para que me acercara y señaló una de las estatuillas que descansaban en la estantería de la colección de tesoros de Pa Salt. La miré y enseguida me di cuenta de por qué le había llamado la atención.

—Sí, muchas veces. Es una reproducción del *Cristo*.

—Yo no estoy tan seguro... ¿Puedo cogerla?

—Claro —respondí preguntándome por qué le interesaría tanto una estatuilla que se vendía por unos reales en cualquier tienda turística de Río.

—Mira con qué delicadeza está esculpida —explicó mientras acariciaba las arrugas de la túnica del Cristo—. Y fíjate en esto.

Señaló la base, en la que había una inscripción.

Landowski

—Maia —prosiguió Floriano con los ojos llenos de sincera sorpresa—, esto no es una copia barata. ¡Está firmada por el escultor! ¿Recuerdas que en las cartas que Bel mandaba a Loen le hablaba de las versiones en miniatura que Heitor da Silva Costa obligó a Landowski a hacer antes de decidirse por el diseño final? Mira —continuó, y me pasó la figurilla.

La sujeté con cuidado, sorprendida por su peso. Acaricié con los dedos los rasgos delicados de la cara y las manos del *Cristo* y supe que Floriano tenía razón, que aquel objeto era obra de un artesano experto.

—Pero ¿cómo acabó en manos de mi padre? Puede que la comprara en una subasta. O que se la regalase un amigo. O... No lo sé, la verdad —dije, y me sumí en un silencio nacido de la frustración.

—Todo lo que dices es posible, pero, aparte de las que pertenecen a la propia familia Landowski, las dos únicas estatuillas que se sabe que sobrevivieron son las de los herederos de Heitor da Silva Costa. Tendríamos que autentificarla, claro está, pero ¡menudo hallazgo!

Percibí una emoción desbordante en la expresión de Floriano y entendí que él lo veía con ojos de historiador mientras que yo solo intentaba comprender cómo había acabado aquella réplica en manos de mi padre.

—Lo siento, Maia, me estoy dejando llevar —se disculpó—. De todas formas, seguro que prefieres conservarla. ¿Crees que a alguien le molestaría que nos la lleváramos al Pabellón solo esta noche? Me encantaría poder tener el privilegio de contemplarla un rato más.

—No hay ningún problema en que nos la llevemos. Todo lo que hay en esta casa nos pertenece ahora a mis hermanas y a mí, y dudo que a las demás les importe.

—En ese caso, vayamos a acostarnos —susurró, y me acarició suavemente la mejilla con los dedos.

Aquella noche dormí muy poco. No podía quitarme de la cabeza que Floriano se marchaba al día siguiente. Me había repetido mil veces a mí misma que quería ir despacio en aquella relación, pero, a medida que pasaban las horas y se acercaba la mañana, fui dándome cuenta de que era incapaz de hacerlo. Me di la vuelta y lo vi durmiendo con tranquilidad a mi lado. Y luego pensé que, en cuanto él dejara Atlantis, mi vida volvería a ser justo igual que antes de marcharme a Río.

Apenas habíamos hablado del futuro, y mucho menos hecho planes concretos. Sabía que él sentía algo por mí, me lo repetía cada vez que hacíamos el amor, pero aún estábamos en las primeras fases de la relación. Por si fuera poco, vivíamos en extremos casi opuestos del planeta, así que no tenía más remedio que aceptar que lo más probable sería que lo nuestro fuese enfriándose hasta convertirse en un bonito recuerdo.

Cuando sonó el despertador, di gracias a Dios porque por fin se hubiera acabado aquella noche eterna. Me levanté de la cama y aproveché para darme una ducha mientras Floriano continuaba desperezándose. Me daba miedo lo que pudiera decirme ahora que nuestros caminos estaban a punto de separarse, que sus palabras sonaran a epitafio o a indiferencia. Me vestí a toda prisa y le dije que iba a hacer el desayuno porque Christian estaría esperándonos en el embarcadero al cabo de veinte minutos. Unos minutos después, cuando entró en la cocina, salí corriendo de allí con la excusa de que tenía que ir a la casa principal y diciéndole que nos veríamos diez minutos después en el embarcadero.

—Maia, por favor... —lo oí llamarme, pero yo ya había salido del Pabellón y me dirigía a paso ligero hacia la casa.

Al llegar, incapaz de enfrentarme a Marina o a Claudia, me encerré en el lavabo de la planta baja y recé para que los minutos pasaran rápido y el momento de la despedida acabase cuanto antes. Esperé a que solo faltaran unos segundos para la hora acordada con Christian y entonces salí del lavabo, abrí la puerta de la casa y crucé el jardín en dirección a Floriano, que estaba en el embarcadero hablando con Marina.

—¿Dónde estabas, *chérie*? Tu amigo tiene que irse ya o perderá el vuelo. —Marina me miró con perplejidad y a continuación se volvió de nuevo hacia Floriano—. Ha sido un placer conocerte y espero verte pronto en Atlantis de nuevo. Os dejo solos para que os despidáis.

—Maia —empezó Floriano en cuanto Marina se marchó—, ¿qué te ocurre? ¿Qué pasa?

—Nada, nada... Mira, Christian ya te está esperando. Será mejor que te vayas.

Abrió la boca para decir algo, pero eché a andar de inmediato hacia la lancha, amarrada al fondo del embarcadero, de modo que no le quedó más remedio que seguirme. Christian lo ayudó a embarcar y encendió el motor.

—*Adeus*, Maia —me dijo con los ojos llenos de tristeza. La lancha empezó a alejarse y el rugido de los motores lo inundó todo—. ¡Te escribiré! —gritó levantando la voz por encima del estruendo.

Dijo algo más antes de que la lancha se alejara a toda prisa de Atlantis y de mí, pero no lo oí.

Regresé a la casa sumida en una profunda tristeza y enfadada conmigo misma por haberme comportado de aquella manera tan infantil. Era una mujer adulta, por el amor de Dios, debería haber sido capaz de afrontar lo que desde el principio había sabido que sería una separación inevitable. Si analizaba la situación, tenía claro que había sido una reacción automática fruto de mis experiencias pasadas: el dolor que sentí al separarme de Zed seguía grabado a fuego en mi memoria a pesar de los años transcurridos.

Marina me estaba esperando delante del Pabellón con los brazos cruzados y el cejo fruncido.

—¿Se puede saber a qué ha venido eso, Maia? ¿Os habéis peleado? Floriano parece un joven muy agradable. Apenas te has despedido de él. Nadie sabía dónde te habías metido.

—Es que… tenía que hacer una cosa. Lo siento. —Me encogí de hombros y pensé que parecía una adolescente arrogante a la que sus padres reprendían por sus malos modales—. Por cierto, me voy a Ginebra a ver a Georg Hoffman. ¿Necesitas algo? —le pregunté cambiando descaradamente de tema.

Marina me miró y en sus ojos vi algo parecido a la desazón.

—No, gracias, querida. No necesito nada.

Dio media vuelta para marcharse, y yo me sentí tan ridícula como lo había sido mi comportamiento con Floriano.

El despacho de Georg Hoffman estaba en el distrito económico de Ginebra, al lado de la rue Jean-Petitot. Era una oficina sobria y moderna, con unos ventanales enormes a través de los que se veía el puerto a lo lejos.

—Maia —dijo al verme, y se levantó de la mesa para saludarme—. Qué sorpresa más agradable e inesperada. —Sonrió y me indicó que me sentara con él en un sofá de cuero negro—. Me han contado que has estado fuera del país.

—Así es. ¿Quién te lo ha dicho?

—Marina, quién si no. Dime, ¿qué puedo hacer por ti?

—Bueno… —Me aclaré la garganta—. En realidad, un par de cosas.

—De acuerdo. —Georg juntó las puntas de los dedos—. Dispara.

—¿Tienes alguna idea de por qué Pa Salt me escogió como su primera hija adoptiva?

—Por Dios, Maia. —Su expresión dejó claro que la pregunta lo había cogido por sorpresa—. Me temo que yo solo era el abogado de tu padre, no su confidente.

—Pensaba que erais amigos.

—Sí, supongo que lo éramos, al menos desde mi punto de vista. Pero ya sabes que tu padre era un hombre muy reservado. Y, aunque me gusta pensar que confiaba en mí, la verdad es que yo era sobre todo un empleado, así que nunca estuve en posición de hacerle preguntas. La primera vez que supe de ti fue cuando se puso en contacto conmigo para que presentara la documentación de tu adopción ante las autoridades suizas e hiciera las gestiones necesarias para conseguirte tu primer pasaporte.

—Entonces, ¿no tienes ni idea de cuál podría ser su conexión con Brasil? —insistí.

—A nivel personal, ni la más remota idea. Pero sí tenía varios negocios allí. Al igual que en muchos otros sitios —explicó Georg—. Me temo que no puedo ayudarte con este asunto.

Decepcionada, aunque no demasiado sorprendida por su respuesta, seguí con mi línea de interrogatorio.

—Durante mi estancia en Brasil, conocí a mi abuela gracias a las pistas que me dejó Pa. Por desgracia, murió hace solo unos días, pero en una de las conversaciones que tuvimos me contó que cuando mi padre fue al orfanato a adoptarme iba acompañado de una mujer. Allí dieron por supuesto que era su mujer. ¿Estuvo casado?

—No, al menos que yo sepa.

—Entonces, ¿es posible que aquella mujer fuera su novia de aquella época?

—Maia, perdóname, pero de verdad que no estoy al corriente de la vida privada de tu padre. Siento no poder ayudarte, pero no sé nada más. Y ahora dime, ¿cuál era ese otro asunto que has dicho que querías comentarme?

Era evidente que no iba a conseguir nada, así que me rendí a la inevitable certeza de que jamás conocería todos los detalles de mi adopción. Respiré hondo y me dispuse a abordar el segundo tema.

—Hace un momento te he dicho que mi abuela materna acaba de morir. Me ha dejado en herencia un par de propiedades en Brasil y una pequeña cantidad de dinero.

—Entiendo. ¿Y quieres que actúe en tu nombre en la validación del testamento?

—Sí, claro, pero en realidad lo que quiero es hacer testamento yo también. Y dejarle las propiedades a un... pariente.

—Ya veo. Bueno, no hay ningún problema. De hecho, es algo que recomiendo a todos mis clientes, independientemente de su edad. Solo tienes que hacer una lista de las personas a las que quieres legar tus posesiones, incluidos amigos, etcétera, y yo lo traduciré a la pertinente jerga legal.

—Gracias. —Guardé silencio un instante para tratar de encontrar la forma de expresar lo que quería decir a continuación—. También quería preguntarte si es difícil para unos padres que dieron a su hijo en adopción encontrar al niño.

Georg me observó con gesto pensativo, pero en ningún momento pareció sorprendido por la pregunta.

—Es muy difícil, y más en el caso de los padres —aclaró—. Como supondrás, los niños adoptados, sobre todo cuando son muy pequeños, necesitan sentirse seguros y vivir en un entorno estable. Las administraciones prefieren no arriesgarse a que los padres biológicos se arrepientan de su decisión e intenten conocer a la criatura. Ya te imaginas lo perjudicial que podría llegar a ser para el niño y, por supuesto, para los padres adoptivos, que lo han querido como si fuera suyo, que la madre o el padre biológicos reaparecieran si no han dado su consentimiento de antemano. Sin embargo, la historia es muy distinta si, como en tu caso, es la persona adoptada quien desea buscar a sus padres biológicos una vez que alcanza la edad legal para hacerlo.

Escuché atentamente las explicaciones de Georg.

—Entonces, si un niño adoptado quisiera buscar a sus padres adoptivos, ¿adónde acudiría?

—A las autoridades que se ocupan de gestionar los procesos

de adopción. Hoy en día, se llevan registros muy detallados al respecto, al menos aquí, en Suiza. Ahí es donde él tendría que buscar. Es decir —se corrigió Georg con rapidez—, él o ella.

Vi que a sus pálidas mejillas aparecía un leve rubor y, de pronto, tuve la seguridad de que lo sabía.

—Entonces, si un padre biológico quisiera, por ejemplo, hacer testamento e incluir al hijo que dio en adopción, ¿cómo funcionaría?

Georg guardó silencio mientras buscaba las palabras adecuadas.

—Un abogado seguiría el mismo camino que un hijo adoptado. Recurriría a las autoridades pertinentes y les expondría el caso. Si el niño fuese mayor de dieciséis años, se pondrían en contacto directamente con él.

—¿Y si aún no hubiera cumplido los dieciséis?

—En ese caso, se pondrían en contacto con los padres adoptivos, que tienen derecho a decidir si al niño le conviene saber en ese momento de la existencia de dicha herencia.

—Entiendo —asentí con la extraña sensación de que controlaba la situación—. Y si las autoridades no pudieran localizar al niño en cuestión y el abogado tuviese que utilizar métodos menos... convencionales para dar con él, ¿sería complicado?

Georg me miró con fijeza y sus ojos me dijeron todo lo que sus palabras no podían expresar.

—Maia, para un buen abogado, sería extremadamente fácil.

Le dije a Georg que haría la lista que me había pedido para que empezara a redactar mi testamento. También le anuncié que le enviaría una carta para que la conservara y la entregase solo en caso de que alguna agencia de adopción o un varón nacido en una determinada fecha se pusieran en contacto con él. Luego salí del despacho.

No me apetecía volver a casa sin haber digerido antes toda la información que acababa de descubrir, así que me senté en la terraza de un café con vistas al lago y pedí una cerveza. Siempre la había odiado, pero, por algún motivo, al llevarme la botella a la boca —ignorando el vaso que la camarera había dejado sobre la mesa—, el sabor me hizo pensar en Río y me reconfortó.

Si Georg sabía lo de mi hijo, Pa Salt también. Recordé las palabras de su carta de despedida que tanto me habían afectado.

> Por favor, créeme cuando te digo que la familia lo es todo. Y que el amor de unos padres por sus hijos es la fuerza más poderosa de la tierra.

Mientras me tomaba la cerveza sentada al sol, me convencí de que podía volver al despacho de Georg y enfrentarme a él, exigirle que me dijera quién había adoptado a mi hijo y en qué parte del mundo estaba. Pero también sabía que lo que Floriano me había dicho era cierto. Por mucho que necesitara explicarle a mi querido hijo por qué lo había entregado en adopción y obtener así una especie de redención para mí misma, en el fondo no era más que un deseo puramente egoísta.

No pude evitar que un repentino arrebato de ira se apoderara de mí al pensar en la invisible y todopoderosa mano de Pa Salt, que parecía seguir controlando mi vida desde el más allá. Y, tal vez, también la de mi hijo.

¿Qué derecho tenía él a saber cosas sobre mí que ni siquiera yo conocía?

Y, sin embargo, como aquel que va a rezar al altar de un poder invisible en el que confía ciegamente —basándose tan solo en el instinto y no en los hechos—, también me sentí arropada por su omnipotencia. Si Pa Salt lo sabía, y la mirada de culpabilidad de Georg tras su lapsus así parecía indicarlo, podía estar segura que, allá donde estuviera mi hijo, alguien estaba cuidando de él.

No había él sido quien había demostrado poca confianza en nuestra relación. Había sido yo. Asimismo, me daba cuenta de que mi padre había entendido por qué había decidido no confiar en él y lo había aceptado. Me había dejado elegir por mí misma y —reconocí de forma descarnada— mi opción no había tenido que ver solo con el miedo a su reacción. También había tenido que ver conmigo. Con diecinueve años, experimentando la libertad por primera vez y con un futuro brillante por delante, lo último que había deseado era cargar con la responsabilidad de criar un hijo yo sola. Quizá, pensé, si hubiera acudido a Pa, si se lo hubiera confesado todo y hubiéramos repasado las opciones juntos, la conclusión final habría sido la misma.

Pensé en mi madre. Edades similares, dilemas parecidos, aunque en épocas distintas.

—Te perdono —dije de repente—. Y gracias —añadí, consciente de que fueran cuales fuesen sus motivaciones, la decisión había sido la mejor para mí, su hija.

Mis pensamientos regresaron una vez más a Pa Salt. Me lo imaginé entrevistando en persona a los futuros padres de mi hijo y la posibilidad me pareció tan plausible que se me escapó una carcajada.

Puede que lo hiciera o puede que no, pero en aquel momento, sentada en la terraza del café y apurando la cerveza, me sentí en paz conmigo misma por primera vez en trece años, el tiempo que había pasado desde que di a luz a mi hijo.

Y además... me di cuenta de que, al devolverme mi pasado, Pa Salt seguramente también me había regalado un futuro. Recordé mi comportamiento de aquella mañana con Floriano y me estremecí.

«Maia, ¿qué has hecho?»

Llamé a Christian por el móvil y le pedí que fuera a buscarme al pontón al cabo de quince minutos. Luego eché a andar por las frenéticas calles de Ginebra y enseguida sentí nostalgia de la relajada atmósfera de Río. Allí la gente trabajaba y se lo pasaba bien, y también respetaba lo que no podía cambiar o entender. Y si yo había mandado mi futuro al traste dejándome llevar por los miedos del pasado, era responsabilidad mía y tenía que aceptarla.

Y es que, cuando llegué al pontón y subí a bordo de la lancha, lo hice sabiendo que, aunque mi vida había sido moldeada por acontecimientos que escapaban a mi control, era yo quien había decidido reaccionar ante ellos como lo había hecho.

Cuando llegué con Christian a Atlantis, una silueta conocida pero igualmente inesperada me recibió en el muelle.

—¡Sorpresa! —exclamó, y se abalanzó sobre mí para abrazarme en cuanto pisé tierra.

—¡Ally! ¿Qué haces aquí?

—Te parecerá extraño, pero esta también es mi casa —respondió con una sonrisa mientras nos dirigíamos hacia la casa cogidas del brazo.

—Lo sé, pero no te esperaba.

—Tenía unos días libres y decidí venir a ver cómo se encontraba Ma en tu ausencia. Supongo que la muerte de Pa también debe de haber sido un golpe para ella.

De repente, me sentí culpable por lo egoísta que había sido. No había hablado ni una sola vez con Ma durante mi estancia en Río. Y desde que estaba en Ginebra, apenas la había saludado.

—¡Estás guapísima, Maia! Me han contado que has estado ocupada. —Me dio un codazo cariñoso—. Ma dice que anoche tuviste un invitado. ¿Quién era?

—Alguien que he conocido en Río.

—Vamos a buscar algo de beber y me lo cuentas todo.

Nos sentamos a la mesa de la terraza a disfrutar del sol y, a medida que pasaban los minutos y mi habitual ambivalencia inicial hacia mi «perfecta» hermana iba disipándose en su agradable compañía, empecé a relajarme y le conté lo que había pasado en Brasil.

—¡Madre mía! —exclamó aprovechando que yo había hecho una pausa para coger aire y beber un trago de la deliciosa limonada casera de Claudia—. Menuda aventura. Me parece muy valiente por tu parte que hayas ido hasta allí a descubrir tu pasado. Yo no sé si sería capaz de aceptar los motivos por los que me dieron en adopción, a pesar de que luego tuve la suerte de acabar con Pa Salt y con vosotras. ¿No te dolió saber de tu madre por medio de tu abuela? —me preguntó.

—Sí, claro que me dolió, pero lo comprendo. Y, Ally, quiero

contarte algo más. Debería habértelo explicado hace mucho tiempo...

Le hablé de mi hijo y de que había tomado la horrible decisión de entregarlo en adopción. Ally se quedó realmente sorprendida, y en algún momento me pareció ver lágrimas en sus ojos.

—Maia, no sabes cuánto siento que tuvieras que pasar por todo eso tú sola. ¿Por qué no me dijiste nada? ¡Era tu hermana! Siempre pensé que teníamos una relación estrecha. Habría estado a tu lado, de verdad que sí.

—Lo sé, Ally, pero por aquel entonces solo tenías dieciséis años. Y, además, me daba vergüenza.

—Menudo peso has tenido que llevar sobre los hombros —murmuró—. Por cierto, si no te importa que te lo pregunte, ¿quién es el padre?

—Ah, no lo conoces. Es un chico que iba conmigo a la universidad. Se llamaba Zed.

—¿Zed Eszu?

—Sí. Quizá hayas oído hablar de él en las noticias. Su padre es el magnate que se suicidó.

—Y cuyo barco, no sé si te acordarás, estaba cerca del de Pa el día que supe que había muerto.

Ally se estremeció al recordarlo.

—Es verdad —asentí. Las últimas tres semanas habían sido tan caóticas que se me había olvidado por completo aquel detalle—. Es casi una ironía que fuera Zed el que, sin saberlo, me forzó a coger un avión hacia Río cuando aún me estaba planteando si ir o no. Después de catorce años de silencio, un buen día me deja un mensaje en el contestador diciéndome que viene a Suiza y que si podemos vernos.

Ally me miró extrañada.

—¿Quería quedar contigo?

—Sí. Me dijo que se había enterado de la muerte de Pa y que quizá pudiéramos prestarnos el hombro mutuamente para llorar. Si algo podía hacerme salir huyendo de Suiza a toda prisa, era eso.

—¿Sabe él que es el padre de tu hijo?

—No. Y si lo supiera, dudo que le importara lo más mínimo.

—Creo que hiciste bien alejándote de él —dijo Ally con un tono de voz un tanto enigmático.

—¿Lo conoces?

—No personalmente, pero conozco a... alguien que sí. En cualquier caso —continuó recomponiéndose—, juraría que subirte a ese avión es lo mejor que has hecho en tu vida. Oye, aún no me has contado nada de tu invitado, el brasileño atractivo. Creo que Ma se ha quedado prendada de él. Cuando he llegado, no hablaba de otra cosa. Es escritor, ¿verdad?

—Sí. Traduje su primera novela. Se publicó la semana pasada en Francia y está recibiendo muy buenas críticas.

—¿Estuviste allí con él?

—Sí, en París.

—¿Y?

—Pues... que me gusta mucho.

—Marina dice que tú también le gustas a él. Mucho —subrayó—. Y a partir de ahora, ¿qué?

—No lo sé. Lo cierto es que no hemos hecho más planes. Él tiene una hija de seis años y vive en Río, y yo estoy aquí... Bueno, ¿y tú qué tal, Ally? —le pregunté para no seguir hablando de Floriano.

—Me va bien con la vela. Me han ofrecido unirme a la tripulación del Fastnet Race el mes que viene. Y el entrenador de la selección suiza quiere ver de qué soy capaz. Si lo convenzo, significaría entrenar con el resto del equipo desde principios de otoño para los Juegos Olímpicos de Pekín del año que viene.

—¡Ally! ¡Es genial! Mantenme informada, ¿eh?

—Pues claro.

Estaba a punto de pedirle más detalles cuando Marina apareció en la terraza.

—Maia, *chérie*, no sabía que estabas en casa, me lo acaba de decir Claudia. Christian me ha dado esto para ti esta mañana y, con la inesperada llegada de Ally, me temo que me había olvidado por completo de entregártelo.

Me tendió un sobre. Miré la caligrafía y enseguida la reconocí como la de Floriano.

—Gracias, Ma.

—¿Os apetece cenar algo? —nos preguntó.

—Si estás preparando algo, me apunto. Maia —Ally se volvió hacia mí—, ¿te apetece cenar conmigo? No solemos tener muchas oportunidades de ponernos al día.

—Sí, claro —respondí poniéndome en pie—. Pero, si no os importa, antes me voy un rato al Pabellón.

Ally y Ma miraron primero la carta y luego a mí con una expresión cómplice en la cara.

—Te vemos luego, *chérie* —dijo Marina.

De vuelta en el Pabellón, abrí el sobre con dedos temblorosos y saqué un trozo de papel rasgado que parecía haber sido arrancado de un cuaderno a toda prisa.

En la lancha
Lago de Ginebra

13 de julio de 2007

Mon amour Maia:

Como ves, te escribo en mi pobre francés y, aunque en esta lengua no puedo ser tan poético como Laurent Brouilly lo era con Izabela, el sentimiento subyacente a estas palabras es el mismo. (Y perdona la mala letra, la lancha no deja de dar botes sobre el agua.) *Chérie*, esta mañana entendía que estuvieras nerviosa y me habría gustado consolarte, pero supongo que aún te cuesta confiar en mí. Así que te diré por escrito que te quiero. Y, a pesar de que hasta el momento hemos pasado muy poco tiempo juntos, estoy convencido de que nuestra historia no ha hecho más que empezar. Si esta mañana hubieras pasado un rato conmigo antes de que me marchara, te habría dicho que lo que más deseo en el mundo es que te vengas a vivir conmigo a Río. Podríamos comer estofado de judías chamuscado, beber vino criminal y bailar samba todas las noches durante el resto de nuestras vidas. Sé que es pedirte mucho, que tendrías que abandonar tu vida en Ginebra para reunirte conmigo. Pero me pasa lo mismo que le ocurría a Izabela: tengo que pensar en su hija. Y Valentina necesita tener a su familia cerca. Al menos, de momento.

Te dejo para que te lo pienses, ya que es una decisión muy importante. Pero, por favor, te agradecería que me sacaras de este trance lo antes posible. Esperar hasta esta misma noche me parece demasiado, pero, teniendo en cuenta las circunstancias, sería un plazo aceptable.

También te mando la tesela de esteatita. Mi amigo del museo por fin ha conseguido descifrar lo que Izabela escribió para Laurent:

El amor no conoce distancias;
No tiene continente;
Sus ojos son para las estrellas.

Adiós, por ahora. Espero saber pronto de ti.

FLORIANO

Ally

Julio de 2007

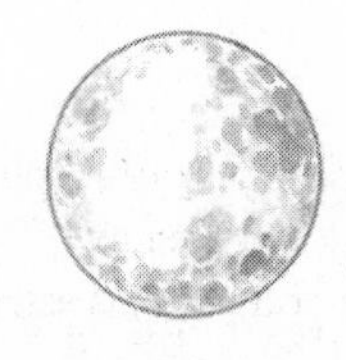

Luna nueva

12; 04; 53

51

Marina y yo nos despedimos de Maia, que se marchaba de Atlantis con dos maletas repletas de sus posesiones más preciadas y ¡trescientas bolsitas de té Twinings English Breakfast!, que, según ella, eran imposibles de encontrar en Río. Nos había repetido hasta la saciedad que volvería pronto, pero, de algún modo, sabíamos que no era verdad. Por eso no pudimos evitar emocionarnos al perderla de vista rumbo a su nueva vida.

—Cuánto me alegro por ella —dijo Marina mientras se enjugaba disimuladamente una lágrima de camino a la casa—. Floriano es un hombre encantador, y Maia dice que su hija es adorable.

—Me da la sensación de que ha tenido la suerte de encontrarse una familia ya formada —comenté—. Quizá le sirva de compensación por lo que perdió.

Marina me lanzó una mirada cuando entramos en la casa.

—¿Te lo ha contado?

—Sí, ayer. Y he de admitir que no me lo esperaba, no tanto por lo que sucedió, sino por el hecho de que lo haya mantenido en secreto durante todos estos años. Lo cierto es que —añadí—, aunque sea egoísta por mi parte, me ha dolido mucho que no fuera capaz de confiarme su problema. Tú lo sabías, ¿no? —le pregunté a Ma tras seguirla hasta la cocina.

—Sí, *chérie*, fui yo quien la ayudó. En cualquier caso, lo hecho hecho está. Maia por fin ha encontrado una vida. Si te soy sincera —confesó la mujer mientras ponía la tetera en el fuego—, a veces he pensado que no lo conseguiría.

—Creo que nos ha pasado a todas. Recuerdo lo feliz y lo positiva que era de jovencita, pero cambió de la noche a la mañana. Una vez fui a visitarla cuando acababa de empezar su tercer año en la Sorbona. Se había vuelto tan callada, tan… cerrada. —Suspiré—. Fue un fin de semana aburridísimo. Maia no quería ir a ninguna parte, y yo tenía dieciséis años y era la primera vez que iba a París. Ahora entiendo por qué se comportó así. De pequeña yo la idolatraba. Me sentó fatal que me echara de su vida de aquella manera.

—Diría que nos echó a todos —señaló Marina tratando de animarme—. Pero si alguien es capaz de traerla de vuelta y enseñarle a confiar, te aseguro que es ese joven que se ha buscado ella solita. ¿Un té? ¿O algo frío?

—Un poco de agua, gracias. En serio, Ma, ¡creo que te has enamorado de Floriano! —bromeé cuando me dio el vaso.

—Bueno, no te negaré que es muy atractivo —reconoció ella sin malicia.

—Tengo muchísimas ganas de conocerlo. Y ahora que Maia se ha ido, ¿qué harás tú aquí?

—Uy, no te preocupes por mí, tengo un montón de cosas que hacer para mantenerme ocupada. Te sorprendería lo a menudo que todas vosotras volvéis al nido a lo largo del año, y normalmente sin avisar. —Me sonrió—. La semana pasada, por ejemplo, vino Star.

—¿Ah, sí? ¿Sin CeCe?

—Sí. —Marina, con su habitual discreción, se contuvo y no comentó nada más al respecto—. Pero ya sabes que para mí es un placer teneros aquí.

—Es distinto ahora que no está Pa —dije de repente.

—Sí, claro que lo es, pero ¿te imaginas lo orgulloso que estaría si pudiera verte mañana? Ya sabes lo mucho que le gustaba navegar.

—Sí —asentí con una sonrisa triste—. Cambiando de tema: supongo que sabes que el padre del bebé de Maia era el hijo de Kreeg Eszu, ¿verdad? Zed Eszu.

—Sí, lo sé —contestó Marina sin más, y pasó enseguida a otro asunto—: Bueno, voy a hablar con Claudia para asegurarme de que tenga la cena lista a las siete. Mañana tienes que levantarte pronto.

—Sí, y tengo que revisar el correo. ¿Te importa que use el despacho de Pa?

—Pues claro que no. Recuerda que ahora esta casa es tuya y de tus hermanas —respondió Marina.

Cogí el portátil de mi habitación, fui a la planta baja, abrí la puerta del despacho de mi padre y, por primera vez en mi vida, me senté tímidamente en su silla. Dejé la mirada perdida mientras el ordenador se encendía y terminé posándola en la cornucopia de objetos que Pa guardaba en las estanterías.

El portátil decidió que, a pesar de que acababa de encenderlo, aquel era el mejor momento para preguntarme si quería instalar actualizaciones, así que, mientras esperaba a que se reiniciara, me levanté de la silla y me acerqué al reproductor de CD de mi padre. Todas las hermanas habíamos intentado que se pasara al iPod, pero, aunque en su despacho tenía todo tipo de sofisticados aparatos informáticos y de equipamiento electrónico, siempre decía que ya era demasiado viejo para cambiar y que prefería «ver» físicamente la música que le gustaba. Encendí el equipo, fascinada ante la posibilidad de descubrir lo último que había escuchado Pa Salt, y la estancia se llenó de inmediato de las primeras notas de *La mañana* de la suite de *Peer Gynt*.

Me quedé allí plantada, con los pies pegados al suelo, asaltada por un alud de recuerdos. Era la pieza orquestal favorita de Pa, y a menudo me pedía que le tocara las primeras notas con la flauta. Con el tiempo se había convertido en la banda sonora de mi infancia, porque me recordaba todos los gloriosos amaneceres que habíamos compartido cada vez que me llevaba al lago para enseñarme a navegar.

Lo echaba muchísimo de menos.

Y también extrañaba a otra persona.

La música que salía de los altavoces fue ganando intensidad e inundando el despacho con su maravilloso sonido. Sin pensarlo, cogí el teléfono que había encima de la mesa de Pa para hacer una llamada.

Me lo acerqué a la oreja dispuesta a marcar el número, cuando me di cuenta de que alguien más estaba usando la línea de la casa. Oí una voz conocida, la misma voz grave que tantas veces me había consolado de niña, y no pude evitar interrumpir la conversación.

—¿Hola? —dije mientras me abalanzaba sobre el equipo de música para bajar el volumen y asegurarme de que era él.

Pero la voz ya se había convertido en un pitido rítmico. Y supe que se había ido.

Nota de la autora

La saga de *Las siete hermanas* está libremente inspirada en la mitología de Las Siete Hermanas de las Pléyades, la conocida constelación cercana al cinturón de Orión. Desde los Maias hasta los griegos, pasando por los aborígenes, Las Siete Hermanas aparecen en multitud de inscripciones y versos. Los marineros las utilizaron durante miles de años para orientarse, y hasta una marca japonesa de coches, Subaru, toma su nombre de ellas…

Muchos de los nombres que aparecen en la saga son anagramas de los personajes que pueblan las leyendas, y a lo largo de las novelas se reparten varias frases alegóricas de relevancia, pero no es importante conocerlos para disfrutar de la narración. Sin embargo, si te interesa saber más sobre Pa Salt, Maia y sus hermanas, puedes visitar mi página web, <www.lucindariley.com>, y descubrir multitud de historias y leyendas.

Agradecimientos

Primero quiero dar las gracias a Milla y a Fernando Baracchini y a su hijo Gui, puesto que fue sentada a la mesa de su comedor, en Ribeirão Preto, donde pensé por primera vez en escribir una historia ambientada en Brasil. A la maravillosa Maria Izabel Seabra de Noronha, bisnieta de Heitor da Silva Costa, arquitecto e ingeniero del *Cristo Redentor*, por haber compartido conmigo su tiempo y sus conocimientos, así como su documental *De Braços Abertos* (*De brazos abiertos*), y por haberse tomado la molestia de leer el manuscrito y comprobar que todos los detalles eran correctos. Sin embargo, esta es una obra de ficción, aderezada con figuras históricas reales, y mis retratos de Paul Landowski, de la familia da Silva Costa y de sus empleados es fruto de mi imaginación más que de los hechos. Segundo, quiero dar también las gracias a Valeria y a Luiz Augusto Ribeiro por ofrecerme su *fazenda* en lo alto de las montañas de Río para escribir (no me habría ido nunca), y en especial a Vania y a Ivonne Silva por las tortitas y tantas otras cosas. A Suzanna Perl, mi paciente guía de Río y de su historia; a Pietro y a Eduardo, nuestros queridos chóferes; a Carla Ortelli por una organización tan maravillosa (nada le parecía demasiado complicado) y a Andrea Ferreira por estar al otro lado del teléfono cuando necesitaba que me tradujera algo.

También me gustaría agradecerles a mis editores de todo el mundo su apoyo incondicional cuando les comenté que iba a escribir una saga de siete libros basada en Las Siete Hermanas de las Pléyades, en especial a Jez Trevathan y Catherine Richards, Georg Reuchlein y Claudia Negele, Peter Borland y Judith Curr, Knut Gørvell, Jorid Mathiassen y Pip Hallén.

A Valérie Brochand, mi vecina del sur de Francia, que muy amablemente fue al museo Landowski de Boulogne-Billancourt en mi nombre e hizo cientos de fotos; y a Adriana Hunter, que tradujo la ingente biografía de Landowski y recopiló los hechos más importantes. A David Harber y a su equipo, que me ayudaron a entender el funcionamiento de la esfera armilar.

A mi madre, Janet, que siempre me apoya, a mi hermana, Georgia, y a su hijo Rafe que, con sus nueve años, ¡escogió *La rosa de medianoche* como lectura para clase! A Rita Kalagate, por decirme que iría a Brasil la noche antes de recibir una oferta de mi editorial, y a Izabel Latter, por mantenerme en pie en Norfolk y por escucharme farfullar mientras ella manipulaba mi cuerpo dolorido tras haber viajado miles de kilómetros de una punta del mundo a la otra o haberse pasado veinticuatro horas al día encorvada sobre un manuscrito.

A Susan Moss, mi mejor amiga y ahora compañera de fechorías en los detalles del manuscrito; a Jacquelyn Heslop, mi hermana en otra vida; y a mi ayudante, Olivia Riley, que es capaz de descifrar mi letra como por arte de magia y que me descubrió el concepto de la esfera armilar.

Fue en una noche estrellada de principios de enero de 2013 cuando se me ocurrió escribir alegóricamente acerca de las siete hermanas mitológicas. Reuní a mi familia, nos sentamos alrededor de la chimenea y, entusiasmada, les expliqué lo que quería hacer. He de decir en su defensa que ninguno de ellos me acusó de loca, aunque seguro que en aquel momento, cuando las ideas no paraban de fluir, lo parecía. A ellos les debo el agradecimiento más especial por todo lo que ha pasado a partir de entonces. A mi querido marido y agente, Stephen; durante este último año, hemos compartido un viaje alucinante con el que los dos hemos aprendido muchas cosas. Y a mis maravillosos hijos: Harry, que se ocupa de mis fantásticos bibliotráilers; Leonora, a quien se le ocurrió el primer anagrama (Pa Salt); Kit, el más pequeño, que siempre me hace reír; y, por supuesto, Isabella Rose, que a sus dieciocho años sigue siendo mi «bebé de alto voltaje» y la persona a la que está dedicado este libro.

Bibliografía

Las siete hermanas es una obra de ficción ambientada en un entorno histórico y mitológico. Las fuentes que he utilizado para documentarme sobre la época y los detalles de las vidas de mis personajes son las que siguen:

Andrews, Munya, *The Seven Sisters of the Pleiades*, Spinifez Press, 2004.

Franck, Dan, *Bohemian Paris*, Grove Press, 2001.

Graves, Robert, *The White Goddess, a Historical Grammar of Poetic Myth*, Faber and Faber, 1975. [Hay trad. cast.: *La diosa blanca: una gramática histórica del mito poético*, Alianza, 2014.]

—, *The Greek Myths*, Penguin, 2001. [Hay trad. cast.: *Los mitos griegos*, Ariel, 2007.]

Lefrançois, Michèle, *Paul Landowski: L'oeuvre sculpté*, Crèaphis editions, 2009.

Needell, Jeffrey D., *A Tropical Belle Époque*, Cambridge, 2009. [Hay trad. cast.: *Belle Époque Tropical*, Universidad Nacional de Quilmes, 2012.]

Noronha, Maria Izabel, *De Braços Abertos*, documental, 2008.

—, *Redentor: De Braços Abertos*, Reptil Editora, 2011.

Robb, Peter, *A Death in Brazil*, Bloomsbury, 2005. [Hay trad. cast.: *Una muerte en Brasil*, Alba Editorial, 2014.]

Spivey, Nigel, *Songs of Bronze*, Faber and Faber, 2005.

Toda gran historia comienza con una mujer extraordinaria

Continúa leyendo la serie Las Siete Hermanas